원, 수를 사랑하라

원, 수를 사랑하라 2

초판 1쇄 찍은 날 | 2015년 9월 25일
초판 2쇄 펴낸 날 | 2016년 5월 13일

지은이 | 이른봄
펴낸이 | 서경석

편 집 책 임 | 조윤희
편   집 | 이은주
              주은영
디 자 인 | 신현아

펴 낸 곳 | 도서출판 청어람
등록번호 | 제387-1999-000006호
등록일자 | 1999. 5. 31
어람번호 | 제11-0023호

주소 | 경기도 부천시 원미구 부일로 483번길 40 서경B/D 3F (우) 14640
전화 | 032-656-4452 팩스 | 032-656-4453
http://www.chungeoram.com
E—mail | chungeorambook@daum.net

ⓒ 이른봄, 2015

ISBN 979-11-04-90426-4   04810
ISBN 979-11-04-90424-0   (SET)

원, 수를 사랑하라

이른봄 장편 소설

2

CAN YOU

KEEP A SECRET?

도서출판
청
어
람

CONTENTS

#Track 11.
너랑 나만 아는 의미

[9월 26일 AM 1:15. 원과 태원, 숙소]

얼굴도 그렇고, 기분도 영 그러니 그만 숙소로 갔으면 좋겠다는 원의 말에 도영은 순순히 고개를 끄덕였다. 그러자 옆에 있던 태원도 같이 가겠다고 일어섰다. 주변 사람들에게 깍듯이 인사를 한 후, 둘은 바로 도영의 차를 타고 숙소로 향했다.

엘리베이터가 5층에 도착하고 문이 열렸을 때, 먼저 내린 태원이 멈칫했다. 뒤따르던 원도 얼결에 멈춰 섰다.

"어?"

문 바로 앞에 서 있던 수현이 내리는 두 사람을 향해 놀란 눈으로 물었다.

"뒤풀이 벌써 끝났어?"

"아니, 그냥 먼저 왔어. 어디 가?"

원을 돌아본 수현이 은근한 투로 답했다.

"호수가 한잔하자고 해서 술 사러 가던 중이었어요. 애가 오늘 형하고 손도 한 번 못 잡았다면서 우울해서."

원의 뺨이 발그레해졌고, 태원은 못 들을 말을 들었다는 양 인상을 구겼다가 픽 웃었다.

"그래? 그럼 원이 왔으니까 수현이 너는 필요 없겠네."

"그러고 보니 그러네. 나 그냥 가야겠다. 원이 형, 저 눈치껏 잘 갔다고 전해 주세요."

"아, 아니, 잠깐만!"

쿨해도 너무 쿨한 대화에 당황한 원이 말을 막았으나, 이미 수현은 등을 돌린 후였다.

"형이 나랑 마셔주면 되겠다. 조금 있다가 내 방으로 와."

곧 수현이 매정하게 엘리베이터를 타고 사라졌다. 태원은 얼떨떨해하는 원의 어깨에 한 팔을 걸치며 놀리듯 말을 던졌다.

"일찍 빠져나오길 잘했다. 그치?"

숙소로 들어선 후, 원은 바로 호수에게 전화를 걸었다. 그러나 신호만 갈 뿐, 받지 않았다.

"일단 씻고 나서 다시 전화해 봐야겠다."

태원이 먼저 차지한 거실의 큰 욕실 대신 원은 방에 딸린 작은 욕실에서 메이크업과 무대에서 흘린 땀을 말끔히 씻어내고 나왔다. 태원은 벌써 수현에게 갔는지 보이지 않았다.

원은 다시금 전화를 걸었지만, 들리는 건 여전히 신호음뿐이었다. 빨리 보고 싶은 마음도 마음이지만, 스케줄 도중도 아닌데 왜 안 받나 싶어 슬그머니 걱정이 치밀었다.

"……일단 내려가 볼까?"

망설이다 일어선 원은 조용히 밖으로 나섰다. 고마운 회식 덕에 건물 전체가 조용했다. 원은 그래도 혹시 몰라 주변을 둘러보고는 얼른 호수의 숙소 문을 두드렸다.

안에서는 대답이 없었다. 또다시 문을 두드려 봤으나 마찬가지였다. 초조해진 원은 다시 한 번 주위를 살피며 초인종을 눌렀다. 그러자 안에서 고함 소리가 들렸다.

"나 지금 씻고 있어서 못 나가! 0325 누르고 들어와!"

씻고 있⋯⋯!

그 말을 듣는 순간, 의지와는 상관없이 어떤 장면이 떠오르며 눈앞이 아찔해졌다. 매우 위험한 상황임을 알리는 새빨간 사이렌이 머릿속에 반짝 켜졌고, 원은 후다닥 뒤로 물러났다.

그런데 그때, 엘리베이터가 움직이는 소리가 났다. 2층은 여자들 숙소인데 여기 서 있다가 혹시 누가 보기라도 한다면 소문이 퍼지는 건 순식간일 터였다. 당황한 원은 고민할 겨를도 없이 빛의 속도로 비밀번호를 누르고 집 안으로 뛰어들었다.

아, 나 미치겠네!

현관과 욕실이 왜 이렇게 가까운 건지, 들어오자마자 물소리가 들렸다. 아마도 호수의 몸을 타고 흐르고 있을 그 소리를 따라 몸 안에 차곡차곡 사리가 쌓이는 소리도 들렸다. 원은 거실 한가운데 단단히 팔짱을 끼고 서서 다른 데로 생각을 돌리려 애썼다.

근데 무슨 생각으로 아무렇지도 않게 들어오라고 한 거지? 나는 온다는 말도 안 했는데? 아, 그러고 보니까 방금 반말하지 않았나? 혹시, 수현인 줄 알고⋯⋯.

"아, 다 젖었어!"

욕실 안에서 들려온 위험천만한 고함에, 원은 한꺼번에 피가 확 솟구쳐 띵해진 이마를 한 손으로 짚고는 조용히 중얼거렸다.

주호수 님, 부디 저를 시험에 들게 하지 마옵시고 다만 악에서 구하옵소서……. 나무아미타불 관세음보살…….

"야, 명수현! 나 옷 떨어뜨려서 다 젖었어! 작은방 서랍에서 티셔츠 하나만 갖다 주라!"

잠깐, 뭐라고?

그 순간, 가까스로 잠재웠던 욕망의 불꽃이 질투로 옮겨 붙으며 화르륵 타올랐다.

아무리 수현이라고 해도 그렇지. 가족처럼 편한 사이인 건 알지만, 그래도 너무 조심성이 없는 거 아냐?

호수를 못 믿는 건 아니지만, 수현을 싫어하는 것도 아니지만, 어쩔 수 없이 치미는 어떤 감정에 원의 심기가 슬슬 불편해지기 시작했다. 그 와중에도 원은 일단 방으로 향했다.

"티셔츠가 어디……. 아, 내가 어쩌다 이러고 있는 거지?"

처음 들어와 보는 여자의 방, 게다가 호수의 체취까지 가득 배어 있는 방으로 조심조심 들어선 원이 가장 먼저 보이는 서랍을 열었다. 그러고는 1초 만에 다시 닫아버렸다.

손에 뭐가 붙었나? 열어도 하필이면……!

가지런히 정리된 앙증맞은 속옷의 잔상이 눈앞을 어지럽혔다. 특히나 그중 가장 취향이었던 흰색 레이스는 아예 눈꺼풀 안에 새겨진 후였다. 원은 고개를 마구 내저으며 바로 위의 서랍을 열고 대강 티셔츠처럼 보이는 것을 꺼내 탈출하듯 방을 빠져나왔다.

앞에다 놓고 뒤로 꺼지라는 말까지 들은 후, 몸도 마음도 심란해진 원은 폭풍 잔소리에 시동을 걸기 시작했다.

너는 어쩜 그렇게 경계심이 없냐, 수현이도 남잔데, 그리고 나한테 말도 없이 수현이랑 둘이서만 술 마시는 게 어디 있냐, 그것도 바깥도 아니고, 네 집에서…….

그때였다. 달칵, 욕실 문이 열리더니 빠끔 벌어졌다. 그 사이로 물이 뚝뚝 떨어지는 하얀 팔이 스윽 나오는 것이 보였다.

순식간에 전의를 상실한 원은 조용히 눈만 깜박였다. 분홍분홍한 옷자락을 살포시 집어 올린 손이 미끄러지듯 안으로 사라지고 문이 닫힐 때까지, 아무 생각도 할 수가 없었다.

그리고 얼마 후, 요란하게 문이 열렸다.

"너 안구에 트러블 생겼냐? 서랍에 그 많은 옷 중에 왜 하필이면 이걸……!"

뒤늦게 원을 발견한 호수가 우뚝 멈춘 순간, 이미 하얘진 원의 머릿속이 더 새하얘졌다.

"오, 오빠?"

젖은 머리, 말간 얼굴. 거기에 바디 워시인지 샴푸인지 모를 달고 산뜻한 과일 향기까지. 트러블은커녕 안구가 정화되는 듯한 촉촉한 자태에 원은 가까스로 숨을 삼켰다.

반면, 말 그대로 스킨로션도 안 바른 민낯으로 원을 마주하게 된 호수는 엉망인 머리를 두 손으로 가리며 다급히 물었다.

"오, 오, 오, 오빠가 왜 여기 있어요? 수현이는요?"

원은 퍼뜩 정신을 차렸다. 호수 딴에는 너무 놀라서 내뱉은 말과 표정이, 원의 눈에는 자신을 그다지 반가워하지 않는 걸로 비치며 가뜩이나 불편했던 심기를 제대로 건드린 거였다.

젖은 호수를 보고 사르륵 녹았던 원의 눈매가 순식간에 굳었다.

"지금 나 보자마자 수현이 찾는 거야?"

"아니, 그게 아니라, 오빠가 올 줄은 생각도 못 하고 있어서……."

어쩔 줄 몰라 하는 호수를 빤히 바라보던 원이 꾹꾹 누르는 듯한 말투로 대꾸했다.

"태원이랑 같이 들어오다가 수현이 만났어. 태원이랑 마실 테니 우리 둘이 보라고 해서 너한테 전화했는데, 안 받아서 와본 거야."

"죄송해요, 씻느라……. 그, 근데 어떻게 들어왔어요?"

"네가 들어오라며?"

"명수현인 줄 알고……."

"내가 아니라 수현인 줄 알고 비밀번호 알려주면서 들어오라고 한 거라고? 수현인 줄 알고 씻다 말고 옷 갖다 달라고 한 거고?"

그제야 욕실 안에서 무슨 만행을 저질렀는지 떠올린 호수의 눈앞이 캄캄해졌다. 어두워진 눈앞에 '망했다' 세 글자만 둥둥 떠다녔다. 공기가 점점 더 무겁게 가라앉기 시작했다.

원은 무슨 생각을 하는지 짐작조차 할 수 없는 무표정이었다. 호수는 눈치를 살피는 동시에 엉망인 머리와 분홍 찜질방 티셔츠 차림에 신경을 쓰느라 그저 곤혹스러울 따름이었다.

"나는 오늘 하루 종일, 콘서트 잘 끝내고 나서 잠깐이라도 너랑 둘이 있을 시간이 있었으면 좋겠다는 생각만 했는데."

천천히 팔짱을 낀 원의 입에서 서운함이 고스란히 담긴 목소리가 흘러나왔다.

"너는 수현이 기다리고 있던 거야?"

"그게 아니라……!"

당황한 호수가 급히 대답했다.

"오늘은 오빠 못 만날 줄 알았어요. 다른 멤버들도 있는데 오빠 혼자만 마음대로 나올 수가 없을 것 같아서……."

"그럼 숙소 와서 바로 전화라도 할 수 있었잖아."

"씻고 나와서 바로 하려고 했는데……."

정말인데, 어쩐지 제가 듣기에도 변명처럼 들려 호수는 그만 입을 다물고 말았다. 한숨을 내쉰 원이 다시 입을 열었다.

"그보다 너, 아무리 수현이라지만 너무 조심성이 없는 거 아냐?"

"네? 조심하고 의식하는 게 더 이상한 거 아니에요……?"

"이제 와서 새삼스럽게 의식하라는 건 아니지만, 그래도 남자잖아."

"수현이는 다르죠."

원의 미간이 좁아졌다. 다른 의미가 아니라는 걸 알면서도 슬그머니 화가 치밀었다.

"다를 거 없어. 전에 말했잖아, 남자는 다 똑같은 남자라고."

"수현이는 다르다고요."

호수의 대답에도 슬쩍 날이 섰다. 원의 말뜻을 이해하지만, 기분이 썩 좋지만은 않았다. 더 이상 변명 같은 설명을 늘어놓고 싶지 않은 마음에, 호수는 뾰족하게 대꾸했다.

"다 똑같은 남자 아니에요. 오빠도 다르잖아요."

"아니. 나도 똑같아."

원의 말투가 전에 없이 거칠었다. 호수의 눈동자가 크게 흔들렸다.

"똑같은 남자니까, 아니까 화가 나는 거라고! 네 눈에 이 남자 다르고, 저 남자 다른 건 상관없어."

"뭐라고요?"

"꼭 수현이만 두고 하는 얘기가 아냐. 너는 아무 의미 없이 편하게 하는 행동이지만, 그렇게 생각하지 않는 사람들도 있을 수 있다는 거 몰라?"

"남자인지 여자인지가 왜 그렇게 중요한 건데요? 저는 저한테 어떤 의미가 있는 사람인지 그것만 중요해요. 수현이는 수현이대로, 오빠는 오빠대로 저한테 소중한 사람이에요. 제가 양다리를 걸친 것도 아닌데, 왜 이렇게 비난받는 것 같은 기분을 느껴야 돼요?"

"지금 널 비난하는 게 아니잖아. 나야말로 왜 이런 기분을 느껴야 되는지 모르겠다."

어느새 둘 다 목소리가 높아져 있었다. 오고 가는 눈빛이 처음으로 차가웠다. 신경질적으로 목덜미를 매만진 원이 말을 던졌다.

"남자 친구로서 다른 남자 조심하라는 말이 틀린 말이야? 모든 남자가 나처럼 내 본능보다 너를 더 소중하게 생각하진 않아. 무슨 말인지 모르겠어?"

알아요. 아는데…….

뭔가가 목을 꽉 틀어막는 것만 같아, 호수는 아무 말도 하지 못했다. 바보 같게도, 지금 머릿속에 떠오르는 생각이라고는 딱 한 가지뿐이었다.

원 오빠가, 나한테 화를 냈어.

우리, 진짜로 싸운 거야?

저도 모르게 큰소리를 내버린 원의 얼굴에도 복잡한 빛이 스쳤다. 묵묵히 호수를 내려다보던 원이 짧게 숨을 몰아쉬고는 다시 입을 열었다.

"그러니까, 내 말은……."

"오빠."

비로소 입을 연 호수가 원을 올려다보았다. 그 눈동자가, 비를 뿌리기 직전의 하늘처럼 잔뜩 흐렸다.

"내가 잘했다는 건 아닌데요. 그냥, 그냥……."

한 걸음 물러선 호수가 속에서 치미는 떨림을 애써 감추며 또박또박 말을 뱉었다.

"그냥, 지금은 그냥 가요."

"호수야."

"지금은 아무 말도 못 하겠어요. 다음에 제대로 얘기할 준비가 되면, 그때 다시 얘기해요."

빙글 몸을 돌린 호수는 그대로 방으로 들어가 문을 닫았다. 불을 켜지 않아 캄캄했으나, 호수는 스위치에 손을 올릴 생각도 하지 않고 그대로 서 있었다.

잠시 후, 현관문이 열렸다 닫히는 소리가 들렸다. 정말로 원이 나가 버린 모양이었다.

곧 묵직한 침묵에 휩싸였고, 호수는 참았던 숨을 내쉬었다. 한껏 숨을 뱉어냈음에도 가슴이 시원해지기는커녕 더 답답해졌다. 가슴 깊은 곳에서부터 무언가가 꾸역꾸역 치밀었다.

울고 싶어.

근데, 우나 봐라.

피가 날 기세로 입술을 꼭 깨문 호수가 침대 위로 엎어지며 베개에 얼굴을 푹 파묻었다.

할 말 있었는데. 하루 종일 보고 싶었는데. 그랬는데…….

"뭐야, 이게……."

♩ ♫ ♪

본의 아니게 한 커플의 밤을 다른 의미로 뜨겁게 만들어놓은 수현은 한 손에 편의점 봉투를 들고 자신의 숙소로 들어섰다. 제 집인 양 거실 한복판에서 휴대폰을 만지작거리던 태원에게 봉투를 넘긴 수현이 '아' 하고는 인상을 썼다.

"이온 음료 샀어야 하는데 깜박했네. 술 마시면 나가기 싫어지니까, 금방 다시 갔다 올게."

"올 때 아이스크림…… 아니다. 그냥 같이 가자. 밖에 팬들 많아?"

"매일 비슷하지 뭐. 오늘은 좀 없는 것 같기도 하고."

"그래도 혹시 모르니까 차 끌고 가야겠다."

벗어두었던 겉옷과 모자를 집어 든 태원이 수현을 따라 밖으로 나섰다. 그때, 막 복도를 성큼성큼 걸어오던 원과 마주쳤다.

"뭐야? 어디 가?"

태원의 부름에 우뚝 멈춰 선 원이 그제야 고개를 들었다. 한눈에 보기에도 심상치 않은 분위기에 수현의 눈이 동그래졌다.

"호수는요?"

사정을 알 리 없는 수현이 호수를 찾자, 원의 표정은 더욱 굳었다. 복잡한 눈으로 수현을 바라보던 원이 입을 열었다.

"피곤하다고 해서 쉬라고 하고 올라왔어."

"예?"

하루 종일 선우원 금단증상에 시달리던 애가 갑자기 웬 피곤? 수현은 고개를 갸웃했다.

그사이 원은 시선을 떨어뜨리고는 걸음을 뗐다. 멀어지는 뒷모습을 황당한 눈으로 바라보던 태원과 수현이 조용히 눈을 마주쳤다.

"……싸웠나?"

"설마. 그 오글오글한 것들이?"

헛웃음을 머금은 수현이 바로 호수에게 전화를 했다. 받지 않아 끊으려던 찰나, 착 가라앉은 호수의 목소리가 들렸다. 더 볼 것도 없이 싸웠음을 확신한 수현이 대뜸 물었다.

"무슨 일이야? 왜 싸웠어?"

「알 거 없어.」

"대체 어떻게 하면 원이 형 같은 사람을 열 받게 할 수 있냐?"

「그게 뭐 별거냐! 너 같은 친구가 있다는 이유 하나만으로도 순식간에 열 받게 할 수 있다, 왜!」

"나? 내가 왜? 내가 뭘?"

황당함에 되물었으나 수화기 너머는 조용하기만 했다. 끊어졌나 싶어 수현이 휴대폰을 조금 뗐을 때, 풀죽은 대답이 들려왔다.

「내가 너인 줄 알고 원 오빠한테 실수했어. 상황이 좀 그래서 오해했나 봐. 혹시 원 오빠랑 같이 있어?」

"아니. 방금 숙소 들어가는 거 보긴 했는데⋯⋯."

「그래, 알았어. 내가 알아서 할게. 끊어.」

통화를 마친 수현이 태원을 돌아보았다. 옆에 서 있다가 얼결에 통화 내용을 듣게 된 태원이 곰곰이 생각하다 입을 열었다.

"원이 성격상 말은 못 해도 엄청 신경 쓰는 것 같더라니. 결국 터졌나 보네."

"뭐가?"

"너랑 호수랑 좀 많이 친하잖아. 너인 줄 알고 실수했다는 거 보니까, 뭔가 호수가 스스럼없이 구는 거 보고 원이가 오해한 거 아닌가 싶은데."

정확하게 사건의 전말을 짚어낸 명탐정 태원이 손짓을 했다.

"일단 너는 들어가 있어. 나 원이 좀 보고⋯⋯."

"아니, 잠깐만."

수현이 태원의 어깨를 가볍게 붙들었다.

"그러지 말고 형은 사려던 거 사러 갔다 와. 나 원이 형이랑 얘기 좀 할게."

"네가?"

"안 그래도 전부터 할 말 있었어. 빨리 갔다 와."

다짜고짜 태원의 등을 밀어버린 수현은 곧장 ONE의 숙소로 향했다. 그 뒷모습을 잠시 지켜보던 태원은 가볍게 혀를 차고는 혼자 엘리베이터를 탔다.

"뭐, 괜찮겠지."

대충 어느 정도 시간을 때우고 들어와야 하나 고민하던 와중, 지하 주차장으로 내려가던 엘리베이터가 2층에서 멈추더니 문이 열렸다. 급히 올라타려던 호수가 화들짝 놀라 움찔했다.

"오, 오빠? 어디 가세요?"

선뜻 타지 못하고 머뭇대는 호수를 본 태원이 한 손으로 문 열림 버튼을 눌러주며 타라는 눈짓을 했다.

"원이 보러 가던 중이야?"

"네? 아, 뭐."

"일단 타. 근데 이거 내려가는 중인데. 올라가는 건지 내려가는 건지도 몰랐어?"

"네? 제가 지금 좀 정신이 없어서. 내려갔다가 다시 올라가죠 뭐."

"그러지 말고 이왕 내려간 김에 나랑 같이 편의점이나 갔다 오자."

지금 원과 수현이 얘기 중이라는 말은 안 하는 게 낫겠다 싶었던 태원은 지하 주차장에 도착하자마자 호수를 잡아당겼다. 그러고는 밀다시피 호수를 차에 태우고 출발했다.

"갑자기 이게 무슨……!"

"아참, 나랑 둘이 차 타고 어디 갔다는 말은 하면 안 된다? 나 원이한테 죽을지도 몰라."

다시금 원과의 싸움을 떠올리고 울컥한 호수가 불퉁하니 물었다.

"아니, 내가 낯선 남자를 몰래 만나는 것도 아니고, 오빠나 수현이도 안 되는 거예요?"

"수현이 때문에 싸운 거 맞나 보네."

할 말이 없어진 호수가 입을 다물었다. 큭큭 웃은 태원이 넌지시 물었다.

"원이가 질투 나니까 수현이랑 친하게 지내지 말래?"

"그렇게까지 말한 건 아니지만……."

"네가 들으면 서운할지도 모르겠지만, 나는 원이 마음 이해해. 나도 처음엔 너희 둘이 하도 친해 보여서 당연히 사귀는 줄 알았거든."

"그 말, 하도 많이 들어서 이제는 지겹다 못해 식상해요."

"물론 너는 그렇겠지만, 원이 입장에서는 그럴 수가 없다는 거지."

잠시 차가 멈춘 틈을 타 태원이 호수를 돌아보았다.

"그럼 이렇게 한 번 생각해 보면 어때? 내가 여자고, 예뻐. 원이랑 어렸을 때부터 친구고, 지금은 같은 팀이라서 하루 종일 붙어 있고, 너는 모르는 과거를 다 알고 있어. 다들 원이랑 나랑 사귀냐고 물어보고. 아, 이건 지금도 물어보는구나. 어쨌든, 가끔은 너보다 나를 더 편하게 생각하는 것 같아. 그럼 네 기분이 어떨 것 같아?"

나름 입장 바꿔 생각해 본 적이 없던 건 아니었다. 혼자 생각할 때는 얼마든지 이해할 수 있을 것 같았는데, 제삼자의 입에서 이토록 구체적인 설명을 듣고 나니 전혀 아니었다. 정신이 번쩍 드는 듯했다.

"감정이입 돼서 그러는데, 오빠 한 대만 때려도 돼요?"

"거 봐. 그런 거야."

'때리지는 말고' 하며 웃은 태원이 달래듯 덧붙였다.

"힘들지? 원래 연애가 복잡하고 힘든 건데, 거기다 비밀로 하고 있으니 더 힘들지."

"비밀 연애……. 그렇죠. 비밀로 해야죠. 안 그러면 큰일 나죠."

쏩쓸하니 대꾸한 호수가 농담조로 말을 던졌다.

"어쩌면 원 오빠는 저보다 오빠랑 스캔들이 나는 게 욕을 덜 먹을지도 몰라요. 진짜 둘이 사귀길 바라는 팬들 엄청 많잖아요."

"그럴 리가."

일말의 망설임도 없이 대답한 태원이 한 팔을 운전석 창틀에 걸치고 머리를 기댔다.

"그건 말 그대로 팬들이 잠시 즐기는 환상일 뿐이야. 그걸 깨지 않는 게 의무라고 볼 수도 있겠지. 실제 동성애자라고 하는 건 환상을 현실로 만드는 게 아니라 환상을 깨는 거, 단지 그뿐일 거야."

말을 잇는 태원의 옆모습은 지극히 담담했다.

"그 환상이 깨지는 순간, 다들 언제 그랬냐는 듯 돌아서겠지. 공인이라는 이유로 온갖 입에 담지도 못할 욕이며 악담들이 몇 천 개, 몇 만 개씩 달릴 테고. 심지어 잊힐 권리조차 없어. 말 한마디, 행동 하나가 다 흔적으로 남아 평생 꼬리표가 될 거야. 다 포기하고 조용히 살고 싶어도, 잊을 만하면 한 번씩 과거 연예인 추억팔이 한다며 들춰대겠지."

태원의 말 한마디, 한마디에 담긴 무게가 호수의 마음을 무겁게 짓눌렀다. 하나하나 이해되지 않는 것이 없어 더 무거웠다. 맥없이 고개를 돌린 호수는 애꿎은 창문만 손끝으로 문지르며 중얼거렸다.

"누가 누구 좋아하는 게 죄도 아닌데, 왜 욕을 먹어야 하는지 모르겠어요.”

“나도 그렇게 생각해. 많은 사람들 중에 내가 좋아하고 나를 좋아하는 사람을 만나는 게 얼마나 힘든 일인데.”

태원이 차를 세웠다. 숙소에서 조금 떨어진 곳에 있는 편의점 앞이었다.

“그런데, 호수야.”

안전벨트를 푼 태원은 문을 열려다 말고 호수를 돌아보았다.

“죄는 아니지만 감춰야 하는 것들이 있어.”

조심스레, 하지만 또렷하게 전해지는 한마디.

“내가 누군가를 좋아하기 때문에 다른 사람들이 상처를 받는다면, 힘들어도 최대한 감추는 게 맞지 않을까?”

꽤 오랫동안 생각해 온 것인 듯, 태원의 말들은 차분하고 깊었다.

“더군다나 그 상처받을 사람들 중에 내가 좋아하는 사람도 포함된다면, 더더욱.”

말을 마친 태원이 웃었다.

마른 낙엽처럼, 색은 곱지만 건드리면 ‘파삭’ 소리가 날 것 같은 웃음이었다.

태원이 편의점으로 들어간 사이, 호수는 깊이 생각에 잠겼다. 얼마 되지 않아 태원이 돌아왔다. 그의 손에는 달랑 이온 음료 하나가 들려 있었다.

“그거 한 병 사러 차 끌고 나오신 거예요?”

“응. 수현이 술 마시면 아침에 꼭 이거 마시잖아.”

대수롭지 않게 답한 태원이 차를 돌렸다. 호수는 천천히 시선을 떨어뜨렸다. 운전석과 조수석 사이에 얌전히 놓인 음료수 병이 자꾸 눈을 찔렀다.

죄는 아니지만 감춰야 하는 게 있다는 말. 좋아하는 사람을 포함해 많은 사람들이 상처받지 않도록 감추는 게 맞다는 말.

꼭 나하고 원 오빠를 위해서만 하는 말이 아닐지도 몰라.

아마도, 이런 사람이라서…….

"왜 오빠 좋아하는지 알 것 같아요."

"누가?"

태원이 무심히 되물었다. 호수는 웃으며 답했다.

"그냥, 사람들이요."

태원은 픽 웃을 뿐이었다.

아무것도 해결된 건 없음에도 돌아왔을 때는 어쩐지 마음이 한결 가벼워져 있었다. 차에서 내린 둘이 막 엘리베이터에 탔을 때, 마침 수현에게서 전화가 왔다.

"지금? 알았어. 나도 올라가고 있어."

짧게 통화를 마친 태원이 미소를 지었다. 그러고는 입고 있던 큼 직한 겉옷 주머니에서 뭔가를 꺼내 호수에게 내밀었다.

"이거, 너 마시지 말고 원이한테 전해줘."

태원이 준 것은 오렌지 주스였다. 호수는 얼결에 주스 병을 받아 들고 2층 버튼을 눌렀다.

"원이한테 안 가?"

"지, 집에 좀 들렀다가요."

그사이 엘리베이터가 금세 2층에 도착했다. 무슨 말을 해야 하나 망설이던 호수는 겨우 고맙다는 말을 하고는 고개를 꾸벅한 후에 내렸다.

문이 닫히기 직전, 태원이 오렌지 주스만큼이나 속 깊은 배려가 담긴 한마디를 던졌다.

"원이가, 네가 생각하는 것보다 훨씬 더 많이 널 좋아해서 그래."

♩   ♫   ♪

한편, 숙소로 돌아온 원은 쓰러지듯 소파에 드러누워 눈을 질끈 감았다.

"……뭐야, 이게."

팔로 가려 버린 눈앞에 방으로 들어가 버리던 호수의 뒷모습과 방금 전 마주친 수현의 모습이 연이어 떠올랐다. 어찌할 수 없는 짜증과 갑갑함, 그리고 미안함이 뒤섞이며 마음은 점점 더 불편해져만 갔다.

풀어야 하는데, 걸려 버린 매듭이 어디인지, 어디서부터 어떻게 풀어 나가야 할지 막막하기만 했다. 원은 소파에 몸을 구겨 넣은 채 깊은 고민 속으로 빠져들기 시작했다.

밖에서 문을 두드리는 소리가 들렸다. 원은 튕기듯 몸을 일으켰다가 이내 어깨를 늘어뜨렸다. 호수이길 바라지만, 아닐 것 같다는 직감이 바로 왔기 때문이다.

그래도 혹시나 하는 마음에 얼른 현관으로 다가간 원이 바깥을 확인했다. 그러고는 곧 눈을 크게 떴다.

수현이가 왜?

황급히 표정을 가다듬은 원이 문을 열었다. 그러자 수현이 슬쩍 고개를 내밀었다.

"저기, 형. 드릴 말씀이 있는데. 지금 시간 괜찮으세요?"

가뜩이나 호수와 자신의 다툼에 수현이 괜히 오르내린 것 같아 미안했던 터라 원은 곧바로 고개를 끄덕였다. 성큼성큼 들어온 수현이 소파에 앉았다. 원이 조금 거리를 두고 옆에 앉자마자 수현은 바로 말을 꺼냈다.

"형, 저 때문에 호수랑 싸우신 거 맞죠?"

누가 호수 친구 아니랄까 봐 시작부터 군더더기 없는 직구였다. 살짝 찡그려지는 원의 코끝을 본 수현이 오해할세라 얼른 덧붙였다.

"주호수는 아무 말도 안 하는데, 왠지 그럴 것 같아서요. 그런 거라면 전부터 형한테 하고 싶던 말이 있었는데 오늘 하는 게 좋을 것 같아서."

"너 때문에 그런 거 아냐. 내가 날카롭게 굴었어. 오늘은 좀……. 콘서트 끝나고 피곤해서 예민해지기도 했고."

수현이 불편할까 봐 다른 이유를 대는 원을 빤히 쳐다보던 수현이 '어휴' 하며 웃었다.

"형은 정말 한도 끝도 없이 착하시네요. 아무리 봐도 형이 너무 아깝다니까."

피식 웃는 원을 바라보며, 수현이 진지하게 본론을 꺼냈다.

"죄송해요, 형."

"네가 왜? 너 때문에 그런 게 아니라 정말……."

"꼭 오늘 일만 두고 말씀드리는 건 아니에요. 전부터 항상 생각은 했었거든요. 호수한테 남자 친구가 생기면 내가 참 거슬리겠다, 조심해야지, 하고요. 그런데 정작 호수가 누굴 만나는 게 처음이다 보니 저도 모르게 아무 생각 없이 하던 대로 했던 게 많네요."

무슨 대답을 해야 할지 몰라 머뭇거리는 원의 얼굴 가득 난감한 기색이 어렸다.

"아무것도 아닌 사이라는 거 뻔히 알아도, 그래도 사람 기분이라는 게 생각대로 되는 게 아니잖아요. 형도 많이 신경 쓰이셨죠. 죄송해요."

네가 사과할 필요는 없다고 말하려다 타이밍을 놓쳐 버린 원이 잠자코 입을 다물었다. 무릎 위에 두었던 손을 꼭 마주 잡았다가 풀어낸 수현은 원과 자신 사이의 빈 공간을 비스듬히 내려다보며 말을 꺼냈다.

"이건 호수한테도 한 적 없고, 할 생각도 없는 얘긴데요."

덩달아 진지해진 원의 눈동자 가득 호기심이 어렸다.

"저요, 정말 오랫동안 좋아한 사람이 있어요. 형이 5년 동안 호수 좋아했다고 하셨죠? 저는 그보다 더 오래됐어요. 물론 지금도 좋아하고요."

뜻밖의 말에 놀란 원의 귀에, 나지한 목소리가 마저 들려왔다.

"형이라면, 그런 사람이 옆에 있는데 다른 사람이 특별해 보일 수가 있겠어요?"

말을 마친 수현이 웃었다.

햇살을 튕겨내는 유리 조각처럼, 반짝 하고 부시게 눈을 찌르는 웃음이었다.

"그럼……."

일단 입을 연 원이 머뭇거렸다. 가장 궁금한 건 그 사람이 누굴까 하는 거였지만, 왠지 묻기가 어려웠다. 대신 원은 다른 말을 꺼냈다.

"근데 왜 호수한테는 그 사람 얘기를 안 하는 거야? 나한테 할 수 있는 얘기라면 당연히 호수에게도……."

"원래 아무에게도 안 하려던 얘기예요. 근데 아무래도 형 입장에서는 그냥 말로만 아니다, 아니다 하는 것보다 이런 사정을 알고 계시면 더 마음이 놓이실 것 같아서요."

"그래도, 나중에 호수가 알게 되면 서운해하지 않을까?"

"서운해도 어쩔 수 없어요. 걔 성격 아시잖아요?"

그 사람 신상 다 털어낼 때까지 잡고도 남을 거라는 수현의 말에 원은 굳이 반박하지 않았다. 대신 조심스레 물었다.

"그러면 안 되는 사람인가 보네."

"네."

"혹시 연예인?"

"뭐, 자기 일 열심히 하고 잘하는 사람이요."

에둘러 대답한 수현이 얼른 덧붙였다.

"어쨌든, 호수한테는 비밀로 해주세요."

생각에 잠겼던 원은 시원스레 고개를 끄덕였다. 둘의 얼굴에 누가 먼저랄 것도 없이 은밀한 미소가 떠올랐다. 호수 모르게 무언가를 공유한 두 남자 사이에 돈독해진 유대감이 감도는 순간이었다.

들어올 때보다 표정이 한결 가뿐해진 수현이 자리를 털고 일어섰다.

"그럼 저 이만 가볼게요, 형."

원이 얼결에 따라 일어났다. 현관 쪽으로 걸음을 떼던 수현이 원을 돌아보았다.

"호수한테 안 가세요? 숙소에 이렇게 사람 없는 날 드문 거 아시면서."

"가야지. 갈 거야. 조금만 있다가."

의미심장하게 웃은 수현이 신발을 신으며 덧붙였다.

"참, 아까 형이 아깝다고 했던 건 농담이에요. 다들 그렇게 말하는데, 전 그렇게 생각 안 하거든요. 호수도 충분히 좋은 애예요. 누가 아깝다고 말할 수 없을 만큼."

수현의 말속에서 느껴지는 애정 같은 우정에 아주 조금 발끈한 원이 곧장 대답했다.

"나도 알아."

"형, 방금 저 질투했죠? 와, 이거 어디 가서 자랑해야 되는데. 나 선우원이 질투하는, 그런 남자라고."

언제 어른스럽게 호수를 감싸주었냐는 듯 개구지게 웃은 수현이 문을 열며 한마디 했다.

"형이 호수 첫사랑인 거 아세요?"

심장이 쿵 내려앉아, 원은 아무 말도 하지 못했다.

"누굴 그만큼 좋아해 보는 게 처음이라서, 그래서 표현을 잘 못해서 그런 거지, 호수도 형 엄청 좋아해요."

싱긋 웃은 수현이 팔랑팔랑 손을 흔들었다.

"저 갈게요. 형도 얼른 내려가 보세요. 시간이 지날수록 더 세게 맞을 테니까."

"그것도 알고 있어……."

수현이 가버리고, 혼자 남은 원은 그대로 선 채 생각을 가다듬었다.

아직도 화 많이 났으려나? 문도 안 열어주고 전화도 안 받으면 어떡하지?

아니, 그보다, 만나서 무슨 말부터 꺼내야 하지?

무조건 미안하다고 하는 것보다 이왕 일이 터진 김에 제대로 마무리하고 잘 넘겼으면 좋겠는데. 무슨 얘기를 어떻게 꺼내야 오해 없이 잘 대화를…….

그때 소파에서 요란하게 휴대폰이 울렸다. 조용한 와중에 골똘히 생각까지 하고 있던 터라 소스라치게 놀란 원은 저도 모르게 튀어나올 뻔한 비명을 삼키며 서둘러 휴대폰을 찾았다.

"어!"

호수의 이름을 보자마자 반가운 외침이 튀어나왔다. 얼른 전화를 받은 원이 입을 떼기도 전, 호수의 목소리가 먼저 넘어왔다.

「오빠.」

"응."

「저 할 말 있어요.」

"응."

그 짧디짧은 대화 속에서 그새 녹았음이, 그새 누그러졌음이 전해졌다. 호수가 태원을, 원이 수현을 만났음을 아직 알지 못한 채 둘은 상대방도 풀어져서 정말 다행이라는 똑같은 생각을 하며 그제야 안도했다.

「저, 사실 학교 다니는 내내 친한 여자 친구가 별로 없었어요. 지금까지도 친구라고 말할 수 있을 만한 사람은 수현이밖에 없어요.」

보이지 않는 원의 반응을 살피기라도 하듯 말을 멈췄던 호수가 다시 말을 이었다.

「남자들은 다 똑같다는 말은 모르겠지만, 여자애들은 다 똑같은 것 같아요. 나랑 친해지면 수현이랑도 친해질까 싶어서 다가왔다가 그게 뜻대로 안 되면 뒤에서 저를 욕하더라고요. 친구인 척하면서 다른 여자애들이 수현이 옆에도 못 가게 막는다면서.」

학창 시절이든 오디션 때든 데뷔 초기든 과거의 일은 좀처럼 꺼내는 일 없는 호수에게서 처음 듣는 이야기였다. 처음 만났던 때의, 교복 입은 앳된 호수가 얼핏 그려졌다.

「그게 너무 억울해서 명수현이랑 거리를 두려고도 해봤거든요? 근데 생각해 보니까 고작 그런 여자애들하고 어울리려고 나랑 가장 잘 맞는 친구랑 멀어진다는 게 말이 안 되더라고요. 그래서 그때부터는 그냥 그러려니 하고 살기로 했어요.」

풀죽은 목소리로 열심히 설명하는 것이, 견딜 수 없을 만큼 귀여웠다. 원은 잘근 입술을 깨물었다.

「차라리 명수현이 여자라도 좀 사귀고 그랬으면 제가 학교 다니기 좀 편했을 텐데, 나쁜 놈이 지가 무슨 최영 장군도 아니면서 여자 보기를 돌같이 알고 개무시하는데, 여자애들은 그래도 좋다고 졸졸…… 아오, 말하다 보니까 또 피곤하네!」

울컥하는 호수의 표정이 눈앞에 그려지는 것만 같았다. 자꾸만 새어 나오는 웃음을 깨문 원이 넌지시 말을 고쳐 주었다.

"최영 장군은 황금 보기를 돌같이 하셨던……."

「아! 아무튼요. 수현이는 정말 친구예요. 월급 대비 능력 있는 스타일리스트고요. 그동안은 구구절절 길게 설명하는 게 더 이상한 거 아닌가 생각했는데, 오늘 보니까 말을 안 해서 괜히 오빠를 더 신경 쓰이게 만들었구나 싶더라고요. 그걸 몰라서, 그리고 제 입장만 생각해서…… 미안해요.」

"이제 그런 말 안 해줘도 괜찮지만, 그래도 해줘서 고마워."

다정하게 답해준 원이 현관 쪽으로 걸음을 뗐다.

"근데, 너 지금 어디야?"

「숙소죠. 이 시간에 어딜 가요.」

"혼자 있어?"

「그럼 누가 있어요?」

황당해하는 대답을 들으며 원은 신발을 신었다. 수화기 너머에서는 여전히 호수의 목소리가 들려왔다.

「저기, 그리고 아까 승혁이랑 부딪칠 뻔했을 때 도와줘서 고마웠어요. 대신 다친 건 안 좋지만.」

"괜찮아. 별거 아니야."

「약 발랐어요?」

"아니, 소독만 했어."

「왜 안 발라요? 얼굴인데 흉이라도 지면 어떡하려고. 숙소에 연고 없어요?」

"찾아보면 있긴 있을 텐데, 그냥 안 바르려고."

원이 문을 열고 밖으로 나섰다. 여전히 조용한 복도를 성큼성큼 가로지르며, 최대한 낮춘 목소리로 태연히 덧붙였다.

"약 바르면 너랑 뽀뽀 못 하잖아."

무심코 엘리베이터를 타려던 원이 통화 중임을 의식하고는 비상 계단 쪽으로 걸음을 돌렸다. 수화기 너머는 한참동안 조용했다. 예고도 없이 날아든, 능글맞은 대꾸에 어지간히 충격을 받은 모양이었다.

「그런 느끼한 소리 하는 데 쓰라고 있는 성대가 아닐 텐데. 아까 무대에서 솔로곡 부를 때, 그런 감동 좀 오래가게 해주면 안 돼요?」

"감동받았어?"

「참, 그것도 미안해요.」

"뭐가?"

「예전에 오빠가 어떤 사람인 줄 몰랐을 때, 오빠한테 못된 말 했던 거요.」

계단을 내려가는 원의 입가에 미소가 어렸다. 둘의 거리가 점점 가까워지고 있음을 알지 못한 채, 호수는 큰맘 먹고 말을 꺼냈다.

「팬들이 먼저 한 말이라 감동은 별로 없겠지만, 저도 확실하게 얘기해줘야 할 것 같아요.」

"뭘?"

「무대를 떠나도 카메라가 꺼져도 옆에 있을게요. 처음부터 무대 위나 카메라 앞에서의 모습만 보고 좋아한 건 아니니까.」

벅찰 만큼 치미는 웃음을 참으며 '응' 하고 답한 원이 2층 비상계단 입구에서 멈춰 섰다. 조심스레 문을 당겨 연 원은 아무도 없음을 확인하고 마저 걸음을 뗐다.

「나이 먹어도 근사하지 않아도 옆에 있을게요. 사실 오빠 인기는 조금 떨어져도 좋을 것 같긴 해요.」

"그건 안 되지. 더 벌어야 돼. 나 가족계획이 좀 거창하거든."

「제 가족계획은 소박한데요.」

"알았어. 조율해 보자."

「뭘 조율해요? 하여간, 진짜.」

오늘 두 번째로 서는 문 앞에서 원의 걸음이 멈췄다. 바로 너머에서 이야기하는 호수의 목소리가 귀에 닿은 휴대폰을 타고 들려왔다.

「시간이 흐른 후에도 선우원은 선우원일 테니까 겁내지 마요. 뭐랄까, 오빠는 길에서 붕어빵을 팔더라도 얼굴 하나로 다 팔아서 굶어 죽진 않을 것 같달까?」

"그게 뭐야?"

웃음도, 보고 싶은 마음도 결국 터져 버린 원이 문을 두드렸다. 잠깐의 침묵 후, 우당탕하는 소리와 놀란 외침이 한꺼번에 들려왔다.

「뭐야, 오빠예요? 아니죠?」

"맞는데. 설마 또 누구 올 사람 있어?"

「아뇨! 그건 아닌데!」

다시 한 번 콰당탕하는 소리가 들렸다. 숨죽여 웃은 원이 느긋하게 한마디 하고는 전화를 끊었다.

"비밀번호 누르고 들어간다."

"잠깐만요!"

다급해진 호수의 입에서 저절로 비명이 튀어나왔다. 허둥대는 사이, 현관 쪽에서 삑삑 소리가 나기 시작했다.

"뭐야! 비밀번호 어떻게 알았지? 아, 내가 알려줬지. 아!"

죄 지은 것도 아니고, 집이 더러운 것도 아니었다. 아까 나가기 전에 찜질방 티셔츠도 다른 걸로 갈아입었고, 어차피 통화가 끝나면 오렌지 주스를 핑계 삼아 만날 생각도 하고 있었다. 그런데도 어쩔 줄을 모르겠는 기분이었다.

삑삑 소리, 달칵 소리. 그다음엔 덜컹 하고 심장 내려앉는 소리.

한 뼘 정도 문이 열리고, 목소리가 한 발 앞서 들어왔다.

"……들어가도 돼?"

누르고 들어간다고 할 때는 거침없더니, 지금은 괜히 듣는 사람까지 수줍어지게 소곤소곤하고 있었다. 그 바람에 콩닥대던 심장이 더 빠르게 뛰기 시작했다.

한 손으로 가슴을 쓸어내린 호수가 가까스로 숨을 가다듬고는 핀잔을 던졌다.

"안 된다고 하면 다시 문 닫고 가게요?"

"아니."

더 이상 빠를 수 없는 대답에 이어 문이 활짝 열리고 해맑은 얼굴이 드러났다. 성큼 안으로 들어온 원이 등 뒤로 문을 닫으며 묘하게 웃었다.

"아까 열고 들어올 때랑은 기분이 다른데?"

"그런 표정으로 그런 말 하니까 상습범 같은 거 알아요?"

"상습범이라니. 아직 두 번밖에 안 땄어."

일부러 더 그렇게 웃은 원이 거실로 들어섰다. 그러고는 호수의 바로 앞에 섰다.

"옷, 갈아입었네?"

몸매가 드러날 듯 말 듯한 헐렁한 티셔츠에 짧은 반바지. 평소에도 자주 입는 옷인데 오늘따라 더없이 자극적으로 비쳤다. 호수도 마찬가지였다. 옷 갈아입었느냐는 별거 아닌 말이 오늘따라 괜히 이상하게 들렸다.

"다, 당연히 갈아입었죠. 아까 그 옷은 정말 안구에 트러블이 생기지 않고서는 고를 수 없는 옷이었어요."

"내가 뭘 줬는데? 사실 기억이 잘 안 나."

호수가 '바보 아냐?' 하는 표정을 지었다. 억울했지만, 차마 속옷 서랍을 먼저 구경하는 바람에 눈에 뵈는 게 없었다는 말을 할 수 없던 원은 대강 얼버무렸다.

"막 뒤적이기도 뭐해서 맨 위에 있던 거 준 거야. 어차피 아무거나 입어도 예쁠 거잖아."

"오늘 그 성대 참 기름지네요. 말이나 못하면……."

오글오글 구겨지는 호수를 보고 키득 웃은 원이 팔을 뻗었다. 그리고 어깨를 끌어당겼다.

"뭐, 어쨌든. 그보다……."

넓은 가슴 안에 이마가 파묻히고, 커다란 손이 등 뒤를 폭 감쌌다. 호수도 망설임 없이 원의 허리를 꼭 안았다. 그 온기에 바짝 말라붙었던 마음이 비로소 젖고, 녹고, 따스해졌다.

"아까 화내서 미안해."

아이처럼 담백한 사과가 사르륵 스며들었다. 순순해진 호수가 '저도요' 하고 답하자 원이 넘치는 진심을 꾹꾹 눌러담아 말을 흘렸다.

"하루 종일, 진짜 많이 보고 싶었어."

종일 같은 공간에 있었는데도, 보고 있었는데도, 계속 네가 보고 싶었어.

"말도 걸고 싶었고, 손도 잡고 싶었고, 안고 싶었고."

무대 위에서 노래하는 모습, 숨 막히게 예뻤다고 말해주고 싶었어. 너 한 번만 안고 무대 올라가면 더 잘할 수 있을 것 같다는 생각도 했고.

"하고 싶은 만큼 다 하면, 네가 닳아 없어질지도 모른다는 생각이 들 만큼."

팔을 반쯤 푼 원이 몸을 조금 떼고 호수를 내려다보았다.

그저 보는 것뿐인데, 마치 손으로 훑는 것처럼 짙은 시선이었다. 뺨이 화끈대기 시작한 호수가 앉으라는 말이라도 꺼내려던 찰나, 원이 몸을 살짝 굽히며 속삭였다.

"……이제 해도 되겠지?"

귀 바로 옆에서 들려온 한마디가 몽글거리던 공기를 단숨에 팽팽히 끌어당겼다. 동시에 느슨했던 원의 팔도 당겨지며 떨어졌던 상체가 꼭 달라붙었다. 호수는 눈을 감았다.

아무것도 보이지 않자 감각은 더욱 예민해졌다. 새뜻한 체취가 먼저, 곧이어 따뜻하고 말캉한 입술이 파고들었다. 느릿하게 등줄기를 더듬는 손길도 하나하나 빠짐없이 느껴졌다.

"……읏."

그때, 원에게서 새어 나온 나직한 신음 소리가 호수의 귀를 찔렀다. 뒷덜미를 훑고 내려가는 전율에 굳어버린 순간, 입술을 떼어낸 원이 희미하게 미간을 찡그리고는 아까 다친 곳을 한 손으로 가볍게 눌렀다 뗐다.

살짝 벌어진 자극적인 입술에 순간 넋을 놓을 뻔했던 호수가 황급히 물었다.

"괜찮아요? 많이 아파요?"

"괜찮아."

호수는 손가락 끝으로 조심스럽게 원의 입술 가장자리를 살폈다. 미안하고 안쓰러워 옅게 찌푸린 이마를 가만히 내려다보던 원이 손을 올렸다.

"그렇게 건드리면……."

제 입술 위를 더듬던 호수의 손을 덥석 움켜쥔 원이 낮게 중얼거렸다.

"……위험해."

뭐라 대꾸할 틈도 없이, 원은 감아 쥔 손 밖으로 두 마디쯤 튀어나온 호수의 손가락 끝을 그대로 입안에 머금었다.

"……!"

여전히 시선을 붙든 채로, 원이 가볍게 물었던 손끝을 느릿하게 빼냈다. 처음 느껴보는 저릿함이 온몸을 휩쓸었다.

맥없이 풀어지려는 찰나, 호수의 허리를 단단하게 받친 원이 그대로 몸을 돌렸다. 가볍게 미는 힘에 호수는 저도 모르게 뒷걸음질을 쳤고, 이내 다리 뒤로 소파 모서리가 닿았다. 혀끝에 감기던 순간의 아찔함이 아직도 남은 손가락은 어느새 원의 손가락 사이사이에 단단히 갇혀 있었다.

아까 쓰린 통증에 신음을 흘렸던 건 잊은 것처럼, 아니면 아예 다친 것조차 까맣게 잊어버린 것처럼, 원은 평소보다 더 집요하게 파고들었다. 감각만 남기고 생각은 모조리 집어삼키는 듯한, 정신을 차릴 수가 없을 만큼 갈급한 키스였다.

"하아……."

잠시 숨 쉴 틈이 벌어졌을 때, 호수는 자신이 소파에 누워 있음을 깨달았다. 무의식중에 잡고 매달렸던 것이 어깨 옆을 짚은 원의 팔이라는 것도, 어느새 소파 위로 올라온 두 다리가 원의 무릎과 닿을 듯 말 듯 겹쳐져 있다는 것도 그제야 알았다.

아래에서 내뱉는 가쁜 숨과 위에서 쏟아지는 뜨거운 숨이 한데 섞여 부서지는 가운데, 원의 입술이 달싹였다.

"왜…… 가만히 있어?"

심장이 뻐근할 정도로 뛰어서 말을 할 수가 없었다. 원의 눈빛이 짙게 흐려졌다.

"밀어내야지."

물음도 혼잣말도 아닌, 절박한 속삭임에 가까운 말.

참고 참았던 마지막 선 하나를 아슬아슬하게 밟고 서서 내뱉는, 마음에 없는 말.

천천히 숨을 가다듬고 마음도 가다듬은 호수가 겨우 대답했다.

"내가 오빠를…… 왜 밀어내요?"

달고 끈적거리는, 그러나 결코 불쾌하지 않은 어떤 무엇이 발끝부터 천천히 차올랐다. 원은 떨리는 호수의 눈동자에 잠길 듯 눈을 맞췄다.

"내 생일보다 더 의미 있는 날이 있을 거라고 했는데."

원의 목소리가 속삭이듯 낮아졌다.

"오늘은 아무 날도 아니잖아."

수긍하지도, 부정하지도 않는 침묵에 원의 눈빛이 슬그머니 바뀌었다.

"그럼, 그런 날을……."

잠시 끊어졌던 말이 가만가만 이어졌다.

"너랑 나만 아는 의미가 있는 날로 만드는 건…… 어떨 것 같아?"

'의미'라는 단어의 의미가 스며들자마자 몸 속 깊은 곳에서부터 묘한 울림이 번지며 머리카락이 쭈뼛거렸다. 어릴 때 가끔 사 먹었던, 입안에서 폭죽처럼 톡톡 튀어 오르는 가루사탕을 한가득 입에 문 것 같은 기분이었다.

뺨 근처에 흐트러진 머리카락을 넘겨주는 손길과 원하는 대답을 재촉하는 눈길이 나긋하면서도 농밀했다. 말을 할 수 있을 만큼 마음을 가라앉힌 호수가 한참 만에 입을 뗐다.

"조금도 망설여지지 않는 날이 있을 거라고, 그때까지 아껴준다면서요?"

뺨을 쓰다듬던 원의 손이 멈칫했다. 이어서 '내가 왜 그랬지' 하는 표정이 가득 번졌다. '그때로 돌아가 내 입을 막아버리고 싶다' 하는 눈빛도 스쳤다.

방금 전까지 아슬아슬하던 분위기가 무너지기 일보직전인 것을 본 호수가 웃음을 삼켰다.

"아껴주는 건 좋아요."

호수의 손이 가만히 원의 옷자락을 붙잡았다.

"근데, 지켜주진 않아도 돼요."

그러니까 지금 가만히 있는 건, 밀어내지도 않는 건, 심장이 터질 것 같아도 끝까지 시선을 피하지 않는 건…….

그사이에 좋아하는 마음이 더 커져 버려서. 그날보다 오늘, 더 큰 확신이 생겨서. 그래서 조금도 망설여지지 않는, 그런 날이라는 뜻.

"혹시 오늘도 망설여져요……?"

호수다운 솔직한 도발이 원의 머릿속에 남아 있던 일말의 걱정들을 말끔하게 비워냈다. 바스라지게 웃은 원이 몸을 일으켰다.

"아니, 전혀."

소파 아래로 내려선 원은 망설임 없이 호수를 안아 들고 안쪽으로 몸을 돌렸다. 이젠 어떻게 해도 가라앉지 않을 것 같은 두근거림이 버거워, 호수는 원의 넓은 어깨를 잡고 가만히 기댔다. 그 어깨가 너무 든든해서 오히려 더 떨려 버리고 말았다.

시간이 흘러가는 소리까지 들릴 정도로 조용하고, 눈을 뜨고도 꿈을 꾸는 기분이 들 만큼 어두운 방 안.

한 사람이 곁에 있을 뿐인데, 익숙한 방은 마법처럼 낯선 공간으로 변했다. 매일같이 몸을 누이던 작은 침대는 공중에 떠오른 양탄자, 혹은 바다 한가운데를 유영하는 조각배가 되었다. 위태롭게 출렁이면서도 더없이 아늑한, 세상에 오직 둘만 존재하는 비밀스런 곳이었다.

"아, 읏……."

몸 위로 낯선 무게가 실리며 등에 닿은 시트가 깊이 가라앉았다. 그대로 아득히 떨어져 내릴 것만 같아, 호수는 원을 더욱 세게 끌어안았다.

떨림이 조금이나마 잦아들 때까지 꼭 안아준 원이 팔을 풀고 몸을 떼었다. 그리고 호수가 입고 있는 티셔츠 밑자락을 손에 쥐었다.

천천히, 둘을 가리고 있던 것들이 하나씩 떨어지며 조금은 서늘한 공기가 피부 위를 스쳤다. 오싹 몸을 떤 순간, 무엇과도 비교할 수 없는 열기를 품은 손이 지금껏 누구에게도 허락하지 않은 은밀한 곳을 탐했다.

"아, 오빠……!"

무의식적으로 튀어나온 달뜬 부름이 엄청난 자극이 되어 원을 뒤흔들었다. 이성의 스위치가 완전히 꺼지고, 아찔한 본능만 남았다. 그 와중에도 제 욕심이 호수보다 앞서지 않아야 한다는 것만은 잊지 않았다.

호수는 질끈 눈을 감았다. 극도로 예민해진 귀와 솜털 하나까지 곤두선 피부가 눈을 대신해 의미 있는 순간의 기억을 하나하나 새겼다.

자꾸만 굳어지는 몸을 더없이 소중하게 어르고 보듬는 입술도, 마른 시트가 험하게 구겨지며 끊임없이 바스락대던 소리들도, 더 이상 가까울 수 없는 거리에서 깊숙이 배어드는 서로의 온도와 체취까지도, 모두 다.

"호수야."

꼭 감은 눈 안쪽이 뜨거워졌다. 핑 돌아 소리 없이 새어 나온 뜻 모를 눈물이 호수의 눈꼬리를 타고 흘러내렸다. 그러나 그 눈물은 미처 관자놀이를 스치기도 전에 원의 입술에 묻어 삼켜졌다.

"……너 지금, 너무 예뻐."

다시금 눈물이 차올랐다. 자꾸만 젖어드는 눈 위로 나긋하게 입을 맞춘 원이 몇 번이고 예쁘다, 속삭이며 더 깊이 어루만졌다.

"이렇게 예쁘면, 나는……."

가끔은, 제대로 숨도 쉴 수가 없어. 보다가, 그냥 보고만 있다가 눈물이 날 것 같을 때도 있어. 주고 싶은 마음이 너무 많은데 어떤 걸로도 부족해서, 겨우 사랑한다는 말밖에 할 수가 없어.

"……들어가도 돼?"

조금 전, 문 앞에서 묻던 것과는 비교조차 되지 않을 만큼 농밀한 속삭임이 뭉개졌다. 호수는 차마 대답하지 못하고 원의 어깨에 이마를 묻었다.

"으, 흑……!"

"미안…… 많이 아파?"

"조금, 아니, 괜찮…… 으응……."

정신없이 내뱉는 호수의 말끝을 물고 입술을 머금은 원이 숨을 불어넣어 달랬다. 그러고는 단숨에 호수 안으로 잠겨들었다.

입을 맞추면 매달리듯 안겨왔다. 짙게 어루만지면 수줍게 달아오르고, 견딜 수 없어 몸을 놀리면 서툴게 따라와 주었다. 이토록 기꺼이 제 몸을 받아준다는 게 꿈만 같아서, 어쩌면 마음을 받아 주던 순간만큼이나 믿어지지 않아서, 원은 몇 번이고 새로이 눈을 감았다 뜨고 입술을 깨물었다 놓아야 했다.

하나뿐인 이와 마음을 주고받고, 모든 것을 보여주고, 둘만 아는 시간을 보낸다는 건…….

이렇게 좋고, 좋고, 좋은 일.

파도처럼 하얗게 반짝이고 잘게 부서지는 낯선 감각들이 밀려왔다 빠져나가기를 반복하며 온몸을 일렁이게 했다. 원이 주는 거니까 조금도 놓치지 않으려고 애쓰며, 호수는 원을 감싸 만지던 손에 더 힘을 주었다.

더, 조금 더. 점점 더. 지금보다 더 좋아질 것 같아.

이제 정말, 완전히 빠져 버려서.

원의 손이 호수의 손목을 잡아끌어 내렸다. 거친 손길에 저도 모르게 '아' 하고 내뱉자 오히려 더 거칠어졌다. 손가락 사이사이 깊게 미끄러져 들어간 원의 손이 호수의 손을 아프도록 꽉 움켜쥔 순간, 누가 먼저랄 것도 없이 둘의 입에서 깊고 황홀한 숨이 토해졌다.

원래부터 한 사람이나 다름없던 두 사람의 첫 밤이었다.

밤빛이 새벽빛으로 바뀌며 어둠이 한결 부드러워졌다. 눈도 이미 어둠에 익숙해진 후였다. 그러나 잘 보인다는 게 마냥 좋은 것만은 아니었다.

"……얼른 자."

이불을 목까지 바짝 끌어당기고 모로 누워 있던 호수는 가만히 한숨을 내쉬었다.

눈앞에, 조금 흐트러진 모습조차 매력적인 원이 보였다. 베개 대신 겹친 두 팔 위에 턱을 올리고 엎드린 채, 게다가 호수에게 이불의 절반 이상을 뺏기고 상체를 고스란히 드러낸 채로.

엎어놓고 고스톱을 처도 되겠다 싶을 만큼 넓은 등을 중심으로 위로는 어깨, 아래로는 허리, 옆으로는 팔뚝까지. 그야말로 톱 A급 눈호강이었다. 숨을 쉴 때마다 등이 미미하게 오르내리는 것과 눈을 깜박이는 것만 빼면 그냥 화보라 해도 좋을 듯했다.

"안 졸려?"

"졸려요."

당연히 졸리고 피곤했다. 그도 그럴 것이, 어제 이 시간쯤 일어났으니 24시간 동안 깨어 있는 셈이었다. 거기에 콘서트를 비롯해 평생 잊지 못할 경험들까지 하루 만에 다 치르고 난 후였으니 나른하지 않을 리가 없었다. 그런데도 도저히 잘 수가 없었다.

"졸리면 자, 얼른."

젠장, 뭔 놈의 섹시 화보가 음성 지원까지 되고 난리야. 피곤해서 눈알 빠질 것 같은데, 아까워서 눈을 감을 수가 없잖아.

호수가 절대 할 수 없는 말을 꼴깍 삼켰을 때, 원이 넌지시 입을 열었다.

"재워줄까?"

"누가 누굴 재워줘요? 지금 누구 때문에 못 자고 있는데."

"나 때문에 못 자는 거였어? 왜?"

한 팔을 세워 머리를 기댄 원이 몸을 틀었다. 그러고는 작정한 듯한 눈웃음과 함께 뻔뻔한 한마디를 흘렸다.

"눈 감으면 나 안 보여서?"

"에잇!"

지레 찔린 호수가 이불 속에서 한 손을 불쑥 꺼내 원의 등짝을 찰싸닥 후려쳤다. 옷을 입었을 때와는 소리부터 다른 스매싱에 원이 곧바로 찡찡대기 시작했다.

"왜 매번 이런 식이야? 우리 사이에 할 수 있는 스킨십이 얼마나 많은데."

"그러니까 하고 많은 스킨십 중에 왜 하필 손찌검을 하고 싶게 만드냐고요."

"때릴 거면 그냥 자."

"나도 자고 싶다고요! 그러니까 얼른 가요! 그럼 바로 잘 거니까!"

키득 웃은 원이 손을 뻗었다. 짓궂게 이불을 잡아당기는 바람에 기겁한 호수가 비명을 지르며 손에 힘을 꽉 주었다.

"뭘 가려? 다 봤는데."

"가요! 숙소 가라고!"

"왜 자꾸 가라고 해? 하룻밤 놀고 나서 버리는 거야?"

"요새 막장 드라마 대본 들어와요? 이상한 소리만 하고 있어!"

호수는 한 손으로 이불을 쥔 채 다른 손으로 원을 막으려 애썼으나, 애초에 힘으로 이길 수 있을 리가 없었다. 때찌때찌 말고 다른 스킨십하자며 호수의 손을 붙잡고 이불까지 걷어내려는 원과 한참

실랑이를 벌인 호수가 겨우 말을 돌렸다.

"저 이제 진짜 잘래요. 오빠도 다른 사람들 왔다 갔다 하기 전에 얼른 가요. 오후에 스케줄도 있잖아요. 조금이라도 쉬어야죠."

그 말을 듣자 원은 되레 더 가까이 다가들었다. 호수의 목 아래 팔을 넣어 받치고, 다른 손으로 등을 감싸 바짝 끌어당긴 후에 이불까지 끌어다 덮어준 원이 답했다.

"너 자는 거 보고 갈 거야."

얼른 가라고 해야 하는데, 머리끝까지 덮인 이불과 안긴 품 안이 너무 포근해서 입이 떼어지지 않았다. 거기에 꿈결처럼 다정한 목소리까지 보태졌다.

"재워줄게. 눈 감아."

마치 주문이라도 되는 양 호수는 저도 모르게 눈을 감았다. 그러다 다시 눈을 뜨려 했을 때, 나직한 노랫소리가 귀를 울렸다.

기댄 가슴에서 들려오는 심장 소리, 제 안에서 뛰는 소리, 그리고 잔잔한 자장가 소리가 요람처럼 마음을 흔들었다. 떨리고 설레서 잘 수 없을 것 같았는데, 거짓말처럼 눈꺼풀이 무거워졌다.

품 안의 숨소리가 점점 느려지는 것을 느끼며, 원도 눈을 감았다. 입술 사이에서 흘러나오는 노래도 점점 낮아졌다.

가장 아늑한 새벽이 찾아든 방 안, 어느덧 둘의 숨소리만 남았다.

#Track 12.
진짜야?

[9월 26일 AM 4:00. 원준, 차 안]

호수를 재워주려다가 원이 같이 잠들어 버린 바로 그 시간, 여전히 잠들지 못하고 있는 이가 있었다. 주차장에 차를 세워놓고도 들어가지 못하고 있는 원준이었다. 운전석 시트에 등을 기댄 그의 손에는 포시즌 1집 CD 케이스가 들려 있었다.

"……나참. 알다가도 모르겠네."

혼잣말을 내뱉은 원준이 앨범 재킷을 내려다보았다. 그 시선 끝에 앳된 봄이 있었다.

이제껏 본 적이 없어서 몰랐던, 그러나 보는 순간 깨달아 버린, 지금과 조금도 다르지 않은 환한 웃음을 띤 채.

봄에게서 시선을 떼고 빈 조수석을 돌아본 원준은 조금 전의 일을 다시금 되새겼다.

호수를 숙소에 데려다주고 회사로 돌아와 막 차에서 내리려던 때였다. 앞 유리창 너머로 막 문을 열고 밖으로 나오는 여 사장이 보였다.

"벌써 가시는 건가?"

평소에도 회식 자리에 늦게까지 머무는 일 없는 쿨한 사장이긴 했다. 큰길 바로 앞에 서서 도로 쪽을 바라보는 것을 보니 택시를 불러 달라고 하고 내려온 모양이었다.

"오늘은 마실 거라더니."

아쉬워진 원준이 입속말을 중얼거렸다. 여 사장 가까운 곳에서 술을 마시다가 분위기가 된다면 궁금했던 것들을 넌지시 물어보려던 참이었다.

"다음에 기회가 있으려나? 근데 뭐, 사실 뭘 물어봐야 될지도 모르겠지만."

인사를 할까 말까 망설이던 원준은 그냥 여 사장이 간 후에 차에서 내릴 생각으로 무심히 그쪽을 지켜보았다.

그런데 그때, 검은 승용차 한 대가 그녀 앞에 멈춰 서더니 한 남자가 내렸다. 작지 않은 덩치와 낯익은 옷차림, 콘서트장에서 본 남자가 분명했다. 몸을 앞으로 기울인 원준은 저도 모르게 인상을 구겼다.

여 사장 앞에 선 그가 무언가 말을 꺼냈다. 여 사장은 입을 꾹 다물고 있었다. 다시 한 번 남자가 뭐라 말하자, 그제야 여 사장이 짧게 답하는 것이 보였다.

"저놈은 뭔데 자꾸 나타나서 알짱거리지? 거슬리게."

차라리 아까 내려서 짧게 인사나 하고 올라가 버릴걸. 오도가도 못 하게 된 원준이 후회했다. 그런데 갑자기 밖의 분위기가 심상찮게 흘러가기 시작했다.

성큼, 남자가 다가들었다. 여 사장은 물러서기는커녕 움찔하지도 않은 채 그를 똑바로 올려다보았다. 그 상태로 몇 마디가 더 오고 간 후, 갑자기 남자가 조수석 문을 열고는 곧장 여 사장을 잡아 끌어당겼다. 누가 봐도 억지로 차에 태우려는 광경에 원준은 벌떡 몸을 일으켰다.

나서야 되는 건가? 아니, 나서도 되는 건가?

그런 고민이 들었으나 오래가진 않았다. 매몰차게 손을 뿌리치고 물러나던 여 사장이 구두 때문에 한쪽 발목을 삐끗했음에도, 남자는 걱정은커녕 다시 손목을 잡아챘다. 더 볼 것도 없다는 결론을 내린 원준이 곧바로 운전석 문을 열고 내렸다.

"사장님!"

여 사장도, 남자도 원준 쪽을 돌아보았다. 원준은 속으로 '내가 왜 이러지' 하고 중얼거리면서도 빠르게 걸음을 옮겼다.

"벌써 내려오셨네요. 근데 이분은?"

원준이 노골적으로 여 사장의 손목을 주시했다. 슬그머니 손을 놓은 남자가 굳게 입을 다물고 원준을 노려보았다. 원준 역시 날선 눈길로 맞받았다.

"우리 사장님이랑 아는 분이세요? 아니면 지금 바로 신고할까 하는데."

"신고요? 남의 일에 함부로 끼어들지 마시죠. 아주 잘 아는 사람이니까."

"지금 여기서 함부로 구는 사람이 누군데 이러십니까? 잘 아는 사람이면 그렇게 막무가내여도 되나? 그리고 남의 일이 아니라 우리 사장님……!"

"왜 이렇게 늦게 왔어?"

자연스럽게 말을 자른 여 사장이, 아무렇지도 않게 원준의 팔을 붙잡았다.

"피곤해. 빨리 집에 가."

"네? 아, 그래요."

당황한 원준이 어색하게 장단을 맞췄다. 원준의 팔짱을 낀 채로, 여 사장은 말을 던졌다.

"우리 애들 공연 보러 여기까지 와주셔서 감사드려요."

"희수야."

"제가 할 말은 조금 전에 다 드린 것 같네요. 그럼."

그대로 몸을 돌리려던 여 사장이 살짝 휘청하며 멈춰 섰다. 티 내지 않으려 애쓰는 것 같긴 했으나, 아까 삐끗한 발목 쪽이 아픈 모양이었다.

"괜찮으세요?"

"괜찮아."

대답은 괜찮다고 했지만, 여 사장은 선뜻 걸음을 내딛지 못했다. 한숨을 폭 내쉰 원준이 등 뒤로 팔을 둘러 그녀를 부축했다.

"병원 안 가보셔도 되겠어요?"

"됐어, 병원은 무슨. 집에 가서 좀 쉬면 그만이야."

여 사장을 살뜰히 챙긴 원준이 자신의 차로 향했다. 조수석 의자를 젖히고 그녀를 앉힌 원준은 차 앞을 돌아 운전석에 오르며 아직도 서 있는 남자를 쏘아보았다.

"그냥 가도 됩니까?"

"안 가면 뭘 할 건데?"

"저쪽은 엄청 할 말 있어 보이는데, 사장님은 없으세요?"

하염없이 이쪽을 보고 있는 남자를 턱짓으로 가리킨 원준이 툭 뱉었다. 등을 기댔던 여 사장이 슬그머니 몸을 일으켰다.

"너, 꼭 뭔가 알고 있는 사람처럼 말하는데?"

"아, 알긴 뭘 알아요? 전 사장님이 곤란해하시는 것 같아서……."

"아이돌도 아닌 게 어디서 발연기야? 너 어떻게 알았어? 그러고 보니까 아까 콘서트장에서도 괜히 나 불러내서 헛소리했지. 그때 뭐 들은 거 아냐?"

귀신보다 더한 눈치에 딱 걸려든 원준이 시선을 피했다. 그러나 오히려 잘된 건지도 모른다는 데 생각이 미쳤고, 냉큼 말을 바꿨다.

"네. 죄송하지만, 어쩌다가 좀 들었습니다. 저 사람 심진욱 씨 맞죠? 〈못 해〉 작곡가."

"뭐야? 그건 또 어떻게 알았어?"

"그것도 어쩌다가……."

"어쩌다가 같은 소리 하고 자빠졌네. 내가 어쩌다가 월급 주고 스토커를 키웠지? 너 어쩌다가 나한테 사심을 품었니?"

"무슨 말씀이세요! 아니거든요? 사심은 저 남자가 잔뜩 품고 있구만. 괜찮은 겁니까?"

"무슨 상관이야? 난 이제 진짜 끝났는데."

"한 사람만 끝나서 될 일입니까? 또 나타나서 치덕거리면 어쩌시려고요."

저도 모르게 튀어나온 불퉁한 말에 여 사장이 '이것 봐라' 하는 표정을 지었다. 찔끔한 원준이 얼른 고개를 돌린 순간, 몸을 기울인 그녀가 얼어버린 원준의 귀에 바짝 대고 속삭였다.

"김 실장."

"네…… 네?"

"신경 끄고 운전이나 해."

느닷없이 들어온 향수 냄새와 나긋한 목소리에 눈앞이 아찔해졌다. 여 사장은 언제 다가들었냐는 듯 다시 시트에 기대 누웠다.

와, 나, 진짜……!

원준은 핸들을 잡은 손에 꽉 힘을 주었다. 괜스레 얼굴이 화끈대고, 심장이 미친 듯 두근거렸다. 그 모습이 밖에 선 옛 남자의 눈에는 질투하는 새 남자와 귓속말로 달래는 여자의 모습으로 보였다는 사실은 미처 깨닫지 못한 채였다.

이를 꽉 악문 원준이 액셀을 밟았다. 묵묵히 여 사장의 집으로 향하는 동안, 차 안에는 묵직한 적막만이 흘렀다.

집 근처에 다 왔을 때쯤, 원준은 비로소 옆을 돌아보았다. 여 사장은 미동도 없이 앞만 바라보고 있었다. 옆 차선을 지나가는 다른 차들의 불빛을 따라 그녀의 얼굴에 주홍빛 그림자가 어렸다 사라졌다 했다.

환한 얼굴, 그늘진 얼굴.

어느 쪽이 진짜인 건지.

그 순간, 속으로 생각만 하려던 말이 입 밖으로 튀어 나오고 말았다.

"사장님이 봄이죠?"

제가 말해놓고 제가 놀란 원준이 눈치를 살폈다. 자는 듯 평온해 보이던 여 사장이 천천히 고개를 돌렸다.

"……뭐야, 너."

말끝이 파르르 떨렸다. 원준은 지그시 입술을 깨물며 후회했다.

완전, 완전 실수했어. 무슨 일이 있던 건지도 모르면서. 감춘 데는 그만한 이유가 있을 텐데, 이렇게 갑자기…….

오피스텔 앞에 도착해서야 원준은 쭈뼛쭈뼛 옆을 돌아보았다. 일단 죄송하다는 말부터 꺼내려던 찰나, 내내 말이 없던 여 사장이 먼저 입을 열었다.

"이번에도 어쩌다가 알았니?"

화가 났다기보다는 기가 막힌다는 투였다. 다소 안심한 원준이 얼른 대답했다.

"사장님이 심진욱 씨랑 통화하시는 걸 어쩌다가 듣게 돼서……. 정말 일부러 들으려고 한 건 아니었습니다. 죄송합니다."

"얼굴도 대충 생긴 주제에 인생도 대충 사네. 뭐가 그렇게 다 '어쩌다가'야?"

"사장님 주변에 워낙 축복받은 얼굴들이 많아서 그렇지, 저도 막 그렇게 대충 생긴 건 아니거든요? 저도 괜찮게 생겼다는 말 종종 들어요."

"들었겠지. 어쩌다가 한 번쯤."

원준이 입을 비죽거렸다. 여 사장은 한숨을 폭 내쉬고는 중얼거렸다.

"하긴, 인생 뭐 있어? 어쩌다가, 어떻게 하다 보니까 여기까지 와 있는 거지."

단지 그 말뿐이었다. 그녀는 더 이상 화를 내지도, 다그치지도 않은 채 그저 눈을 내리깔고 침묵했다.

어쩐지 시선을 뗄 수 없게 되어버린 원준이 여 사장의 옆모습에 집중하고 있을 때, 갑자기 그녀가 고개를 획 돌렸다.

"너 예전에 나한테 그랬지. 포시즌 봄 광팬이었다고."

"예? 아, 예. 그랬죠. 그럼요."

"진짜 좋아한 거 맞아?"

팬심을 의심받은 원준이 불퉁해졌다. 힐끗 돌아본 여 사장이 슬 그머니 몸을 기울였다.

"팬이었다면 잘 알 텐데. 봄이랑 나랑 얼굴이 완전 다르다는 거."

안 그래도 그게 가장 마음에 걸리던 차였다. 그렇다고 대놓고 '성 형하셨어요?' 하고 물을 수는 없었기에 원준은 대강 얼버무렸다.

"네? 그거야 뭐, 좀 그렇긴 한데 워낙 시간도 많이 흘렀고……. 아, 그리고 보다 보니까 얼핏 알겠던데요? 그냥 보다 보니까……."

원준의 변명을 듣던 여 사장이 헛웃음을 터뜨렸다.

"얼핏 알긴 뭘 알아? 낳아준 부모님도 못 알아보게 싹 다 고쳤는 데."

"뭐요? 진짜?"

설마 했던 의심이 사실로 밝혀지는 순간, 너무 놀란 원준의 입에 서 무려 반말이 튀어나왔다. 폭탄처럼 던져진 성형 고백의 충격에서 원준이 허우적대는 사이, 여 사장은 개운하기까지 한 얼굴로 말을 맺었다.

"그래, 내가 봄이야. 이제껏 아무도 몰랐는데, 네가 다 알아버렸 네."

어느 병원에 얼마를 주셨기에 그렇게 예쁜 얼굴을 사셨어요?

목까지 치민 말을 간신히 참은 원준이 급한 대로 다른 말을 던졌 다.

"아니, 이거, 반칙 아니에요? 우리 회사 성형 금지잖아요!"

"나는 사장이잖아. 억울하면 사장 하든가."

"세상에나……."

"그리고 나는 겁나게 운이 좋아서 눈이랑 코랑 기타 등등 다 잘됐 지만, 누구나 그러라는 법이 어디 있어? 재수 없으면 안 하느니만 못한 얼굴 된다니까?"

황당한데 딱히 반박할 여지도 없었다. 입만 벙긋거리던 원준이 간신히 되물었다.

"그래서 애초에 손댈 필요가 없는 애들만 뽑으시는 겁니까?"

"그렇지. 누구보다 잘 알거든. 외모는 중요해. 그리고 그 외모만큼 중요한 게 뭔지 알아?"

진지하게 물은 여 사장이 진지하게 답했다.

"원래부터 괜찮은 얼굴로 살아온 애들한테는 자연스럽게 몸에 배인 자신감과 자존감이 있어. 그런 애들은 나처럼 쓸데없는 자기 비하나 열등감으로 스스로를 좀먹을 일이 없지. 물론 실력이 기본으로 깔려 있을 때 얘기지만."

그렇게 말하는 그녀의 얼굴 위로, 포시즌 시절 가장 노래를 잘했으면서도 얼굴만 예쁜 다른 멤버들에게 묻혀 주목받지 못했던 봄이 겹쳤다. 거기에 티라미수 시절 비슷한 일을 겪고 힘들어하던 호수도 한데 보였다.

"왜…… 사장님이 되셨어요? 얼굴까지 예뻐지셨으면 차라리 솔로로 계속 노래하셨어도……."

"난 이제 노래 못 해."

"네?"

생각 이상으로 단호한 대답이었다. 왜냐고 물으려던 순간, 여 사장이 말을 돌렸다.

"내가 사장이 된 덕분에 호수 같은 애가 빛을 보잖아. 안 예쁜 것도 아니고, 노래 못하는 것도 아닌데, 괜한 열등감 때문에 빛을 못 내는 게 안쓰러웠는데."

"비슷…… 하다고 생각하신 겁니까?"

"처음엔 그랬는데, 보니까 아니더라고. 걔는 나랑은 달라. 기본적으로 자기 실력에 자부심도 있고 자존감도 높아. 그러니까 지가 아니다 싶으면 나한테도 그따위로 꼬장 부리지."

픽 웃은 여 사장이 지나가는 말처럼 덧붙였다.

"나도 그랬으면 좋았을 텐데."

알 듯 모를 듯한 한 마디만 남기고 고개를 떨군 여 사장이 이마를 짚었다.

"와, 제대로 망했네. 하필 제일 띨띨한 놈한테 약점을 잡히다니. 어쩌다가 이렇게 됐지?"

"저 그렇게 안 띨띨한데요. 내일 근로 계약서 다시 쓸까요? 연봉 협상 다시 했으면 하는데."

"넌 너무 많은 걸 알아버렸어. 죽어줘야겠어."

"사장님이 그런 말 하시면 진짜 같으니까 하지 마세요."

다시금 입꼬리를 끌어 올린 여 사장이 차에서 내릴 채비를 했다.

"농담이고, 다행이라고 생각해. 네가 다른 건 몰라도 의리는 있잖아. 호수한테 하는 거 보면 알지. 너라면 떠벌리고 다니지 않을 거라 믿어."

"믿지 마세요. 사장님이 언제부터 절 믿으셨다고."

애초부터 떠벌릴 생각은 없었지만, 그래도 괜히 한 번 까불어본 원준이 막 내리려던 여 사장의 뒤에 대고 덧붙였다.

"진짜예요. 저 그냥은 입 안 다물 겁니다. 세상에 공짜가 어디 있습니까?"

"그럼 뭐? 나한테 뭐 뜯어낼 생각이라면, 모가지 잘릴 각오부터 해야 할 거야."

"그 모가지가 단순히 직장에서 잘린다는 뜻만은 아닌 것 같으니까요, 그냥……."

목을 감싸며 말을 흐린 원준이 제 가방을 찾았다. 여 사장이 '이건 또 무슨 수작이야?' 하는 눈으로 보는 사이, 원준은 주섬주섬 뭔가를 꺼내 내밀었다.

"사인, 해주시면 안 될까요?"

호수에게 돌려받은 포시즌 앨범이었다. 여 사장이 아무 반응도 보이지 않자 머쓱해진 원준이 서둘러 덧붙였다.

"저 진짜 팬이었다니까요. 그때 소원이 사인 받는 거였거든요. 근데 너무 어려서 사인 못 받은 게 한이 돼가지고. 지금이라도……."

"잊어버렸어."

원준이 흠칫 말을 멈췄다. 여 사장은 원준의 손에 들린 CD에 시선을 고정하고 있었다. 그 얼굴에, 아까 대놓고 봄이냐는 말을 들었을 때보다 더 깊고 복잡한 무엇들이 울컥거렸다.

"워낙에 내 사인 받겠다는 사람은 거의 없다 보니."

담담하고 쓸쓸한 혼잣말. 언젠가 연습실 앞에서 호수의 노래를 들으며 눈물을 떨어뜨릴 때, 그때의 분위기와 꼭 닮아 있었다.

"가끔 너 같은 애가 있긴 했지만, 정말 가끔이었거든. 그래서 나한테 사인해 달라는 사람들한테는 악수도 해주고 포옹까지 해줬어."

"네?"

순간, 말뜻을 이해하지 못한 원준이 멍하니 되물었다. 운전석 쪽으로 몸을 기울인 여 사장이 원준의 목에 팔을 감았다.

"좋아해 줘서 고맙다고."

"……!"

친구, 혹은 남동생을 껴안듯 시원시원하니 끌어안고 보너스로 등까지 팡팡 두드려 준 그녀가 팔을 풀고 물러났다. 그리고 돌처럼 굳어버린 원준의 눈을 똑바로 바라보며 웃었다.

사장으로서는 한 번도 보여준 적 없던 표정. 보는 순간, 오래전의 풋풋한 감정까지 고스란히 떠오르게 만드는 눈부신 웃음.

"사인은 결재판에 자주 받잖아. 어쨌든, 대충 생긴데다 띨띨하긴 하지만, 난 김 실장 믿어."

그 말만 남기고 여 사장은 문을 열었다. 누가 묶어놓기라도 한 양 꼼짝도 하지 못하고 있는 원준에게 태연히 손까지 흔든 그녀가 문을 닫고 돌아섰다.

"잘 가."

여 사장이 집에 들어가도 열 번을 들어가고는 남았을 시간이 흘렀을 때까지도 원준은 그대로 굳어 있었다. 한참만에야 예쁘고 섹시하며 첫사랑 비슷한 존재였던 직장 상사의 기습 포옹이 남기고 간 여운에서 풀려난 원준은 퍼뜩 눈을 크게 떴다.

"아, 발목⋯⋯!"

곧바로 핸들에 이마를 박은 원준이 중얼거렸다.

"집 앞까지 바래다 드릴걸⋯⋯."

[9월 26일 AM 9:00. 원과 호수, 숙소]

어디선가 음악 소리가 들렸다. 세련된 비트에 귀에 쏙 들어오는 멜로디. ONE의 노래였다. 본능에 가까운 습관으로 잠결에도 안무를 되새기던 원이 벌떡 몸을 일으켰다.

"내 전화!"

그 소리가 전화벨 소리임을, 그리고 호수 옆에서 깜박 잠들어 버렸음을 뒤늦게 깨달은 원이 서둘러 이불을 걷고 미끄러지듯 침대에서 내려왔다. 그사이 잠깐 끊어졌던 전화가 곧바로 다시 울렸고, 원은 빛의 속도로 옷을 꿰어 입으며 전화를 받았다.

"어, 어! 태원아."

「화장실 간 줄 알았더니, 집에 없던 거였어? 내가 생각하는 곳에 있는 것 같아서 어디냐고 묻지는 않겠는데……. 지금 도영이 형 거의 다 왔다는데.」

"뭐? 알았어! 바로 올라갈게."

소란에 놀라 황급히 옷을 입고 따라 나온 호수가 벽에 걸린 시계를 보고는 발을 굴렀다.

"그러게 내가 가라고 할 때 갔어야죠! 같이 자면 어떡해요!"

"피곤해서 나도 모르게 그만……. 일단 나 갈게."

"얼른 가요, 얼른."

원의 등을 밀다 말고 현관 쪽으로 먼저 나선 호수가 문을 빠끔 열었다. 살그머니 나간 호수는 빠른 걸음으로 비상계단 입구까지 살펴보고 온 후에 손짓을 했다.

"지금 아무도 없는 것 같으니까 얼른 가요."

"푸흡, 알았어. 이따가 전화할게."

007 작전 뺨치는 긴박한 상황에서도 복도를 쪼르르 달려갔다 돌아오는 모습이 귀여워 웃음이 터졌다. 두 손으로 호수의 뺨을 감싸 끌어 올린 원은 쪽 소리가 나게 입을 맞추고는 얼른 밖으로 빠져나갔다.

무사히 비상계단으로 접어든 원이 안도의 한숨을 내쉬며 성큼성큼 계단을 올라갔다. 부스스한 머리를 손으로 대강 매만지는 원의 입가에 감추기 힘든 미소가 길게 늘어졌다.

갑자기 일어나는 바람에 띵해진 머릿속에, 다시 떠올려 봐도 숨이 탁 막힐 정도로 따뜻하고 좋았던 순간순간들이 몽글몽글 피어 올랐다.

"……같이 살고 싶다."

이래서 결혼을 하는 거구나. 헤어지기 싫어서, 당당하게 일상을 공유하고 싶어서.

사장님한테 한 번 물어볼까? 최초로 아이돌 부부 하나 키워볼 생각 없으시냐고. 혹시 내가 스타트를 끊어놓으면 의외로 아이돌이 일찍 결혼하는 게 트렌드가 될지도…….

원은 여 사장이 들었다간 뒷목 잡고 쓰러지고도 남을 만한 입속 말을 중얼거리며 5층 문을 벌컥 열었다. 그리고 한 걸음 내딛는 순간, 희한한 괴성을 내질렀다.

"흐어억!"

"깜짝이야! 너 왜 거기서 나와?"

막 엘리베이터에서 내린 도영이 느닷없이 비상계단에서 나오는 원을 보고 놀란 가슴을 쓸어내렸다. 도영보다 백배는 더 놀란 원이 튀어나올 뻔한 심장을 한 손으로 꾹 누르며 황급히 둘러댔다.

"우, 운동이요. 운동하고 오는 길이에요. 얼굴이 좀 부은 것 같아서."

"뭐? 차도 없는데 어떻게 나갔다 왔어?"

"저기, 그게, 나갔다 온 건 아니고요, 사실 나가서 조깅을 하려고 했는데 팬들 때문에 그냥 안에서 가볍게…….''

"안에서 무슨 운동을 해?"

"어, 그게 그러니까, 전신운동인데 유산소도 되고, 웨이트도 되고, 뭐 그런……. 올라갔다 내려왔다…… 아, 물론 계단이요."

곰곰이 따져 보면 거짓말은 아닌 절묘한 변명이었다. 도영은 미심쩍은 눈으로 원을 훑어보았으나, 평소에도 워낙 착실하게 관리하는 지라 금세 의심을 털어내고 어깨를 툭 쳤다.

"그냥 나한테 피트니스 데려다 달라고 전화를 하지 그랬어?"

"어제 뒤풀이 끝나고 피곤하실 것 같아서······."

"피곤하긴. 네가 더 피곤할 텐데. 스케줄 아직 한참 남았는데, 잠이나 더 자지."

"물론 더 자고 싶었······. 아니, 근데 왜 벌써 오셨어요?"

"태원이 녹음실 가야 해서. 가는 길에 너도 피트니스 데려다 줄게. 가서 편하게 운동해."

아뇨! 저 새벽에 운동 많이 했는데요! 콘서트 하고 남은 체력 호수한테 다 기부하고 왔단 말이에요! 그냥 조금만 더 자면 안 될까요?

속으로만 외친 원이 울기 직전의 얼굴로 고개를 끄덕였다. 도영은 아무것도 모른 채 마냥 이뻐 죽겠다는 눈을 했다.

"너무 무리하진 말고 적당히 해. 허리 조심하고."

교통사고 이후로 걸핏하면 원의 허리를 걱정하는 도영이었으나, 오늘따라 그 걱정이 괜히 부끄러워진 원이 한 손으로 입을 가리며 다소곳이 답했다.

"네. 무리하지 않고 적당히 할게요······."

♩ ♫ ♪

"대강 수습은 된 건가?"

여 사장의 호출을 받고 회의실에 모인 팀장급 이상 직원, 그리고 매니저들은 잔뜩 긴장한 얼굴로 눈치를 살폈다. 특히나 RED 매니저와 홍보팀장은 얼굴에 핏기가 싹 가신 상태였다. 말도 섞지 않겠다는 승혁과 정훈을 어르고 다그쳐 가까스로 같이 사진을 찍고 SNS에 올리느라 진이 다 빠진 탓이었다.

"엉뚱한 얘기 새어 나가지 않게 주의하고, 이대로 잘 마무리해. 이번이 마지막이라는 거 명심하고."

"죄송합니다."

연신 고개를 꾸벅거리는 RED 매니저를 돌아보는 여 사장의 눈길에 심란한 빛이 스쳤다.

"특히, 승혁이 관리 잘해."

"알겠습니다."

"다음은 ONE."

여 사장의 시선이 도영에게 향했다.

"이번 주로 앨범 활동 마무리하기로 했지? 막방 이후 스케줄 어떻게 돼?"

"원이는 본격적으로 사극 촬영 준비 들어갈 예정입니다. 지완이도 다다음 주부터 영화 들어가고요. 태원이는 당분간 〈우리 결혼할까요〉만 할 거고, 원일이는 지금 하는 라디오 DJ랑 방송 MC, 게스트 스케줄 쭉 소화할 예정입니다."

"좋아. 앞으로도 별일 없게 해. 걔네는 아무리 작은 거라도 터졌다 하면 대형 사고니까."

다시금 모니터를 들여다본 여 사장이 원준과 홍보팀 쪽을 한데 돌아보았다.

"호수 컴백 기사 빨리 띄워야겠어. RED 기사도 덮을 겸. 티저는 나왔지? 뮤직비디오는?"

"오늘하고 내일 촬영 예정입니다."

"알았어. 일단 티저부터 공개해. 참, 베스트 컷 말고 그때 B컷으로 뺐던 거 있지? 너무 섹시한 분위기라 뺐던 거. 그것도……."

말하려다 말고, 잘생김과 질투심이 정확히 비례하는 한 남자가 떠올라 멈칫했던 여 사장이 단호하게 말을 맺었다.

"……뿌려."

기존의 호수 이미지와는 너무 다르다는 이유로 빠진 B컷은 남자들의 로망이라는 헐렁한 흰색 와이셔츠만 입고 찍은 사진이었다. 다리만 노출했으니 수위로만 따지자면 별거 아니었으나 풍기는 분위기가 워낙 묘해 화제를 불러일으키기에는 충분할 듯했다.

"원이랑 태원이랑 앨범에 참여했다는 기사 적극적으로 내고. 특히 방송 3사랑 케이블 음악 방송 첫 무대에서는 원이가 같이 올라가는 걸로 해. 차 실장, 스케줄 조절 가능하지?"

"네. 막방 이후에는 액션 스쿨하고 승마 연습밖에 없습니다. 광고도 안 겹칠 것 같고요."

몇 가지 이야기를 더 주고받은 후에 회의가 끝났다. 모니터에 집중하며 뭔가를 더 고민하던 여 사장은 직원들이 모두 빠져나간 후에야 일어나 문으로 향했다.

그녀가 밖으로 한 걸음 내디뎠을 때, 갑자기 나직한 목소리가 났다.

"발목은 괜찮으십니까?"

문 바로 옆에 서서 기다리고 있던 원준을 보고 소스라치게 놀란 여 사장이 지를 뻔한 비명과 나갈 뻔한 주먹을 황급히 거두며 돌아보았다. 원준 딴에는 걱정되고 신경 쓰여 한 말이었으나, 여 사장은 곧바로 인상을 구겼다.

"어디서 오지랖이야? 친한 척하지 마."

"다치신 걸 봤는데 이 정도도 못 물어봅니까?"

미미하게 절뚝이는 것을 본 원준이 미간을 찡그렸다. 마치 여 사장을 사장실까지 부축해 주기 위해 회의실 앞에서 기다리고 있던 사람처럼 팔을 붙잡아준 원준은 대뜸 툴툴거렸다.

"사인도 안 해주셨으면서."

"친한 척하지 말랬지? 왜 자꾸 그 얘길 꺼내?"

여 사장이 원준의 팔을 뿌리치며 한소리 했다.

"너 지금 은근히 협박하는 거니? 차 안에서 몸으로 때웠으면 네가 보고 듣고 알게 된 모든 것들을 깨끗이 잊고 입도 뻥긋하지 말아야지, 뭐하자는 거야?"

"그날 밤이라느니, 몸으로 때웠다느니. 누가 들으면 오해할 소리 좀 하지 마세요. 저는 그냥 걱정이 돼서……"

"참나, 네가 지금 내 발목 걱정할 때야?"

계단을 다 올라올 때까지 원준의 팔은 여 사장의 등 뒤를 닿지 않게 감싸고 있었다. 그 팔을 미처 보지 못한 여 사장이 코웃음을 쳤다.

"이번에야말로 호수 제대로 띄울 걱정이나 해. 이번에도 망하면 쌍으로 아웃인 줄 알아."

원준은 묵묵히 여 사장의 뒤를 따랐다. 그런데 그녀의 분위기가 뭔가 낯설었다.

"사장님 운동화 신으신 거 처음 보는 것 같은데요?"

"쓸데없는 관심 더럽게 많네. 너 아직도 안 갔니?"

여 사장은 시큰둥하니 눈길도 주지 않았다.

워낙에 나이를 가늠하기 어려운 동안이었지만, 다친 발목 탓에 도도한 하이힐에서 내려와 심플한 셔츠와 진을 입은 여 사장은 평소보다도 더 어려 보였다. 모르는 사람 눈에는 일곱 살 차이가 나는 원준과도 비슷한 또래로 보일 법했다. 그래서일까, 오늘따라 그녀가 참 아담해 보인다는 생각을 한 원준이 무심코 한마디 했다.

"귀여우세요."

그 말을 듣자마자 여 사장이 걸음을 멈췄고, 어마어마한 침묵이 흘렀다.

곧 원준의 얼굴에 '내가 지금 무슨 망극하고도 무엄한 개소리를?' 하는 표정이 스쳤다. 동시에 원준을 돌아보는 여 사장의 눈빛에도 '이 새X 보게?' 하는 말이 똑똑히 떠올랐다.

본능적으로 생명의 위협을 감지한 원준이 뒷걸음질을 치는 순간, 여 사장이 한쪽 입꼬리를 살벌하게 끌어 올렸다.

"그냥 죽여 버려야겠다. 입도 막을 겸."

"죄, 죄송합니다. 농담, 아니 농담이 아니라 진심은 진심이었는데, 아무튼! 저 먼저 가보겠습니다!"

냅다 인사를 던진 원준이 황급히 도망쳤다. 발목만 아니었으면 등짝을 걷어차 계단 아래로 굴리고도 남았을 것이나, 심신이 불편해 그러지 못한 여 사장이 부득 이를 갈았다.

"김 실장, 저게 요즘 미쳐도 단단히 미쳤네. 입 무겁고 의리 있는 놈인 줄 알았더니, 약점 하나 손에 쥐었다고 머리 꼭대기까지 기어 오르려고 들어? 겁나 거슬리는데 확 그냥……!"

여 사장은 연신 분노의 혼잣말을 터뜨리며 걸음을 옮겼다.

압박붕대로 잘 감았음에도 발을 디딜 때마다 미미한 통증이 올라왔다. 그 통증과 함께 진욱 앞에서 자신을 보호해 주고 부축해 주던 원준이 떠올랐다. 기꺼이 받쳐 주던 그 팔이 생각 이상으로 든든해, 그 누구에게도 하지 못한 이야기들까지 시원하게 내뱉어 버렸던 것도 떠올랐다.

그런 생각을 하자 치밀었던 울화통이 조금은 가라앉는 듯했으나, 그리 오래가진 않았다. 아주 잠깐이나마 '귀엽다는 이야기를 들어본 게 대체 언제였더라' 하는 감상에 빠졌다는 사실이 그녀를 더욱 분노케 했다.

"쌍팔년도에 태어난 시키가 겁도 없이. 확 잘라 버릴까?"

사장실 문을 벌컥 열어젖힌 여 사장이 복잡미묘한 한숨을 포옥 내쉬었다.

"쯧, 내 팬만 아니었어도……."

[위클리 엔터] 호수 첫 번째 싱글 앨범 〈못 해〉 티저 이미지 공개. 물오른 미모 화제

봄 엔터테인먼트의 싱어 송 라이터 호수가 첫 싱글 앨범 발매를 앞두고 티저 이미지를 공개했다.

그동안 소녀답고 사랑스러운 매력을 선보였던 호수는 어깨를 살짝 드러낸 니트와 차분하게 풀어 내린 생머리로 내추럴하면서도 성숙한 분위기를 더했다. 특히 함께 공개된 B컷에는 그동안 볼 수 없던 섹시한 이미지까지 담겨 있어 큰 화제를 불러일으켰다.

타이틀곡 〈못 해〉는 1995년에 데뷔한 그룹 포시즌의 노래를 호수 특유의 어쿠스틱한 기타 반주와 청아한 보컬로 재해석한 곡이다. 앨범과 동명의 이 곡은 25일 열린 '2015 스프링 파티'에서 선공개한 바 있다.

호수는 오는 3일 음원 공개를 시작으로 활발한 방송 활동을 하며 팬들과 만날 예정이다.

[9월 28일 AM 3:20. 원과 호수, 숙소]

"이게 뭐야! 이게 뭐냐고, 이게……."

밑에서 들려오는 한탄에, 소파에 앉은 호수는 절레절레 고개를 저었다.

"거참, 나라를 잃었나? 지치지도 않고 하염없이 찡찡거리네. 뭐가 어쨌다고 이래요?"

"너무 야하잖아. 이렇게 야한 사진이 막 돌아다녀도 되는 거야?"

"사극 찍는다더니 뼛속까지 조선시대 사람이 됐어요? 벗은 것도 아니고, 몸매가 드러난 것도 아닌데, 뭐가 야하다고 난리예요?"

호수의 다리를 베고 누워 있다가 벌떡 일어난 원이 호수의 B컷 이미지가 떠올라 있는 휴대폰을 팽개치며 찡찡거렸다.

"야한 것도 야한 거지만, 열 받잖아! 누가 네 허락도 안 받고 네가 제일 아끼는 거 막 이 사람, 저 사람한테 보여준다고 생각해 봐! 아, 너무 열 받아서 그런가 현기증 나네."

불만을 쏟아내던 원이 현기증 핑계로 다시금 호수의 허벅지를 안고 스르륵 드러누웠다. 지그시 째린 호수가 원이 던진 휴대폰을 집어 들고는 본격적으로 따지기 시작했다.

"이 인간이 근데! 걸핏하면 벗고 화보 찍지, 드라마 찍었다 하면 스토리가 뭐든 간에 무조건 한 번은 샤워하고 젖은 몸에 수건 두르고 나오지, 키스 신도 찍지, 할 거 다 하고 다니는 사람이 무슨! 이게 야해요? 이게 야해?"

휴대폰을 바짝 들이미는 손을 말끄러미 쳐다보던 원의 입가에 위험한 미소가 스쳤다. 그것도 모른 채 '이게 야하냐고오오'를 연발하던 호수는 갑자기 옷 속으로 파고들어 오는 손길에 소리를 내지르며 퉁기듯 허리를 폈다.

"너, 이런 게 더 야한 거 모르지."

호수의 허리를 길게 쓰다듬은 원이 몸을 일으켰다. 무릎을 세우고 앉아 다리 사이에 호수를 끌어당겨 가둔 원은 네크라인 위로 드러난 목덜미에 곧장 입술을 내리누르며 웅얼거렸다.

"자꾸 상상하게 되잖아."

피부 바로 위에서 뜨겁게 뭉개지는 말에 정말로 현기증이 일었다. 티셔츠 안으로 무람없이 들어온 손이 어깨에 걸쳐진 끈을 끌어 내리고, 저릿한 속삭임이 귓가를 자분거렸다.

"안에 뭐 입었는지…… 라든가."

변태 소리가 튀어나오려던 입은 입으로, 등짝 스매싱을 날리려던 손은 손으로 막은 원이 고백인지 찡찡인지 모를 말을 흘려냈다.

"나만 보고 싶은데 그럴 수도 없고, 실컷 안으면 좀 나아질까 싶은데 그렇게도 못 하고."

호수의 컴백이 얼마 남지 않은 탓에 둘이 함께 있을 시간은 거의 없었다. 활동을 마무리하면서 비교적 한가해졌다지만, 원 역시 끊임없이 스케줄이 있었다. 며칠에 한 번, 시간을 비롯한 이런저런 조건들이 맞을 때 호수의 숙소에서 길어야 한 시간쯤 보는 게 다였으니 당연히 늘 마르고 고플 수밖에 없었다.

"너 활동 시작하면 아예 못 보는 날이 더 많을 텐데, 나 굶어 죽으면 어떡하지?"

"수십만 팬들이 거리에 엎드려 통곡하겠죠."

"너는 진짜……."

투덜대는 원을 보고 픽 웃은 호수가 등 뒤의 원에게 몸을 기댔다.

"그래도 컴백 무대는 오빠랑 같이 설 수 있어서 좋아요."

"난 별로."

웬일로 삐딱한 대답에 호수가 고개를 들었다. 그러나 곧바로 이어지는 말에 할 말을 잃고 말았다.

"방송 중에 사고 치고 싶어질 것 같아서."

[프레시 연예] 호수 컴백 무대, 원 지원사격으로 존재감 알려

첫 번째 싱글 앨범을 발표한 호수가 성공적인 컴백 무대로 존재감을 알렸다.

호수는 MBS '음악중심'을 통해 타이틀곡 '못 해'와 듀엣곡 '자랑하고 싶어'를 차례로 선보이며 애절함과 달달함을 동시에 선사했다. 특히 '자랑하고 싶어'는 같은 소속사 식구인 ONE의 선우원과 함께 부른 곡으로, 컴백 무대에 원이 직접 출연해 든든한 지원사격에 나섰다.

호수는 직접 기타를 연주하며 흠잡을 데 없는 라이브를 선보이는 한편, 원과도 완벽한 호흡을 자랑해 현장에 있던 모든 관계자와 팬들까지 감탄했다는 후문이다.

호수의 첫 번째 싱글 앨범 〈못 해〉는 공개하자마자 네 곡의 수록곡 모두가 온라인 음악 차트 순위를 빠르게 치고 올라가며 주목받고 있다. 음악성과 대중성을 동시에 인정받으며 여성 솔로 싱어 송 라이터로서의 가능성을 기대케 했다.

[10월 10일 PM 3:50. 원과 호수, 음악방송 녹화]

"오늘이 마지막이네. 같이하는 거."

공중파와 케이블을 합쳐 4개의 음악방송 중 세 곳에서의 컴백 무대를 마친 호수는 마지막 한 무대만을 남겨두고 있었다. 듀엣곡은 말 그대로 컴백 무대에서만 선보이는 것이었기에 원과 같이 서는 무대는 오늘이 마지막이 될 터였다.

"타이틀곡을 듀엣곡으로 하지. 활동 내내 같이 다니게."

"바빠서 그럴 시간도 없으면서요, 뭘."

웃으며 답한 호수가 대놓고 원을 빤히 바라보았다. 우연찮게 주변에 있던 스태프들이 한꺼번에 자리를 비웠기에 가능한 대화이자 시선이었다.

"예전에 여기서 백허그하고 뽀뽀했던 거 생각난다. 또 하면 안 되나? 더 잘할 수 있는데."

"왜요. 식상하게 했던 거 하지 말고 더한 걸 하지."

"오늘 무대에서 키스할래?"

"그깟 키스 한 번과 목숨을 바꿀 셈이에요?"

"그깟 키스 한 번은 아니지. 아, 하고 싶다. 완전 하고 싶어."

"그만해요. 나까지 이상해지는 것 같아."

호수와 원이 툭탁거리는 사이, 잠시 자리를 비웠던 스태프들이 우르르 들어왔다. 애초부터 좀 떨어져 앉았던 둘은 각자 손에 들고 있던 휴대폰에, 그리고 기타에 집중하는 척했다.

그런데 스태프들의 분위기가 심상치 않았다. 이상한 예감에 고개를 든 원이 대기실 안을 돌아보았고, 눈치를 살피던 스태프들과 눈이 마주쳤다.

"무슨 일 있어요?"

"아, 저기, 원아, 혹시……."

불안하게 흘러가는 공기에 호수도 기타를 내려놓았다. 스태프 중 한 명이 슬쩍 다가섰다.

"봤어? 알고 있었어?"

"뭘요?"

"아직 못 봤구나. 지금 난리 났는데, 이거 진짜야?"

스태프가 제 손에 들고 있던 휴대폰을 가리켰다. 원이 영문을 몰라 눈을 동그랗게 뜬 순간, 스태프의 입에서 청천벽력 같은 말이 튀어나왔다.

"스캔들."

[포토엔 뉴스] '우결 커플' 한태원-류지아, 실제 연인으로 발전

MBS의 가상 결혼 버라이어티 '우리 결혼할까요'(이하 '우결')에서 가상 부부로 출연 중인 한태원과 류지아의 열애 사실이 공개되어 팬들이 충격에 휩싸였다.

오늘 오후, 데스패치는 늦은 밤 류지아가 운영하는 레스토랑에서 두 사람이 함께 나오는 모습이 찍힌 사진을 공개하며 실제 연인 관계임을 보도했다. 사진 속에는 다정하게 대화를 주고받는 것은 물론, 자신의 차를 몰고 떠나는 한태원을 배웅하는 류지아의 모습까지 담겨 있다.

동시에 공개한 다른 사진에는 26일 새벽 자신의 차를 몰고 숙소 근처 편의점에 들른 한태원의 모습이 찍혀 있는데, 옆자리에 한 여성이 앉아 있는 것이 포착됐다. 어두워서 얼굴은 보이지 않으나 전날 '2015 스프링 파티' 콘서트에 류지아가 직접 방문해 응원하는 것은 물론, 소속사 뒤풀이 자리에도 참여한 것으로 알려지면서 조수석의 여자 역시 류지아라 확신하는 분위기다.

두 사람의 소속사는 일단 본인에게 확인 중이라는 말로 공식적인 입장 표명을 미룬 상태이다.

어떻게 불렀는지도 모를 무대를 마치고 내려오자, 이미 대기실 입구까지 들어와 기다리고 있던 기자들이 빠르게 몰려들었다. 원은 도영과 급히 달려온 매니저들에게 둘러싸여 방송국을 빠져나갔다. 호수와는 제대로 인사를 할 겨를조차 없었다.

음악 방송을 끝까지 마친 후, 호수 역시 기자들을 피해 입을 꾹 닫고 차에 올랐다.

"어떡해, 이건……!"

인터넷을 온통 뒤덮은 태원의 스캔들 기사를 살핀 호수의 손이 부들부들 떨렸다. 태원과 지아가 따로 만난 적이 있다는 사실도 놀라웠지만, 그보다 원과 다투고 나오다가 태원과 마주쳐 같이 편의점에 다녀왔던 것이 카메라에 찍혔다는 게, 그것도 자신이 아니라 지아라고 잘못 알려지면서 스캔들에 힘을 보탰다는 게 더욱 충격적이었다.

"원준 오빠, 어떡해……. 이거 나야. 이거, 지아 언니 아니라 나란 말이야!"

"뭐?"

"미안해, 오빠. 콘서트 끝나고 새벽에 뭐 사러 나가다가 우연히 태원 오빠 만나서 같이 갔던 것뿐이야. 말 안 하고 멋대로 나가서 정말 미안해. 이렇게 사진이 찍혔을 줄은……. 내 쪽에서 나서서 해명하면 안 될까? 이대로는 태원 오빠랑 지아 언니한테 미안해서……!"

울 것 같은 얼굴로 쏟아내는 말을 묵묵히 듣던 원준이 깊은 한숨을 내쉬었다.

"네 마음도 알겠고 상황도 안타깝긴 한데, 지금 이 사진 속 여자가 너라고 밝혔다간 더 꼬일 것 같다. 새벽에 둘이 그냥 편의점 갔다 왔다는 말을 누가 믿겠어? 그러다 너랑 열애설이 나버리면 지아 씨랑 촬영하면서 너 사귀고 있었다고 태원이 이미지 더 버리는 건 물론이고, 너도 죽을 때까지 원이랑 공개는커녕 스캔들의 스 자도 못 꺼내. 같은 팀 멤버를 돌아가면서 만난다는 건 말도 안 되는 거잖아."

"그럼 어떡해! 이대로 놔두라고? 아닌데, 진짜 아닌데……!"

막막해 옆에 앉은 수현을 돌아보았던 호수가 말을 멈췄다. 수현의 얼굴은 호수보다도 더 창백했다. 얼마나 짓씹었는지 새빨개진 입술은 금방이라도 터질 것 같았다.

"수현아."

한 번 더 부르는 것으로도 모자라 손까지 꽉 잡아준 후에야 수현은 잠에서 깬 사람처럼 놀라 돌아보았다. 그 눈에 담긴 아득함을 보는 순간, 머리 위로 찬물이 끼얹어진 것만 같았다.

"괜찮아."

뭐가 괜찮다는 건지, 누가 괜찮다는 건지도 모른 채 호수는 일단 그 말부터 뱉어냈다.

"괜찮을 거야. 이거 다 사실 아니잖아. 해명하면 될 거야."

"무슨 해명을 해?"

비로소 입을 뗀 수현이 냉정하게 대꾸했다.

"원준 형 말이 맞아. 이건 해명을 할 수도 없고, 해서도 안 되는 일이야. 사람들은 사실을 믿는 게 아니라 믿고 싶은 걸 믿어. 이제 와서 아무 사이 아니라고 해봤자 뻔한 거짓말이라는 소리만 듣겠지. 프로그램에서도 바로 하차해야 할 거고."

반박할 여지가 없는 말에 맥없이 입을 다물었을 때, 원준이 한숨 섞인 혼잣말을 흘렸다.

"하아, 난리 났네."

저 멀리 보이는 회사 앞, 기자들과 팬들이 어마어마하게 몰려들어 진을 치고 있었다. 할 말을 잃은 호수와 수현을 힐끗 돌아본 원준이 핸들을 잡은 손에 꽉 힘을 주었다.

"호수, 너는 아무것도 모르는 거야. 알겠지? 준비 단단히 하고 내려."

♩ ♫ ♪

여 사장, 도영, 그리고 네 명의 ONE 멤버.

여섯 명이 앉아 있음에도 사장실 안에는 숨소리조차 들리지 않았다. 데뷔 이후 처음으로 터진 대형 스캔들에 모두가 당황한 기색이 역력했다. 특히 당사자인 태원과 사생활 관리에 허술했다는 책임을 피할 수가 없게 된 매니저 도영의 낯빛은 참담할 정도였다.

몇 시간 같은 몇 분이 지난 후, 여 사장이 단도직입적으로 물었다.

"일단 이것부터 알아야겠지. 진짜야?"

"사진 찍힌 날 만난 건 사실이지만, 사귀거나 그런 건 아닙니다."

따로 만난 적이 있다는 것조차 멤버들에게는 충격이었다. 태원에게서 지아 얘기를 들어본 적이 한 번도 없었으니까.

"그럼 편의점 사진은 뭐야?"

태원은 굳게 입을 다물었다. 유일하게 사정을 알고 있는 원은 난감한 눈으로 태원을 살폈다. 그날 이후 호수가 태원을 만났다고 털어놓았기에, 사진을 보고 날짜를 듣자마자 호수임을 바로 안 거였다.

끝내 입을 열지 않는 태원을 지켜보던 여 사장이 도영에게로 화살을 돌렸다.

"한밤중에 차 끌고 나가서 여자 만나는 거 알았어, 몰랐어?"

"죄송합니다."

"알았어도 문제고, 몰랐으면 더 문제야. 차 실장 그렇게 안 봤는데, 이따위로 대충 일하고 있던 거였어?"

"죄송합니다. 정말……."

"내가 분명히 경고했지. 아무리 작은 일이라도 터졌다 하면 대형 사고니까 항상 주의하라고. 이거, 어떻게 수습할 거야?"

도영은 질끈 눈을 감으며 고개를 숙였다.

5년간 작은 사건 하나 없던데다 성격도 무던하고, 만나는 사람조차 정해져 있다시피 한 태원이었기에 어느 순간부터 믿고 내버려 둔 건 사실이다. 게다가 지아라면 누군가 본다 해도 우결 촬영으로 덮을 수 있지 않을까 싶어 다소 경계를 늦췄던 것도 있었다. 입이 열 개라도 할 말이 없는 명백한 근무 태만이자 엄청난 불찰이었다.

"어떻게 수습할 거냐고!"

여 사장의 입에서 터져 나온 고함에 공기가 얼어붙었다. 모두가 아무 말도 하지 못하고 있을 때, 사장실의 전화기가 요란하게 울렸다. 얼음처럼 차게 식은 얼굴로 몸을 일으킨 여 사장이 심호흡을 하고는 전화를 받았다.

"네, 대표님. 안 그래도 전화드릴 생각이었습니다. 지금 저희도 의논 중입니다. 기사가 너무 갑작스럽게 나서……. 어느 정도 말을 맞춰야 할 것 같은데, 혹시 그쪽에서는……."

지아의 소속사 쪽에서 먼저 연락이 온 모양이었다. 몇 마디 주고받던 여 사장이 빙글 몸을 돌려 태원 쪽을 돌아보며 눈썹 끝을 일그러뜨렸다.

"……네? 지아 양은 사귀는 게 맞다고 했단 말씀이시죠?"

한 대 맞은 듯 멍해진 시선들이 한꺼번에 태원을 향했다. 그 얼굴에 누구보다 복잡한 표정이 떠올라 있었다.

"그럼 이쪽에서도 그렇게……. 어차피 선택의 여지가 없으니까요. 저희 쪽에서도 잘 정리해서 공식 발표를 하도록 하겠습니다. 네."

여 사장은 현기증이 이는 듯 잠시 책상을 짚고 서 있다가 심각한 눈으로 태원을 살폈다.

"이게 어떻게 된……."

한 사람은 사귄다 하고, 한 사람은 아니라 하는 이상한 스캔들에 잔뜩 인상을 구겼던 여 사장이 이내 말을 바꿨다.

"아니, 됐어. 사실이 어떻든 관계없어. 여자 쪽에서 맞다는데 남자 쪽에서 아니라고 해봤자 꼴사나운 발뺌으로밖에 안 보일 테니까. 이미지에도, 방송에도 지장 주지 않으려면 인정하는 수밖에. 그나마 우결 파트너라 사람들에게 익숙하다는 걸 다행이라 생각해야 하나."

태원은 미동조차 하지 않았다. 얼핏 모든 걸 포기한 얼굴이었다.

깊은 한숨을 내쉰 여 사장이 도영과 다른 멤버들을 훑어보며 입을 뗐다.

"다들 정신 똑바로 차리고 조심해. 당분간은 기자들이 더 눈에 불을 켜고 있을 테니까 말 한 마디, 행동 하나 함부로 하지 마. 특히 SNS에는 손도 대지 마."

모두가 잔뜩 긴장한 눈으로 '알겠습니다' 하고 답했다. 이어 여 사장이 원을 돌아보았다.

"그리고 원이는 당분간 호수 만나지 마."

선뜻 대답하지 못하고 굳는 원을 향해 여 사장이 재차 강조했다.

"지금 너랑 호수 스캔들까지 터져 버리면 최악 중의 최악이야. 무슨 뜻인지 알지?"

"……네."

"어디에 기자들이 있을지 몰라. 방송국이든 회사든 숙소든. 아예 꼬투리 잡힐 여지조차 안 주는 게 상책이야. 알았어?"

다시금 단단히 못 박은 여 사장이 지친 얼굴로 뒷덜미를 매만졌다.

"태원이, 좀 가라앉고 나서 따로 얘기 좀 하자."

[데스패치] 한태원-류지아 열애 인정

ONE 첫 열애 소식에 팬들 충격

오늘 오후 보도된 열애설에 대해 류지아 소속사 관계자는 〈우결〉에 커플로 출연하면서 실제 연인이 된 게 맞다. 예쁘게 만나고 있으니 지켜봐 달라'는 입장을 밝혔다. 조만간 한태원 소속사에서도 류지아와 연인 사이임을 공식화할 예정이다.

한태원과 류지아는 〈우결〉에서 가상 부부로 호흡을 맞춰왔다. 류지아가 네 살 연상으로, 첫 방송부터 연상연하 커플 특유의 설레는 매력을 선보이며 단숨에 프로그램 내에서 가장 인기 있는 커플로 떠올랐다.

실제로 사귀었으면 좋겠다는 말이 나올 만큼 잘 어울렸던 두 사람의 열애 소식에 대부분은 호의적인 반응을 보이고 있다. 그러나 ONE의 팬들은 데뷔 이후 처음으로 터진 스캔들에 적잖이 충격을 받은 분위기다.

"미안해."

넷이 모여 앉은 연습실. 태원이 가장 먼저 꺼낸 말은 미안하다는 말이었다.

"리더가 돼서 팀에 폐 끼치면 안 되는데, 진짜 미안하다."

차분한 말투와는 달리, 무릎 위에 올려놓은 손끝은 피 한 방울 돌지 않는 것처럼 창백했다. 분위기를 살피던 원일이 태원의 어깨를 슬쩍 껴안았다.

"미안할 게 뭐 있어. 팬들은 속상하겠지만, 솔직히 할 건 해야지. 아이돌도 사람인데. 우리에게도 솔로로 늙어 죽지 않을 권리가 있다고."

"그럼. 미성년자도 아니고 불륜을 저지른 것도 아닌데 미안하긴 뭐가 미안해. 아, 우리한테 얘기 안 한 건 좀 미안해해도 되겠다."

지완까지 나서서 거들자 태원의 표정이 조금 풀어졌다. 원이 조심스레 물었다.

"어떻게 된 거야? 진짜 지아 누나랑 사귀는 거 맞긴 맞아? 아까 아니라고 했던 건⋯⋯."

원일과 지완도 궁금한 눈을 했다. 태원이 꼿꼿하던 몸을 슬그머니 무너뜨리며 중얼거렸다.

"⋯⋯사귀는 걸로 해야겠지."

"대답이 뭐 그래?"

미심쩍어 하는 반응에도 태원은 열없이 웃기만 했다. 견디다 못한 원이 벌떡 일어났다.

"나랑 얘기 좀 해."

다짜고짜 태원을 일으킨 원이 밖으로 나가려 했을 때, 원일이 나섰다.

"밖에 누가 있을 줄 알고. 우리가 나갈 테니까 여기서 편하게 얘기해. 앞에 있을게."

눈치 빠르게 말을 건넨 원일이 지완을 데리고 밖으로 나갔다. 문이 닫히고 한참 후, 원이 살짝 떨리는 목소리로 말을 꺼냈다.

"미안해. 그날 내가 호수랑⋯⋯ 괜히 신경 써주다가 네가⋯⋯."

"너랑 아무 상관없는 일이야. 내가 호수한테 같이 나가자고 한 거였어. 그리고 우연찮게 엮인 것뿐이지, 그 사진 때문에 스캔들이 터진 것도 아니잖아. 신경 쓰지 마."

원이 '그래도' 하고 덧붙이려던 찰나, 태원의 휴대폰이 울렸다. 발신자를 확인한 태원이 지그시 입술을 안으로 말아 물었다가 원을 돌아보았다.

"나 전화 좀."

하는 수 없이 고개를 끄덕인 원이 연습실 밖으로 빠져나갔다. 길게 숨을 내뱉은 태원은 의자에 털썩 주저앉았다.

"여보세요."

「······태원아.」

긴장이 고스란히 느껴지는 지아의 목소리에 태원은 미간을 찡그렸다. 스멀스멀 번지는 두통에 이마를 짚은 순간, 그 짧은 침묵조차 견디지 못한 지아가 급히 말을 이었다.

「미안해. 아니라고 할 수가 없었어.」

태원은 대답 대신 고개를 떨어뜨렸다. 묵직한 통증이 쏠리며 금방이라도 게워내고 싶을 만큼 속이 울렁거리기 시작했다.

「미안해, 내가 미안해. 그날 너 부르는 게 아니었는데. 그런 얘기 꺼내는 게 아니었는데.」

더 이상 침착하려 애쓰지도 않는, 마구 흔들리는 목소리였다.

「내가 그날, 너한테 고백하지 말았어야 했는데······.」

♩ ♫ ♪

며칠 전 밤이었다. 평소처럼 연락을 한 지아가 잠깐 가게로 좀 와 줄 수 있겠냐는 말을 꺼냈다. 콘서트가 끝난 이후 우연히 편의점 앞에서 태원의 사진을 건진 데스패치가 더 제대로 된 사진을 찍기 위해 밤낮으로 촉을 곤두세우고 있다는 것은 꿈에도 모른 채, 태원은 숙소를 나섰다.

모두 퇴근하고 레스토랑에는 지아뿐이었다. 별일 없었냐는 둥, 녹화 때 말고도 연락 좀 자주 하라는 둥, 다른 말만 늘어놓던 지아는 한참만에야 정말 하고 싶었던 말을 꺼냈다.

"나, 아무래도 네가 진짜로 좋아진 것 같아. 가상 부부 연기하다 착각한 건 아닐까 싶었는데, 아무리 생각해 봐도······."

뺨은 잔뜩 붉어졌으면서도 도도하려 애쓰는 말투로 던지는 고백은, 분명 귀여웠다. 한동안 말이 없던 태원은 당황한 기색을 차분히 갈무리하고는 조심스레 답했다.

"일단은…… 나 같은 사람을 좋게 봐줘서 고마워. 근데 누나, 나는……."

"잠깐! 거절할 거면 그냥 말하지 마. 평생 귀에서 안 떠날 것 같아."

두 손으로 귀를 막은 지아가 울상이 된 얼굴로 태원을 빤히 바라보았다. 태원은 조용히 입을 다물고 지아의 시선을 마주 받았다.

한참을 그렇게 쳐다보다가, 지아는 귀를 막았던 손으로 눈을 덮으며 중얼거렸다.

"그렇다고 진짜 아무 말도 안 하는 거 봐. 겁나 단호박 같은 자식."

"미안해. 누나가 싫은 게 아니라, 단지 난……."

"알아. 좋아하는 사람 있지?"

갑작스레 찔러오는 질문에 태원의 눈이 커졌다. 손을 뗀 지아가 입을 삐죽거렸다.

"그렇지 않고서야 날 거절할 리가 없지."

태원이 푸스스 웃었다. 긍정도, 부정도 하지 않는 태원을 원망스런 눈으로 흘겨보던 지아가 천천히 입을 뗐다.

"네가 좋아하는 사람이 누군지 알 것 같아."

"좋아하는 사람 있다고 대답한 적 없는데?"

"나도 아는 사람 아니야?"

앞에 놓인 잔을 들려던 태원의 손이 멈칫했다. 찰나의 당혹을 놓치지 않은 지아가 무릎 위에 올려두었던 제 손을 소리 없이 꽉 움켜

쥐었다.

"있잖아, 태원아. 나 사실은 묻고 싶은 게 있었어."

지아가 짧게 숨을 내뱉었고, 동시에 태원이 숨을 삼켰다.

"혹시, 네가 좋아하는 사람……."

태원이 입을 떼기 직전, 지아가 마주 쥔 손에 부서져라 힘을 주며 말을 뱉었다.

"남자야?"

조금 전 마음을 털어놓을 때와 다르지 않았다. 직설적이면서도 조심스러웠다. 대답을 두려워하는 듯한 뉘앙스도 같았다.

손만 대었던 잔을 그대로 내려놓은 태원이 평소와 다름없는 미소를 그려냈다.

"그게 무슨 소리야, 갑자기?"

"아니야?"

"누나 거절하면 남자 좋아하는 거야? 엄청 극단적인 자신감이네 그거."

픽 웃으며 농담을 던진 태원이 등을 기댔다. 가만히 바라보던 지아가 덧붙였다.

"의식하고 보다 보면 남들은 보지 못하는 것까지 보이는 법이거든. 좋아하는 사람은 아무래도 더 의식하고 보게 되지. 그리고……."

천천히 흘러나오던 말이 잠시 끊어졌다가 다시 이어졌다.

"일반적인 사람이라면 남자 둘이 같이 있다 해도 별 생각 없겠지만, 동성애자라거나 가까이에 동성애자가 있는 사람이라면 혹시나 하고 의식하게 되거든."

바람이 안개를 휙 헤치듯, 거짓말처럼 달라진 지아의 눈빛이 태원을 꿰뚫었다.

"수현이."

'서걱' 하고 베어내는 듯한 울림이었다. 태원의 얼굴에 남아 있던 미소가 사라졌다.

"맞지?"

창문 하나 열린 곳이 없는데, 싸늘한 바람 한 줄기가 지나가는 듯한 착각이 일었다. 시간마저 짓눌러 버린 느낌이 들 정도로 묵직한 냉기였다.

"……누나, 오늘 좀 지나친 것 같은데."

"나도 내 짐작이 지나친 거였으면 좋겠어. 그런데……."

지아의 말끝이 흐려졌다.

"솔직한 대답을 듣고 싶으니까 내가 먼저 솔직하게 말할게. 내가 정말 좋아하는 사람 중에 동성애자가 있어."

빠르게 덮으려 했으나 미처 덮지 못한 흔들림이 태원의 눈동자를 스쳤다.

"나는 편견 같은 걸 가지기도 전부터 그 사람들을 곁에서 봐왔어. 그런데 그들 사이에 흐르는 미묘한 유대감 같은 게 너랑 수현이 사이에도 있는 것처럼 보여, 내 눈에는."

'내 눈에는' 하는 말이 끝나기가 무섭게 태원은 지아에게 향해 있던 시선을 떼어냈다. 그럼에도 태원을 놓지 않은 채, 지아는 덧붙였다.

"다른 뜻이 있어서 물어보는 거 아니야. 네가 누굴 좋아하든 이상하게 생각할 마음도, 다른 사람한테 얘기할 마음도 없어. 그냥……."

"나를 동성애자라고 생각했다면."

지아의 말을 부드럽게 끊은 태원이 테이블 위에 가지런히 손을 올리며 몸을 기울였다.

"그것도 수현이랑 그런 사이라고 생각했다면, 나한테 고백하지 말았어야 하는 거 아니야?"

화가 난 것 같기도, 어쩌면 그저 떠보는 것 같기도 했다. 한참을 아무 말도 못 하던 지아가 힘겹게 입을 뗐다.

"그래. 이기적이었던 거 인정해. 물어보는 것과 고백하는 거, 둘 중 어떤 걸 먼저 해야 하나 고민 많이 했어. 그런데 먼저 물어봤다가 아예 말조차 못 꺼내게 되어버릴까 봐 겁나서 먼저 고백해 버린 거야. 바보 같지만, 혹시나 하는 마음도 있었고."

쓰게 웃은 지아가 평소처럼 밝아 보이려 애쓰는 투로 다시금 물었다.

"이왕 이렇게 된 거, 그냥 사실대로 말해주면 안 될까? 그런 이유라면 덜 속상할 것 같아서 그래. 조금도 기대 안 할 수 있을 것 같아서."

난처함과 당혹스러움, 동시에 미안함이 태원의 눈가를 스쳤다. 다급하게 쏟아내는 말 한마디, 한마디에서 결코 가볍지 않은 마음을 느껴 버린 탓이었다. 조금도 기대하지 않게 해달라는 말에서는 절박함마저 전해졌다.

지그시 입술을 깨문 태원이 또박또박 말을 뱉었다.

"그만큼 확실한 거절이 필요한 거라면 말해줄게. 누나 말대로 나, 좋아하는 사람 있어."

충분히 짐작하고 있었지만, 말해 달라고도 했지만, 가장 원하지 않던 대답이었다. 지아의 얼굴 가득 충격 받은 기색이 어렸다. 반면 태원은 차분했다.

"누군지는 말 못 해. 누나를 믿지 못해서 그런 게 아니라……."

사실은, 그 사람과 나 외에 누구도 믿지 않아.

"입에 담기도 아까워서."

그만큼 좋아해서.

"지키고 싶어서, 아무한테도 말하고 싶지 않아."

스르륵 벌어졌던 지아의 입이 꼬옥 다물렸다. 곧이어 파르르 떨리는 입술 사이에서 짤막한 대답이 툭 떨어져 내렸다.

"말해줘서 고마워."

한동안 무거운 침묵이 흘렀다. 태원이 일어섰다.

"가야겠다. 늦었는데 데려다줄게."

"방금 찬 여자한테까지 매너 있는 척하지 마. 내가 알아서 갈 거야."

똑 떨어지는 대꾸에 픽 웃은 태원이 먼저 걸음을 뗐다. 지아가 두세 걸음쯤 뒤에서 따라 걸었다.

차에 타기 직전, 태원은 덤덤한 인사를 던졌다. 지아는 고개를 까닥하고는 넌지시 덧붙였다.

"미안해. 입에 담기도 아까울 만큼 아끼는 사람이 있으니 눈곱만큼도 안 흔들렸겠지만, 그래도 잠시나마 신경 쓰이게 만들어서."

태원은 대답 대신 그저 웃을 뿐이었다. 있는 힘껏 웃어 보인 지아가 덧붙였다.

"너랑 나 사이에 달라지는 건 아무것도 없는 거다?"

"그래."

"조심해서 가."

"응. 녹화 때 봐."

"녹화 때 사심 다 채울 거다, 가짜 남편아."

"하하."

그런 대화를 나눴을 뿐인데, 그렇게 다정하게 찍혔을 줄은.

다른 사람을 생각하느라 뒤 한 번 돌아보지 않았는데, 그렇게 소리 없이 배웅하며 서 있었을 줄은.

♩ ♫ ♪

「미안해. 제대로 말했어야 했는데…… . 어차피 방송 때문에 지금은 절대 아니라고 못 한다고, 대표님이 딱 잘라 말씀하시는 순간 아무 생각도 안 나서…… .」

수화기 너머에서 들려오는 지아의 목소리에 태원은 깨어나듯 정신을 차렸다.

모든 일은 이미 벌어졌고, 되돌릴 수도 없고, 앞으로 할 수 있는 일조차 별로 없었다. 태원은 마른 손으로 얼굴을 문질렀다.

"우리 사장님도 같은 말씀 하셨어. 누나가 아니라고 했어도 달라지는 건 없었을 거야. 그러니까 그냥 일이라고 생각하고 적당히 지내다가 조용해지면…… ."

황급히 입을 다문 태원은 곧바로 후회했다. 마음이 있는 이상 쉽게 일이라고 생각할 수 있을 리 없는데, 또한 누구와 만나고 헤어졌다는 꼬리표가 더 오래 따라붙는 쪽은 여자 쪽인데, 무심한 말을 던져 버린 거였다. 사과하고 싶었으나 그 말조차 쉽게 나오지 않았다.

한참 잠잠하던 지아가 먼저 입을 열었다.

「정확히 언제가 될지는 모르겠지만, 〈우리 결혼할까요〉에서 완전히 하차하게 되면 적당한 때에 내 쪽에서 먼저 결별 기사 낼게.」

어쩔 줄 몰라 하며 미안하다고 할 때보다 한결 침착해진 말투였다. 태원이 답하려던 순간, 금방이라도 사그라질 듯한 중얼거림이 들려왔다.

「그러니까, 나 너무 미워하지 말아줘…….」

[10월 16일 PM 5:00. 호수, 화보 촬영]

"수현이, 너 요새 어디 아파?"

헤어스타일리스트를 돕고 있던 수현이 입에 실 핀을 문 채 원준을 돌아보았다.

"전혀. 갑자기 왜?"

"요새 부쩍 살이 빠진 것 같아서. 안색도 별로 안 좋고."

"바빠서 그렇지 뭐. 요새 호수가 너무 잘나가서 스케줄 빡빡하잖아. 그래도 이 정도는 바빠야 일하는 보람이 있지. 안 그래요, 누나?"

"그럼, 그럼."

스태프들과 농담을 주고받는 수현을 힐끗 본 호수는 조용히 한숨을 내쉬었다. 다른 사람은 몰라도 호수의 눈에는 보였다. 웃는 게 웃는 게 아니라는 것이.

태원의 스캔들 이후 미묘하게 분위기가 달라진 수현을 볼 때면 괜스레 치미는 죄책감에 원을 보지 못한다고 속상해하는 것조차 미안하게 느껴졌다. 지금만큼은 참고 조심하는 것만이 모두를 위해 할 수 있는 유일한 것임을 잘 알기에 묵묵히 견디는 수밖에 없었다.

"5분 후에 촬영 시작하겠습니다!"

호수가 자리에서 일어섰다. 가볍게 치맛자락을 매만지고 스태프들과 함께 분장실을 나섰을 때, 뒤에서 웬 여자의 부름이 들렸다.

"호수야."

무심코 뒤를 돌아본 호수는 그대로 멈춰 섰다.

저 멀리서 방긋 웃으며 다가오고 있는 여자는 예전에 혜미, 라연과 함께 티라미수 활동을 같이 했던 티엘이었다.

티라미수 때도 '제일 예쁜 애'로 통했던 그녀는, 팀이 해체하자마자 티엘이라는 예명을 버리고 본명인 김태린으로 배우 겸 CF 모델로 활동 중이었다. 촬영 중이었는지 하늘하늘한 흰색 드레스에 웨이브를 넣어 길게 늘어뜨린 머리를 한 것이, 그야말로 '국민여신'이라는 애칭이 아깝지 않은 자태였다.

"오랜만이네. 정말 반갑다. 안 그래도 한 번 연락해서 보고 싶었는데."

"어, 응."

안녕이라는 말도 선뜻 나오지 않아 호수는 그냥 입을 다물었다. 혜미와도, 라연과도, 결국엔 조금도 반갑지 않은 만남이었으니까. 그러나 태린은 미적지근한 반응에도 개의치 않고 활짝 웃었다.

"촬영하러 온 거야? 나도 옆 스튜디오에서 광고 촬영 중이었는데."

"아, 그래?"

태린이 CF로 벌어들이는 돈만 한 해 몇 십 억은 된다던가. 호수는 마지못해 웃었다. 반면, 앞에 카메라라도 있는 양 근사한 미소를 지은 태린은 싹싹하게 말을 건넸다.

"언제 끝나? 오랜만에 봤는데, 시간 맞으면 같이 차나 한잔하자."

당연히 거절하고 싶었으나, 잔뜩 호기심 어린 눈으로 바라보고 있는 스태프들이 맘에 걸렸다. 거절했다가는 '호수 걔, 좀 뜨더니 싸가지 없어졌더라'라는 말을 듣기 딱 좋은 상황이었다.

"나도 그러고 싶긴 한데, 언니가 워낙 바쁘잖아. 일부러 시간을 낼 필요는……."

국민여신인데 스케줄도 빡빡하겠지. 그런 꿍꿍이를 품은 호수가 억지 미소를 지으며 얼버무렸다. 그러나 태린의 입에서 흘러나온 대답은 기대와는 사뭇 달랐다.

"나 요새 별로 안 바빠. 아무래도 내가 일찍 끝날 것 같으니까, 기다릴게."

아, 뭐 이렇게 한가한 국민여신이 다 있담?

애꿎은 아이스티만 빨대로 휘휘 저은 호수가 희미하게 미간을 찡그렸다. 태린은 정말로 호수의 촬영이 끝날 때까지 기다렸고, 원준에게 양해를 구한 후에 호수를 자신의 밴에 태워 자주 간다는 커피숍으로 움직였다.

밴 안에서도, 커피숍에서도, 말을 하는 쪽은 거의 태린이었다.

"혜미랑 같이 방송하는 거 본 적 있어. 얼마 전에 라연이도 만났더라?"

라연의 입에서 튀어나왔던 스폰서라는 단어를 떠올린 호수가 빨대를 쥔 손에 불끈 힘을 주었다. 변변히 대꾸조차 하지 않는 호수를 잠잠히 살피던 태린이 살짝 목소리를 낮췄다.

"걔들은, 아직도 너한테 그래?"

'무슨 뜻이야?' 하는 눈으로 올려다보는 호수를 본 태린은 비스듬히 고개를 숙였다.

"좀 그랬잖아, 우리. 사이좋은 팀은 아니었지."

그래, 나머지 하나라고 뭐 다를쏘냐. 그래도 국민여신이라고 깔 때 까더라도 차 한 잔은 사 주고 까네.

이미 혜미와 라연을 겪고 초연해진 호수는 잠자코 아이스티만 쪽 빨았다. 성질 같아서는 엎어도 열 번은 엎었겠지만, 이미 이 안에 있는 모든 손님들과 직원들이 국민여신과 청순요정의 만남에 엄청 난 관심을 쏟고 있는 눈치였다.

"근데, 우리가 왜 너 싫어했는지 알아?"

"그때도 몰랐던 걸 지금 와서 알 리가……."

"너만 가수 같았거든."

다소 의외인 대답이었다. 눈이 마주친 태린이 어깨를 으쓱했다.

"사실 나도 가수 되고 싶었어. 오디션 합격했을 때만 해도 내가 그만큼 가능성이 있어서 그런 건 줄 알았어. 근데 아니었어. 너도 알잖아. 우리 기획사 사장 어떤 인간이었는지."

데뷔하고 별 반응이 없자 가차 없이 팀을 해체시키고 예쁜 멤버들 만 예능이며 드라마로 따로 돌린 사장이었다. 호수는 데뷔 무대를 포함해 몇 번의 무대 이후 방송국 근처에도 가본 적이 없었다. 매일 연습실이나 숙소에 혼자 남아 TV로 다른 멤버들을 봐야 했던 시절.

"그냥 얼굴 때문에 뽑힌 거였어. 나도, 라연이도, 혜미도. 근데 그 렇게 셋이 묶어서 내보내면 보나마나 욕먹을 거 뻔하니까 노래 잘하 는 애 하나는 있어야 되겠다 싶어서 널 뽑은 거야. 그 당시 오디션에 서 안 좋게 떨어져서 아무 기획사에서도 안 데려가려던 너를."

오디션에서 우승은커녕 이미지만 망가져서 가수고 뭐고 못 할 줄 알았는데, 딱 한 곳에서 손을 내밀어줘서 앞뒤 잴 것도 없이 덥석 계약을 해버린 게 하필이면 그 회사였다. 그런데 지금 와서 왜 이 얘기를 꺼내는 건지, 호수는 잔뜩 미심쩍다는 눈을 했다.

"나도 나름 노력했어. 다른 건 다 되니까 노래만 연습하면 된다 고, 사장이 처음에 했던 그 말만 믿고. 근데 세상엔 해도 안 되는 게 있더라고. 너 노래하는 걸 들으면 화가 났어."

처음 듣는 이야기였다. 악의 없이 그저 진지한 말에 호수의 눈빛이 조금 누그러졌다.

"그래, 우리 셋 다 너한테 열등감이 있던 거야. 게다가 그 당시에 너는 우리랑 말도 잘 안 섞었었고."

"그건⋯⋯."

그제야 입을 연 호수가 작게 심호흡을 하고는 대답했다.

"나야말로 열등감 때문이었겠지. 다들 나보다 연습생 경력도 오래됐고, 예쁘고, 그리고 그 당시의 나는 누굴 대하는 것 자체가 무섭기도 했고."

눈을 크게 뜬 태린이 허탈하다는 듯 웃었다.

"그래? 몰랐어. 우린 네가 우릴 무시한다고 생각했어. 가수면서 노래 못하는 우리를. 실제로 그런 말들이 많기도 했고."

그보다는 한 명만 얼굴이 너무 딸린다는 말이 더 많았던 것 같은데.

굳이 입 밖에 내고 싶지 않은 말을 아이스티와 함께 삼켜 버린 호수가 쓰게 웃었다. 태린이 비슷한 웃음을 머금었다.

"게다가 어렸잖아. 팀이라도 잘됐으면 모르겠는데, 그렇지도 않았고. 그래서 더 널 괴롭혔어. 지금 생각하니까 부끄럽고 미안해. 네가 지금이라도 잘돼서 내 마음이 좀 편해. 이것마저도 이기적인 생각이겠지만."

그제야 뭔가 다르다는 느낌이 왔다. 예전 그대로이던 혜미와 라연과는 달랐다. 뚫어져라 보는 시선이 머쓱했는지, 태린은 우아한 손놀림으로 머리카락을 쓸어내렸다.

"나도 너처럼 꾸준히 기다려 볼걸. 아니면 아예 내 길이 아니라고 생각했어야 했는데, 괜한 욕심을 부렸어."

"그게 무슨 소리야?"

"너는 몰라도 돼. 지금처럼 계속 몰랐으면 좋겠다. 나는 이미 돌이킬 수가 없지만."

왜인지 모르겠지만, 작은 소름이 돋았다. 심상찮은 예감에 고개를 갸웃한 호수가 뭔가 물으려 했을 때, 입구 쪽이 소란스러워졌다.

"뭐지?"

태린과 호수는 물론이고, 주변 사람들도 웅성이며 그쪽을 돌아보았다. 무심코 시선을 던졌던 호수는 눈을 크게 떴다.

모여 있는 사람들 속, 한 여자의 옆모습이 낯익었다. 호수는 망설이다 일어섰다.

"아는 사람이라. 잠깐 다녀올게."

태린이 고개를 끄덕였고, 호수는 얼른 그쪽으로 향했다.

"장난 아니네. 요즘 애들 무섭다. 저러니까 멀쩡한 팬들까지 빠순이 소리를 듣지."

"그러게. 그나마 차에다 해코지했으니 다행이지, 사람한테 했으면 어쩔 뻔했어?"

수군거리는 사람들 사이를 뚫고 문밖으로 나간 호수는 저도 모르게 '허' 하는 소리를 뱉어냈다. 커피숍 바로 앞에 세워둔 검은색 승용차가 누군가 뿌려놓은 밀가루와 계란으로 범벅이 되어 있었다. 보닛 위에는 뾰족한 무언가로 섬뜩하게 긁어놓은 자국까지 보였다.

"지아 씨, 괜찮아? 어휴, 차 이거 못 쓰겠는데."

"바로 신고했으니까 조금만 기다리세요. 본 사람들이 그러는데, 기껏해야 중학생 정도 되어 보이는 어린 여자애들이었대요. 분명히 스캔들 때문에 앙심 품은 팬들일 거야."

호수의 눈에 띈 낯익은 여자는 지아였다. 기자처럼 보이는 여자 한 명과 커피숍 주인 사이에 선 그녀는 한 손에 클러치 백을 쥐고 꼿꼿이 서 있었다. 아무렇지도 않아 보이려 애쓰는 듯했으나, 이런 일을 당하고도 태연할 수 있을 리가 없었다.

"그나마 지아 씨한테 별일 없어서 다행이네요. 그러지 말고 안에 들어가셔서……."

"언니."

조심스레 다가간 호수가 지아의 어깨를 톡톡 두드렸다. 소스라치 게 놀라며 돌아선 그녀는 호수를 보자마자 단숨에 표정을 무너뜨렸 다.

"호수야! 네가 어떻게 여기……!"

"만날 사람이 좀 있어서요. 언니는요?"

"인터뷰가 있었어. 다 끝나고 나와 보니까 차가……."

복잡한 얼굴로 말끝을 흐린 지아가 호수를 붙잡았다. 팔에 닿는 손끝이 얼음장처럼 차가웠다. 호수는 제 팔 위에 놓인 지아의 손 위 에 자신의 손을 포갰다.

"많이 놀랐겠어요. 매니저분은 어디 가셨어요?"

"혼자 나왔어. 모델 때부터 잘 알고 지내던 잡지사 기자님이랑 하 는 인터뷰라……. 난 활동이 많지 않아서 간단한 스케줄은 혼자 다 닐 때도 있거든."

"그러셨구나. 하필 오늘……."

호수는 엉망진창이 된 차를 멍하니 바라보았다. 그 속에 담긴 삐 뚤어진 애정과 노골적인 적의가 섬뜩하게 와 닿았다. 스캔들을 접한 팬들의 분노와 배신감을 막연히 짐작만 하는 것과 직접 눈으로 보 는 것은 천지 차이였다.

사람들 사이를 헤치고 경찰차 한 대가 멈춰 섰다. 차에서 내린 경찰이 빠른 걸음으로 지아를 향해 다가왔다.

"괜찮으십니까? 조금 전에 근처 순찰하던 팀이 애들 잡았답니다. 한태원 씨 팬들 맞다네요. 반성은커녕 지구대가 떠나가라 울고불고 난리를 치고 있답니다."

주위의 웅성임이 커졌다. 혀를 쯧쯧 찬 경찰이 지아에게 손짓을 했다.

"일단 같이 가주셔야겠습니다. 회사 쪽에 연락은 하셨죠? 매스컴 쪽에서 몰려들기 시작하면 골치 아파지니까 지금 바로……."

"애들, 그냥 선처해 주세요."

"예?"

당황하는 경찰 대신 오늘 인터뷰를 했던 여기자가 냉큼 나섰다.

"지아 씨도 참, 차가 저 모양이 됐는데 선처는 무슨 선처야? 안 그래도 요새 악플러들이며 별의별 것들이 다 괴롭히는데 본보기로 고소는 못 할망정."

"팬이라잖아요. 좋아서 그랬다잖아요. 잘 타일러서 보내주세요. 저는…… 그 애들 얼굴 볼 자신은 없으니까 그냥 집에 가서 좀 쉴게요."

"류지아 씨, 그래도……."

"죄송합니다. 회사에 연락해서 경찰서 쪽으로 바로 사람 보내라고 할게요."

들고 있던 클러치 백으로 이마와 눈가를 가린 지아가 지그시 입술 끝을 깨물었다. 호수의 팔을 잡은 손에서도 가느다란 떨림이 전해졌다.

"괜찮겠어요?"

"괜찮아야지, 뭐 어쩌겠어."

크게 숨을 몰아쉰 지아가 얼굴을 가렸던 손을 내리고는 웃었다. 차라리 화를 내든가 우는 게 낫겠다 싶은 그 웃음에, 호수는 더 이상 생각할 겨를도 없이 말을 꺼내고 말았다.

"그러지 말고 저랑 같이 가요."

"응?"

"차도 저렇게 됐는데 혼자 어떻게 가려고 그래요? 제가 데려다 드릴게요. 안 그래도 지금 원준 오빠 불러서 가려던 참이었으니까."

호기심 어린 눈으로 상황을 지켜보던 여기자가 넌지시 말을 보냈다.

"내가 데려다 줄까 했더니, 남자 매니저가 있는 쪽이 더 안전하겠네. 오늘 인터뷰한 내용 외에 따로 기사 같은 건 안 낼 테니까 걱정하지 말고 조금이라도 빨리 들어가서 쉬어요."

가게 안 구석에 지아를 앉히고, 호수는 바로 원준에게 전화를 걸었다. 대강의 사정을 설명하고 통화를 마친 호수는 태린이 앉아 있는 쪽으로 향했다.

"언니, 미안한데, 급한 일이 생겨서 지금 가봐야 할 것 같아."

"그래? 더 얘기하고 싶었는데, 아쉽다. 어쩔 수 없지."

그냥 하는 말이겠거니 여긴 호수는 덤덤히 웃었다. 태린이 미소를 지으며 올려다보았다.

"그래도 오늘 너 만나서 사과할 수 있어서 다행이었어. 내내 마음에 걸렸거든."

"따지고 보면 서로 오해했던 건데 사과는 무슨. 다음에 또 봐."

'다음에' 하고 작게 되뇐 태린이 희게 웃었다.

"잘 지내, 지금처럼."

고개만 끄덕인 호수는 곧장 몸을 돌렸다.

나중에 후회하게 될 거란 걸, 그때는 모른 채로.

#Track 13.
사랑, 사랑, 그리고 사랑

차에 올라 원준과 인사를 주고받자마자, 지아는 불쑥 말을 던졌다.

"호수 스케줄 없으면 하룻밤만 빌려주세요. 같이 한잔하게요. 절대로 많이 안 먹일게요."

"아니, 그게, 스케줄은 없긴 한데⋯⋯."

"말씀 들으셨겠지만, 오늘 할부가 2년이나 남은 제 차를 계란이랑 밀가루에 곱게 반죽해서 보내 버렸거든요. 술을 좀 먹어줘야 되겠는데, 친구가 없어서."

안 된다고 하면 마시기도 전에 눈물, 콧물 쏟으며 주정부터 부릴 기세였다. 할 말을 잃은 원준은 마지못해 고개를 끄덕였다.

"고마워요. 제 레스토랑 가는 길 아시죠?"

혹시 기자들이 근처에 와 있을지 모른다는 말을 덧붙인 지아가 직원들만 오가는 뒷문 쪽을 가르쳐 주었다. 원준은 내일 스케줄 있으니 너무 늦으면 안 된다고, 근처에 차 세워두고 있을 테니 바로 전화하라고 신신당부한 후에 자리를 비켜주었다.

텅 빈 레스토랑 안, 지아는 밖에서 보이지 않는 구석진 자리에 조촐히 불을 켜고 술과 안주를 바리바리 싸 들고 왔다.

"기분 풀게 조금만 마시자. 맨 정신엔 못 잘 것 같으니까 조금만 먹고 푹 자야겠어."

"그래요. 조금만 마시고 집까지 모셔다 드릴게요."

그러나 한 시간 후.

"이런, 씨! 생각할수록 열 받네!"

"아오, 내가 다 열 받네!"

두 여자의 한스러운 고함이 텅 빈 레스토랑 안을 짜랑짜랑 울렸다. 사실 정신을 놓을 만큼 취한 건 아니지만, 각자 그동안 쌓아온 스트레스들이 워낙 많던 탓에 알코올이 들어가자마자 울분이 복받친 것이었다.

"머리에 피도 안 마른 것들이 겁도 없이! 정식으로 손해배상 청구해 봐? 부모님 등골 한번 제대로 빼먹어줄까? 응?"

지아는 거칠게 와인 잔을 내려놓았다. 호수도 사심을 잔뜩 담아 맞장구를 쳤다.

"마음은 알겠는데, 왜 그런 짓을 하냐고요. 드라마 같은 데서도 보면 꼭 악녀들이 남자 주인공이 좋아하는 여자 악착같이 괴롭히잖아요. 그 남자가 그 여자랑 헤어지기만 하면 무조건 자기 것이 된다는 보장도 없는데."

"화풀이 대상이 필요한 거겠지. 팬들 입장에서는 남편이 바람피운 것 이상의 충격이라는 것도 알겠어. 이해 못 하는 건 아닌데, 뭐라 할 말도 없긴 한데, 그래도 이건 좀 심하잖아!"

"심하죠! 아무리 팬이라도 그렇지, 자기가 좋아하는 사람을 힘들게 하는데 정이 떨어지면 떨어졌지, 좋아질 리가 있겠어요?"

호수가 무심히 던진 말에 지아는 멈칫했다.

"……그렇겠지. 자기가 좋아하는 사람 힘들게 하면, 나라도 있던 정마저 떨어질 거야."

들릴 듯 말 듯 중얼거린 지아가 풀썩 고개를 떨어뜨렸다. 덩달아 수그러진 호수가 전부터 계속 하고 싶던 말을 비로소 꺼냈다.

"언니, 미안해요. 태원 오빠한테 들으셨는지는 모르겠지만, 편의점 사진 그거, 저였는데……. 진짜 별거 없었는데, 그게 그렇게 기사에 날 줄은……."

"괜찮아, 괜찮아. 그 사진은 그냥 운이 나빴던 것뿐이야. 하나도 신경 안 써도 돼."

손을 휘휘 내저은 지아가 두어 모금 정도 남아 있던 와인을 단번에 털어 마셨다. 조금만 먹겠다더니, 지아는 와인 다 먹었으면 이제 맥주 마시자며 차가운 맥주 캔을 건넸다.

"언니, 오늘 일…… 태원 오빠한테 말 안 해도 돼요?"

"태원이? 아아, 맞다. 남자 친구니까, 사귀는 사이니까 얘기해야 하는 거였구나. 그러네."

말만 그렇게 했을 뿐, 지아는 휴대폰을 꺼낼 생각조차 하지 않았다. 호수는 알딸딸하니 올라왔던 술이 단번에 깨는 것만 같은 기분에 입술을 깨물었다.

누구에게 뭔가를 들은 것도, 직접 물어본 것도 아니지만, 호수는 태원과 지아의 스캔들을 믿지 않았다. 여러 가지 상황 때문에 그냥 인정할 수밖에 없던 거라고 믿었다. 그러나 스캔들 이후로 수현의 분위기는 확연히 달라졌고, 그래서 지아가 나쁜 사람이 아니란 걸 알면서도 조금은 미웠다.

그런데 지금 눈앞에 있는 지아는 누구 못지않게 상처받은 모습이었다.

한태원 여자 친구라는 이유로 일부 팬들의 악의적인 괴롭힘을 받고 있으면서도 정작 태원에게 위로받기는커녕 호수에게 같이 술을 마셔 달라고 할 만큼 혼자였다. 태원이 말했던, 상처받을까 봐 감추고 싶다던 사람이 지아였다면 지금 이렇게 혼자 두진 않을 터였다.

"언니."

왜 사귀는 척하는 건데요? 왜 진짜 사랑받는 것도 아니면서 괜한 대가를 치르는 건데요?

속으로만 할 수 있는 물음이었다. 지아가 먼저 말했다.

"고마워, 호수야. 오늘 너 만나서 진짜 다행이야."

호수 앞에 놓인 맥주 캔에 자신의 캔을 부딪친 지아가 미간에 힘을 주며 한마디 했다.

"호수, 너는 절대, 절대! 팬덤 빵빵한 아이돌은 만나지 마라. 공개 연애도 하지 마."

이미 늦었는데요. 팬덤 겁나 빵빵해요. 저는 아마 차가 아니라 제가 떡 반죽이 될 거예요.

저절로 흘러나오는 신세 한탄을 쓸쓸한 술과 함께 넘겨 버린 호수가 짧은 한숨을 내뱉었다. 남들 연애하는 건 참 쉬워 보이던데, 그런 생각을 하고 있는데 지아가 한 팔로 비스듬히 턱을 괴고는 물었다.

"호수야, 나 뭐 하나만 부탁해도 돼?"

"뭔데요?"

"이유는 모르겠지만, 이상하게 네가 편해서. 너 믿고 술주정 좀 하려고 하는데, 그냥 듣고 잊어달라고."

호수가 흔쾌히 고개를 끄덕이자 지아는 '고마워' 하고 웃었다.

"처음으로 남에게 이런 말을 하게 되네."

그저 들어줄 사람이 필요한 것 같으니까 섣부른 대답은 안 하는 게 낫겠지. 호수는 귀만 열고 입은 다물었다. 그러나 곧이어 들려온 말을 듣자마자 저절로 입이 벌어지고 말았다.

"우리 아빠, 동성애자야."

"예? 그게 무슨, 그럼 언니는……!"

당황해 큰 목소리를 냈던 호수가 냉큼 말을 삼켰다. 지아는 괜찮다는 듯 웃었다.

"돌아가신 할머니가, 그러니까 우리 아빠의 엄마가 지병이 있으셨는데, 죽기 전에 하나밖에 없는 아들이 결혼해서 행복하게 사는 걸 보고 싶다고, 입버릇처럼 그러셨다나 봐."

전화 통화를 하며 무의식적으로 낙서를 하는 것처럼, 턱을 괴지 않은 지아의 다른 손이 연신 테이블 위에 보이지 않는 글자들을 그렸다. 결혼, 할머니, 행복하게 등등.

"그래서 아빠는 엄마랑 결혼했어. 엄마는 아빠가 동성애자인 것도, 다른 사람을 사랑한다는 것도, 엄마를 사랑해서 결혼하자고 한 게 아니라는 것도 다 알았지만 거절할 수가 없었대. 엄마는, 하필이면 아빠를 사랑해서."

사랑, 사랑, 그리고 사랑.

"아빠도 나름 노력은 했나 봐. 나도 낳고, 남들 보기엔 평범하고 화목한 가정으로 보이게끔. 그런데 결국은 엄마가 먼저 지쳐 버렸어."

그 말을 하는 동안 조금씩 느려지던 지아의 손이 움직임을 멈췄다.

"조금도 사랑받지 못한다는 게 어떤 기분인지 아느냐고 하더라. 그게 너무 절망스러워서 어린 나까지 버리고 떠날 수밖에 없었다고. 나는 말도 안 되는 핑계라고 생각했어."

아무 말도, 심지어 아무 생각조차도 할 수가 없었다. 호수는 숨을 죽인 채 지아의 말들이 눈앞에 그려놓은, 어렴풋한 풍경만 멍하니 바라보았다.

"누가 뭐라고 해도 나한테 아빠는 세상에서 제일 좋은 사람이었 거든. 엄마가 떠난 후에도 묵묵히 혼자서 나를 키웠어. 할 수 있는 건 다 해주려고 애쓰면서."

'아빠'라는 단어를 담는 입가에 보는 사람까지 따뜻하고 뭉클해지 게 하는 미소가 떠올랐다. 그 표정 그대로, 지아는 또 한 사람의 이 야기를 꺼냈다.

"나한테는 아빠가 한 명 더 있어. 어렸을 때부터 삼촌이라고 불렀 는데, 아빠가 바쁘면 대신 나랑 놀아주고, 가끔 셋이서 같이 놀러 가기도 했어. 아빠한테 혼난 적은 있어도 삼촌한테 혼난 적은 단 한 번도 없어. 그 두 사람이 내 유일한 가족이야. 그때도, 지금도."

다시 움직이기 시작한 지아의 손가락 끝이 작은 울타리 같기도 하고, 하트 같기도 한 동그라미를 그려냈다.

"두 사람 다 아무 말도 안 했지만, 어느 순간 그냥 알게 됐어. 아 빠랑 삼촌은 서로 많이 아끼는구나. 세상엔 이런 부부도 있을 수 있 구나. 나는 참 좋은 부모를 가졌구나. 그래서 나중에 다시 만난 엄 마에게 아빠 이야기를 들었을 때도 전혀 놀라지 않았던 거지."

지아의 말에 깊숙이 빠져 있던 호수는 참았던 숨을 뒤늦게 내뱉 으며 고개를 들었다. 그때, 지아가 턱을 괴고 있던 팔을 스르륵 풀 어냈다.

"스캔들이 났을 때, 솔직히 제일 먼저 그런 생각을 했어. 아니라고 하면 방송에서 하차해야 할 텐데. 그럼 태원이 다신 못 볼 것 같은데. 그러면 안 되는데."

지아는 테이블 어딘가에 아무 의미 없는 시선을 붙박아둔 채 담담히 내뱉었다.

"못됐지. 못된 거야. 엄마한테 그랬거든. 이해할 수가 없다고. 사랑 못 받을 거 뻔히 알면서 왜 억지로 붙들었느냐고. 잔인하게 구니까 비참해지는 거 아니냐고. 그랬는데……."

지아의 눈가가 점점 붉은빛으로 물들었다. 금방이라도 쏟아질 것 같은 무언가를 아슬아슬하게 붙들고, 지아는 힘겹게 말을 맺었다.

"지금은, 엄마가 왜 그랬는지 알 것 같아."

지아도, 호수도 한동안 아무 말도 하지 않았다. 희미하게 들려오는 바깥의 소음만이 무겁게 가라앉은 공기를 간간이 흩어놓았다.

"못 알아들을 얘기만 해서 미안해."

언니는 못 알아들을 거라고 했지만, 나는 왜 다 알 것 같은 걸까요?

"들어줘서 고맙고, 그냥 그런 얘기니까 이제 잊어."

이렇게 누구 하나 빠짐없이 마음이 아플 때는 누구 편을 들어야 해요?

다시금 침묵이 내려앉았다. 앞이 조금도 보이지 않는 안개 속에 갇힌 것만 같았다. 그때 호수의 휴대폰이 울렸다.

"원준 씨인가 보다."

고개를 끄덕이고는 휴대폰을 든 호수가 우뚝 굳었다. 전화를 건 사람은 원준이 아니었다.

원 오빠.

혹시나 누가 볼세라 평범하게 저장해 놓을 수밖에 없는, 가장 특별한 이름.

대체 얼마 만인지 모를 반가운 이름에 심장이 덜컥 내려앉았다. 옆에서 지아가 재촉했다.

"얼른 받아. 매니저 오빠 걱정한다. 그러면 내가 다음에 또 너를 빌릴 수가 없잖아."

"아, 네. 저 겸사겸사 화장실 좀……."

"그래. 가다 보면 저쪽 벽에 스위치 있거든? 그거 켜고."

황급히 자리에서 일어선 호수가 어둑한 테이블 사이로 빠르게 걸음을 옮겼다. 혹여나 끊길까 불안한 마음에, 호수는 어느 정도 멀어지기도 전에 얼른 전화를 받았다.

"오빠!"

「안녕.」

해맑게 안녕이라니. 피식 웃음이 나오는 것과 함께 느닷없는 눈물이 핑 돌았다. 원을 만나고 나서부터 슬프지 않은 눈물이 참 많아졌다는 생각이 스쳤다.

얼른 화장실 문을 닫고 벽에 기댄 호수가 빠르게 말을 쏟아냈다.

"어떻게 전화했어요? 옆에 아무도 없어요? 통화해도 괜찮아요?"

「그보다 호수야, 나 너 보고 싶은데, 휴대폰 좀 떼면 안 될까?」

"네?"

「귀 말고 얼굴 보자고. 영상 통화.」

호수가 황급히 휴대폰을 앞으로 돌렸다. 그러자 화면 가득, 보고 싶던 얼굴이 보였다.

"오빠……."

분명 할 말이 엄청 많았는데, 그저 멍하기만 했다. 원을 마주 보

고 있는 것만으로도 전혀 다른 공간, 다른 시간 속으로 퐁당 빠져
버린 것만 같았다.

「아, 예쁘다.」

너무 오랜만이라 감격스럽기까지 한 달콤찡찡한 목소리와, 스르
르 휘어지는 눈꼬리.

「보고 싶어 죽는 줄 알았어.」

마음의 준비는커녕 제대로 된 인사조차 못 하고 갑작스레 떨어져
지내는 동안, 머릿속으로 수천 번은 그려보았던 것보다 훨씬 더 다
정한 미소였다. 호수는 눈물이 글썽해진 것을 들킬세라 더 환하게
웃었다.

"별일 없었죠? 통화해도 괜찮아요?"

「응. 오래는 못 하지만. 박 실장님 집에 급한 일이 생기셔서 자리
비우셨거든. 근데 굳이 도영이 형한테 연락하고 가시더라고. 도영이
형이 차 안 막히면 10분 안에 오신다고 했는데, 차 엄청 막혔으면
좋겠다.」

보고 싶어 죽는 줄 알았다는 말만큼이나 진심이 가득 담겨 있었
다. 호수가 덩달아 차 엄청 막히라는 기도를 보냈을 때, 화면 속 원
이 얼굴이 좀 더 가까워졌다.

「지금 어디야? 얼굴이 좀 빨간 것 같은데, 아픈 건 아니지?」

"아니에요. 아프긴. 술 마셔서 그래요."

「뭐? 술? 어디서? 누구랑? 얼마나? 언제부터?」

언제 걱정했냐는 듯 까칠해진 원이 잘하면 눈만 보이겠다 싶을 정
도로 훅 들이대며 다그쳤다. 호수는 짐짓 태연히 답했다.

"제 팬이라는 분이랑 그분 가게에서 단둘이 와인 마시고 있어요.
한 한 시간 됐나?"

「팬? 단둘이? 너 오랜만에 있는 힘껏 혼나볼래? 장난이지?」

"장난 아닌데요."

「장난 아니야? 나야말로 장난 아니거든? 장난이라고 해, 빨리.」

오랜만에 보는 질투도 꽤나 흐뭇하긴 했지만, 더 했다가는 도영을 처치하고서라도 연습실을 탈출할 것만 같은 분위기에 호수는 얼른 사실을 털어놓았다.

"우연히 지아 언니 만났어요. 여기 지아 언니 레스토랑."

「아아, 지아 누나. 여자네. 됐어, 그럼.」

다중인격 아닌가 싶을 정도로 금세 보들보들해진 원이 해맑게 웃었다. 어이없음에 눈을 가늘게 뜬 호수가 구박을 던졌다.

"되긴 뭐가 돼요? 여자면 다른 건 아무것도 안 물어봐도 되는 거예요?"

「모르는 여자라면 모를까, 아는 여자는 경계 대상 아니야. 그보다 지아 누나 부럽다. 야심한 시간에 너랑 단둘이 술도 마시고.」

말을 꺼내는 족족 진심이 뚝뚝 떨어졌다. 포옥 한숨을 내쉰 호수가 넌지시 덧붙였다.

"저기, 오빠. 태원 오빠한테는 얘기하지 마세요."

왜 그러느냐고 물어볼 법도 한데, 원은 순순히 고개를 끄덕였다. 의아하면서도 다행이라 여긴 호수가 말을 돌렸다.

"별일 없었죠? 액션 연습하는 거 힘들지 않아요?"

「힘들어. 말 타고 장검 휘두르다가 팔 빠질 뻔했어.」

호수조차 모르지만, 원이 힘들다는 말을 스스럼없이 꺼내는 사람은 호수뿐이었다. 숨겨왔던 엄살과 봉인했던 찡찡을 작정하고 풀어헤친 원이 잠시 부스럭거리더니 폰을 아래로 내렸다. 그러고는 예고도 없이 윗옷을 훅 걷어 올렸다.

「여기 봐봐. 멍든 거 보이지?」

"으헉!"

화면을 가득 메운 살색에 기겁한 호수가 무심결에 비명과 감탄을 겸한 괴성을 뱉어냈다.

여전히 탄탄한 복근과 매끈한 옆구리가 가장 먼저 눈에 들어왔고, 군데군데 파랗고 노랗게 물든 멍 자국들이 어렴풋이 보였다. 안쓰러움에 눈살을 찌푸렸던 호수가 '이런, 눈을 찌푸리니까 초점이 더 잘 맞네' 하는 음흉한 생각을 했을 때, 화면 속 윗옷이 더 올라갔다.

「여기도 볼래? 아까 진검 만지다가 갈비뼈 베일 뻔했어. 봐봐, 빨개진 거.」

"아, 뭘 자꾸 보래요!"

······고맙게.

뒷말은 생략한 호수가 술기운에 다른 기운까지 더해져 새빨개진 얼굴로 버럭 외쳤다.

"그만 걷어요! 잘 보이지도 않는다고요! 나중에 볼 테니까 얼른 옷 내려요!"

그 말이 끝나기가 무섭게 낮은 웃음소리와 함께 원의 얼굴이 나타났다.

「잘 안 보이니까 나중에 보겠다니, 취해서 본색 드러내는 거야? 쪼그만 게 까져 가지고.」

"무슨 소리예요! 그리고 누가 쪼그맣다고!"

「알았어. 나중에 가까이서 자세히 봐. 보고 나서 호 해주고.」

"아오, 진짜······."

원이 한 대 때려주고 싶을 만큼 얄미우면서도 매력적인 미소를 머금었다. 그 미소가 가뜩이나 발랑 까진 심장에 제대로 불을 붙였고, 그 바람에 판단력이 흐려진 호수는 맨 정신이었다면 절대 안 했을 말을 입에 담고 말았다.

"오빠 말마따나 저 좀 취했으니까 막 벗고 그러지 마요. 위험하게."

순간, 원에게서 웃음기가 싹 가셨다. 가슴이 철렁한 찰나, 원의 고개가 나른하게 기울었다.

「네가 방금 한 말이 더 위험해.」

술이 확 깨는 것 같은 전율과, 반대로 술이 확 올라오는 것 같은 현기증이 동시에 일었다. 얼어버린 호수와 지그시 눈을 맞춘 채로 원이 옅게 웃었다.

「사람 잠 못 자게 하는 방법도 가지가지네.」

그렇게 말하는 목소리가, 바라보는 눈빛이, 보이지 않는 손길이 되어 호수를 쓰다듬었다. 오소소 소름이 돋을 만큼 따스한 그 느낌이 좋으면서도, 실제로 닿은 것이 아니라는 게 슬펐다. 입술 안쪽을 잘근 깨문 호수가 부러 불퉁하니 답했다.

"저, 저도 오빠 때문에 잠은 다 잤어요. 그러게 다친 건 왜 보여준다고……. 그런 건 별로 안 보고 싶으니까 빨리 낫기나 해요."

「알았어. 너는 다치지도 말고, 아프지도 마. 가뜩이나 챙겨주지도 못하는데.」

햇살처럼 자상한 그 말이 불퉁한 핀잔으로 잘 가리고 있던 호수의 진심을 깊숙이 찔렀다. 그 바람에, 그리고 조금 남은 술기운 덕분에 호수는 꺼내놓기 쑥스러워 줄곧 감추고만 있던 말을 털어놓았다.

"보고 싶어요."

「나도.」

숨 쉴 틈도 없이 되돌아오는 대답. 그리고…….

「사랑해.」

어쩌면 가장 흔한 말. 그러나 내가 사랑하는 사람의 입에서 나오는 순간, 세상에서 가장 특별해지는 그 말에 호수는 울컥하고 말았다. 조금 전 지아가 테이블 위에 그리던 '사랑'이라는 말과 지금 눈앞에 있는 원이 겹쳐지자 더욱 눈가가 시큰해졌다.

호수가 고개를 떨어뜨리자 원은 당황했다.

「호수야, 괜찮아? 왜 그래? 무슨 일 있어?」

"아니에요. 그냥…… 좋아서요. 내가 오빠를 좋아하는데, 오빠도 나를 좋아해서, 그게 좋아서."

어긋난 마음 때문에 힘들어하는 사람들을 보기가 미안할 정도로 행복해서. 나 때문에 어긋나 있던 동안 오빠도 참 많이 힘들었겠구나 생각하니까 미안해서. 그래도 결국은 어긋나지 않아서, 그게 너무 고맙고 다행이라서.

「뭐야, 놀랐잖아.」

'너 취하니까 이런 말도 듣네' 하고 기분 좋게 속닥거린 원이 조금 더 목소리를 낮췄다.

「순서가 바뀐 것 같은데. 내가 먼저 널 좋아했어.」

"따지지 마요."

「응.」

푸스스 웃은 원이 문득 생각났다는 투로 물었다.

「참, 다음 주 토요일에 하는 희망 드림콘서트, 너도 오는 거 맞지?」

"네. ONE도 나오죠?"

「응. 그때는 무슨 일이 있어도 보자. 스쳐 지나가는 한이 있더라도.」

비장하기까지 한 말에 호수가 웃고, 원도 웃었다. 그때 갑자기 화면이 흔들렸다.

「어, 도영이 형 온 것 같아. 또 시간 나면 연락할게. 조금만 먹고 조심해서 집에 가. 알았지?」

"알았어요. 그럼 토요일에…….."

어지간히 다급했는지 호수가 말을 마치기도 전에 전화는 끊겨져 버렸다. 더 이상 원이 보이지 않는 화면을 멍하니 지켜보던 호수는 그제야 화장실에 간다고 하고 나왔음을 깨닫고 퍼뜩 몸을 돌렸다.

여전히 조용하고 어두운 가운데, 지아는 테이블에 엎드려 있었다. 맞은편에 앉아 조심스레 부르자 가볍게 등이 들썩였다. 작게 하품을 한 지아가 몸을 일으켰다.

"깜박 잠들었네. 방금 내 매니저도 데리러 온다고 전화 왔어. 원준 씨도 지금 온다지?"

"네? 아, 네."

"오늘 진짜 고마웠어. 다음에 또 놀아줘. 응?"

"그래요."

한 손으로 슬그머니 원준에게 문자를 보내며 호수가 방긋 웃었다. 마주 웃은 지아가 담담하게 한마디 했다.

"나랑 술 먹었다는 말, 매니저 오빠 말고 아무한테도 하지 말아주라."

뭔가 더 생각하는 듯하던 지아가 작게 덧붙였다.

"수현이한테도. 알았지?"

[10월 24일 PM 3:40. ONE과 호수, 희망드림콘서트 출연]

"희망드림콘서트, 작년엔 어디서 했지? 울산이었나? 부산이었나?"

"알 게 뭐야, 가본 적이 없는데."

시크하게 대꾸한 호수가 팔짱을 꼈다. 한 방송사에서 주최하는 희망드림콘서트는 1년에 한 번씩 열리는 큰 규모의 행사였는데, 지금까지는 섭외를 받아본 적이 없었다.

"희망드림콘서트 출연도 좋긴 한데, 간만에 휴가라는 게 더 좋다. 안 그러냐, 수현아?"

"나도. 우리 셋이 제대로 놀아보는 게 얼마만인지."

본인이 잡은 스케줄이긴 하지만, 밤낮없이 이동하고 관리하느라 점점 피폐해지는 원준과 이래저래 갈수록 말라가는 수현을 보다 못한 호수는 이번 지방 스케줄을 핑계로 여 사장에게 하루 휴가를 요청했다. 매니저가 스케줄 조절할 능력이 될지 모르겠다는 여 사장의 도발에 원준은 테트리스 조각 맞추듯 스케줄을 밀고 당겨 콘서트 다음 날 하루를 깔끔하게 비웠고, 여 사장은 오랜만에 꼴통 셋이 뭉쳐서 좋겠다는 말로 쿨하게 휴가를 허락했다.

"콘서트 빨리 끝났으면 좋겠다. 얼른 펜션 가서 쉬게."

콘서트가 열리는 데서 그리 멀지 않은 곳, 친구가 운영하는 펜션까지 예약해 놓은 능력 있는 매니저 원준의 목소리가 들떴다. 호수도 거들었다.

"응. 난 고기부터 구울 거야."

수현이 바로 핀잔을 던졌다.

"저 여자 보게? 끝나면 10시 넘을 텐데, 무슨 고기를 구워?"

"그래도 구울 거야. 새벽까지 구워서 너 먹일 거야. 너 요새 왜 그렇게 살이 빠져? 조금 있으면 나보다 다리 더 가늘어지겠어."

"뭐라는 거야? 원래부터 내 다리가 더 길고 예뻤어."

나른하게 꼬고 앉은 수현의 긴 다리를 힐끗 노려본 호수가 조용히 대꾸했다.

"길고 예쁜 다리 똑 부러뜨려서 깁스 한번 하게 해줄까?"

"누가 청순요정 아니랄까 봐, 어쩜 저렇게 청순한 말만 골라서 하는지 모르겠네."

시답잖은 대화를 주고받는 사이, 차는 콘서트장에 도착했다. 입장을 기다리며 빽빽하게 줄서 있는 사람들 틈을 지나 주차장에 도착하자, 스태프증을 목에 건 남자가 곧장 대기실로 안내해 주었다.

〈ONE〉. 그리고 바로 옆에, 〈호수〉.

단지 대기실 문 앞에 붙은 종이일 뿐인데도, 두 개의 이름이 비슷한 높이에 나란히 붙어 있는 것을 보니 괜스레 기분이 묘했다. 아직 같은 레벨까지는 아니더라도 제법 많이 따라잡았다는 감상이 들어서였다.

네다섯 명이 대기실 같이 쓰던 때가 엊그제 같은데, 나 좀 출세했네.

그런 생각을 떠올린 호수가 뿌듯한 걸음으로 대기실에 들어섰다.

바로 벽 너머, 옆 대기실에서는 호수보다 조금 먼저 도착한 ONE이 한창 준비를 하고 있었다.

"간만에 하려니 헷갈리네."

"그러게. 내가 이쪽인가? 맞지?"

말은 그렇게 하면서도 음악이 나오면 자동으로 몸이 움직였다. 맞춰볼 만큼 맞춰본 후에 차례로 메이크업을 받고 의상까지 갖춰 입은 후, 태원이 리더다운 말을 꺼냈다.

"대기실 가서 인사하고 오자. 선배님들 많으시더라."

자리를 털고 일어난 넷이 복도로 나섰다. 원이 은근슬쩍 말을 꺼냈다.

"시간 남으면 옆 대기실에도 인사하러 가지 않을래……?"

'어우, 뭐야?' 하는 세 명의 눈길에 원이 눈을 찡긋거리며 도움을 요청했다. 뻔히 보이는 속내가 가엾긴 했으나, 순순히 욕심을 채워주는 건 솔로로서의 도리가 아니라 여긴 원일이 매정하게 튕겼다.

"우리가 두 달씩이나 후배인 주호수한테 인사를 왜 해? 걔가 먼저 우리 대기실에 와서 배꼽인사를 해도 모자랄 판에."

"차라리 요새 잘나가는 신인 걸그룹 대기실 가서 인사하고 놀다 오는 게 낫겠다."

"그럴까? 주호수보다 훨씬 더 반겨줄 텐데."

결국 참다못한 원이 주위를 슥 둘러보고는 조용히 뒤로 다가가 원일과 지완의 등을 팔꿈치로 찍었다. 비명을 지른 원일이 신경질을 냈다.

"아무리 좋아하면 닮는다지만, 이런 거는 좀 닮지 말자! 형까지 폭력적으로 변하면 어쩌자는 건데!"

"내가 뭘?"

"대박. 뻔뻔한 것도 똑같아……."

우여곡절 끝에 선배 가수들의 대기실을 돌며 인사를 마친 넷은 마지막으로 호수의 대기실로 향했다. 인사를 왜 하느냐던 원일이 앞장서서 노크를 하고는 문을 벌컥 열었다.

"쭈! 우리 놀러왔어! 커피 줘!"

저게 진짜, 쭈라고 하지 말라니까. 등짝을 한 번 더 찍어버릴까?

속으로 투덜거린 원이 두근두근하며 얼굴을 내밀었다. 그러나 호수의 인사 대신 수현의 매정한 대꾸만 돌아왔다.

"여기가 무슨 별다방인 줄 아나. 남의 대기실에 와서 커피는 왜 찾아?"

"우리가 왜 남이야? 같은 사장님께 정산 받으면 한식구지. 근데 주호수 어디 갔어?"

"선배님들 대기실 가서 인사드리고 온다고 나갔는데."

이런 꿍꿍이까지 똑같을 건 또 뭐야?

얄밉도록 절묘한 타이밍에 원이 입술을 잘근 깨물었다. 무작정 기다린다고 하면 수상히 여길까 봐 말도 못 꺼내고 있는데, 태원이 수현의 맞은편에 앉으며 대신 말해주었다.

"이왕 온 거, 기다렸다가 보고 가자. 저희 조금만 있다 가도 되죠?"

당연히 반기는 분위기였다. 얼굴이 환해진 원이 냉큼 태원의 옆에 앉는 것과 동시에 수현이 일어났다.

"호수 찾아올게."

"그냥 있어."

불쑥 말을 던진 태원의 차분한 눈동자가, 멈칫 굳는 수현을 올려다보았다.

"기다리면 오겠지."

짧은 침묵이 흐른 후, 수현이 조용히 대꾸했다.

"막연히 기다리라고? 언제 올지도 모르는데?"

수현은 다시 몸을 돌렸다. 그러나 태원이 테이블 위로 몸을 굽히더니 수현의 옷자락을 가볍게 끌어당겨 앉혔다.

"가지 마."

미묘하게 틀어진 공기를 적당한 웃음으로 교묘하게 덮은 태원이 낮게 덧붙였다.

"가봤자 뻔하잖아. 올 데는 여기뿐인데, 올 거니까 기다려."

수현은 더 이상 대답하지 않았다.

그 시간, 호수는 다른 대기실부터 차근차근 얼굴 도장을 찍고 있는 중이었다. 그러나 최종 목표였던 ONE 대기실에는 당연하게도 원이 없었고, 호수는 분노와 짜증과 욕구불만이 한데 뒤섞여 치미는 것을 느끼며 터덜터덜 제 대기실로 걸음을 돌렸다.

"에이, 쓸데없이 어딜 그렇게 돌아다니는……."

"어, 쭈 왔다!"

"호수 누나, 오랜만."

대기실 문을 열자마자 들려오는 원일과 지완의 목소리에 호수가 멈칫했다. 곧이어 태원의 목소리도 들려왔다.

"놀러 왔어. 인사도 할 겸."

그리고 가장 듣고 싶던 목소리.

"오랜만에 보네."

남다를 것 없는 인사를 건넨 원이 손을 흔들었다. 호수는 머뭇거리다가 수현의 옆, 원의 맞은편에 자연스럽게 앉으며 답했다.

"그러게요. 오랜만에…… 봐요."

본판이 훌륭한 덕에 메이크업을 하나 안 하나 크게 차이는 없지만, 그래도 좀 더 인상이 또렷해지고 섹시해진 원이 느긋하게 턱을 괴고 호수를 바라보았다. 남들 보기에는 별로 수상해 보일 것 없는 담백한 태도였다.

"요새 바쁘지? 네 노래 자주 나오던데."

"바쁠수록 좋죠, 뭐. 오빠도 바쁘시다면서요?"

"조금. 오늘 공연 잘해."

"오빠도 공연 잘하세요. 다치지 마시고."

"고마워."

입으로 주고받는 말만 놓고 보면 누가 들어도 상관없는 전체 연령가였다. 그러나 눈으로 주고받는 대화는 달랐다.

"참, 오늘 옷 예쁘다."

눈빛이 하는 말은, 벗으면 더 예쁘겠네.

"오빠도요. 셔츠랑 타이 괜찮네요."

눈빛이 하는 말은, 굉장히 풀어주고 싶게 생겼네요.

둘 사이에 오가는 달고 뜨겁고 묘하고 말랑한 19금 눈빛들을 운 나쁘게도 바로 옆에서 지켜보게 된 수현과 태원의 표정이 점점 일그러졌다. 견디다 못한 이들이 자리를 뜬 후에도 입과 눈이 따로 노는 희한한 대화는 조금 더 이어졌다.

조금만 더 했으면 위험했겠다 싶은 딱 그 시점, 노크와 함께 RED 멤버들이 들어왔다. 가운데 선 승혁의 손에는 방송용 캠코더가 들려 있었다. 출연중인 리얼리티 프로그램을 통해 내보낼 셀프 영상을 촬영 중이라고 했다.

"안녕하세요! 어, ONE 선배님들도 여기 계셨네요! 대기실에 안 계셔서 아쉬웠는데!"

"심심해서 놀러 왔어요! 다 같이 카메라 보시고 한 말씀만 해주시면 안 될까요? 저희 좀 도와주세요!"

생기발랄한 RED 멤버들의 요청에 호수도 ONE도 자리에서 일어섰다. 경력 5년 차답게 곧장 방송용 웃음을 띤 모두가 카메라를 향해 손을 흔들었다. 원일이 승혁과 장난스런 멘트를 주고받는 동안, 호수는 원의 옆에 서서 잠잠한 미소를 짓고 있었다.

그런데 그때, 가볍게 뒷짐을 지고 있던 손 끝을 무언가가 톡 건드렸다. 그게 손이라는 걸, 호수와 마찬가지로 손을 등 뒤로 돌린 원이 기회를 놓치지 않고 손을 잡은 거라는 걸 깨닫자마자 호수의 어깨가 뻣뻣하게 굳었다.

짧게 스쳤던 감촉이 좀 더 짙고 깊게 다가들었다. 아무도 모르게, 열 개의 손가락이 느릿하고 부드럽게 겹쳐졌다. 조용히, 그러나 서슴없이 감싸 쥐는 손에서 살짝 뜨거운 온도와 지긋한 힘이 느껴졌다.

분명 손만 잡았을 뿐인데 꼭 입술 안을 침범당하기라도 한 것처럼 다리에 힘이 풀리려 했다. 호수는 입안의 여린 살을 아프도록 씹으며 표정 관리를 하기 위해 안간힘을 썼다.

"감사합니다, 선배님들! 공연 잘하세요!"

RED 멤버들이 우르르 나간 후, 호수는 남몰래 눈을 흘겼다. 원은 모른 척 빙글 몸을 돌렸다. 그러고는 깨알같이 더듬는 데 성공한 길고 야한 손가락을 허공에서 조르륵 접었다 펴고는 웃었다.

잠시 후, 공연 시작할 시간이 거의 다 됐다며 스태프가 문을 두드렸다. 곧 도영도 옆 대기실에서 넘어와 ONE 멤버들을 불렀다.

느릿느릿 자리에서 일어선 원이 못내 아쉬운 눈으로 인사를 남겼다.

"이따 무대에서 보자."

원이 나간 후에도 분홍분홍한 여운은 한동안 머물렀다. 오직 두 사람만 아는 등 뒤의 사정을 되새겨 보던 호수가 헛기침을 했다. 그러고는 괜스레 근질거리는 손으로 기타를 잡으며 입속말을 중얼거렸다.

우린 괜찮아.

조금만 더 기다리면 더 자주 보고, 더 오래 같이 있을 수 있을 거야.

언젠가는, 꼭.

[10월 25일 AM 12:50. 호수와 수현, 원준, 펜션]

콘서트가 시작된 이후에는 원과 가까이서 마주칠 기회가 없었다. 서로의 무대를 가까이에서 봤다는 것, 그리고 마지막으로 모든 출연진들이 다 무대 위에 올라갔을 때 잠시 옆에 서 있었다는 것만으로 만족해야 했다.

공연이 끝난 후에 호수 일행은 곧장 예약해 둔 펜션으로 향했다. 원준의 친구이기도 한 주인은 일부러 예약도 안 받고 통째로 비워놨으니 편하게 놀다 가라며 사람 좋게 웃었다.

"콘서트 끝나고 늦게 오신다고 해서 저녁 좀 준비해 놨어요. 아무래도 다른 손님들처럼 직접 장 봐 오시기도 힘들 것 같아서. 일단 먹고 쉬세요."

"정말요? 이렇게까지 신경 안 써주셔도 되는데……. 아, 그러지 말고 같이 드세요."

"에이, 동료끼리 놀러 오신 건데 제가 끼면 안 되죠."

"뭐, 어때요. 원준 오빠 친구신데."

"그래, 어차피 다른 손님도 없는데, 같이 한잔하자. 우리도 오랜만에 봤잖아."

"그, 그럼 한 잔만……."

살뜰한 배려로 편하게 배를 채운 호수와 수현, 원준은 주인까지 끼워 넷이서 본격적으로 상을 폈다. 장소 좋고, 안주도 좋고, 스케줄 걱정 없어 마음까지 편한, 즐거운 술자리였다.

제법 술이 오른 주인과 원준이 담배 한 대 피고 오겠다며 멀찌감치 나갔다가 자기들끼리의 이야기에 빠져들던 사이, 둘만 남은 수현과 호수 역시 새삼스러울 것도 없는 옛날 일들을 주고받으며 열심히 술을 마셨다.

"주호수, 연애하니까 좋냐?"

무슨 이야기인가를 하던 중 수현의 입에서 그런 말이 나왔다. 수현은 술을 마시면 온몸이 빨개졌다가 취할 때쯤 되면 도자기처럼 새하얘지곤 했는데, 지금 수현의 얼굴은 한껏 빨개졌다가 조금씩 희게 가라앉고 있는 중이었다.

"좋아. 좋은데……. 좋아서 안 좋기도 하고 그래."

"그렇겠지. 둘 중 한 명만 연예인이어도 골치 아픈데, 둘 다 연예인이니."

수현이 입매를 풀며 크크 웃었다.

"처음부터 너무 끝판왕을 만났어, 너는. 만에 하나 원이 형이랑 헤어지기라도 하면 어디 다른 남자 만날 수나 있겠냐? 다 오징어로 보일 텐데."

"그러게. 첫사랑이 이 정도로 어마어마해질 줄은 나도 몰랐다."

"원이 형도 몰랐을 거야. 다 가진 줄 알았던 인생에 이렇게 어마어마한 함정이 기다리고 있었을 줄은."

"그 함정이 나냐? 죽고 싶어?"

수현은 못 들은 척 잔을 부딪쳤다. 때릴 타이밍을 놓친 호수가 입을 삐죽거렸다.

"근데 이거, 좀 불공평한 거 아니냐? 나한테도 볼 '권리'가 있잖아."

"보긴 뭘 봐?"

"너 연애하는 거. 설마 지금껏 아무도 안 만났을 리는 없을 텐데, 한 번도 말을 안 하잖아. 억지로 끌어낼 마음은 없지만, 나에게도 너 따위를 만나주는 사람을 불쌍히 여길 기회를 달란 말이야."

일부러 모르는 척, 호수는 평소 말투 그대로 툭 내뱉었다. 사실 따지고 보면 모르는 척이 아니라 모르는 게 맞긴 했다. 확신에 가까운 짐작일 뿐, 수현이나 태원에게서 확실하게 어떤 말을 들은 건 아니었으니까.

맞다면, 먼저 말해주면 좋잖아. 친구로서 뭐라도 해줄 수 있는 기회는 줘야 할 거 아냐.

홧김에 넌지시 찔러본 말이었다. 웃기만 하던 수현이 지나가듯 대꾸했다.

"아무리 너라도 안 돼, 그건."

"왜?"

"네가 나랑 친구 안 한다고 할까 봐."

아까보다 훨씬 더 희어진 수현이 불쑥 던진 말에, 가슴이 내려앉았다. 술잔으로 시선을 떨어뜨린 호수가 넌지시 말을 던졌다.

"유부녀라도 만나? 아님 미성년자?"

"아니."

"그럼 됐지, 뭐. 그 외엔 범죄 아니잖아."

쿨하게 답한 호수가 조금은 쿨하지 못한 말을 덧붙였다.

"나, 너밖에 친구 없는 거 알잖아. 너랑 친구 안 하면 내가 손해인데. 누가 뭐라고 해도 나는 무조건 네 편 들어 줄게. 너는 까도 내가 깐다."

툴툴거리면서도 수현의 입꼬리가 올라갔다. 나쁘지 않은 기색에 호수는 은근슬쩍 물었다.

"그런 의미에서 첫사랑 얘기라도 좀 해주면 안 되냐? 너는 내 첫사랑을 실시간으로 옆에서 지켜보고 있잖아. 공평하게 너도 털어."

"털긴 뭘 털어? 그리고 네 첫사랑, 그거 별로 안 보고 싶거든? 닭살에 끈적끈적에…… 어우."

"그러지 말고. 수현 오빠, 첫사랑 얘기 한 번만 해주세요. 네?"

"미쳤냐?"

돼먹지 않은 콧소리로 수현을 진저리치게 만든 호수가 테이블 아래 두었던 발을 스윽 올렸다. 걷어차일 뻔한 정강이를 스윽 꼬아 올려 피한 수현이 한숨을 내쉬었다.

"갑자기 웬 첫사랑 타령이야?"

"궁금하니까."

호수가 수현의 상태를 살피며 과연 몇 잔을 더 먹여야 술술 나올 것인가 하는 계산을 하고 있을 때, 수현이 말을 꺼냈다.

"중3 때, 나 맹장 때문에 입원했던 거 생각나지?"

"어? 생각나지. 그럼, 그럼."

비로소 뭔가 시작되는 분위기에 호수는 얼른 고개를 끄덕이며 눈을 빛냈다.

"당연히 생각나야지. 그 전날 저녁에 네가 뭐 때문인지 내 배에 정통으로 주먹을 날렸잖아. 다음 날 일어났는데 배가 아픈 걸 보고 '아, 내가 결국 주호수 때문에 내장까지 터졌구나' 그런 생각을 하면서……."

"쓸데없는 얘기는 빼고 중요한 얘기만 하지?"

한 번 더 내장을 공격할 기세였다. 수현은 취한 와중에도 생존본능을 발휘해 몸을 뒤로 뺐다.

"알았어. 중요한 얘기만 할게. 너한테 맞아서 아픈 줄 알았는데 맹장염이었고, 수술하고 입원했고, 입원해 있는 동안 얼굴만 알던 어떤 사람하고 마주쳤고, 그 사람도 정형외과에 입원 중이라서 퇴원할 때까지 친하게 지냈고, 퇴원하고 가물가물해질 때쯤에 우연히 다시 만났고. 끝."

간결하게 이야기를 마친 수현이 한 번 더 술을 비우고는 정정했다.

"아니, 끝이 아니라…… 시작."

수현에게 잔을 내밀며 호수는 기억을 더듬었다. 그 당시 거의 매일 병문안을 갔는데, 누굴 본 적이 있었는지는 가물가물했다.

말하느라 급하게 들이켠 술 두어 잔에 취기가 확 오른 수현이 한 손으로 이마를 짚었다.

"다시 봤을 때, 시작인 줄 몰랐는데 시작이었어."

다시 술이 채워지고 비워졌다.

"그리고 아직도 안 끝나."

열어놓은 문 사이로 밤처럼 어둡고 새벽처럼 시린 바람이 들어왔다. 이제 완전히 새하얘진 수현이 흔들리는 손으로 턱을 괴었다.

"스캔들 터지기 며칠 전에, 전화가 왔었어."

인형처럼 하얀 얼굴 위, 힘없이 움직이는 입술이 아프도록 새빨갰다.

"갑자기 전화해서는 '수현아' 하고, 그냥 이름만 계속……. 내 이름이 그렇게, 시옷 하고 히읗 하고 예쁘게 울리는 그런 이름이었나, 생각할 때까지 부르다가……."

그 순간, 호수는 저도 모르게 입술을 깨물었다.

나도 알아, 그거.

태어날 때부터 지겹도록 불린 이름인데, 그 사람의 목소리를 타고 울리는 순간 예쁜 뜻을 가진 낯선 나라의 단어처럼 들리는 기분.

"시옷, 히읗 하고 울리는 그 소리가 사랑해, 그렇게 들릴 때까지 부르다가⋯⋯."

휘청이는 팔을 테이블 위에 접어 올린 수현이 그 위에 이마를 묻었다.

"정말 입에 담기 아깝네, 그러면서 웃더라."

입에 담기도 아까울 정도로 아끼는 이름.

아끼는 사람. 아끼는 마음.

"기다리면 오는 거 알아. 근데 기다리면 안 될 것 같아서 그래. 안 기다릴 거니까 올 필요 없다고 해야 될 것 같아서."

수현의 눈꺼풀이 천천히 내리 감겼다.

"보고는 싶은데, 나는 웃는 얼굴을 보고 싶은 거니까, 나 때문에 웃지 못하게 되면 보는 의미가 없어지는 거니까, 그냥, 나는⋯⋯."

흐려지던 말끝이 잠잠해졌다. 잠든 건지, 수현은 더 이상 움직이지 않았다.

한참을 그대로 앉아 있던 호수가 몸을 일으켰다. 꽤 많이 마신 술에 눈앞이 어질어질했으나, 머릿속은 한바탕 소나기를 맞은 것처럼 또렷했다.

대강 주변을 치운 후에 호수는 안에서 얇은 이불 하나를 꺼내 와 수현의 어깨 위에 덮어주었다. 말랐어도 어깨만큼은 제법 넓은 수현인데, 오늘따라 참 작고 추워 보였다.

"보고 싶은 사람 못 보면 병나는데."

수현에게, 그리고 자신에게 하는 말이었다. 두리번거리며 원준을 찾던 호수는 원준마저 주인집 안에서 친구와 나란히 뻗어버린 것을 확인하고 열없이 웃었다.

"저러니까 맨날 사장님한테 욕을 먹지. 도무지 경계심이라고는 없다니까. 톱스타가 되면 뭐해. 가수고 매니저고 못 나가던 시절 버릇을 버리질 못하는데."

항상 누군가 어디선가 지켜보고 있다 생각하고 긴장을 늦추지 않는 것이 톱스타의 기본이요, 톱스타라면 응당 이런저런 위험에 노출되는 것이 당연하기에 잠시도 경계를 늦추지 않는 것이 톱스타 매니저의 기본일 텐데, 그런 개념이라고는 도무지 탑재가 되지 않는 둘이었다. 사장님한테 꼴통 소리 들어도 할 말 없다는 생각을 하며 호수는 휴대폰을 꺼냈다.

"어우, 술 올라와. 갑자기 엄청 취하네. 어쩐지 지금부터 한 짓은 전혀 기억이 안 날 것 같은 기분이 드는데?"

취기라고는 눈곱만큼도 없는 목소리로 중얼거린 호수가 태원의 연락처를 찾았다. 그러고는 통화 버튼을 꾹 눌렀다.

「……여보세요?」

시간이 시간인 만큼 살짝 의아해하는 대답이 돌아왔다.

"오빠, 저 호수인데요. 혹시 지금 바쁘세요?"

「그냥 작업실에 있는데, 왜? 무슨 일 있어?」

"아뇨, 별일은 아니고요. 지금 옆에 누구 있어요?"

「아니, 나 혼자…… 아, 원이 찾는 거야? 원이는 숙소에 있는데.」

순간, '같이 있었다면 좋았을 텐데' 하는 생각이 스쳐 가슴이 허전했다. 그래도 지금만큼은 원보다 태원이 혼자 있다는 게 중요하다 생각한 호수는 끌어낼 수 있는 모든 뻔뻔함을 끌어낸 후에 혀를 살짝 풀었다.

"오늘은 오빠한테 전화한 거예요."

「어, 무슨……?」

"사실은 제가 지금 수현이랑 술을 좀 마셨는데요, 수현이가 엄청, 어엄청 취해 가지고 집에 간다고 난리를 치는데 데려다 줄 사람이 없어서요. 원준 오빠까지 취해서 누웠거든요. 그렇다고 제가 택시를 부르기도 좀 그렇고. 혹시 오빠 안 바쁘시면 와서 얘 좀 데려가 주시면 안 될까요? 차 있으시니까."

난 지금 취한 거야. 안 온다고 하면 내일 아침에 다시 전화해서 어제 왜 전화했는지 기억 안 난다고 하면서 사과해야지.

속으로 중얼거린 호수가 마른침을 삼켰다. 잠시 잠잠하다가 짧은 대답이 돌아왔다.

「어디야?」

"오실 수 있으세요? 좀 먼데. 서울 아니에요. 어제 공연했던 데, 그 근처인데."

「자세히 말해줘. 바로 갈게.」

펜션 이름과 함께 아는 대로 위치를 알려주고 전화를 끊은 호수는 하늘을 향해 고개를 젖히고는 짧은 한숨을 뱉어냈다.

왜, 내가 울컥하지?

다시 안으로 돌아가자, 수현은 엄청 불편해 보이는 자세로 색색 잘도 자고 있었다. 편하게 눕혀주고 싶어도 기럭지 차이가 너무 나서 그럴 수 없는 탓에 호수는 수현을 식탁에 그대로 엎어놓고는 태원을 기다렸다.

기다리다 깜박 잠이 들 뻔했을 때, 태원에게서 전화가 왔다.

「네 차 보이는 거 보니까 다행히 맞게 온 것 같은데, 어디야?」

"지금 나갈게요."

생각했던 것보다 훨씬 빠른 시간이었다. 황급히 일어나 문을 열고 고개를 내민 호수가 손짓을 하자, 태원이 성큼 안으로 들어섰다.

"조금 전까지 난리를 쳤거든요. 근데 지금 막 갑자기 자는 거예요."

부디 태원 오빠가 원 오빠한테 '네 여자 친구가 술 취해서 전화 한 통으로 나를 서울에서 경기도까지 대리운전 시키더라'는 말만 하지 말았으면 좋겠는데.

호수는 그런 걱정을 하면서도 우정과 의리에서 비롯된 뻔뻔함을 유감없이 발휘했다.

"이왕 오셨으니까 그냥 데려가시면 안 될까요? 엄청 많이 마셔서 낮에 차타고 가려면 고생 좀 할 것 같은데. 차라리 정신없을 때 집에다 던져 놓고 푹 쉬라고 하는 게……."

"그래."

더 이상 변명을 지어낼 것도 없이 깔끔하게 답해준 태원이 수현을 살폈다. 호수가 덮어준 이불을 조심스레 걷어낸 태원은 살짝 허리를 굽히고는 낮게 불렀다.

"……수현아."

몇 번 더 부른 태원이 짧게 한숨을 쉬고는 손을 올렸다. 그러고는 기절한 것처럼 낭창거리는 수현을 부축해 일으켰다.

"혹시……."

수현을 한쪽 품에 기대놓은 채로 망설이다, 태원이 물었다.

"혹시, 수현이가 무슨 얘기 했어?"

미미한 불안함마저 담겨 있었다. 호수는 냉큼 고개를 저었다.

"아뇨. 별 얘기 안 했어요. 그냥 집에 가고 싶다고……."

그리고 꼭 원 오빠를 생각하는 내 마음 같은 눈을 하고서…….

"보고 싶다고, 그 말만 했어요."

잠시 멈칫했던 태원이 묵묵히 걸음을 뗐다. 키 차이도 많이 안 나는데다 제 힘으로 걷지도 않는 사람을 데리고 가려면 제법 힘에 부칠 법도 한데, 태원은 아무렇지도 않아 보였다.

수현을 조수석에 눕힌 태원이 차 옆에 엉거주춤 서 있던 호수를 돌아보았다. 호수는 머쓱한 웃음과 함께 고개를 꾸벅 숙였다.

운전석으로 가기 전, 태원은 오랜만에 호수의 머리를 툭 쓰다듬었다.

"고마워."

♩　　♫　　♪

"호수야, 너 수현이 못 봤어? 얘 아까부터 찾는데 안 보이네."

"수현이 새벽에 집에 갔어……."

"뭐? 그 시간에 어떻게, 뭐 타고 집에를 가? 아니, 그보다 갑자기 집에 왜 가?"

"술 취해서……. 잠은 집에 가서 자야 한다면서 택시 타고 갔어……."

"참나, 그걸 봤으면서 너는 뭐하고 있었냐?"

"몰라……. 나도 취해서 잘 가라고 손 흔들어준 것 같아……."

"내가 미쳐."

숙취가 덕지덕지 붙은 얼굴로 뒷머리를 벅벅 문지른 원준이 한탄 조로 중얼거렸다.

"이러니까 우리가 사장님한테 꼴통 소리를 듣는 거야……."

[10월 27일 AM 11:00. 호수, 숍]

녹화를 앞두고 숍에서 메이크업을 받으며, 호수는 눈앞에 펼쳐진 진풍경을 구경했다.

호수의 의상을 챙기는 수현의 훤칠한 등 뒤로 한 유명 여배우의 시선이 졸졸 따라붙고 있었다. 최근에 숍을 옮겼다는 그녀는 누구냐고 묻는 건지, 아니면 대담하게 연락처라도 따오라고 시키는 건지, 수현을 가리키며 자기 코디의 옆구리를 쿡쿡 찔러대는 중이었다.

"다 부질없는 짓인 것을. 그저 남의 집 앞마당에 핀 꽃이려니 하세요……."

고맙다던 태원의 말, 그리고 오늘 아침에 마주치자마자 던진 '친구 잘 됐지?' 하는 은근한 말에 긍정이나 다름없는 웃음으로 답하던 수현을 떠올린 호수가 심술궂게 중얼거렸다.

성화에 못 이겨 숍 원장에게 다녀온 여배우의 코디가 '저 사람 호수 코디래요' 하는 말이라도 전한 모양인지, 이번에는 여배우의 시선이 호수를 향했다. 호수가 모른 척 시선을 돌렸을 때, 건너편에서 작은 웅성거림이 들려왔다.

"야야, 이거 봤어? 실시간 검색어 1위, 이거 뭐야?"

"어디? 1위가 김태린이네? 김태린 응급실? 무슨 일 있나?"

낯익은 이름을 들은 호수가 저도 모르게 귀를 쫑긋 세웠다.

"난리 났네. 과로로 쓰러져서 응급실에 실려 갔다고?"

"근데 좀 웃기지 않아? 자기가 무슨 드라마를 찍어, 영화를 찍어? CF만 주구장창 찍으면서 웬 과로?"

"내 말이. 그러니까 바로 루머부터 도는 거 아냐."

수현이 액세서리를 챙겨 다가왔다. 건너편에서는 여전히 뒷담화가 이어지고 있었다.

"댓글 장난 아니다. 어머, 이거 봐. 임신해서 낙태 수술한 거라는데?"

"자살하려다가 매니저한테 걸린 거라는 말도 있어. 어떤 게 맞는 거야?"

"내 친구가 아는 사람에게 들었는데, 이런 찌라시가 괜히 나오는 게 아니라더라. 90%는 다 진짜래."

'내 친구가 아는 사람'이면 결국 모르는 사람 아닌가?

과로 정도로는 그다지 자극적이지 않으니까 떠들어도 재미가 없겠지. 그래서 낙태니 자살이니, 그런 말들을 믿고 싶은 거 아니야?

근거 없는 얘기들에 시달렸던 안 좋은 경험을 떠올린 호수의 눈빛이 날카로워졌다. 메이크업을 받느라 앞머리를 고정해 두었던 집게핀을 빼준 수현이 나직이 한마디 했다.

"신경 쓰지 말고 인상 펴."

"알았어."

호수가 자리에서 일어났다. 못내 아쉬움 가득한 여배우의 뜨거운 눈길로부터 은근슬쩍 수현을 가리며, 호수는 숍 밖에 세워져 있던 차에 올랐다.

"원준 오빠, 혹시 얘기 들었어? 태린 언니 과로로 쓰러져서 입원했다는데."

"기사는 보긴 봤다만은."

티라미수 시절 매니저였으면서도 원준의 반응은 시큰둥했다. 평소 오지랖이라는 말을 들을 정도로 잔정도 많고 사람 잘 챙기는 그답지 않았다. 호수가 망설이다 말을 꺼냈다.

"얼마 전에 한 번 봐서 그런가, 괜히 신경 쓰이네. 병문안이라도 가봐야 하나?"

"됐어. 네가 뭐하러?"

그제야 원준의 태도가 뭔가 다르다는 걸 눈치챈 호수가 갸웃했다. 그리고 보니 전에 화보 촬영장에서 태린과 우연히 마주쳤을 때도 원준은 겨우 눈인사만 주고받은 게 다였다.

"오빠, 혹시……."

'태린 언니랑 무슨 일 있었어?' 하고 물으려던 때, 원준이 먼저 말을 꺼냈다.

"지난번에 걔가 너 보자고 했을 때는 다른 사람들 다 있는 데서 꺼낸 말이라 거절하기도 뭐해서 말 안 했는데, 웬만하면 티라미수 애들 따로 보지 마. 방송 때문에 만나는 건 어쩔 수 없지만."

호수가 '왜?' 하고 되묻자, 원준은 뒤도 돌아보지 않고 차갑게 답했다.

"몰라서 묻냐? 생각하는 거며, 말하는 거며, 하는 짓들이 못돼 처먹었잖아, 기집애들이."

드물게 거친 말투에 수현도 놀란 눈을 했다. 생각에 잠겼던 호수가 조심스레 말을 꺼냈다.

"그래도 오빠, 한 번 가봤으면 좋겠는데."

왜인지는 모르겠지만, 기사를 보고 난 후로 태린과 커피숍에서 마주 앉았던 때가 자꾸 떠올라 맘에 걸렸다. 호수는 목에 낀 가시처럼 걸리적거리는 그녀의 말들을 곰곰이 곱씹었다.

"너는 몰라도 돼. 지금처럼 계속 몰랐으면 좋겠다. 나는 이미 돌이킬 수가 없지만."

"그래도 오늘 너 만나서 사과할 수 있어서 다행이었어. 내내 마음에 걸렸거든."

"잘 지내, 지금처럼."

다음에 보자고 했을 때, 꼭 다신 볼 일 없는 사람처럼 답했단 말이지.

그러나 호수의 불편한 마음을 알 리 없는 원준은 오늘따라 매정했다.

"뭐하러 가냐니까? 괜히 기사 나고 엮이고 그러는 거 싫다, 나는."

"잠깐 얼굴만 보고 오는 건데 기사 날 게 뭐 있어? 나더라도 나쁘게는 안 나겠지."

"왜 갑자기 그런 고집을 부려? 언제부터 걔랑 친했다고."

"친해서 가는 게 아니라, 그냥 뭔가 맘이 불편해서 그래."

둘 다 안 부리던 고집을 한동안 부린 끝에, 결국 스케줄 다 끝나고 밤늦은 시간에 얼굴만 딱 보고 나오는 걸로 결론을 냈다.

방송 녹화와 라디오 게스트 출연까지 다 마친 후, 차는 한국대병원으로 향했다. 차에 있겠다는 수현을 남겨두고 원준과 호수는 예전에 원도 입원했던 VIP 병동으로 향했다.

"안녕하세요. 저기⋯⋯."

"어머, 호수 씨 아니세요?"

원의 병문안을 왔을 때 몇 번 본 간호사가 단박에 호수를 알아보고 반색을 했다. 처음 봤을 때는 가수인 줄도 몰라보고 사생팬 취급하더니, 장족의 발전이었다.

태린의 병문안을 왔다는 말에 간호사는 전화를 걸어 확인하고는 병실을 알려주었다.

"병원 앞이며 로비에 기자들 쫙 깔려 있을 줄 알았는데, 의외로 많이 없네요?"

원준이 슬그머니 찌르자, 안 그래도 입이 근질근질해 보이던 간호사가 냉큼 답했다.

"어휴, 말도 마세요. 이렇게까지 심하게 취재 막는 경우는 처음 봤어요. 〈절대안정〉 팻말 붙여놓고 간호사도 담당 두 명만 정해서 아침저녁으로 그 사람들만 들어오라고 한다니까요? 저는 보지도 못했어요."

"그래요? 그럼 병문안도 아무나 안 받을 것 같은데……?"

"그러니까요. 원래는 소속사 대표라는 분이 아무도 면회 받지 말라고 하셨는데, 호수 씨는 혹시나 해서 병실에 전화 한번 해본 거예요."

은근슬쩍 생색을 낸 간호사가 덧붙였다.

"사실은 병문안 오신 분이 호수 씨가 처음이거든요."

병문안 온 사람이 아무도 없었다는 말에 말문이 막힌 호수가 어색한 미소를 짓고는 몸을 돌렸다. 원준과 호수는 아무 말도 없이 가장 안쪽에 있는 병실로 향했다.

병실 문 앞에 선 호수가 심호흡을 하고 문을 두드리려는데, 등 뒤의 비상계단 문이 벌컥 열렸다. 화들짝 놀란 호수와 원준이 뒤를 돌아보았고, 문을 열고 나오던 누군가도 우뚝 멈춰 섰다. 그리고 다음 순간, 이루 말할 수 없이 복잡한 공기가 휙 몰아쳤다.

"이게 누구야? 호수 아냐?"

독한 담배 냄새와 함께 문을 열고 나온, 사십대 후반쯤 되어 보이는 남자가 호수를 위아래로 훑었다. 인사 대신 호수는 꼿꼿이 목을 세웠다.

무표정한 호수를 빤히 쳐다보던 남자가 유들유들한 투로 비아냥거렸다.

"이야, 너 요새 떴다고 눈에 뵈는 게 없나 보다? 데뷔시켜 준 사람한테 인사도 안 하네?"

눈앞의 남자는 예전 티라미수 시절 소속사의 대표인 강 사장이었다. 다시는 보고 싶지 않던 얼굴이기도 했다.

"제가 인사하는 거 별로 안 좋아하셨던 걸로 기억하는데요."

"애 봐라? 이제 말대꾸도 하네? 하긴 요새 많이 크긴 했더라. 너희 회사 여 사장, 얼굴 반반한 어린 남자애들만 빠느라 너는 뒷전인 것 같더니만, 요샌 신경 좀 써주는 모양이야?"

발끈한 호수가 한마디 하려던 순간, 원준이 먼저 나섰다.

"우리 사장님, 누구와는 달리 아티스트들이랑 직원들에게 존경받고 계신 분이니까 함부로 말씀 마시죠."

싸늘한 원준의 대꾸에 시선을 돌린 강 사장이 입매를 비틀었다.

"너도 오랜만이다? 요즘엔 먹고살 만하지? 조카뻘 되는 애 밑에서 같잖은 고생해 가며 꾸준히 버틴 보람 있겠네."

"네. 요즘 들어 호수 재능 믿고 같이한 보람 제대로 느끼고 있습니다. 사람을 돈으로 보고, 물건으로 보는 사장님께는 말해봤자 뭔지도 모르시겠지만요."

"이 새끼가 근데……."

분위기가 거칠어진 순간, 스테이션 쪽에서 안절부절못하던 간호사들이 얼른 달려왔다.

"여기서 소란 피우시면 안 됩니다. 어떻게 오셨어요?"

"여기, 김태린 전 소속사 사장입니다. 얼굴이나 볼까 하고."

여전히 시선은 원준에게 고정한 채로 강 사장이 병실 문을 향해 턱짓을 했다. 서로 눈치를 살피던 간호사 중 한 명이 재빨리 스테이션으로 돌아가 확인을 하는 사이, 원준과 강 사장은 금방이라도 한대 칠 기세로 서로를 노려보았다.

"저기, 죄송하지만 김태린 씨가 호수 씨 면회만 받겠다는데요."

"뭐요?"

험악한 눈길이 간호사 쪽으로 향했다. 겁먹은 와중에도 간호사는 꿋꿋이 할 말을 했다.

"보시다시피 절대안정이 필요한 환자분이시라서요. 환자분께서 동의하지 않으시면 병실에 들어가실 수 없습니다."

"참나……."

노골적인 비웃음을 던진 강 사장이 보란 듯이 병실 문을 잡았다. 간호사가 짧은 비명을 질렀고, 원준이 문 앞을 막아섰다. 덩달아 눈을 크게 떴던 호수가 빠르게 이성을 되찾고 스테이션 쪽을 향해 큰 목소리로 외쳤다.

"여기 사람 좀 불러주세요! 경비원이든, 남자 직원분이든, 누구든지요!"

"너……!"

"아니면 경찰을 부르시든지."

호수의 날선 눈빛과 강 사장의 험악한 눈길이 쨍하고 마주쳤다. 팽팽한 긴장감이 오간 후, 강 사장이 손을 탁 털며 뒤로 물러났다.

"재수가 없으려니까. 너, 좀 떴다고 사람 우습게 보고 까부는데, 그러다 후회한다."

"안 뜬다고 사람 우습게 보던 분한테 그런 말 듣고 싶진 않네요. 그리고 제 인생에서 그 기획사 들어갔던 것보다 더 크게 후회할 일은 없을 것 같거든요?"

간호사들을 의식해 욕은 삼킨 호수가 나직이 덧붙였다.

"병문안 오셨는데 거절당하셨으니 더 이상 볼일 없으시죠? 이제 그만 가셔야겠네요."

사나운 눈으로 호수와 원준, 간호사들까지 노려본 강 사장이 몸을 돌렸다. 호수는 그 뒷모습을 뚫어져라 바라보다가 질끈 눈을 감앉다. 옆에 있는 원준만 믿고 할 말 다 하긴 했지만, 아직도 벌컥대는 심장 소리가 관자놀이까지 울렸다.

강 사장이 사라지고, 겁에 질렸던 간호사들까지 스테이션으로 돌아간 후, 호수는 심호흡을 했다. 어깨를 툭, 두드려 주는 원준을 돌아보며 희미하게 웃은 호수가 문을 두드렸다.

"……네."

안에서 나는 가느다란 대답 소리를 듣자마자 호수는 문을 잡아당겼다.

그리고 그대로 숨을 삼켰다.

넓은 병실, 커다란 침대에 홀로 앉아 있는 태린을 보는 순간, 아무 말도 할 수가 없었다. 왜 취재진을 막았는지, 왜 정해진 간호사만 드나들게 하는지 한눈에 알 수 있었다.

뽀얗고 깨끗한 피부 위에 붉고 푸르게 남은 험한 손자국들이 눈을 찔렀다. 안쓰러울 정도로 마른 몸에 헐렁한 환자복을 걸친 태린은 마치 누군가 함부로 가지고 놀다 망가뜨리고는 아무 데나 내던져 버린 인형 같았다.

"왜……"

제대로 물을 수도 없었다. 느리게 고개를 돌린 태린이 기사 내용을 그대로 읊었다.

"촬영하다가 쓰러지면서 조명에 부딪혔어."

그러고는 카메라 앞에서 연기를 하듯, 미소를 지었다.

"죽으려고 했던 게 아니라……"

그렇게 말하며 머리카락을 쓸어 넘기는 손목에 섬뜩하도록 흰 붕대가 칭칭 감겨 있었다. 금방이라도 그 손목 위로 새빨간 피가 배어나올 것만 같아 호수는 황급히 눈을 돌렸다.

크게 숨을 몰아쉰 태린이 문 쪽을 힐끗 살피고는 빠르게 말을 이었다.

"원래 사장이 계속 여기 있으면서 아무도 못 오게 하는데, 잠깐 나갔어. 근데 마침 네가 왔다고 연락이 와서. 별로 보여주고 싶은 꼴은 아니지만, 그래도 아무런 속셈 없이 정말 날 생각해서 와준 사람이 있다고 생각하니까……."

앉을 수도, 말 한마디 꺼낼 수도 없었다. 울긋불긋 부어오른 얼굴을 보기가 괴로워 시선을 떨어뜨린 호수의 귀에 태린의 목소리가 들려왔다.

"하고 싶은 말이 많았어. 그때 말하려고 했는데, 이젠……."

그제야 가시처럼 걸리던 진짜 한마디가 무엇이었는지를 깨달은 호수가 입을 벌렸다.

"더 얘기하고 싶었는데, 아쉽다. 어쩔 수 없지."

그날, 더 이상 붙잡을 게 없어서 다 놓아버리기 전에 날 잡았던 거야.

그때 더 들어줬어야 하는 건데. 그랬으면…….

"와줘서 고마워, 정말. 사장 언제 올지 모르니까 얼른 가봐."

아무 말도 하지 못하는 호수를 올려다보며 태린은 웃었다. 그렇게 망가진 얼굴로 웃는데도, 예뻤다.

처음 만났을 때부터 늘 부러웠던 얼굴. 말 그대로 타고나지 않고는 가질 수 없는데다 어지간한 걸로는 가려지지도 않는 미모. 볼 때마다 늘 호수를 우울하게, 좌절하게, 서글프게 만들던 그 예쁨이 오늘만큼 안타까웠던 적은 없었다.

왜 저렇게 예뻐 가지고.

그 말을 욕처럼 중얼거린 호수가 저도 모르게 내뱉었다.

"죽지 마."

움직임을 멈춘 태린을 바라보며 호수는 말을 이었다.

"우리 엄마가 그랬어. 옛날에 내가 힘들어서 죽고 싶다고 했을 때……
살아야 한다고, 그래야 나중에 그때 죽지 않길 잘했다고 생각하게 될
때가 오는 거라고."

더 이상은 할 말이 생각나지 않아 호수는 몸을 돌렸다. 묵묵히
서 있기만 하던 원준마저 뒤따라 돌아섰을 때, 태린이 불렀다.

"원준 오빠."

원준이 멈추고, 호수도 멈췄다. 그 뒤로 나직이 떨리는 물음이 겹
쳤다.

"그때…… 왜 호수만 데려갔어요?"

호수는 문을 열려다 말고 뒤를 돌아보았다. 돌아선 원준의 어깨
너머로 태린이 보였다. 태린은 아까와는 전혀 다른, 금방이라도 울
것 같은 얼굴을 하고 있었다.

"나도…… 데려가 주지."

이게 도대체 무슨 소리냐는 말이 담긴 눈으로, 호수는 원준과 태
린을 살폈다. 그러나 보이는 건 원준의 등뿐이요, 들리는 건 여전히
알 수 없는 대화뿐이었다.

"내가 그때, 분명 후회할 거라고 했지."

"알아요. 그냥 해본 말이에요. 처음부터 내가 잘못 생각하고 잘
못 선택했던 건데, 이제 와서 누굴 원망하겠어요."

"한 번 더 잘못 선택할 뻔했어. 죽을 생각 하지 말고 지금이라도
나와. 거기서 망가지는 것보다 밖에서 깨지는 게 나아. 오래 걸리더

라도, 언젠가는 어떤 기회든 꼭 있을 거야."

냉정한 말투 속에 안쓰러움을 담아 던진 원준이 몸을 돌렸다. 황급히 따라 나서며, 호수는 이끌리듯 뒤를 돌아보았다. 고개를 숙인 태린의 어깨가 우는 듯 떨렸다.

"오빠."

주차장으로 향하는 엘리베이터 안, 호수는 조용히 원준을 불렀다. 짧은 부름 안에 담긴 수많은 말들을 곧바로 이해한 원준이 크게 심호흡을 했다.

"너한테 말할 일은 아니었어. 몰랐으면 했고."

"그러니까, 뭘?"

"티라미수 때, 강 사장이 너 말고 다른 애들 안 가도 될 술자리에 불러냈던 거."

힘들게 말을 뱉어낸 원준이 마른 손으로 얼굴을 쓸었다.

"스폰서랑 연결해 주는 자리였어."

우려했던 그 말이 귀에 꽂힌 순간, 눈앞이 핑글 돌았다. 태린, 혜미, 그리고 라연의 얼굴이 차례로 떠올랐다. 자신만 빼고, 밤이고 새벽이고 스케줄이 있다며 늘 바빴던 그녀들이.

"나도 몰랐어. 요령 없고 고지식한 놈이라 협조 안 할 거 아니까 말도 안 꺼낸 거지."

신인이었음에도 매니저가 여럿이었던 건, 개인 활동이 많아질수록 원준이 할 일이 점점 줄어들었던 건, 단지 어설픈 신입 매니저라서 그런 게 아니었다.

"맘만 먹으면 남들이 다 우러러보고 떠받들어 주는 자리에 올려 주겠다는데, 남들도 다들 그렇게 한다는데, 고작 스무 살도 안 된 애들이 넘어가는 건 순식간이었겠지. 뒤늦게 알았을 때 난 당연히 억지로 나간 자리인 줄 알고 어떻게든 도와주려고 했는데, 필요 없다더라. 걔들은 가수보다 스타가 되고 싶다고 했어."

호수는 점점 줄어드는 계기판의 숫자만 멍하니 올려다보았다. 희미한 바람 소리와 기계 소리를 내며 아래로 떨어져 내리는 엘리베이터 안이, 어쩐지 현실과 동떨어진 낯선 공간처럼 느껴졌다.

"그래서 너 데리고 나온 거야. 그나마 순순히 보내줘서 다행이었어. 뭐 눈엔 뭐만 보인다고, 강 사장 눈에도 너는 자기 방식대로 굴릴 수가 없을 거라는 게 보였겠지. 술자리 한 번 데리고 나갔다 오면 잘만 뜨고 잘만 벌어오는데, 굳이 너만 돈 들여서 앨범 내줄 생각 같은 거 없었을 테고."

계약 기간이 남아 있는 상태임에도 별다른 문제없이 내보내 주었던 게, 그만큼의 쓸모도 가치도 없어서라고 생각했다. 뒤늦게 알게 된 진실에 먹먹할 정도로 숨이 막혔다. 더불어 '원준이 아니었다면' 하는 생각을 하자 고맙다는 말로는 다 표현하지 못할 무언가가 울컥 치밀었다.

어떻게 걷고 있는 줄도 모른 채, 호수는 원준의 등만 보며 엘리베이터에서 내렸다. 원준은 들릴 듯 말 듯 낮아진 목소리로 덧붙였다.

"그래서 그 애들 보지 말라고 한 거야. 셋 다 다른 회사에 있어도 보나마나 아직도 강 사장하고 엮여 있을 테니까. 태린이 상태를 봐도 그렇고, 오늘 병원까지 온 것만 봐도……."

말을 하다 말고 원준이 걸음을 멈췄다. 한 발짝만 더 내디뎠으면 원준의 등에 코를 박을 뻔한 호수도 황급히 멈춰 섰다.

"저 새끼 지금 뭐하자는 거야? 설마 우리 기다린 거야?"

낮게 욕을 뱉은 원준이 뚫어져라 앞을 바라보았다. 차에서 얼마 떨어지지 않은 곳에 담배를 문 강 사장이 서 있었다. 난감해진 원준이 주위를 슥 살폈다.

"골치 아프게 됐네. 더 이상 소란 피워서 좋을 거 없는데……."

그때 강 사장의 앞에 새까만 외제 승용차 한 대가 멈춰 섰다. 곧 뒷좌석에서 강 사장보다 조금 더 나이가 많아 보이는 남자 하나가 내리더니 인사를 건네는 것이 보였다.

"다행이다. 우리 때문에 서 있던 거 아닌가 봐."

"그러게."

"근데 저 사람 누구지? 어디서 본 것도 같은데."

"BS 미디어 대표잖아. 태린이 소속사."

원준의 대답을 듣자마자 온몸에 소름이 돋았다. 겉으로는 같은 업계에서 일하는 사람들끼리 가벼운 안부를 주고받는 것처럼 보였으나, 분명 그 사이에서 온갖 입에 담지 못할 말들이 오갔을 거라고 생각하니 보는 것조차 불쾌했다.

그쪽으로 갈 수도, 그렇다고 자리를 뜨기도 뭐해 서 있다 보니 듣고 싶지 않은 대화는 계속 들려왔다.

"그랬습니까, 태린이가? 옛 정을 생각해서 일부러 와주셨는데 그 녀석이 왜 그랬는지 모르겠습니다."

"괜찮습니다. 많이 놀랐을 테니 그럴 수도 있지요. 그보다, 요새 계속 병원에 계신다고 들었는데, 나갔다 오신 걸 보니 바쁜 일이 있으셨나 봅니다?"

"만날 사람이 좀 있었는데……. 아, 강 사장님께도 인사드리라고 해야겠네요."

BS 미디어 대표가 자동차 창문을 똑똑 두드리고는 눈짓을 보냈다. 곧 다시 뒷문이 열리더니, 생각지도 못한 낯익은 이가 내렸다.

"뭐야, 쟤가 왜 저기서 내려?"

튀어나올 듯 커진 눈으로, 원준과 호수는 차에서 내린 승혁이 강 사장에게 꾸벅 인사하는 모습을 멍하니 지켜보았다. 마치 제 소속사 가수라도 되는 것처럼 승혁의 어깨를 두드린 BS 미디어 대표가 넌지시 덧붙였다.

"요새 통 쓸 만한 남자 솔로가 없잖습니까? 하나 나와서 대박 터뜨릴 때가 됐다 싶긴 한데, 아예 생짜를 키우자니 무리일 것 같고. 어떻겠습니까?"

강 사장이 목소리를 낮춰 몇 마디를 건네는 사이, 승혁은 한 손에 선글라스를 든 채 불안한 눈으로 주변을 살폈다. 혹시 알아보는 사람이라도 있는 건 아닌지 걱정하는 눈치였다. 원준과 호수는 혹시라도 눈이 마주칠까 싶어 본능적으로 몸을 낮췄다.

잠시 후, BS 미디어 대표는 운전석에 앉은 이에게 승혁을 데려다주라는 말을 하고는 강 사장과 함께 병원 안으로 들어갔다. 승혁이 탄 차는 유유히 멀어졌다.

"오빠, 이거…… 사장님께 말씀드려야 하는 거지?"

'내가 기회 봐서 얘기할게' 하고 대답한 원준이 쓰디쓴 한숨을 내쉬었다.

"저래서, 꿈은 없고 욕심만 있는 애들은 이 바닥 들어오면 안 돼."

#Track 14.
모든 게 꿈이었으면

[10월 28일 AM 2:20. 호수, 연습실]

종일 마음이 뒤숭숭해 어떻게 방송을 했는지도 기억나지 않았다. 노래할 때 노래하고, 남들 웃을 때 웃고, 박수칠 때 박수치고 나니 카메라가 꺼지고 녹화가 끝났다.

스케줄을 마치고 숙소에 들러 간단히 씻은 후, 호수는 심란할 때면 으레 그렇듯 연습실로 향했다. 그리고 노래로 생각을 지우고 또 지우려 애썼다.

괜찮겠지, 태린 언니? 승혁이는 무슨 생각인 거야?

가뜩이나 얼굴 한 번 제대로 보기 힘든 남자 친구 생각만으로도 터질 것 같은 머릿속에 이런저런 걱정들까지 들어차니 소란스럽기 짝이 없었다.

"이럴 때 딱 전화를 걸어서 오늘 하루 기분이 좀 그랬다고 하면 위로도 해주고 그래야 남자 친구가 있는 것 같지, 이건 뭐 모니터

속에 사는 가상 남친도 아니고."

휴대폰을 든 호수가 검색창에 '선우원'을 쳤다. 와장창 쏟아지는 무궁무진한 사진과 기사들에 한숨을 포옥 내쉰 호수는 영혼 없는 손길로 휙휙 사진을 넘겼다.

"실물 내놓으라고, 실물. 실물이 훨씬 더 낫다니까. 이렇게 멋있는 척하는 거 말고 2% 부족한 진짜 선우원 내놓으란 말이야."

찡찡도 옮는 건지, 원이나 할 법한 찡찡 소리를 낸 호수가 의자에 등을 기댔다. 매를 부르는 찡찡도, 심장을 샌드백 삼아 때려대는 달고 기름진 고칼로리 멘트들도 그립기만 했다.

"내가 애초에 콘셉트를 잘못 잡았어. 청순요정은 개뿔. 한밤중에 선우원 숙소에 몰래 들어갔다고 해도 '걔라면 그럴 수도 있지' 소리가 나올 정도로 막 살았어야 했는데……."

구시렁구시렁하는 와중에도 취향을 저격하는 사진 몇 장을 발견한 호수는 음흉한 미소를 지으며 살포시 저장 버튼을 눌렀다. 그때, 갑자기 사진 위로 문자 한 통이 두둥 떠올랐다.

〈너 지금 뭐 보면서 그렇게 웃어?〉

내용에 한 번, 그리고 보낸 사람이 원이라는 것에 두 번 놀란 호수가 튕기듯 일어섰다. 두리번거리는 눈에 문 뒤로 어리는 그림자가 보였다.

"어…… 설마……."

"뭔데, 호수야?"

문이 열리고, 꿀 발라놓은 듯 반짝반짝 빛나는 피부에 자기주장 또렷한 이목구비를 얹은 얼굴이 쏘옥 들어왔다. 모니터에서 금방 튀어나온 듯 근사하게 웃은 원이 장난스레 덧붙였다.

"야한 거면 같이 보자."

편한 차림의 원이 성큼 안으로 들어왔다. 문이 닫힐 때까지 놀라 입만 벙긋거리고 있던 호수가 가까스로 말을 꺼냈다.

"이 시간에 여기 어떻게……."

"나 오늘은 도영이 형한테 허락받고 왔다."

자랑하듯 답한 원이 호수의 바로 앞까지 다가섰다.

"오늘이든 내일이든 모레든, 이번 주 중에 무조건 한 번은 너 봐야 한다고 전부터 계속 졸랐거든. 그래서 그동안 특별히 말 잘 듣느라고 전화도 더 못 했어. 도영이 형이 어제 무슨 사건이 터져서 기자들이 그쪽으로 많이 빠졌다고, 보려면 지금 보라고 해서 온 거야."

그 사건이라는 게 태린의 일임을 짐작한 호수의 눈가에 복잡한 기색이 스쳤다. 미처 눈치채지 못한 원은 호수 쪽으로 조금 더 몸을 기울였다.

"사실 회사 온 지 좀 됐는데, 미리 연락할까 하다가 안 하고 기다렸어."

휙 주위를 둘러보고 다시금 아무도 없음을 확인한 원이 검정검정한 속내를 드러냈다.

"다 가고 아무도 없을 때까지."

그 말과 동시에, 원이 기다렸다는 듯 덥석 끌어안았다. 푹 파묻히고도 남을 만큼 넓은 가슴은 여전히 든든하고 따뜻했다. 기분 좋은 두근거림에 미소를 지은 호수가 마주 팔을 감았고, 원은 허리를 굽혀 키를 맞춰주었다.

호수의 목과 어깨 사이에 이마를 묻은 원이 듣는 사람마저 행복해지는 말투로 중얼거렸다.

"충전되는 것 같아. 따뜻한 게 발끝부터 차오르는 것 같은 기분."

분명히 알 수 있는 그 말에 호수는 작게 웃었다. 원의 말대로 이렇게 안고 있으니 복잡했던 것들은 깨끗이 비워지고 그 자리가 온전히 원 하나로만 채워지는 듯한 기분이었다. 언제라도 기쁘고 고마웠겠지만, 유난히 위로받고 싶던 날인지라 더욱더 원이 기꺼웠다.

"……좋다."

보기만 해도 좋다는 말이 들려오는 듯한 눈길로 내려다보다가, 원은 두 손으로 호수의 뺨을 감싸고 부드럽게 입을 맞췄다.

"하루만 더 쌓였으면 야한 꿈 꿀 뻔했어."

"아직 한 번도 안 꿨어요? 실망인데."

순진무구한 눈망울로 훅 날린 도발에 머리끝부터 짜르르해진 원이 뺨을 감쌌던 손을 슬그머니 아래로 미끄러뜨리며 웃었다.

"그보다, 여기가 연습실이라는 거에 실망을 해야지."

원이 두 팔로 호수를 안아 올리다시피 하고는 빙글 몸을 돌렸다. 두어 걸음 만에 호수의 등 뒤로 문이 닿았다. 문 바로 뒤가 밖에서 가장 안 보이는 곳이라는 걸, 몇 번의 스릴 넘치는 경험 끝에 깨달은 비밀 커플이었다.

"연습실이 왜요? 왜 실망해야 되는데요?"

"키스밖에 못 하잖아."

분위기가 원 쪽으로 넘어가고, 조금 전까지만 해도 당돌하던 호수의 눈빛이 몇 번 옅은 소프트아이스크림처럼 흐물흐물 녹아내렸다.

"못 볼 땐 보기만 해도 좋겠다고 생각했는데, 보니까 또 마음이 바뀌네."

이마에도, 스르르 감아버린 눈 위에도, 코끝에도, 입술에도, 예고 없이 떨어지는 첫눈처럼 설레는 감촉이 내려앉았다. 묘한 간지러움에 호수가 작게 웃었고, 원도 같이 키득거렸다.

몇 번 가볍게 닿았다 떨어지던 입술이 이내 깊숙이 밀려 들어왔다. 얼마 지나지 않아 웃음소리는 다른 색의 소리로 무르녹았다. 입안에 가두어두려 해도 자꾸만 밖으로 굴러 떨어지는, 뜨겁고 단 소리가 둘뿐인 연습실 안을 작게 울렸다.

순간, 여기가 연습실이라는 걸, 밖에서 보이진 않겠지만 언제든 누구라도 올 수도 있는 곳이라는 걸 깜박한 원의 손이 점점 나빠지기 시작했다. 혼을 쏙 빼놓는 키스에 홀려 같이 깜박했던 호수가 먼저 정신을 차리고는 황급히 몸을 빼려 했으나, 어느새 문과 원 사이에 단단히 갇혀 조금의 틈조차 없었다.

급한 대로 원의 손목을 덥석 붙잡은 호수가 나직이 외쳤다.

"잠깐! 손이 어디까지 가요?"

"……오늘은 여기까지?"

잡힌 손목을 비틀어 빼낸 원이 저러다 맞지 싶은 곳에 살포시 손을 올렸다. 아니나 다를까, 워낙 넓어서 아무 데나 때려도 다 맞는 어깨에서 찰싸닥 소리가 났다.

"여기까지는 무슨! 여기가 어디라고!"

"여기? 연습실."

"그 여기를 말한 게 아니라, 아무튼! 그걸 아는 사람이!"

"그걸 아는 사람이라서 엄청 자제한 건데."

"자제라는 단어의 뜻은 알고 쓰는 거예요?"

뭐 이런 쓸데없이 잘생긴 변태가 다 있어. 눈을 흘긴 호수가 잽싸게 빠져나왔다. 원은 막 한입 먹으려던 아이스크림을 땅바닥에 거꾸로 떨어뜨린 아이 같은 눈을 했다.

"다음부터는 연습실 말고 숙소에 들어가서 기다려야겠어. 비밀번호 안 바꿨지?"

"큰일 날 소리 하시네. 연습실이면 우연히 마주쳤다 그럴 수 있지만, 숙소 들락날락하다가 들키면 빼도 박도 못하거든요?"

"알아. 그래서 꾹 참고 있잖아."

찡찡거린 원이 벽에 등을 기대고 앉은 호수의 바로 옆에 주저앉으며 덧붙였다.

"그렇지만 언젠가 좋은 타이밍에 꼭 들킬 거야."

"참나, 하필 숙소 드나드는 거 들켜서 어쩌려고요? 이미지 생각 안 해요? 내 혼삿길은?"

"그게 내 목표야. 네 혼삿길 막는 거."

진심이다. 이 오빠 진심이야!

촉이 온 호수가 몸을 사렸다. 으흐흐흐 소리가 날 것 같은 웃음을 눈가 가득 매단 원이 호수의 어깨에 팔을 감아 끌어당겼다.

"네 인생에서 나를 빼도 박도 못하게 만들어줄게."

호수가 조용히 한숨을 내쉬었다. 사실은 빼도 박도 못하는 게 아니라 이미 콕 박혀서 뺄 수 없게 되어버렸지만, 그런 얘기를 곧이곧대로 했다가는 원이 그나마 얼마 안 남은 자제력마저 갖다 버릴 것만 같았다.

"근데 하필이면 이번 주 중에 꼭 봐야 한다고 한 건 왜요? 이번 주에 뭐 중요한 일이라도 있어요?"

"응. 엄청 중요한 일 있어."

"진짜요? 뭔데요? 난 왜 모르겠지?"

원이 어깨를 감았던 팔을 슬쩍 풀었다.

"이번 주에 너 1위 후보라면서."

걸치고 있던 겉옷 주머니에 손을 넣은 원이 손바닥만 한 상자 하나를 꺼내 들었다. 놀라 댕그래진 호수의 눈앞에, 꼭 원과 함께 있을 때의 공기처럼 분홍분홍한 리본이 달린 상자가 내밀어졌다.

"꼭 1위 하라고 응원해 주고 싶어서. 나 2집 컴백할 때도 네가 응원해 줬잖아. 덕분에 진짜로 트로피 네 개 다 받았고."

이렇게 생각지도 못했던 감동이 밀려올 땐, 어떤 표정을 지어야 하는 건지.

멍하니 상자만 내려다보는 호수를 대신해 원이 리본을 풀고 상자를 열어주었다. 상자 안에는 찰랑이는 액체가 담긴 투명한 유리병이 두 개 들어 있었다.

"이게 뭐예요?"

"향수야. 커플 향수. 볼래?"

원이 두 개의 유리병 중 뚜껑이 하늘빛인 것을 꺼내 자신의 손목에 뿌렸다. 곧 원과 더없이 잘 어울리는 맑고 시원한 비누향이 확 퍼졌다.

"이게 내 거고, 이건 네 거."

이번에는 옅은 분홍빛 뚜껑의 향수를 꺼낸 원이 호수의 손을 잡고 끌어당겨 손목 위에 뿌려주었다. 레몬 류의 상큼한 과일에 향이 강하지 않은 들꽃을 살짝 섞은 듯, 톡 쏘면서도 은은한 달콤함이 피어올랐다.

"그러고 나서 이렇게 손을 잡고 있으면, 향이 섞이면서 더 좋은 향이 난대."

호수의 손을 다정하게 쥔 원이 그 손을 제 무릎 위에 올리고는 배시시 웃었다. 둘은 그대로 아무 말도 없이 앉아 서서히 뒤엉키는 향기의 움직임 속으로 빠져들었다.

숨 쉴 때마다 따라 들어오는 향이 조금씩 달라지더니, 조금 지나자 각자 뿌렸을 때와는 분명히 다른 느낌의 향기로 변했다. 호수가 신기한 눈을 했다.

"좋아요. 엄청 좋네요, 이거."

"그러네. 생각했던 거보다 더."

"어디서 샀어요? 직접 사긴 힘들었을 텐데."

몇 번이나 숨을 깊이 들이마시는 호수를 뿌듯한 눈으로 내려다보던 원이 답했다.

"얼마 전에 광고 찍느라고 어떤 향수 가게에 갔는데, 거기서 직접 향수를 만들 수 있다고 하더라고. 그래서 촬영 끝나고 나중에 따로 찾아가서 주문한 거야."

"정말요? 근데 혹시 이상하게 생각했으면 어떡해요? 다른 사람한테 선우원이 커플 향수 사 가더라, 그런 말이라도 하면……."

"친한 커플한테 선물할 거라고 둘러댔어."

선물 받을 커플의 이미지와 취향이 대략 어떤지 묻는 조향사의 질문에 '남자는 저랑 거의 똑같다고 보시면 되고요, 여자는 엄청 귀엽고 예쁘고 상당히 매력적'이라고 답하는 바람에 살짝 수상한 시선을 받았다는 건 묻어둔 원이 말을 이었다.

"향수 이름도 있어. 라벨에 쓰지는 못했지만."

"뭔데요?"

"Duet."

듀엣. 노래하는 사람들에게 더없이 잘 어울리는 이름이었다. 작게 감탄하는 호수를 보며 미소를 지은 원이 맞잡은 손에 부드럽게 힘을 주었다.

"계속 같이 노래할 수 있었으면 좋겠다는 생각을 했거든."

계속 같이 노래할 수 있다면.

혹시라도 더 이상 노래를 못 하는 날이 오더라도, 같이 있을 수 있다면.

둘이 같이 부르는 노래처럼, 따로 두어도 좋지만 겹쳐지니 더 좋은 향이 숨을 타고 들어와 온몸 곳곳에 향기롭게 배었다. 솜사탕처럼 자꾸만 크게 부푸는 가슴을 어쩌지 못하고, 호수는 겨우 인사를 건넸다.

"이런 선물 처음 받아봐요. 고마워요."

"꼭 1위 하고 와. 이번 앨범을 시작으로, 앞으로는 앨범 낼 때마다 쭉 그렇게 될 거야."

조금만 더 내 옆으로 올라와 줘. 그럴 만한 실력도, 자격도 차고 넘치는 너니까.

네가 너무 높은 곳에 있으면, 난 어쩌면 지금보다 더 불안해질지도 모르지만, 그래도 너를 믿으니까 괜찮아. 네가 꿈을 이루고, 네가 인정받고, 네가 행복해지는 게 나에게도 좋은 일이야.

"당당하게 밝힐 수 있을 때까지는 이게 우리 커플링이야."

"커플링이요?"

"응. 손가락에 끼는 대신 손목에 뿌리는 커플링. 화면이나 사진에는 절대 보이지 않으니까 마음 놓고 매일매일 하고 다녀도 되잖아."

웃으며 말한 원이 문득 생각났다는 투로 말했다.

"참, 그러고 보니까 예전에 광고 찍을 때 이런 대사가 있었는데."

'뭔데요?' 하고 되묻자 원이 슬며시 다가들었다.

"향수는……"

카메라 대신 호수의 눈을 지그시 바라보며, 원은 달랑 한 줄의 대사와 야릇한 눈빛 하나로 유튜브에서 전설적인 조회수를 기록했던 섹시한 향수 광고의 한 장면을 그대로 재연했다.

"키스 받고 싶은 곳에 뿌리는 것이다."

그 순간, 그 광고가 전파를 탈 당시 무심코 TV 앞에 앉아 있다가 당한 수많은 사람들처럼 호수의 심장도 맥없이 내려앉았다. 덜커덩 떨어지는 소리가 원에게까지 들린 건 아닐까 걱정스러울 정도였다.

그 와중에도 이렇게 무너질 수는 없다는 승부욕을 발휘한 호수가 애써 정신을 다잡았다.

"그럼 오빠는…… 어디다 뿌려 드릴까요?"

향수를 집어 든 호수가 손에 쥔 병을 살랑살랑 흔들었다. 하려던 말을 빼앗기고, 수작부릴 기회도 빼앗긴 원이 고민하다 답했다.

"음……. 나는 좀 향수를 많이 뿌리는 편이라 온몸에 막 다 뿌려. 이제부터는 아예 뒤집어쓰고 다니려고."

"아오, 진짜! 내가 말을 말아야지!"

본전도 못 뽑고 매만 잔뜩 번 원이 호수의 손목을 꼭 잡았다. 그러고는 확 끌어당겨 품에 안았다.

다시 안고, 다시 입 맞추고.

마주 보고, 눈에 담고.

웃고, 또 웃고.

1초를 수백, 수천 번 쪼개 쓰고 싶을 만큼 아쉬운 시간이 흐른 후, 도영에게서 내려오라는 전화가 왔다. 마지못해 자리에서 일어난 원은 달팽이 등에 업혀 가도 저보다는 빠르겠다 싶은 걸음으로 문 쪽으로 향했다.

"가기 싫다."

"다음에 또 보면 되죠."

원이 느릿느릿 문을 열고 한 걸음 내딛은 순간, 호수가 불렀다.

"오빠."

"응?"

그 순간, 호수가 예고도 없이 뒤에서 원의 허리를 꼭 안았다. 놀라 굳어버린 등에 이마를 묻고, 호수는 들릴 듯 말 듯 중얼거렸다.

"오늘 정말 고마워요. 그리고……."

오빠가 있어서, 오빠를 만나서 정말 다행이에요.

좋아하고, 많이 좋아하고, 또……

사랑. 노래를 부를 때는 그렇게 쉬운 말 한마디가 좀처럼 나오지 않았다. 입만 벙긋거리던 호수가 아직 한 번도 해주지 못한 말 대신 결국 다른 말을 꺼냈다.

"조, 조심해서 가라고요."

"응. 너도."

싱겁다는 듯 웃은 원이 허리에 감겨 있는 호수의 손을 살며시 잡아 풀어내고는 돌아섰다. 한 손으로 호수의 머리를 다정하게 쓰다듬고, 그 손으로 뺨까지 톡톡 두드려 준 원은 안으로 들어가라는 눈짓을 했다.

"먼저 갈게. 너도 얼른 김 실장님 불러서 들어가."

"그럴게요. 또 연락해요."

"응. 꼭 1위 하고."

"알았어요."

밤늦도록 통화하고도 수화기를 내려놓지 못하는 연인처럼, 집 앞에서 서로 먼저 들어가라고 실랑이하는 연인처럼, 좀처럼 헤어지지 못하던 원이 주변을 살펴보고는 호수의 손을 잡았다. 그러고는 공주에게 청혼하는 왕자처럼 몸을 낮추고 손을 끌어당겨 아직도 손목 언저리에 남아 있는 향기를 새기듯 들이마셨다.

다시 몸을 일으킨 원이 아무것도 없는 호수의 손가락을 가볍게 쓸었다.

"이 향수 다 쓰기 전에 진짜 커플링 할 수 있게 되면 좋겠다."

그리고 호수에게 시선을 고정한 채 뒷걸음질로 멀어지며 손을 흔들었다.

"나중에 시간 나면 'Duet'이 무슨 뜻인지 한번 찾아봐."

[Duet]

1. 이중창, 이중주, 듀엣 무곡

2. 둘만의 대화

3. 한 쌍(Pair)

원과 헤어진 후 'Duet'의 뜻을 찾아 본 호수는 한동안 아무 말도 하지 못했다. '아니, 내가 그 정도 단어도 모를까 봐서'하고 울컥했던 것이 미안해질 따름이었다.

하나뿐이 아니었던 그 의미들에 새삼 설레서, 그리고 눈을 감아도 계속 코끝에 맴도는 향기에 또 설레서 한숨도 잘 수가 없었다.

그동안 향수를 거의 쓰지 않던 호수였으나, 이제는 아침저녁으로 손목 위에 향을 얹었다. 주변 사람들이 향기 좋다고, 잘 어울린다는 칭찬을 건넬 때마다 자랑하고 싶어 입이 근질거렸다. 그리고 또, 사실 이 향수는 원의 향수와 같이 쓰면 더 좋은 향기가 난다는 자랑도 하고 싶어 한 번 더 입이 근질거렸다.

그렇게 시간이 지나고, 음악 방송 녹화가 있는 날이 되었다.

호수는 새벽부터 유달리 신경 써서 메이크업을 받고, 사전 녹화를 하고, 다른 스케줄을 소화한 후에 다시 방송국에 도착해 리허설 준비를 했다.

"1위 수상 소감은 잘 생각해 뒀지? 나 빼먹으면 죽을 때까지 후회하게 만들어줄 거다."

평소답지 않게 긴장한 기색이 역력한 호수를 지켜보던 수현이 긴장을 풀어주겠다는 건지, 아니면 더 긴장하라는 건지 모를 말을 던졌다. 호수가 괜한 민망함에 입을 비죽거렸다.

"뭐가 벌써 1위야? 1위 후보지."

"같이 오른 후보들보다 음반 판매 점수랑 사전 투표 점수가 월등히 높다잖아. 현장 투표하고 온라인 투표에서 중간만 가도 1위라는데, 이미 한 거나 다름없지."

느긋하게 받아친 수현이 한마디 보탰다.

"어쨌든. 데뷔하고 처음으로 1위를 앞두고 있는 기분이 어때?"

"처음은 아니지. 윤찬 오빠랑 했었잖아."

"그게 네 곡이냐?"

냉정한 지적에 픽 웃은 호수가 제 손목을 내려다보았다. 향기로운 커플링이 채워져 있는 자리를 보며, 호수는 언젠가부터 늘 마음 한 구석에 새기고 있던 소원 하나를 떠올렸다.

지금보다 더 유명해지고 더 많이 인정받을 수 있기를. 그래서 선우원 옆에 있어도 아깝지 않은, 누구도 뭐라고 할 수 없을 만한 사람이 되기를.

두근두근으로 시작된 박동이 순식간에 쿵쾅쿵쾅으로 바뀌었다. 더욱 굳어진 호수의 얼굴을 본 수현이 '물이라도 줄까' 하고 물으려던 순간, 호수가 한참 늦은 대답을 흘렸다.

"이 모든 게 꿈이 아니었으면…… 싶다."

"호수 씨, 리허설 들어가겠습니다!"

대기실 문을 나서며 호수는 세게 주먹을 쥐었다 폈다. 무대 올라가기 전에 딱 풀어지지 않을 만큼만 긴장하고, 그나마도 무대에 올라가는 순간 훌훌 털어버리곤 했는데, 오늘만큼은 그럴 수가 없었다.

미리 준비된 의자에 앉아 기타를 들고 인이어를 끼고 마이크를 조절하느라 손을 움직일 때마다 향기가 코끝에 날렸다. 호수는 몇 번이고 숨을 들이마시며 마음을 가라앉혔고, 곧 반주가 흘러나왔다.

1절의 반 정도 불렀을 때쯤, 비로소 평소의 컨디션을 되찾은 호수는 고개를 들고 객석 쪽을 돌아보았다. 그런데 분위기가 뭔가 이상했다.

원래 리허설 때는 객석이 다 차 있지도 않을뿐더러 관객들이 있더라도 본 녹화 때만큼 크게 응원을 안 하긴 하는데, 오늘따라 유난히 고요했다. 어두운 조명 탓에 잘 보이진 않았지만 뭔가 싸한 느낌이 들었다.

일단 노래를 마치고 호수는 자리에서 일어났다. 조명이 바뀌며 절반 정도 차 있는 객석 한쪽에 자신의 이름이 적힌 플래카드를 든 팬들이 앉아 있는 것이 보였다. 호수는 평소대로 고개를 꾸벅 숙여 인사를 하고는 손을 흔들어주었다. 그런데…….

환호가, 없었다.

마치 정지 화면처럼, 팬들을 비롯해 객석에 있는 모두가 큰 움직임도, 소리도 없이 호수를 바라보고 있었다. 인기를 얻기 전 누군지도 모르겠고 관심도 없다는 투의 무심한 눈길과는 또 다른, 처음 겪어보는 낯선 반응이었다. 뜻 모를 오싹함이 등줄기를 타고 흘렀다.

……뭐지?

높은 곳에서 발을 헛디딘 것처럼 아찔한 공포가 눈앞을 가렸다. 순식간에 심장박동이 빨라지고 손끝이 차게 식었다. 호수는 가까스로 두어 걸음 뒤로 물러났다. 그때까지도 녹화장 안은 무서울 정도의 침묵에 잠겨 있었다.

혹시, 몰래카메라 같은 건가……?

그런 생각마저 할 때였다. 평소였다면 아래에서 기다렸을 원준이 급히 무대 위로 뛰어 올라오더니 한 팔로 호수의 등을 감쌌다. 그러고는 힘주어 끌어당겼다.

"오, 오빠?"

"일단 내려와. 대기실 가서 얘기하자."

또각또각, 원준에게 끌려가다시피 계단을 내려가는 호수의 구두 소리만이 텅 빈 듯 조용한 공간을 울렸다. 무대를 벗어나 대기실로 향하는 동안에도 곁을 스치는 모두의 시선이 기묘하게 변했음이 느껴졌다.

호수를 데리고 들어온 원준이 대기실 문을 닫자마자 수현을 비롯한 스태프들이 자리에서 벌떡 일어섰다. 그제야 호수는 지금 이 상황이 몰래카메라 따위가 아니라, 정말로 커다란 무언가가 터졌음을 깨달았다.

"뭐예요?"

꼿꼿이 서 있으려고, 떨지 않으려고 애쓰면서 호수는 침착하게 물었다. 스태프들이 눈치를 살피는 사이, 수현이 입술 끝을 깨물며 말을 꺼냈다.

"너……."

"뭐야? 빨리 말해!"

결국 파르르 떨려 버린 호수의 목소리 위로, 일그러진 대답이 돌아왔다.

"원이 형이랑…… 스캔들 났어."

[단독] 선우원-호수 새벽 연습실 데이트 포착. 최강 아이돌 커플 탄생!

인기 아이돌 ONE의 메인 보컬 선우원과 대세로 떠오른 싱어 송 라이터 호수가 열애 중인 것으로 알려졌다.

지난 새벽, 같은 봄 엔터테인먼트 소속인 원과 호수가 사내 연습실에서 은밀한 만남을 갖는 모습이 포착됐다. 익명의 제보자가 본지에 보낸 사진 속 두 사람은 더 없이 다정해 보인다. 머리와 뺨을 쓰다듬는 것에 이어 맞잡은 손을 좀처럼 놓지 못하는 모습까지. 헤어지기 아쉬워하는 연인 같은 분위기는 드라마 속 한 장면처럼 로맨틱하기까지 하다.

한 측근의 귀띔에 따르면, 두 사람은 꽤 오래전부터 각별한 사이였던 것으로 전해진다. 실제로 올봄 원이 교통사고로 입원했을 때도 호수가 몇 번이나 병문안을 가기도 했다.

ONE의 두 번째 스캔들의 주인공이자 봄 엔터테인먼트의 첫 번째 사내 커플인 선우원과 호수. 최고의 아이돌 커플 탄생에 모두가 주목하고 있다.

5년 전, 오디션 첫 생방송 무대. 꼭 그때와 같았다.

응원해 주는 사람보다 비난할 사람이 더 많다는 걸 알면서도 무대에 서야만 했던 그때. 떨어질 걸 알면서도 꿋꿋이 노래하고, 카메라가 꺼질 때까지 어떻게든 웃어야 했던 그때.

가까스로 사진과 기사 제목만 보았을 뿐, 더 이상은 볼 엄두가 나지 않았다. 원준과 수현의 표정을 보는 것만으로도 대강 분위기가 어떻게 흘러가는지 짐작할 수 있었다.

생방송 녹화가 시작될 때까지 호수는 멍하니 앉아 있기만 했다.

스태프들도 굳게 입을 다물었다. 할 수만 있다면 도망치고 싶었으나, 그럴 수도 없었다.

노래 한 곡을 부르는 4분 남짓한 시간이 영영 끝나지 않을 것처럼 길었다. 객석의 분위기는 리허설 때보다도 더 냉담하기만 했다. 그 사이에도 인터넷에서는 쉴 새 없이 기사가 쏟아져 나왔다. 세상 모든 곳에서 수군거리는 소리가 바로 귀 옆에서 들리는 것만 같았다.

이제 어떻게 되는 거지?

나는, 원 오빠는, 우리는, 어떻게…….

맨 마지막 순서였던 호수의 노래가 끝나자 다른 가수들과 MC들이 한꺼번에 무대로 올라왔다. 호수는 다른 두 명의 후보와 나란히 서서 투표수가 집계되고 순위가 정해지는 것을 묵묵히 지켜보았다.

"그럼 최종 점수 보겠습니다. 이번 주 1위는……."

MC의 입에서 다른 가수의 이름이 흘러나왔다. 압도적으로 높았던 음반 판매량과 사전 투표 점수에 비해, 호수의 현장 투표와 온라인 투표 점수는 처참할 정도였다. 누가 봐도 두어 시간 전에 터진 스캔들이 악영향을 미쳤음을 알 수 있었다.

호수는 무대를 내려갈 수 있을 만큼의 기운만 남겨두고, 나머지 모두를 끌어모아 미소를 짓고 박수를 쳤다.

"그럼 저희는 이만 인사드리겠습니다. 다음 주에도 많이 기대해 주세요!"

간신히 무대를 내려온 후, 호수는 온몸에 힘이 풀려 그대로 주저앉았다. 원준과 수현에게 기대 겨우 차로 향하는 동안, 차라리 기절해 버렸으면 좋겠다는 생각밖에 들지 않았다.

간신히 차에 오르고 도망치듯 움직인 순간, 호수는 소리 없이 두 손에 얼굴을 묻었다.

모든 게 꿈이었으면.

모두 다 꿈일 뿐이라고 달래주는 목소리를 들을 수 있게, 걱정하지 말라고, 나 여기 있다고 안아주는 품에 기댈 수 있게, 제발…….

모든 게 꿈이었으면…….

♩ ♫ ♪

"역시나 반응이 장난 아닌데요?"

"뭐, 예상했던 대로 아닙니까?"

모니터를 들여다보던 BS 대표가 만족스런 눈길로 고개를 들었다. 소파에 비스듬히 걸터앉아 있던 강 사장이 반쯤 피운 담배를 재떨이에 비벼 껐다.

"이걸로 태린이 일은 완전히 묻힐 겁니다."

흐뭇하게 웃은 BS 대표가 자리에서 일어서 다가왔다. 그러고는 강 사장의 맞은편에 앉아 있던 남자의 어깨에 손을 올렸다.

"네가 큰일 해줬다. 응?"

긴장한 기색이 역력한 얼굴로 앉아 있던 이의 입에서, 기어 들어가는 목소리가 새어나왔다.

"별…… 말씀을요."

"아냐, 아냐. 네가 찍은 사진 아니었으면 여러모로 골치 아파질 뻔했어."

그의 어깨를 놓은 BS 대표가 테이블 위에 놓여 있던 담뱃갑을 집어 들었다.

"고맙다, 승혁아."

잔뜩 굳어 있던 승혁이 억지로 미소를 지었다. 곧 BS 대표의 입에서 흘러나온 매캐한 연기가 눈앞을 흐리게 뒤덮었다. 승혁은 터지려는 기침을 꾹 누르며 숨을 참았다.

그래, 잘한 거야. 나는 아무 잘못도 없어. 그렇잖아? 어차피 나 아니었어도 언젠가는 터졌을 일이라고.

매니저와도, 멤버들과도 도저히 사이가 좋아질 것 같지 않은데다, 나날이 커져 가는 솔로에 대한 욕심으로 남몰래 다른 기획사와 접촉해 보던 와중에 승혁은 BS 대표를 알게 되었다. 그는 승혁에게 남다른 관심을 보였고, 트러블을 감수하고서라도 자기 쪽으로 오기만 하면 곧바로 솔로 앨범을 내주겠다는 달콤한 제안을 건넸다.

그런 이야기를 나누며 가던 도중 태린이 입원한 병원에 들러 강 사장을 만났다. 승혁을 영입하려 한다는 말에 강 사장은 승혁을 바로 앞에 두고 마뜩찮은 투로 답했다.

"글쎄요. 그룹에서 솔로로 나온 애들이 성공할 확률은 극히 낮은 거 아시잖습니까? 생각 같아서야 그룹 때 팬들이 다 따라와 줄 것 같지만, 실제로는 반의반도 안 남아요. 선우원 정도라면 모를까, 얘 정도로는 아직……."

선우원 정도라면 모를까.

그 한마디가 승혁의 머리를 무겁게 내려쳤다. 닮고 싶으면서도 넘어서고 싶고, 동경하면서도 끌어내리고 싶은 복잡한 열등감을 고의인 듯 아닌 듯 제대로 후벼 판 것이었다.

그뿐이었으면, 거기서 끝날 수도 있었을 텐데.

BS 대표와 강 사장이 이야기를 주고받는 동안 주변을 살피던 승혁은 황급히 몸을 숨기는 호수까지 얼핏 보고 말았다. 설마 했으나 호수가 태린의 병문안을 왔다는 기사가 조그맣게 나면서 승혁은 호수가 자신을 보았음을 확신했고, 부탁이든 협상이든 뭐라도 해보기 위해 아무도 없을 만한 시간에 연습실로 호수를 찾아간 거였다.

그리고, 두 사람을 보았다.

가뜩이나 남보다 더 많이, 더 집요하게 원을 지켜보는 동안 호수와의 사이에서 풍기는 남다른 기류를 어렴풋이 느꼈던 터였다. 놀라거나 의심할 겨를도 없이 사진부터 찍고 나서 승혁은 미친 듯 쿵쾅대는 가슴을 부여잡고 고민했으나, 그리 길지는 않았다.

강 사장의 말을 듣고 나서 확 달라진 BS 대표의 태도 때문에 초조해하던 승혁 입장에서, 그 사진을 가장 효과적으로 쓰는 방법은 오직 한 가지뿐이었으니까.

"계약 얘기는 미뤄야겠다. 너한테는 미안한데, 솔직히 지금은 정신이 없다. 너도 알다시피 태린이 일 때문에 말이야. 그거 덮을 만한 큰 사건이라도 하나 터져 주면 숨통이 좀 트일지도 모르겠는데, 지금은……."

그렇게 승혁은 사진을 BS 대표에게 건넸고, BS 대표는 모종의 거래 끝에 그 사진을 데스패치에 넘겼다. 데스패치는 태원의 스캔들을 터뜨림으로써 ONE 팬들에게 공공의 적이 된 동시에, 아이러니하게도 스캔들 쪽으로는 일종의 공신력마저 얻게 된 언론사였다.

"봄 엔터 사장, 이거 수습하려면 골치깨나 썩을 거야. 그 틈을 타서 적당히 빼내줄 테니까 걱정 말고 조용히 기다리고 있어."

"감사합니다."

양쪽에서 내뿜어대는 지독한 담배 연기가 제 몸 깊숙이 배고 있는 줄도 모른 채, 승혁은 속으로 수없이 되뇌었다.

잘한 거야, 잘못한 거 없어.

잘될 거야. 내가 더, 잘될 거야.

♩ ♫ ♪

스캔들이 터졌을 때, 원은 액션 스쿨에서 연습에 몰두하고 있었다. 영문도 모른 채 회사로 불려 들어온 후에야 무슨 일이 일어났는지를 알았고, 그대로 머릿속이 텅 비어버렸다.

외부 녹음실에 있던 태원도, 영화 촬영 중이던 지완과 방송국에서 녹화 중이던 원일도 미룰 수 없는 최소한의 일정만을 마치고 차례차례 회사로 돌아왔다. 그사이 회사 앞에는 취재진과 팬들이 몰려들기 시작했다. 점점 늘기 시작한 인원은 기어코 건물 앞 도로에 차가 다니기 어려울 정도로까지 불어났고, 급기야 경찰들까지 출동하면서 더욱 어수선해졌다.

"그만 봐."

회사에서 가장 구석진 곳에 있는 회의실에 앉아, 원은 몇 분마다 페이지가 하나씩 늘어날 정도로 쏟아지는 기사를 멍하니 지켜보았다. 눈앞이 캄캄해졌다가 새하얘졌다가를 반복하는 통에 아무것도 할 수가 없었다. 누군가 목을 조르는 양 목소리조차 나오지 않아, 도영과 멤버들에게 겨우 미안하다는 말을 꺼냈을 뿐이었다.

보다 못한 태원이 원의 손에서 휴대폰을 빼앗았다.

"그만 보라니까."

내려다보던 휴대폰이 사라졌음에도 원은 고개를 들지 못했다. 두려움과 막막함이 가득 얹혀 있는 그 어깨를 본 멤버들의 표정이 일그러겠다.

"원아."

회의실 문이 열리고 도영이 들어왔다. 정신없이 뛰어다니느라 바짝 까칠해진 모습이었다.

"사장님이 너랑 나 먼저 올라오라셔. 너희들은 잠깐 기다리고 있어. 연락이고 뭐고 아무것도 받지 말고. 알았지?"

원과 도영이 올라간 이후, 인터넷을 살펴보던 원일이 한 손으로 머리를 벅벅 헝클어뜨렸다.

"하아…… 미치겠네."

태원도 인상을 찌푸렸고, 지완 역시 긴 한숨을 내쉬었다.

"최악이야. 태원이 형 때랑은 분위기 자체가 달라."

"그땐 그래도 '그럴 수도 있지' 하는 반응들이 많았는데, 지금은 팬들이고 누구고 할 것 없이 배신감 느낀다는 말들이 대부분이야. 특히 호수는 완전……."

'너 같은 게 감히 선우원을' 하는 정도는 매우 양호한 편이었다. 차마 눈 뜨고 보기 힘들 만큼 악질적인 댓글들이 기사마다 수백 개씩 달리고 있었다.

"생각했던 것보다 훨씬 심하잖아……."

고작 몇 시간 만에 인터넷은 온통 원과 호수의 이야기로 뒤덮였다. 거의 모든 언론사에서 앞다퉈 기사를 내보낸 것으로도 모자라, '원, 호수 열애 증거'라며 진실과 루머를 뒤섞어놓은 출처 불명의 사진과 글까지 쏟아져 나왔다. 팬카페며 SNS는 물론이고, 회사 공식 홈페이지 게시판까지 마비될 정도였다.

"말도 안 돼. 티 날까 봐 비슷한 것도 피한 사람들인데, 무슨 커플 아이템이 이렇게 많아?"

예전에 원이 교통사고로 입원했다가 퇴원할 때 호수에게 제 선글라스를 씌워준 적이 있었다. 그때 찍힌 호수의 사진과 후에 돌려받고 나서 원이 공항에서 쓰고 있는 사진을 나란히 보니 누가 봐도 커플 선글라스처럼 보였다.

"내 말이. 이건 그냥 코디 누나가 빌린 거 아냐? 나도 쓴 적 있는 것 같은데, 왜 그 사진은 없어?"

'스타일리스트 소장품'이라며 항상 차 안 가득 각종 소품들을 챙겨 다니는 수현이었기에 가끔씩 원의 코디도 협찬 받은 게 마땅치 않으면 수현을 찾을 때가 있었다. 그렇게 빌려간 모자를 원은 야외 녹화에서, 호수는 방송국에 가면서 썼으나 사진 속에서는 감쪽같이 커플 모자로 변해 있었다.

"볼수록 기가 막히네. 원이가 수현이한테 준 가방까지……."

원이 팬에게 선물 받은 것과 협찬 받은 것 두 개가 있다며 수현에게 하나 주었던 가방을 호수가 잠깐 들어줬다가 찍힌 사진도 커플 가방이라며 돌아다녔다. 특히 그 사진에는 가방을 선물했다는 팬이 분노의 글까지 덧붙이면서 일을 더욱 크게 만들었다.

"내가 알기로는 호수 누나 사적으로 친한 사람 거의 없는 걸로 알고 있는데, 호수 누나 안다는 사람이 왜 이렇게 많아? 웃기지도 않아."

중학교 때 같은 반이었는데 원래 싸가지가 없었다는 둥, 예전에 길에서 본 적 있는데 연예인인 줄도 몰랐다는 둥, 오디션 때부터 원에게 작정하고 여우 짓을 했다는 둥, 인터넷에는 호수도 모르는 호수를 안다는 사람들이 넘쳐 났다. 당사자가 아님에도 피가 거꾸로 솟을 정도로 험악한 악플들을 착잡하게 읽어 내려가던 원일이 입을 열었다.

"근데 좀 이상하지 않아? 우리 회사가 아무나 들어올 수 있는 곳은 아니잖아. 익명의 제보자가 대체 누군데 회사 연습실 앞까지 들어와서 사진을 찍은 거지?"

"익명의 제보자는 무슨. 분명 회사 사람이야. 우연히 본 누군가겠지. 그 정도 사진이면 회사 때려치우고도 남을 만큼 받긴 했겠네."

"누가 찍었는지 밝히긴 밝혀야겠지만, 크게 의미가 있을 것 같진 않다. 사람들이 궁금해하는 건 그게 아닐 테니까."

쓸쓸하고도 냉정한 태원의 한마디에 모두가 입을 다물었다. 태원이 들릴 듯 말 듯 중얼거렸다.

"둘 다, 잘 버텨야 할 텐데……."

원과 도영, 그리고 여 사장이 마주보고 앉아 있는 사장실 안은 무섭도록 조용했다. 한참 후, 여 사장이 입을 뗐다.

"둘 다, 내가 처음에 말했던 거 잊었어?"

원과 도영은 말없이 고개를 떨어뜨렸다.

"내가 스캔들 나도 된다고 할 때까지는 나면 안 돼. 근데 만약 그전에 일이 터진다. 그러면 매니저들은 바로 잘릴 각오해야 할 거야."

"파파라치든 뭐든 들키면 무조건 강하게 부정할 거야. 친한 오빠 동생 사이, 뻔한 레퍼토리 알지? 그때 가서 나 원망하지 말고 알아서들 조심하라고."

"이 바닥이 만만해? 몇 번 봐줬더니 여기가 놀이터로 보여?"

"아닙니다."

"고작 사진 한 장 관리를 못 해서 5년 동안 키운 애를 꼭대기에서 바닥으로 떨어뜨려? 네가 그러고도 매니저야?"

평소에도 냉정할 땐 냉정한 여 사장이었지만, 오늘만큼 온몸에서 냉기가 뚝뚝 떨어졌던 적은 없었다.

"차도영. 넌 오늘부로 해고야."

도영의 눈이 커지고, 원도 고개를 번쩍 들었다. 원이 황급히 나섰다.

"사장님, 도영이 형은 아무 잘못도 없어요! 다 제가, 저 혼자, 거짓말하고 형 모르게……."

"남 걱정할 때가 아닐 텐데? 선우원, 너도 더 이상은 못 봐줘."

여 사장의 눈빛은 낯설도록 매서웠다.

"5년을 아이돌로 살았으면서 상황 파악 안 돼? 너 이 정도로 어리고 생각 없는 애였어? 네가 그 자리에 혼자 올라갔어? 키워준 사장도, 뒷바라지하는 매니저도, 너 좋아해 주는 팬들도 다 우습게 보여?"

"그런 거 아닙니다. 제가 생각이 짧았습니다. 정말……."

"들을 필요도 없으니까 그만둬. 내가 팬이었어도 한 번은 참지만, 두 번은 안 참아. 여론도 더 이상 나쁠 수 없을 만큼 나빠. 무조건 부정해. 네 입으로 아니라고 말해야 할 거야."

"사장님……."

어떻게 그러느냐고, 차마 하지 못한 말을 두 눈 가득 머금은 원이 입술을 깨물었다. 도영이 조심스레 끼어들었다.

"저, 사장님. 죄송하지만 한 말씀만 드리겠습니다. 누가 봐도 사귀는 게 맞는데 아니라고 했다가는 분위기가 더 악화될 수도……."

"너 방금 해고라는 말 못 들었어? 아무 말도 하지 마. 몇 번을 경고했는데 결국 일을 이 지경으로 만들어놓고 무슨 할 말이 있어?"

"죄송합니다. 하지만 잘릴 때 잘리더라도 이 일은 수습한 다음에 그만두겠습니다."

정중하면서도 단호하게 대답한 도영이 고개를 숙였다. 고집스러워 보이는 모습에 눈을 가늘게 떴던 여 사장이 짧은 숨을 뱉어내고는 지시했다.

"좋아. 그럼 지금 당장 가서 기사 내. 막아놓고 어떻게든 버텨. 대중들 관심이라는 거, 영영 안 꺼질 것 같다가도 금방 식고 다른 데로 몰려가기 마련이니까."

[미디어 뉴스] 선우원-호수, 증거는 넘쳐 나는데 열애는 부정?

어제 오후 한 매체는 인기 아이돌 그룹 ONE의 선우원과 호수가 열애 중이라고 보도했다. 그러나 두 사람의 소속사인 봄 엔터테인먼트는 '연인 사이가 아니다'라는 공식 입장을 보이며 열애설을 부정했다.

봄 엔터 측은 '두 사람이 친한 것은 사실이지만, 교제하는 사이는 아니다'라는 말과 더불어 '1위 후보에 오른 호수를 선우원이 응원해 준 것뿐'이라는 입장을 전했다.

현재 선우원은 300억 가량의 엄청난 제작비로 방영 전부터 화제가 되고 있는 퓨전 사극 드라마에 주연으로 캐스팅된 상태이고, 호수는 싱글 앨범 〈못 해〉로 큰 인기를 얻으며 활발하게 활동 중이다.

'선우원 호수 열애설' 소식을 접한 네티즌들은 '선우원 호수 열애설, 아니 땐 굴뚝에 연기나랴', '만약 사실이라도 팬들 무서워서 절대 공개 못 할 듯', '선우원 호수 열애설, 뭐가 진실인지' 등의 반응을 보였다.

그날 이후, 원은 숙소에 갇히다시피 틀어박혔다. 휴대폰마저 압수당한 채였다. 호수도 마찬가지였다. 당장 활동을 중지하진 않았지만, 스캔들 이후 대부분의 스케줄이 저절로 취소되어 버렸다.

여 사장은 원준에게도 바로 해고를 통보했으나, 원준 또한 이 일만 마무리하게 해달라는 말로 간신히 남았다. 그러고는 얼마 남지 않은 스케줄을 꿋꿋이 소화했다.

그사이 회사 측에서는 열애설을 공식적으로 부인하는 입장을 발표했다. 태원의 스캔들을 인정한 지 얼마 되지도 않았는데 원마저 곧바로 수긍해 버리면 팬들의 분노가 어마어마할 거라는 예상에 그렇게 대처한 것이었으나, 상황은 예상치 못한 곳으로만 흘러갔다.

— 헐. 요즘 응원은 새벽에 단둘이 연습실에서 손잡고 머리 쓰다듬고 뺨 만지면서 하는 건가? 웃기지도 않네.

— 팬질도 뒤통수 맞을 각오부터 하고서 해야 하는 거였나요? 배신감에 실망감에 눈물만 납니다. 그동안 좋아했던 모습들도 다 가식처럼 느껴져요. 믿을 수가 없어요.

— 누가 봐도 맞는데 굳이 부정하는 이유는 뭐지? 호수 생각해서 그런 거면 정말 최악이다. 선우원, 네 눈에 팬들은 호구로 보이지?

— 원이 오빠한테 뭐라고 하지 마세요. 원이 오빠는 아무 잘못 없거든요? 주제도 모르고 감히 들이댄 X한테 욕을 해야죠.

— 팬들 우롱해 가면서 만난 여자가 고작 주호수? 얼마나 오래가나 지켜볼게요.

— 나 데뷔 전부터 선우원 팬이었는데, 이번에 완전히 실망했음. 이제 관심 없으니 연애를 하든 말든 마음대로 하시길.

사랑과 미움은 한 끗 차이라는 말처럼, 등 돌린 팬들의 분노는 무엇보다도 크고 무서웠다. 물론 응원하고 감싸주려는 소수의 팬들도 있긴 했으나, 워낙 다수의 의견이 강해 그 사람들까지도 싸잡아 비난받는 분위기였다.

"시간 지나면 좀 가라앉을 줄 알았는데, 어째 점점⋯⋯."

무심코 중얼거리다 얼른 입을 다문 원일이 원의 눈치를 살폈다.

"미안해. 나 때문에 다들⋯⋯."

"아냐, 아니야. 그런 뜻으로 말한 거 아니야. 형이 너무 힘들어 보여서, 빨리 좀 가라앉았으면 해서 한 소리야."

서둘러 손을 내저은 원일이 원의 옆으로 바짝 다가앉았다.

"오늘부터는 다시 액션 스쿨 나간다고 했지? 대본 연습도 시작한다고 했나?"

고개를 끄덕인 원이 쓰고도 무거운 한숨을 삼켰다.

액션 스쿨도, 대본 연습도 비공개로 진행하는 개인적인 스케줄이긴 하지만, 밖에 나가는 순간 기자들이며 팬들이 몰려들 것이 뻔했다. 시선에도, 카메라에도 익숙할 대로 익숙한 원이었으나, 적대적인 시선 앞에는 단 한 번도 서본 적 없는지라 덜컥 두려움이 앞섰다.

"정말 미안해. 나 하나 때문에 팀 전체가 피해 보게 돼서⋯⋯."

"아, 됐으니까 그런 말 하지 마. 그런 말 할 시간 있으면 밥이나 한 숟가락 더 먹고 가."

원일이 제법 어른스러운 손길로 어깨를 두드리며 농담을 던졌다.

"힘내. 원래 양다리라는 게 쉬운 게 아니거든. '팬 여러분이 제 여자 친구예요' 해놓고 다른 여자 만나다 걸렸으니 뺨 맞는 게 당연한 거지."

"하하."

맥없이 떠올랐던 웃음기가 금세 스러졌다. 눈을 잔뜩 머금은 구름처럼 흐리고 흐린 눈을 한 원은 머뭇거리다 말을 꺼냈다.

"드라마나 소설 같은 데서 보면, 복선이라는 게 있잖아."

끌어당겨 모은 무릎 위에 턱을 기댄 원이 눈을 내리깔았다.

"근데, 현실에는 왜 복선이 없는 건지……."

나는 그날, 되게 좋은 날일 거라고 생각했어. 그날따라 액션 스쿨에서 연습이 잘돼서, 잘하면 다른 날보다 빨리 숙소 들어가서 호수 1위 하는 거 TV로 볼 수 있겠다, 고작 그런 생각이나 하고 있었단 말이야.

"그날 스캔들이 터질 거라는 걸, 그래서 못 보게 될 거라는 걸 미리 알 수 있는 복선 같은 게 조금이라도 있었으면……."

원은 그대로 입을 닫아버렸다. 숙소 안에는 다시 침묵만이 들어찼다.

문이 열리고, 원일과 태원의 시선이 현관 쪽으로 향했다. 도영이었다.

"오셨어요? 원이 형, 잘 다녀와."

원일이 부러 밝게 인사를 건넸다. 그런데 도영의 표정이 심상치 않았다.

"바로 가는 거죠? 액션 스쿨 먼저 가면 되나요?"

"저기, 원아."

도영이 힘겹게 입을 뗐다. 몸을 일으키려다 멈칫하는 원을 물끄러미 내려다보던 도영은 일순 미간을 구기며 허공으로 시선을 돌렸다.

"안 나가도 돼."

"……네?"

뭔가를 직감한 원의 표정이 차게 굳었다.

"드라마 출연 무산됐어. 주인공 다른 사람으로 바꾸겠대."

"아니, 어떻게 이러실 수가 있죠?"

한 손을 허리에 올린 여 사장이 날카롭게 외쳤다.

"캐스팅 제의 받자마자 액션 스쿨에 승마 연습에, 다른 스케줄 다 접고 그 드라마 하나만 준비하고 있었단 말입니다. 그런데 갑작스럽게 하차 통보라니요!"

「정말 죄송하게 됐습니다. 그렇지만 저희 드라마에 들어가는 제작비가 워낙 많은 거 아시잖습니까. 투자자들 사이에서 말 나오기 시작하면 아예 제작 자체가 힘들어질 수밖에 없어요.」

입 모양으로만 욕을 내뱉은 여 사장이 간신히 냉정을 유지하며 답했다.

"지금으로서는 소란스러울 수밖에 없다는 거 이해합니다. 충분히 죄송하게 생각하고요. 하지만 캐스팅 번복은 좀 심한 거 아닙니까? 고작 스캔들 하나 가지고 이렇게까지 나오시면……."

「고작 스캔들이라뇨? 그건 아니죠.」

수화기 너머 목소리가 일순 싸늘해졌다.

「굳이 아이돌 캐스팅 논란 감수해 가면서까지 선우원 씨한테 주연을 맡긴 이유가 뭐겠습니까? 물론 충분히 연기 잘하긴 하지만, 까놓고 말해서 기본 시청률 깔아주고 알아서 홍보해 주고 해외 판매까지 책임져 줄 팬덤 하고, 특유의 반듯한 이미지 때문에 캐스팅한 거 아니겠습니까?」

말문이 막힌 여 사장의 귀에 얄밉도록 차분한 대꾸가 들렸다.

「그런데 지금 팬덤은 계속 떨어져 나가고 이미지도 안 좋아졌는데, 저희가 그런 위험부담까지 갖고 갈 필요는 없죠. 남자 주인공 하나 잘못 뽑았다가 300억짜리 드라마 엎어지면 사장님이 책임지실 겁니까?」

"뭐라고요?"

「저희 측 법무 법인 통해서 서류 보내드리겠습니다. 위약금을 물더라도 지금 계약을 파기하는 게 낫다는 판단입니다. 더 이상 하실 말씀 없으시면 이만 끊겠습니다.」

뚝 끊어져 버린 전화를 한참 동안 붙들고 있던 여 사장이 아까는 차마 소리 내어 뱉지 못했던 쌍욕을 퍼부으며 전화기를 책상 위로 집어 던졌다. 지끈대는 머리를 부여잡고 있는데, 그렇게 세게 던졌음에도 고장조차 나지 않은 전화기가 다시금 울려댔다.

"여희수입니다. 네, 안녕하세요. CF 전속 계약 건으로……."

양쪽 관자놀이를 엄지와 중지로 꾹꾹 주무르던 손이 우뚝 멈췄다.

"뭐요? 전속 계약 파기에 손해배상 청구요?"

아까 다 못 한 욕이 목 끝까지 치밀었다. 여 사장이 벌떡 일어나 고함을 질렀다.

"이보세요! 우리 원이가 음주운전을 했습니까? 사람을 때렸어요, 죽였어요? 도박이나 마약을 했어요? 법에 저촉되는 행동을 해서 명백하게 그쪽 회사에 피해를 입혔다면 얼마든지 배상해 드릴 수 있어요. 근데 지금 스캔들 하나 났다고 손해배상 청구요? 저희 쪽에서 먼저 명예훼손으로 고소하는 수가 있어요!"

거칠게 쏘아붙이던 여 사장이 멈칫했다. 건너편에서 넘어오는 이야기를 묵묵히 듣던 그녀는 가까스로 통화를 마무리하고는 전화기를 더 세게 패대기쳤다.

"하, 불매 운동에 회사 홈페이지 게시판 도배? 그게 팬이야? 지들이 그렇게 사랑하는 오빠 피 말려 죽이는 게?"

단순한 열애설이었다면 이렇게까지 악화되진 않았을지도 몰랐다. 그러나 태원의 스캔들로 받은 충격이 가시기도 전에 터졌다는 점, 사진 속 두 사람이 누가 봐도 샘이 날 만큼 예뻤다는 점, 게다가 가라앉힌답시고 열애설을 부인했다가 도리어 온갖 증거들이 쏟아져 나오면서 괘씸죄까지 추가됐다는 점 등 여러 악재가 겹치면서 상황은 최악으로만 치달았다.

"어떻게 해야 하나……. 누구부터 잡아 족쳐야……."

무슨 일이든 해보려던 여 사장은 결국 모든 걸 접어 치우고 손에 닿는 대로 가방을 챙겨 사장실 문을 박차고 나왔다.

"으악!"

풀 데 없는 분노를 발에 담아 문을 걷어찼던 여 사장은, 밖에서 나는 비명에 흠칫 놀라 고개를 돌렸다. 곧 이마를 부여잡고 문 앞에 쭈그린 원준이 눈에 들어왔다.

"너 뭐야?"

사장실 문 두드리려다가 천국의 문을 열고 들어갈 뻔한 원준이 비척비척 일어났다. 한눈에 보기에도 이마가 새빨개진 것이, 어지간히 아파 보이긴 했다.

"아니, 문이 잘 안 열리면 고쳐 달라고 말씀을 하시죠. 하이힐로 뚫고 나오실 필요까진 없잖습니까. 자칫 골로 갈 뻔……."

"시끄러워. 뭐하러 왔어?"

"퇴근하십니까?"

여 사장의 손에 들린 가방을 본 원준이 조금 놀란 눈을 했다.

"일도 어느 정도는 할 기분이 나야 할 거 아니야. 뭐야? 보고할 거 있으면 빨리해."

"아, 별건 아니고요. 호수 새 숙소로 보내고 서류 정리하러 사무실 돌아왔다가 막방 스케줄 검토 받으려고……."

"아직도 스케줄이 남아 있어?"

비웃듯 대꾸한 그녀가 건네받은 종이를 건성으로 훑어보고는 다시 넘겼다.

"별거 없네. 이대로 진행해. 앞으로 섭외가 들어오기나 할지 모르겠지만, 만약 들어오면 TV 스케줄 말고 공연 위주로만 잡아. 라디오 공개방송 정도까지는 괜찮겠지만, 듣도 보도 못한 야외 행사 같은 건 잡지 말고. 괜히 독한 맘 먹은 애들이 못된 짓이라도 하면……."

아무 생각 없이 말을 잇던 여 사장이 '아' 하더니 말을 바꿨다.

"참, 너 이번 일 해결되는 대로 해고였지? 됐어. 막방까지만 진행하고 인수인계 준비해."

"아아, 사장님!"

다급해진 원준이 한 걸음 다가서며 최대한 불쌍한 눈을 했다.

"그 말씀 취소해 주시면 안 되겠습니까? 차라리 시말서를 쓰겠습니다. 감봉, 아니 아예 당분간 월급 안 받아도 됩니다. 지금 호수가 저런데 저까지 그만두면 어떡하라고요. 그리고 솔직히 뭐 하나 해결된 것도 없잖습니까?"

여 사장이 기가 막힌다는 투로 핀잔했다.

"너, 차도영이랑 짰어? 둘이 똑같은 소리를 하고 앉아 있어."

'차 실장님도요?' 하며 멍한 표정을 짓는 원준에게 한심하다는 눈길이 꽂혔다.

"그럼 너도 똑같이 해주지. 정신 똑바로 차릴 때까지 월급 없어. 이래도 안 나가?"

"안 나가죠. 못 나가죠. 호수가 있고, 사장님이 계신데요."

여 사장은 '이거 뭐하는 놈이지?' 하는 눈으로 인상을 구겼다. 그럼에도 원준은 굴하지 않고 해맑게 웃으며 고개를 꾸벅 숙였다.

"감사합니다. 시말서 언제까지 드릴까요?"

"읽는 시간 아까우니까 쓰지도 마. 그보다 지금 웃음이 나와?"

여 사장이 욕을 하려 할 때였다. 고개를 숙였던 원준이 '어' 하며 가볍게 휘청거렸다가 한 손으로 이마를 짚고는 다시 섰다.

"뭐야? 왜 그래?"

"아, 별거 아닙니다. 아까 부딪친 데 피 쏠리니까 갑자기 욱신거리면서 핑 도네요."

"이게 어디서 개수작이야?"

"개수작이라뇨? 왜 그러냐고 물어보셔서 솔직히 대답한 것도 죕니까? 제가 뭐 치료비를 달라고 한 것도 아니잖아요."

억울한 눈을 한 원준이 입을 비죽거렸다. 본인은 안 보이니 모르겠지만, 아까보다도 더 부어오른 이마가 눈에 확 띄었다.

"너 지금 할 일 있어?"

"아뇨, 딱히……."

대답을 듣자마자 여 사장은 빙글 몸을 돌렸다.

"그럼 따라와. 치료비 줄게."

[11월 8일 PM 6:00. 호수, 새로운 숙소]

여 사장의 명령으로, 호수는 극비리에 숙소를 옮겼다. 전보다 작지만 보안이 더 철저해 극성팬과 기자들로부터 비교적 안전한 곳이었다.

"다 됐다. 작은 짐은 혼자 정리할 수 있지?"

"응. 어차피 앞으로는 집에만 있을 텐데."

무심한 대구에 수현이 쯧 하고 혀를 찼다. 건성건성 짐을 나르다가 이내 그만둔 호수는 소파에 반쯤 몸을 기대 눕더니 휴대폰을 만지작거렸다.

"뭘 그렇게 열심히 봐?"

"원 오빠 기사."

순간, 왜였을까.

수현은 언젠가 적을 알고 나를 알아야 백전백승이라며 원의 기사를 챙겨 보던 호수를 떠올리고 미간을 좁혔다. 어떻게 악플 하나도 안 달리냐며 원을 미워했던 호수는, 그때와는 참 많이 다른 눈을 하고 있었다.

"원 오빠에게도 악플이 달릴 수가 있구나. 나는 그나마 한 번 당해봐서 괜찮지만, 원 오빠는 이렇게 마음고생하는 거 처음일 텐데……."

"처음이고 열 번이고 간에 괜찮은 게 어딨어? 바보 같은 소리 하지 말고 아예 보지 마."

"일부러 더 보는 거야. 안 보면 상상하게 된단 말이야."

물론 그렇다고 해서 '상상했던 것보단 낫네' 소리가 나오는 건 아니지만.

"그리고 아무리 좋은 것도 계속 보면 질리잖아. 나쁜 것도 그럴까 싶어서. 계속 보고 보다 보면 무뎌질 수도 있으니까."

"아, 바보 같은 소리 하지 말라니까! 할 일 없으면 잠이나 자."

수현이 신경질을 냈다. 평소 같았으면 어디다 대고 짜증이냐, 죽고 싶냐며 한 소리 했을 호수가 휴대폰을 옆으로 던지고는 한마디 했다.

"원 오빠, 드라마 하차했대."

냉장고를 열던 수현이 멈칫했다.

"그거, 되게 열심히 준비했는데. 온몸에 멍들어가면서……. CF 전속 계약도 파기했대. 3년 동안 했던 건데, 나 때문에."

호수는 애꿎은 천장만 빤히 쳐다보고 있었다.

"내가 지금 제일 억울한 게 뭔지 알아? 악플은 악플인데, 반박할 수가 없다는 거야. 선우원 인생 망쳐 놓으니까 좋냐, 너 하나 좋자고 몇 사람이 힘든지 아냐, 선우원이 바닥으로 내려가면서까지 만날 가치가 있는 여자인지 모르겠다……."

"주호수."

"참, 이것도 억울했어. 내가 작정하고 원 오빠 꼬셨다는 말. 솔직히 너는 알잖아? 내가 맘먹으면 누구든 넘어오게 만들 정도로 치명적이진 않다는 거."

"알지. 넌 좀 다른 쪽으로 치명적이니까."

눈을 흘긴 호수가 벌떡 일어나 앉았다.

"이참에 기자회견이라도 열고 솔직하게 까버릴까? 나는 선우원을 꼬신 적이 없다! 선우원이 먼저 나를 좋아했다, 그것도 5년 동안이나! 입장을 바꿔놓고 생각해 봐라! 선우원이 술 먹고 입술부터 들이대는데 니들이라면 안 넘어가고 버틸 수 있겠냐!"

"그런 파격적인 스토리가 있었어? 뒷이야기나 더 해봐."

"시끄러워. 어쨌든, 니들은 TV만 보고도 그렇게 푹 빠지는데 코앞에서 빵긋빵긋 웃는 걸 보고 어떻게 안 빠지냐! 그게 죄라면, 그래 나 존X 유죄다, 어쩔래!"

"해봐. 저 X나 재수 없는 죄인을 매우 쳐라, 그 소리밖에 더 듣겠냐?"

"5년 전에는 선우원이 사진 찍자는데 깠다고 까더니, 지금은 선우원 안 깠다고 또 까고. 아, 어쩌라고."

다시 드러누운 호수가 허공에 발차기를 몇 번 하고는 빙글 몸을 돌려 엎드렸다. 한참을 죽은 듯 가만히 있는 호수를 물끄러미 살피던 수현이 툭 말을 던졌다.

"우냐?"

"안 울어."

"차라리 좀 울어라."

"내가 누구 좋으라고 울어? 우나 봐라."

"독한 기집애. 맘에 들게시리."

수현이 안쓰러운 마음에 호수의 뒤통수를 벅벅 쓰다듬어 주었을 때, 휴대폰이 울렸다.

"배터리 빼버려."

"아냐, 받아봐. 아버지야."

호수가 부스스 몸을 일으켜 전화를 받았다.

"응, 아빠."

「우리 딸, 이사 잘했어?」

평소와 다름없는 아빠의 목소리에 울컥한 호수가 입술을 깨물었다 놓았다.

"응. 전에 있던 데보다 훨씬 좋아. 집에 별일 없지?"

「뭐, 큰일은 없는데…….」

흐려지는 말끝을 놓치지 않은 호수가 냉큼 다그쳤다.

"뭐야? 무슨 일 있어?"

「별건 아니고, 엄마가 조금 다쳤어. 넘어졌는데 머리를 살짝 부딪혀서…… 병원에 한 3일 정도 누워 있으면서 지켜봐야 한단다.」

"뭐? 어쩌다가!"

「욕실이 좀 미끄러워서 그랬다나 봐. 그냥 알고만 있어.」

"알고만 있긴. 가봐야지. 어디 병원이야? 바로 갈게."

통화를 마친 호수가 곧장 원준에게 전화를 걸었다. 원준은 지금 사무실이니 곧 가겠다고 답했고, 호수는 준비하고 나오겠다며 방으로 들어갔다. 수현도 겉옷을 걸쳐 입었다.

잠시 후, 새까만 옷에 모자를 깊이 눌러쓰고 알 없는 뿔테 안경에 마스크까지 쓴 호수가 밖으로 나왔다. 겉으론 강한 척해도, 꼭꼭 숨고 싶은 여린 마음이 고스란히 드러난 그 모습을 수현은 말없이 쳐다보았다.

"뭘 봐? 숨겨도 빛이 나나?"

"어련하시겠어. 너무 치명적이라서 눈 뜨고 봐줄 수가 없다."

"당연하지."

눈과 코만 겨우 보이는 얼굴로 웃은 호수가 유유히 대꾸했다.

"나, 이래봬도 선우원 꼬신 여자거든."

♩ ♫ ♪

"모자에 마스크에, 그게 뭐야? 간만에 딸 얼굴 좀 보나 했더니만."

"딸 얼굴을 꼭 봐야 알아?"

엄마의 불평을 뾰족하니 맞받은 호수가 보호자 침대에 앉았다. 엄마의 자리는 4인용 병실에서 가장 안쪽 구석이었는데, 다행히도 다른 환자들은 다들 자리를 비웠는지 보이지 않았다.

"대체 어쩌다가 그랬어? 조심 좀 하지. 얼마나 다친 거야?"

"아무 데도 안 다쳤어. 머리가 좀 띵해서 사진 찍어봤는데, 아무 이상 없다더라. 겸사겸사 며칠 쉬는 거지 뭐."

끙 하고 몸을 일으켜 앉은 엄마가 홰홰 손짓을 했다.

"바쁜데 뭐하러 왔어? 봤으니까 이제 그만 가봐. 누가 보기라도 하면 어쩌려고."

"안 바빠."

"안 바쁜 게 자랑이야? 불편한 데 있지 말고 얼른 가서 쉬어."

"왜 자꾸 내쫓으려고 그래? 나 오늘 여기서 자고 갈 거야."

엄마뿐만 아니라 원준과 수현도 눈을 크게 떴다. 특히나 원준의 얼굴에는 곤란한 기색이 어렸다. 몸을 낮춘 원준이 빠르게 속닥거렸다.

"위험해서 안 돼. 더군다나 여자 병실이라 나나 수현이가 같이 있을 수도 없잖아. 그냥 조금만 있다가 가자."

"엄마랑 같이 있는데 무슨 걱정이야? 병실 밖에도 안 나가고 여기만 있을 건데."

"그래도 안 돼. 마스크 쓰고 모자 쓰고 쭈그리고 잘 거야? 수상하게?"

말문이 막힌 호수가 입을 다물었다. 대강의 사정을 눈치챈 엄마도 얼른 가보라는 말과 함께 침대 아래로 발을 내렸다.

"가, 얼른. 바람이나 쐴 겸 바래다줄게."

그때, 엄마의 가장 친한 친구이자 이웃인 수현의 엄마가 반찬이며 과일 등을 싸 들고 병실로 들어오다가 반색을 했다.

"어머, 호수 왔구나."

수현에게 올 거면 연락 좀 하지 그랬느냐는 핀잔을 준 수현의 엄마는, 던지듯 쇼핑백을 내려놓고 호수의 등을 쓰다듬었다.

"에그, 우리 호수. 얼마나 마음고생이 심해, 응?"

처음 들어보는 다정한 한마디에 울컥한 호수가 가까스로 미소를 지으려다가, 어차피 다 가리고 있어 보이지도 않음을 깨닫고 그만두었다. 수현의 엄마는 네 속 다 안다는 듯 연신 호수를 다독였다.

"세상에, 아무리 나이들이 어리다고 해도 그렇지, 요즘 애들 어쩜 그렇게 무섭니? 연예인이 무슨 죄야? 젊은 남녀가 좋아도 하고, 연애도 하고 그러는 게 당연한 거지. 지들은 뭐 평생 남자도 안 만나고 결혼도 안 할 것처럼 왜들 그런다니? 그런 것들은 아주 그냥……!"

눈썹을 찌푸린 호수의 엄마가 그만하라며 손을 내저었다. 잠시 말이 없던 수현의 엄마가 단단히 화가 난 투로 덧붙였다.

"내가 봐도 심장이 벌렁거려 죽겠던데, 너희 엄마는 오죽했겠니. 내 딸이 아무 죄도 없이 그런 욕을 먹고 있는 걸 보면 당연히 쓰러지고도 남지. 며칠을 잠도 못 자고 밥도 못 먹는데 사람이 안 쓰러지고 배겨? 그나마 크게 다친 데 없어서 다행……."

"아이, 무슨 소리야? 그런 거 아니라니까. 다친 데도 없는데 왜들 이렇게 소란……."

"엄마."

호수의 엄마가 황급히 말을 막았다. 그러나 이미 분위기는 차게 얼어붙은 후였다.

"지금 뭐라고 하셨어요?"

"어…… 응?"

당황한 수현의 엄마가 그제야 눈치를 채고는 입을 다물었다. 주먹을 꾹 움켜쥐고 이까지 세게 앙다문 호수가 엄마를 돌아보았다.

"욕실에서 미끄러졌다면서? 아니었어? 나한테 달린 악플 보고 충격 받아서 쓰러진 거야? 그럼 그렇다고 말을 하지, 왜 사람을 바보 만들어?"

마스크를 홱 잡아당겨 뺀 호수의 목소리가 성마르게 갈라졌다.

"엄마까지 나한테 이러기야?"

엉뚱한 데 화풀이를 하고 있다는 건 입을 여는 순간부터 잘 알고 있었다. 그런데도 멈춰지지가 않았다.

"그러니까 그런 걸 왜 봐? 컴퓨터도 스마트폰도 잘 하지도 못하는 사람이 신경 쓸 가치도 없는 얘기를 왜 일부러 찾아보고 쓰러지기까지 하냔 말이야! 잘못 넘어져서 크게 다쳤으면 어쩔 뻔했어? 어쩔 뻔했냐고!"

"얘가 왜 이래? 그만하지 못해? 여기 주호수 왔다고 방송이라도 내보내 달라고 그러지 왜!"

만만찮은 버럭으로 응수한 엄마가, 그럼에도 한없이 따뜻한 손길로 호수를 끌어당겨 안았다. 몇 번 신경질적으로 뿌리치다가 이내 얼굴을 묻어버리는 호수를 그대로 안은 채 엄마가 눈짓을 했다.

"얘 안 되겠다. 원준아, 오늘 하루만 여기다 두고 가. 응?"

내내 혼자 버티고 버티다 비로소 누군가의 품에 안긴 호수의 어깨를 착잡한 눈으로 바라보던 원준이 고개를 끄덕였다.

"네, 부탁드려요."

호수를 병원에 남겨둔 채 수현과 수현의 엄마를 집까지 데려다준 원준은 사무실에 들러 노트북과 몇 가지 짐을 챙겼다. 병실 밖에서라도 같이 밤을 샐 생각이었다.

"진즉에 나도 극성 매니저 코스프레를 해야 했어. 작정하고 망이라도 봐줬으면 이런 꼴은 안 당했을 건데……."

스케줄 이동할 때 타는 그랜드카니발을 회사 앞에 세워두고, 원준은 한 골목 뒤에 주차해 놓은 자신의 차로 향했다. 뒷좌석에 짐을 싣고 돌아서던 원준은 문득 갸웃하며 멈췄다.

"잠깐, 잘못 봤나?"

얼마 떨어져 있지 않은 곳에 있는 작은 포장마차 안, 익숙한 실루엣이 눈에 걸렸다. 허름한 플라스틱 테이블과는 어울리지 않는, 단정하고 우아한 차림의 여자. 혼자서도 당당하게 다리를 꼬고 앉아 소주병을 기울이고 있는 그녀가 여 사장임을 곧장 알아본 원준이 떡하니 입을 벌렸다.

"혼자 뭐하시는 거야, 지금?"

원준은 더 이상 생각할 겨를도 없이 그쪽으로 다가갔다. 막 잔을 들려던 여 사장이 맞은편 의자를 당겨 앉는 원준을 보고 눈을 크게 떴다.

"뭐야, 너? 주호수 병원 데려다주러 간다며?"

"지금 병원에 있습니다. 오늘 거기서 자고 싶다고 해서 저도 같이 있으려고요."

"그래. 애나 어른이나 힘들 땐 엄마 옆에 있는 게 최고지. 어머니 많이 다치셨어?"

"보기에는 괜찮아 보이시더라고요."

"그래? 다행이네."

짧게 답한 여 사장이 들고 있던 잔을 깔끔하게 비웠다. 원준은 인상을 찡그렸다.

"혼자서 웬 술을 그렇게 드세요?"

"몰라서 물어? 너를 비롯해서 이놈, 저놈 다 술 땡기게 만들고 있잖아."

몇 시간 전, 치료비 줄 테니 따라오라던 여 사장의 뒤를 졸졸 따라가던 중에 호수의 전화를 받고 병원으로 향한 터였다. 그 치료비라는 게 같이 술이나 마시려고 했던 거였구나, 오죽 답답했으면, 하는 생각을 하자 왠지 미안해졌다.

"병원 다시 가봐야 해서 오늘은 못 마시겠네요. 따라만 드릴게요."

"어쭈, 이제 좀 정신 차린 매니저 같네. 진즉에 그럴 것이지."

"근데 여기서 사장님을 뵈니까 어색한데요? 바에서 혼자 양주 드실 것처럼 생기셨는데."

"드라마 너무 많이 본 거 아냐?"

여 사장이 픽 웃었다. 원준은 술을 따라 주려다가 멈칫하고는 농담조로 물었다.

"아참, 따라 드려도 됩니까? 사장님은 잘생긴 애들이 주는 술만 드신다면서요."

"그렇긴 한데……."

원준을 위아래로 훑어본 여 사장이 떨떠름한 투로 대꾸했다.

"양주 없을 때는 막걸리도 마시고 그러는 거지 뭐."

"뭔가 기분이 되게 나쁘네요."

"그럼 따르지 말든가. 술 이리 내놔."

원준이 냉큼 잔을 채웠다. 병을 뺏으려던 손으로 잔을 쥔 여 사장은 곧장 술을 넘겼다.

"적당히 드세요."

"적당히 마실 거면 뭐하러 마셔? 나 많이 먹고 취하면 택시 불러서 집에 보내."

"또, 또 그 말씀."

원준이 혀를 찼다. 술자리마다 하는 말이면서도, 실은 단 한 번도 취한 적 없는 그녀였다.

의미 없이 빈 잔을 빙글빙글 돌리던 여 사장이 불쑥 입을 열었다.

"내가 잘못 판단했어. 절대로 그래서는 안 되는 타이밍에, 하필이면……."

말뜻을 헤아리던 원준은 곧 원과 호수의 열애설을 부인했던 걸 말하는 것임을 깨닫고 묵묵히 시선을 떨어뜨렸다.

"차라리 인정해 버렸어야 했는데. 도리어 일을 키운 거지."

착잡한 여 사장의 기색에 덩달아 씁쓸해진 원준이 고민 끝에 말을 꺼냈다.

"뭐, 그냥 제 생각이긴 합니다만……. 뭐가 더 옳은 판단이었는지 누가 알겠습니까? 태원이 때는 너무 빨리 인정하니까 충격이 더 크다고 그랬던 애들이에요. 원이랑 호수도 바로 수긍했다고 해서 '아, 그렇구나. 솔직하니까 응원해 주자' 다들 그랬을 리는 없잖습니까."

"그런가."

열없이 대꾸한 여 사장이 작게 덧붙였다.

"솔직히 이 정도까지 상황이 나빠질 줄은 몰랐어. 어지간한 일에는 나름 잘 대처해 왔다고 생각했는데, 이번에는 도무지 감당이 안 돼. 원이랑 호수, 걔들 생각하면……."

원준은 애꿎은 입술만 잘근거렸다. 항상 구박해도 여 사장이 모두를 각별하게 여기고 있음을 잘 알았다. 둘이 만나는 게 정말 싫었다면 누구 하나 버리는 한이 있더라도 처음부터 가차 없이 나왔을 테니까.

적절한 말이 떠오르지 않아 머뭇대는 사이, 한 잔을 더 마신 여 사장의 눈빛이 일순 달라졌다.

"김 실장, 말 나온 김에 좀 더 말해보자. 어떻게 생각해?"

"네? 뭘요?"

"책임을 전가하고 싶은 마음일지도 모르겠는데, 뭔가 뒤에 있다는 생각이 자꾸 들어. 일부러 더 안 좋은 쪽으로 악착같이 몰아가는 사람들이 있는 것 같다고 해야 하나?"

문득 뭔가를 떠올린 원준이 눈을 가늘게 떴다.

"물론 이 바닥에서 보이그룹 키우는 사람들이라면 누구든 바라긴 하겠지. ONE이 무너져야 그 자리를 대신 꿰찰 테니까. 그런데 그런 것치고는 좀 뭐랄까, 더 악의적이고 치밀한 느낌이랄까? 애초에 작정하고 이 사달이 나게끔 만든 후에 교묘하게 여론까지 조작하고 있는 게 아닐까, 그런 직감 같은 게……."

"저기, 사장님."

조심스레 부른 원준이 신중하게 말을 골랐다.

"지금 상황에서 도움이 될지 해가 될지는 모르겠는데, 일단 말씀 드려야 할 것 같아서요. 다름이 아니라, 그때 병원에서……."

원준은 태린이 입원한 병원에 갔다가 강 사장과 BS 미디어 대표, 그리고 승혁을 보았던 일을 전했다. 보고 들은 것을 최대한 정확하게 전하려 애쓰는 동안 여 사장은 진지하게 굳은 눈으로 하나하나 새기듯 귀를 기울였다.

"강 사장하고 BS 미디어 대표, 그리고 이승혁이란 말이지?"

그 말만 남기고 여 사장은 골똘히 생각에 잠겼다.

무심코 여 사장을 쳐다보다가, 원준은 문득 기분이 점점 이상해지는 것을 깨달았다. 비스듬히 내리깐 속눈썹 그늘을 보고 있자니 갑자기 목이 타며 술 생각이 간절해졌다. 화들짝 시선을 떼어내고 아쉬운 대로 냉수를 들이켰으나, 자석이라도 붙은 양 눈길이 자꾸만 여 사장의 그늘로 향했다.

그 그늘을 어떻게든 걷어주고 싶은 충동에 휩싸인 원준은 생각나는 대로 말을 던졌다.

"뻔한 소리 같겠지만, 너무 걱정 마십시오. 잘 해결되겠죠. 이제껏 잘해오셨잖아요."

"그래. 나 건드리면 X 된다는 걸 똑똑히 보여줘야지."

괜스레 분주해진 마음을 추스르는 데 정신이 팔렸던 원준은 오싹한 그 대꾸에 오소소 소름이 돋는 것을 느끼고는 팔을 문질렀다. 시선을 테이블 어딘가에 두고 있던 여 사장이 술을 벌컥 털어 넣고는 빈 잔을 던지듯 내려놓았다.

"에이씨, 더럽게 골치 아프네. 차라리 나도 포장마차나 차릴걸."

그보다는 떼인 돈도 받아준다는 심부름센터 같은 게 더 잘 어울리실 것 같다는 말을 조용히 삼킨 원준이 대꾸했다.

"그러게요. 포장마차나 하시지, 왜 기획사를 차리셨어요? 골치 아프게."

원준도, 여 사장도 피식 웃었다. 그러나 그녀가 다시 입을 연 순간, 웃음기는 싹 사라졌다.

"누군가는 다 가졌으면 좋겠다고 생각했어. 내가 그 나이 때 꿈꿨던 것."

너는 다 알고 있는 놈이니까 이런 얘기 해도 상관없겠지. 여 사장은 그렇게 덧붙였다.

"나는 그러지 못했으니 누군가를 내가 그렇게 만들어주는 것도 나쁘지 않겠다 싶었어. 가수로서의 성공도, 한 사람으로서의 평범한 행복도 다 가질 수 있게."

가까스로 가라앉힌 마음이 다시 소란스러워졌다. 원준은 간신히 입을 열었다.

"전부터 궁금했던 게 있는데, 여쭤봐도 됩니까?"

"안 된다고 해도 물어볼 것 같으니까 물어봐."

"노래, 왜 그만두신 겁니까?"

"더 이상 할 수가 없었으니까."

"왜요?"

"목소리가 나오질 않았어."

"그러니까 왜요?"

무심결에 다그쳐 놓고 원준은 어깨를 움츠렸다. 그러나 욕을 할 거라는 짐작과는 달리 여 사장은 아무 말도 하지 않고 술잔만 매만졌다.

말할까 말까 망설이는 듯한 희고 작은 손을 홀린 듯 바라보고 있는데, 뜻밖의 말이 들렸다.

"······암이었어."

암······ 이라고?

'잘못 들은 건가' 하는 원준의 눈빛을 알아듣기라도 한 양 여 사장이 덧붙였다.

"갑상선암. 수술하고 낫긴 했지만, 부작용이 있었어. 목소리 되찾는 데 거의 1년 정도 걸린 것 같아."

어버버버 입만 벙긋거리는 원준을 한심하다는 눈으로 쳐다보던 그녀가 픽 웃었다.

"아까 고급 정보 줘서 특별히 얘기해 주는 거야. 한 번쯤은 속 시원히 털어놓고 싶기도 했고."

그러고는 술을 물처럼 가볍게 털어 마셨다.

"포시즌 준비하면서 그 사람을 만났어. 앨범 프로듀서였거든. 비좁은 작업실에서 매일 얼굴 보다가 자연스럽게 좋아졌는데, 회사에서는 알자마자 죽어라 반대했지. 데뷔도 안 한 걸그룹 멤버가 연애라니, 말도 안 되는 소리였으니까."

지난번에 보았던 심진욱이라는 사람을 얘기하는 거겠지. 알아서 짐작한 원준은 입을 꾹 닫고 귀를 기울였다. 운전만 아니었으면, '이모, 여기 잔 하나랑 소주 한 병 더요!'를 외치고 싶은 마음이 간절했다.

"그래도 헤어지진 않았어. 어려서 그랬는지, 하지 말라니까 더 불타오르더라고. 결국에 팀도 망하고, 회사도 망한 후에 같이 미국으로 떠났어. 평생 콤플렉스였던 외모부터 싹 고치고, 이름도 바꾸고, 솔로 앨범 낼 작정으로."

그랬구나. 원준은 저도 모르게 고개를 주억거리려다가 목에 힘을 주었다. 왜인지는 모르겠지만, 다른 남자가 단단히 얽혀 있는 과거 이야기를 듣고 있자니 묘하게 속이 뒤틀려서 호응해 주고 싶지 않다는 유치한 심술이 돋은 거였다.

"그때만 해도 그 사람 도움을 많이 받았지. 앨범 준비도 나름 잘되고 있었는데 어느 날부터 걸핏하면 피곤하고 목이 쉬더라고. 성대 결절쯤 되겠거니 생각하고 병원에 갔는데……. 갑상선암이라는 말을 들었어."

지금은 지극히 담담하게 이야기하지만 그때는 결코 그럴 수 없었으리라. 원준은 괜스레 제 가슴마저 따끔따끔해지는 것 같아 미간을 찡그렸다.

"말이 암이지, 수술하면 얼마든지 나을 수 있으니까 걱정할 거 없다고 했어. 그런데 수술 중에 신경을 잘못 건드리면 목소리가 변하는 부작용이 있을 수도 있다고……. 그 말을 듣자마자 하지 말아야겠다 생각했는데 의사도, 그 사람도 말렸어. 드문 경우니까 걱정하지 말고 병부터 고치자고 해서 수술을 했는데……."

과거의 기억 속에서 일순 길을 잃은 듯, 여 사장은 한동안 말을 멈췄다.

"암 덩어리가 너무 커서 어쩔 수 없었다, 가수는 못 되겠지만 일상생활은 전혀 지장 없을 거다, 의사라는 놈이 그러더라고. 노래하는 사람이 목소리를 잃었는데 뭐가 전혀 지장이 없다는 건지. 손가락을 죄다 으스러뜨려 놓고는 '의사는 못 하겠지만 일상생활은 전혀 지장 없을 겁니다' 그래주고 싶더라니까?"

지금 봐서는 충분히 하시고도 남았을 것 같은데, 생각한 원준이 마저 귀를 기울였다.

"그 사람은 내가 제정신이 아닌 것처럼 구니까 고작 석 달도 안 돼서 못 견디겠다면서 떠났어. 처음엔 나 죽으면 관 옆에 누울 것처럼 굴더니만······ 쯧."

그제야 아픈 건 괜찮냐고 묻던 남자의 말과 줄곧 냉정하던 여 사장의 태도를 이해할 수 있을 것 같았다.

"서로 좋아 지낼 땐 몰랐는데, 힘든 일이 닥치니까 각자 자기 생각만 했던 거지. 고작 그 정도였던 거야. 누구 원망할 일은 아니지만, 좀 많이 허무하더라고."

한참 침묵이 흘렀다. 원준은 보이지도 않는 것처럼 술만 마시던 여 사장이 불쑥 내뱉었다.

"넌 좀 이상해. 왜 이런 얘길 너한테는 다 하게 되는 거지?"

"제가 보기보다 믿음직스러우신가 보죠."

긍정도 부정도 하지 않고 픽 웃은 여 사장이 마지막 잔을 비웠다. 그러고는 예고도 없이 자리를 털고 일어나며 툭 던졌다.

"그럴지도."

"네?"

"택시 부르라고."

소주 두 병을 깔끔하게 비웠음에도 계산하러 걸어가는 여 사장의 걸음걸이는 꼿꼿하기만 했다. 저도 모르게 아쉽다는 생각을 해놓고, '아니, 뭐가 아쉬워? 취했으면 뭐 어쩌게?' 하는 생각에 민망해진 원준이 허둥지둥 휴대폰을 꺼내 들었다가 얼른 집어넣었다.

"제, 제가 바래다 드릴게요. 사장님 모셔다 드리고 병원으로 가면 되죠."

"같은 방향이었나?"

"반대 방향이면 어떻습니까? 택시비 아깝잖아요. 그냥 제 차 타고 가시죠."

"기름 값은 안 아까워? 내가 월급을 너무 많이 줬나 보네."

"통장에 흔적만 남기는 월급 가지고 무슨…… 아, 아닙니다. 저 나름대로 저축도 많이 하고 알뜰한……."

"안 물어봤거든? 차나 가져와."

살벌하리만치 빈틈없는 대구에 풀죽은 원준이 잠깐 기다리시라는 말을 남기고는 걸음을 돌렸다. 차 키를 넣어둔 곳을 깜박했는지, 바지와 점퍼 주머니를 뒤적이는 부산스러운 뒷모습을 빤히 쳐다보던 여 사장이 무심결에 미소를 머금었다가 정색했다.

"……믿음직스럽기는 개뿔."

#Track 15.
청순요정의 실체

[11월 8일 PM 10:20. 원, 공개방송 녹화]

"원아, 괜찮아?"

"응. 괜찮아."

조금의 틈도 두지 않고 대답이 돌아왔다. 태원은 거울 쪽으로 몸을 기울이고 꼼꼼하게 매무새를 살피는 원을 뒤에서 지켜보았다.

파리하게 시든 낯빛은 메이크업으로 어느 정도 덮을 수 있었으나, 깊어진 눈매만은 가릴 수 없이 도드라졌다. 무심히 연습에만 열중하는 원의 주위에는 그전까지는 느낄 수 없던, 섣불리 다가가기 힘든 어떤 분위기마저 맴돌았다.

"너 정말 무대 설 수 있겠어?"

"못 설 이유가 뭐가 있어. 만약 있더라도 무대는 서야지."

ONE은 지금, 밤 9시부터 서울광장에서 열리는 제법 큰 규모의 공개방송 녹화를 앞두고 있었다. 드라마 출연이 무산된 후 한 번도

밖에 나갈 일이 없었던 탓에, 원에게는 스캔들 이후 첫 스케줄이었다.

보고 싶어서, 걱정돼서, 끼니마다 먹는 시늉은 하면서도 거의 먹지 않고, 눈 감고 누워는 있으면서도 잠들지 못하는 원을 내내 보아온 태원으로서는 걱정하지 않을 수가 없었다. 지금 당장 쓰러진다고 해도 그럴 줄 알았다는 말부터 나올 지경인데, 춤추면서 라이브까지 하겠다니. 갑갑했지만, 태원은 더 이상 물어봤자 아무 소용도 없음을 깨닫고 입을 다물었다.

"ONE 이동하겠습니다!"

한데 모인 ONE이 어깨를 맞대고 무대 뒤로 향했다. 야외무대인지라 대기실을 빠져나가자마자 음악 소리와 관객들의 호응이 곧바로 귀에 꽂혔다.

"마지막 순서니까요, 이 무대 끝나고 MC 멘트 나간 후에 올라가시면 됩니다."

스태프의 안내를 받고 순서를 기다리는 동안, 원은 조명 뒤 가장 어두운 곳에 몸을 숨기고 무대와 무대 너머 관객석을 지켜보았다.

"안 떨려?"
"조금요. 무대 올라가면 안 떨리겠죠."

같이 노래하던 날, 무대 뒤에서 건넨 물음에 답하던 호수가 선하게 그려졌다.

"오빠 무대 보면서 긴장했다고 느낀 적 한 번도 없었는데. 긴장하면 오히려 더 잘하시는 스타일인가 봐요."

그렇게 말하고는, 내 등을 두드려 주면서, 너는.

"뭘 긴장하고 그래요? 우리가 신인인가? 좀 틀리면 어때요. 무대에서 재밌게 놀면 되지."

결국, 원은 견디지 못하고 눈을 감았다. 호수의 웃음이 끊임없이 눈앞을 메우고, 같이 나눴던 이야기들이 쉴 새 없이 귀를 울려, 좋고도 아팠다.

너 말고 아무에게도 말하지 못했지만, 난 항상 무대가 두려웠어.

가장 밝고 가장 높은 곳. 그러나 딱 한 걸음만 벗어나면 시커먼 어둠이 기다리고 있는 곳. 그 위에 서서 팬들의 함성을 듣고 있다 보면, 꿈처럼 행복하다가도 가끔씩 숨이 막혔어. 뒤에서 보이지 않는 누군가가 속삭이는 것만 같았어. 언제든지 떨어질 수 있는 곳이니까 조심하라고, 한 번 떨어지면 다시 올라오기는 힘들 거라고. 그래서 한 번도 그 높이를 마음 편히 즐겨본 적이 없었어. 그래서 더 악착같이 노력했는데…….

무서워. 저 무대에 올라가야 한다는 게, 더 이상 내게 환호해 주지 않는 사람들 앞에 마주 서야 한다는 게, 무서워 죽을 것 같아.

제발 네가, 지금 내 옆에 있었으면.

원은 두 팔로 몸을 감쌌다. 드러난 팔 위로 닿는 제 손이 얼음처럼 차가워 온몸에 싸늘한 소름이 돋았다. 그와 동시에 온 장기를 쥐어짜는 듯한 통증이 가슴과 배 안을 훑어 내렸다. 너무 아파서, 꼭 다문 입술 사이로 낮은 신음이 새어 나왔다.

그전에는 어떻게 무대에 서고 어떻게 춤을 추고 어떻게 노래를 했는지, 하나도 기억이 나지 않았다. 다 날아가 버린 것처럼, 숨 쉬는 법마저 잊어버린 것처럼 막막해 의식적으로 숨을 들이마시고 내뱉어야만 가까스로 숨이 쉬어졌다.

숨도 정신도, 어떤 것도 놓지 않으려 안간힘을 쓰며 원은 몇 번이고 속으로 되뇌었다.

네가 없는 나는, 더 이상 빛을 받지 못하는 나는, 이렇게까지 엉망이야.

나, 어떡하면 좋지…….

♩ ♫ ♪

병원의 밤은 바깥보다 일렀다. 일일드라마가 끝나자마자 아줌마들은 약속이라도 한 양 병실의 불을 끄고 잠을 청했다. 호수는 옆 침대와 엄마 침대 사이에 커튼을 친 후에 마스크만 빼고 모자는 그대로 쓴 채 보호자용 침대에 누웠다.

가늘게 코 고는 소리만이 병실 안을 채운 후에야 엄마가 불쑥 말을 꺼냈다.

"아빠가 서운해하시더라. 그렇게 대단한 남자 친구가 생겼는데 말도 안 꺼냈다고."

"알다시피 워낙 대단해서 그랬어. 미안해."

부스럭부스럭, 엄마 쪽으로 돌아누운 호수가 잔뜩 목소리를 낮춰 물었다.

"근데 기사엔 사귀는 거 아니라고 나갔는데, 어떻게 알았어?"

"내 딸인데 눈빛만 봐도 알지 모르겠어? 아주 좋아 죽더만. 나 원, 창피해서."

누구 엄마 아니랄까 봐 시크하게 대꾸한 호수의 엄마가 작게 한숨을 내쉬었다. 짧은 듯 긴 침묵이 흘렀다.

"너, 내 말 서운해하지 말고 들어."

분명히 서운할 게 뻔한 얘기로구나. 짐작한 호수의 가슴이 콩닥 뛰기 시작했다.

"연애하는 거 중요하지. 그 나이에 안 하면 언제 해? 연애해서 좋은 것도 느껴보고, 속상한 것도 느껴보고 그래야 하는 건 맞아. 그런데……."

"엄마."

"이건 아니다."

안 봐도 어떤 표정일지, 어떤 마음일지 알면서도 엄마는 말을 끊지 않았다.

"때가 아니든, 그 사람이 네 짝이 아니든, 아무튼 아니야. 길게 말할 필요도 없어. 그냥 톡 까놓고 말해서 나는 내 딸 고생시키는 놈은 누구라고 해도 싫다."

"잠깐. 엄마, 그건 아니지. 지금 오빠가 나 고생시키는 게 아니라 내가 오빠를……."

"시끄러, 정신 나간 지지배야. 결혼이라도 했어? 벌써부터 누구 편을 드는 거야, 지금?"

돌아누운 호수의 엄마가 한 발을 아래로 뻗어 호수를 푹 걷어찼다.

"잘 생각해 봐. 그렇게 욕을 먹어가면서까지 해야 하는 연애인지. 지금은 그 사람밖에 없을 것 같지? 나중에 보면 안 그래."

아니야. 절대 아니야. 지금이든 아니든, 세상에 선우원은 하나밖에 없어.

"시간 좀 지나면 괜찮겠지 싶지? 근데 막상 시간 지나서 서로 원망하게 되면 어떡할래? 너 하나 때문에 이렇게 많은 걸 잃었다, 누구라도 그런 후회를 하게 되면 어쩔 거냐고."

원 오빠 그럴 사람 아냐. 감히 내가 원망할 수 있는 사람도 아냐.

"차라리 지금 말고 한 10년 후에 그놈도 별거 없고, 너도 별거 없을 때 만나지 그랬어."

"그게 마음대로 돼?"

결국 부르르 신경질을 낸 호수가 자리에서 일어났다.

"자리가 불편해서 그런지 잠이 안 와. 나 바람 좀 쐬고 올게."

호수는 머리맡에 벗어두었던 마스크를 챙기고 모자까지 다시 한번 눌러쓴 후에 병실을 빠져나왔다.

"너, 어디 가?"

"으헉!"

"병실 밖에도 안 나올 거라며? 내 이럴 줄 알았지. 언제 정신 차릴래?"

병실 문 앞 간이 의자에 앉아 있던 원준이 눈을 부릅뜨고 구박했다. 괜스레 찔끔한 호수가 어물어물 말을 돌렸다.

"그, 그냥 잠이 안 와서 바람이나 쐴까 했어."

"같이 가, 그럼."

원준이 몸을 일으켰다. 둘은 발소리마저 울릴 정도로 고요한 복도를 몇 바퀴 걷다가 로비를 통해 밖으로 나갔다. 밤바람이 제법 차가워졌다는 생각을 하는데, 원준이 물었다.

"괜찮아?"

"뭐가?"

"뭐긴 뭐야. 그냥 다."

오가는 사람도 없고 어두컴컴한 가운데 저 앞쪽 응급실 불빛만이 시리게 눈을 찔렀다.

"기다리면 괜찮아지겠지, 뭐."

시간이 지나면, 혹은 더 큰 사건이 터지면 언젠가는 사람들도 시들해질 거고, 그러면 우린 어쩌면 더 좋아질 수 있지 않을까, 그냥 그렇게만 믿고 싶어. 이기적이고 태평한 생각이라고 할지 모르겠지만.

그때, 응급실 문이 안에서부터 벌컥 열리며 초조한 기색의 의료진 몇 명이 빠르게 밖으로 나왔다. 마침 입구 근처까지 걸어왔던 원준과 호수는 놀라 걸음을 멈췄다.

"뭐야? 사고라도 났나?"

얼마 지나지 않아 요란한 사이렌 소리가 가까워지더니, 구급차 한 대가 빠르게 들어와 입구 바로 앞에 멈춰 섰다. 곧이어 뒷문이 벌컥 열렸다.

"다 왔으니까 조금만 참으세요!"

"정신 차리시고 숨 똑바로 쉬세요!"

다급한 목소리들이 조용하던 응급실 앞을 소란스레 울렸다. 구급대원이 간이침대를 구급차 밖으로 끌어 내리는 것과 동시에 대기하고 있던 의료진들이 다가들었다.

"무대에서 공연 직후 쓰러졌습니다. 심한 호흡곤란과 복부 통증을 호소하고 있습니다."

"맥박 120, 체온 39도, 혈압과 산소포화도 급격히 떨어졌습니다. 마비 증세도 보입니다."

그 광경을 멍하니 지켜보던 호수의 눈앞이 뭔가에 얻어맞은 듯 아찔해졌다.

잠깐만. 구급대원 뒤로 따라 내리는 저 사람…… 태원 오빠잖아?

제 안에서 울리는 심장 소리가 불길한 소식을 알리는 북소리처럼 거세지기 시작했다.

설마.

그러나 구급차 바로 뒤를 따라 들어온 밴마저도 낯이 익었다. 차가 멈춰 서자마자 문이 열리고 원일과 지완이 뛰어내렸다. 운전석에서 내린 도영도 빠르게 침대 옆으로 다가섰다.

설마, 아니겠지. 아닐 거야.

응급실 간호사들이 침대를 밀고 나왔다. 구급대원들이 간이침대에 누워 있던 사람을 응급실 침대로 조심스레 옮기는 찰나, 호수는 똑똑히 보고 말았다.

시트보다 더 새하얗게 질린 얼굴을 반 이상 산소마스크로 덮었음에도, 숨이 제대로 쉬어지지 않아 가슴만 가쁘게 들썩이고 있는 사람.

아프다는 말도 입 밖에 내지 못할 정도로 너무 아파서, 옆을 따르던 원일과 지완이 결국 눈물을 터뜨린 것도 모를 정도로 괴로워하고 있는 사람.

온전히 정신력으로만 무대를 마치고, 끝나자마자 그 자리에서 쓰러져 실려 온 사람.

바로, 원이었다.

[데스패치] ONE 선우원, 공연 도중 쓰러져 응급실행

그룹 ONE의 멤버 원이 서울광장에서 열린 〈한류사랑 K-Pop 콘서트〉 무대에서 공연을 마친 직후 갑자기 쓰러져 인근 병원 응급실로 옮겨졌다. 원은 현재 혈액검사 및 심전도, 초음파 검사를 받고 입원 중이다.

진단 결과는 과도한 스트레스로 인한 일시적인 과호흡 증후군과 위경련으로 알려졌으며, 당분간 병원에서 휴식을 취할 예정이다.

이 같은 소식에 네티즌들은 '얼마나 스트레스가 심했으면', '나 같아도 견디기 힘들었을 듯', '일부 극성팬들이 반성했으면 좋겠다' 등의 말로 원을 염려했다. 그러나 여전히 '동정심을 유발하려는 것 아니냐'와 같은 악의적인 댓글들도 보여 눈살을 찌푸리게 만들고 있다.

원의 소속사인 봄 엔터테인먼트는 '아티스트 보호 차원에서라도 앞으로 근거 없는 루머 및 악성 댓글에는 예외 없이 강력하게 대처하겠다'는 입장을 밝혔다.

언제 밤이 지나고 어떻게 아침이 왔는지도 모르는 시간이 흘렀다. 그러나 호수의 시간은 이미 원과 마주했던 순간, 그곳에 멈춰 버린 후였다.

밤새 완전히 달라져 버린 호수의 낯빛을 본 엄마는 자신이 한 말 때문일 거라 짐작하고 걱정하는 눈치였다. 적당히 둘러댄 호수는 곧장 숙소로 돌아왔고, 기다렸다는 듯 열이 오르기 시작했다.

눈도 뜨기 힘들 정도로 이마는 뜨거운데, 몸은 턱이 딱딱 부딪칠 정도로 추웠다. 팔다리는 깊은 물속에 잠긴 양 뜻대로 움직여 주지 않았고, 공기만 스쳐도 바늘로 찌르는 듯한 통증이 저몄다.

그럼에도 혼자 있고 싶다는 말로 원준도, 수현도 마다하고 호수는 그대로 모든 걸 견뎠다. 숨도 제대로 못 쉬던 원을 떠올리면서, 분명 이보다 몇 배는 더 아팠을 텐데, 내가 덜 아프면 더 미안할 것 같은데, 오로지 그런 생각만 하며 고집스레 앓아냈다.

열에 취해 의식과 무의식을 넘나들며 몇 번이고 같은 꿈을 꾸었다. 앨범을 내도 반응은 미지근하고, 출연한 드라마는 저조한 시청률로 막을 내리고, 그렇게 가수로서도, 연기자로서도 잘나가던 원이 한순간에 바닥으로 떨어지는 꿈. 그리고 모두가 입을 모아 말하는 꿈.

그때, 주호수랑 난 스캔들만 아니었어도.

꿈속의 원은 그 말에 부정하지 않았다. 부정은커녕 후회하고 원망하는 눈으로 호수를 바라보았다. 내가 왜 널 좋아했을까, 하필이면 왜 널 선택했을까, 그런 말이 담긴 눈빛에 소스라쳐 깨어날 때마다 이제껏 버티게끔 받쳐 주던 무언가가 하나씩 하나씩 무너져 내렸다. 점점 비어가는 머릿속에 이건 아니라던 엄마의 한마디만이 아프도록 울렸다.

내가 욕먹는 건 괜찮아. 충분히 예상했고, 얼마든지 버틸 수 있을 거라 생각했어. 근데…….

더 일찍 깨달았어야 했어. 이건 아니라는 걸.

처음부터, 아니었다는 걸.

[11월 11일 PM 3:00. 원, 병원]

입원하고 3일 동안, 원은 처방받은 진정제와 수면제를 삼킬 때를 빼고는 단 한 번도 입을 열지 않았고, 눈도 거의 뜨지 않았다. 악몽뿐인 잠일지라도 현실보다는 나았기에 자꾸 잠으로만 도망치고 싶었다. 하지만 잠조차 쉽게 들 수 없었다.

"원이는 좀 어때?"

여 사장의 목소리가 가까워졌다. 원은 잠든 척 미동도 하지 않았다.

"많이 좋아졌습니다만, 당분간은 병원에 있는 게 좋을 것 같습니다."

"그래. 쉴 수 있는 데까지 푹 쉬라고 해. 참, 시킨 일은 어떻게 돼가고 있어?"

"네. 말씀하신 대로 스트레스 때문이라는 걸 강조해서 최대한 많이 기사 쏟아내고 있습니다. 덕분에 지금까지도 '과호흡 증후군'이 검색어 1위예요."

"여론은 어때?"

"아직 완전히 바뀌었다고 보긴 어렵지만, 그동안 상대적으로 조용했던 팬들과 일반인들 사이에서 동정론이 나오기 시작하는 분위기입니다."

"좋아. 지금처럼 계속 몰아가."

짧은 침묵 후, 여 사장이 한마디 던졌다.

"김 실장이랑 통화해서 내일 새벽쯤에 호수 한 번 들르게 해. 지금 눈에 띄면 정말로 끝이니까 각별히 주의하고."

상상조차 못했던 말에 이불 속 원의 눈이 반짝 뜨였다.

"괜찮겠습니까? 사귀는 거 맞다고 정정 보도를 낸 것도 아닌데 또 목격당하면……."

"알아, 위험한 거. 일단 애는 살려야 할 거 아니야. 3일 동안 한마디도 안 했다며?"

퉁명스레 던지는 그 말속에서 적잖은 걱정이 느껴졌다. 잠시 후 또각거리는 걸음 소리가 멀어지더니 문이 여닫히는 소리가 났다. 뒤이어 도영의 목소리가 들렸다.

"김 실장님, 접니다. 네. 다름이 아니라 사장님께서……."

원은 남몰래 숨을 몰아쉬었다.

버틸게. 조금만 더 버틸게.

너 보면 웃어야 하니까, 말도 해야 하니까, 나아지려고 노력도 할게.

그러니까 빨리, 나한테 와줘.

병문안 얘기를 꺼냈을 때, 호수는 잠시 멈칫했을 뿐 이렇다 저렇다 말이 없었다. 좋아 죽는 정도까지는 아니더라도 최소한 이 말에 만큼은 반응을 보여줄 줄 알았던 원준은 한숨을 내쉬었다.

응급실 앞에서 원을 마주한 충격이 얼마나 컸을지, 오죽하면 며칠 동안 정신없이 앓기까지 했을지, 다는 아니더라도 충분히 짐작할 만했다. 약도 거부하고 미련하리만치 아프고 난 호수는 해쓱해진 얼굴만큼이나 분위기도 많이 달라져 있었다.

새벽 2시, 원준은 모자와 마스크로 꽁꽁 싸맨 호수를 옆에 태우고 병원으로 향했다. 병원에는 생각했던 것보다 훨씬 더 인적이 드물어 로비까지 내려와 준 도영이 머쓱해질 정도였다. 그래도 누가 볼세라 호수의 등을 떠밀며 원준이 속삭였다.

"바로 앞에 있을 거야. 누구 오거나 무슨 일 있으면 노크할게."

호수가 희미하게 고개를 끄덕이자마자 원준이 대신 병실 문을 열고 호수를 안으로 들이밀었다. 그리고 등 뒤에서 문을 닫아주었다.

그대로 서서 호수는 눈만 깜박거렸다. 푹 눌러쓴 모자 때문에 겨우 제 발밑만 보였다. 고개를 들어야 원을 볼 텐데, 도저히 그럴 용기가 나지 않았다.

그때, 다른 어떤 것보다도 향기가 가장 먼저 다가들었다. 뒤이어 목이 메일 만큼 달콤한 목소리가, 다정한 품이 호수를 가둬 안았다.

"호수야"

이미 호수가 오기 한참 전부터 눕지도, 앉지도 못하고 서성이고 있던 원이었다. 그 기다림이 고스란히 전해지는 포옹에, 호수는 아무것도 하지 못하고 그대로 눈을 감았다.

안 되는데. 이렇게 좋으면 안 되는데.

숨을 쉴 때마다 밀려오는 향기가, 온기가, 여기까지 오는 내내 굳게 다지고 다진 결심을 단숨에 무너뜨리려 했다. 호수는 입술 안쪽의 살을 세게 깨물었다.

딱, 한 번만이야. 오늘까지만, 딱 한 번만 더.

그대로 품에 스며드는 것은 아닐까 싶을 만큼 긴 시간이 흐른 후에야 원은 호수를 놓아주었다. 얼굴을 가린 마스크에 이어 모자도 벗겨내고, 어깨 위로 흐트러져 떨어지는 머리카락까지 슥슥 정리해준 원이 몸을 낮추고 눈을 맞췄다. 옅게 내린 커피처럼 부드러운 빛의 눈동자가 호수를 머금었다.

"보고 싶었어."

꿈속에서 몇 번이나 심장을 도려내던 냉정한 눈빛 같은 건 조금도 찾아볼 수 없는 눈에 자신이 비쳤다. 그 예쁜 빛을 자꾸만 얼룩지게 만드는 제 모습이 보기 싫어 호수는 시선을 내리깔았다.

"너 어디 아팠어? 얼굴이 왜 이래?"

분명히 숨이 멎을 것처럼 괴로워했다고 들었는데, 간신히 진정되고 나서도 3일 동안 말 한마디 못 했다고 들었는데, 어제 본 것처럼 웃기도 하고 말만 잘하는 원이 벅찼다. 나라서, 분명 나라서 그런 거라는 생각이 들자마자 눈 주변이 뜨끈해졌다.

내가 뭐라고. 도대체, 내가 뭐라고.

먹먹한 울음이 목 뒤로 넘어갔다. 호수는 애써 평소와 다름없는 말투를 쥐어짜냈다.

"손등에는 온통 링거 바늘 자국투성이면서 누굴 걱정해요? 오빠야말로 괜찮은 거예요?"

"이제 괜찮아. 너 봤잖아."

그렇게 말하면, 건네는 말마다 모두 그렇게 달기만 하면, 대체 나보고 어쩌라는 건지.

침대에 앉은 원이 호수의 손을 잡아끌어 제 옆에 앉혔다. 그러고는 새기듯 바라보다가, 다시금 소중하게 당겨 안았다. 어깨 위에 닿은 턱이 달싹거렸다.

"미안해."

호수는 부서져라 입술을 깨물었다.

미안하단 말을 왜 해요, 오빠가.

혼자 오해해서 5년 동안 힘들게 한 것도 나고, 그깟 1위 한 번 못하고 인기 한 번 못 얻어서 내내 눈치만 보게 만든 것도 나고, 지금 이렇게 쓰러지게 만든 것도, 그런데도 내 생각만 하고 힘드니까 다 그만두자는 말 하러 온 것도 난데, 오빠가 왜.

"근데 나 쓰러지면서 머리 부딪쳤나 봐. 너한테 할 말 엄청나게 많았는데, 왜 아무것도 생각이 안 나지?"

팔을 푼 원이 양손으로 뺨을 감싸고 내려다보며 웃었다. 익숙한 손길이, 장난스런 말들이 오늘따라 더 따뜻해서 더 아팠다.

차마 하지 못한 말들을 속으로 삼킨 호수가 입을 열었다.

"그럼 내가 먼저 할게요."

조금이라도 더, 모른 척 이렇게 있고 싶은데…….

"저, 오빠한테 할 말 있어요."

계속 보고 있다가는, 더 들었다가는, 모든 게 물거품이 될 것 같아서 안 되겠어요.

원의 눈가가 희미하게 굳었다. 뺨을 감쌌던 손을 내려 호수의 손 위에 포갠 원이 미소를 지었다.

"갑자기 옛날 생각나는데? 너 그때도 나 병원에 있을 때 갑자기 찾아와서 그랬잖아. '저 선우원 선배님한테 할 말 있어요' 하고……."

그러지 말았어야 했는데. 끝까지 미워했어야 했는데. 오해 따위, 영영 풀리지 않게 내버려 뒀어야 했는데.

무엇 하나 소중하지 않은 것 없는 기억들이 머릿속을 스쳤다. 그 모든 것을 억지로 구겨 넣고, 호수는 힘겹게 입을 뗐다.

"오늘은 이 말 하려고 왔어요."

"잠깐만."

차게 식은 손에서부터 불안함이 번졌다. 원은 호수의 어깨를 잡으려 했다. 그러나 그보다 호수의 말이 더 빨랐다.

"이제 그만할래요."

간발의 차로 호수에게 가 닿지 못한 손이 허공에서 멈췄다. 그와 함께 생각도 멎었다. 흐르던 공기마저 멈춘 듯한 적막만이 둘 사이를 휘감았다.

"……뭘?"

호수는 천천히 숨을 들이마시고는, 아까부터 홀로 빗속에 서 있는 양 바들바들 떨고 있는 심장을 다독거렸다.

할 수 있어.

오빠는 착해서 안 돼. 내가 해야 돼.

지금부터 내가 하는 모든 말들이 부디, 진심처럼 들리기를.

"처음에도 그랬죠. 친하면 친한 거고, 안 친하면 안 친한 거지, 친한 척은 못 한다고. 그래서 진짜 친해져야 할 것 같다고. 지금도 마찬가지예요. 사귀는데 안 사귀는 척하는 거, 솔직히 힘들고 짜증 나서 더 못 하겠어요. 정말 안 사귀는 걸로 해야 맘이 편해질 것 같아요."

"너 지금 무슨 소리 하는 거야?"

갈라지고 가라앉는 목소리가 무겁게 가슴을 쳤다. 그토록 보고 싶던 얼굴을 제대로 한 번 올려다보지도 못한 채, 호수는 머릿속으로만 수십 번 되뇌고 되뇐 말을 흘려냈다.

"더 이상 같이 있어서 서로 도움될 거 없으니까, 그만하자는 말을······."

"주호수!"

차마 끝맺지 못한 말 위로 원의 목소리가 겹쳤다. 원이 거칠게 어깨를 그러쥐자마자 울음을 삼킬 때처럼 끅, 하는 신음 소리가 새어 나왔다.

내내 바닥만 향해 있는 호수의 고개를 힘주어 끌어 올린 원이 낮게 다그쳤다.

"내가 널 너무 오래 혼자 뒀나 보다. 그렇다고 그런 생각까지 해? 혹시라도 나 쓰러진 것 때문에 이러는 거면······."

"봤어요."

"······뭐?"

"오빠 응급실에 실려 들어오는 거, 바로 옆에서 봤다고요."

원의 손에서 일순 힘이 빠졌다. 살짝 떨어진 손과 파르르 떨리는 턱 사이로 찬 공기가 밀려들어 오기 시작했다.

"숨도 못 쉬고 힘들어하는 걸, 내 눈으로 봐버렸단 말이에요."

이젠 정말, 내 입으로 오빠를 베고, 나도 같이 베일 시간.

"오빠 위해서, 그렇게 거창한 이유 아니에요. 내가 못 견디겠어서 그래요. 나는 이제 오빠를 보면서 웃을 수가 없어요. 오빠 괴로워하던 얼굴, 그것만 자꾸 겹쳐 보여요. 그걸 보면서 어떻게 맘 편히 웃을 수가 있겠냐구요."

그제야 원의 머릿속이 차갑게 식었다. 새삼스레 눈에 들어왔다. 병실에 들어온 이후, 단 한 번도 환하게 웃어주지 않은 호수의 얼굴이.

"이해 안 돼요? 그럼 내가 그걸 어떻게 봤는지도 말해줄까요? 우리 엄마, 나한테 달린 악플들 보고 쓰러져서 이 병원에 입원했었어요."

급기야, 단단하던 원의 눈빛마저 허물어지기 시작했다.

"이 말을 듣고 나서도 오빠는 날 보면서 아무렇지도 않게 웃을 수 있어요? 둘이 좋으니까 다른 건 아무것도 상관없다, 그럴 수 있어요?"

설마 하는 마음과 그럴 리 없다는 마음이 격렬하게 충돌하며 원을 아득하게 만들었다.

"이건 아니에요. 좋아하는 마음보다 미안한 마음이 더 큰데, 같이 있으면 편안한 게 아니라 불안하기만 한데, 무슨 사랑이고 연애예요?"

눈앞에 있는데, 분명히 잡고 있는데, 호수가 멀었다. 금방이라도 가버릴 것처럼, 혹은 아예 사라져 버릴 것처럼 흐릿하니 멀었다. 무서워서, 원은 호수를 잡은 손에 아프도록 힘을 주었다.

"어머님이…… 몰랐어. 괜찮으신 거야? 나는…… 그러니까, 너 불안하게 만든 건 다 내 잘못이야. 미안해. 그래도 이건……."

"봐요. 또 미안하다고 하고 있잖아요."

저도 모르게 입을 다물어 버린 원을 똑바로 바라보며, 호수가 덧붙였다.

"서로 미안할 일, 아예 하지 않으면 되는 거예요."

호수의 손이 스르르 빠져나가고, 원의 손이 텅 비었다.

"그냥, 선우원은 계속 빛나는 선우원이었으면 좋겠어요."

네가…… 내 빛인데.

"나 때문에 망했다는 말 듣기 싫어요. '주호수만 아니었으면' 하는 말 평생 들으면서 버틸 자신 없어요. 그러니까 이젠 저 혼자 할게요. 영영 못 뜨더라도, 오빠 얘기가 지겹도록 따라다녀도, 그래도 언젠 가는 사람들이 제 노래부터 기억하게끔, 혼자서, 잘."

호수는 제가 무슨 소리를 하는지도 모른 채 말을 흘려냈다. 여기 서 울지 말아야 한다는 것 외에는 아무 생각도 나지 않았다. 함께 있으면 늘 꿈같던 다른 날들에 비해 모든 게 너무 현실적이라, 또 한 편으로는 반쯤 취한 것처럼 비현실적이라, 허공에서 허우적거리고 있는 것만 같았다.

대답은커녕 움직일 수조차 없게 되어버린 원을 둔 채, 호수는 겨 우 땅을 딛고 똑바로 섰다. 그러고는 깍듯하게 선배님이라 부르던 그때처럼 꾸벅 고개를 숙였다.

미안하다고, 아마 죽을 때까지 미안해해도 부족할 거라고. 그리 고 고마웠다고, 정말 많이 고마웠다고. 그동안 받은 것들이 너무 많 아서, 평생을 되새기고 곱씹어도 차고 넘칠 거라고.

무엇보다도, 한 번도 입 밖에 내서 말해주지 못했지만⋯⋯.

처음으로, 진심으로, 아주 많이⋯⋯. 좋아하고, 사랑하고, 행복했 다고.

이렇게 못한 말들이 많은데, 결국 할 수 있는 말이라고는⋯⋯.

"잘 지내세요."

그러라고 헤어지는 거니까.

그 말을 마지막으로, 호수는 몸을 돌렸다. 그리고 도망치듯 병실 을 빠져나왔다.

갑자기 열린 문에 당황한 원준이 눈을 크게 뜨는 것이 보였으나, 그대로 몸을 돌렸다.

"먼저 차에 가 있을게!"

참아, 조금만 더 참아.

곧장 엘리베이터에 올라 지하 주차장으로 가는 버튼을 눌렀다. 한 손으로 입을 틀어막고 느리게도 내려가는 숫자를 뚫어져라 노려보았다. 문이 열리자마자 튕기듯 내려 걸음을 뗐다. 그러나 간발의 차로 울음이 먼저 터져 버리고 말았다.

고장 난 듯 왈칵 쏟아지는 눈물에 당황한 호수는 우뚝 멈춰 서서 주위를 둘러보았다. 엘리베이터 문 맞은편에 비상구 문이 보였다. 호수가 뛰어들자마자 반짝 불이 들어왔던 센서 등은 꼼짝도 하지 않자 이내 꺼져 버렸다.

어두컴컴한 비상계단 아래 서서 꾸역꾸역 소리를 삼켜가며 울었다. 눈을 떠도, 감아도 그저 막막하기만 했다. 한참을 울다가, 무너지듯 쭈그리고 앉아 무릎에 이마를 묻었다. 그제야 무심히 센서 등이 켜지며 작게 웅크린 등을 비췄다.

"미쳤나 봐……."

어떻게 그런 말을 했지? 한눈에 봐도 아파 보이던 사람한테, 그런데도 보자마자 그렇게 환하게 웃어준 사람한테, 어떻게?

또 쓰러지면 어떡하지? 설마, 괜찮은 거겠지? 지금이라도 다시 올라가 볼까? 내가 심했다고, 너무 속상하고 답답해서 그랬다고 하면…….

아니, 아니야. 이제 진짜 끝이잖아. 내가 그랬잖아. 차라리 지금 한 번만 크게 아프고 앞으로는 아프지 말라고, 내가.

태어나 이렇게 많은 눈물을 흘려본 것도, 이런 종류의 아픔을 겪어본 것도 처음이었다. 이제껏 듣고 불렀던 세상의 모든 이별 노래들이 다 우습게 느껴졌다. 한 사람으로 인해 수없이 두근거렸던 모든 순간들을 모조리 긁어내고 뜯어내야 낫는 걸까, 그런 생각이 들만큼 아프고 또 아팠다.

겨우겨우 울음을 그친 호수는 크게 심호흡을 했다. 짠 눈물이 흘러 따끔거리던 뺨에 마르고 찬 공기가 닿자 비로소 정신이 좀 드는 것 같았다. 힘없이 손잡이를 잡은 호수는 아무 소리도 들리지 않음을 확인하고 가만히 밖으로 나왔다.

하필 그때 엘리베이터가 도착했다. 소스라친 호수가 잡고 있던 비상구 문을 놓고 고개를 든 순간, 문이 열리고 세 여자가 내렸다.

"아, 피곤해 죽겠다. 어떻게 24시간 동안 지키냐? 전에 교통사고로 입원했을 때보다 더 살벌해."

"그러니까. 원이 얼굴 한 번만 보고 가려고 했는데, 틈이 없네."

"잠깐 화장실 한 번만 갔다 와도 어떻게 들어갈 수 있을 것 같은데."

사생팬. 그 유명한 원 오빠 사생팬들이구나.

몇 마디 듣자마자 곧바로 감이 왔다. 태연히 병실에 들어가네 마네 하는 말들을 주고받는 여자들을 멍하니 바라보던 호수는 화들짝 놀라 시선을 뗐다. 그러다가 모자도 마스크도 모두 원의 병실에 두고 나왔다는 것을 뒤늦게 깨닫고 깊숙이 고개를 숙였다.

그러나 이미 늦은 후였다.

"……봤어? 쟤 혹시……."

"야, 잠깐만."

깔끔하게 무시한 호수는 머리카락을 정리하는 척 얼굴을 가리며 주차장 쪽으로 빠져나가려 했다. 그러나 등 뒤의 분위기는 심상치 않았다.

"귓구멍이 처막혔나. 야, 사람이 부르잖아."

너는 입이 걸레로 처막혔냐? 호수는 그렇게 쏘아주고 싶은 것을 꾹 참고 문을 잡았다. 동시에 우악스런 손 하나가 어깨를 잡아 그대로 돌려세웠다.

"이 미친X이 쌩까네? 잠깐 얼굴 좀 보자니까?"

미처 어찌할 틈도 없이 돌아서게 된 호수와 세 여자의 시선이 정면으로 마주쳤다. 짐작대로 호수임을 확신한 그녀들의 눈빛이 사납게 바뀌었다.

"헐, 진짜 주호수 아냐?"

'저 주호수 아닌데요' 하려던 호수는 이것도 저것도 다 구차하다는 생각에 입을 다물었다. 사실 울음 끝에 남은 두통과 원에 대한 걱정만으로 버거워 다른 무엇도 생각하기 힘들었다. 다 팽개치고 누워 버리고 싶은 심정인데 굳이 대꾸해 줄 마음까지 들 리 만무했다.

"남자 하나 잘 꼬셔서 인생 쉽게 살려다가 한 방에 간 애잖아. 이 시간에 여기 웬일일까?"

"이제껏 우리 눈에 한 번을 안 띄고 잘만 꼬리 치고 다니더니, 여기서 딱 걸렸네?"

적당히 귀 막고 있다가 피해야지 하는데 그녀들의 말투가 확 거칠어졌다.

"씨X, 알고는 있었지만 직접 보니까 더 열 받네. 이래도 사귀는 게 아니야? 너, 원이 병문안 왔지? 사람들 눈에 안 띄려고 이 시간에 온 거잖아!"

"어우, 남자 친구 아파서 존X 속상하셨나 봐요? 눈 퉁퉁 부은 거 보니까 울었나 본데?"

"이게 미쳤나, 여기가 어디라고. 아직도 상황 파악 안 돼? 지금 누구 때문에 원이가 저 지경이 됐는데 여기 와서 울고 지X이야?"

온갖 욕보다도 '누구 때문에'라는 한마디가 심기를 건드렸다. 내내 허공만 보고 있던 호수의 시선이 그 말을 뱉은 여자의 얼굴에 정면으로 꽂혔다.

"뭘 꼬라봐? 죽고 싶어?"

"얘 진짜 답이 없는 애네. 눈 안 깔아? 자기 때문에 원이랑 팬들 멘탈 다 박살 났는데 반성하는 기미가 없어."

"내 말이. 공개 사과를 해도 모자랄 판에……."

듣다듣다 못한 호수가 입을 열었다.

"반성……? 사과……?"

얼마 남지 않은 이성과 인내심으로 겨우 말을 끊어낸 호수는 후우 하고 한숨을 내쉬었다. 그러나 속에서 무언가가 부글부글 끓어오르는 통에 표정이 기묘하게 일그러졌다.

안 돼, 주호수. 생각할수록 열 받지만 생각하지 말고 참자. 내가 이겼다 치고 그냥 참는 거야. 무조건 참으라고! 지금 사고 치면 끝이야! 원 오빠는 물론이고, 가수 노릇도 끝……!

그 순간, 호수가 아득 이를 앙다물었다.

끝?

젠장, 그래! 나, 원 오빠랑 끝났다!

마치 퓨즈가 나가듯 호수의 이성이 한순간에 팍 나가 버렸다. 급기야 눈에 뵈는 게 없어진 호수의 입에서 낮은 혼잣말이 흘러나왔다.

"……원 오빠한테도 그렇게 독한 말을 했는데, 이것들한테 못 할 이유가 없지."

이러나저러나 욕 얻어먹는 거, 속이라도 시원하게 다 엎어버리고 원 오빠가 먹을 욕까지 다 내가 먹으면 될 거 아냐? 한 사람만 죽자고!

호수의 눈빛이 확 달라졌다. '애 지금 뭐래니?' 하는 표정을 하고 있는 여자들을 똑바로 노려본 호수가 천천히 입을 뗐다.

"이것들이 어디서 듣도 보도 못한 헛소리들을 하고 있어? 반성? 사과? 내가? 니들한테?"

이제껏 기세등등하던 여자들의 얼굴에 잘못 들었나 하는 기색이 스쳤다. 말문이 막힌 그녀들을 차례로 노려본 호수가 씹어뱉듯 대꾸했다.

"내가 뭘 잘못했는데? 내가 니들 남편이라도 뺏었냐? 멘탈 망가뜨렸으니 공개 사과하라고? 까고 있네. 내 멘탈은 멀쩡한 줄 알아?"

겉모습만 청순요정인 선우원 여자 친구의 입에서 쏟아지는 막말에, 그녀들은 한 대 맞은 듯 제대로 대꾸도 하지 못하고 입만 벙긋거렸다.

"니들이야말로 답이 없다. 대체 무슨 자격으로 나한테 욕을 하고 원 오빠한테 화를 내는 건데? 팬이면 다냐? 니들은 평생 연애도 안 하고, 결혼도 안 하고, 원 오빠 늙어 죽을 때까지 꼬박꼬박 연금 주고 용돈 챙겨주면서 살래? 그럴 자신 있으면 어디 더 까보시든가."

'팬이면 다냐?'에서 불쑥 치켜 올라간 손에 가장 앞에 있던 여자가 반사적으로 어깨를 움츠렸다. 올렸던 손으로 태연히 머리카락을 넘긴 호수가 쉴 틈 없이 쏘아붙였다.

"용돈 얘기 나온 김에, 이런 댓글도 있더라? 니들이 준 돈으로 다른 여자랑 연애해서 열 받는다고? 누가 들으면 원 오빠가 팬들한테 돈 뜯어낸 줄 알겠네. 그거, 니들 스스로 낸 돈이잖아. 피 터지게 연습해서 노래한 거 듣는 대가로, 하루에 두세 시간 겨우 자면서 연습한 춤 보는 대가로, 먹고 싶은 거 못 먹고, 하고 싶은 거 못 해가면서 만든 몸 보는 대가로. 그럼 그건 원 오빠가 노력해서 번 원 오빠 돈이지. 그 돈으로 뭘 하는지까지 니들한테 허락을 받아야 되냐?"

"근데 듣자듣자 하니까, 이게 진짜······!"

될 대로 되라, 쏟아내는 말에 넋을 놓고 있던 여자들 중 한 명이 비로소 정신을 차리고 바짝 다가섰다.

"이 여우 같은 년이 말하는 싸가지 보게? 방송에선 완전 다 내숭이고, 가식이었네."

"그래, 먹고살려고 가식 좀 떨었다. 나도 깠으니 그쪽도 까보시지? 솔직히 말해. 니들, 팬 아니지? 지능적인 안티지? 원 오빠랑 다른 팬들까지 욕 먹이려고 작정한 거 맞지?"

"뭐? 이거 완전 미친 거 아냐? 죽었어!"

기어코 이성을 잃은 여자가 호수의 머리채를 휘어잡았다. 비명 한 번 지르지 않고 묵묵히 머리를 잡혀준 호수가 우드득 손을 풀었다.

오냐, 먼저 때릴 때까지 기다렸다. 내가 오늘 정당방위의 끝을 보여주마.

이를 악문 호수가 막 손을 뻗으려 할 때였다. 갑자기 주차장으로 통하는 문 쪽에서 쨍한 고함이 울렸다.

"그만들 두지 못해요?"

모두가 우뚝 멈췄다. 놀라 고요해진 틈을 타 호수는 제 머리를 쥔 손을 앙칼지게 뿌리쳤다. 동시에 한 여자가 성큼성큼 다가왔다.

"정말이지 해도 너무하네. 지금 몇 명이서 한 명 가지고 뭐하는 거예요?"

호수보다 조금 큰 덩치에 평범한 인상을 가진, 사십대 후반쯤 되어 보이는 여자였다. 수수한 옷차림과 조금은 어울리지 않는 화려한 스카프를 두른 그녀는 호수와 맞섰던 여자들 쪽으로 성큼 다가서더니 매섭게 다그쳤다.

"들어보니 별 같지도 않은 이유를 가지고 사람을 몰아붙이던데,

창피하지도 않아요? 그 원인가 뭔가 하는 놈이 자기 좋아하면 이래도 된다고 그래요? 응?"

"뭐라고요? 놈이라니, 아줌마가 뭔데……!"

호수의 머리채를 잡았던 여자가 발끈하며 대거리를 하려 했다. 그런데 뒤에 있던 다른 여자가 갑자기 팔을 잡아당기더니 뭐라고 수군거렸다. 사생팬들의 얼굴이 동시에 창백해졌다. 그 틈을 타서 그녀가 다시금 똑 부러지게 한마디 했다.

"그놈이 이거 보면 참 좋아하겠네."

아무 대꾸도 하지 못하고 서로 눈치를 살피던 여자들이 황급히 몸을 돌렸다. 그러고는 후다닥 주차장 밖으로 빠져나가 버렸다.

멍하니 서 있다가, 비로소 제정신이 돌아온 호수가 패닉에 빠졌다. 방금 나간 사생팬들이 그냥 넘어갈 리 없으니, 자칫하면 어마어마한 파장을 몰고 올 터였다.

"미치겠……!"

그, 그래도 사진을 찍었다거나 동영상을 찍힌 건 아니잖아. 다행히 시간이 시간인지라 본 사람도 없…… 지 않잖아! 방금 도와주신 분!

이마를 부여잡고 끙끙 앓던 호수는 그제야 조금 떨어져 서서 자신을 지켜보던 중년 여자의 존재를 깨닫고는 황급히 허리를 숙였다.

"가, 감사합니다. 덕분에……."

"아니에요. 우연히 듣게 됐는데, 아가씨가 너무 안쓰러워서."

호수는 등줄기에 식은땀이 흐르는 것을 느끼며 마른침을 삼켰다.

좋아 보이는 분이시긴 한데, 그래도 혹시 모르니까 뭔가 합의, 아니 부탁이라도 드려야 하는 건가? 선우원 씨 팬들이랑 머리끄댕이 잡은 건 못 본 걸로 해달라고?

아냐, 안 돼. 창피해서 도저히…….

결국 호수는 아무 말도 하지 못하고 복잡한 심정으로 고개를 숙였다. 찬찬히 훑어보던 여자가 조용히 덧붙였다.

"말로 잘 넘어갈 것 같으면 차라리 내가 끼어들지 않는 게 더 낫겠다 싶어서 지켜봤는데, 손찌검까지 당할 줄은 몰랐어요. 일찍 말릴 것을. 미안해요."

"예? 아뇨, 무슨 그런 말씀을. 감사합니다."

"정말 괜찮아요? 혼자 갈 수 있겠어요?"

"네, 괜찮습니다. 데리러 올 사람도 있고…….''

그제야 원준을 떠올린 호수의 낯빛이 창백해졌다. 원의 병실에 들어가기 전에 무음으로 바꿔두었던 휴대폰을 이제야 꺼내 본 호수는 원준의 이름으로 부재중 전화가 한가득 와 있는 것을 보고 아찔함에 입술을 깨물었다가 얼른 고개를 들었다.

"저기, 가시는 데까지 모셔다 드릴게요. 저 도와주신 것 때문에 혹시나 그 사람들이 앙심이라도 품었을까 봐 걱정이 돼서요."

호수의 말에, 여자는 조금 의외라는 눈을 했다가 미소를 지었다.

"아뇨, 괜찮아요. 같이 온 사람 있어요."

"그러세요? 그럼 그분 계신 곳까지만이라도 모셔다 드릴게요."

"여기 바로 앞에 차만 대고 온댔으니까 금방 올 거예요. 말만으로도 고마워요."

그때, 손에 쥐고 있던 휴대폰이 다시금 번쩍거렸다. 먼저 차에 가 있겠다는 말에 황급히 주차장으로 따라 내려왔다가 호수가 비상구로 들어가는 바람에 엇갈려 애꿎은 주차장과 로비까지 샅샅이 뒤지고 다닌 원준이었다.

호수는 마지막으로 인사를 했다.

"그럼 먼저 가보겠습니다. 조심해서 가세요."

여자가 가볍게 인사를 받았고, 호수는 곧장 몸을 돌렸다.

"오빠, 미안해! 진짜 미안해! 나 정신 똑바로 차렸어. 다신 속 안 썩일게! 근데 그전에 딱 하나만 더 오빠가 수습을 좀 해줘야 할 것 같은데……."

총총 멀어지는 뒷모습을 물끄러미 바라보던 여자의 입가에 희미한 미소가 어렸다.

"……좀, 의외네."

♩ ♫ ♪

호수가 나가 버린 후, 곧바로 뒤따라가려던 원은 무대에서 쓰러지기 직전처럼 갑자기 숨이 막혀오는 것을 느끼고 주저앉았다. 급히 뛰어가는 호수와 원준을 보고 뭔가를 짐작한 도영이 서둘러 들어왔다가 원을 발견했고, 곧바로 간호사를 불렀다.

오로지 호흡하는 데만 집중해도 모자랄 판에, 자꾸만 기억의 조각들이 멋대로 튀어 올라 간신히 다잡은 숨을 흩어놓았다. 분명 간호사가 옆에서 뭐라고 하긴 하는 것 같은데, 귓가에 울리는 건 온통 호수의 목소리뿐이었다.

"무대를 떠나도 카메라가 꺼져도 옆에 있을게요."

잊었어? 너, 분명히 그렇게 말했잖아.

"나이 먹어도 근사하지 않아도 옆에 있을게요. 사실 오빠 인기는 조금 떨어져도 좋을 것 같긴 해요."

수화기 너머로 들려오던 웃음 섞인 목소리가, 아직도 이렇게 또렷한데.

눈빛 하나, 손짓 하나, 같이 있으면 공기 한 줌마저 의미 있던 순간들이, 이제 와서 아니라는 말 한마디로 아무것도 아닌 게 될 리가 없잖아.

입을 막고 내쉰 숨을 다시 들이마시기만 하면 금세 가라앉을 증상이었으나, 가슴에 휑하니 구멍이 뚫려 버려서인지 자꾸만 다른 곳으로 숨이 새어 나갔다. 한참만에야 호흡이 진정됐고, 원은 침대에 누운 채 아슬아슬하게 숨을 쉬며 느리게 눈을 깜박였다.

간호사가 나간 후, 안쓰러운 눈을 한 도영이 조심스럽게 물었다. 원은 겨우 답했다.

"호수가, 그만하자고……."

할 말을 잃고 한숨만 내쉬던 도영이 병실 밖으로 나갔다. 혼자 남게 된 원의 입에서 가느다란 혼잣말이 새어 나왔다.

"주호수, 너는 진짜……."

네 할 말만 하고 도망치는 거, 벌써 몇 번째인지 알기나 해?

미안한데 나, 네 말 안 믿어. 아무리 생각해 봐도, 진심으로 나한테 그렇게 말할 리 없어.

만약에 진심이었다고 해도, 정말 힘들어서 도망치려고 그런 거라고 해도, 끝까지 안 믿고 안 놔주면 그만이야.

원은 허리 아래를 덮고 있던 시트를 걷어내고는 몸을 일으켜 앉았다.

미안하다는 말 싫다고 했지만, 그래도 미안해. 시간이 지나면, 혹은 더 큰 사건이 터지면 언젠가는 사람들도 시들해질 거고, 그러면 우린 어쩌면 더 좋아질 수 있지 않을까, 그렇게 이기적이고 태평한 생각만 해서 미안해.

침대 아래로 내려선 원은 어지러운 걸음을 조심조심 내디뎌 아까 호수가 서 있던 자리에 멈췄다. 그러고는 아까 전, 제 손으로 벗겨 주었던 모자와 마스크를 집어 들었다.

이제까지 내 마음을 너에게 어떻게 보여줘야 할지만 생각하고 있었어.

이제부턴 다른 사람들에게 내가 널 좋아하는 걸 어떻게 보여줄 수 있을지 생각해 볼게.

원은 손에 쥔 것들을 망설임 없이 쓰레기통으로 던져 넣었다.

이런 거, 이제 필요 없게 만들어줄게. 더 이상 상처받지도 불안하지도 않게 만들어줄게.

서두르지 않고 완벽하게, 네가 나한테 올 수밖에 없게, 축하까지는 모르겠지만 당당히 인정은 받을 수 있게, 그렇게 만들어놓고 나서 데리러 갈 거야.

"……그러니까, 그때 다시 얘기해."

지금은 전할 수 없는 말을 중얼거리는 원의 눈빛에 완벽해질 때까지 연습할 때 떠오르곤 하는 특유의 지독함이 차올랐다. 그런 결심만으로도 안개가 낀 듯 자욱했던 머릿속이 조금이나마 개인 것 같았다.

지그시 입술을 깨문 원이 돌아섰다. 동시에 가만히 문이 열렸다. 그 사이로 비친 얼굴에, 원은 눈을 크게 떴다.

"엄마?"

"아직도 안 자고 왜 그러고 섰어? 차 실장님은 누워 있을 거라고 그러더니만."

"잠이 안 와서. 아버지도 오셨어요?"

엄마의 뒤에서 나타나 고개만 끄덕인 아버지는 곧장 자리에 앉았고, 엄마는 병실을 한 바퀴 둘러보았다.

"1인실이 좋긴 좋네. 꾀병 부리고 누워 있을 만하겠어."

"새벽에 뭐하러 왔어?"

"뭐하러 오기는, 아들 보러 왔지. 일 마무리하고 올라오니까 시간이 이렇게 됐어."

원의 부모님은 몇 년 전 서울에서 한 시간 반 정도 떨어진 지방으로 이사해 작은 식당을 운영하고 있었다. 목에 두르고 있던 스카프를 풀고 겉옷을 벗어 테이블 위에 올려놓은 엄마가 원의 등을 가볍게 떠밀었다.

"아버지는 조금 이따 내려가실 거고, 엄마는 내일까지 여기 있다가 갈 거니까 신경 쓰지 말고 얼른 누워."

조금은 힘겹게 미소를 지은 원이 말을 돌렸다.

"그러고 보니까 또 그 스카프네. 왜 맨날 그것만 하고 다녀? 유행도 지난 걸. 몇 개 더 사 줬잖아."

"그래도 엄만 이게 제일 좋더라. 네가 가수 되고 나서 처음으로 사준 거 아냐."

"엄마도 참……."

열없이 중얼거린 원이 침대에 앉았다. 발치에 앉아 원을 요모조모 뜯어보던 엄마가 시트를 끌어당겨 덮어주고는 퉁명스레 타박했다.

"사내자식이 약해 빠져 가지고는. 덩치 아깝게 뭘 그 정도 가지고 쓰러져? 너 팬들 홀리려고 작정하고 끼 부린 거지? 네가 무슨 비련의 남주인공이야?"

"엄마!"

아들이 죽다 살아났는데 끼 부렸냐니. 불만이 가득 담긴 시선을 홱 하니 외면한 엄마가 말을 이었다.

"하긴, 네가 언제 이런 마음고생을 해봤겠어? 형도 걱정됐는지 미국에서 전화 왔더라."

"형이랑 형수님 잘 지내신대?"

"너보다 훨씬 잘 지낸단다. 그러게 그냥 형처럼 적당히 공부하고 적당히 취직하고 적당히 장가가서 살 것이지, 뭐 그리 화려하게 사느라고."

"그럼 나도 형처럼 적당히 잘생기게 낳았어야지. 엄마가 이렇게 화려하게 낳아놨잖아."

말은 그렇게 해도 누구보다 놀라고 마음 아파하셨을 것을, 그래서 이 새벽에 굳이 여기까지 오셨음을 충분히 알고 있는 원이 일부러 더 철딱서니 없이 대꾸했다. '저게 입을 다쳤어야 하는데' 하는 눈으로 흘겨본 엄마가 한숨을 내쉬었다.

"그래서 그 호수인가 하는 여자애는 진짜로 네 여자 친구 맞는 거고?"

"응."

망설이거나 쑥스러워하는 빛이라고는 눈곱만치도 찾아볼 수 없는 대답에 엄마의 얼굴 가득 '내가 이런 팔불출 같은 놈을 낳아 키웠다니' 하는 기색이 번졌다. 원은 제 대답을 되새기느라 그 눈빛을 미처 보지 못했다.

내 여자 친구 맞아. 사람들이 뭐라고 하든, 네가 무슨 말을 하든.

너를 내 여자 친구라고 대답할 수 있을 때까지 5년을 기다렸어.

또다시 5년이 걸린다 해도, 이번엔 10년이 걸린다 해도, 나 그거 얼마든지 할 수 있어.

나한테 네가 꼭 필요하다는 거 말고 다른 건 아무것도 생각 안 해.

하고 싶어도 할 수 없는 많은 말들이 꾹꾹 눌러 담겨 있는 원의 눈매를 지그시 바라보던 엄마는, 문득 이와 닮은 눈을 하고 있던 누군가를 떠올렸다.

조금 전, 주차장 입구에서 저보다 머리 하나는 더 큰 여자들한테 거침없이 '까고 있네'를 외치던 조그마한 여자애.

내색은 크게 안 했지만, 쓰러졌다는 아들 걱정에 주차할 곳을 찾아 빙빙 도는 시간마저 아까웠다. 남편에게 먼저 올라갈 테니 차 대고 오라는 말만 남기고 급히 입구로 들어서던 차에 유리문 너머로 몇 명의 여자들이 모여 있는 것이 보였다. 어쩐지 분위기가 심상치 않다는 생각과 함께 문을 밀자, 날선 목소리가 똑똑히 들렸다.

"헐, 진짜 주호수 아냐?"

주호수. 관심이 없으려야 없을 수가 없어진 이름.

아들 빼고는 딱히 뭘 검색해 본 적이 없던 자신이 며칠 전 검색창에 직접 쳐보기까지 했던 이름이었다. 홀로 서 있는 자그마한 여자애는 정말 호수였고, 맞은편에서 몰아세우는 여자들 중에 낯익은 얼굴이 하나 더 있었다.

"이제껏 우리 눈에 한 번을 안 띄고 잘만 꼬리 치고 다니더니, 여기서 딱 걸렸네?"

분명 어디서 봤는데, 생각하던 원의 엄마는 금세 실마리를 잡아내고는 소리 없이 입을 벌렸다. 지방에 있는 가게까지 찾아와 생신 축하드린다며 명품 백을 건네던 원의 팬이었다. 집이나 가게에는 찾아오지 말아달라고 몇 번이나 주의를 주었음에도 전혀 말을 듣지 않아 한 번 야단 아닌 야단을 쳤던 기억도 났다.

그 기억을 떠올리자마자 황급히 휴대폰을 꺼내 들었다. 그러고는 그동안 써볼 일이 거의 없던 동영상 녹화 버튼을 용케 찾아 눌렀다. 삐릭 소리가 나는 바람에 흠칫했으나, 다행히도 살짝 거리가 있는데다 분위기가 워낙 살벌해 아무도 신경 쓰지 않는 듯했다.

"어우, 남자 친구 아파서 존X 속상하셨나 봐요? 눈 퉁퉁 부은 거 보니까 울었나 본데?"

그러고 보니, 딱 봐도 얼굴이 말이 아니었다. 발갛게 부어오른, 할 수 없는 많은 말들이 꾹꾹 눌러 담겨 있는 것만 같은 눈을 보는 순간, 두 가지 생각이 치밀었다.

첫 번째는, 저 아가씨가 우리 원이를 진짜로 많이 좋아하나 보네.

그리고 두 번째는, 저렇게 물렁한 여자가 우리 원이 취향이었나?

그러나 첫 번째는 몰라도 두 번째 생각이 완전히 틀렸음을 깨닫기까지는 그리 오래 걸리지 않았다. 당하는 여자들은 물론이고, 원의 엄마마저도 돌변한 호수의 거친 말투와 살벌한 눈빛에 멍해졌으니까. 아마 몸싸움으로 번지지만 않았더라면 말릴 필요조차 없지 않았을까 싶은 생각이 들 정도였다.

휴대폰 안에 고스란히 담겨 있을 그 장면들을 떠올린 원의 엄마가 속으로 혀를 찼다.

보여주고 싶은데 그럴 수도 없고. 팬들하고 여자 친구하고 머리 잡고 싸우는 거 보면 제 속이 속이겠어? 그런데 얘는 개가 청순요정 아니라 청순깡패인 거는 알고 만나는 건가?

까칠해진 낯빛으로 생각에 잠긴 아들을 짠한 눈길로 살피던 엄마가 불쑥 말을 던졌다.

"엄마도 그 주호수라는 애 검색 좀 해봤는데, 애가 너무 순하고 조용한 것 같아서 별로더라. 예쁘지도 않고."

일부러 찔러보는 말에 제대로 찔린 원이 곧장 반박했다.

"안 예쁘기는. 벌써 노안 왔어? 안경 하나 맞춰 드릴까?"

"이놈 자식이, 내 나이가 몇인데 노안이 와! 청순요정은 무슨. 요즘 시대가 어떤 시대인데 촌스럽게 청순한 여자를 찾아?"

"아니라니까. 회사에서 정한 콘셉트가 그래서 그렇지, 사실은……."

더 이상은 말하지 않는 게 좋겠다는 데 생각이 미친 원이 슬그머니 말을 돌렸다.

"아무튼, 착하고 속도 깊고 예의도 바르긴 한데, 절대로 순하진 않아."

엄마의 눈매가 가느스름해졌다. 뭔가를 생각하던 엄마가 원 모르게 웃음을 깨물었다.

"……내숭에 속아서 만난 건 아니구만."

"뭐가?"

"됐어. 그나저나 너는 팬 관리를 어떻게 하는 거야?"

화제도 돌릴 겸, 본격적으로 꺼내든 엄마의 말에 원이 슬쩍 미간을 찡그렸다.

"또 가게까지 찾아가고 그랬어?"

"오긴 어딜 와? 너나 연예인이지, 식구들이며 식당 이모들하고 손님들은 무슨 죄라고."

엄마가 정색을 했다.

사실 서울에 살 때는 물론이고, 지방으로 이사한 후에도 집이며 가게까지 찾아오는 팬들이 적잖이 있었다. 그러나 생일에 명품 가방을 선물하려던 팬에게 너희 엄마 생신 때는 뭐 드렸냐는 따끔한 한마디와 함께 엄마 갖다 드리라며 식당에서 파는 음식까지 정성껏 싸서 들려 보낸 일화가 퍼지면서 지금은 팬들의 발길이 뚝 끊긴 터였다.

"찾아오는 건 아닌데, 지금 인터넷에서 몹쓸 말 지껄이는 것들이 다 그런 애들 아니니?"

원은 묵묵히 입을 다물었다. 내내 듣기만 하던 아버지가 비로소 입을 열었다.

"네가 사람으로서 못할 짓을 저질렀거나 공인으로서 모범이 되지 못할 일을 저지른 게 아니면 당당해도 괜찮아. 진짜 너 좋아하는 사람이라면 죄 없이 움츠러드는 것보다 떳떳한 모습을 더 좋아해 줄 거다."

평소 거의 말씀이 없으신 아버지의 진심 어린 한마디가 온갖 고민에 기댈 곳 없이 흔들리던 원의 마음을 묵직하게 감쌌다. 엄마도 거들었다.

"내 말이 그 말이야. 이러면 싫고, 저러면 싫고, 그런 애들은 너보다 더 젊고 잘생긴 애들 나오면 바로바로 넘어가게 되어 있어. 그런 애들은 신경 쓸 필요 없고, 진짜 너 좋아해 주는 사람들이랑 네가 진짜로 소중하게 생각하는 사람들만 신경 써."

찡해진 코끝이 민망해 고개만 끄덕이는 원에게, 엄마가 한마디 더 보탰다.

"받는 게 많은 만큼 책임도 많고 감수해야 할 것도 많다는 건 알겠는데, 너도 사람이야. 무조건 참지만 말고 할 말 있으면 해. 걔처럼."

"걔가 누군데?"

무심코 되묻는 원의 말에 엄마는 짐짓 대수롭지 않은 투로 건너뛰었다.

"그냥 나도 모르게 한 소리야. 아무튼, 이제 한 번만 더 이런 일로 픽픽 쓰러지면 가수고 뭐고 다 때려치우고 식당에서 쟁반 나르라고 할 거니까 그런 줄 알아."

원이 쟁반 나르기엔 눈물 나게 아까운 얼굴을 잔뜩 구기고 있는 사이, 아버지가 일어섰다. 내일 장사를 위해 다시 내려가는 아버지를 배웅하고 돌아온 엄마는 잠이 오지 않는다는 원을 억지로 눕히고 턱밑까지 이불도 덮어주었다. 그러고는 멀찌감치 놓인 소파에 앉아 휴대폰을 꺼내 들었다.

"어디 보자, 제대로 찍은 건지 모르겠네. 여기로 들어가서 보는 건가……."

"엄마, 안 자고 뭐 해?"

저도 모르게 혼잣말을 입 밖에 냈던 엄마가 적당히 얼버무렸다.

"뭐 하긴. 아버지한테 문자 와서 답장 좀 보내느라고."

"다 늙어서 챙기기는."

"너도 늙어봐라. 자식 다 필요 없고 부부밖에 없어. 너도 나중에 장가가면 네 아버지처럼 마누라한테 잘해야 돼."

"엄마가 분명히 그러라고 한 거다? 나중에 서운해하시지 마요."

말하는 거 보아하니 한술 더 뜨면 더 떴지, 덜하진 않을 것 같다만.

속으로 웃은 엄마가 보호자 침대에 누우며 중얼거렸다.

"내일은 너희 사장님 좀 뵙고 가야겠다."

[실시간 급상승 검색어]

1. 청순요정의 실체

2. 호수 성격

3. 호수 선우원 팬 폭행

아니나 다를까, 우려했던 일이 터지고 말았다.

셋 중 하나인지, 아니면 셋이 같이 쓴 것인지는 모르겠지만, 자신을 선우원 팬이라고 밝힌 누군가가 인터넷에 올린 글이 빠르게 퍼지면서 순식간에 호수의 이름이 실시간 검색어의 절반 이상을 차지했다. 〈청순요정의 실체.txt〉라는, 도저히 클릭을 안 할 수가 없는 제목을 단 그 글에서 호수는 '원이 걱정되어 병원 근처를 서성이던 팬들이 자신을 알아보고 아는 척을 하자 다짜고짜 막말을 퍼붓고 머리채를 잡은' 희대의 광년이로 묘사되어 있었다.

"주호수."

일찌감치 다른 직업 알아봐야겠다는 각오를 하고 있던 원준과 호수는 사장님의 부름에 공손히 머리를 조아리며 손을 모았다.

"난 요새 가끔 그런 생각을 한다."

나이에 안 맞게 중2병 감성 돋는 서두를 꺼낸 여 사장이 그윽하게 호수를 바라보았다.

"내가 너한테 계약하자고 했을 때, 잠깐 정신이 나갔던 게 아닐까?"

재계약할 때쯤에 한 번만 더 정신이 나가주셨으면 좋겠습니다. 속으로만 대답한 호수가 고개를 숙였다. 여 사장이 한 손으로 턱을 괴었다.

"너 진짜로 원이 팬들한테 무슨 자격으로 여기 와서 지X이냐며,

니들 때문에 원이 저렇게 됐으니까 사과하라고 했어?"

"그건 제가 들은 말인데요."

"뭘 꼬라보냐, 죽고 싶냐, 눈 깔라는 말은?"

"미치도록 하고 싶었지만, 안 했어요."

"내가 니들 남편이라도 뺏었냐, 팬이면 다냐, 니들이 준 돈으로 다른 여자랑 연애를 하든 말든 무슨 상관이냐, 했어, 안 했어?"

"그거는…… 한 것 같기도……."

자신 없는 대답을 듣자마자 원준은 곧바로 버럭 소리가 날아들 것임을 직감하고 어깨를 움츠렸다. 그런데 의외로 여 사장은 조용했다.

"반은 뻥이고, 반은 진짜다, 이거지? 그래, 알겠어."

심심한 대답에 충격을 받은 원준과 호수가 서로를 돌아보았다. 둘의 눈에 '정말 이대로 넘어가는 건가, 아니면 이참에 아예 버리시려는 건가?' 하는 물음표가 백 개쯤 떠올랐다.

"그보다, 왜 그랬어?"

바삐 돌아가던 호수의 머릿속이 덜컥 움직임을 멈췄다. 알 듯 모를 듯한 눈으로 바라보는 여 사장을 멍하니 마주 보던 호수가 반쯤 홀린 듯 사실을 털어놓았다.

"그날, 병원에서…… 헤어지자고 했어요."

도영에게 다 들었지만, 예의상 조금 놀란 표정을 지어준 여 사장이 다시 물었다.

"왜?"

"힘들어서요."

"네가 힘들어서, 아니면 원이가 힘들어 보여서?"

"……둘 다요."

꿰뚫어 보는 듯한 눈으로 살핀 여 사장이 계속 말해보라는 듯 손끝을 까닥거렸다.

"어쨌든, 그리고 나왔는데 재들이 딱 건드리잖아요. 물론 참았어야 되는 거 알죠. 아니, 아예 마주치지를 말았어야 했는데, 그 순간에는 저도……."

분노와 억울함, 자괴감과 씁쓸함이 뒤섞인 표정이 호수의 얼굴 위를 스쳤다. 잠시 고개를 떨어뜨렸던 호수가 다시 입을 열었다.

"애초에 하던 대로 끝까지 고집부리고 사장님 말씀 듣지 말았어야 했어요. 반사된 영광 누리기는 무슨. 상처뿐인 영광 누리기 쯤 되겠네요. 그래도 어찌 됐든 잠깐 떠보기도 했고, 실시간 검색어 도배도 해봤으니까."

울컥했던 호수는 간신히 마음을 가라앉히고 입을 다물었다. 고집스레 울지도 않는 그 모습을 물끄러미 지켜보던 여 사장이 툭 하고 말을 던졌다.

"차라리 잘됐네. 청순요정 그거, 5년 우려먹었으면 됐어. 이제 다른 콘셉트로 가지 뭐."

"예?"

아까부터 자꾸 예상과 빗나가는 반응에 도리어 더 겁먹은 호수와 원준의 얼굴이 창백해졌다. 그러나 여 사장은 차분했다.

"일단 이번 일은 내 책임도 있는 걸로. 내가 원이한테 가보라고 한 거니까. 물론 싸움박질하라고 보낸 건 아니었지만."

그래서 그러신 거였나 싶어 호수와 원준은 조금 안심했다.

"구구절절 해명해 봤자 믿지도 않을 테니까, 우리도 똑같이 반은 뻥이고, 반은 진짜인 소리로 받아줘. 호수 엄마도 그 병원에 입원하셨다는 거, 흘려."

"예?"

"호수가 선우원이 입원한 병원에 가긴 갔는데, 알고 보니 그즈음에 호수 엄마도 그 병원에 입원하셨다더라. 안티 팬들이 단 악플을 보고 충격 받아 쓰러지신 거였다더라. 딱 여기까지만 들으면 사람들이 무슨 생각을 할 것 같아?"

여 사장의 의도를 찰떡같이 알아들은 원준은 감탄 어린 눈으로 고개를 끄덕였다. 안 그래도 일부 팬들의 과한 행동이 비난받고 있는 와중에 부모님까지 건드린 상황이 된다면 충분히 분위기가 바뀔 법도 했다.

매끈한 손을 턱 밑에서 겹친 여 사장이 우드득 손마디를 꺾었다. 우아한 외모와 안 어울려서 더 오싹했다. 움찔하는 원준을 힐끗 돌아본 여 사장이 호수에게로 시선을 돌렸다.

"이왕 이렇게 된 거, 신경 쓰지 말고 이제부터는 편하게 살아. 원래 헤어진 후에는 인생 좀 막 살아줘야 제 맛이지."

사귄다는 말에도, 헤어졌다는 말에도 한결같이 노골적이고 직설적인 반응에 속이 부글부글 끓어올랐다. 그러거나 말거나 여 사장은 솔로부대로 돌아온 걸 환영한다는 듯 너그러웠다.

"그래도 따지고 보면 너는 손해 본 거 없잖아? 선우원이 첫 경험인데."

"사장님!"

"왜? 원이가 처음이라며? 첫 뽀뽀, 첫 연애, 첫 키스, 첫 이별."

그런 뜻으로 한 말씀이 아닌 것 같은데. 게다가 왠지 기분 나쁠 정도로 즐거워 보여.

이를 악물고 있는 호수를 향해 그녀는 한마디 더 보탰다.

"안 어울리게 청승떨고 그럴 건 아니지? 나중에 생각하면 엄청 쪽팔린다, 그런 거."

"안 해요, 그런 거! 내가 찼는데 왜요!"

"내가 선우원이었으면 혀 깨물었다. 고작 저런 거한테 차이기나 하고. 시끄러우니까 나가."

이거 새로 나온 위로법인가? 너무 열 받아서 헤어진 슬픔 같은 건 하나도 생각이 안 나!

박차고 일어난 호수가 쌩하니 나갔다. 덩달아 일어선 원준이 고개를 꾸벅 숙이고는 뒤따라 나갔다. 혼자 남은 여 사장은 요란하게 닫힌 문을 힐끗 쳐다보고는 빙글 의자를 돌렸다.

"쯧, 성질머리하고는."

의자에 등을 기댄 여 사장은 한참을 그대로 있다가 눈을 감았다.

그때, 조금 더 좋아했으면…….

그랬으면 나도, 내가 아픈 것보다 그 사람이 나 때문에 힘든 게 먼저 보였을까?

처음에 둘이 헤어진 것 같더라는 말을 들었을 때, 여 사장은 묘한 실망감과 배신감에 혀를 찼다. 세상에 둘뿐인 것처럼 좋아해 놓고 정작 힘든 일이 생기자 흐지부지 헤어져 버렸던 자신의 과거가 겹쳐 보여서였다.

그러나 곧 그게 아님을 알게 되었다. 그 계기는 뜻밖에도 원의 엄마 덕분이었다.

얼마 전, 원의 엄마가 병문안을 왔다가 내려가는 길에 사장실을 찾았다. 모든 게 제대로 매니지먼트를 하지 못한 탓이라는 여 사장의 말에 원의 엄마는 극구 손을 내저었다. 그러고는 조심스레 마주 앉아 말을 꺼냈다.

"사장님, 전에 저한테 연락 주셨을 때 말인데요. 혹시 사생팬 애들이 찾아와서 곤란하게 하는 일 있으면 동영상 같은 것 좀 찍어달라고 하셨잖아요?"

원이 쓰러진 직후, 바로 전화를 걸어 죄송하다는 말씀을 드리는 것과 함께 앞으로는 악플러도 사생팬도 그냥 두고 보지 않을 테니 만약의 경우 법적인 조치까지 취할 수 있도록 녹음이든 동영상이든 증거가 될 만한 걸 남겨 주십사 하는 말을 꺼낸 적이 있었다.

"실은 제가 오늘 새벽에 원이 병원에 갔다가 집이며 가게까지 찾아왔던 애들이 거기 있는 걸 봤거든요. 보자마자 사장님이 말씀하셨던 게 생각나서 동영상을 찍긴 했는데……."

"병원까지요?"

여 사장은 바로 동영상을 확인했다. 그러고는 그 안에 고스란히 담긴 청순요정의 실체에 할 말을 잃고 말았다.

"이건 아무래도 사장님께 넘겨 드리는 게 맞지 않을까 싶어서."

"아…… 예. 여러모로 놀라셨을 텐데, 정말 감사드립니다. 큰 도움이 되겠는데요."

여 사장이 미소를 지었고, 원의 엄마도 마주 웃었다.

"혹시 둘이 만나는 거 알고 계셨어요?"

"기사 보고 알았죠. 솔직히 서운하더라고요."

"그러셨겠죠."

"사장님이 바로 허락해 주셨다는 게 더 놀랍던걸요? 쉽지 않은 일이셨을 텐데, 생각할수록 고맙더라고요."

"무슨 그런 말씀을요."

"연예인이라고 남들 못 누리는 것 많이 누리고 살지만, 오히려 그 나이 때 남들 겪는 일들은 하나도 못 겪는 것 같아 안쓰러울 때도 많았거든요. 그런데 좋은 사장님을 만난 덕분에 연애까지 하고, 할 거 다 하네요."

봄 엔터테인먼트를 만들길 잘했구나. 그런 보람이 들게 하는 고마운 인사였다. 그래도 좋은 사장님이라는 말은 많이 찔리는데, 여 사장은 그런 생각을 하며 잠잠히 미소를 지었다.

"원이가 그 성격 시원시원한 아가씨를 많이 좋아하는 모양이에요. 이런 일이 생겨서 엄마 속상하게 한 건 미안하지만 그래도 안 헤어질 거라고 그러는데, 할 말이 없더라고요."

그 말에, 내색은 하지 않았지만 적잖은 충격을 받았다.

원의 엄마가 사장실을 나간 후에도, 며칠이 지난 오늘까지도 그 말들이 귓가를 떠나지 않았다.

팬들에게 맞서는 동영상 속 호수의 띵띵 부은 눈에서, 헤어지자는 말을 들은 직후일 텐데도 안 헤어질 거라고 했다는 원의 태도에서, 둘이 싫어 헤어진 게 아님을 곧바로 짐작할 수 있었다. '지들이 무슨 로맨스 소설 주인공도 아니면서 사랑하니까 헤어지는 척은' 하는 생각을 하자 유치해서 못 봐주겠다 싶으면서도 묘한 죄책감과 책임감이 치밀었다.

"이렇게 번거로운 놈들인 줄 알았으면 계약금이라도 덜 주는 건데. 손해야, 완전 손해."

마음에도 없는 사업가스러운 말을 내뱉은 여 사장이 한 손으로 책상을 두드렸다. 규칙적인 딱딱, 소리에 맞춰 그려놓은 일련의 계획들을 찬찬히 되새기던 그녀가 낮게 중얼거렸다.

"다시 붙으면 두 번 다신 안 헤어질 것 같으니까, 아마도 이번이 처음이자 마지막으로 이별이 어떤 건지 느껴볼 기회가 될 텐데……."

뚝 하고 손을 멈춘 여 사장이 사악한 미소를 지었다.

"그렇다면 이번 기회에 마음도 깊어지고 감성도 충만해지게 내버려 두는 게 뮤지션을 배려하는 사장의 올바른 태도겠지?"

[11월 16일 AM 11:00. 원, 퇴원]

원이 퇴원하는 날, 이번에도 용케 알아낸 기자들이 새벽부터 몰려들었다. 환자복을 벗고 옷을 갈아입으며 평소보다 더 꼼꼼하게 신경을 쓰는 원을 지켜보던 도영이 한마디 했다.

"누가 보면 화보 촬영이라도 하는 줄 알겠다."

"이왕 찍힐 거 예쁘게 찍혀야죠. 사장님 말마따나."

어깨깡패라는 별칭이 붙을 만큼 넓고 곧은 어깨를 한껏 강조해 주는 흰색 니트에 단정한 블랙 슬랙스를 입은 원이 뺨을 가볍게 두드리고는 몸을 돌렸다.

"이제 가요."

"다 됐어? 가자, 그럼."

작게 심호흡을 한 원이 고개를 끄덕였고, 도영이 문을 열었다.

한 걸음 나서기도 전부터 눈부신 플래시 세례가 쏟아졌다. 곧이어 기자들의 고함 소리가 정신없이 날아들었다.

"이제 몸은 괜찮으신 겁니까?"

"앞으로 활동 계획은 어떻게 되시는지 말씀 좀 해주시죠!"

"지금 팬들하고 호수 씨 사이의 갈등이 연일 화제가 되고 있는데요, 알고 계십니까?"

원은 대답 없이 걸음을 옮겼다.

그때, 기다리던 바로 그 질문이 들려왔다.

"호수 씨가 새벽에 병문안까지 왔다는데, 왜 끝까지 부인하시는 겁니까?"

비로소 원이 걸음을 멈췄다. 그러고는 질문을 던진 기자 쪽을 향해 천천히 몸을 돌렸다.

CF의 한 장면처럼 매력적인 그 움직임에 시끄럽던 기자들이 일순 조용해졌다. 그 분위기를 놓치지 않고, 원은 입을 열었다.

"저, 좋아하는 사람이 생겼습니다. 축하해 주세요."

낮고 부드럽게, 하지만 단호하게 던져진 한마디에 소리 없는 폭풍이 몰아치며 불같은 흥분이 일었다. 그러나 원은 곧장 찬물을 끼얹었다.

"……라고 팬분들에게 말해도 될지, 많이 고민했습니다."

맨날 자극적인 제목으로 신나게 사람들을 낚다가 이번엔 원에게 제대로 낚인 기자들 사이에 잠시 허탈한 기색이 스쳤다. 그러나 이 말만으로도 충분히 특종 중의 특종감이었다. 멍해졌던 기자들이 다시금 부산스러워졌고, 원은 차분히 말을 이었다.

"그리고 생각 끝에, 죄는 아니지만 감추는 게 맞다고 생각했습니다. 그 판단 때문에 본의 아니게 많은 분들을 실망시켜 드렸습니다. 죄송합니다."

쏟아지는 플래시 속에 꼿꼿이 서서 원은 도영을 힐끗 돌아보았다. 도영은 원에게 보일 만큼만 눈썹 끝을 까닥했다. 네 생각대로 계속해도 될 것 같다는 뜻이었다.

퇴원할 때 최대한 몰래 빠져나가자는 도영의 말에 원은 오히려 그 자리에서 호수와 헤어졌다는 말을 하는 게 어떻겠냐는 의외의 제안을 했다. 뒤이어 절박해 보이기까지 하는 눈으로 그랬으면 하는 이유를 설명했고, 도영은 여 사장에게 말을 전했다. 그리고 그 말을 들은 여 사장은 별로 생각하지도 않고 쿨하게 대꾸했다.

"기사 엄청나게 뜨겠네. 사진발 잘 받는 옷이나 입으라 그래."

"지금 호수 씨와 친한 선후배 관계가 아니라고 인정하시는 겁니까?"

"친한 선후배 사이, 아니었습니다. 앞으로도 친한 선후배 사이가 될 일은 없을 겁니다."

처음 봤을 때부터, 한 번도 너를 친한 후배쯤으로 생각해 본 적은 없었으니까.

"가볍게 만난 것도, 적당히 좋아한 것도 아니라서 헤어진 후에도 편하게 잘 지낼 수가 없을 것 같습니다. 저도, 그 사람도요."

미리 생각하고 또 준비했던 말들인데, 그러니까 이건 일종의 연기인데, 그럼에도 감출 수 없는 진심이 튀어나와 자꾸만 목소리가 떨렸다. 원은 입술을 꼭 깨물었다.

일단은 네 말대로 헤어진 걸로 할게.

네가 상처받을 걸 생각하면 정말 미안하지만, 이렇게 말해야 더 이상 사람들이 내 얘기로 널 괴롭히지 않을 것 같아.

"그러니까 앞으로는……."

목소리에 이어 눈동자까지 바르르 떨렸다. 헤어졌다는 말은 진심이 아니지만, 그렇게 말하는 이유가 진심이었기에 조금도 연기가 될 리 없었다. 지금 원이 하는 말은 모두 진짜였고, 그게 모두의 마음을 흔들었다.

"헤어진 사람들에게 하는, 그런 배려를…… 저희에게도 조금만 부탁드리겠습니다."

그 말을 마지막으로 원은 입을 꼭 다물었다. 그리고 그대로 병원을 빠져나갔다.

남의 연애사에 지나치게 관심이 많던 이들의 허를 제대로 찌른 원의 발언은 즉시 기사화되어 엄청난 파장을 몰고 왔다. 사람들은 더 이상 원에게 호수 이야기를, 그리고 호수에게 원의 이야기를 묻지 않는 대신 다른 쪽으로 관심을 표출했다.

─ 배려 없는 비뚤어진 팬덤, 이대로 좋은가?
─ 아이돌의 사생활, 팬들의 알 권리를 위해서라면 얼마든지 침해받아도 좋다?
─ 끓는 팬덤, 식는 대중, 키우는 언론, 모두가 문제다

그동안 열애 증거 짜깁기나 시시콜콜한 사생활 보도들을 일삼던 언론들은 언제 그랬냐는 듯 입장을 바꾸고 흐름에 합류했다. 기사 분위기가 바뀌자 댓글 분위기도 바뀌기 시작했다.

─ 안쓰럽다. 좋아하는 사람이 생겼으니 축하해 달라는 말 한마디를 못 해서 고민했다니.
─ 동감. 연애하면 티 내고 싶고, 자랑하고 싶은 건 누구나 똑같은데.
─ 가볍게 만난 것도, 적당히 좋아한 것도 아니라는 말 할 때 괜히 설렌 건 나뿐?
─ 나도 설레 죽을 뻔. 진심이 느껴져서 내가 다 찡하던데. 호수가 부러울 정도.
─ 호수 루머도 그냥 루머 아닐까요? 그런 애를 선우원이 저 정도까지 좋아할 리가.

그리고 조금은 뜬금없어 보이는 반응들도 있었다.

— 기사 사진에서 선우원이 입은 흰색 니트 어디 건가요?

— T*** F/W 신상인데, 이미 품절이에요. 그리고 저 니트 선우원처럼 입으려면 선우원 같은 어깨부터 먼저 준비하셔야 됩니다.

둘의 만남이 공식적으로 밝혀지면서 함께했던 것들도 다시금 화제가 되었다. 뮤직 카운트다운에서의 백허그부터 섹시한 커플 화보, 뮤직비디오 속 교복 키스신, 그리고 호수의 싱글 앨범에 수록된 듀엣곡과 같이했던 컴백 무대까지.

'원이 아깝다', '그렇게 싸가지 없는 애를 왜 좋아한 거냐' 하는 말들도 보이긴 했다. 그러나 대부분이 드라마 속 옥의 티 찾아내듯 과거 방송 속 다정했던 둘의 모습을 찾아내고 공유하는 데 혈안이 되어 호수의 루머에는 벌써 시들해진 분위기였다.

원이 바라던 대로였다.

#Track 16.
하루도 조용할 날이 없구나

[11월 18일 PM 10:20. 호수, 연습실]

할 거라곤 노래밖에 없다. 호수는 온몸으로 그렇게 말하듯 매일을 연습실에서 살다시피 했다. 그러다가 문득문득 멍해지고 눈가가 아릿해지곤 했다.

조금도 바래지지도 흐려지지도 않는, 모든 순간들.

태어나 지금까지 운 것보다 최근 며칠간 흘린 눈물이 더 많을 듯했다. 나중에 쪽팔리니까 청승 떨 생각 말라던 여 사장의 말이 분해 오기로라도 안 울려고 애를 써봤지만, 뇌고 심장이고 눈물샘이고 죄다 고장난 듯했다.

"친한 선후배 사이, 아니었습니다. 앞으로도 친한 선후배 사이가 될 일은 없을 겁니다."

앞으로 조금의 여지도 없다고, 그렇게 딱 잘라 말할 줄은.

내가 알던 원 오빠가 아닌 것처럼, 처음 보는 표정으로, 그렇게.

"가볍게 만난 것도, 적당히 좋아한 것도 아니라서……."

고마워해야 할지, 아니면…….

"헤어진 사람들에게 하는, 그런 배려를……."

다 받아들인 것 같은 그 말에 아파해야 할지.

빛나는 선우원이었으면 좋겠다는 말 그대로, 기사 사진 속에서도 변함없이 희게 빛나던 원의 모습이 가시처럼 눈을 찔러 끊임없이 눈물이 났다. 파르르 떨리던 낮은 목소리가 가여워서, 제가 저질러 놓고 눈물이나 짜고 있는 자신이 한심해서 좀처럼 그쳐지지가 않았다.

그렇다고 언제까지 이러고 있을 수는 없지.

구석에 있던 휴지로 눈물을 닦고 팽, 코를 푼 호수는 돌아서다가 연습실 거울에 비친 자신을 보고는 우뚝 멈췄다. '예쁜 애들은 울어도 예쁘던데, 내 얼굴은 참 현실적이구나' 하는 밑도 끝도 없는 자괴감이 치밀었다. 덤으로 이별은 노래 가사처럼 예쁘게 아픈 게 아니라 눈물, 콧물 범벅이 된 얼굴처럼 그냥 막 독하게 아픈 거라는 깨달음도.

"와, 젠장. 짜증 나서 울지도 못하겠네."

다행인지 뭔지 모르겠지만, 덕분에 울음은 뚝 그쳤다. 호수는 울긋불긋하니 운 티가 나는 얼굴을 가리기 위해 티셔츠에 달린 후드를 뒤집어썼다.

애초에 선우원 빽으로 떠보겠다는 생각 같은 걸 해서 벌 받은 거야. 가수는 결국 노래라고.

독한 마음을 품고 연습용 MR이 담긴 CD를 꺼낸 호수가 오디오 쪽으로 걸어갔다.

그때, 똑똑 소리와 함께 연습실 문이 빼꼼 열렸다.

"연습 중이셨어요?"

짧은 대답을 하는 것조차 잊은 호수는 문을 열고 들어오는 승혁을 빤히 쳐다보았다. 지난번 병원에서 강 사장과 함께 있는 것을 본 이후 처음이었다.

"오랜만이에요, 누나. 요새 기사 뜬 거 봤어요. 힘드시겠던데요."

물론 남의 일이긴 하지만, 유독 남의 일처럼 던지는 말투가 거슬렸다. 아마도 이젠 같은 회사 식구라고조차 생각하지 않으니까 그런 거겠지 하는 생각이 들자 심히 불쾌해졌다.

"얼굴 보니까 지금도 운 것 같은데, 바로 노래 부르시려고요? 목 안 잠겼나?"

구겨진 미간을 못 본 건지, 승혁의 눈가에는 웃음기마저 어려 있었다.

"누나, 그거 아세요? 사실 저 스캔들 나기 전부터 두 분 보면서 혹시나 했거든요. 근데 역시나. 처음엔 수현이 형이랑 사귀나 싶어서 원이 형한테 물어본 적도 있었는데, 어쩐지 그때 엄청 정색하시더라니."

일관된 무반응에도 개의치 않고, 승혁은 마치 재미있는 이야기라도 하듯 말을 이었다.

"얼마나 만나신 건지는 모르겠지만, 잘 헤어지셨어요. 누나만 욕먹는 것도 억울하잖……."

"너."

내내 듣기만 하던 호수가 말을 뚝 끊었다. 이제까지 알던 것과는 다른 낯선 톤에 승혁은 입을 다물고 눈을 크게 떴다.

"남 헤어진 얘기 하면서 실실 쪼개는 거 보니까 기분 좋아 보이네. 요새 뭐 좋은 일 있어?"

"네?"

미처 예상치 못했던, 상당히 까칠한 반응에 당황한 승혁이 얼떨떨하니 되물었다. 강 사장 옆에서 BS 미디어 대표에게 고개를 숙이던 괘씸한 광경을 떠올린 호수는 입매를 비틀었다.

"더 좋은 회사에서 스카웃 제의라도 들어왔어?"

승혁의 낯빛이 확 굳었다. 곧 무슨 소리냐는 듯한 미소를 짓긴 했지만, 다 아는 사람의 눈에는 충분히 보이고도 남았다.

이런 시베리아 벌판처럼 새하얀 도화지 위에 곱게 처발라 버리고 싶은 조카 십팔색 크레파스 같은 놈이, 뭐? 혹시나가 역시나? 잘 헤어져?

너 아직 모르는구나. 나 이제 청순요정 아니야. 희대의 광년이야. 사장님이 이제부터는 막 살아도 된다고 했거든? 너 딱 걸렸어.

"그나저나 너, 아직도 선우원 코스프레하니? 그 니트 품절이라던데 용케 구했네."

승혁의 얼굴이 입고 있던 니트 색깔만큼이나 새하얘졌다. T 브랜드의 F/W 신상, 기사가 나간 이후 '선우원 니트'로 불리며 불티나게 팔려나간 그 옷을 뚫어져라 바라보며 호수는 유유히 말을 보탰다.

"옷만 같으면 뭐해? 옷걸이가 다른데. 핏이 너무 달라서 같은 옷 맞는지 한참 생각했잖아."

승혁의 얼굴 가득 붉으락푸르락한 기색이 번졌다. 동시에 '이 누나, 원래 이렇게 직설적이었나?' 하는 당혹스러움도 스쳤다. 그러나 단순히 직설적인 정도에서 끝이 아니었다.

"근데 너 왜 나한테 친한 척 말 거는 거야? 아, 혹시 내가 선우원 전 여자 친구라서? 여자 친구도 따라 하려고?"

"뭐라고요? 지금 무슨……!"

"네가 가장 듣기 싫어하는 말 들으니까 기분이 어때?"

발끈해서 반박하려던 승혁이 싸늘한 목소리에 눌려 멈칫했다. 지나가다 심상찮은 소리를 들은 연습생 몇몇이 걸음을 멈추고 아까 승혁이 열어둔 문 사이로 안을 살폈다.

"다른 사람도 마찬가지야. 헤어진 거 알고 있으면 그 얘기는 조심하는 게 배려고 예의라고, 이 개념 없는 새끼야."

너무나 자연스럽게 나온 욕에 승혁은 물론이고, 기웃대던 연습생들의 눈도 튀어나올 듯 커졌다. 청순요정 호수의 실체가 바로 이거였구나, 한 방에 느낌이 왔다.

"아, 말 나온 김에 한 가지 더 말해줄까?"

호수가 씹어뱉듯 말을 던졌다.

"너는 죽어도 선우원 못 따라가."

너 같은 게 어딜 감히. 세상에 둘도 없는 그런 사람을.

주먹을 쥐고 서 있는 승혁의 어깨가 부들부들 떨렸다. 호수는 할 말 있으면 하고 아니면 꺼지라는 뜻으로 턱을 까닥했다. 승혁은 말 없이 호수를 노려보다 휙 몸을 돌렸다.

그 순간, 문 앞에서 구경하고 있던 연습생들과 승혁의 눈이 마주쳤다. 어쩔 줄 몰라 하던 연습생들은 일단 고개부터 숙였다.

"어, 저기…… 안녕하세요."

자존심이 있는 대로 상한 마당에 연습생들에게까지 이런 꼴을 보였다는 것을 안 순간, 승혁의 얼굴은 더 이상 새빨개질 수가 없을 만큼 달아올랐다. 승혁은 인사도 받지 않은 채 도망치듯 나가 버렸고, 머뭇대던 연습생들은 눈치를 살피며 호수에게도 인사를 했다.

"선배님, 안녕하세요."

"어…… 응."

어색하게 인사를 받은 호수가 속으로 한숨을 내쉬었다.

이제 대놓고 여기저기서 본색을 털리는구나. 하긴, 이제부턴 이러고 살 건데 뭐 어때.

그때 연습생들이 쭈뼛쭈뼛 안으로 들어오더니 불쑥 말을 꺼냈다.

"선배님, 동영상 속 돌직구가 바로 이거였군요."

"직접 보니까 더 멋있으세요! 안 그래도 저희 방금 그 동영상 봤거든요."

"무슨 동영상?"

"지금 완전 난리 났잖아요. 못 보셨어요?"

왜! 또 뭔데! 내 속엔 내가 너무도 많아 잠시도 쉴 곳이 없다, 그냥!

골이 지끈해진 호수가 한 손으로 이마를 짚었다. 그냥 한국을 떠버릴까 생각하는 와중 의외의 말들이 들려왔다.

"엄청 놀랐어요. 이렇게 여리여리하신데 할 말 하실 때는 포스가 그냥!"

"댓글 중에 그런 거 있던데요? 호수 아니고 탄산수라고. 하핫."

"탄산수 딱이다. 동영상 보니까 난리 날 만하더라고요. 반전 매력 대박이에요, 진짜."

"그동안 억울해서 어떻게 참으셨어요? 저였으면 그 글 올린 사람부터 바로 찾았을 텐데!"

이것들이 단체로 뭐라는 건가 싶어진 호수가 인상을 구겼다.

"미안하지만, 지금 무슨 얘기 하는 건지 잘 모르겠는데. 동영상? 탄산수? 난리가 나?"

"아직 못 보셨어요? 그거 SNS에 올라온 지 얼마 되지도 않았는데 벌써 엄청 퍼졌다고요."

호수의 눈앞에 연습생 중 한 명의 휴대폰이 불쑥 내밀어졌다.

"일단 보세요."

어리둥절하니 휴대폰을 받아 든 호수가 당혹스런 눈으로 중얼거렸다.

"〈청순요정의 실체〉의 실체?"

♩ ♬ ♪

"왔어? 앉아."

사장실로 들어오는 승혁의 인사를 받은 여 사장이 손짓을 했다. 여 사장은 아까부터 보고 있던 모니터에서 눈을 뗐다.

"갑자기 할 말이라는 게 뭐야? 그것도 매니저도 없이 단둘이서."

여 사장은 짐짓 아무것도 모른다는 눈으로 소파에 앉은 승혁을 응시했다.

몇 시간 전, 원의 발언으로 팬과 대중들의 싸늘한 시선이 제법 누그러졌다고 판단한 여 사장은 비로소 원의 엄마에게 받은 동영상을 익명의 계정으로 공개했다. 사생팬의 '씨X'로 시작해 호수의 머리채를 휘어잡는 데서 끝난 동영상 밑에는 우연히 이 장면을 목격했고, 호수가 위험해 보여 말리느라 급히 녹화를 멈췄다는 짤막한 설명만을 덧붙였다.

반응은 그야말로 폭발적이었다. 글과는 달라도 한참 다른 동영상 내용도 충격, 호수를 잡은 여자들이 팬들 사이에서도 악명 높은 사생팬이라는 게 까발려진 것도 충격이었으나, 뭐니 뭐니 해도 청순요정이 집어던진 핵폭탄급 돌직구가 최고의 충격이었다.

순식간에 희대의 광년이라는 타이틀을 미스코리아 왕관 넘기듯 사생팬들에게 넘긴 호수는, 대신 탄산수라는 새로운 타이틀을 얻었다. 가녀린 몸으로 머리끄댕이질까지 당하는 모습에서 동정표를, 탄산 빵빵하게 오른 사이다처럼 속 시원한 돌직구를 날리는 모습에서 반전 매력 점수까지 플러스로 받은 덕이었다.

이런 반응이 쭉 지속되기만 하면 어느 정도 상황이 좋은 쪽으로 안정이 될 거고, 그럼 다음 순서로 불러들일 생각을 하고 있었는데, 알아서 제 발로 와주다니.

그때, 승혁이 여 사장을 똑바로 바라보며 입을 열었다.

"저, 전속 계약 해지 요청하려고요."

오기와 독기가 잔뜩 뒤엉킨 눈을 본 여 사장은 속으로 한숨을 내쉬었다.

아무리 봐도 열여덟 살짜리가 할 눈빛은 아닌데.

그나저나, 내가 할 말을 제가 먼저 꺼냈다? 믿는 구석이 얼마나 든든해서 저러는 건지 한 번 들어나 볼까?

자리에서 일어난 여 사장이 맞은편에 앉았다.

"너 아직 계약 기간 한참 남았잖아. 게다가 솔로도 아닌 팀에서 한 사람이 갑자기 빠진다고 하면 더더욱 곤란하지. 이러는 이유가 뭐야?"

"이 회사에 더 이상 있기 싫어요. 그런 이유로는 안 되나요?"

아나, 겁나 열 받네. 둘밖에 없는데 그냥 때려 버릴까?

순간 본색을 드러낼 뻔했던 여 사장이 짐짓 난감한 기색으로 말을 받았다.

"당연히 안 되지. 계약서에 없는 조건이니까. 일단 덮어놓고 나간다고 하지 말고 얘기부터 해보자. 활동하면서 힘든 일이라도 있었어? 멤버들 간에 트러블 때문에 그래?"

"그런 것도 있지만, 그보다는 저랑 이 회사랑 음악적인 색깔이 안 맞는 것 같아서요."

그런 말은 음악적인 색깔이 있는 사람들이나 하는 얘기고.

여 사장이 무슨 생각을 하고 있는지 알 리 없는 승혁은 어느새 식은땀이 가득 배인 손을 테이블 밑에서 쥐었다 폈다 하며 마음을 다잡았다.

강 사장님이 이렇게 말하면 될 거라고 했어. 주호수 때문에 욱해서 생각보다 일찍 말을 꺼내 버리긴 했지만, 하루라도 빨리 나가고 싶은 건 사실이니까.

너는 죽어도 선우원 못 따라간다던 싸늘한 말을 떠올린 승혁이 바득 이를 갈았다.

선우원이 뭐 별거라고. 사장이 예뻐하니까, 회사에서 선우원한테만 신경 써주니까 그 정도 되는 건 당연한 거 아냐?

"너도 단독으로 관리받으면 그쯤은 얼마든지 올라갈 수 있어. 우리도 너한테 기대가 크다. 지금 선우원이 스캔들로 흔들리고 있을 때가 기회야."

"어쨌든, 팀 탈퇴하고 전속 계약 해지하고 싶어요. 이왕이면 소송까지 가지 말고 조용히 해결해 주시는 게 좋지 않을까요? 가뜩이나 회사 이미지도 많이 떨어졌는데 저까지 한몫 보태면 사장님 입장이 많이 곤란하실 텐데요."

듣자마자 그렇게 말하라고 시켰다는 걸 파악한 여 사장이 혀끝으로 입안을 훑었다. 물론 틀린 말은 아니었다. 승혁 쪽에서 소송을 건다 해도 일방적으로 계약을 파기하자고 나선 쪽이 잘못이니 지지야 않겠지만, 회사 이미지는 엉망이 될 터였다. '봄 엔터 소속 가수들은 하루도 조용할 날이 없구나. 회사 문제 있는 거 아냐?'라는 말이 곧바로 나올 테니까.

"네 말대로 지금 회사 이미지 많이 떨어졌어. 원이랑 호수 일 겨우 수습했고. 근데 너까지 이러면 어쩌자는 거야?"

"그러니까 조용히 해결해 주시면 되잖아요. 모양 좋게, 음악적 색깔이 안 맞아서 충분한 협의하에 계약을 해지하는 걸로."

점점 더 기고만장해지는 말투에 어느 정도 장단을 맞춰주던 여 사장은 지금 지을 수 있는 힘든 표정 중 가장 힘든 표정을 지으며 말을 맺었다.

"그래, 네 의견이 그렇다면 어쩔 수 없지. 솔직히 화도 나고, 너 놓치는 게 안타깝기도 한데, 알다시피 지금 회사 상황이 상황인지라 네 일까지 시끄럽게 만들고 싶지가 않다."

지금 같은 시기에는 절대 일 복잡하게 만들지 못할 거라던 강 사장의 말 그대로였다. 순순히 원하던 대답을 꺼내주는 태도에 승혁의 얼굴 가득 감추지 못한 기쁨이 번졌다.

"마지막으로 한 번만 더 물을게. 정말 옮겨야겠어? 후회 안 해?"

일말의 망설임도 없이 고개를 끄덕이는 승혁을 보며 여 사장은 크게 심호흡을 했다.

지금 후회하지 않겠다고 대답한 이 순간을 곧 후회하게 될 텐데.

이제부터 내가 너를, 완벽하게 이 바닥에서 내쳐줄 거거든.

여 사장이 몸을 일으켰다. 올려다보던 승혁도 얼결에 일어났다. 또각또각 다가간 여 사장은 한 손을 들어 승혁의 어깨를 다독였다.

"이제 와서 하는 얘기지만, 처음부터 널 솔로로 키웠어야 하는데 괜히 팀에 넣었다가 마음고생만 시켰네. 미안하게 생각해. 넌 충분히 재능 있으니까 우리 회사 아니더라도 다른 회사에서 꼭 계속해. 오라는 데 있으면 바로 계약하고."

사람을 손쉽게 망가뜨리는 방법 중 하나가 헛된 희망을 주는 것이라지.

일순 혼란스러워진 승혁이 뭐라 대답해야 할지 모르겠다는 눈으로 몸을 틀었다. 여 사장은 그동안 승혁에게 한 번도 보여준 적 없던 미소를 지었다.

"혹시 힘든 일 있으면 연락해. 도와줄게."

긴가민가하는 눈으로 살피던 승혁은 결국 별 대답을 하지 못하고 고개를 꾸벅 숙였다. 여 사장은 승혁이 나가는 순간까지 아쉬운 눈빛과 따뜻한 미소를 잃지 않았다.

그러나 문이 닫히는 순간, 그녀의 표정은 언제 그랬냐는 듯 싸늘하게 굳었다.

"모르고 그런 거면 한 번쯤 넘어가 줄 수 있지만, 알고 그런 거면 어리다고 봐줄 수가 없지. 벌 받을 건 받아야 정신 똑바로 차리고 인생 X같이 안 살지."

빙글 몸을 돌려 자리로 돌아간 여 사장은 곧바로 전화기를 들었다.

"김 실장? 할 얘기 있으니까 시간 되는 대로 올라와. 호수 놓고."

간만에 스케줄이 잡힌 호수를 수현과 함께 숍에 내려준 후, 원준은 곧장 사장실로 향했다.

"부르셨……."

무심히 노크를 하고 문을 당겼던 원준은 그대로 굳어버렸다.

"생각보다 일찍 왔네. 잠깐만."

힐끗 문 쪽을 돌아본 여 사장이 다시 고개를 돌렸다. 그녀는 한쪽 다리를 의자에 올려놓고 있었는데, 그 바람에 스커트가 살짝 밀려올라가 있었다. 어쩐지 야릇한 광경에 원준이 멍해진 찰나, 여 사장은 올려놓은 다리를 감싸고 있던 스타킹을 쭉 끌어 내렸다.

"지, 지금 무슨……!"

"뭔 놈의 스타킹이 걸핏하면 올이 나가? 이거, 스타킹 회사에서 많이 팔려고 일부러 거지같이 만드는 거 아냐?"

아무렇지도 않게 다리를 내리고 스커트를 툭툭 정리한 여 사장이 방금 벗은 구멍 난 스타킹을 책상 밑 쓰레기통에 던져 넣었다. 그러고는 다시 구두를 신으며 원준을 돌아보았다.

"문은 왜 잡고 섰어? 누구 더 들어올 사람이라도 있어?"

"아, 아뇨. 아닙니다."

얼른 문을 닫고 들어와 앉는 원준을 은근한 눈매로 지켜보던 여 사장이 불쑥 말을 던졌다.

"남자 직원한테 커피도 아니고, 스타킹 심부름은 좀 그렇지?"

"남자로 보시기는 하는 겁니까?"

저도 모르게 욱한 원준이 쏘아붙였다. 여 사장은 뭘 잘못 먹었냐는 눈을 했다.

"응. 이제껏 남자로 보고 있었는데. 여자였어?"

"됐습니다. 왜 부르셨어요?"

포장마차에서 속 얘기를 털어놓을 때만 해도 자신을 편하게 여기는 것 같아 내심 흐뭇했는데, 지금의 편하기 짝이 없는 태도는 조금도 흐뭇하지 않았다. 여 사장의 성격상 스타킹이 아니라 옷을 벗다가 들켰다고 해도 얼굴을 붉히며 부끄러워하는 일 따위 없을 거라는 걸 잘 아는데도 기분이 그랬다. 그러나 기분과는 반대로, 심장은 아까 그 장면을 잊기는커녕 계속 되새기며 점점 더 빠르게 부풀어 오르는 중이었다.

그런 속사정을 아는지 모르는지, 여 사장은 매끈하게 드러난 다리를 한쪽으로 모아 뻗으며 물었다.

"김 실장, 예전에 티라미수 매니저였지?"

"……네."

본인의 의지와는 상관없이 자꾸만 시선이 여 사장의 다리 쪽으로 가는 바람에 곤혹스러워진 원준이 간신히 대답했다. 그런 그를 뚫어져라 바라보던 여 사장이 불쑥 물었다.

"너, 그때 호수 빼고 다른 애들 스폰 받는 거 알고 있었어?"

"사장님이 어떻게 그걸……."

당황해 되물었던 원준은 곧 태린이 입원한 병원에서 강 사장과 BS 미디어 대표를 봤다는 사실을 전했음을 떠올리고 입을 다물었다. 그 말을 듣고 감을 잡은 여 사장이 이런저런 뒷조사를 하다가 거기까지 다 알아낸 모양이었다.

"알고 있었으면 왜 그냥 내버려 뒀어?"

은근 질책하는 듯한 말투에 원준은 무릎께의 옷자락을 꼭 움켜쥐었다.

알고 있었으면서도 빼내주지 못했다는 것. 그건 원준에게는 곱씹을수록 후회되는, 그래서 웬만하면 떠올리지 않으려 애쓰는 상처

같은 거였다. 그리고 호수 곁에서 일하면서 다 아물어 없어진 듯하던 그 상처는 엉망으로 무너진 태린을 보는 순간, 거짓말처럼 쭉 벌어져 아픈 생살을 고스란히 드러냈다.

그때는 감히 강 사장에게 정면으로 맞설 엄두조차 내지 못했던 초짜 매니저였다고, 그때 그 애들에게는 이미 내 말을 들을 의지 따위 없었다고 스스로를 변명해 봐도 밀려드는 죄책감은 어쩔 수가 없었다. 차라리 몰랐으면 모를까, 알고도 그 어린아이들을 두고 자신과 호수만 도망쳐 나온 것 같아 계속 마음이 무겁던 차였다.

"제가 그때 조금 더 용기가 있었거나 요령이라도 있었으면 다 데리고 나왔을 텐데……."

겨우 내놓은 대답을 들은 여 사장이 대강 알겠다는 표정을 지었다.

"호수라도 용케 잘 데려왔으니 그 정도면 큰일 한 거지. 그나저나 김태린이랑 얼마나 친해? 전에 호수랑 병문안도 갔던 걸 보면 아예 연락조차 않는 사이는 아닌 것 같은데."

"글쎄요. 모르는 사이는 아니지만, 친하다고는 못 하겠습니다. 특히 태린이 입장에서는 저를 보는 게 여러모로 힘들고 불편할 거고……."

"그 정도면 됐어."

말을 자른 여 사장이 본론을 꺼내들었다.

"내가 김태린한테 할 얘기가 있어서 조용히 따로 보려고 하는데, 같이 가줘야겠어."

난데없이 던져진 제안에 원준의 눈이 동그라니 커졌다. 그 시선을 마주 받으며, 여 사장은 아무렇게나 뻗어놓았던 다리를 쭉 끌어올려 꼬았다. 그러고는 그 움직임만큼이나 묘하게 사람을 긴장시키는 한마디를 흘려냈다.

"이번엔 구해줘야지. 안 그래?"

[11월 19일 PM 5:10. ONE, 숙소]
"아이, 정말. 이게 다 뭐냐고."

바닥에 엎드려 휴대폰을 들여다보고 있던 원일이 툴툴거렸다.

"주호수, 처음엔 평범해 보였는데 보면 볼수록 안 질리고 예쁜 것 같다. 예쁘면서 털털한 거 완전 내 이상형이다. 전부터 노래 잘해서 좋아했는데, 성격 보고 더 좋아졌다. 선우원이 좋아할 정도면 분명히 뭔가 매력이 있겠지 싶었는데, 이 정도 반전이 있었을 줄은……. 아, 댓글 분위기 다들 왜 이래?"

입을 삐죽거리는 원일을 이상하다는 눈으로 돌아본 지완이 물었다.

"왜? 뭐가 맘에 안 드는 건데? 그럼 계속 호수 누나가 욕을 먹었으면 좋겠다는 거야?"

"그럴 리가. 주호수는 욕을 먹는 것보다 차지게 욕을 하는 게 백배는 더 어울리지. 그런 게 아니라……."

길어서 다 들어가지도 않는 다리를 억지로 구기고 소파에 누워 있는 원의 뒷모습을 힐끔 돌아본 원일이 뒹굴뒹굴하던 몸을 일으켜 앉았다.

"뭐라고 해야 하나, 나만 알고 있던 노래가 갑자기 유명해진 것 같은, 그런 기분?"

"아아, 알겠다. 뭔가 좋은데 씁쓸한 거?"

"그렇지. 알려져서 기쁘고 좋기는 한데, 한편으로는 나만 알았으면 하는……."

"우흐크크크큽……."

"아, 저 웃음소리 진짜!"

원의 등짝에서부터 울려 퍼지는 귀신 소리에 노트북으로 작업을 하고 있던 태원이 진저리를 쳤다. 대화를 나누던 원일과 지완의 얼굴에도 '또 시작이야' 하는 표정이 스쳤다.

"밤새 한숨도 못 잤다고! 대체 그 동영상을 몇 번을 보는 거야? 그렇게 좋냐?"

〈청순요정의 실체의 실체.avi〉에 꽂힌 원이 돌아누우며 미안한 눈웃음을 흘렸다. 더 이상 구박도 못 하게 된 태원은 다시 노트북으로 고개를 돌렸고, 원일이 대신 한마디 했다.

"좋아하는 여자가 전국구로 깡패 인증했는데 좋기도 하겠다."

"귀엽잖아."

"저 형, 변태 아니야? 욕하고 머리채 잡히는 게 어딜 봐서 귀여울 일이야?"

"머리 잡힌 건 하나도 안 귀여워."

일어나 앉은 원이 작게 한숨을 내쉬었다.

"내가 뭘 잘못했는데? 내가 니들 남편이라도 뺏었냐? 멘탈 망가뜨렸으니 공개 사과하라고? 까고 있네. 내 멘탈은 멀쩡한 줄 알아?"

매우 과격하긴 했지만, 그 말들을 듣는 순간 그만하자던 말이 진심이 아니었다는 게 전해지는 것 같아 기뻤다. 그리고 마음에도 없는 말을 하게 만든 게 미안해 또 아팠다.

"팬이면 다냐? 니들은 평생 연애도 안 하고, 결혼도 안 하고, 원 오빠 늙어 죽을 때까지 꼬박꼬박 연금 주고, 용돈 챙겨 주면서 살래?

그럴 자신 있으면 어디 더 까보시든가."

그럴 리는 없겠지.

지금은 이렇게까지 날 좋아해 주지만, 다들 언젠가는 일하고, 연애하고, 결혼하고, 그러다가 나를 좋아했던 것조차 잊겠지. 한 10년쯤 지나서 '나 예전에 선우원 팬이었는데' 같은 말이라도 해준다면 고마운 거겠지.

그러니까, 너만은 그렇게 날 잊지 말아줘.

나 늙어 죽을 때까지 네가 나 챙겨줬으면 좋겠다. 물론 네가 그럴 마음이 없다고 해도 내가 늙어 죽을 때까지 질척질척 매달릴 생각이지만.

호수가 안 받아준다면 질척거림의 끝을 보여줄 작정을 하고 있는 잘생긴 질척이 원은 동영상의 마지막 장면을 떠올리고는 눈썹 끝을 일그러뜨렸다.

"머리카락…… 엄청 아팠겠지?"

"웃든지 울든지 하나만 해. 그리고 영상이 끊겨서 그렇지, 아마 그냥 뒀으면 그 여자애들이 훨씬 더 아팠을 거야."

원일이 단호하게 대답하자마자 숙소 문이 열렸다. 도영이었다.

"원아, 대본 다 읽어봤어? 너는 둘 중에 어떤 게 더 나을 것 같아?"

주인공으로 캐스팅되었던 초대형 사극 드라마에서 반강제로 하차한 이후, 도영은 그 사극 때문에 출연을 고사했던 다른 작품들 중 여전히 원을 캐스팅할 의사가 있다는 두 개의 대본을 원에게 전했다.

"저는 〈백설공주와 키 큰 난장이〉 쪽이 나을 것 같은데요. 이걸로 할래요."

"그래? 회사 쪽에서는 〈완벽한 베이비시터〉가 더 낫지 않을까 하던데. 〈백설공주와 키 큰 난장이〉는 다른 배우가 출연하기로 기사까지 났다가 펑크 난 거라 모양새도 좀 그렇고, 촬영 일정도 촉박해서."

"저도 다른 드라마 출연하기로 기사까지 났다가 펑크 난 거잖아요. 그리고 촬영 일정은 촉박할수록 좋아요. 빨리 일하고 싶으니까."

이미 결정을 내린 건지, 조금의 망설임도 없었다. 도영이 살짝 걱정스런 얼굴을 했다.

"다 좋은데, 아무래도 그 사극이랑 같은 시간대에 한다는 게 좀……."

선우원, 자신을 하차시킨 드라마와 같은 시간대에 방영 예정인 다른 드라마에 출연 결정.

언론을 자극하기 딱 좋은 이야깃거리긴 했다. 만약 이 드라마가 더 잘된다면 짜릿한 복수가 되겠지만, 그 반대라면 한껏 찌질해질 수도 있는 일이었다. 그러나 원은 자신감이 넘치다 못해 여유롭기까지 했다.

"저는 그게 가장 마음에 들어요."

얼핏 원이가 사악해 보인 건 기분 탓이겠지?

도영은 잠깐 떠올랐던 생각을 털어내고는 고개를 끄덕였다.

"그래. 사실 그 드라마 쪽에서 너를 제일 원하긴 했어. 네가 한다고만 하면 언제든지 환영이라고. 대본도 좋고 다 좋은데, 그 사극이 워낙 언론 플레이가 심해서 벌써부터 기가 죽는 느낌이라면서, 네가 합류해 주면 큰 도움이 될 것 같다고 하더라고."

원의 눈가에 이번에는 얼핏이 아니라 확실히 사악한 기색이 떠올랐다. 독하고도 치명적인 미소를 머금고, 원은 대답했다.

"양쪽 다 절실하니, 그 드라마 잘되겠네요. 목숨 걸고 해볼게요."

[11월 24일, AM 10:00, 승혁, 강 사장의 사무실]

전속 계약 해지 이야기가 나온 지 얼마 되지도 않아 여 사장은 특유의 폭풍 추진력을 발휘해 승혁과의 계약을 해지했다.

소식을 들은 RED 멤버들은 처음엔 분노했으나, 이번 기회에 좀 더 마음 맞는 보컬을 영입해 더 잘해보자는 여 사장의 말에 더 이상 아무 말도 하지 않았다. 뒤이어 승혁이 원하는 대로, 음악적 색깔이 맞지 않아 모두의 협의하에 아름답게 헤어지는 거라는 다소 오글거리는 글을 승혁의 손 글씨로 작성해 봄 엔터 홈페이지와 RED의 팬카페에 올리는 것으로 공식적인 입장까지 마무리했다.

그러고 나서 승혁은 곧장 강 사장에게로 향했다. 미성년자인지라 혼자 계약을 할 수는 없으니 어머니와 함께였다. 그동안 아들 입장에서 흘리는 불평불만만 듣고 봄 엔터를 좋게 보고 있지 않던 승혁의 어머니는 기획사를 옮기겠다는 승혁의 말에 흔쾌히 동행했다.

그러나 이제 와 맞닥뜨린 현실은, 강 사장이 처음 했던 말과는 달라도 한참 달랐다.

"아니, 계약금이 하나도 없다는 게 말이 돼요?"

"우리 회사랑 처음 계약하는 게 아니라 중간에 옮긴 거 아닙니까. 얘가 그쪽 회사에 줘야 할 위약금 우리가 대신 물어줬지, 얘 데리고 오는 데 이런저런 비용 들어갔지, 그런 거 저런 거 다 빼고 나면 계약금은커녕 되레 우리가 돈을 받아야 할 판이라니까?"

뭔가 잘못되어 가고 있음을 깨달은 승혁의 얼굴이 창백해졌다. 그사이 승혁의 어머니는 딱 봐도 불공정한 계약서를 훑어보고는 날카롭게 따졌다.

"그것도 그렇지만, 정산 비율이 8대 2라니, 회사가 8이면 너무 많은 거 아닌가요?"

"팀으로 하는 애들도 2 가지고 나눕니다. 그나마 얘는 혼자 먹잖아요. 죽어라 해서 회사에 8 주고도 남을 만큼 벌면 될 거 아닙니까?"

"뭐라고요? 게다가 계약 기간이 9년? 다른 건 그렇다 쳐도 연예인 전속 계약 기간은 법적으로 7년 아니에요?"

"남자니까 군대 가 있는 기간은 빼셔야지. 그럼 뭐 그동안 우리는 앉아서 손해 보나?"

"그런 게 어디 있어요? 봄 엔터에서는 그런 거 없이 7년이었……."

"그럼 그쪽으로 다시 가보시든가."

돌변한 강 사장의 태도에 승혁도, 승혁의 어머니도 놀라 입을 다물었다. 재킷 안주머니에서 담배를 꺼내 든 강 사장이 재떨이와 라이터를 제 앞으로 당기며 느긋하게 덧붙였다.

"이미 RED 탈퇴했다고 기사 다 떴고, 이 바닥에서는 솔로 하려고 봄 엔터 배신한 거 공공연히 소문 다 났는데, 이제 와서 얘랑 계약하겠다는 데가 또 있으려나 모르겠네?"

담배에 불을 붙인 강 사장이 보란 듯이 승혁 쪽으로 연기를 내뿜으며 웃었다. 그 웃음을 보는 순간, 승혁은 꽁꽁 묶인 듯 몸이 굳으며 소름이 돋는 것을 느꼈다.

"얘, 안 되겠다. 일어나. 나와!"

파르르 떨며 자리에서 일어선 승혁의 어머니가 승혁의 팔을 잡아당겼다. 승혁은 이끌리듯 몸을 일으켰다. 강 사장은 그다지 잡을 생각도 없어 보였다.

"잘 생각해 봐. 다시 왔을 때 계약 조건은 또 바뀌어 있을 수도 있으니까 명심하고."

엄마에게 이끌려 문을 나서기 직전, 홱 뒤돌아본 승혁과 눈이 마주친 강 사장이 남아 있던 웃음기를 싹 거두고 짓뭉개듯 담배를 비벼 껐다.

모든 것이 잘못되었음을 비로소 깨달은 승혁의 눈앞이 아득해졌다. 이제야 눈앞을 덮고 있던 뿌연 연기가 벗겨지며 잔혹한 현실이 똑똑히 눈에 들어왔다.

처음 만났을 때, 선우원 이상으로 키워주겠다고 말하던 사람은 거기 없었다.

저런 사람을 믿고 제 손으로 자신의 우상을 무너뜨리겠다며 사진을 갖다 바쳤다는 것도, 눈앞에서 배신당하면서도 힘들 때 연락하라는 말까지 해줄 정도로 인간적이었던 여 사장을 등지고 나왔다는 것도 미치도록 후회돼 부들부들 몸이 떨려왔다.

"세상에, 기가 막혀서. 너는 대체!"

버럭 화를 내려던 승혁의 어머니가 심상치 않은 아들의 기색을 보고는 놀라 말을 멈췄다. 어딜 보는 건지 모를 시선을 던진 채로, 어느새 피가 비칠 정도로 손톱을 물어뜯고 있던 승혁이 갑자기 몸을 돌리며 엄마의 팔을 절박하게 붙잡았다.

"엄마, 나 다시…… 다시 갈래……."

[11월 24일 PM 3:00. 여 사장과 원준, 외근]

원준은 여 사장을 옆에 태우고 한 식당으로 향했다. 여 사장은 태린을 만난다는 것 외에는 별다른 설명을 해주지 않았고, 원준 역시 이것저것 묻지 않았다.

"호수는?"

"연습실이요. 요새 거기서 살잖아요."

"조만간 득음하겠네."

시큰둥하니 대꾸한 여 사장이 농담인지 진담인지 모를 말을 던졌다.

"앞으로 노래 안 느는 애들 있으면 짝지어줬다가 찢어놔야겠어."

"남 짝지어줬다가 찢을 생각 마시고, 사장님 짝부터 찾으세요."

"노총각한테 그런 말 들으니까 기분 더럽고 좋네."

"노총각이라뇨? 요즘 서른세 살이 무슨 노총각이에요? 그리고 저는 못 가는 게 아니라 안 가는 거거든요? 제가 원하는 그런 여자만 나타나 주면 내일이라도 갈 거라고요."

"원하는 여자 누구? 설마 돈 많이 버는 현모양처라든가, 낮에는 지적이고 밤에는 섹시한 여자라든가, 이딴 개소리할 건 아니지?"

딱 그런 개소리를 왈왈하려던 원준이 입을 꾹 다물었다. 그럴 줄 알았다는 눈으로 흘겨본 여 사장은 뒤로 몸을 기대며 핀잔을 던졌다.

"얼굴이 대충 생겨서 없는 줄 알았더니, 세상에 없는 여자를 찾고 있었구만?"

"없긴 왜 없어요? 있어요. 그것도 엄청 가까이!"

때마침 바뀐 신호에 브레이크를 밟은 원준이 홱 하고 고개를 돌렸다. 앞으로 가볍게 휘청했던 여 사장 역시 눈을 부릅뜨며 옆을 돌아보았다.

순간, 둘의 눈이 마주쳤다.

방금 전까지만 해도 쉴 새 없이 짜그락거리던 둘은 약속이라도 한 양 아무도 말을 하지 않았다. 그러자 좁은 차 안에 말로 표현하기 어려운 묘한 분위기가 스르르 번졌다.

빵!

뒷 차가 경적을 울렸다. 말 그대로 엄청 가까이에 놓인 얼굴을 홀린 듯 쳐다보느라 신호가 바뀐 줄도 몰랐던 원준은 황급히 정신을 차리고 액셀을 밟았다. 여 사장도 다시 몸을 기댔다.

"아직 멀었어?"

"아뇨. 다 왔습니다."

언제 묘했냐는 듯, 여 사장과 원준은 대수롭지 않은 대화로 돌아갔다. 그러나 여전히 차 안에는 두 사람도 느끼지 못할 만큼 미미한 여운이 남아 있었다.

잠시 후, 차는 다소 외진 곳에 있는 작은 식당 앞에 도착했다. 미리 예약해 놓은 방 안에는 먼저 도착한 태린이 앉아 있었다. 가뜩이나 작은 얼굴을 커다란 선글라스로 가린 채 앉아 있던 그녀는 느릿하게 몸을 일으켰다.

"나와줘서 고마워요. 봄 엔터테인먼트 사장 여희수예요."

"……안녕하세요."

먼저 인사를 건넨 여 사장이 태린의 맞은편에 앉았다. 고개만 까닥한 태린은 선글라스를 벗을 듯 손을 올렸다가 테이블 아래로 떨어뜨렸다.

무슨 생각을 하는지 알 수 없는 인형 같은 얼굴을 천천히 살피던 여 사장이 단도직입적으로 말을 던졌다.

"처음 보는 사이에 이런저런 안부 묻는 것도 우습고, 길게 얘기할 시간도 없으니까 본론부터 말할게요. 내가 태린 양 데려가고 싶은데, 우리 회사로 올 생각 없어요?"

그런 말을 할 줄은 몰랐던 원준이 눈을 크게 떴다. 태린은 미동도 하지 않았다. 선글라스 너머의 눈빛도 다 보인다는 듯, 여 사장은 정확히 눈을 맞췄다.

"계속 BS 미디어에 있을 생각이에요? 공정하게 맺은 계약도 아닐 테니, 착실하게 지킬 필요는 없을 것 같은데. 전속 계약 해지 소송 걸어요. 도와줄게요."

줄지어 튀어나오는 직설적인 말들에 태린의 입매가 굳었다. 남의 일이라고 쉽게 얘기하는 건가 하는 생각에 불쾌해진 모양이었다. 그러나 여 사장은 개의치 않았다.

"솔직히 말할게요. 강 사장하고 BS 미디어 대표한테 당한 게 있어서 좀 갚아줘야겠는데, 태린 양이 도와줬으면 해요. 물론 나도 태린 양을 도와줄 생각이에요. 거기서 나올 수 있게."

원준은 조마조마한 눈으로 두 여자를 번갈아 살폈다. 태린이 대답이 없자, 여 사장은 조금 더 몸을 기울였다.

"본인이 이것저것 다 견디고서라도 빠져나올 마음만 있다면, 우리 회사에서 다시 시작할 수 있게 끝까지 도와줄게요. 대신 그전에 먼지는 모조리 털어내야겠죠."

'먼지'라는 표현이 스폰서를 지칭하는 것임을 곧바로 알아들은 태린의 낯빛이 눈에 띄게 창백해졌다. 말을 멈춘 여 사장은 다소 강하게 몰아붙였던 이제까지와는 달리 표정과 말투를 한결 부드럽게 풀었다.

"미안해요. 같은 여자로서 쉽지 않은 일일 거라는 거 알지만, 끝까지 감출 수 있는 비밀은 없어요. 언제 어떻게 밝혀질지 두려워하면서 평생을 사는 것보다는 스스로 밝히고 겪을 거 겪고 조금이라도 늦기 전에 다시 시작하는 게 좋지 않겠어요? 아직 어리니까."

짙은 선글라스 너머로 흔들리는 눈빛이 보이는 것만 같았다. 원준은 덩달아 숨을 죽였다.

"멀리 봐요. 몇 년쯤 견디고 홀가분해지는 게 나을지, 아니면 평생 묶여 있을 건지."

내내 듣고만 있던 태린이 비로소 입을 열었다.

"무슨 말씀이신지는 알겠습니다. 하지만……."

망설이던 태린이 선글라스를 벗었다. 그러자 이제껏 가려져 있던, 눈물인지 분노인지 모를 감정들로 가득 차 파르르 떨리는 눈동자가 고스란히 드러났다.

"제가 누굴 믿을 수 있을 거라고 생각하세요? 같은 여자라면서 그럴듯한 말씀을 하시면 제가 또 바보같이 혹해서 이번엔 정말 좋은 사람인가 보다, 그렇게 믿어야 할까요? 그저 조금 덜 나쁜 사람일지도, 혹은 더 나쁜 사람일지도 모르는데?"

손에 쥔 선글라스를 부서져라 움켜쥔 태린이 자리에서 일어나며 차갑게 대꾸했다.

"그 사람도 처음엔 그렇게 나빠 보이지 않았다구요."

여 사장은 놀란 기색도 없이 원준을 돌아보았다. 어쩔 줄 몰라 하다가 눈이 마주친 원준이 난처한 표정을 짓자, 여 사장은 눈짓으로 재촉했다.

"어, 저기, 태린아!"

태린이 걸음을 멈췄다. 뒤도 돌아보지 않는 등에 대고 원준은 간신히 말을 꺼냈다.

"누구도 믿기 어려운 건 알겠는데, 우리 사장님은 믿어도 돼."

'기껏 한다는 소리가 그거냐, 이 띨띨아?' 하는 여 사장의 눈빛을 애써 무시한 원준이 말을 이었다.

"물론 내 말도 못 믿겠지만…… 휴, 뭐라고 설명해야 할지 모르겠다. 그냥……."

원준은 급한 마음에 반쯤 몸을 일으켰다.

"너 그렇게 두고 나왔던 게 계속 걸렸어. 이번에는 꼭 도와주고 싶다. 그러니까…… 그때 제대로 못 한 매니저 노릇, 한 번이라도 제대로 하게 해주라."

그러나 태린은, 끝까지 원준을 돌아보지 않았다. 그러고는 아무 대답도 하지 않고 나가 버렸다.

원준과 여 사장은 예의상 시켰다가 다 식어버린 음식들을 몇 번 깨작대다가 그대로 나왔다. 여 사장의 집까지 데려다주는 동안 둘은 각자의 생각에 잠겨 한마디도 하지 않았다.

"조심해서 들어가세요."

"수고했어."

덤덤히 대꾸한 여 사장이 차 문을 열고 내렸다. 원준은 또각또각 걸어가는 뒷모습이 오피스텔 입구에 도착할 때까지 지켜보다가 차를 출발시키려 했다. 그런데 그때, 갑자기 시커먼 그림자가 여 사장의 옆으로 불쑥 튀어나오는 것이 보였다.

"……사장님."

갑작스레 나타난 누군가의 형체에 여 사장은 소스라치게 놀라 옆을 돌아보았다. 모자를 푹 눌러쓰고, 밤중에 선글라스까지 끼고 있던 남자가 급히 선글라스를 벗고 익숙한 얼굴을 드러냈다.

"죄송해요. 급히 드릴 말씀이 있는데, 회사에 안 계셔서……."

느닷없이 찾아온 이는 승혁이었다. 간신히 마음을 가라앉힌 여 사장이 침착하게 되물었다.

"무슨 일이야?"

"사장님한테 할 얘기 아닌 건 아는데요, 이런 말을 누구한테 해야 할지……. 생각나는 분이 사장님밖에 없어서……."

갑자기 튀어나온 그림자에 여 사장보다 더 놀라 차에서 뛰어내렸던 원준은 곧바로 승혁임을 알아보고는 조금 떨어진 곳에서 걸음을 멈췄다. 미처 원준까지는 보지 못한 승혁이 여 사장에게 매달리기라도 할 기세로 정신없이 말을 이었다.

"다른 회사랑 계약하려고 했는데, 아무래도 사기였던 것 같아요. 처음 들었던 거랑 조건이 완전히 달라서 그냥 나오긴 했는데 거의 협박을…… 어떻게 해야 할지……."

"잠깐만."

말을 끊은 여 사장이 승혁을 빤히 바라보았다.

"네 말대로 그거 나한테 할 얘기 아닌 것 같은데? 내가 아직도 네 사장이던가? 내가 그렇게 만만해 보여? 난 내 소속도 아닌 사람 뒤처리까지 해줄 정도로 한가하지 않아."

계약을 해지하고 사무실을 나설 때까지도 끝까지 웃어주던 것만 떠올리고 지푸라기라도 잡는 심정으로 찾아왔던 승혁의 얼굴에서 핏기가 싹 사라졌다.

"그때, 그때 분명…… 그러셨잖아요. 힘든 일 있으면 언제든지 도와주신다고……."

"그 말을 믿었어? 나한테 그런 짓을 해놓고 진짜 그런 걸 바랐단 말이야?"

자신이 아무렇지도 않게 거짓말을 하고 남을 배신했듯, 다른 사람 역시 자신에게 얼마든지 그럴 수 있음을 뼈저리게 깨달은 승혁이 입술을 안으로 앙다물었다. 세상을 만만하게 봤던, 그러나 실은 아무것도 몰랐던 어린 눈을 뚫어져라 바라보며 여 사장은 차게 대꾸했다.

"너 생각해서 네가 강 사장한테 원이랑 호수 스캔들 사진 넘긴 것 까지는 말 안 했어. 그 정도면 나로서는 충분히 배려한 거라고 생각하는데."

거기까지는 몰랐던 원준이 눈을 크게 떴다. 거기까지 알고 있었다는 것에 더 이상 말할 염치도 없어진 승혁은 고개를 푹 떨어뜨렸다.

"그나마 그쪽이랑 계약 안 했다니 다행이네. 노래 좀 하고 얼굴 좀 생겼다고 아무나 연예인 하는 거 아냐. 네 길 아니니까 일찌감치 접고 공부해. 공부하면서 다른 꿈 찾아봐."

"사장님……."

"너는 이승혁인데 선우원이 되고 싶다는 헛꿈을 꾸니까 아무것도 안 되는 거야. 그따위 같지도 않은 꿈 말고 남한테 피해 주지 않으면서 네가 목숨 걸고 열심히 해서 잘하고 싶은 일이 뭔지 다시 생각해 봐."

여 사장이 마지막으로 덧붙였다.

"고등학교 졸업할 때까지 깊이 생각해 보고, 혹시라도 다시 제대로 노래하고 싶은 마음이 들거든 그때 찾아와. 그럼 그때는 연습생부터 다시 시작할 수 있게 해줄게."

할 말을 잃은 듯 한동안 미동도 없이 서 있던 승혁이 조용히 몸을 돌렸다. 몇 걸음 걸어가던 승혁은 그제야 생각났다는 듯 다시 뒤돌아 고개를 꾸벅하고는 그대로 사라졌다. 유난히 마른 뒷모습을 바라보던 여 사장은 한참만에야 숨을 몰아쉬며 이마를 짚었다.

"괜찮으세요?"

"이런 씨, 또 어떤 새끼야!"

오늘 들어 두 번째로 당하는 괴한의 습격에 기겁한 여 사장의 입에서 본능적인 욕이 튀어나왔다. 다짜고짜 욕을 들어 먹은 괴한, 아니 원준은 대번 인상을 썼다.

"사장님, 은근히 신경 쓰이게 하는 타입이시네요. 예전 남자에 떠나간 가수에……."

"시끄러워. 누가 너보고 신경 써달래?"

그러게요. 근데 자꾸 신경이 쓰인단 말이죠. 그것도 점점 더.

속으로 중얼거린 원준은 승혁이 멀어진 쪽을 힐끗 돌아보았다.

"좀 안됐네요. 근데 정말 승혁이가 강 사장하고 계약하게 내버려 둘 생각이셨어요?"

"응."

강 사장이 어떤 인간인지 알면서, 아무리 승혁이가 잘못했다 해도 거기로 밀어 넣을 생각을 하시다니. 원준은 믿지 못하겠다는 마음 반, 살짝 실망한 마음 반을 담은 눈으로 여 사장을 바라보았다. 그녀는 뭘 보냐는 눈으로 맞받았다.

"그쪽하고 계약하고 나면 이중 계약으로 고소하려고 했어. 승혁이한테 준 계약 해지 서류, 일부러 좀 허술하게 만들었거든. 이중 계약으로 발목 붙잡아 버리면 아무 곳하고도 계약 못 하잖아. 이 바닥에 더 있다간 정말 위험할 것 같아서 억지로라도 내보내 주려고 했지."

찔러도 피 한 방울 나올 것 같지 않은 도도한 얼굴에서 흘러나오는 속 깊은 말들을 듣고 있던 원준의 눈빛이 미미하게 흔들리기 시작했다.

"강 사장하고 BS 미디어 대표, 일단 법정으로 끌고 들어가서 이것저것 다 파헤쳐 줄 생각이었는데, 그건 좀 아쉽게 됐네. 역시 김태린이 도와줘야……."

"사장님."

태린 이야기에 골몰해 있던 여 사장이 눈을 들었다. 원준은 그 눈을 똑바로 바라보았다.

"아까는 제가 잘못 말한 것 같습니다. 사장님, 은근히 신경 쓰이는 타입 아니세요."

밑도 끝도 없는 소리에 여 사장이 한쪽 눈썹을 일그러뜨렸다. 원준의 눈에, 그 미묘한 표정 변화 하나까지 새삼스럽게 담겼다.

"이유는 모르겠는데요. 사장님……."

열리려다 닫히고, 다시 열릴 듯 달싹이다 마는 입술을 뚫어져라 바라보던 여 사장이 참다못해 한소리 하려 할 때였다. 어떻게든 삼키려 애쓰다 결국 더 이상 삼키지 못한 말이 왈칵 튀어나왔다.

"은근히가 아니라, 정말 엄청나게 신경 쓰여요."

내가 지금 무슨 소리를 한 거지?

원준이 뒤늦게 움찔해 눈을 깜박거렸다. 한 박자 늦게 뺨이 화끈 달아오르고 심장이 미친 듯이 뛰기 시작했다. 그러나 이미 수습하긴 틀린 상태였다.

눈앞이 캄캄해진 원준의 귀에 지극히 여 사장다운 한마디가 날아들었다.

"네가 뭔데 나를 신경 써?"

"사, 사장님이 자꾸 신경 쓰이게 만드시잖아요."

"설마 내가 물가에 내놓은 어린애 같아서 신경이 쓰인다는 뜻은 아닐 테고. 너, 나한테 사심 있니?"

짧은 시간 동안 고민한 원준은 고민한 보람도 없이 지극히 원준스러운 대답을 꺼냈다.

"……예."

어지간해서는 당황하는 법 없는 여 사장이었으나 이런 대책 없는 소리에는 말문이 막힐 수밖에 없었다. 될 대로 되라는 심정으로 일단 내뱉은 원준은 막상 저지르고 나니 의외로 용기가 솟는 걸 느끼고는 솔직하게 덧붙였다.

"저도 지금 알았는데, 그런가 봅니다. 안 됩니까?"

"어디서 개수작이야? 요새 좀 놀아줬더니 내가 네 친구로 보이니?"

"친구라뇨. 친구로 보이면 제가 이러겠습니까?"

"근데 이게 진짜. 확 잘라 버릴까?"

"그러기만 해보세요. 소송 걸 겁니다. 근로 계약서에 사장님한테 사심 품으면 잘린다는 내용 같은 건 없잖아요."

안 그래도 요새 예민한 소송과 계약서 얘기까지 들먹이는 패기에 인내심이 뚝 끊어진 여 사장이 흉기나 다름없는 킬 힐 신은 발을 확 들었다. 그러나 원준은 간단히 그 발길질을 피하고는 뻔뻔하게 덧붙였다.

"그럼 저 이만 가보겠습니다. 이제 더 올 사람 없죠?"

"너만 꺼지면 될 것 같아."

"사장님 들어가시는 거 보고 꺼질게요."

"근데 이 자식이 오늘 뭘 잘못 먹었나? 멘트 더럽게 맘에 안 드네. 당장 안 꺼져?"

아까 실패한 발차기 대신 이번에는 핸드백을 쥔 손이 확 올라갔다. 단단하니 모양이 잘 잡힌데다 체인까지 달려 있는 것이, 맞으면 충분히 아플 만했다. 그 바람에 생존 본능 비슷한 것이 발동한 원준이 여 사장의 손목을 덥석 움켜잡았다.

"아! 이거 안 놔?"

"죄송해요. 놓으면 때릴 것 같아서."

"놓으면 때릴 건데, 안 놓으면 죽일 거야."

원준은 저도 모르게 피식 웃음을 터뜨렸다가 한 손으로 입을 가렸다.

얼결이었지만 말로 뱉어놓고 나니, 스스로도 몰랐던 막연한 기분의 정체가 무엇이었는지 비로소 알 것 같았다. 죽인다는 말을 듣고도 설레는 걸 보니, 진짜 죽일 것 같은 무시무시한 표정조차도 섹시해 보이는 걸 보니 확실히 걸려든 것 같았다.

"일단 얼른 들어가시죠. 밤엔 추우니까."

잡은 손목을 놓기는커녕 더 꼬옥 붙든 원준이 다짜고짜 입구 쪽으로 걸어갔다. 온 힘을 다해 손을 뿌리치려던 여 사장은 의외로 센 손힘에 내심 당황해 질질 끌리듯 걸음을 뗐다.

"내일 회사에서 뵙겠습니다."

오피스텔 바로 앞에서 손을 놓아준 원준이 그제야 두려웠는지 급한 인사만 남기고는 후다닥 차로 도망쳤다. 정말로 들어가는 걸 보고서야 꺼질 작정인지, 움직이지 않는 차를 뚫어져라 노려보던 여 사장이 홱 몸을 돌렸다.

"어디서 예고편도 없는 개수작을……. 내가 어쩌다 저런 걸 직원이라고 뽑았지? 참나."

혼잣말을 내뱉은 여 사장이 오피스텔 안으로 들어갔다. 어쩐지 뒤가 따끔따끔한 것을 애써 무시하고 엘리베이터에 오른 그녀는 단단히 팔짱을 끼고 애꿎은 계기판을 노려보았다.

곧 내려야 할 층에서 문이 열렸고, 집 앞에 선 그녀는 익숙한 번호를 눌렀다. 그러나 가늘게 손이 떨린 탓에 엉뚱한 숫자가 눌렸고, 삑삑 소리가 요란하게 복도를 울렸다.

"젠장!"

그 순간, 잘 유지하고 있던 표정이 단박에 무너졌다. 다시 비밀번호를 눌렀다가 또 실패한 여 사장은 문 열기를 포기하고 한 손으로 얼굴을 가렸다.

"살면서 받아본 온갖 개수작 중에 제일……."

아주 오래전에 느껴보았던, 그리고 아주 오랫동안 느낄 일 없던 감각이 손목에서부터 화끈 번져 나갔다. 체온이, 맥박이 조금씩 올라가고 빨라지는 것이 느껴지자 덜컥 겁이 났다. 이제 그만하라고 달래듯 제 손목을 감싸 쥐었던 여 사장은 문득 되살아나는 아까의 감촉에 화들짝 놀라 손을 뗐다.

맥없이 팔을 늘어뜨린 여 사장의 입에서 혼잣말이 비어져 나왔다.

"난감하네……."

[11월 27일 PM 2:00. 호수, 연습실.]

"KBC 창사 50주년 기념 라디오 공개방송 섭외 들어왔어. 이건 무조건 출연해야 된다."

요 며칠, 나사가 몇 개 빠진 것처럼 어수선하던 원준이 간만에 매니저다운 말을 꺼냈다. 호수가 의아한 눈을 했다.

"무조건? 왜?"

"이미 출연하기로 했으니까."

'이 뻔뻔한 대답은 뭐지?' 하는 시선을 못 본 척 외면한 원준이 덧붙였다.

"TV는 부담스럽다며? 이건 라디오인데다가 야외에서 공연 위주로 하는 거니까 괜찮을 거야. 이번 싱글 앨범 활동 제대로 마무리도 못 하고 흐지부지된 거 아깝지도 않아? 기회 될 때 최대한 불러야지."

"어디서 하는데?"

"지방. 별로 안 멀어. OO리조트."

짐짓 대수롭지 않은 투로 답한 원준이 눈치를 살폈다. 아니나 다를까, 호수의 표정이 싸해졌다. 지난여름, 〈아이돌 여름 체육대회〉를 녹화했던 바로 그 리조트였다.

울컥한 호수가 길게 생각할 겨를도 없이 원준의 멱살부터 붙잡았다.

"뭐 이따위 매니저가 다 있어? 내가 거기 가서 잘도 노래를 부를 수 있겠다! 대체 생각이 있는 거야, 없는 거야?"

"그럼 회사는 어떻게 오냐? 방송국도 이제 안 갈 거야? 그럼 아예 연예인을 때려치워!"

"시끄럽고! 오빠 첫사랑이랑 헤어진 장소 대! 거기서 콘서트하게!"

매니저 멱살을 붙잡는 가수나, 그렇다고 그 손을 떼어내서 바닥에 팽개치는 매니저나 똑같다는 표정을 한 수현이 느긋하게 싸움 구경을 하고 있을 때였다. 연습실 문이 슬쩍 열렸다.

"죄송하지만, 뭐 하나만 여쭤볼게요."

웬 여자의 목소리에 모두가 고개를 돌렸다. 그리고 곧 눈이 휘둥그레 커졌다. 그중에서도 가장 놀란 원준이 얼떨떨하니 입을 열었다.

"……태린아."

"오랜만이에요. 헤매고 있었는데 낯익은 목소리가 들려서."

쓰고 있던 선글라스를 벗은 태린이 어색하게 인사를 했다. 초면인 수현에게는 목례를, 호수에게는 미소를 지어 보인 태린이 조심스레 입을 뗐다.

"사장실이 몇 층이에요?"

태린의 물음을 듣자마자 원준이 벌떡 일어섰다.

"사장님 뵈러 온 거야? 한 층만 올라가면 돼. 같이 가자."

태린의 손에 들려 있던 캐리어를 자연스럽게 뺏어 구석에 놓은 원준이 앞장을 섰다. 호수를 힐끗 돌아본 태린도 그 뒤를 따라 나갔다. 두 사람 뒤로 닫히는 문을 쳐다보고 있던 수현이 얼떨떨하니 중얼거렸다.

"뭐야? 어떻게 된 거야? 김태린이 왜 우리 회사에 와서 사장님을 찾아? 원준 형은 또 왜 저렇게 반기고?"

"글쎄, 나도 잘 모르겠는데⋯⋯. 아, 조만간 보자는 게 이거였나?"

얼마 전 태린에게 걸려왔던 전화를 떠올린 호수가 무심코 혼잣말을 흘렸다.

며칠 전, 어떻게 번호를 알았는지 난데없이 전화를 걸어온 태린은 대수롭지 않은 말들을 건네다가 조금은 뜻밖인 물음을 던졌다.

「호수야, 이런 거 묻기는 좀 그렇긴 한데⋯⋯ 다른 오해는 하지 말고 있는 그대로만 들어줘. 사람들이 너한테 악플 달면서 비난할 때⋯⋯ 기분이 어땠어? 견딜 만해?」

오해하지 말라고는 했으나 그 말을 듣자마자 호수는 욱했다. 원과 마찬가지로 태린 역시 데뷔 이후 늘 탄탄대로만 걸어온 톱스타였으니까. 날 때부터 완벽한 미인으로 태어난 사람이 '못생겼다는 건 어떤 느낌이야?'라고 묻는 듯한 기분이었다.

"사람인데 별의별 생각 다 들지. 그래도 견디다 보면 언젠가는 시들해지더라. 내가 잘못을 해서 욕을 먹는 거면 억울할 거 없다고 생각하면 되고, 얼토당토않은 욕은 그냥 개소리려니 생각하면 그럭저럭 버틸 만은 해."

그래도 꾹 참고 건넨 대답에 작게 웃은 태린은 재차 물었다.

「그 동영상 있잖아. 네가 이제까지 감춰왔던 걸 고스란히 들켰을 때, 그때는 어땠어?」

별걸 다 물어본다고 속으로 툴툴거리면서도, 호수는 혹시나 태린이 또 엉뚱한 생각이라도 할까 봐 성의껏 답해 주었다.

"처음엔 무서웠는데 나중엔 오히려 홀가분하더라. 왜 그런 거 있잖아, 엄마한테 혼날 짓하고 감추고 있다가 딱 걸렸을 때, 겁나게 얻어맞으면서도 이제 혼나기만 하면 끝이구나 하고 속 시원한 거. 뭐 그런 기분?"

그 말에 태린은 정말이지 오랜만에 들어보는 웃음소리를 터뜨렸다. 그러고는 조만간 보자는 말과 함께 전화를 끊었다.

"뭐지? 원준 오빠에 사장님까지……."

열심히 머리를 굴려보던 호수의 눈에 구석에 놓인 캐리어가 들어왔다. 거의 허리 높이까지 오는 커다란 크기를 보니 가출이라도 한 건가 싶을 정도였다.

궁금하고 걱정되면서도, 한편으로는 조금 전 뒤돌아보던 태린의 얼굴에 묘한 안도감 같은 것이 떠올라 있던 것 같아 크게 불안하진 않았다. 좀 더 생각하던 호수는 이내 골치 아프니 관두자는 결론을 내리고는 중얼거렸다.

"무슨 일인지는 모르겠지만, 걱정 안 해도 되겠지?"

[엔터 뉴스] 김태린, 소속사 상대로 전속 계약 해지 소송 제기. 성상납 및 폭행 루머 인정 '충격'!

오늘 오후, '국민여신'이라 불리며 큰 인기를 얻고 있는 배우 김태린이 기자회견을 갖고 소속사를 상대로 소송을 제기했음을 알렸다. 동시에 그동안 자신을 둘러싸고 있던 몇몇 루머가 사실임을 밝혀 팬들에게 큰 충격을 안겼다.

10분 남짓한 짧은 기자회견을 통해 김태린은 얼마 전 병원에 입원했던 이유가 사실은 소위 스폰서라 불리는 성상납 요구를 거절하면서 소속사 대표에게 폭행을 당했고, 그로 인해 자살을 시도했기 때문임을 담담히 밝혔다.

뒤이어 데뷔 초부터 스폰서 제의를 받아왔으며 거절하지 않았다. 그러나 곧 후회했고, 더 이상은 견딜 수가 없었다. 자신과 같은 일을 겪는 사람이 더 이상 생기지 않았으면 하는 마음에 모든 것을 포기하고 밝히는 것이며 소송 결과와 상관없이 자신이 저지른 일의 벌은 달게 받겠다는 말을 차례로 덧붙였다. 기자회견을 마친 후 김태린은 일체의 질문을 받지 않고 자리를 떠났다.

연예계의 어두운 관행처럼 여겨지고 있는 여자 연예인의 성상납과 관련된 폭로는 꾸준히 있어 왔으나, 스스로 밝히는 경우는 처음이라 더욱 충격을 주고 있다.

현재 김태린은 소속사를 상대로 전속 계약 해지 소송 및 전속 계약 해지를 위한 효력 정지 가처분을 신청한 상태다. 이에 대해 소속사에서는 아직 공식적인 입장을 내놓지 않고 있다.

회사에서 태린을 마주치고 이틀 후, 그 기사가 터졌다. 호수는 그야말로 아연실색했다.

"이게 무슨……!"

멍하니 휴대폰을 바라보던 호수가 고개를 들었다. 그 앞에는 질끈 묶은 머리에 화장기 하나 없는 얼굴의 태린이 앉아 있었다.

"아직 무서워서 댓글들은 못 보겠어. 사실 댓글 읽고 있을 시간도 없긴 해. 소송이라는 거 처음 해보는데, 엄청 어렵고 복잡하네. 사장님이 안 도와주셨으면 엄두도 못 낼 뻔했어."

꼿꼿한 태린의 대답에 호수는 헛숨을 흘렸다. 그거 말고는 딱히 무슨 반응을 보여야 할지도 모르겠는 기분이었다.

회사로 여 사장을 찾아왔던 날 저녁, 태린은 호수의 숙소로 무작정 밀고 들어왔다. 원준마저 사장님이 당분간 같이 지내라고 시켰다며 거들었다.

"나, 너희 사장님하고 손잡고 우리 대표하고 강 사장한테 한 방 먹일 각오하고 빠져나왔어. 너도 알잖아, 그 인간. 걸리면 죽을지도 몰라. 이 오피스텔 보안이 그렇게 잘돼 있다면서?"

말 그대로 그 인간이 어떤 인간인지 알기에 더 이상 할 말은 없었다. 그리고 이틀 후, 이런 일이 터진 거였다. 그냥 강 사장의 비리를 알려주는 정도겠거니 생각했던 호수는 제 몸에 폭탄을 묶고 적진에 뛰어든 거나 다름없는 그녀의 결심이 그저 놀랍기만 했다.

"괜찮겠어?"

겨우 꺼낸 물음에 태린은 옅은 미소를 띠며 고개를 끄덕였다.

"있잖아, 호수야. 그때…… 나만 죽지 않게 잡아줘서 고마워."

국민여신에서 순식간에 나락으로 떨어졌음에도, 태린의 웃음은 어쩐지 병원에서 봤을 때보다 더 편하고 환해 보였다.

"죽어도 같이 죽을 거야. 아니, 그 인간들만 죽이고 나는 꿋꿋이 살 거야."

새기듯 천천히 말하는 태린의 표정은 평온했다. 호수는 근처에도 가본 적 없는, 상상조차 할 수 없는 세계에서 보낸 시간들이 만들어 준 단단함이었다. 제 손으로 숨을 끊으려고 몇 번이고 그었던 상처 위에 겨우 얹어진 굳은살이고, 딱지였다.

"이렇게 모든 걸 잃을 각오로 터뜨려 봤자 진짜들은 하나도 안 잡힐 거라는 거 알아. 어쩌면 생각했던 것보다 훨씬 더 빨리, 허무할 정도로 쉽게 묻혀 버릴지도 몰라. 그 사람들은 말 그대로 경찰이든 검찰이든 손을 댈 수가 없을 정도의 힘을 가진 사람들이거든."

뭘 떠올렸는지, 제 팔로 몸을 감싸며 어깨를 떤 태린이 시선을 내리깔았다.

"그래도 강 사장 정도는 벌 받게 만들 수 있겠지. 그럼 더 이상 나처럼 속는 애들은 없을 거니까, 최소한 그것만으로도 가치는 있을 것 같아."

병원에서도 그랬듯, 태린은 이런 상황에서도 참 예쁘게도 웃었다.

"무엇보다도, 이제 그 대단한 사람들이 절대로 날 찾지 않을 거라는 게 제일 좋아."

울컥 눈물이 솟은 호수는 저도 모르게 앞에 앉은 태린을 꼭 끌어안았다. 우리 아직 이런 것까지는 좀 어색하지 않냐며 웃던 태린도 곧 잠잠해지더니 가만히 안겼다.

문득, 함께했던 연습생 시절이 떠올랐다.

우린 언제 데뷔하게 될까, 데뷔하면 우리도 소녀시대나 원더걸스처럼 뜰 수 있을까 하는 꿈에만 부풀어 있었는데. 그냥 그렇게 예쁜 꿈만 꾸던 소녀들이었는데.

나쁜 사람들은 충분히 벌 받았으면 좋겠다.

그리고 언니는, 다시 꿈을 찾았으면 좋겠어.

"잘될 거야. 언니는 뭘 어떻게 해도 예쁘니까. 예쁘면 다 용서받는다는 말이 괜히 있는 게 아니거든. 그리고 우리 엄마도 그러는데……."

언니처럼 태린의 등을 토닥거린 호수가 운 티를 내지 않으려 애쓰는 목소리로 덧붙였다.

"자기가 잘못한 거 인정하고 바로잡을 줄 아는 사람은 뭘 해도 잘

될 거랬어."

사건이 터진 이후 강 사장과 BS 미디어는 늘 하던 대로 돈과 소문을 뿌려 이번 사건을 덮으려 했다. 그러나 이번만큼은 뜻대로 되지 않았다.

배신감 느낀다는 비난들도 물론 많았으나, 그보다는 태린이 여자로서의 마지막 자존심마저 포기하고 스스로 밝힌 사건이라는 점에서 '오죽하면 그렇게까지' 하는 여론이 더 강하게 일어났다. 그건 곧 수사에 대한 관심이 극도로 높아지는 쪽으로 연결됐고, 제아무리 돈을 퍼 준대도 적당히 처벌하고 넘길 수가 없는 분위기가 조성되면서 이례적으로 강 사장과 BS 미디어 대표를 비롯한 몇몇 책임자들을 상대로 강력한 조사가 들어갔다. 그리고 아는 사람은 다 알다시피, 애초에 걸렸던 성상납과 폭행 외에도 횡령 및 배임, 사기 등 몇 가지 죄목들이 줄줄이 추가되었다.

그리고 그 와중에, 호수는 생각지도 못하게 큰 이득을 얻었다.

— 그나마 김태린은 자기 입으로 밝히기라도 했지. 줄줄이 딸려 나온 다른 여자 연예인들은 더 실망이다. 갑자기 뜨는 데는 다 이유가 있었네.

— 그 와중에 호수 진짜 돋보인다. 다시 봤음.

— 궁금해서 그러는데요, 김태린 기사에서 왜 다들 호수 얘기 하는 거예요?

— 예전에 호수가 김태린하고 같이 티라미수라는 걸그룹 했었잖아요. 이번에 김태린 사건 터지면서 다른 멤버였던 강라연이랑 이혜미도 같이 스폰 받았다는 거 걸렸는데, 호수만 거절하고 다른 회사로 바로 옮겼다네요. 그래서 그래요.

— 그래서 한동안 호수만 인기 없던 거구나. 이제라도 잘됐으면 좋겠네요!

조금이라도 더 오래 현실과 타협하고 싶어 한 라연과 혜미는 태린과 호수까지 원망하며 발악을 했으나 모든 건 순식간에 끝이었다. 쉽게 얻은 건 쉽게 사라진다는 말처럼, 귀한 몸을 가볍게 여겨 얻은 모든 것들은 물거품처럼 가볍게 부서지고 날아가 버렸다.

그렇게 태린의 사건으로 떠들썩한 사이, 호수가 출연하기로 한 라디오 공개방송이 바로 하루 앞으로 다가왔다. 그날 저녁, 원은 사장실을 찾았다.

"할 말이 뭔데?"

마무리하려면 몇 달은 족히 걸릴 것 같은 태린의 소송 건에 잔뜩 집중하고 있던 여 사장이 고개도 들지 않고 물었다.

"바쁘신데 죄송해요, 사장님. 아주 중요하게 드릴 말씀이 있어서요."

녹은 초콜릿처럼 달콤한 목소리와 공손한 말투에 본능적으로 흔들린 여 사장은 보고 있던 서류를 덮고 고개를 들었다.

"요즘 저랑 호수 기사에 달리는 댓글들 보셨어요? 분위기 되게 좋던데."

"갑자기 드라마 합류하게 돼서 대본 파느라 정신없을 줄 알았더니, 그런 거 챙겨 볼 시간도 있을 정도로 한가해?"

"에이, 아니에요. 저도 잠깐 봤어요. 예전엔 일부러 찾아야 좋은 글이 한두 개 보였는데 요새는 대충 훑어봐도 어찌나 좋은지."

뻔뻔한 표정으로 좋다는 말을 늘어놓은 원이 싱긋 웃었다. 요즘 댓글 분위기가 확 달라진 건 사실이었다. 선우원도 좋고 호수도 좋다, 선우원이 왜 호수 좋아했는지 알겠다, 헤어진 게 안타깝다, 이제 보니 잘 어울리는데 다시 만났으면 좋겠다, 등등.

"이 정도면 다 해결된 것 같은데요. 사람들이 다시 만났으면 좋겠다는데, 기대에 부응해야 하지 않을까요?"

"그럼 뭐, 사람들이 누드집을 기대하면 거기에도 부응할래?"

"그거는 좀……. 아, 자신이 없어서 그런 건 아니구요."

눈을 가늘게 뜬 여 사장이 보고 있던 서류를 탁 내려놓았다. 어느새 눈빛이 달라진 원은 자세를 꼿꼿이 했다.

"내일 모레, 저 00리조트에서 새 드라마 제작 발표회하는 거 아시죠?"

"근데?"

"저, 사장님께 정식으로 부탁드리고 싶습니다."

'따님과의 교제를 허락해 주십시오' 같은 뉘앙스를 풍기는 말투로, 원이 입을 뗐다.

"드라마 제작 발표회에서 공개하게 해주세요."

"뭘?"

"사장님이 된다고만 하시면 바로 PD님께 말씀드릴게요. 아마 좋아하실 거예요. 우리 드라마, 언론에서 너무 관심 안 가져 준다면서 저랑 여자 주인공이랑 가짜 스캔들이라도 내야 되는 거 아니냐는 말씀까지 하셨거든요. 그렇게는 못 해드리지만, 대신 제작 발표회에서 그 정도 기삿거리를 터뜨려 주면 충분히 주목받을 수 있지 않을까요?"

"그러니까, 뭘 터뜨린다는 건데?"

다 알지만 괜한 심술이 돋은 여 사장이 삐딱한 눈으로 재차 물었다. 그러자 원이 별 두 개 쾅쾅 박아놓은 것처럼 똘똘하니 빛나는 눈으로 답했다.

"뭐긴 뭐겠어요. 제 마음이요."

'허' 하고 헛숨을 뱉어내는 여 사장의 귀에 또렷하고 간절한 한마디가 날아들었다.

"제가 아직도 호수 좋아하는 거요."

제가 호수 좋아하는 거, 정식으로 공개하게 해주세요.

안 된다고 하면 눈에 박힌 별이 비가 되어 주룩주룩 쏟아질 기세였다. 팬이든 아니든 일정 거리 이하에서 제대로 마주쳤다 하면 심장마비로 관 짜고 드러눕게 만든다는 마성의 눈빛을 대수롭지 않게 튕겨낸 여 사장이 자세를 비스듬하게 틀었다.

"원아, 이거 왠지 낯익다는 생각 안 드니?"

"네?"

"너, 전에도 나한테 비슷한 얘기했던 거 기억 안 나지?"

"제가요?"

무슨 말인지 전혀 모르겠다는 기색이 원의 얼굴 가득 번졌다. 여 사장은 웃음을 깨물며 한 손으로 가볍게 턱을 괴었다.

♩ ♫ ♪

몇 달 전, 원이 사생팬의 차를 피하려다가 교통사고가 나서 입원하기 조금 전쯤이었다.

다소 늦은 시간에 느닷없이 사장실을 찾아온 원이 그런 말을 했다.

"저, 사장님께 정식으로 부탁드리고 싶습니다. 공개하게 해주세요. 사장님이 된다고만 하시면 바로 공개할래요.”

“뭘?”

황당해 되묻고 나서야 희미한 술 냄새가 난다는 것을 깨달았다. 얼굴이며 말투가 하도 멀쩡해서 몰랐는데, ‘이 짜식 맛이 갔네’ 하는 생각을 하자마자 원이 대답했다.

“뭐긴 뭐겠어요. 제 마음이요.”

네 마음이라고 하면 내가 어떻게 아느냐, 너랑 나랑 언제부터 그렇게 이심전심하는 사이였느냐고 타박하려 했을 때, 원이 눈 튀어나오게 놀랄 만한 발언을 터뜨렸다.

“제가 호수 좋아하는 거요.”

눈치하면 누구에게도 지지 않는 그녀도 상상조차 못 한 말이었다. 어쩌면 일부 팬들이 간절히 원하는 대로 태원이를 좋아한다고 했으면 오히려 덜 놀랐겠다 싶을 정도였다. 그러나 이어진 말은 더했다.

“저 5년 동안 호수 좋아했어요. 지금도 너무 좋아요. 매일, 매 시간, 매 순간 말하고 싶은데, 호수가 저를 너무 싫어하니까……. 물론 오디션 때 사진 사건 때문에 싫어할 만하다는 건 저도 알지만……. 그래도 태원이랑 저랑 동갑인데 태원이한테만 오빠라고 하고 저랑은 눈도 안 마주치고…….”

그 순간만큼은 사장다운 품위를 유지해야 한다는 것도 잊고 반쯤 입을 벌린 채 술 취한 원의 옹알옹알 찡찡을 들었던 게 떠올랐다.

“솔직히 힘들어요, 사장님. 아이돌로 사랑받고 사는 거 정말 좋은데, 정작 제가 좋아하는 사람한테는 좋아한다는 말도 못 하고……. 서로 좋아하게 된다 해도 누구에게도 말할 수 없다는 게……. 그냥, 요즘 좀 그래요. 지쳤나 봐요. 이러다 저도 모르게 사고라도 치게 되면 어떡하죠? 갑자기 다 포기해 버리고 싶어지면요?"

그때도 지금처럼 원은 물결 위에 뜬 별처럼 촉촉이 젖은 눈을 하고 힘겹게 속마음을 털어놓았다. 얼마 후 도영이 헐레벌떡 뛰어 들어와 원을 질질 끌고 나갔고, 그제야 여 사장은 5년 동안 한 번도 본 적 없던 원의 술버릇이 멀쩡한 얼굴로 속마음을 곧이곧대로 털어놓고 까맣게 잊어버리는 것임을 처음 알았다.

♩ ♫ ♪

깨끗이 지웠기에 그 사실을 알 리 없는 원은 혼란스러운 눈으로 '내가 언제 그런 말을 했더라' 하는 생각에 골똘히 잠겨 있었다. 여 사장은 비어져 나오는 웃음을 꾹 참았다.

"예전에 호수랑 너랑 친해지기도 전에 술 먹고 나 찾아온 적 있었어. 넌 당연히 기억 안 나겠지만."

"……예에?"

'술 먹고'에서 이미 어마어마한 불길함을 느낀 원의 목소리가 대번 갈라졌다.

"대체 무슨 말을……."

"호수가 너무 좋아서 사고 칠 것 같다고."

'호수가 좋다'와 '요즘 지쳐서 이러다 사고라도 칠 것 같다'를 교묘하게 편집한 여 사장이 없던 말까지 지어냈다.

"그리고 호수랑 사귀게만 해주면 평생 봄 엔터랑 종신 계약할 테니까 도와달라고."

순진한 건지, 아니면 자기 자신을 너무나 잘 아는 건지, 조금의 의심도 없이 여 사장의 말을 믿어버린 원은 울상이 되어 고개를 떨어뜨렸다. '충분히 제가 했을 법한 말이네요' 하고 중얼거린 그가 이제야 알겠다는 눈을 했다.

"설마 그 얘기 들으시고 일부러 호수를 저랑……!"

"고맙지? 그러니까 종신 계약."

평생 봄 엔터의 꽃다운 노예가 되기로 결심한 원은 방금 눈 뜨고 사기당한 줄도 모르고 격하게 고개를 끄덕였다. 잘만 하면 남자 친구 노예를 따라 여자 친구 노예도 종신으로 부려 먹을 수 있겠다는 생각을 한 여 사장은 슬며시 미소를 지었다.

"네 말대로 지금 분위기가 딱 좋은 것 같긴 해."

잠시 말을 멈추고 이것저것 가늠해 보던 여 사장이 덧붙였다.

"지금이라면 이 스캔들이 너랑 호수에게도 도움이 될 거고, 태린이 일도 조금은 덮어줄 거고, 우리 회사에도 전혀 해가 되지 않겠지."

그렇게 바라던 긍정적인 대답을 들은 원의 얼굴이 단숨에 활짝 피었다. 좋은 마음을 조금도 감추지 않는, 보는 사람까지 마음이 환히 개는 것만 같은 얼굴이었다.

"PD님한테는 내가 조용히 여쭤볼게. 너는 차 실장하고 멤버들한테 잘 얘기해 놔. 특히 멤버들한테 고맙다는 말 하는 거 잊지 마. 그런 것까지 다 이해하고 감수해 주는 팀 멤버 만나는 거 쉬운 일 아냐."

"알고 있습니다. 사장님, 감사합니다."

감격한 원이 90도로 꾸벅 인사를 했다. 여 사장은 그런 거 하지 말라는 듯 미간을 찡그렸다가 문득 물었다.

"근데 정작 호수랑은 그동안 얼굴도 제대로 못 본 거 아냐? 설마 뒤에서 몰래 만났어?"

"아뇨. 스캔들 터지고 나서 한 번도 못 봤어요. 물론 연락도 안 했고요."

설마 했는데 돌아오는 모자란 답변이 기가 막혔다.

"뭐야? 그럼 호수는 여전히 헤어진 걸로 알고 있을 텐데, 뭘 믿고 혼자 공개를 한대? 그동안 호수 맘이 변해서 뭐하는 짓이냐고 그러면 어쩌게? 전국적으로 한 번 더 차이려고?"

"저 차인 적 없어요! 헤어진 적도 없고요!"

안 그래도 내심 걱정하던 부분을 제대로 후벼 파는 말에 원이 발끈했다.

"호수 마음이 왜 변해요? 사람들이 하도 뭐라고 하니까 잠깐 힘들어서 그런 거지, 진심 아니었어요."

"네가 어떻게 알아?"

"그냥 알아요. 몰라도 알아요. 혹시라도 변했으면 다시 변하게 만들어놓을 거니까 상관없어요. 어쨌든 사장님, 허락하신 거죠?"

비 온 뒤 단단해진 땅처럼 굳은 눈빛이었다. 여 사장은 마음대로 하라는 의미로 고갯짓을 했다. 아이처럼 활짝 웃은 원은 다시금 인사를 하고는 일어났다.

"아참, 사장님."

원이 닫지 않은 문 사이로 해사한 얼굴을 쓰윽 내밀었다. '저 요망한 것이 오늘 왜 저렇게 끼를 부려?' 하는 눈길에도 굴하지 않고 잔망잔망한 눈웃음을 띤 원이 은근슬쩍 물었다.

"봄 엔터 1호 커플 말고, 1호 부부는 안 되죠?"

여 사장이 테이블 위에 놓여 있던 결재판을 집어 들었다. 가차 없이 던질 기세로 손을 들어 올리자 원은 냉큼 문을 닫고 도망쳤다. 결재판을 원래 놓여 있던 곳에 툭 던진 여 사장이 한심하다는 눈길로 닫힌 문을 노려보았다.

"1절만 할 것이지, 꼭 맞을 짓을 해요. 얼굴이 아깝고, 허우대가 아깝다. 주호수가 뭐라고 저렇게 정신을 못 차려? 하긴, 이제 와선 누가 아깝다고 하기도 뭐하지만⋯⋯."

자리로 돌아가던 여 사장이 멈칫 인상을 구겼다.

"저거 혹시 진짜로 사고부터 쳐버리는 거 아니야?"

#Track 17.
영이 되고 하나가 된 순간

[12월 4일 PM 1:30. 호수, 00리조트]

2시부터 6시까지 진행하는 라디오 공개방송 녹화를 앞두고, 호수는 일찌감치 도착해 조금 떨어진 곳에 차를 세워두고 대기 중이었다. 바람이라도 좀 쐬라는 원준의 말에도 호수는 고집스럽게 차에서 한 발짝도 내리지 않았다. 장소가 장소인 탓도 있고, 스캔들 이후 활동을 거의 하지 않다가 오랜만에 제대로 하는 녹화라 긴장한 탓도 있었다.

그리고 같은 시각, 그리 멀지 않은 곳에 틀어박혀 있는 또 한 사람이 있었다.

"네. 별일은요. 형 오실 때까지 한 발짝도 안 나갈 거라니까요. 조심할게요. 내일 봬요."

전화를 끊은 원이 가볍게 숨을 들이마셨다 내뱉고는 천천히 창문쪽으로 다가갔다.

옅은 잿빛의 커튼을 한 손으로 걷어내자, 바로 앞에 널찍한 광장이 보였다. 그곳에 커다란 무대가 세워져 있었다. 벌써부터 군데군데 차 있는 객석 의자와 무대 위아래를 오가는 스태프들의 바쁜 움직임을 익숙한 눈으로 살핀 원은 무대 뒤편으로 마련된 간이 대기실과 주차장 쪽을 꼼꼼히 훑어보며 중얼거렸다.

"……아직 안 왔나?"

어제 여 사장에게 허락을 받아낸 후, 원은 바로 숙소로 돌아와 도영과 멤버들에게 공개 연애를 하고 싶다는 뜻을 밝혔다. 개인적인 일로 팀에 자꾸 영향을 끼쳐서 미안하다는 원의 말에, 멤버들은 예상했던 것과 크게 다르지 않은 반응을 보였다.

"그래, 형 이미지에는 그런 게 어울려. 그럼 다음엔 나!"

"여자가 없잖아. 혼자 공개 연애할래?"

해맑게 손을 번쩍 드는 원일을 말 한마디로 간단히 보내 버린 지완은 시크하게 턱을 괴며 중얼거렸다.

"그렇다면 나라도 팬들의 희망으로 남아줘야겠다. 물론 너무 많이 알면 다치니까, 나는 끝까지 완벽하게 감추는 쪽으로……."

그리고 속사정이야 어쨌든 공식적으로는 공개 연애 선배인 태원은 짧지만 나름 현실적인 조언을 던졌다.

"팬들한테 더 잘해."

원은 진심으로 고마운 마음을 담아 멤버들을 껴안았다. 애정이 넘치다 보니 다소 끈적해진 포옹에 멤버들은 욕구불만을 왜 여기서 푸느냐며 질색했지만, 원은 좋았다. 여 사장뿐만 아니라 이들하고도 평생 의리를 저버리지 않겠다는 종신 계약이라도 맺고 싶은 기분이었다.

그리고 드라마 제작 발표회를 하루 앞둔 오늘, 원은 도영에게 하루 먼저 이곳에 데려다 달라는 말을 꺼냈다. 앞으로 드라마가 끝날 때까지 오늘처럼 스케줄이 비는 경우는 거의 없을 테니 하루라도 푹 쉬고 싶다는 그럴듯한 핑계를 대긴 했으나, 오늘 그 리조트에서 열리는 라디오 공개방송에 호수가 출연하기 때문임을 짐작하지 못하는 이는 없었다.

"네 말대로 보기만 하는 거다? 딱 하루만 참으면 되는데 괜한 사고 치지 말고."

아무도 모르게 여기까지 데려다주고, 공개방송이 열리는 광장이 잘 보이는 방까지 잡아준 도영은 다시 서울로 돌아가며 그런 당부를 했다. 원 역시 이제까지 공들여 잘 닦아놓은 길을 코앞에서 망칠 생각은 없었기에 순순히 고개를 끄덕였다.

"아직 20분이나 남았네."

시계를 보고 아직 멀었음을 확인한 원이 미간을 찡그리며 몸을 돌렸다.

"······빨리 좀 시작하지."

그 시각, 호수는 공들여 만져 놓은 헤어스타일과 곱게 차려입은 옷이 망가질세라 편하게 기대지도 못하는 몸을 비비 꼬며 투덜거리고 있었다.

"아, 빨리 좀 시작하지."

가뜩이나 4부에 출연 예정이라 한참 더 기다려야 하는데 벌써부터 좀이 쑤셨다. 정신없으니 가만히 좀 있으라며 타박한 수현이 핀잔을 던졌다.

"그러게 사람들 몰리기 전에 가볍게 바람이라도 쐬고 오자니까."

"싫어. 그냥 차 안에 있을래."

단칼에 거절한 호수가 다시금 몸을 뒤틀려는데, 차 밖에서 급하게 문을 두드리는 소리가 났다.

"호수 씨! 호수 씨!"

눈이 동그래진 호수가 차 문을 열었다. 그러자 프로그램 담당 작가가 차 안으로 대뜸 몸을 들이밀었다.

"급한 일이야! 나 부탁 하나만 들어주면 안 될까? 1부에 원래 나오기로 했던 게스트가 갑자기 펑크를 냈는데 지금 누구 부를 시간도 없고, 오늘 출연진 중에서 그 코너 대신 맡아줄 만한 사람은 호수 씨밖에 없거든."

원준이 운전석에서 뒤쪽으로 몸을 길게 빼며 물었다.

"그럼 순서가 바뀌는 거예요? 4부에서 1부로?"

"아뇨. 1부는 대타로 해주고, 4부는 원래 하려던 걸로."

1부로 바뀌면 빨리하고 갈 수 있어 좋겠다는 생각을 잠시 했던 호수가 코끝을 찡그렸다가 이내 고개를 끄덕였다.

"우왓! 호수 씨, 고마워! 진짜 고마워!"

급히 대본을 건네준 작가가 서둘러 준비하고 나오라는 말과 함께 멀어졌다. 얼결에 생각보다 많은 분량을 맡게 된 호수는 빠르게 대본을 훑었다.

"사연 세 개 읽고 하나 끝날 때마다 노래 불러주는 거네. 그럼 일단 적당한 노래부터 골라야……."

호수는 무심히 사연을 읽어 내려가기 시작했다. 그러나 마지막 사연을 읽는 순간, 얼굴이 창백해졌다.

이 사람을 위로해 줄 만한 노래를…… 과연 내가 부를 수 있을까?

원준이 시간 다 됐으니 대기실로 옮기자며 차에서 내릴 준비를 했다. 어느새 구깃해진 대본을 손에 쥔 호수는 속으로만 푹푹 한숨을 내쉬며 수현을 따라 내렸다.

"1부 첫 게스트로 가수 호수 씨께서 나와주셨어요. 갑자기 게스트가 바뀐 점에 대해 양해 말씀부터 드려야겠네요. 원래 호수 씨는 4부에 출연해 주실 예정이었는데 고맙게도……."

관객들 대부분이 가족 단위의 리조트 투숙객이나 라디오 프로그램 애청자들이 많아서인지 호수를 보는 이들의 반응은 생각했던 것보다 훨씬 더 유하고 덤덤했다. 덕분에 호수는 점점 더 마음이 편안해지는 것을 느끼며 방송에 집중할 수 있었다.

"벌써 마지막 사연이네요. 이번에는 어떤 사연일지, 어떤 노래를 들려주실지 기대가 됩니다. 마지막 사연은 호수 씨가 한번 읽어주시겠어요?"

오랜 친구에게 고백하고 싶다는 사연에는 상큼한 고백송을, 꿈과 현실 사이에서 힘들어하는 친구를 격려해 달라는 사연에는 따뜻한 위로송을 불러준 호수가 억지 미소를 지으며 '네' 하고 대답했다. 그러고는 천천히 사연을 읽어 내려갔다.

"얼마 전 남자 친구와 헤어졌어요. 사내 연애를 금지하는 회사에서 몰래 만나다가 들켰거든요. 다른 여직원들도 관심을 보일 정도로 괜찮은데다가 일도 잘하는 사람인데, 저와 연애하는 것 때문에 여기저기서 안 좋은 말들을 듣는 걸 보니 도저히 계속하자는 말을 못하겠더라고요."

다행히도 목소리는 차분하게 나와 주었으나, 큐카드를 든 손에 자꾸만 힘이 들어갔다. 원래 게스트에겐 그저 그런 사연이었겠지만 호수에게는 아니었다.

"헤어졌는데 헤어진 것 같지 않아요. 보고 싶은데 자꾸만 피하게 되는 내 자신도 싫어지네요. 조금이라도 위로받고 싶습니다…… 라고 보내주셨네요."

"네. 호수 씨, 감사합니다. 마지막 사연은 좀 슬퍼요. 이 사연 보내주신 분 어디 계시죠?"

저 멀리에서 일어난 한 여자와 DJ가 짤막한 대화를 나누는 동안, 호수는 어떻게든 표정 관리를 하려 애쓰며 반듯이 앉아 있었다.

"호수 씨, 이분께 위로가 될 만한 한마디와 노래, 부탁드릴게요."

예전의 청순요정 콘셉트였다면 '정말 마음이 아픈 사연이네요' 같은 틀에 박힌 말들만 했을 터였다. 그러나 지금은 그럴 기분이 아니었다.

"꼭 진짜 싫어서 그런 게 아니더라도, 본인이 헤어지자고 하신 거잖아요."

"네? 그건 그렇지만……."

"그럼 위로받고 싶어 하면 안 되는 거라고 생각해요. 헤어지자는 말을 들은 상대방은 지금 더 힘들 텐데……."

사연자도, DJ도, 관객들까지도 일순 조용해졌다. 저도 모르게 내뱉고 나서 후회했으나, 주워 담을 수도 없는 노릇이었다. 호수는 황급히 덧붙였다.

"죄송해요. 물론 사연자분도 많이 힘드시겠죠. 미안하다고 말하는 것조차 미안해서, 미안하다는 말을 하는 것조차 겁나서 그 사람을 아예 피하고 싶어질 정도겠지만, 그러면서도 보고 싶으시겠지만,

그래도……."

사연을 맞닥뜨렸을 때부터 염려했었다. 꼭 내 얘기 같아서 아무 말도 못 하거나, 아니면 걷잡을 수 없이 터져 버릴 것 같아서. 결국 사고를 치고 말았다는 생각에 눈앞이 캄캄해졌다.

"그래도…… 너무 좋아해서 그런 거니까…… 아니, 그러셨을 테니까……."

어떡해, 오늘 공개방송은 망했어! 이제 나는 사장님한테 죽었다고!

더 이상은 수습 불가였다. 자포자기한 호수가 딱 한 마디만 하고는 기타를 들었다.

"힘, 내세요."

어떻게 잊어야 할까
좋아해, 수줍었던 그 고백
봄처럼 내게 물든 그대를

"귀여운 노래라서 좋은 게 아니라, 네가 불러서 좋은 거야."
"근데 왜 나는 너만 이렇게 좋지?"

술 취해서 그런 바보 같은 소리나 하고.

"나 처음 봤을 때부터 너 좋아했어. 지금도 좋아해. 앞으로도 좋아할 거고."
"나랑, 연애할래?"

그런…… 말도 하고.

어떻게 믿어야 할까
끝났음을 헤어졌음을
그대는 믿고 있을까
그댈 위한 내 거짓말들을

잘해줄걸. 더 잘해줄걸.
그랬으면, 웃는 모습 한 번이라도 더 볼 수 있었을 텐데.

미안한 내 마음 몰라도 돼요
하지 못한 말은 나만 알게요
작은 기억에도 많이 아파할게요 그대 울린 나니까
부디 잘 지내요 그댈 위한 이별이니까

생각할수록 참 착해서, 끝도 없이 착한 사람이어서.
그런 사람한테 사랑받았던 기억은 아까워서 단 한 조각도 잊을
수가 없어.

노래가 끝나고 짧은 정적이 흘렀다.
잠시 방송 중이었다는 것마저 잊을 정도로 몰입했던 호수는 뒤늦
게 정신을 차렸다. 그러고는 어느새 머릿속을 가득 메워 버린 한 사
람의 잔상을 떨쳐 내려 눈을 깜박거렸다.
아슬아슬하게 고여 있던 눈물이 뺨을 타고 툭 떨어지는 것과 동

시에 객석에서 박수가 터져 나왔다. 그 틈을 타 호수는 DJ와 바로 앞에 앉은 관객 몇 명, 그리고 또 한 사람만 본 눈물을 황급히 닦아 냈다.

"호수 씨 노래는 언제 들어도 정말 최고네요. 저는 무슨 콘서트장에 온 줄 알았어요."

다소 흥분한 DJ의 목소리에 객석에서도 큰 환호가 들려왔다.

"근데 저는 이 노래를 처음 듣는 것 같은데, 제가 잘 모르는 건가요? 어떤 노래죠?"

"아, 그게, 사실은…… 제 자작곡이에요. 미공개곡이긴 한데, 사연과 잘 어울릴 것 같아서……."

"어머, 정말요? 굉장한데요? 사연자분과 저희 청취자분들께 호수 씨가 정말 멋진 선물을 주셨어요."

호수는 고개를 숙였다.

"호수 씨, 감사드립니다. 4부에서 또 뵐게요. 잠시 후, 2부에서는 요……."

DJ의 인사로 1부가 끝났다. 호수는 언제 울었냐는 듯 DJ와 짧은 농담을 주고받은 후, 눈이 마주친 관객들에게 가볍게 손을 흔들어 주고는 무대에서 내려갔다. 이미 팬이었거나 방금 팬이 된 많은 이들의 호감 어린 눈길이 그 뒷모습을 졸졸 좇았다.

그리고 또 한 사람.

먼발치에서 호수의 무대를 처음부터 끝까지 모두 지켜본 시선이 하나 더 있었다.

옅은 잿빛 커튼 사이로 호수를 내려다보던 애틋한 시선이, 대기실 안으로 사라지는 뒷모습을 따라 아스라이 늘어졌다.

의자에 앉을 때는 담요를 덮긴 했지만, 짧은 스커트를 입고 다리를 고스란히 드러낸 것이 무척이나 추워 보여 마음에 걸렸다. 하늘하늘한 블라우스 깃 위로 올라온 가느다란 목이, 기타를 치는 손이 시리도록 희어서 또 걸렸다. 멀리 창문 너머로 보아서일까, 곧 사라져 버릴 것처럼 작아 보이는 것도 걸렸다. 마치 TV를 통해 보는 것처럼, 눈앞에 있음에도 잡을 수 없는 호수의 모든 것들이 걸리고 또 걸렸다.

"……호수야."

그중에서도, 보일 리가 없음에도 분명 본 것 같은 눈물이 가장 마음에 걸렸다.

네가 우는 게 세상에서 제일 싫은데, 지금만큼은 네가 울어서 조금 기뻐.

정말, 다행이다.

네가 아직도…… 날 좋아해 줘서.

차오르는 생각에 버거워진 원이 몸에 힘을 빼고 그대로 드러누웠다. 심장이 따끔거리다가도 간지럽고, 구멍이 난 것처럼 허전하다가도 이내 터질 듯 부풀어 올랐다. 볼 수만 있다면 좀 가라앉을 것 같았는데, 보고 나니 오히려 더 열이 올라 진정이 되질 않았다.

"사고 치지 않기로 약속했는데……."

연애하기 전까지만 해도 사고 치지 말라는 말 같은 건 들을 일이 없던 모태천사 원과, 끝이 보이지 않는 깊은 호수 같은 여자에게 빠진 이후로 급격히 타락천사의 길을 걷기 시작한 원 사이에 슬슬 갈등의 조짐이 보이기 시작했다.

"어떡하지……?"

하루만 참았다가 내일 터뜨리라는 목소리와, 얼마 만에 보는 건데 이대로 보낼 거냐는 목소리가 번갈아 속살거렸다. 고민에 고민을 거듭하던 원이 벌떡 몸을 일으켰다.

"아아, 모르겠다!"

침대 아래로 미끄러지듯 내려선 원은 발치에 벗어두었던 코트를 찾아 들었다.

그 노래만 안 들었어도. 아니, 우는 것만 안 봤어도.

내일까지 나가지 않겠다던 약속은 헌신짝처럼 던져 버린 원이 코트에 팔을 꿰었다. 모자와 선글라스까지 챙겨 든 원의 입에서, 여사장이 들었다면 그때 결재판을 던지지 않은 걸 후회하고도 남았을 법한 혼잣말이 흘러나왔다.

"내일까지 참다가 밤에 죽겠다."

차 안에 덩그러니 홀로 남은 호수의 시선 끝에 어둑해진 하늘이 보였다. 어느새 광장 주변에는 오렌지색 등이 은은하게 들어와 있었고, 광장이 내려다보이도록 둥글게 지어진 리조트 건물의 객실에도 하나둘씩 불이 켜졌다.

조금 전 스케줄을 마치고 바로 돌아가려 했으나, 한 달에 한 번 마법에 걸리듯 또다시 고장이 난 차 덕분에 발이 묶인 참이었다. 일단 보험회사에 연락을 한 원준은 점심도 제대로 못 먹은 호수와 수현이 더 난폭해질세라 지갑을 챙겨 리조트 안 매점으로 향했고, 수현도 화장실에 다녀오겠다며 그 뒤를 따랐다.

한참동안 밖을 내다보며 망설이다가, 호수는 뒷좌석에서 점퍼를 찾아 어깨에 걸쳤다. 뒤이어 모자를 푹 뒤집어쓰고 턱 밑까지 지퍼도 꼼꼼하게 올리고는 차에서 내렸다.

공개방송이 끝나서인지 주변은 비교적 한산했다. 그래도 호수는 되도록 사람들이 없는 쪽을 찾았다. 광장 끄트머리의 외진 길을 따라 걷는 동안, 호수는 뜨겁고 간지러웠던 지난여름의 기억을 다른 데로 돌리기 위해 일부러 춥다는 말을 되뇌며 걸음을 뗐다.

그리고 또 한 사람.

가늘게 흔들리는 그 걸음 뒤로, 딱 그림자 길이만큼의 거리를 두고 따라 걷는 누군가가 있었다.

무릎까지 내려오는 길이의 코트에 푹 눌러쓴 모자, 커다란 선글라스. 그러고도 모자라 얇은 터틀넥 니트의 목 부분을 입술 바로 아래까지 끌어 올려 얼굴을 감춘 남자.

그림자마저도 따스한, 알지 못하는 사이에도 늘 등 뒤를 감싸고 있던…….

하나뿐인 이의 걸음.

4부가 시작할 즈음, 꽁꽁 싸매고 밖으로 나온 원은 사람들이 그리 많지 않은 곳에서 호수의 녹화를 지켜보았다. 가까이에서 볼수록 갈증은 더욱 심해졌고, 무대를 내려온 호수를 멀리서 눈으로 좇으며 따라 걷다 보니 결국 차가 있는 곳까지 오게 되었다. 바로 서울로 돌아갈 거라고 생각했기에 아무런 기대도 하지 않았는데, 운 좋게도 차가 고장 나 원준과 수현이 내리고, 뒤이어 호수까지 내린 거였다.

당장에라도 붙잡아 당기고 싶은 손을 주머니 안에 감추고, 원은 가만히 호수를 좇았다.

오래전 어느 봄날처럼, 호수가 두 걸음을 걸을 때 한 걸음을 걸으며, 시간이 멈추길 바라는 마음을 담아, 느리게.

문득, 교복을 입고 기타를 멘 작은 소녀의 모습이 호수의 등 뒤로 겹쳤다. 뒤이어 함께 걷는 길가에 자리한 마른 나뭇가지에 작은 분홍빛 꽃잎들이 가득 맺히는 환영이 어렸다. 어디선가 따스한 바람이

불어오고, 꽃잎들이 떨어져 흩날리며 시야를 가득 메웠다.

세상에 둘만 남은 꿈처럼, 손을 뻗으면 닿을 것 같은 거리에 있는 호수의 뒷모습에 숨이 막혔다. 눈앞을 어지럽히는 꽃잎의 잔상들, 그 속을 걷고 있는 호수가 먹먹하도록 벅차 원은 저도 모르게 주머니 속에서 꼭 움켜쥐고 있던 손을 꺼냈다.

이번엔, 꼭 잡을게.

그렇게 원에게서부터 봄이 물들어오고 있는 것도 모른 채, 호수는 마냥 걷기만 했다.

바람을 쐬면 좀 차분해질까 싶었는데 그것도 아니고, 다리도 춥고, 이제 그만 돌아가야겠다는 생각을 할 때였다. 문득 등 뒤에서부터 훑고 지나가는 바람에서 낯익은 향이 났다. 누군가를 닮은 향기였다.

"이게 우리 커플링이야."

"커플링이요?"

"응. 화면이나 사진에는 절대 보이지 않으니까 마음 놓고 매일매일 하고 다녀도 되잖아."

듀엣. 함께 부르는 노래, 둘만의 대화.

누구와도 같을 수가 없는, 세상에 하나뿐인…….

호수의 걸음이 멈췄다. 잠시 스친 향기 한 자락이 마음을 시리게 뒤흔들었다. 거짓말처럼 떨리고, 바보처럼 설레 제멋대로 숨이 흐트러졌다.

나, 지금 무슨 생각하는 거야?

스스로에게 되물은 호수가 주머니에 넣고 있던 손을 꽉 움켜쥐었다. 뒤돌아보고 싶었으나, 감당 못할 만큼 실망하게 될까 봐 겁이 났다.

그때, 그 생각을 비웃듯 말간 비누 향기가 불쑥 가까워졌다. 숨을 따라 들어온 향은 더 이상 착각이라 의심할 여지조차 없었다. 그 향이 단숨에 심장을 휘감고, 조이고, 그대로 저 멀리로 떨어뜨리며 눈앞을 아득하게 만들었다.

어떻게…… 어째서?

원 오빠가 여기 있을 리가, 이렇게 가까이 있을 리가…….

돌아보려 했다. 그러나 그보다 조금 더 먼저 어깨에 손이 닿았다. 그 손이 호수를 가볍게 잡아당겨 뒤로 돌려세웠다.

그리고, 모든 게 하얘졌다.

"……잡았다."

향기만큼이나 그립고 익숙한 목소리. 꼭꼭 숨기고 가렸는데도, 눈이 부시도록 환해서 못 알아볼 수가 없는 얼굴.

아아, 그래. 차에서 원준 오빠랑 수현이를 기다리다가 깜박 잠들어서 꿈을 꾸나 보다.

눈앞에 서 있는 원을 보며 호수는 가장 먼저 그런 생각을 했다. 그러나 꿈치고는 들려오는 목소리가 너무 생생했다.

"너 아까 울었지?"

터틀넥에 반쯤 덮인 입술이 달싹거렸다. 곧 긴 손가락이 터틀넥을 턱 밑으로 슬쩍 끌어 내리더니, 좀 더 또렷하게 다시 물었다.

"뮤지션 감성 발동해서 운 거야, 아니면 나 보고 싶어서 운 거야?"

진짜다.

진짜…….

원 오빠가…….

텅 비어버린 것처럼 아무 생각도 나지 않았다. 안에서 울리는 심장 소리가 너무 커서 먹먹해진 귓가에, 너무 변함이 없어 비현실적이기까지 한 목소리가 들렸다.

"혼자 울고 그러지 말라고 했지."

어깨를 잡고 있던 손이 팔을 따라 아래로 미끄러졌다. 그 손이 차게 식은 호수의 손을 소중하게 감싸 쥐고는 살짝 힘주어 당겼다.

얼결에 끌려온 호수의 이마가 가슴에 닿을 듯 가까워지자, 원은 기다렸다는 듯 다른 손으로 지그시 감싸 다시는 도망가지 못하도록 품에 안았다.

"슬픈 노래 조금만 부르라고 했잖아. 가수는 노래 가사 따라간다고."

바로 머리 위에서 들려오는 목소리가 믿기지 않아 눈을 깜박였다. 코트 사이로 내어준 품이 숨 막히게 따뜻해서 또 깜박였다. 바로 어제 만난 것처럼 조금도 어색하지 않은 모든 것에 눈가가 뜨끈아려서 다시 한 번 깜박였을 때, 비로소…….

"말해. 나 보고 싶어서 운 거지?"

울음이, 터지고 말았다.

원에게 안겨, 호수는 겨우 다리에만 힘을 주고 서서 소리 없이 울었다. 그동안 혼자서만 떨어뜨렸던 눈물은 미처 땅에 닿을 틈도 없이 원의 가슴으로 고스란히 스며들었다. 서툴게 다독이던 원은 코트 앞자락을 벌려 호수의 등을 감싸고는 품에 숨기듯 안았다.

"……보고 싶었어, 나도."

저녁 시간이라서인지 광장을 오가는 사람들은 많지 않았다. 저녁 바람을 쐬러 나온 가족들이나 연인들이 간혹 보였으나, 어둑한 광장 구석에서 꼭 끌어안고 있는 젊은 연인에게는 큰 관심을 두지 않았다. 그들이 톱 아이돌 선우원과 호수일 거라고는 상상조차 하지 못하고, 그저 분위기에 과하게 취해 방 잡아놓고 굳이 밖에서 닭살을 떠는 연인쯤 되려니 생각하는 듯했다.

"그만 울어. 누가 보면 헤어진 줄 알겠다."

맞추기라도 한 것처럼 품에 꼭 맞는 작은 몸을 다시금 보듬어 여민 원이 낮게 덧붙였다.

"안 되겠다. 들어가서 얘기하자."

들어가다니, 어딜……?

우리가 남들처럼 평범하게 카페테리아 같은 데 들어가서 얘기할 수 있는 처지였던가?

그제야 겨우 울음을 그친 호수가 입을 열려 했다. 등 뒤를 감싸고 있던 원의 팔에 힘이 들어갔다. 동시에 놀람과 분노와 안도가 모두 섞여 있는 낯익은 목소리가 들렸다.

"야, 선우…… 어휴, 숨차. 야, 너! 너 뭐야!"

"코트 핏이며 스타일링이 예사롭지 않은 것 같아서 쳐다봤는데, 형이더라고요. 그나저나 어떻게 된 거예요? 완전 놀랐잖아요!"

호수는 남아 있던 울음기마저 단숨에 쏙 들어가는 것을 느끼고는 눈을 크게 떴다. 차로 돌아온 원준과 수현이 호수가 사라진 것을 보고 기겁해 찾아 헤맨 모양이었다. 금방 돌아갈 생각으로 휴대폰도 차에 두고 내렸던 호수가 미안함과 당혹감에 서둘러 얼굴을 내밀려 했으나, 원이 못 빠져나오게 꼭 눌러 안았다.

"안녕하세요, 김 실장님. 안녕, 수현아."

"안녕해 보이냐? 놀라서 심장마비 올 뻔했잖아! 그 안에 있는 거, 주호수 맞지? 무슨 80년대 초콜릿 광고도 아니고, 코트 속에 얼굴은 왜 파묻고 있어? 빨리 안 나와?"

여러모로 민망해진 호수가 몸을 뒤틀었으나 원의 팔은 꼼짝도 하지 않았다. 한 몸같이 찰싸닥 붙어 있는 그 작태에 더욱더 심사가 뒤틀린 원준이 버럭 다그쳤다.

"니들 진짜……! 그보다 대체 어떻게 여기 있는 거야? 차 실장님도 아셔?"

"걱정하지 마세요. 도영이 형이 데려다주신 거예요. 저 내일 오후에 여기서 드라마 제작 발표회가 있어서."

잠시 안심했던 원준은 이내 안심할 일이 아님을 깨닫고 다시 버럭했다.

"내일 오후라면서 왜 벌써부터 와서는 멀쩡한 애를 납치해!"

"납치라뇨? 작정하고 그런 게 아니라 우연히 만난 거예요. 그냥 휴가 왔다가 우연히. 제작 발표회 직후부터 촬영 스케줄이 꽉 차 있어서 오늘 하룻밤만이라도 푹 쉬려고 방 잡았거든요."

방을 잡았다는 말에 원준과 수현이 동시에 움찔했다. 호수 역시 '혹시 그럼 아까 들어가자고 했던 게……' 하는 생각을 떠올리고는 움직임을 멈췄다.

원이 본론을 꺼냈다.

"방에 올라가서 조용히 대화하고 싶은데, 호수 좀 데려가면 안 될까요?"

'조용히 대화만 할 거 아니잖아!' 하는 대꾸를 간신히 삼킨 원준이 말을 돌렸다.

"워, 원아, 오랜만에 만나서 할 얘기 많은 건 알겠는데, 그건 안 되지. 이제 좀 조용해졌는데 혹시나 누가 보기라도 하면……"

"그러니까 빨리 올라가야죠. 슬슬 시선 끌고 있는 것 같은데."

"아무리 그래도 그렇지, 방은 좀⋯⋯. 차라리 차로 가면 안 될까?"

"아시잖아요, 오랜만에 보는 거. 할 얘기 엄청 많아요. 근데 저는 밴 아니면 다리 불편해서 오래 못 앉아 있거든요."

아오, 이 다리 긴 납치범 자식을 그냥 확!

원준이 난처한 기색으로 주위를 살폈다. 그러나 원의 말대로 평범한 연인 같던 일행에 얼핏 안 어울리는 두 남자가 추가되면서 힐끗대는 시선이 아까보다 좀 더 늘어난 게 느껴졌다. 들키는 것도 불안하고, 그렇다고 둘만 방으로 보내는 것도 불안해 안절부절못하는 원준을 빤히 쳐다보던 원이 선글라스에 손을 올렸다.

"최대한 남들 눈에 안 띄려고 그러는 건데, 자꾸 못 가게 하시면 어쩔 수 없이 여기서 얘기해야겠네요."

선글라스 다리를 쥔 원의 손에 힘이 들어갔다. 기겁한 원준이 간발의 차로 원의 손을 덥석 붙잡았다.

"잠깐만! 미쳤어? 여기서 벗으면 어떡해!"

"저 호수랑 진지한 얘기 할 거예요. 눈 마주치면서 해야 하는 진지한 얘기요. 근데 선글라스를 끼고 있으면 진정성이 없어 보이잖아요. 그러니까⋯⋯."

"안 돼! 진정성은 무슨. 껴! 얼른 끼라고!"

등줄기에 식은땀이 흐르기 시작한 원준과는 달리 한 손에 호수라는 인질을, 다른 손에 선글라스라는 인질을 붙든 원은 지극히 여유로웠다. 원준은 폭풍 불평을 쏟아냈다.

"무슨 액션 스릴러 영화 예고편도 아니고, 뭔 놈의 연애질이 걸핏하면 손에 땀을 쥐게 하나! 제발 부탁이니까 조용히 좀 살자, 응? 니들은 사장님이 불쌍하지도 않아? 그만 좀 피곤하게 하라고! 사장님 늙으면 니들이 책임질 거야?"

'김 실장님이 왜 사장님 늙는 걱정을 하시는 거죠?' 하는 눈을 한 원이 유유히 입꼬리를 끌어 올렸다.

"그러니까 호수 빌려주시면 되잖아요."

"알았어, 알았으니까 가져가! 어차피 네 건데 누구보고 빌려 달래?"

자포자기한 원준의 허락 아닌 허락에 원은 해맑다 못해 청순하기까지 한 미소를 지었다.

"감사합니다."

"감사하지 마. 감시할 거니까. 문 앞까지 데려다주는 건 물론이고, 그 앞에서 지키고 있다가 데리고 갈 거야. 몇 호야?"

"304호요."

언제 협박을 했냐는 듯 방긋 웃은 원이 앞장서서 걸음을 뗐다. 그 와중에도 한 팔은 여전히 호수를 안은 채였다.

철저히 주위를 살펴가며 문 앞까지 함께 올라온 원준이 나직이 물었다.

"몇 시에 문 두드리면 돼?"

"아홉 시요."

시계를 확인한 원준이 고개를 끄덕였다.

"알았어. 그러면 딱 한 시간 반만 기다릴게."

대답 대신 미소를 지은 원이 주머니에서 꺼낸 카드키로 문을 열었다. 그리고 안으로 스윽 들어간 후, 문을 반쯤 닫다 말고 원준을 불렀다.

"김 실장님."

"왜?"

"그럼 내일 아침 아홉 시에 봬요."

"뭐, 인마?"

미처 당황할 틈도 없이 눈앞에서 문이 닫혔다. 믿었던 원에게 제대로 당한 원준이 문을 두드려 봤으나, 열어줄 리가 없었다.

"아으, 내가 무슨 부귀영화를 누리겠다고 이 일을 시작해 가지고는! 그냥 사장님이 자른다고 할 때, '아이고, 감사합니다' 하고 때려치웠어야 이 꼴 저 꼴 안 보는 건데!"

흥미진진한 눈으로 일련의 사건들을 감상하던 수현이 비로소 입을 열었다.

"내일 아침 아홉 시까지 뭐하지? 형이랑 방 잡을 생각은 전혀 없는데."

"너는 지금 그게 문제냐?"

나도 마찬가지거든? 이 뼛속까지 옷쟁이라 코트 스타일링만 보고도 선우원을 찾아낸 거 말고는 도움도 안 되는 자식아.

그런 눈으로 수현을 노려본 원준이 곧장 어디론가 전화를 걸어 분통을 터뜨렸다.

"차 실장님! 도대체 연예인 관리를 어떻게 하시는 겁니까! 예?"

원준의 고자질을 들은 도영은 일단 욕부터 한 후, 제작 발표회에서 원이가 공개적으로 고백이든 뭐든 할 예정이니 내일 오후까지만 버텨보자는 말과 함께 바로 리조트로 오겠다며 전화를 끊었다. 다리 긴 납치범이 공개 고백이라는 꿍꿍이까지 품고 있었다는 것에 완전히 전의를 상실한 원준은 문을 열어줄 때까지 304호 앞에서 쭈그리고 앉아 있으려던 계획을 급히 수정해야만 했다.

"작정한 게 아니기는 개뿔. 치밀하게 방까지 잡아놓고, 뭐? 우연히 만나?"

"이래서 사랑은 덮어놓고 반대하면 안 된다니까. 죽도록 반대해서 헤어졌고, 그 덕분에 더 절절해졌는데, 이제 와서 팬들이 누굴 원망할 거야?"

혈압이 올라 쓰러지기 직전인 원준의 목과 어깨 사이를 한 손으로 조물조물 주물러 주며 수현이 덧붙였다.

"형, 좋게 생각해. 방에서 나오지만 않으면 들킬 일은 없는 거 아냐. 나올 것 같지도 않고."

'나도 모르겠다' 하며 인상을 구긴 원준이 덧붙였다.

"에잇, 차라리 빨리 공개해 버렸으면 좋겠다!"

[12월 4일 PM 7:30. 원과 호수, 00리조트 304호]

내일 아침에 보자는 말만 남기고 문을 닫아버린 후, 원은 공들여 납치해 온 인질을 품에서 꺼내고는 선글라스를 벗었다. 호수는 눈물범벅이 된 몰골을 보이고 싶지 않은 마음 반, 그리고 어떻게 원을 봐야 할지 모르겠는 마음 반으로 고개를 푹 떨어뜨렸다.

"호수야."

담백한 듯, 참 달게도 부르는 이름.

하루에도 수십 번씩 귓가를 울리던 환청을 실제로 듣는 순간, 코끝이 아릿해졌다. 그런 마음을 아는지 모르는지, 원은 대답 없는 호수의 뺨을 감싸며 다시 불렀다.

"호수야."

이름을 듣는 것만으로 아득해진 머릿속에, 언젠가 수현이 했던 말이 떠올랐다. 그 말이 무슨 뜻이었는지 새삼 알 것 같았다.

"시옷, 히읗 하고 울리는 그 소리가 사랑해, 그렇게 들릴 때까지 부르다가······."

단지 같은 자음이 들어가 있어서가 아니었다.

그냥, 원에게는 호수와 사랑이 같은 말이었기에 그랬다.

"호수야. 나 좀 봐봐."

뺨을 감싼 손에 힘이 들어갔다. 흠칫한 호수가 서둘러 고개를 돌렸다.

"울어서······ 엉망이에요. 지금은······."

악착같이 숙이고 있는 고개만큼이나 푹 수그러진 말투였다. 호수답지 않은 모습에 조용히 웃음을 깨문 원은 어깨를 잡아 안쪽으로 돌려세웠다.

"알았어. 그럼 일단 들어가자."

"네······ 네?"

물론 이제 와서 나갈 수도 없긴 했지만, 그렇다고 덥석 들어가기도 뭐했다. 호수가 주춤거리자 원이 바로 한쪽 무릎을 굽히고 앉았다. 그러고는 서슴없이 호수의 발목을 잡았다.

"으······!"

다른 사람은 애초에 잡을 일도 없는 곳을 단번에 휘감아오는 커다란 손에 놀란 호수가 '으악'도 다 외치지 못한 채 굳어버렸다. 신고 있던 구두를 매끄럽게 벗겨준 원이 감전이라도 된 양 뻣뻣해진 호수의 등을 밀며 안으로 들어섰다.

"여기가 욕실이니까 씻고 나와. 그러면 얼굴 보고 얘기할 수 있는 거지?"

"아니, 그게······."

뭐라 답할 틈도 없이 떠밀려 들어간 호수는 등 뒤에서 문이 닫히는 소리에 흠칫 어깨를 떨었다. 한참을 그대로 서 있다가 가까스로 마음을 가다듬고 주춤주춤 거울 앞에 섰다.

"······혁."

전에도 느낀 거지만, 예쁘게 우는 건 정말 아무나 하는 게 아니었다. 호수는 끝까지 얼굴 보여주지 않길 잘했다는 생각을 하며 세면대에 물을 받아 발갛게 부은 얼굴을 가라앉혔다. 그나마 방송 끝나고 차 안에서 클렌징 티슈로 메이크업을 지워냈기에 이 정도지, 아니었으면 원의 가슴팍에 희고 검고 붉은 화장품 국물로 눈, 코, 입을 그대로 새겼을 뻔했다.

씻긴 씻었는데 못 나가겠어. 무슨 말부터 해야 하지?

얼마나 안겨 있었던지, 아직도 코끝에서 희미하게 원의 향기가 났다. 그 따스함을 떠올리고 크게 심호흡을 한 호수가 조심스레 문을 열고 고개를 내밀었다.

열 걸음도 채 떨어지지 않은 거리에 모자와 코트를 벗고 앉아 있는 원의 뒷모습이 보였다. 여전히 넓은 어깨와 든든한 등은 미동도 없었다. 문이 열리는 소리를 듣지 못한 모양이었다.

'오빠.'

입안으로 불러보는 것만으로도 심장이 바들바들 떨렸다. 소리 내불렀다가는 숨이 꼴깍 넘어갈 것만 같았다.

그래도, 그 얼굴을 다시 보고 싶었다.

아까 뒤돌아 마주친 순간, 어쩐지 눈앞에 꽃잎이 가득 흩날리는 것만 같아 제대로 보지도 못했던 얼굴.

후우, 숨을 몰아쉰 호수가 발을 내딛었다. 서너 걸음 떼었을 때, 비로소 기척을 느낀 원이 뒤를 돌아보고는 자리에서 일어섰다.

몰래 들어오다가 걸리기라도 한 사람처럼 화들짝 놀란 호수가 들고 있던 점퍼를 떨어뜨리고 우뚝 멈춰 섰다. 지금 이 분위기에 이걸 주워야 하나 고민하다가 이내 포기하고 표정을 가다듬는 호수를 빤히 쳐다보던 원의 눈매가 가늘어졌다.

새뜻하니 말갛게 씻긴 얼굴이 새삼스러웠다. 올려 묶은 머리 아래로 동그라니 드러난 이마에서도, 갸름해져 전보다 좀 더 성숙한 분위기를 풍기는 뺨에서도, 덩달아 깊어진 눈동자와 발그스름해진 눈가에서도, 아직은 웃지 못하는 작은 입에서도 눈을 뗄 수가 없었다.

꿈 아닌 거지, 지금? 진짜 네가 내 앞에 있는 거지?

곧장 손을 잡아 끌어당긴 원은 방금까지 앉아 있던 소파 옆자리에 호수를 앉히고 자신도 앉았다. 얼결에 앉긴 했으나 똑바로 쳐다볼 수가 없어, 호수는 허공만 바라보았다.

"왜 이렇게 조용해졌어? 너 이제 청순요정 아니잖아."

평소 같았으면 벌써 한소리 했을 말에도 호수는 움찔할 뿐, 아무 대답도 하지 않았다. 무릎 위에 한 팔을 세우고 비스듬히 머리를 기댄 원이 슬그머니 호수의 성질머리를 건드렸다.

"울기만 하는 것도, 이렇게 고분고분한 것도 너 같지가 않아서 적응이 안 돼. 네가 버릇을 변태같이 들여놔서 이쯤 되면 구박을 받거나 한 대 맞아야 마음이 편하단 말이야. 한편으로는 다른 여자 만나고 있는 것 같아서 기분이 좀 새롭기도 하……."

제법 잘 버티던 호수가 '다른 여자'에서 결국 참지 못하고 고개를 휙 돌렸다. 고분고분은 개나 주라는 듯 험해진 눈빛을 본 원은 이쯤이면 됐다 싶어 냉큼 말을 바꿨다.

"아, 예쁘다."

대체 버릇이 얼마나 변태같이 들어버린 건지, 다른 사람 눈에는 오싹해 보일 표정을 보고도 예쁘다며 웃은 원이 덧붙였다.

"이제야 내 여자 친구 같네."

"참나……."

드디어 열린 입에서 허탈한 대꾸가 흘러나왔다. 그 대꾸만으로도 반가운 기색을 띤 원이 부드럽게 휘었던 눈매를 진지하게 가다듬었다.

"그렇게 해줘. 어색하게 굴지 말고, 그냥 서로 바빠서 떨어져 있다가 오랜만에 본 것처럼, 그렇게."

담담하면서 절절한 그 말에 다시금 말문이 막혔다.

다시는 그럴 수 없을 거라고 생각했는데. 그랬는데…….

거짓말처럼 이런 순간을 만들어냈어.

그런, 사람이었지.

"난 헤어지자는 말에 그러자고 한 적 없어. 헤어졌다고 생각한 적도 없고."

왈칵 흐려지려는 눈앞을 빠르게 깜박여 지운 호수가 입을 열었다.

"뭘…… 오빠도 헤어졌다고 그랬잖아요. 그 기사…… 인터뷰에서, 헤어진 사람들이라고……."

"그야 그렇게 말해야 더 이상 말을 안 꺼낼 것 같아서 그런 거지. 다른 사람들은 몰라도 너는 알 거라고 생각했는데."

이제껏 몰랐다는 말을 했다가는 감당할 수 없는 일이 벌어질 것 같은 직감에 호수는 굳게 입을 다물었다.

"설마, 그 말을 그대로 믿은 거야?"

눈도 맞추지 못하는 호수를 빤히 쳐다보던 원의 눈길이 심상치 않게 변했다.

"예전에 그랬지? 내가 오해할 만한 말이나 행동을 한다면 나한테 직접 물어봐 달라고."

지난 봄, 5년 동안 멋대로 생각하고 함부로 말씀드려서 정말 죄송하다는 사과에 분명 그렇게 답했던 것이 떠올랐다. 그때 열심히 고개 끄덕거려 놓고는 또다시 오해했다는 것에 어마어마한 후회와 자책이 밀려들었다.

"그랬는데, 너는⋯⋯."

조금 전까지만 해도 나긋한 봄날 같던 원의 눈동자에 슬슬 꽃샘추위가 불어닥치기 시작했다. 원이 정색하기 직전, 호수는 저도 모르게 급히 외쳤다.

"잘못했어요!"

무릎 꿇고 손이라도 들 것 같은 말투에 막 식으려던 원이 주춤했다. 그 틈을 놓치지 않은 호수의 눈꼬리가 그동안 원이 종종 써먹던 바로 그 각도로 스르르 늘어뜨려졌다.

"제가, 잘못했어요⋯⋯."

한껏 불쌍하게 처진 호수와 맞닥뜨린 순간, 원의 온도는 급속도로 수직상승하기 시작했다. 굳으려던 마음마저 푸딩처럼 낭창낭창 흔들리게 만드는 치명적인 한 방이었다.

내가 그렇게 못 미더웠냐고, 아무리 힘들어도 헤어지자는 말은 하는 거 아니라고, 간만에 오빠답게 호통 좀 쳐보려던 말들은 집 나갔다가 고생이란 고생은 잔뜩 하고 돌아온 강아지 같은 호수의 눈빛 한 번에 모두 들어가 버리고 말았다.

"죄송해요. 나는⋯⋯ 헤어졌다고 생각했어요. 그래야 할 것 같았어요. 내가 오빠를 좋아해서 상처 받는 사람들이 너무 많으니까, 그 중에 오빠가 제일 많이 상처 받는 것 같으니까⋯⋯."

어느 정도 짐작은 하고 있었지만, 직접 들으니 생각했던 것보다 훨씬 더 쓰렸다. 원은 호수를 쥔 손에 더욱 힘을 주었다.

"그만하자고 한 건, 오빠가 어떤 사람인지 알아서…… 나 때문에 힘들어질 텐데, 나 때문에 다 참고, 나만 안 힘들게 하려고 할 것 같아서…… 그게 싫어서, 그러지 말았으면 해서……."

"나는 네가 옆에 없는 게 제일 힘들어."

이번에는 원의 한마디가 호수를 쳤다.

"그러니까 내가 힘든 게 싫으면 끝까지 내 옆에 있어."

무언가가 왈칵 치밀어 올랐다. 울지 않으려고 호수는 입술 끄트머리를 잘근 물었다.

"나랑 같이 있을 거지?"

호수의 고개가 천천히 위아래로 움직였다. 그 대답을, 이제는 더 이상 흔들리지 않을 약속을 확인한 원의 눈매가 기쁜 선을 그리며 휘어졌다.

"그래. 일단 내일 아침까지 같이 있고, 또……."

"잠깐만요. 내일 아침까지라는 말은 언제……."

능구렁이 담 타는 결론에 당황한 호수가 급히 벽을 세웠다. 그러나 그 벽은 오랜만에 코앞까지 훅 다가드는 우월한 얼굴을 보자마자 부질없이 무너지고 말았다.

"나도 나 때문에 네가 힘든 거 싫어. 그런데 다른 건 생각할 수가 없어."

한 손으로 호수의 허벅지 바로 옆을 짚고 바짝 몸을 기울인 원이 나직하게 말했다.

"내가 더 잘할게."

숨이 닿을 듯 거리가 더욱 가까워졌다.

"너한테도, 다른 사람들한테도."

이마 위로 내려온 머리카락을 가볍게 쓸어 올려준 손이 귀와 목 사이로 부드럽게 파고들었다. 온몸이 저리저리해진 호수는 얼결에 눈을 감았다.

"내 옆에 있을 수 있는 사람은 너밖에 없어. 앞으로 누구도 너한테 뭐라고 할 수 없게, 그렇게 만들어줄게."

목 뒤를 감은 손에 힘이 들어갔다. 곧 두 입술 사이의 거리가 좁아지고 좁아지다 순식간에 사라져 버렸다.

둘의 거리가 영이 되고 하나가 된 순간, 마치 처음 입을 맞추는 것 같은 떨림이 고스란히 전해졌다. 그러나 시작만 나긋했을 뿐, 눈 깜짝할 사이에 뜨거워졌다.

숨이 섞이고, 혀가 엉키고, 덩달아 몸도 점점 더 바짝 닿았다. 닿을수록 달았고, 닿을수록 달아올랐다. 공기는 버거울 정도로 무르녹고, 움직임은 더욱 대담해졌다.

깊게 섞이던 입술을 잠시 뗀 원이 호수의 허리를 잡았다. 그리고 그대로 안아 올려 제 다리 위에 올려놓았다. 순식간에 원의 허리를 다리 사이에 두고 올라앉게 된 호수의 눈이 크게 벌어졌다.

"오늘, 너……."

원의 눈동자가 얼핏 붉게 보일 정도로 짙었다. 뒤이어, 평소보다 훨씬 더 낮게 잠긴 목소리가 흘러나왔다.

"안을게."

이미 안고 있으면서 안겠다 말하는 것이 무엇을 뜻하는지 알았다. 입술이 닿은 순간부터, 아니, 다시 마주친 순간부터 달았던 몸이 그 말에 먼저 반응했다. 등허리를 감은 손이 허리를 끌어당겼고, 상체가 밀착될수록 호수의 다리를 덮고 있던 스커트는 점점 더 위로 밀려올라갔다.

"말해. 무슨 말이든."

평소의 다정함을 반쯤 덜어낸 듯한 원의 말투가 아찔했다.

"네 목소리 듣고 싶어."

무대에 있을 때부터 유난히 추워 보였던 다리를, 따뜻하다 못해 뜨거운 손이 느릿하게 감싸 쥐었다.

"아⋯⋯!"

잔뜩 곤두선 피부 위로 무르녹은 손길이 뭉개지자 등줄기에 전기가 튀고 머리카락이 쭈뼛거렸다. 시킨 대로 무슨 말이든 하지 않으면 손이 더욱 나빠질 것 같은 느낌에 아득해진 호수가 급히 말했다.

"나도⋯⋯ 웃, 잘할게요⋯⋯. 이제 그만 미안하게⋯⋯."

아무도 밟지 않은 첫눈처럼 뽀얀 허벅지 위에 발그스름한 손자국이 남았다. 그리고 점점 더 깊은 곳으로 파고들었다.

"아윽, 다른 생각 안 하고⋯⋯ 잘⋯⋯."

더듬어 올라가는 손길이 점점 버거워져 눈을 꽉 감아버리자, 닿고 스치는 모든 것이 오히려 더 또렷하게 느껴졌다. 눈앞이 핑그르르 돌아 원에게 매달린 순간, 바로 귀 옆에서 낮은 속삭임이 들려왔다.

"계속, 말해."

그 말과 함께 원의 손이 블라우스 단추를 쥐었다. 서슴없이 앞을 풀어헤치는 손길에 숨이 가빠진 호수가 겨우 말을 이었다.

"보고 싶었어요, 오빠⋯⋯."

하늘하늘 얇은 천이 바닥으로 떨어졌다. 작은 전율이 오소소 돋아 있는 진줏빛 살결을 마주한 원의 눈동자가 크게 흩뜨려졌다.

"가끔 숨도 못 쉴 정도로 많이⋯⋯ 훗⋯⋯!"

단물이 가득 오른 과일의 속살을 베어 물 듯, 입술이 거침없이 살을 탐했다. 스스로 무슨 말을 하는지도 깨닫지 못할 만큼 아득해진 호수가 정신없이 마음을 뱉어냈다.

"그러니까, 그러니까…… 나 안아요, 지금."

멈칫 굳는 어깨와 팔 사이에서 금방이라도 튀어나올 듯 거세게 뛰는 박동이 아낌없이 전해졌다. 다시 이렇게 가까이 닿았음이 좋고 또 좋아서 눈물이 핑 돌았다.

"나도, 오빠 안고 싶으니까……."

원이 호수를 들어 옆에 내려놓고 몸을 일으켰다. 그러고는 소파 뒤에 있던 스위치를 눌러 불을 껐다.

순식간에 어둠에 잠겨 버린 거실 안으로 바깥의 불빛이 희붐하게 비쳤다. 그 불빛을 등지고 유려한 실루엣을 드러낸 원은 호수의 울음이 고스란히 스며 있는 윗옷을 매끄럽게 벗어내고 다시 다가들었다.

마셔도 채워지지 않는 갈증 같은, 삼켜도 부르지 않은 허기 같은 욕망을 가득 품은 그림자가 몸 위로 짙게 드리워졌다. 하나로 겹쳐진 순간, 누가 먼저랄 것도 없이 토해낸 달뜬 신음과 뜨거운 숨이 공기 중에서 뒤섞였다.

"네가, 지금이, 다 좋아서…… 미칠 것 같아."

가쁜 숨이 섞인 목소리가 보이지 않는 어딘가를 건드려 짜릿한 감각이 치솟았다. 탄탄하면서도 부드럽고, 한없이 따뜻한 등을 꼭 끌어안은 호수가 솔직한 대답을 흘렸다.

"저도, 다시 안을 수 있어서, 안길 수 있어서…… 좋아요."

헤어졌다고 생각한 동안 가장 후회했던 것.

정말 좋다고, 같이 있어서 행복하다고, 이만큼이나 사랑한다고, 입 밖으로 내서 말해주지 못했던 것.

그러니까, 이제부터는······.

"이렇게 좋은데, 어떻게 안 보겠다는 생각을 했던 걸까, 그런 마음이 들 정도로, 흡······!"

더 이상 참지 못하고 호수 안으로 풍덩, 몸을 묻은 원이 깊게 숨을 몰아쉬었다. 달고 끈적한 빗방울이 몸을 적시고, 감미로운 통증이 몸을 꿰뚫었다.

원에 겨워 더 이상 말을 이을 수가 없게 된 호수의 귓가에 아슬한 속삭임이 스며들었다.

"보기만 하겠다고, 그렇게 다짐했는데······."

몸도, 마음도, 완벽하게 원으로 꽉 채워진 호수가 파르르 떨며 눈을 내리감았다. 감은 그 눈 위를 살포시 덮은 원의 입술이 한 번 더 달싹거렸다.

"너무 예뻐서, 그럴 수가 없어."

누군가 시간을 덥석 잘라 훔쳐 가기라도 한 것처럼, 함께하는 시간은 참 빨리도 짧아졌다. 원은 그동안 그리워했던 것을 하룻밤 만에 모두 풀려고 작정한 사람처럼 집요하게 호수를 탐했으나, 평생을 허우적거려도 마르지도, 질리지도 않는 마성의 호수였기에 품어도 품어도 간절할 수밖에 없었다.

"근데, 언제까지 존댓말할 거야?"

등 뒤에서 빈틈없이 안고, 희게 드러난 호수의 뒷목을 은근한 손길로 더듬던 원이 난데없는 물음을 던졌다. 눈을 몇 번 깜박인 호수가 뒤를 돌아보았다.

"왜요? 존댓말 싫어요?"

"싫진 않은데, 궁금해서. 반말은 어떨지."

"존댓말에서 바로 막말로 가기는 어렵지만, 반말에서 막말로 가는 건 순식간인데. 감당할 수 있겠어요?"

벌써부터 막말의 조짐이 보이는 대꾸였으나, 원의 머릿속에는 '오빠 소리만 해도 예쁜데, 얼마나 귀여울까' 하는 망상뿐이었다.

"한 번만 해봐."

기대에 찬 눈으로 바라보던 원이 급히 덧붙였다.

"참, 그래도 호칭은 오빠다. 야, 선우원, 이런 거 안 돼."

"재미없게……."

'오빠 소리가 그렇게 좋냐?'라는 말로 시원하게 반말의 스타트를 끊어볼까 하다가 그만둔 호수는 한참 생각하다가 입을 열었다.

"미안해."

"미안하다는 말 말고 다른 건 없어?"

"……고마워."

"그것도 좀."

"진심인데."

"진심인 건 알아. 나도 고마워. 근데 뭔가 더 확 와 닿는, 그런……."

원이 가벼운 찡찡과 함께 미간을 찡그린 순간, 도저히 믿을 수 없는 한마디가 들려왔다.

"사랑해, 오빠."

……뭐?

확 와 닿다 못해 아예 심장을 부수고 지나가는 듯한 한마디에 원은 귀를 의심했다.

잘못 들었나 싶었으나, 이미 고막 안에서는 살면서 들어본 반말 중 가장 새콤달콤한 반말이 자동으로 무한 반복 재생 중이었다. 이미 심장도 호수호수하게 뛰고, 숨도 호수호수하게 쉴 정도로 호수

중독 말기인 원의 상태를 그야말로 중독의 끝까지 몰아넣는 한마디였다.

넋이 쏙 빠진 표정에 호수는 피식 웃음을 삼켰다. 조금 전까지만 해도 지독하게 섹시한 눈빛과 말들로 호수를 꼼짝 못하도록 만들어 놓고 날름 잡아먹던 짐승은 어디 갔는지, 다시 순진무구 백구로 돌아온 얼굴이었다.

"오빠는 나 안 사랑해?"

애교스런 투는 아니었다. 오히려 안 사랑한다고 하면 명치라도 한 대 때릴 듯한 말투였다. 그러나 애교 같지도 않은 애교마저 들어본 적 없기에 면역력이 전혀 없는 원에게는 충분히 치명적이었고, 그 말이 원에게 남아 있던 일말의 양심과 자제력을 파삭 깨뜨렸다.

순간, 원의 눈빛이 돌변했다.

"너 그냥……."

그리고 다음 순간, 호수는 괜히 미친 척 한마디 보탰다가 원을 미치게 만든 것을 뼛속 깊이 후회해야 했다.

"내일 아침까지 옷 입지 마."

[12월 5일 PM 2:50. 원, 드라마 제작 발표회]

드라마 제작 발표회가 열리는 리조트 컨퍼런스 룸 앞은 출연 배우의 팬들이 보낸 화환으로 빽빽했다. 그중에서도 가장 많이 보이는 것은 단연코 원의 이름이었다.

ONE의 공식 팬클럽부터 개인 팬클럽, 해외에서까지 온 쌀이며 연탄 화환들이 원을 응원하는 문구가 적힌 리본을 달고 입구까지 늘어서 있는 풍경은 가히 압도적이었다. 스캔들 때문에 한 번 꺾어질 뻔했다 해도 역시 선우원은 선우원이었다.

"선우원 씨 먼저 들어가겠습니다."

문이 열리고, 단정하게 슈트를 갖춰 입은 원이 드라마 속 재벌 2세 같은 포스를 풍기며 제작 발표회장 안으로 들어섰다. 원은 무대 한가운데 서서 여유롭게 플래시를 받으며 미소를 지었다.

기자석 옆에 팔짱을 끼고 서서 그 모습을 지켜보던 도영은 슬그머니 뒷목을 붙잡았다.

저거, 저거. 잘도 웃는 거 봐라. 좋냐, 응? 좋아?

서울 갔다가 다시 리조트까지 오는 동안 열 받아서, 도착하자마자 원준에게 욕 먹느라 억울해서, 문 안 열어주는 건 물론이고, 전화도 안 받는 원 때문에 속 터져서, 결국은 인적 드문 새벽 4시쯤 조용히 빠져나온 호수를 극비리에 차까지 배웅해 서울로 보내느라 지쳐서, 간밤에 쌓인 피로만 이루 말할 수 없을 정도였다.

그래도 이제야 얼굴이 활짝 폈네. 그동안은 웃어도 웃는 것 같지도 않더니만.

사실 톱 A급 연예인으로 살면서 단 한 번의 사건 사고도 겪지 않는다는 건 말이 안 되긴 했다. 주변의 다른 매니저들을 봐도 원보다 몇 십 배는 더 골치 아프게 만드는 애들 천지였다. 그에 비하면 원은 지난 5년 동안 지극히 잘해왔고, 사실 지금도 연애를 시작했을 뿐, 잘못된 길을 가고 있는 건 아니었다.

너무 순애보가 과한 게 탈이긴 했지만, 바꿔 생각하면 남다른 외모와 인기를 이용해 수없이 여자 문제를 일으키는 것보다는 백배 나았다. 거기까지 생각이 닿자 간밤에는 백 대 쥐어박고 싶던 마음이 한결 가라앉는 듯했다.

그사이 다른 출연 배우들과 감독도 차례로 자리에 앉았다. 곧 인터뷰가 시작되었다.

"선우원 씨, 원래 캐스팅됐던 남자 주인공이 촬영 직전에 하차하면서 뒤늦게 합류하셨잖아요? 첫 방송이 한 달 정도밖에 남지 않은 상태에서 부담감이 적지 않으셨을 것 같은데요."

"그보다는 더 많은 준비를 하고 촬영에 임했어야 하는데 그러지 못했다는 것에 아쉬움이 더 컸습니다. 다행히 다들 도와주신 덕분에 금방 현장 분위기에 적응할 수 있었고요, 지금 열심히 촬영 중에 있습니다."

"말씀하신 대로 촬영 스케줄이 굉장히 빡빡하실 것 같은데, 굳이 이 드라마를 선택하신 이유가 뭔지 궁금합니다."

"왠지 모르게 친숙하더라고요. 남자 주인공 하차라든가 수목 드라마라든가……."

같은 시간대에 방송하는 타사 드라마에서 하차당한 것을 우회적으로 꺼낸 말에 작은 웃음이 터졌다. 같이 웃은 원이 말을 이었다.

"농담이고요, 대본이 정말 마음에 들었습니다. 캐릭터가 좋았어요. 특히 한 여자만 끝까지 좋아하는 점이."

직업상 촉이 발달한 기자들 사이에 작은 술렁임이 일었다. 슬슬 긴장되기 시작한 도영이 힐끗 주위를 살폈고, 원은 눈치채지 못한 척 담담히 덧붙였다.

"시놉시스를 보면 아시겠지만, 남녀 주인공이 어쩔 수 없이 헤어져야 하는 상황이 오거든요. 그런데도 남자는 끝까지 좋아하고 기다려요. 그 상황이나 마음이 와 닿았다고 해야 하나……. 잘 표현할 수 있을 것 같았습니다."

촉에 이어 감까지 잡은 기자들 사이의 웅성거림이 눈에 띄게 커졌다. 미리 언질을 받은 감독은 짐짓 놀란 척 원을 바라보았고, 정말로 놀란 다른 배우들도 시선을 주고받았다. 원은 그제야 말실수를 했다는 듯 당황한 기색으로 입술을 깨물었다.

원의 태도에 완전히 확신을 얻은 한 기자가 번쩍 손을 들고 외쳤다.

"방금 그 말은, 혹시 본인의 경험담인가요?"

웅성웅성하던 실내가 조용해지며 모두의 시선이 원에게 쏠렸다. 원이 머뭇거리자 기자들의 얼굴에 잔뜩 흥분한 기색이 어렸다. 나란히 앉아 있던 배우들조차도 같이 인터뷰 중이라는 사실을 잊고 호기심 어린 눈으로 원을 보고 있었다.

반은 연기로, 반은 진심으로 긴장이 돼서 굳은 얼굴로, 원은 조심스레 말을 이었다.

"뭐라고 해야 할지 모르겠네요. 그냥 자신감이라고 대답하면 되는 걸 알면서도 입이 안 떨어지는 게⋯⋯."

말할 기회를 만들기까지는 약간의 각본과 연기가 필요했지만, 지금부터는 온전히 진심만 전할 생각이었다. 눈에 띄지 않게 심호흡을 한 원이 조용히 입을 뗐다.

"아무래도 저는 감추는 데는 소질이 없나 봅니다. 어쩌면 팬분들과 대중들이 제게 바라는 건 솔직한 것보다 잘 감추는 것이 아닐까 하는 생각도 했습니다만, 못 할 것 같습니다."

⋯⋯특종이다!

소리 없는 외침이 기자들 사이로 싸악 번졌다. 드라마 제작 발표회는 어느새 선우원 기자회견으로 변해 있었고, 모두가 잔뜩 기대하는 눈으로 원의 입만 바라보았다.

가수로서 받는 사랑. 그리고 내가 하는 사랑.

지금부터 하려는 말에 다 달려 있어.

수없이 그려보고 준비한 순간이었으나, 막상 닥치니 무서울 정도의 긴장이 온몸을 꽉 옥죄었다. 원은 의식적으로 숨을 고르게 쉬려 애쓰며 차근히 머릿속을 정리했다.

"얼마 전에 제가 병원에 있을 때, 저희 아버지가 그러셨습니다. 사람으로서 못할 짓을 저질렀거나 공인으로서 모범이 되지 못할 일을 저지른 게 아니면 당당해도 괜찮다고."

뻐근하니 가빠지려던 가슴이 한결 트였다. 원은 숨을 한 번 크게 쉬고는 자세를 곧게 했다.

"상처 받고 실망하신 분들이 많다는 거 압니다. 그래서 죄책감을 떨치기가 힘들었어요. 이런 상황이라면 헤어지는 게 낫겠다 싶었고, 그러려고도 해봤는데, 마음대로 안 됐습니다. 5년을 짝사랑해서 겨우 얻은 사람인데, 그게 될 리가 없잖아요."

'5년을 짝사랑'이라는 말에 육성으로 놀란 소리가 튀어나왔다. 입을 다물지 못하는 사람들을, 카메라를, 그리고 화면 너머에 있을 호수를 똑바로 바라보며 원은 또박또박 말했다.

"죄는 아니지만 감춰야 한다고 생각했는데, 다시 생각해 보니까 죄가 아닌데 왜 감춰야 하는지 모르겠습니다. 그래서 당당하게 말씀드리려고 합니다. 저는 호수 씨를……."

이제는 사람들이 인정하든 안 하든 상관없이, 너를 놓지도 잃지도 않을 거야.

내 옆에 너만 두고, 누구도 뭐라고 할 수 없게 만들어 줄게.

"정말 많이 사랑합니다."

♩ ♫ ♪

종일 티 나지 않게 긴장하고 있던 여 사장은 기사가 터지고 몇 시간이 지난 후에야 비로소 안도의 한숨을 내쉬었다. 지금이라면 충분히 상황이 좋은 쪽으로 흐를 거라는 예상을 하긴 했지만, 혹시나 싶어 내심 불안했다. 그러나 다행히 분위기는 예상보다도 더 좋았다.

— 드라마 제작 발표회가 아니라 그냥 드라마의 한 장면인 줄. 저 얼굴에 5년 짝사랑이라니, 말이 돼요? 선우원 같은 남자 또 없나?
— 부럽다. 도대체 얼마나 착하게 살아야 저런 남자에게 저런 고백을 받을 수 있는 거지?
— 근데 드라마에서는 다른 여배우랑 연기하잖아요. 어떻게 보면 시청자들의 몰입을 방해하는 거 아닌가?
— 무슨 소리? 그럼 뭐, 열애 중이거나 결혼한 배우들은 평생 멜로 연기하면 안 되나?
— 선우원 연기 엄청 잘해야겠네. 어쨌든 궁금하니까 '백설공주와 키 큰 난장이' 본방 사수해야겠다.

드라마 PD가 특히나 반길 만한 반응에 이어, 안 그래도 후끈한 분위기에 또 한 번 불을 지피는 이야기도 보였다.

— 호수가 라디오 공개방송에서 미공개 자작곡 부른 거 직캠 찾아보세요. 그때 방청 갔던 어떤 분이 맨 앞에서 찍으셨다는데, 완전 소름 돋아요!
— 윗님 말씀 보고 찾아봤는데, 대박이네요. 사연도 가사도 딱 자기 얘기였나 봐요. 마지막에 운 거 맞죠? 가창력에 소름 돋고, 거기서 한 번 더 소름……!

이 정도면 충분히 성공한 고백이었다. 물론 모든 팬들이 박수 치며 반기는 건 아니었지만, 그 정도는 당연히 짐작했고 감수해야 할 일이었다.

위기 극복은 물론이고, '잘생긴 순정남'이라는 비현실적인 이미지까지 얻은 종신 계약 노예의 활약상을 만족스런 눈으로 훑어본 여사장이 기다리고 있던 직원들을 돌아보며 말했다.

"준비한 보도 자료 내고, 각자 팬카페에 글 남기라고 해."

소속사 차원에서 공식 입장을 발표한 후, 원도 다시 한 번 팬들에게 글을 남겼다. 아직까지도 서운함을 내비치는 글이나 다소 과격한 글들도 있었으나, 따뜻한 응원도 제법 보였다.

"이 정도만 해도 훌륭한 거야. 처음 스캔들 났을 때에 비하면."

꼼꼼하게 반응을 살피던 도영의 말에 원은 미소를 지었다.

"어차피 한 번에 다 정리될 거라는 생각은 안 했어요. 이제부터 조용히 예쁘게 잘 만나다 보면 언젠가는 다들 자연스럽게 받아들이겠죠."

그리고 모두가 기다리는 것이 하나 더 남아 있었다.

바로, 전생에 나라를 구하고 우주 폭발을 막았다는 그 여자의 대답.

밤 12시가 다 되어서야 호수는 자신의 팬카페에 글을 올렸다. 몇 시간 동안 끙끙대며 수도 없이 쓰고 고치기를 반복한 글을 통해 호수는 팬들에게 미안하고 감사한 마음, 그리고 앞으로 가수로도 그냥 한 사람으로서도 실망시키지 않겠다는 진심을 전했다.

그리고 마지막으로 원의 SNS에 들러, 매우 선우원스러웠던 공개 고백에 대해 참으로 호수스러운 공개 대답을 남겼다.

— 당분간은 백설공주의 남자 하세요. 드라마 끝나면 제 남자라고 하
시고요.

#Track 18.
가장 달콤한 기적

"호수 톱스타로 키우는 게 목표라더니, 성공했네?"

여 사장의 말대로, 호수는 데뷔 이래 가장 큰 인기를 누리고 있었다. '선우원을 5년 동안 짝사랑하게 만든 여자'라는 전무후무한 타이틀에, 청순요정 코스프레 뒤에 숨겨두었던 거친 본색까지 가감 없이 드러내면서 요즘은 '호수 어록'이 생길 정도로 일거수일투족이 화제였다.

"이제 어디 가서 당당하게 톱 A급이라고 해도 되겠어."

"당연하죠. 온갖 걸그룹들 다 밀어내고 혼자서 여자 가수 톱 자리 차지했는데. ONE만 없으면 가요대상도 타겠던데요?"

"오버하지 마. 이번 싱글 앨범 잘될 듯하다가 팍 엎어진 거 그새 까먹었어?"

"다시 역주행하면서 회복했잖아요. 계속 차트 1위인데, 이 정도면 대박 아닙니까?"

원준의 말대로 1위 직전에 스캔들이 터지면서 땅끝까지 떨어졌던 싱글 앨범 타이틀 〈못 해〉의 차트 순위는 공개 연애 이후 급속도로 치고 올라오더니, 뒤늦게 1위를 차지하는 기염을 토했다. 앨범 판매량도 폭발적으로 늘고 있다는 소식을 미리 접한 여 사장이 아무 말도 하지 않자, 원준이 넌지시 찔렀다.

"1위 했는데 차 좀 바꿔주시죠? 밴으로."

"요새 차트 1위가 1위야? 트로피 하나라도 가져오고 나서 말해."

"방송 활동을 안 하는데 어떻게 트로피를 가져와요? 싫으면 그냥 싫다고 하세요."

"알았어. 차 바꿔주기 싫어. 됐어?"

"에이, 진짜⋯⋯."

원과의 공개 연애가 화제가 된 이후, 거의 모든 프로그램에서 호수를 섭외하기 위해 애를 썼으나, 호수는 억지로 끊겼던 싱글 앨범 활동을 재개하는 대신 청개구리 빼치는 결단력으로 모든 방송 활동을 접겠다고 했다. 분명히 원 얘기만 물어볼 텐데 대답하기도 귀찮을뿐더러, 드라마 하는 동안에는 상대 여배우와의 조화가 돋보여야하는 원을 방해하고 싶지 않다는 이유에서였다.

원준은 보나마나 사장님한테 한소리 들을 거라며 조마조마해했지만, 여 사장의 반응은 호수만큼이나 청개구리스러웠다.

"나쁘지 않은 생각이야. 사람들 관심이 확 높아졌을 때가 별거 아닌 걸로 꼬투리 잡기 가장 좋은 때이기도 하니까. 예쁘지도 않은 얼굴 쉴 새 없이 들이밀었다가 오히려 역효과 나지 말고, 지금부터 준비해서 연말에 소극장 콘서트나 해."

'하는 일 없이 노는 꼴은 못 보니까 시키는 거다' 하고 덧붙였지만, 호수도, 원준도 알고 있었다. 언젠가 MVP 선물로 원과의 듀엣곡을 던져 줬던 것처럼, 이제야 마음 편히 사랑하게 된 것을 축하하는 뜻으로 생애 첫 단독 콘서트라는 선물을 주었다는 걸.

"호수 콘서트 준비는 잘 돼가?"

"첫 콘서트라 엄청 집중하고 있어요. 미공개 신곡도 만들고, 죽어도 안 할 거라던 춤 연습까지 하고. 노래는 원래 잘하니까요."

흐음, 하는 표정을 지은 여 사장이 문득 물었다.

"말 나온 김에 너, 호수가 그렇게 노래를 잘하는데 이제껏 왜 안 뜬 건지 진지하게 고민해 본 적 있어?"

잠시 생각한 원준이 호수가 들었다면 덤비고도 남았을 대답을 내놨다.

"덜 예뻐서?"

"그것도 맞긴 하지. 시선을 확 끌게 생긴 외모는 아니니까."

여 사장은 순순히 수긍했다.

"호수, 노래 정말 잘해. 그런데 이전까지는 결정적으로 가슴을 치는 게 없었어. 모순적인 말이지만, 완벽한데 허전하다고 해야 하나? 가창력이 좀 딸려도 노래를 듣다 보면 딱 느낌이 오는 애들이 있는데, 얘는 그게 없었다는 거지. 왜 그랬을 것 같아?"

물어놓고 대답할 시간도 주지 않은 여 사장이 곧장 답했다.

"경험 부족. 진심이 안 담겨 있는 거야. 안 해봤으니까. 짝사랑이든 첫사랑이든, 좋은 이별이든 나쁜 이별이든."

원준이 천천히 고개를 끄덕이다 멈칫했다.

잠깐. 혹시 처음부터 원이랑 호수 연애 반대 안 한 데 그런 의도도 깔려 있던 건가? 부족하다고 했던 거, 타고날 수도 없고 연습으로도 안 되는 거, 그걸 채울 수 있는 기회라서?

"근데 이번 기회에 다 채운 거지. 다 겪고 나니까 노래가 깊어졌잖아. 외모도 마찬가지야. 괜히 보람도 없이 돈 들일 필요가 뭐 있어? 선우원이 좋아하는 얼굴이면 짱 먹는 거지."

인간적인 면모와 사업가적인 면모를 어쩜 저렇게 절묘하게 넘나드는지, 존경심마저 들 정도였다. 종신 계약은 안 했지만 이미 자발적 노예가 된 원준은 여왕 같은 포스로 앉아 있는 여 사장을 물끄러미 바라보다가 한마디 했다.

"사장님은 돈 들인 보람 있으세요. 예쁘시니까."

"저게 근데, 잘나가다가 잊을 만하면 한 번씩 개소리를 해서 속을 뒤집네?"

"개소리라뇨. 자꾸 이렇게 언어폭력 행사하실 겁니까?"

"실제 폭력을 행사할 순 없잖아. 그래도 내 팬인데다가 사심도 있다는데."

늘 그렇듯 지나치게 직설적인 말에 잘도 들이대던 원준의 말문이 꽉 막히고 말았다. 빙글 의자를 돌린 여 사장이 이만 나가보라 하려 했을 때, 원준이 대꾸했다.

"너무 그렇게 가볍게 말씀하시면 서운한데요. 그냥 팬심이나 사심이 아니라 가볍지 않은 진심인데."

여 사장이 멈칫한 틈을 타 성큼 다가선 원준이 주머니에서 뭔가를 꺼내 건넸다.

"선물입니다. 〈못 해〉 1위 선물이요."

"호수가 1위 하고 왜 내가 선물을 받아?"

"봄 노래이기도 하잖아요."

생각지도 못한 말과 함께 내밀어진 손바닥만 한 봉투를, 여 사장은 말없이 내려다보았다.

"사장님도 첫 1위시죠? 축하드려요."

원준은 조마조마한 심정으로 여 사장이 손을 내밀기만을 기다렸다. 책상 밑, 보이지 않는 곳에서 손을 꾸욱 쥐었다 편 여 사장은 짐짓 태연하게 봉투를 받아 들었다.

"제 기억이 맞는지 모르겠는데, 20년 전에 그런 인터뷰를 본 것 같아서요. 만약에 가요프로그램에서 1위를 한다면 뭘 가장 하고 싶으냐고 물었는데, 사장님이 그러시지 않았어요? 영화 보는 걸 좋아하는데, 데뷔 준비하는 동안 한 번도 못 봐서 영화 보러 가고 싶다고."

봉투 안의 영화표 두 장을 확인한 여 사장이 그대로 움직임을 멈췄다.

"드디어 1위 하셨으니까 영화 보러 가셔야죠. 그나저나 저 좀 능력 있는 것 같지 않습니까? 20년 전에 봄을 알아보고, 20년 후에 차트 1위 할 노래를 알아보고, 호수를 알아보고……."

여 사장이 봉투를 탁 내려놓았다. 남은 말을 삼킨 원준은 흠칫 눈치를 살폈다.

"대체 그런 걸 어떻게 다 기억하는 건지……."

나를, 알아봤다고?

내가 스무 살이었을 때 고작 열세 살이었던 어떤 사람이, 이렇게 사장과 직원으로 만나게 될 거라고는 상상조차 하지 못했던 때에, 당시에도 지금도 기억하는 사람 거의 없는 봄이라는 가수를…….

그렇게까지 좋아해 줬다고?

뭐라 표현하기 어려운 기분을 미처 다 감추지 못한 눈으로 올려다보자, 원준은 순박하리만치 어색한 웃음을 흘렸다. 정말, 사심이라는 한마디로 정의하기엔 아까운 그 웃음을 본 여 사장의 눈매가 가만히 이지러졌다.

그만큼 좋아했고, 지금도 좋아한다고?

그렇게 되뇌는 순간, 발밑에 느닷없는 구멍이라도 생긴 양 몸이 아득하니 아래로 쏠렸다. 놀이기구에 올라앉은 것처럼 현기증이 일어, 여 사장은 손끝으로 관자놀이를 짚었다.

"티켓이 두 장인 건 다른 사람하고 보시라는 뜻이 아니라 옆자리에 다른 사람 못 앉게 가방 놓으시라고. 근데 가방보다는 제가 낫지 않……."

"너 바보 아냐?"

좋은 소리가 나올 거라는 기대는 안 했지만, 그래도 생각보다 훨씬 더 가라앉은 반응에 원준이 '합' 하고 입을 다물었다. 매정하게 말을 자른 여 사장은 더 매정한 말을 덧붙였다.

"나 그 당시에 네가 아는 그 사람이랑 만나고 있었어. 진짜로 영화를 보고 싶다는 게 아니라 데이트하고 싶다는 암호였다고. 그걸 그대로 믿었어?"

"뭐요?"

원준의 얼굴에서 핏기가 가셨다. 치사하게 다시 뺏을 수는 없으니 미친 척하고 찢어버릴까 하는 눈으로 영화표를 째려보는 원준을 힐끗 돌아본 여 사장이 마저 말을 이었다.

"주말에 시간 안 돼. 게다가 영화도 내 스타일 아냐."

봉투 위에 손을 올린 여 사장이 그대로 원준의 앞까지 죽 밀었다. 원준은 이걸 내 손으로 집어서 버려야 하나, 아니면 사장님 드린 거니까 직접 버리시라고 해야 하나, 고민에 빠져 묵묵히 봉투를 내려다보았다.

그때, 원준의 귀에 둘의 관계만큼이나 애매모호한 뉘앙스를 풍기는 한마디가 들려왔다.

"이거 말고, 지난주에 개봉한 뮤지컬 영화."

"네?"

"수요일 심야로 다시 예매해."

말이 떨어지자마자 시무룩하니 처졌던 원준의 눈이 반짝했다. 여사장은 빙글 몸을 돌렸다.

"20년 만에 1위 한 기념으로 보는 영화를 가방이랑 보고 싶진 않으니까, 한 장은 너 가져."

[12월 17일 PM 6:30. 호수, 연습실]

"그렇지, 그렇게. 방향 바꿔서. 오케이! 그 정도면 됐어. 그래도 예전에 원이랑 뮤직 카운트다운 연습할 때보다는 나아졌네."

콘서트에서 깜짝 공연으로 선보일 춤 연습을 도와준 안무가의 말에 호수는 조용히 눈을 흘겼다. 그러거나 말거나 안무가는 만족스럽게 웃으며 한마디 보탰다.

"지금 생각해 보니까 원이가 널 좋아해서 그렇게 너그러웠던 거였어. 그냥 공연 파트너였으면 한다고 했겠어? 자기가 때려치우거나 너를 가만 안 놔뒀겠지."

"그때는 안무가 맘에 안 들어서 그랬던 거거든요? 귀여운 척하는 안무 짜 오셨잖아요."

"아아, 충분히 출 수 있는데 귀여운 척하기 싫어서 안 춘 거다? 지금은 치명적인 척하는 거라 출 수 있고?"

"그렇죠. 저는 원래 섹시한 편이니까."

"그래. 움직이는 각목 중엔 제일 섹시한 편이라 치자."

각목은 역시 춤을 추는 것보다 사람을 패야 맛이지. 그런 눈을 한 호수가 본격적으로 안무가와 싸울 준비를 하려는 찰나, 똑똑 소리와 함께 슬그머니 연습실 문이 열렸다.

"어, 형도 계셨네요? 안녕하세요."

"오빠!"

열린 문 사이로 원의 얼굴을 본 순간, 호수가 튕기듯 자리에서 일어났다. 안무가와 반갑게 눈인사를 나눈 원은 곧장 호수에게 다가가더니 온몸으로 꼭 끌어안았다.

"드라마 촬영 때문에 못 올 줄 알았는데 운 좋게 촬영이 한꺼번에 다 몰려서 일찍 끝났어. 끝나자마자 너 보러 온 거야. 저녁은 먹었어?"

"아뇨, 아직."

"이 시간까지 밥도 안 먹었어?"

별거 아닌 대화인데도 분위기가 묘했다. 바쁘게도 움직이는 원의 손 때문이었다. 머리를 쓰다듬었다가 괜히 뺨을 꼬집꼬집하고, 그러다 손을 조물거리는 등 좋아서 가만히 못 놔두겠다는 마음이 훤히 보이는 행동에 안무가는 깊은 한숨을 삼키며 자리에서 일어났다.

"가시게요?"

"지금 나 가라고 둘이 그렇게 비비적대는 거 아니야?"

안무가가 불퉁하니 대꾸하자, 원은 천진난만한 눈웃음을 흘리며 고개를 끄덕였다.

"예, 맞아요."

참으로 푼수푼수한 대답에 기겁한 호수가 원의 팔뚝을 찰싸닥 때렸다. 속이 뒤집어진 안무가는 입을 실쭉거리며 자리를 떴고, 둘만 남자마자 원은 기다렸다는 듯 뺨을 끌어당겨 입을 맞췄다. 잠시 막혔다 떨어진 호수의 입에서 폭풍 핀잔이 쏟아졌다.

"사람들 있을 때는 적당히 좀 해요, 적당히!"

"적당히 좋아해야 적당히 하지."

뻔뻔하게 대꾸한 원이 연습실 한쪽에 있는 의자에 앉았다. 주인 만난 강아지처럼 호수에게 엉겨 붙던 원은 이내 자신의 어깨에 호수를 기대놓고 한 팔로 감쌌다.

"콘서트 연습도 좋지만 컨디션 조절도 해야지. 나 내일 새벽까지 촬영 스케줄 없으니까, 오늘은 같이 푹 쉬자."

"어디서요?"

"혼자 사는 여자 친구 집. 태린 누나 이사 가서 나 요새 너무 행복해. 태린 누나 새 숙소에 뭐 필요한 거 없대? 다 사드릴 수 있는데."

"말 돌리지 말고, 누가 와도 된대요?"

"네가 내 거니까, 네 집도 내 거 아냐? 내 집 내 마음대로 못 들어가?"

"그럼 오빠 거는 다 내 거예요? 크게 손해일 텐데?"

"괜찮아. 너 다 가져. 원한다면 당장 혼인신고부터 하고 다 네 명의로 돌려줄게."

노려보는 시선을 웃음으로 때운 원이 냉큼 찡찡거렸다.

"근데 왜 콘서트를 크리스마스이브랑 크리스마스에 해? 같이 맞는 첫 크리스마스인데, 나랑 분위기 있게 데이트할 마음 같은 건 전혀 없어?"

"드라마 촬영 때문에 콘서트도 못 오면서 무슨……."

뾰족한 호수의 대꾸에 원이 발끈했다.

"밤에는 촬영 끝난다고!"

"밤에는 콘서트 뒤풀이 있다고요! 거기 와서 같이 놀면 되잖아요!"

"그게 뭐야! 사람 우글거리는 거 싫어!"

"뭐 어쩌라는 건지. 콘서트하지 말라는 거야, 뭐야?"

확 달라진 말투에 원이 움찔했다. 그 틈을 타 호수가 쓰윽 얼굴을 들이밀며 눈을 맞췄다.

"나 콘서트하지 마? 매일매일 오빠하고만 놀아? 응?"

바싹 가까워진 거리에서 툭 떨어진 반말이 입안을 바짝 타게 했다. 원은 한참 만에 호수의 이마를 슬쩍 밀어내며 겨우 답했다.

"……반말하지 말라고 했지."

"하랄 땐 언제고."

"하지 말라면 하지 마. 위험해."

그때, 호수와 같이 사장실로 올라오라는 연락을 받은 원준이 연습실 앞에 도착했다. 원준은 '웬일로 음악 소리가 안 나지?' 하며 고개를 갸웃하고는 문을 잡았다.

"기분 이상해진다고. 내가 하라고 할 때만 해."

"기분이 뭐 어떻게 이상한데요? 다른 여자 만나는 것 같아요?"

"색다르긴 해. 가끔 해주는 건 나쁘지 않을 것 같아."

"뭐야? 지금 표정 좀 변태 같았는데, 무슨 생각했어요?"

"……야한 생각."

"쓸데없이 솔직하네."

어쩐지 은밀한 뉘앙스에, 원준의 뺨이 화끈 달아올랐다.

호수가 처음 한 반말이 '사랑해, 오빠'였던 탓에 원의 뇌리에는 호수의 반말이 환장할 애교이자 사람 잡는 도발로 각인되었음을 원준이 알 리 없었다. 대체 주호수는 뭘 해준 건가 하는 의문을 품었다가 자체 19금 필터로 황급히 걸러낸 원준은 제 이마를 손바닥으로 팍 쳤다.

"알았어요. 이제부터는 오빠가 반말하라고 할 때만 할게요. 아, 다음엔 욕도 해드릴까요? 저 되게 잘하는데."

"그만, 됐어. 그냥 하늘 같은 남편 모시듯 깍듯이 대해줘."

"하늘 같은 소리 하고 앉아 있네요."

원준은 그제야 모든 것이 자신의 욕구불만과 불순한 사상에서 비롯된 오해였음을 깨닫고 깊이 반성했다. 그 와중에 '고작 반말 좀 했다고 야한 생각을 하다니, 원이 쟤 진짜 잘생긴 변태 아냐?' 하는 생각이 들었으나 그것도 얼른 털어내고 문을 두드렸다.

"어, 김 실장님. 안녕하세요."

"원이도 같이 있었네. 언제 왔어?"

"조금 전에요. 사장님 뵈러 왔다가 먼저 잠깐 들렀어요."

"그래? 사장님이 호수도 올라오라고 하셨는데. 말 나온 김에 같이 올라가자."

고개를 끄덕인 원은 사무실에 있을 도영에게 전화를 건 후에 사장실로 향했다. 넷은 오랜만에 사장실 테이블을 사이에 두고 모여 앉았다.

"알아서 한꺼번에 왔네. 둘 다 계약서에 추가된 조항 있으니까 확인해."

새 계약서를 각각 나눠 준 여 사장이 추가된 조항을 읽어 내려갔다.

"만약 결별하여 그 사실이 언론에 알려질 경우, 회사에 위약금을 지불한다. 공개 연애를 발표한 날로부터 1년 이내에 헤어질 경우에는 최초 계약 시 받은 계약금의 세 배, 1년 이상 2년 미만의 경우에는 계약금의 두 배, 2년 이상 3년 미만의 경우에는 계약금과 동일한 금액을 위약금으로 지불하며, 3년 이상의 경우 면제한다."

"무슨 이런 걸 계약서에 집어넣어요?"

황당한 계약 조건에 울컥한 호수가 곧장 트집을 잡았다.

"그럼 결별했어도 안 걸리거나 3년 이상 사귀다 헤어지면 위약금 안 내도 된다는 거죠?"

한껏 심술궂게 물어놓고, 호수는 뒤늦게 해서는 안 될 말을 했음을 깨닫고 맞은편에 앉은 원의 눈치를 살폈다. 아니나 다를까, 그럼 헤어질 마음이 있다는 거냐는 서늘한 시선이 자신을 향해 있는 것이 보였다. 꼬투리 좀 잡아보려다가 도리어 엄청난 꼬투리를 잡혀 버린 호수는 급히 수습에 나섰다.

"그, 그러면 반대로, 계속 잘 사귀면 사장님은 뭐 해주실 건데요? 3년 이상 사귈 경우에는 계약금의 두 배, 결혼할 경우에는 열 배를 축의금과 별도로 지급한다, 이런 조항은 왜 없어요?"

"장난해? 위약금은 연애하려거든 똑바로 해서 회사와 너희들 이미지에 똥칠하지 말라고 달아놓는 보험인 거고, 결국 연애든 결혼이든 니들이 좋아서 하는 건데 보너스를 왜 줘? 내가 사장이지, 봉이야? 헛소리하지 말고 그 밑에 있는 조항이나 똑똑히 읽어봐."

입을 비죽거린 호수와 원이 다시금 계약서로 시선을 떨어뜨렸다. 그리고 잠시 후, 이번에는 원의 입에서 불만이 터져 나왔다.

"향후 10년간 결혼 금지요? 왜요? 아, 왜요! 배우들 보면 일찍 결혼하고도 쭉 활동 이어가는 경우도 있잖아요!"

평소 토를 다는 일이 극히 드문 원의 반항에도 여 사장은 그럴 줄 알았다는 눈을 했다.

"아이돌은 안 돼. 아이돌이 무슨 뜻인지 몰라? 말 그대로 우상이야. 무대 위에서뿐만 아니라 무대 아래의 사적인 모습 하나하나에도 환상을 품고 열광하게 만들어야 한다고. 배우에 비하면 활동할 수 있는 나이도 훨씬 한정적이고."

"그건 그렇지만……."

"안 된다면 안 돼. 사람들한테 비난받는 거 지겹지도 않아? 헤어지게 되더라도 적당한 때에, 결혼까지 가게 되더라도 적당한 때에 마음 편히 하란 말이야."

원은 '그럼 어떻게 서른까지만이라도 깎을 수 없을까?' 하는 궁리를 하며 다 식은 녹차를 들이켰다. 그때 여 사장이 중얼거렸다.

"사실 결혼보다는 임신이 더 걱정이긴 해. 10년 동안 금욕을 시킬 수도 없고, 길고양이도 아닌데 중성화 수술을 시킬 수도 없고……."

금욕이라니, 중성화 수술이라니!

잔인하고 끔찍한 말에 충격 받은 원이 입에 물었던 녹차를 요란하게 뿜어냈다. 그 액체가 고스란히 앞에 있던 호수의 계약서 위로 흩뿌려졌으나, 원준과 호수조차도 충격과 공포로 말문이 막혀 계약서를 돌아볼 엄두조차 내지 못했다.

가까스로 주변을 수습한 원이 정색했다.

"……뭘 걱정하시는지는 알겠습니다. 하지만 사장님."

계약서를 다시 뽑아야 한다는 번거로움에 인상을 구겼던 여 사장도, 테이블 위를 주섬주섬 닦던 도영도, 그러고 보니 사장님은 결혼 생각 없으신 걸까 싶던 원준도, 누구 맘대로 금욕을 시키느냐는 생각을 하고 있던 호수도 원을 돌아보았다.

"호수, 이제야 제 실력에 맞는 자리에 올라갔어요. 제가 호수 좋아하는 만큼 호수 꿈도 각별하게 생각하니까, 호수가 하고 싶은 거 다 하고 이룰 거 다 이룰 때까지는 발목 잡을 일 절대로 안 생기게 할 겁니다."

조심스러우면서도 단호한 대답에 모두가 조용해졌다. 특히 호수는 그 말을 듣고 나자 비로소 '아' 하게 되는 몇몇 장면들에 생각이 닿아 남몰래 얼굴을 붉혔다.

혼전 순결은 못 지켜줬어도 늘 다른 방법으로 책임감을 보여주는 그였다. 아무리 다른 남자를 만나본 적이 없다 해도 모든 남자가 이 정도로 철저하게 배려하는 건 아니라는 것쯤은 알 수 있었는데, 자신뿐만 아니라 자신의 꿈까지 지켜주고 싶어서 그러는 거라는 말까지 듣고 나니 마음이 찡했다.

좋은 얘기는 좋은 얘기인데, 화제가 화제인지라 민망해진 호수는 화끈대는 뺨을 가라앉히기 위해 앞에 놓인 물을 들이켰다. 원은 진지했던 눈매를 푸스스 풀며 은근히 덧붙였다.

"그러니까 걱정 마시고 이 조항은 빼주셨으면……."

"시끄러워. 어디서 수작이야? 피임 잘하는 거 알았으니까, 앞으로도 잘해. 10년 동안."

이번에는 호수가 입안의 물을 내뿜었다. 아까 원에게 테러당한 제 계약서의 복수라도 하듯 호수가 뿜은 액체는 원의 계약서를 엉망으로 만들었고, 결국 여 사장이 폭발했다.

"이것들이 도장 찍기 싫으니까 쌍으로 쇼를 하고 앉았네!"

불편한 심기를 고스란히 드러낸 여 사장이 앞에 놓인 노트북을 끌어당겨 신경질적으로 계약서를 다시 뽑았다. 원준이 얼른 프린터로 다가가 새 계약서를 가져왔다.

"그거 외엔 달라진 거 없으니까 확인하고 도장 찍어. 알았어?"

"직인은 제가 가져오겠습니다."

눈치껏 일어나 책상으로 향한 도영이 어지럽게 널린 서류 사이에서 영화표 한 장을 발견하고는 멈칫했다. 일단 직인을 찾은 도영이 자리로 돌아오며 무심코 물었다.

"사장님 책상에 영화표 있으시던데, 영화 보셨어요?"

가방 안에서 꺼낸 영화표를 서랍 안에 넣으려다 깜박했음을 깨달은 여 사장이 입을 다물었다. 같이 본 원준 역시 흠칫 눈치를 살폈다.

"저도 보고 싶었는데 주변에 뮤지컬 영화 좋아하는 사람이 없어서 아직 못 봤거든요."

아무 생각 없이 꺼낸 도영의 말에 원도 아무 생각 없이 대답했다.

"아, 그 영화요? 저도 호수랑 보려고 다운받아 놨는데. 사장님은 누구랑 보셨어요?"

불안해진 원준이 조용히 물컵을 들어 입에 댔다. 여 사장이 깔끔하게 답했다.

"요새 썸 타는 연하남이랑."

원과 호수, 도영의 입에서 '네에?'와 '으엑?'의 중간쯤 되는 괴성이 터져 나오는 것과 동시에 기어코 원준마저도 물을 뿜고 말았다. 기껏 다시 뽑아놓은 새 계약서 위에 격한 흔적을 튀겨놓은 연하의 썸남을 강하게 노려본 여 사장이 싸늘하게 입을 열었다.

"사장실 물청소하러 왔어? 아니면 지금 내가 한 말에 불만 있어서 찬물 끼얹는 거야?"

"죄, 죄송합니다. 불만 같은 게 있을 리가요. 불만은커녕 격하게 좋아서……."

뭐가 격하게 좋다는 건지, 의아해하는 눈길들을 싹 무시한 여 사장이 버럭 고함을 질렀다.

"됐고, 앞으로 사장실에서 물 달라는 놈은 계약서 찢어버릴 테니까 그런 줄 알아!"

우여곡절 끝에 겨우겨우 새 계약서에 도장을 찍은 원과 호수는 원준의 차를 타고 곧바로 호수의 숙소로 향했다.

"뭐 마실래요?"

"아니, 괜찮아. 그냥 영화 보자. 거기 내 가방 안에 노트북…… 아니다. 내가 꺼낼게."

호수가 옷자락을 덥석 잡아당겨 원을 다시 앉히고는 리모컨을 들었다.

"영화는 좀 이따가요. 일단 드라마부터 봐요. 〈백설공주와 키 큰 난쟁이〉 본방 사수해야죠."

"안 봐도 돼. 오늘 내용은 별로 재미없어. 그러니까 지금 바로 영화를……!"

"지금 무슨 소리예요? 오늘이 제일 재밌을 것 같던데. 어제 예고편에서……."

리모컨을 뺏으려는 원의 손등을 찰싹 때리고 TV를 켠 호수가 의미심장한 눈으로 덧붙였다.

"키스 신 나왔잖아요."

에잇! 그거 못 보게 하려고 오늘 최대한 촬영 일찍 끝내고 만나러 온 건데!

나중에 기사로 볼 때 보더라도 본 방송으로는 안 봤으면 해서 영화까지 받아 온 거라고!

꿍꿍이 다 털리고 시무룩해진 원이 은근슬쩍 호수의 팔을 붙들고 비비적대기 시작했다. '흥' 하는 눈길로 돌아본 호수가 한마디 했다.

"다른 여자랑은 얼마나 잘하나 똑똑히 모니터해 드릴게요. 아, 물론 연기."

"그래, 연기. 말 그대로 그냥 연기."

"그냥 연기는 무슨! 예고편 보니까 작정하고 하드만! 하는 척도 아니고, 아주 그냥 막!"

울컥한 호수가 한 손을 치켜들었다. 원이 급히 호수의 손목을 붙잡았다.

"키스를 잘한 게 아니라 연기를 잘한 거지."

"그게 그거지 무슨!"

잡힌 손을 빼내려던 순간, 원이 손목을 아래로 끌어 내리며 꼼짝도 못 하도록 끌어안았다.

"연기도 잘하지만, 실제로는 더 잘하잖아. 그치?"

"뭐 이렇게 뻔뻔한……!"

"말 나온 김에 제대로 한 번 하자. 드라마 끝날 때까지."

"하지 마요. 오늘은 무슨 일이 있어도 꼭 본방 사수할 거…… 읍!"

키스 신을 덮기 위한 진짜 키스가 시작된 순간, 원이 출연한 드라마도 시작되었다.

가볍게, 진하게, 쉴 새 없이 들이대는 원에게 정신을 쏙 빼앗겼던 호수는 어제 예고편에서 나온 그 장면이 나올 때쯤이 되자 매정하게 원을 밀어내고 드라마에 집중하기 시작했다. 연기니까, 일이니까 당당해도 된다는 걸 알면서도 미안한 마음이 든 원이 호수를 살폈으나, 호수는 저러다 TV 속으로 들어가겠다 싶은 기세였다. 아무래도 순간적으로 드라마에 빠져 저 남자가 자기 남자인 줄 깜박한 모양이었다.

결국 우려했던 유혈 사태는 일어나지 않았다. 대신 흐뭇한 감상이 흘러나왔다.

"괜히 대박 난 게 아니네. 저 원래 드라마 잘 안 보거든요. 근데 진짜 재밌어요. 수목드라마 시청률 1위 할 만해요."

"그런 말을 너한테 들으니까 왠지 이상한데."

작게 웃은 호수가 믿어도 된다는 표정으로 팔을 툭 쳤다.

"열심히 연기하느라 고생 많았어요. 저 지금 오빠 되게 자랑스러운 거 알아요?"

"자랑스럽다고? 다른 여자랑 키스 잘한 게?"

"남자 친구 키스 되게 못한다는 말 듣는 것보다는 훨씬 낫잖아요."

시원시원하니 대꾸한 호수가 못되게 입꼬리를 끌어 올렸다.

"그나저나, 몇 십 억 들여서 만들었다는 옆 동네 사극은 조기 종영한다면서요?"

"시청률이 애국가 수준이라잖아. 어쩐지 하차하랄 때 매달리고 싶지가 않더라고."

못지않게 못된 눈을 한 원이 손을 올렸다. 호수가 하이파이브를 하자, 원은 그대로 그 손을 감아쥐고는 끌어당겼다. 풀썩 품에 안긴 호수가 작게 웃었다.

"잘됐어요, 다."

"응. 그리고 더 잘될 거야."

호수가 편하도록 자세를 약간 고친 원이 한 손으로 호수의 머리카락을 쓸어내렸다. 살짝 잠이 올 만큼 부드러운 손길에 저절로 얌전해진 호수를 안고, 원은 자분자분 말을 꺼냈다.

"다음 화 대본 중에, 너한테 꼭 먼저 들려주고 싶은 말이 있었어. 대사는 아니고 내레이션인데……."

품 안에서 끄덕끄덕인지 부비적부비적인지 모를 움직임이 전해졌다.

"같은 시대에 태어난 수억의 사람들 중 단 한 사람, 그 사람과 나의 마음이 같았음을 확인한 순간……. 공기가 달랐다. 공기가, 달았다."

달라져.

공기뿐만 아니라 세상이, 한없이 달라져.

"내가 좋아하는 사람이 나를 좋아한다는 건."

그래서 나에게 너는…….

"내게 일어날 수 있는 모든 기적 중, 가장 달콤한 기적이다."

기적이야.

♩ ♫ ♪

"주호수 전화 안 받아. 오늘 드라마에서 키스 신 보고 싸웠을 것 같아서 전화했는데."

욕실에서 막 씻고 나온 태원이 픽 웃었다.

"싸웠으면? 화해시켜 주려고?"

"아니. 약올리려고."

태원은 수건으로 머리의 물기를 털어내던 손을 멈추고 수현을 빤히 쳐다보았다. '뭐 저런 대답이 다 있어' 하는 눈이었다.

"뭘 봐? 옷이나 입어."

"네가 줘야 입지."

이번에는 수현이 태원을 빤히 바라보았다. 역시나 '뭐 저 따위 대답이 다 있어' 하는 눈이었다. 방에 들어갔다 나온 수현이 핀잔과

옷을 한데 모아 던졌다.

"그러게 갈아입을 옷도 안 가져왔으면서 샤워를 왜 여기서 해? 코앞에 숙소 놔두고."

"오늘 애들 다 숙소에 없거든. 혼자 샤워하다 귀신 나올까 봐."

"귀신 같은 소리 하고 있다."

진짜 귀신이 나온대도 '뭐야, 하필 샤워하는데 나와?' 정도로 끝날 무던한 성격임을 잘 아는 수현이 코웃음을 쳤다. 자연스럽게 옷을 받아 입은 태원은 제 집처럼 편하게 냉장고를 열고는 맥주 캔 두 개를 꺼내 식탁 위에 둔 노트북 앞에 앉았다.

"지완이랑 나랑 25일 공연 가기로 했어. 원일이는 스케줄 때문에 24일 공연 간다고 했고. 정작 원이는 촬영 때문에 지방 내려가서 못오지만."

"연말이고 크리스마스인데 겁나 한가한 거 보니, ONE도 이제 한물갔네."

취미이자 특기인 독설을 듣자마자 태원은 한 손으로 수현의 뒷목을 덥석 잡았다.

"죽을래? 누가 한가해? 그래도 호수 첫 콘서트인데 꼭 가야 할 것 같아서 겨우 비운 거야."

"그랬어? 초저녁부터 여기 죽치고 있기에 한가한 줄 알았지."

"네가 혼자 있으면 밥을 안 먹으니까 온 거 아냐? 지금도 계속 편곡 작업 중인 거 안 보여? 준비해야 하는 연말 시상식만 네 개라고."

수현의 뒷목을 꾹꾹 누르던 손을 거둔 태원이 노트북으로 시선을 돌렸다. 장난스런 구타를 뺀질뺀질한 웃음으로 맞받은 수현도 다시금 일에 집중하기 시작했다.

나란히 앉아 한동안 각자의 일을 하다가, 수현이 불쑥 물었다.

"크리스마스에 뭐해?"

열심히 작업 중이던 태원의 움직임이 뚝 멈췄다.

"공개 커플이잖아. 지아 누나랑 크리스마스에 뭐하는지 궁금해들 할 것 같은데."

태원의 시선이 수현의 옆모습을 응시했다. 가느다란 펜으로 그려 놓은 것처럼 섬세하면서도 날카로운 눈매는 차분히 앞만 바라보고 있었다.

"지아 누나도 호수 콘서트 올 거야."

이번에는 수현이 움직임을 멈췄다. 그러나 곧 아무 일도 없었다는 듯 대꾸했다.

"나란히 앉아 호수 콘서트 관람? 나쁘지 않네."

고집스레 돌아보지 않는 옆모습을, 그보다 더 고집스런 시선이 집요하게 좇았다.

같은 섬유 유연제 향이 나는 옷을 나눠 입은 두 사람과 식탁 위에 놓인 두 개의 맥주 캔, 나란히 놓인 두 대의 노트북. 마치 주말 오후의 풍경처럼 느슨하던 분위기가 어느덧 팽팽하게 당겨졌을 때, 태원이 입을 뗐다.

"콘서트 온다고 했지, 나란히 앉아서 본다는 말은 한 적 없는데."

"뭐?"

"온다는 얘기만 들은 것뿐이야. 자리가 어디인지, 누구랑 오는지도 몰라. 좀 전에 말했잖아. 나는 지완이랑 갈 거라고."

"같은 콘서트 가는데 따로 앉는다고? 그러다 결별설이라도 나돌면 어떡하려고."

태원의 대답은 들려오지 않았다. 침묵이 길다 싶을 때쯤 뭔가가 떠올랐고, 수현은 그제야 휙 돌아보았다.

"뭐야, 설마……."

"안 그래도 얘기하려고 했는데."

눈이 마주치기만을 기다리고 있던 것처럼, 움찔할 정도로 강한 눈빛이 부딪쳐 왔다.

"며칠 전에 지아 누나랑 통화했어. 크리스마스 전에 〈우리 결혼할까요〉 마지막 녹화분 나가고 난 후에 그쪽에서 먼저 기사 내기로."

"기사?"

"나랑 지아 누나, 헤어졌다고."

바로 옆에 있으면서도 혹시 못 들었을까 싶은 건지, 유난히도 또박또박한 말투였다.

"지난달에 가상 결혼 녹화 끝낸 것처럼, 가짜 공개 연애도 이제 끝이라는 얘기야."

스캔들이 났을 때만큼은 아니겠지만 못지않게 시끌시끌할 터였다. 수현의 입에서 '하' 하고 짧은 숨이 튀어나왔다. 태원은 그제야 수현에게서 시선을 떼고는 중얼거렸다.

"뭐, 진짜가 아니니 크게 달라지는 건 없겠지만."

받는 이가 버거워할 감정임을 알면서도 추스르지 못한 지아도, 거절당한 상처로도 모자라 일부 팬들이 주는 상처까지 받게 만든 태원도 서로에 대한 미안함이 늘 깔려 있을 수밖에 없었다. 2주에 한 번씩 촬영을 빌미로 만나면서, 그리고 가끔씩 공개 연인답게 밥을 먹는다거나 영화를 본다거나 하는 소소한 만남을 가지면서, 태원과 지아는 각자의 미안함을 덜어내고 가능한 선 안에서 가장 좋은 관계가 되려고 애썼다.

애를 쓴대도 워낙 타고나길 무심한 태원보다는 지아의 노력이 컸고, 덕분에 지금은 아무 용건 없이도 밥 정도는 같이 먹을 수 있을 만큼 편한 사이가 되었다. 아마 결별 기사가 난 후에는 '헤어진 공개 커플 중 가장 쿨하게 지내는 사이'라는 말이 따라다닐 듯했다.

굳게 입을 다물고 있던 수현이 한쪽 입꼬리를 끌어 올렸다.

"헤어졌어? 안됐네. 지아 누나처럼 예쁘고 착한 여자를 놓쳐서."

"예쁘고 착한 여자한테는 매력을 못 느끼는 드문 취향이라."

"그러시겠지."

한결 부드러워진 수현의 표정을 찬찬히 살핀 태원이 넌지시 덧붙였다.

"가짜든 진짜든, 공개 연애는 이게 마지막일 거야."

대답 없는 수현의 귀에, 어쩐지 시리게 들리는 물음이 날아와 꽂혔다.

"앞으로도 내가 좋아하는 사람 공개하는 일은 없을 거라고 하면……비겁한 건가?"

"아니. 현명한 거지."

일말의 망설임도 없이 답해준 수현이 특유의 시니컬한 투로 내뱉었다.

"연애가 남들 보라고 SNS에 올리는 글이야? 공개냐 비공개냐를 두고 뭘 그렇게 고민해? 누구랑 어떻게 하느냐가 중요한 거지."

태원은 한동안 아무 말도 하지 않았다. 그러다 가만히 손을 뻗었다.

익숙하게 머리를 쓰다듬은 손이 매끄럽게 타고 내려와 어깨를 잡았다. 한 손으로 턱을 괴고 있던 수현이 옆을 돌아보았고, 태원은 몸을 기울였다. 둘의 거리가 바짝 가까워졌다.

"그런데……."

태원의 젖은 머리카락이 수현의 턱 끝을 간지럽혔다. 태원이 수현의 어깨를 짚지 않은 다른 손으로 노트북 화면을 가리켰다.

"……이 사진은 뭐야? 너, 얘네 좋아해?"

수현의 노트북 화면에는 걸그룹의 사진이 떠 있었다. 그녀들은 조금만 움직여도 가슴골이 보일 듯 말 듯, 치마도 허벅지 바로 위까지 트인 아찔한 의상을 입고 있었다.

"가슴만 크면 섹시한 줄 아는 여자들한테는 매력 못 느끼는 드문 취향인 거 알면서 그렇게 물어보면 안 되지. 좋아해서 보는 것 같아?"

수현이 사진 속 걸그룹에게마저 독설을 내뱉는 것과 동시에 화면 한쪽 구석의 메신저 창에 '이 의상으로 똑같이 제작할까요?', '가슴 부분은 너무 과한 듯하니 스커트 슬릿만 살리죠' 등등의 글들이 줄줄이 올라왔다.

"콘서트에서 호수 춤출 때 입을 옷이야. 참, 극비 사항이니까 어디 가서 얘기하면 안 돼. 특히 원이 형 알면 난리 난다. 원이 형은 율동 수준인 줄로 알고 있대."

"설마, 호수가 애들이 추는 춤을 추는 건 아니지?"

"맞는데? 느낌은 많이 다르겠지만."

몇 번 본 적 있는 그 걸그룹의 안무를 대충 되새겨 본 태원이 수현의 어깨에 이마를 묻고 조용히 키득거렸다.

"……원이 콘서트 못 오는 게 다행이네."

[12월 25일, PM 5:50. 호수 첫 단독 콘서트 2회 차 공연 시작 10분 전]

어제 첫 콘서트를 마치고, 두 번째이자 마지막 공연을 시작하기 전, 원에게서 전화가 걸려왔다. 호수는 냉큼 받았다.

"오빠! 촬영 잘하고 있어요?"

「아니. 너 때문에 다 망했어.」

"뭐가 또 나 때문이에요?"

어제 1회 차 공연을 마친 후, 콘서트에 다녀온 팬들이 올린 호수의 섹시 댄스 영상과 사진으로 인터넷이 발칵 뒤집어졌다. 데뷔 이후 처음으로 선보인 춤인데다가 사진으로만 봤을 때는 걸그룹만큼이나 섹시했기 때문이었다. 물론 영상으로 보면 섹시하다는 말은 선뜻 안 나오는 실력이긴 했지만, 워낙 기대치가 낮았던 터라 생각보다는 잘 춘다, 열심히 연습했을 걸 생각하니 귀엽다 등의 호평이 이어지고 있었다.

그러나 애석하게도 남자 친구는 팬들처럼 쿨하지도, 너그럽지도 않았다.

「너 그렇게 야한 옷 입고 야한 춤 추려고 콘서트한다고 했어? 이럴 줄 알았으면 너 섹시 콘셉트 절대 못 하게 하는 조항도 계약서에 넣어달라고 하는 건데!」

"역시 오빠밖에 없어요. 다들 웃겼다거나 귀여웠다고 해서 짜증 나던 참인데 오빠가 야하다고 해주니까 힘이 나네요. 덕분에 오늘은 좀 더 느낌 살려서 할 수 있을 것 같⋯⋯."

「힘내지 말고, 느낌도 살리지 마! 아니면 옷이라도 바꿔 입든가! 수현이한테 당장 치마 찢어진 거 꿰매 달라고 해!」

드라마 촬영장에서 저렇게 소리 질러도 되는 건가. 불화설이라도 나돌면 어쩌려고. 그런 생각이나 하던 호수가 자연스럽게 말을 돌렸다.

"참, 어제 간식차 보내 줘서 고마워요. 다들 오빠한테 인사 전해

달래요."

「남자 친구인데 그 정도는 당연히 해야지. 연말 시상식 때문에 촬영 빠져야 하는 것만 아니면 하루만 빼달라고 얘기해 봤을 텐데, 도저히…… 가 아니라 말 돌리지 말고! 너 오늘 공연에서도 그거 할 거야? 하지 말라고!」

"오늘 공연 오는 사람들이 다 그거 보러 온다는데 어떻게 안 해요? 어쨌든 오빠도 촬영 잘 마무리하고 조심해서 올라오고요, 이따 밤에 뒤풀이에서 봐요."

「야, 주호수!」

혼자 애타는 원의 부름을 매정하게 못 들은 척하고 전화를 뚝 끊어버린 호수가 자리를 털고 일어났다. 어제 원에 이어 오늘 스태프들의 간식을 챙겨준 지아, 아까 30분 전쯤 대기실에 들러 응원해 주고 간 ONE 멤버들, 그리고 아직 사람들의 시선이 두려울 텐데도 용기를 내서 찾아와 준 태린, 거기에 원의 목소리까지 듣고 나니 아까까지만 해도 갈비뼈까지 튀어나올 기세로 뛰어대던 심장이 어느새 가뿐하게 가라앉아 있었다.

"오늘도 잘할 수 있지?"

"말이라고."

무대로 올라가기 직전, 원준이 어깨를 다독였다. 수현은 '말 안 해도 잘하겠지' 하는 눈으로 웃어주었다. 호수는 씩씩하게 무대로 향했다.

잠시 후, 무대 위에 선 호수의 머리 위로 빛이 쏟아졌다.

첫 곡의 전주와 객석의 환호성이 보이지 않는 결이 되어 온몸을 에워싸는 것을 느끼며, 그녀는 노래를 시작했다.

무대 뒤에도, 무대 앞 객석에도, 그리고 어디에 있든 늘 닿아 있는 한 사람까지도.

온통 사랑하는 이들에게 둘러싸여 보내는, 최고의 크리스마스였
다.

자작곡 무대가 끝난 후, 사회자와 함께하는 이벤트가 이어졌다.
좌석 번호 중 열 개를 무작위로 추첨해서 팬 열 명을 무대 위로 불
러 선물을 주는 이벤트였다.

"언니! 실제로 보니까 더 예쁘세요. 제 폰으로 같이 사진 한 번만
찍어주시면 안 돼요?"

"핸드폰 이리 주세요."

"꺅, 어떡해!"

악수는 기본인데다 사진 찍어달라면 찍어주고, 안아달라면 안아
주고, 눈 마주치면서 노래 불러 달라는 말까지 들어주는 시원시원
한 팬서비스에 무대 위의 팬들뿐만 아니라 객석의 관객들까지도 연
신 환호했다. 그렇게 일곱 명의 팬이 세상을 얻은 표정으로 무대에
서 내려가고 세 명이 남았을 때, 갑자기 객석이 술렁거리기 시작했
다.

"야, 저기 맨 끝에 있는 사람. 방금 무대 옆에서 나왔는데? 봤
어?"

무대 위에 있는 사람들보다 머리 하나는 더 큰 남자가 갑자기 무
대에 등장하더니, 자연스럽게 줄의 맨 뒤에 섰다. 심플한 티셔츠에
청바지만 입었음에도 왠지 훈훈한 기운이 풍겼는데, 가장 중요한 얼
굴을 마스크로 가리고 있었다.

"근데 저 사람, 어디서 많이 본 것 같지 않아?"

누군가 그런 말을 할 때였다. 맨 마지막 차례였던 소녀 팬이 뒤에

누가 서 있음을 뒤늦게 깨닫고 돌아보았다가 소스라치게 놀랐다. 그러자 남자는 집게손가락으로 마스크를 끌어내려 공손히 얼굴을 보여주고는 '나쁜 사람 아닙니다' 하는 표정을 지었다. 동시에 객석 맨 앞에서부터 경악의 비명이 쏴아악 번졌다.

"선우원……!"

때마침 여덟 번째 남자 팬에게 격한 포옹을 받던 호수가 움찔했다. 진짜 선우원이 나타나서 선우원이라고 외친 거라고는 생각조차 하지 못한 호수는 다른 남자와의 스킨십에 팬들이 짓궂게 반응한 거라 짐작하고는 어색하게 웃었다. 그사이 돌발 상황을 파악한 사회자가 멘트를 하는 척 자연스럽게 호수의 시선을 차단했다.

"이렇게 열 번째 분까지 선물을 받으셨는데요, 한 분이 더 계시네요?"

팬 한 명, 한 명에게 집중하느라 다른 건 볼 여유가 없었던 호수가 그제야 고개를 돌렸다. 동시에 마스크를 쓴 원이 불쑥 다가섰다.

"으헉, 오빠!"

팬들과는 달리 단번에 원을 알아본 호수가 무대라는 걸 잊고 괴성을 질렀고, 그걸 신호 삼아 팬들도 이제껏 참았던 괴성을 보탰다.

원은 들고 온 꽃다발만 건네고는 잽싸게 무대를 내려가려 했다. 그러나 이런 기회를 놓칠 사회자가 아니었다. 원의 뒷덜미를 붙들어 호수의 옆에 세워놓고, 실랑이 끝에 원의 마스크를 벗겨 압수한 그가 다짜고짜 마이크를 들이밀었다.

"선우원 씨 아니에요?"

진지한 로맨틱은 단둘이 있을 때 하고, 오늘은 말 그대로 깜짝 이벤트만 해주고 사라질 생각이었던 원은 '저 선우원 아닙니다' 하는 표정으로 살래살래 고개를 저었다. 객석에서 야유와 웃음이 한데 터졌고, 사회자는 능청스럽게 다시 물었다.

"아, 그럼 팬이세요?"

"네. 그냥 평범한 광팬."

"평범한 광팬이요?"

그 대답에는 호수조차도 어이가 없어 웃고 말았다. 그러거나 말거나 사회자와 평범한 광팬은 태연자약하게 인터뷰를 이어갔다.

"평소에 선우원 닮았다는 말 많이 들으시죠?"

"저는 잘 모르겠는데, 똑같이 생겼다고 하더라고요."

"어디서 오셨어요?"

"남해요. 지금 드라마 촬영하다 왔어요."

"드라마 촬영하다 오셨는데 선우원 씨 아니라고요?"

"네. 그냥 평범한 광팬."

먼저 웃음이 터진 사회자가 '알겠습니다' 하고는 덧붙였다.

"일단 무대에 올라온 팬이시니까 선물 받고 가셔야죠. 선물을 열 개밖에 준비를 못 해서 하나가 부족한데, 혹시 호수 씨한테 받고 싶은 선물 있으세요?"

원이 머뭇거렸다. 그 틈을 놓치지 않고, 좋아하는 가수 닮아 생각하는 게 다 거기서 거기인 팬들이 약속이라도 한 듯 박자 맞춰 외치기 시작했다.

"키스해! 키스해!"

이 사람들이 근데, 자랑하고 싶을 만큼 잘하는 건 어떻게 알고. 아, 드라마 보고 알았겠군.

난감해진 호수가 입술만 잘근 깨물었다. 원이 사회자가 아닌 호수의 마이크에 대고 답했다.

"받고 싶은 선물 생각났어요. 키스는 아니고……."

'에이~' 하는 외침이 터져 나옴과 동시에 묘한 환호성이 뒤섞였다. 호수가 들고 있던 마이크의 위치가 하필이면 가슴께이다 보니, 원이 자연스럽게 호수의 어깨를 짚고 몸을 굽혀 마이크 가까이 얼굴을 기울이자 분위기가 야릇해진 탓이었다. 본인들은 전혀 의식하지 못하는 듯했으나 자칫 키스보다 더 위험해 보였다.

"노래 두 곡, 선물로 받을게요. 제가 본의 아니게 호수 노래 들을 시간을 축냈으니까 앙코르곡까지 다 하고 나서도 두 곡 더 부르는 걸로요."

지금은 콘서트 중이고, 여기는 돈과 시간을 들여 호수의 노래를 들으러 온 사람들이 모여 있는 곳임을 잊지 않은 원이 팬들에게 잘 보일 만한 대답을 남기고는 싱긋 웃었다. 곧이어 고개를 꾸벅하고 무대 뒤로 사라졌다. 가기 전에 호수를 툭툭 쓰다듬고 가는 것도 잊지 않았다.

"이렇게 열 분, 아니, 열한 분의 팬과 만나봤고요, 저는 이어질 곡을 소개해 드린 후에 이만 물러가겠습니다. 이번 곡은 뭐죠?"

"이번에 들려 드릴 곡은요, 제게 첫 차트 1위를 안겨준 곡입니다."

요즘 가장 인기 있는 바로 그 곡임을 바로 알아들은 팬들이 환호성을 질렀다.

"〈못 해〉 들려 드릴게요."

"사장님 어디 가셨지?"

무대 옆에 서 있던 원준이 눈을 크게 떴다. 공연 시작부터 ONE 멤버들과 도영의 옆에 앉아 있던 여 사장의 자리가 비어 있었다. 분명 원이 불쑥 나왔을 때까지만 해도 '광팬은 광팬이네, 미칠 광에다가 겁나게 팰 팬' 하는 표정으로 지켜보고 있던 그녀였는데, 하필이면 〈못 해〉가 나오는 것과 동시에 사라진 거였다.

"에이, 설마……."

아직도 그 노래가 아픈 건 아니겠지? 연습실 앞에서 눈물을 쏟던 여 사장의 옆모습을 떠올린 원준은 가슴께가 따끔한 것을 느끼고는 몸을 돌렸다. 쿵쾅대며 불안한 것이, 여 사장을 봐야 마음이 가라앉을 것 같았다.

무대 뒤, 대기실, 그리고 여자 화장실 근처와 복도까지. 원준은 거의 뛰다시피 공연장을 돌았다. 그러나 찾고 있는 모습은 어디에도 보이지 않았다. 뭔가 희끗한 것이 보일 때마다 그녀의 크림색 코트인가 싶어 몇 번이나 가슴이 콩닥 내려앉았으나, 번번이 아니었다.

"대체 어디 가신 거……."

결국 로비까지 나온 원준이 한 손을 허리에 짚고 한숨을 내뱉을 때였다. 저 멀리 공연장 입구쯤에 낯익은 뒷모습이 보였다. 가볍게 서성거리며 누군가와 통화 중인 여자, 애타게 찾던 여 사장이었다.

"……그래요? 잘됐네요. 그럼 계속 그렇게 진행해 주세요. 아뇨, 늦긴요. 바로 연락 달라고 부탁드린 게 전데요. 휴일까지 고생 많으셨어요, 김 변호사님."

딱 들어도 지극히 업무적인 통화 내용에, 긴장으로 굳어 있던 원준의 표정이 비로소 풀어졌다. 그러나 다음 순간, 아까와는 조금 다른 긴장으로 일그러졌다.

"크리스마스요? 글쎄요, 저한테는 별로 특별한 날이 아니라서. 끝나고요? 말씀은 고맙지만, 뒤풀이 자리에 들러야 할 것 같네요. 저녁은 다음에 하죠."

태린의 소송 사건을 맡은 변호사 중 한 명을 떠올린 원준이 바짝 인상을 구겼다. 잘은 몰라도 변호사가 직접, 그것도 그렇게 자주 오지는 않는 걸로 알고 있는데 어쩐지 수상하다 여기던 차였다.

그녀의 뒤로 바짝 다가간 원준은 휴대폰을 스윽 빼앗아 전화를 끊어버렸다.

"너 뭐야?"

황당해하며 돌아서는 여 사장을 마주 보는 순간, 마음이 놓이는 것과 동시에 알 수 없는 짜증이 치밀었다.

"어디서 울고 계시는 줄 알고 걱정했잖아요."

"내가 왜?"

원준이 입을 다물자, 공연장 안에서 호수가 부르고 있는 〈못 해〉의 마지막 소절이 둘 사이를 갈랐다. 머리카락을 넘긴 여 사장이 희미하게 미간을 찡그렸다.

"저 노래 때문에? 참나, 저건 이제 호수 노래야. 왜 나보다 네가 더 연연하는 건데?"

"제가 압니까? 자꾸 연연하게 되는 걸 어쩌라고요."

'이게 미쳤나' 하는 여 사장의 눈빛을 꼿꼿이 맞받은 원준이 마저 쏘아붙였다.

"김 변호사가 저녁 먹자고 하면 딱 저한테 그러시는 것처럼 개소리하지 말고 꺼지라고 하셔야지, 다음에 먹자는 말이 왜 나옵니까? 같이 저녁 먹기만 해보세요. 변호사한테 뇌물 먹여서 승소했다고 떠들고 다닐 거니까."

"이게 근데……!"

"그리고 크리스마스가 왜 특별한 날이 아닙니까? 저랑 썸 타는 중이시잖아요. 그럼 당연히 특별한 날이 될 거라는 기대 정도는 하셔야죠."

처음으로 눌린 여 사장이 입을 다물었다. 원준은 지금 속에서 끓

어오르는 게 화인지, 질투인지, 걱정인지, 초조함인지 가늠하기도
전에 불쑥 내뱉었다.

"크리스마스니까 저랑 만나요. 뒤풀이 끝나고, 둘이서."

원준은 대답할 틈도 주지 않고 말을 이었다.

"솔직히 사장님이 썸 타고 있을 나이는 아니잖아요. 물론 저도."

나이 얘기에 발끈한 여 사장의 눈매가 순간 험악해졌다. 다른 때
같았으면 찔끔했을 원준이었으나 오늘만큼은 눈 하나 깜짝하지 않
았다.

"그러니까 썸, 그런 거 때려치우고 그냥 만나죠, 여희수 씨."

원준의 입에서 튀어나온 자신의 이름을 듣는 순간, 여 사장은 한
대 맞은 기분에 휩싸였다. 지극히 사적인 감정을 담아 사람 대 사람
으로 불러주는 자신의 이름을 듣는 것이 너무 오랜만이라, 온몸에
자잘한 소름이 돋을 정도였다. 그러나 결코 싫은 기분이 아님은 확
실했다.

뒤이어 흔들림 없는 눈빛이, 그리고 군더더기 없는 한마디가 그녀
를 뒤흔들었다.

"사장 직원 말고, 진지한 남녀 관계로."

♩ ♫ ♪

콘서트를 마치고 호수는 쏜살같이 대기실로 향했다. 그러나 기다
리고 있는 것은 원 대신 원이 남기고 간 쪽지 한 장뿐이었다.

*촬영 끝난 게 아니라 몇 시간 미뤄진 거라서 다시 내려가 봐야 해. 끝까지 못 봐서
미안하고, 뒤풀이 못 가서 미안해. 촬영 마치고 올라오는 대로 보자.*

원의 말투가 귓가에 들리는 것만 같은 글씨를 찬찬히 읽고 나서, 호수는 꽃다발을 든 손을 열없이 떨어뜨렸다. 원일의 말에 따르면, 도착해서 대기실에 조금 있다가 무대에 올라갔고, 내려오는 대로 바로 돌아갔다고 했다.

"고작 30분 있으려고 남해에서 서울까지 몇 시간을⋯⋯."

"그래놓고 평범한 광팬이란다. 같은 멤버가 이렇게 부끄러운 적은 처음이야. 어우, 검색어에도 떴어. 어우, 창피해."

'잘생기면 뭐하냐, 미쳤는데' 하는 원일의 툴툴거림에 폭력으로 응징한 호수는 바로 전화를 걸었다. 대신 받은 매니저가 원이 뒷좌석에서 잠들었다는 말을 전했고, 호수는 괜찮다는 말만 남기고 얼른 전화를 끊었다. 어쩜 이렇게 선우원스러운지, 말문이 막힐 정도였다.

달고도 쓴 마음으로 호수는 고생한 스태프들과 함께 뒤풀이 자리로 향했다. 장소는 지아의 레스토랑으로, 여 사장을 비롯해 ONE 멤버들과 소속사 다른 가수들도 들러 인사를 하고 갔다. 크리스마스인지라 연인이 있거나 가족이 있는 사람들을 배려해 길지 않게 식사를 마친 후에 시간이 되는 사람들만 자리를 옮겼고, 나머지는 모두 뿔뿔이 흩어졌다.

"숙소 가서 쉴 거지?"

"음, 그게⋯⋯."

미적지근한 호수의 대답을 들은 원준이 뒤를 돌아보았다. 저답지 않게 눈치를 살피던 호수가 넌지시 물었다.

"크리스마스인데⋯⋯ 남해까지 드라이브 갈 생각 없어?"

말해놓고 저도 민망해진 호수가 헛기침을 했다. '헐' 하는 표정으로 쳐다보는 원준과 수현을 본 호수는 한껏 불쌍한 눈을 하고 어깨까지 흔들며 '응?' 하고 재촉했다. 섹시 댄스와 맞먹을 만큼 양심도 없는 애교에 역시나 폭발적인 반응이 쏟아졌다.

"얘, 왜 이래? 안 그래도 섹시 댄스 때문에 시력 팍 떨어졌는데, 완전히 실명할 뻔했네."

"드라이브는 무슨. 이번엔 네가 원이 보러 가려고? 한 사람이 미쳤으면 한 사람이라도 제정신이어야지. 나 약속 있어. 인생 걸 만큼 중요한 약속이다."

전에 없이 단호한 원준의 거절에 호수가 마지막 남은 타깃인 수현을 돌아보았다. 최소한 원준만큼 타당한 이유를 대지 못한다면 벗어날 수 없음을 알리는 눈빛이었다.

"왜 날 쳐다봐? 난 차도 없고 갈 마음도 없다."

"됐고. 협조해."

"뭘 협조해! 싫어! 맨날 제일 만만한 게 나지!"

수현이 질색하며 몸을 빼는 순간, 원준의 눈치를 힐끗 살핀 호수가 은근하게 수현의 옷자락을 잡아당겼다.

"그러면 이건 어때……?"

[12월 26일 AM 2:10. 원, 지방 촬영]

"촬영 마치겠습니다!"

새벽까지 이어지는 촬영에 배우도, 스태프들도 모두 지쳤을 때쯤 비로소 끝을 알리는 목소리가 들렸다. 가뜩이나 추운데 바닷바람까지 쌩쌩 불어 의상 안에 핫팩을 덕지덕지 붙였음에도 손이며 입까지 꽁꽁 얼어붙을 지경이었다. 원은 로드매니저가 잽싸게 어깨에 걸쳐 주는 파카를 입으며 꾸벅 인사를 했다.

"수고하셨습니다!"

"수고했어요. 내일 촬영 때 봐요."

예의바르게 인사를 마친 원이 몸을 돌렸다. 며칠 동안은 여기서 촬영할 예정이라 가까운 곳에 숙소를 잡아둔 참이었다. 밴까지 걸어가는 동안 원은 밉지 않은 투정을 늘어놓았다.

"와, 진짜 추워. 입이 얼어서 대사가 안 나오네. 사극도 아니라 옷도 못 껴입고. 핫 팩까지 어는 기분이랄까? 형도 많이 춥죠?"

"나야 뭐 되는대로 껴입고 불 앞에도 있고 하니까 괜찮은데, 네가 고생이지. 근데……."

말을 하다 만 매니저가 피식피식 웃음을 흘리고는 원의 휴대폰을 건네주었다.

"아무것도 아냐. 얼른 차로 가봐. 따뜻할 거야."

"네? 먼저 가서 히터 틀어놓으셨어요? 우와."

"히터도 히터지만……. 참, 호수가 끝나자마자 전화해 달래. 지금 바로 해봐."

바로 화색이 도는 원을 보며 다시금 피식거린 매니저가 어색한 톤으로 말을 던졌다.

"아, 맞다. 내일 촬영 때문에 물어볼 거 있었는데. 먼저 차에 가서 기다리고 있어."

마침 호수가 전화를 받았고, 원은 건성으로 고개를 끄덕이며 밴쪽으로 걸음을 옮겼다.

「거기 많이 춥죠? 바닷바람 엄청 불고.」

"응. 남쪽이라 더 따뜻할 줄 알았는데 바닷가라. 그래도 지금 촬영 끝나서 차로 가고 있는 중이야."

「걷는 거 보니까 아직 덜 추운 것 같은데. 빨리 뛰어요.」

"통화하면서 어떻게 뛰어?"

원은 무심히 웃었다. 그러나 이어진 말을 듣는 순간, 저절로 걸음이 빨라지기 시작했다.

「그럼 그 파카에 달린 모자라도 써요. 지퍼 끝까지 올리면 따뜻하겠구만.」

"뭐야? 너 어디야? 설마……."

「오랜만에 밴 타니까 좋네요. 뒷좌석에 있는 책 오빠 거예요? 촬영하느라 바쁠 텐데 틈틈이 책도 읽고, 점점 더 매력 있네.」

"내 차에 있는 거야, 지금?"

눈이 동그래진 원이 황급히 밴 앞에 도착했다. 전화를 끊는 것도 깜박한 채 드르륵 문을 열자, 안에서 낯익은 목소리가 들렸다.

"얼른 타요. 히터 빵빵하게 틀어놨어요."

제대로 놀란 원이 황급히 차에 올라 문을 닫으며 말을 흘렸다.

"너……."

아까 남해에 도착해 원의 매니저에게 허락을 구하고 밴에 타고 있던 호수가 마치 제 차인 양 여유롭게 들어오라는 손짓을 하며 웃었다. 그제야 매니저가 어색하게 자리를 피해준 이유를 알아챈 원은 스르르 눈썹 끝을 무너뜨리며 옆에 앉았다.

"너 진짜, 콘서트 끝나고 피곤한데 뭐하러 여기까지……."

"선우원 광팬 인증하러 왔어요."

아무렇지도 않게 대꾸한 호수가 양손으로 원의 뺨을 덥석 감쌌다. 얼음장처럼 차가운 뺨과 귀에 저절로 코끝이 찡그려졌다. 믿을 수 없다는 듯 빤히 바라보던 원이 그 손 위에 제 손을 겹쳤다.

호수의 손이 원의 뺨에서 찬 기운을 덜어가고, 그 위를 덮은 원의 손이 다시금 호수의 손을 데웠다. 서서히 같은 온도로 물들어가며,

원이 물었다.

"김 실장님은? 차에 계셔?"

"아뇨. 중요한 약속이 있다고 해서요. 대신 태원 오빠가 여기까지 데려다 주셨어요. 크리스마스인데 작업만 하시지 말고 드라이브라도 가자고 꼬셨더니 금방 넘어와 주시던데요?"

"나 말고 누굴 꼬셔? 너 그러면 태원이랑 단둘이 여기까지……!"

"오빠가 딱 그렇게 말할 것 같아서 수현이도 끼워 가지고 왔어요."

사실은 내가 끼어온 거지만. 호수가 속으로만 답했다. 그래도 원은 영 못마땅한 듯했다.

"그럼 집에 갈 때는?"

"나 오늘……."

말간 눈으로 원을 바라보던 호수가 말끝을 늘였다.

"집에 안 들어갈 건데?"

예상치 못한 도발에 코피 터질 뻔한 원이 한 손으로 반쯤 얼굴을 가렸다. 킥킥 웃은 호수가 발갛게 불타는 원의 얼굴에 냉큼 찬물을 끼얹었다.

"장난이에요. 태원 오빠랑 수현이가 한 시간 있다가 데리러 온대요."

가지 마, 호수야. 이렇게 달아오르게 해놓고 다른 남자들이랑 가 버리는 건 너무 잔인하잖아. 그런 말이 고스란히 담긴 눈을 바라보던 호수가 쪽 소리 나게 입을 맞추고는 웃었다.

"아까 무대에서, 이 선물 받고 싶다고 할 줄 알았는데."

"나도 그러고 싶었는데, 네 콘서트 공연 관람 등급 8세 이상이었잖아."

손을 뗀 원이 입고 있던 파카를 벗어 뒷좌석에 던졌다.

"8세들이 봐도 될 만한 수준이었겠어? 18세 이상이면 몰라도."

호수가 걸치고 있던 코트도 친절하게 벗겨 주는 원의 눈에, 핫팩이랑 손난로랑 촬영장의 난로들을 다 합친 것보다 더한 열기가 돌았다.

"그리고, 그런 선물은 둘이 있을 때 받아야 제대로 받지."

"짐작은 했지만 참 오빠다운 이유네요. 말하면서 옷까지 벗기니까 더 믿음이 가요."

"응. 오빠 믿지?"

"에이, 뭐야!"

느끼한 멘트에 진저리치며 몸을 뒤로 빼는 호수를 원이 냉큼 따라들었다. 장난스럽게 스치고 맞닿는 입술 사이로 키득거리던 웃음이 녹녹하게 뭉개지고, 곧 부드럽게 얽혔다.

차 밖에서 스태프들이 부산하게 촬영장을 정리하는 소리가 들렸다. 주차장에 세워져 있던 차들도 하나둘씩 빠져나가고, 대낮처럼 환하게 비추고 있던 조명들도 차례차례 꺼졌다. 조금씩 어두워지고, 조금씩 조용해지는 동안, 원과 호수는 확실히 콘서트 한가운데에서 했다간 공연법 위반으로 철컹철컹 수갑을 찼을 법한 키스를 이어갔다.

"고마워."

"내가 고맙죠, 와줘서⋯⋯."

"너도 와줬잖아, 나한테."

그렇게 답한 원이 못 견디겠다는 눈으로 호수를 내려다보았다. 새삼스러운 감상이 밀려들었다.

언제 이런 눈으로 날 보게 됐지?

깨끗하고 깊게, 자신의 얼굴을 가득 담고 있는 갈색 눈동자. 예전처럼 차갑지도 않고, 정말 나를 좋아하는 건지 불안하게 만들지도 않는, 같은 마음임을 분명하게 전하는 눈빛.

빠져나오고 싶지도, 빠져나올 수도 없는 빛이다. 무대 위의 조명처럼 세상에서 자신을 가장 빛나게 만들어주는 빛. 단 한 번만이라도 받고 싶었던, 그리고 이제는 죽을 때까지 놓치고 싶지 않은 빛.

몸을 숙인 원이 다시금 깊게 키스했다. 숨 한 모금까지도 남김없이 빼앗은 후에 더 뜨겁고 달아진 숨을 다시 불어넣어 채우는, 말 그대로 키스 외에는 아무것도 생각할 수 없게 만드는 키스였다.

"고마워. 나한테 와줘서."

한참 만에 떨어진 원이 붉고 촉촉하게 부풀어 오른 호수의 입술을 지긋하게 쓸었다.

"그냥 나는 네가 다 고마워."

그냥, 다.

'아무거나' 만큼이나 무책임하고 우유부단하다 생각했던 말이 이토록 너그럽고 든든하게 들린 적은 처음이었다. 그 말보다 더 큰 마음을 표현할 말이 떠오르지 않아 결국 호수는 아무 말도 하지 못하고 말았다. 그래도 원은 다 안다는 눈으로 웃어주었다.

그때, 호수의 휴대폰이 울렸다. 원준이었다.

"어, 오빠. 청혼은 잘 했어?"

문자 소리가 나서 제 휴대폰을 집어 들었던 원이 청혼이라는 말에 눈을 동그랗게 떴다.

「중요한 약속이랬지 누가 청혼이래? 어쨌든, 도착했다고 문자 한 통 남겨놓고 연락 없으면 어떡해? 지금 원이랑 같이 있는 거지?」

"응. 원 오빠 밴."

「방금 수현이한테 전화 왔는데, 차 고장 났단다. 네가 전화 안 받아서 나한테 했대. 어차피 새벽이니까 태원이랑 차에서 몇 시간 기다렸다가 날 밝는 대로 차 고쳐서 올라올까 하는데, 너는 어떻게 하느냐고 묻더라.」

태원 오빠 차가 우리 똥차처럼 그렇게 쉽게 고장이 날 차던가? 그보다 명수현은 전화한 적도 없는데 무슨 소리야?

호수가 갸웃거리는 사이 원준이 말을 이었다.

「원래대로라면 나라도 지금 바로 데리러 내려가야 하는데, 중요한 약속이…… . 방금 원이 매니저한테 전화해서 근처에 적당한 숙소 좀 얻어달라고 부탁했거든? 눈에 안 띄게 조심하고, 일단 거기서 쉬고 있어. 내일 아침에 바로 내려갈 테니까.」

일단 알았다는 말과 함께 전화를 끊은 후, 호수가 난처한 눈으로 원을 돌아보았다.

"저 진짜로 집에 못 가겠는데요? 태원 오빠 차 고장 났다고 여기서 자고 오라고…… ."

'뭐?' 할 줄 알았던 원이 방금 전 도착한 문자를 보여주었다. 발신인은 태원이었다.

〈크리스마스 선물 전해줬으니까 나 다시 서울 간다. 즐거운 크리스마스 보내.〉

원이 어깨를 으쓱하고는 의미심장하게 웃었다.

"우리 팀이 팀워크가 좀 좋아."

[12월 26일 AM 2:40. 원준, 여 사장의 집 앞]

"응, 부탁 좀 할게. 내가 챙겨야 하는데, 오늘 진짜 중요한 일이 있어서."

지방 촬영에 동행한 원의 매니저에게 전화를 건 원준은 대강의 사정을 설명한 후에 적당한 숙소를 잡아달라는 부탁을 했다.

"최대한 사람 드나드는 거 눈에 안 띄는 데로 잡아줘. 보나마나 원이도 같이 있을 테니까. 아무리 다 아는 커플이라지만 요상한 시간에 요상한 데서 요상한 사진이라도 찍히면 골치 아파."

피식거리는 매니저에게 걔들은 원래 마트에서 파는 생필품처럼 1+1이 기본이라는 말까지 전해준 원준이 전화를 끊으며 중얼거렸다.

"에잇, 내가 지금 누구 방 잡아주고 있을 때가 아닌데⋯⋯."

요새 주호수가 세상에서 제일 부럽다는 말까지 속으로 웅얼거린 원준은 그대로 운전대에 팔을 걸치고 이마를 묻었다.

사춘기 소년도 아닌데, 나름 단맛, 쓴맛, 짠맛까지 나는 연애도 몇 번 지나쳐 왔는데, 왜 이렇게 처음처럼 떨리고 불안한 건지 모를 일이었다. 아까 콘서트장 로비에서 저도 모르게 던져 버린 고백에 아직 답을 듣지 못한 원준은 그야말로 천국과 지옥, 두 개의 문 앞에 서서 어느 문이 열릴지 기다리고 있는 사람처럼 숨이 꼴딱꼴딱 넘어가기 직전이었다.

괜히 말했나? 어떻게 보면 혼자 좋아할 때가 더 마음 편했는데. 받아주면 더할 나위 없겠지만, 만약에 진지하게 거절당하면 어떡하지? 회사 그만둬야 하나? 아니지. 열 번 찍어 안 넘어가는 나무 없다고 했어. 발로 차서 쫓아낼 때까지는 어떻게든 버티면서 지긋지긋해서라도 만나준다고 할 때까지 끈질기게 고백을⋯⋯.

원준이 다소 찌질하지만 절실한 궁리에 빠져 있을 때였다. 운전석 창문을 똑똑 두드리는 소리가 났다. 화들짝 놀라 고개를 든 원준은 창밖에 선 여 사장을 보고는 눈을 크게 떴다.

아까 콘서트장에서 느닷없는 고백을 들은 그녀는 한참을 아무 말도 없이 서 있다가 그대로 몸을 돌려 안으로 들어가 버렸다. 그리고 콘서트가 끝날 즈음에서야 뒤풀이까지 다 끝난 후에 자신의 집 앞에서 따로 보자는 말을 던졌다. 그래서 호수와 수현을 보내자마자 집 앞으로 오긴 했으나, 차마 연락하지 못하고 아직까지 차에서 머뭇대고 있던 차였다.

"바…… 방금 전화하려고 했는데 내려오셨네요?"

"문이나 열어."

툭 던진 여 사장이 몸을 돌렸다. 그러고는 차 앞으로 빙 돌아 조수석에 올라탔다.

그사이 집에서 씻고 나온 건지, 여 사장은 회사에서는 볼 수 없는 편한 옷차림에 화장기도 거의 없는 맨송맨송한 얼굴이었다. 평소에도 동안이지만 지금은 더 어려 보여, 엄청 닮은 동생이라고 해도 믿을 정도였다.

담담하게 원준을 돌아본 여 사장은 역시나 그녀답게 대뜸 본론부터 꺼냈다.

"진지하게 만나보자고 했지? 남녀 사이로. 근데……."

예고라도 좀 하고 대답해 주지. 아직 마음의 준비가 안 됐는데. 아까 자신 역시 예고도 없이 고백했음은 까맣게 잊어버린 원준이 손에 꾸욱 힘을 주었다. 어쩐지 '너 싫다'는 말이나, '썸까지는 모르겠지만, 연애는 귀찮다' 같은 대답이 나올 것 같았다.

"너랑 만나면 손해 보는 게 너무 많아. 호수가 잘 풀리면 네가 잘해서 잘된 거라도 내 빽이라는 소리 듣게 될 거고, 헤어지면 너 잘라야 되잖아. 주호수 감당할 매니저 구하기가 쉬운 일은 아니지. 게다가 원이랑 호수에 이어서 나까지 연애질하기 시작하면 가수들이고, 연습생들이고 회사에서 연애질할 궁리만 할까 봐 겁나기도 하고, 무엇보다도 애인 있다고 소문나면 김 변호사처럼 필요 이상으로 일을 잘해주는 사람들도 줄어들 거고."

생각했던 것보다 훨씬 더 냉정하고 계산적인 대답에 원준의 눈매가 참담하게 일그러졌다. 그러나 여 사장은 눈 하나 깜짝하지 않고 말을 이었다.

"사장으로서 내린 결론은 그래. 이거, 결재해 주면 안 되는 거라고."

"결재해 달라고 꺼낸 말로 들리셨습니까? 제가 한 말은……."

사장님한테 한 말이 아니라 여희수 씨한테 한 말이었다고 쏘아붙이려던 참이었다. 마치 그 말을 미리 듣기라도 한 것처럼 여 사장이 말을 가로챘다.

"근데, 네가 한 말은 사장한테 한 말이 아니라 여희수한테 한 말이었잖아."

말문이 막혀 버린 원준의 귀에, 어쩐지 분위기가 조금 달라진 듯한 대답이 들려왔다.

"그렇게 생각하면 괜찮을 것 같아."

어쩐지가 아니라 확실히였다. 처음 들어보는 목소리와 처음 보는 표정이었다. 매사에 냉철하고 확신 가득한 여 사장은 퇴근하고, 연애 세포 다 사망한 줄 알았다가 원준의 인공호흡 받고 기적적으로 되살아난 여희수 씨만 남은 모양이었다.

"불량식품처럼 무책임하니 입에만 단 말은 안 믿어. 연애에 대한 환상 같은 것도 없는 나이야. 그런 내가 뭘 어떻게 할 수 있을지 짐작도 안 가지만, 조금이라도 긴가민가할 때는 안 하고 후회하는 것보다 하고 후회하는 게 낫다는 주의라서."

차분히 잇던 말끝이 떨렸다. 그 떨림이 가뜩이나 두근대던 원준의 심장에까지 번졌다.

"나 좋다는 말을 또 믿을 일은 절대로 없을 거라고 생각했는데."

너무 오래되어 진득하니 달라붙어 버린 먼지처럼, 선뜻 털어낼 용기조차 내지 못해 그냥 내버려 두었던 추억들이었다. 그러나 원준 덕분에 비로소 비울 수 있었다. 누군가를 위한 새로운 자리를.

꿈인지 아닌지 확인하듯 눈을 끔벅거린 원준의 입꼬리가 슬금슬금 올라갔다. 그리고 다음 순간, 원준은 기쁨을 감추지 못하고 그대로 여 사장의 어깨를 당겨 안았다.

"억지로 믿어달라는 말 안 해요. 저도 좋아하라고 해서 좋아한 거 아니니까. 그냥 같이 있고 싶으면 같이 있고, 좋아지면 좋아해 주고, 믿음이 가면 믿어주세요."

갑작스런 포옹에, 그리고 생각보다 넓고 따뜻한 느낌에 당황한 여 사장이 흠칫 밀어내려던 찰나, 팔에 힘을 준 원준이 선수를 쳤다.

"설마 오늘 시작했으니까 손은 한 달 있다가 잡고, 포옹은 두 달 있다가 하고, 그런 생각 하셨던 건 아니죠? 나이가 있는데."

연하남의 나이 운운하는 도발에 욱하니 걸려든 여 사장이 로맨틱이라고는 눈곱만치도 찾아볼 수 없는 대답을 돌려주었다.

"그놈의 나이 타령 한 번만 더 했다간 나이 차이 나는 만큼 밟아 줄 테니까, 그런 줄 알아."

그냥 하는 얘기만은 아니라는 걸 충분히 알면서도, 그래도 좋아서 웃은 원준이 그녀를 더 세게 안았다. 실감이 안 날 정도로 좋은 마음이 주체가 안 됐다. 지금까지 받아본 크리스마스 선물 중 가장 벅찬 선물이었다.

아무리 사람의 인연은 모르는 법이라지만, 우리가 이런 사이가 될 줄이야.

첫 포옹을 풀고 마주 본 얼굴에 비슷한 어색함이 감돌았다. 그러나 딱 시작하는 이때만 느낄 수 있는, 간지러운 어색함이 마냥 싫지만은 않았다.

"고마워요. 나랑 시작해 줘서."

안 떨리는 척, 담담한 척 조심스레 꺼낸 인사를 들은 여 사장이 비스듬히 고개를 돌리며 웃었다. 처음 보는 그 웃음과 맞닥뜨린 순간, 원준은 눈이 부셔 옅게 눈매를 찡그렸다.

원래 예뻤는데, 잠깐 사이에 더 예뻐진 것 같네.

남의 것이 더 좋아 보이는 법이라더니, 아닌 모양이었다. 내 것이 되니까 더 좋아 보이는 여자를 물끄러미 들여다보며, 원준은 한 대 맞을 각오로 물었다.

"키스해도 되냐고 물어보는 남자, 완전 별로죠?"

아주 잠깐 멈칫했던 여 사장이 이내 평정을 되찾고는 답했다.

"짜증 나지."

이번에는 원준이 웃었다. 첫사랑 첫 고백처럼 분홍분홍하던 차 안은 그 짧은 대화로, 그리고 의미심장한 웃음으로 순식간에 어른스러운 색을 띠었다.

가까워지는 거리 사이로, 연하남의 도발에 맞먹는 연상녀의 아찔한 경고가 날아들었다.

"띨띨한 건 못 고쳐? 그 정도 진도는 허락 안 받고 빼도 되는 나이잖아. 하루 만에 차이고 싶어?"

"나이 타령 하지 말라면서요? 그리고 방금 그 말, 후회할 텐데."

"무슨 말? 띨띨하다고? 아님 하루 만에 차버릴 거라는 말? 소심하긴."

"아니, 그거 말고."

입술이 겹쳐지기 직전, 여 사장의 뒷목을 한 손으로 꽉 붙든 원준이 나직이 덧붙였다.

"'그 정도 진도'가 어디까지인지 정확하게 안 짚은 거."

♩ ♫ ♪

원의 매니저가 문 앞까지 데려다준 숙소는 바닷가 바로 옆에 있는, 작지만 깔끔한 비즈니스호텔이었다. 주변에 가족형 리조트나 아기자기한 펜션들이 많이 있어서인지 다소 오래된 분위기의 이곳은 비교적 한적했다. 덕분에 원과 호수는 누구의 시선도 받지 않고 편하게 방까지 들어갈 수 있었다. 그리고 매니저가 가자마자 살금살금 다시 빠져나왔다.

호텔 입구에서부터 바다까지 걸어가는 동안 인적은커녕 변변한 불빛조차 보이지 않았다. 둘은 한 손은 주머니에 넣고 다른 손은 꼭 맞잡은 채로 어두운 바닷가를 나란히 걸었다.

"이거 한번 해 보고 싶었어요. 오빠랑 바닷가 걷는 거요."

"또 다른 건 뭐 있어?"

"글쎄요. 많이는 생각 안 해봤는데. 아, 북적북적한 길거리 한복판에서 데이트하는 거!"

"그건 나도. 손잡고 걸어 다니기만 해도 좋을 것 같아."

"놀이동산 같이 가는 것도요."

"그래. 놀이동산 가서 토끼 머리띠 쓰고 커플 사진 백 장 찍고 아이스크림 사 먹다가 뽀뽀하고, 관람차 타면서 뽀뽀하고, 회전목마 타면서 뽀뽀하고, 귀신의 집 들어가서 너 꺅꺅대면 뽀뽀하고……."

"뽀뽀하려고 자유이용권 샀어요? 하여간 드라마를 너무 찍었어.

뭐가 그렇게 다 뻔해요?"

"남들 다 하는 뻔하고 흔한 것들을 우린 하나도 못 했잖아. 그러니까 하나도 안 뻔해."

꼭 잡은 손을 제 주머니 안으로 포근히 넣은 원이 웃었다. 고요하고 아늑한 공기 속을 걷는 두 사람의 발소리가 짙은 어둠과 파도 소리에 가만가만 묻혔다.

"같이 있으니까 좋긴 좋은데, 생각할수록 좀 그래. 콘서트 끝나고 나면 거의 기절 직전인데, 어떻게 여기까지 내려올 생각을 했어?"

"오빠는 콘서트 내내 춤추고 뛰니까 그렇죠. 저는 생각보다 안 피곤해요."

"그래도 콘서트 특유의 긴장감이 있잖아. 하긴, 너는 긴장 같은 거 별로 안 하지? 무대가 클수록 더 안 하고. 예전부터 그게 참 부러웠는데."

걸음을 멈춘 원이 호수를 돌아보았다.

"화낼지도 모르겠지만, 무대 위의 네가 좀 덜 멋있었으면 좋겠다는 생각을 한 적 있어."

의아한 눈으로 올려다보는 호수의 귀에 농담인 듯 진담 같은 말들이 들려왔다.

"네가 가수 그만둬도 크게 아깝지 않을 정도였으면 진즉에 아이돌 같은 거 그만두고 나랑 결혼하자고 꼬셔서 유부녀 만든 다음에 곧바로 애부터 셋 낳아서 아무 데도 못 가게 붙들어놨을 텐데."

어떤 의미로 하는 말인지 알면서도 호수는 짐짓 눈을 흘겼다. 호수의 이마에 제 이마를 가볍게 부딪친 원이 미소 지으며 덧붙였다.

"그런데 나부터가 네 팬이라. 네가 노래하는 모습 더 오래 보고 싶어서 그럴 수가 없어."

마음이 통한다는 건 이런 거구나. 원의 마음이 제 마음으로 곧바로 스며드는 걸 느끼며 호수는 느리게 눈을 깜박였다. 이제는 눈을 감고도 그려낼 수 있을 만큼 익숙한 눈동자가 자신을 따뜻하게 내려다보고 있는 것이 어둠 속에서도 똑똑히 보였다.

"오빠."

"응."

늘 같은 곳에서 한결같이 돌아오는 대답이 고맙고 사랑스러웠다. 호수는 천천히 입을 뗐다.

"저, 아무래도 오빠랑 꼭 결혼해야겠어요."

치명적인 그 한마디를 듣는 순간, 주머니 속에서 얽혀 있던 손에서부터 탁 하고 힘이 풀어졌다. 뒤이어 원의 눈빛도 스르륵 풀어졌다.

호수의 입술이 동그랗게 모아지며 결혼이라는 단어를 그려내는 것을 보는 순간, 영혼이 파도 타고 저만치 휩쓸려 가는 듯한 기분이었다. 그러나 미처 추스를 틈도 없이 다시 한 번 달콤한 파도가 밀어닥쳤다.

"이런 사람을 다른 여자가 데려간다고 생각하면 열 받아서 평생 잠도 못 잘 것 같아요."

호수다운 승부욕이었다. 호수만이 표현할 수 있는 방식으로 보여주는 애정이고, 고백이었다. 어쩜 이렇게 예측 불가능하고 직설적인지, 도무지 적응할 틈도, 식상해질 틈도 주지 않는 희한한 여자였다.

오빠와 꼭 결혼하겠다는 그 말이 마치 숨을 타고 들어온 산소처럼 원의 온몸을 타고 맴돌았다. 가쁘게 뛰는 심장에서부터 분명 살아 있음이 느껴지는데, 살아 있는 덕분에 이런 순간을 누리고 있다는 기쁨까지도 느껴지는데, 몸이 뜻대로 움직이지를 않아 '그러자'는 대답조차도 선뜻 할 수가 없었다.

원이 아무 말도 하지 않자 민망해진 호수가 주머니 속에 있던 손을 슬그머니 빼냈다.

"아니, 뭐, 내 말은. 그냥 그렇다고요. 10년 지나려면 아직 멀었는데, 벌써 이런 말 들으니까 부담돼요? 그렇다고 그렇게 정색할 필요까지는……."

호수는 원을 마주 본 채로 천천히 뒷걸음질을 쳤다. 세 걸음, 다섯 걸음, 조금씩 멀어지는데도 원은 계속 그 자리에 서 있기만 했다.

"갑자기 춥네. 이제 그만 들어가요, 오빠. 가야 할 시간도 있고……."

그때, 코끝에 작고 차가운 무언가가 톡 하고 떨어졌다. 말을 멈춘 호수는 눈을 찌푸리고 새까만 하늘을 올려다보았다. 희끗한 무언가가 하나둘씩 떨어지는 것이 보였고, 곧 선명하게 흩날리기 시작했다.

"……눈 온다."

눈 한 조각을 맞고 비로소 정신을 차린 원이 작게 중얼거렸다. 거의 동시에 '눈이다' 하고 외친 호수가 손을 내밀며 웃었다.

"오빠랑 같이 맞는 첫 크리스마스에, 눈까지."

꽃잎처럼 날리는 눈송이 사이에 선 호수를 바라보다가, 원은 성큼성큼 순식간에 거리를 좁혔다. 그러고는 호수의 다리를 두 팔로 덥석 휘감아 아이를 안듯 위로 훌쩍 안아 올렸다.

"악, 내려줘요! 나 무겁다고요!"

"너 깃털 같지 않은 건 이미 알고 있으니까 신경 안 써도 돼."

"에이, 진짜!"

아무리 그렇다 한들 마음 놓고 온 무게를 다 실어 안기기는 민망했던 호수가 불안한 자세로 원의 어깨를 짚었다. 절대 떨어뜨리지도, 내려놓지도 않을 테니 걱정 말라는 것처럼 단단히 받쳐 안은 원이 호수의 눈을 올려다보며 말했다.

"지금 오는 눈, 꼭 너 같다."

원의 눈동자에 호수가, 하늘에서 떨어지는 눈이, 별이 모두 담겼다.

"어디서 왔는지 모르겠는데, 너무 예뻐. 어쩌다 이렇게 나한테 왔나 싶어."

"나야말로······."

호수가 가만히 고개를 숙였다.

"대체 어쩌다 이렇게 멋진 선물을 받은 건지 모르겠어요."

내가 받아도 되는 건가 싶어요. 나 그동안 착한 일도 많이 안 한 것 같은데.

미소 짓는 원의 입술 위로 호수의 입술이 곱게 포개졌다.

하늘하늘 내리는 눈에 머리끝까지 잠긴대도 감기 따위 걸리지 않을 것만 같은, 따스한 날이었다.

[12월 31일 PM 11:30. ONE과 호수, 연말 시상식 녹화]

2015년의 마지막 날, ONE과 호수는 한 케이블 방송국에서 주최하는 연말 시상식에 함께 참석 중이었다. 바로 옆 테이블인 탓에 종종 카메라에 두 사람의 모습이 함께 잡혔고, 그때마다 객석에서 환호성이 터졌다.

"베스트 보컬 여자 부문 수상자는······."

"호수 씨, 축하드립니다!"

이번 시상식에서도 상을 거머쥔 호수가 청순한 미소를 지으며 무대 위로 올라갔다. 오늘 호수는 흰색 미니드레스에 여신처럼 웨이브를 넣어 늘어뜨린 머리를 하고 있었는데, 대부분의 여가수들이 최대한 많이 파인 옷을 입은 반면, 호수는 목과 팔까지 얇은 레이스로 보일 듯 말듯 가리는 쪽을 택했다. 청순하면서도 우아하고, 은근히 섹시한 그 모습이 단체로 풍성한 몸매를 뽐내는 걸그룹들 사이에서도 전혀 기죽지 않고 오히려 돋보였다.

"호수, 오늘 예쁘네."

한 손에 트로피를 들고 수상 소감을 말하는 호수를 모니터로 지켜보던 태원이 중얼거렸다. 조금 전까지는 무대 앞 가수석에 앉아 있었으나, ONE의 공연 순서가 얼마 남지 않아 무대 뒤로 들어온 참이었다.

옆에서 수현이 시크하게 대꾸했다.

"예뻐야지. 내가 국내외 모든 브랜드를 찾고 찾다가 맘에 드는 게 없어서 보세 원피스하고 부자재들 사다가 한 땀, 한 땀 정성으로 만든 건데."

수현이 문득 생각났다는 듯 고개를 돌렸다.

"참, 아까 강효주 코디한테 들었는데, ONE이 최고 가수상 맞대. 강효주가 시상자잖아. 큐 카드 봤다더라."

주변을 오가는 사람들을 의식해 잔뜩 목소리를 낮춘 수현이 태원에게만 들리게끔 몸을 기울였다.

"형이 아이돌이 아니었으면 좋겠다는 생각은 지금도 가끔 하지만, 그래도 이럴 땐 자랑스럽긴 해. 축하해 줄게."

남들 보기에 그다지 이상해 보이지 않을 만큼, 태원도 같이 몸을 기울였다.

"낳아주신 부모님, 사장님, 매니저 형들, 같이 고생해 주신 모든 스태프분들, 우리 멤버들, 그리고 무엇보다도 저희를 사랑해 주시는 팬 여러분께 감사드립니다. 사랑합니다."

"녹음기야? 수상 소감을 얼마나 많이 말했으면 그렇게 자동으로 줄줄 나와?"

'하긴, 시상식이란 시상식은 죄다 휩쓸었으니 오죽하겠어' 하고 덧붙인 수현이 작게 웃었다. 태원이 마저 입을 뗐다.

"그리고 한마디 더."

수현이 웃고 있던 눈 그대로 태원을 돌아보았다.

"힘든 게 더 많은데도 늘 옆에 있어주는 한 사람에게 고맙고…….앞으로도 계속 같이 갔으면 좋겠다는 말을 전하고 싶습니다."

수현의 눈에서 서서히 웃음기가 가셨다. 아픈 듯, 기쁜 듯, 알 수 없는 빛으로 일렁이는 시린 눈을 한참 바라보던 태원이 짧지만 강렬하게 말을 던지고는 시선을 돌렸다.

"무대 위에서는 할 수 없는 말이라 미안해."

빙글 돌아선 태원은 아무 일도 없었다는 듯 사람들 사이로 섞여들었다.

"호수 솔로곡 끝나고 바로 듀엣곡 무대지? 그건 무대 옆에 가서 봐야겠다."

역시나 아무 일도 없었다는 듯 표정을 가다듬은 수현이 천천히 태원의 뒤를 따랐다. 두어 걸음 앞서 걷던 태원이 뒤를 돌아보며 손을 내밀었다.

"같이 갈 거지?"

제게 오라고, 같이 가자 말하는 태원의 손짓이 시야를 희게 채웠다. 수현은 망설임 없이 고개를 끄덕였다.

"……응."

사랑하고 싶어, 이렇게 늘
사랑하고 싶어, 내 곁에 널
두고 싶어, 잘 어울린다는 말
함께 있어 더 예쁘다는 말
네 곁의 내가 부럽다는 말

　가수는 노래 가사 따라간다는 말처럼, 잘 어울린다는 말, 예쁘다는 말, 부럽다는 말이 저절로 나오는 두 사람의 무대에 관객들은 누구 팬인지 가릴 것 없이 연신 환호했다. 무대 바로 앞에 앉은 가수들 역시 그 어떤 무대보다 더 집중하고 있었다. 특히, 아직 데스패치에 걸리지 않고 은밀히 썸을 타거나 연애 중인 몇몇 아이돌 커플들은 더 그랬다.

　노래가 끝나고 원을 돌아보려다가 괜히 머쓱해진 호수가 조명이 꺼지기를 기다리며 카메라 쪽만 보고 있을 때였다.

　"호수야."

　환호성을 뚫고 원의 목소리가 들렸다. 호수는 무심코 고개를 돌렸다. '원 오빠가 언제 내 옆에 와서 섰지?' 하는 생각을 하자마자 익숙한 손길이 뺨을 감쌌다.

　그리고, 다음 순간.

　뭐라 말할 틈도 없이, 원이 그대로 몸을 굽혀 제 입술을 호수의 입술 위로 겹쳤다.

　"꺄아아아아아악!"

　단순히 퍼포먼스가 아닌, 진짜 커플의 진짜 키스에 환호와 비명을 겸한 고성이 공연장을 터질 듯 울렸다. 관객들보다 더 놀란 진행 스태프들 사이에 급박한 손짓이 오고 갔고, 마치 원래 기획되었던 퍼포먼스인 것처럼 급히 조명이 바뀌며 꺼지려던 카메라가 마저 돌아갔다.

너무 놀라 굳어버린 호수를 부드럽게 내리누르던 입술이 한참만에 떨어졌다. 한 뼘 정도 멀어진 원이 호수를 내려다보고, 호수도 어느새 감았던 눈을 천천히 떴다.

그야말로 뜨겁게 달아오른 객석의 반응에 귀가 떨어져 나갈 듯 시끄러웠으나, 모두 새하얗게 지워진 것처럼 원의 눈에는 호수만 보였다. 그리고, 호수의 눈에도 원만 보였다.

조명이 꺼지고 카메라가 돌아가기 1초 전, 아직 꺼지지 않은 마이크를 타고 원의 낮은 목소리가 달콤하게 울렸다.

"사랑해."

한 사람의 마음을, 그리고 객석과 TV 앞에서 지켜보던 수많은 사람들의 마음까지 녹여 버린 한마디와 함께 그대로 조명이 꺼졌다. 무대는 순식간에 어둠에 잠겼다.

비로소 마법에서 깨어난 듯 일어선 호수는 어둠 속에서도 똑똑히 느껴지는 온기와 향기를 따라 손을 뻗었고, 원의 목을 힘껏 감싸 안았다.

짧지만 길고, 길지만 짧은 시간 동안 원과 호수는 두 사람을 위한 무대 위에서 깊게 끌어안았다. 듀엣곡의 멜로디가, 두 사람이 남긴 여운이 솜사탕 빛 안개처럼 옅게 맴돌았다.

이 많은 팬들이 다 떠난 후에도, 유일하게 내 곁에 남아 줄 사람.

조명과 카메라가 꺼지고 무대에서 내려와도, 있는 그대로의 나를 끝까지 좋아해 줄 사람.
　조금도 평범하지 않은, 세상에 하나뿐인 나의 광팬.

　가장 빛나는, 나의 아이돌.

#Track 19.
원 없이 사랑하고, 수없이 표현하라

[3월 12일, AM 6:00. 원과 호수, 숙소]

아아, 따뜻하다.

별 내용도 없는 꿈속을 헤매는 와중, 살짝 뜨거운 물에 몸을 담근 듯한 따스함과 노곤함이 온몸을 휘감았다. 작게 몸을 틀자 커다란 손이 등을 감싸더니, 안으로 바짝 끌어당겼다. 이마와 코가 탄탄한 곳에 닿아 가볍게 눌리며 익숙한 체취가 스며들었다.

……행복해.

그제야 물속이 아닌 원의 품에 잠겨 있었음을 자각한 호수의 입가가 부드럽게 늘어졌다. 어제 밤늦게 스케줄을 마친 원이 고작 몇 시간만이라도 단둘이 있고 싶다며 호수의 숙소로 온 참이었다.

"일어났어?"

대답 대신 고개만 끄덕인 호수가 천천히 눈을 떴다. 원은 한 팔을 호수에게 내어준 채 다른 손으로 휴대폰을 쥐고 있었다. 눈가에 접히는 잔주름마저 매력적인 웃음을 뚝뚝 떨어뜨려 준 원이 이마에 가볍게 뽀뽀를 하고는 다시금 휴대폰으로 시선을 돌렸다.

"뭘 그렇게 봐요? 팬까페?"

"우리 팬까페는 기본이고 네 팬까페까지 눈뜨자마자 다 봤고, 이거 너 일어나면 보여주려고 했어. 한번 봐."

원의 팔베개에서 빠져나온 호수는 빙글 몸을 돌려 엎드리며 휴대폰을 받아들었다. 그리고 첫 줄을 보자마자 소리를 질렀다.

"이 오빠가 진짜! 이런 걸 왜 보고 있대!"

원이 보고 있던 것은 〈한눈에 보는 결혼 체크 리스트〉라는 제목을 단 웨딩 잡지 기사였다. 태원과 지아가 빠지고 다른 커플이 들어왔다가 금세 하차하면서 새로운 커플로 〈우리 결혼할까요〉에 합류하게 됐다는 소식을 들은 게 엊그제였다. 그런데 벌써 예식장 예약할 기세라니, 기겁한 호수가 눈을 흘겼다.

"가상이라고요, 가상! 결혼식도, 신혼여행도, 신혼집까지도 다 방송국에서 준비해 주는 가상 결혼!"

"가상 커플에게는 당연히 가상 결혼이지만, 우린 실제 커플이잖아. 가상이 될 수가 없지."

"그렇다고 진짜 결혼하는 건 아니잖아요!"

"너, 본무대 직전에 최종 리허설할 때 진짜 공연 아니라고 대충해? 아니잖아. 리허설을 꼼꼼히 해야 본무대에서 더 잘하는 거 몰라?"

"듣고 보니 그러네요…… 가 아니라! 왜 말 같지도 않은 소리를 말이 되는 소리처럼 하고 그래요? 사람 헷갈리게. 아무리 직업이 가수라도 그렇지, 누가 결혼식까지 리허설을 하냐고요!"

호수의 핀잔에도 원은 눈 하나 깜짝하지 않고 맞받았다.

"그런 게 바로 연예인의 특권이지. 남들은 재혼하지 않는 이상 결혼을 연습해 볼 수는 없는데, 우린 그럴 수 있잖아."

순간 또 혹할 뻔했던 호수가 뒤늦게 '에잇' 하며 휴대폰을 던지듯 돌려주었다. 그러자 원의 눈꼬리가 섭섭한 각도로 처졌다.

"나랑 결혼하는 거 싫어?"

"누가 싫대요? 그래도 방송인데 너무 들떠 있으니까 그렇죠."

"미리 말해두는데, 난 절대 방송이라고 생각 안 할 거야. 너랑 나는 가상 부부 아니고 신혼부부야. 그냥 평범한 신혼부부."

"퍽이나 평범하겠네요."

더 얘기해 봤자 달라질 것 없음을 잘 아는 호수가 부스스 일어섰다. 보나마나 카메라가 돈다고 해도 이런 식일 텐데, 과연 시청자들이 적응할 수 있을지 의문이었다. 틈만 나면 질투하고 찡찡대는 백구스러운 모습을 본 팬들이 충격 받고 떠나지는 않을지, 무엇보다도 눈에 뵈는 거라곤 호수밖에 없는 듯한 말과 행동들로 남자들 사이에서 공공의 적이 되지나 않을지 걱정이 태산이었다.

"뭐하게?"

"씻어야죠. 연습실 안 가요?"

긴 다리로 성큼 다가와 뒤에 선 원이 호수의 어깨에 팔을 올렸다. 차마 밖에서는 못 하지만 집 안에서는 걸핏하면 어린애 기차놀이하듯이 호수의 어깨나 허리를 붙들고 뒤를 졸졸 따라다니는 게 원의 새로운 취미 생활이었다. 이젠 그러려니 한 호수가 욕실로 들어가며 건성으로 한마디 했다.

"키 안 크니까 어깨 짚지 마요."

"더 안 커도 돼. 지금이 딱 좋아. 팔 걸치기 딱 알맞게 쪼그매."

"맞고 싶어요?"

"그리고 여기도. 내 손에 딱 알맞……."

"아오, 진짜!"

은근슬쩍 티셔츠 안으로 들어가려던 손이 호수에게 덥석 붙잡혔다. 동시에 키가 딱 알맞게 작고 가슴도 딱 알맞게 작은 선우원 전용 A컵 팔걸이의 입에서 버럭 구박이 튀어나왔다.

"손! 이 손이 문제야! 사람은 착한데 손이 못됐어!"

"내가 뭘? 현실적이잖아. 원래 신혼부부는 화끈한 게 평범한 거지."

"쓸데없이 이런 데서 현실적으로 굴지 말라고요! 카메라 앞에서도 이럴 거예요?"

"조심은 하겠지만, 긴장 풀려서 어쩌다 그렇게 되면 공중파에 딱 알맞게 편집해 주시겠지."

할 말을 잃은 호수가 제 칫솔과 어젯밤 그 옆에 꽂아둔 원의 칫솔을 꺼냈다. 치약을 묻혀 입에다 푹 밀어 넣자 비로소 손을 치우고 옆에 선 원이 세면대 거울로 호수를 바라보며 뭔가 말하려 했다.

"카에아 아헤서도……."

치약 거품 탓에 발음이 다 뭉개졌다. 키득거리며 '뭐라고요?' 하고 되묻는 호수의 발음 역시 마찬가지였다. 양치를 끝낸 원이 수건으로 입가를 닦으며 마저 말을 이었다.

"카메라 앞에서도 이렇게만 하면 되지 않을까? 같은 식탁에서 같은 반찬에 밥 먹고, 같이 서서 양치하고, 같은 소파에 앉아서 TV 보고, 같은 침대에 눕고, 그렇게."

"그래서 방송 분량 나오겠어요?"

"그거야 제작진 사정이고."

원의 입이 닿았던 수건에 제 입을 톡톡 두드려 닦은 호수가 작게 웃었다.

일상을 공유하고, 작은 습관까지 자연스레 알아가는 것. 때때로 싸우더라도 하루하루 조금씩 더 서로에게 맞춰져 있는 것. 언제든, 어디서든, 각자의 시간을 보내고 나서도 같은 집으로 돌아오는 것.

"하긴, 그게 진짜 결혼인 것 같긴 하네요."

옅게 웃은 원이 호수의 허리에 팔을 감고 등 뒤로 꼭 붙으며 속삭였다.

"그럼 카메라 앞에서는 그렇게 하는 걸로 하고, 지금은 카메라 없으니까……."

치약의 민트 향과 특유의 달콤함이 뒤섞인 더운 숨이 어깨를 지나 목덜미를 지긋하게 눌렀다. 맥없이 풀어진 호수의 입술 사이에서 여릿한 신음이 새어 나오는 것과 동시에 원의 입술도 가볍게 벌어지며 뽀얀 피부를 붉게 깨물었다.

그대로 귓가로 올라간 원이, 아찔한 속삭임을 흘렸다.

"카메라 없는 데서만 할 수 있는 거 할까?"

"내가 오빠 때문에 정말! 이거 보여요, 안 보여요?"

현관에서 신발을 신고 있던 원의 앞에 선 호수가, 입고 있던 얇은 터틀넥의 목 부분을 끌어 내리고 눈앞에 목덜미를 들이댔다.

"기껏 옷 다 입고 화장 다 했는데, 머리 묶으려고 보니까 목에 자국이 그냥! 덕분에 화장 다 해놓고 꾸역꾸역 다시 윗옷 갈아입느라고 별 쇼를 다……!"

"어어, 도영이 형 전화 오네. 주차장이신가 보다. 얼른 내려가자."

30분 전, 연하고 부드러운 피부에서 나는 말랑한 체취에 순간 이성을 잃고 깨물어 버린 것을 떠올린 원이 미안한 웃음과 함께 냉큼 말을 돌렸다. 그러고는 툴툴대는 호수의 어깨를 안고 얼른 주차장으로 향했다. 차 밖에서 기다리고 있던 도영이 문을 열어주었다.

"얼른 타. 지아 씨 레스토랑으로 데려다주면 되지?"

"네, 감사합니다."

"고마워요, 형."

요즘 사장님과 연애 중인지라 호수의 스케줄이 없을수록 더 바쁜 원준 대신 도영이 원과 호수를 식당까지 데려다주었다. 이제는 남들 눈치 볼 것 없이 당당하게 같은 차에서 내려 손까지 잡고 걸어가는 둘을 본 사람들은 크고 작은 감탄사를 내뱉으며 수군거렸고, 사진을 찍기도 했다. 그러나 다가가 말을 걸거나 사인을 해달라거나 하는 사람은 하나도 없었다. 얼핏 온화하게 웃고 있으나 온몸으로 '방해하지 말라'는 단호한 분위기를 폴폴 풍겨대는 원 때문이었다.

"언니!"

"호수야! 왔어? 원이도 오랜만이네."

안으로 들어서자마자 지아를 찾은 호수가 반갑게 인사를 했다. 짤막한 안부를 주고받는 사이, 손님들이 너도나도 이쪽을 돌아보기 시작했다. 요즘 가장 핫한 아이돌 커플을 실제로 보게 됐다는 신기함에서였다.

시선이 불편할까 염려한 지아가 얼른 둘을 안쪽으로 떠밀었다.

"들어가, 얼른. 테이블마다 돌면서 사인해 주고 사진 찍어줄 거 아니면."

"알았어요. 우리 자리 비워두셨죠?"

"응. 조금 전에 태원이랑 수현이도 거기서 밥 먹고 갔어."

어느 순간부터 태원과 수현이 지아의 레스토랑을 동네 커피숍처럼 편하게 드나들기 시작하면서 묘한 조합의 세 사람은 부쩍 친해졌다. 때로는 셋만 아는 어떤 비밀이 있는 것 같은 분위기마저 풍길 때도 있었다.

처음 호수는 그게 좀 서운했었다. 그러나 지아에게 아빠와 아빠의 연인이 어떤 존재인지 알고 있는 만큼, 지아가 자신보다 더 큰 배려를 베풀 수 있음을 이해했다. 더불어 서로밖에 믿을 수 없던 둘을 받아들여 주는 한 사람이 더 생겨서 다행이라는 생각도 했다.

맨 처음 둘이서 밥을 먹었던 자리, 원과 호수는 자연스럽게 그곳에 앉았다. 원이 테이블 위에 손을 펼치자 호수가 제 손을 자연스레 포갰고, 원은 그대로 깍지를 껴 쥐었다.

"참, 너도 우결 작가님이랑 인터뷰했지?"

고개를 끄덕인 호수가 떨떠름한 미소를 지었다. 머릿속에 며칠 전 〈우리 결혼할까요〉 작가와 했던 사전 인터뷰 내용이 떠올랐다.

"인터넷에서 호수 씨 새로운 별명 생겼던데, 알고 계세요?"

"아뇨. 뭔데요?"

"복부인이요. 복 터진 년, 부러운 년, 전생에 인류를 구한 년."

"아, 예……. 제가 좀 그런 년, 아니 그런 편이긴 하죠."

알고 보니 작가는 원의 광팬으로, 원을 보겠다는 일념 하나로 방송 작가가 되었다고 했다. 처음 스캔들 났을 때는 호수 안티 카페에 가입도 했으나, 지금은 없어진 그 카페 대신 원과 호수, 일명 원수 커플 팬카페에 가입했다며 수줍게 웃었더랬다.

깊은 한숨을 내쉰 호수가 말을 넘겼다.

"오빠한테는 뭐 물어봤어요?"

"그냥 이것저것. 개인적인 질문이 많던데? 스케줄 없을 땐 뭐하는지, 뭐 좋아하는지, 너랑 싸울 때는 없는지, 헤어지고 다른 여자 만나고 싶을 때는 없는지, 뭐 그런 것들."

"근데 이X이⋯⋯."

"응?"

"아무것도 아니에요. 그래서 뭐라고 대답했어요?"

"뭘 뭐라고 대답해. 스케줄 없을 땐 되도록 너랑 같이 있으려고 하고, 좋아하는 건 주호수, 싸울 시간에 뽀뽀라도 한 번 더 해야 하니까 싸우지 않음, 다른 여자 만나고 싶은 생각 전혀 없음."

아⋯⋯. 전국적으로 년년 소리를 들어도 할 말이 없는 거구나⋯⋯.

호수의 입가가 씰룩거렸다. 테이블 위에 올린 손을 장난스레 쥐었다 폈다 하던 원이 문득 물었다.

"참, 너한테도 그거 물어봤어? 평소에 어떤 결혼식 하고 싶었느냐고."

"아, 네."

"그래? 뭐라고 대답했는데?"

작가가 던진 질문 중 가장 정상적인 질문이라 흔쾌히 답했었다. 호수가 원에게도 같은 말을 들려주었다.

"저는 펜션에서 야외 결혼식이요. 전에 원준 오빠 친구분이 하시는 펜션에 원준 오빠랑 수현이랑 놀러간 적이 있었는데, 그분이 그러시더라고요. 1박 2일 동안 통째로 펜션을 빌려서 결혼식을 올린 손님이 있었대요. 주례 없이 신랑, 신부가 같이 축가 부르고, 하객들도 마음 내키는 대로 먹고 마시고 춤추고, 시간 되는 사람은 밤늦게까지 놀다가 펜션에서 자고 가고. 어른들은 좀 낯설어하기도 했는데, 나중에는 다들 재밌어 보이셔서 인상 깊었다고. 저도 그렇게 축제 같은 결혼식을 했으면 좋겠다고 생각했어요."

손짓까지 곁들여 가며 열심히 설명하는 호수의 뺨이 예쁘게 발긋해졌다. 그 홍조 위로 원의 따스한 눈길이 스며들었다. 가만히 웃기만 하는 것에 머쓱해진 호수가 말을 돌렸다.

"오빠는 뭐라고 얘기했어요?"

"나중에 방송으로 봐."

느닷없이 말을 아끼는 태도에 호수가 입을 비죽거렸다. 달래듯 머리를 쓱쓱 쓰다듬은 원이 은근슬쩍 화제를 돌렸다.

"아까 말하려다가 깜박했다. 녹화 들어가기 전에 해야 할 게 있어."

"뭔데요?"

"제일 중요하고, 제일 먼저 해야 하는 거."

앞에 놓인 물을 한 모금 삼킨 원이 진지하게 덧붙였다.

"상견례."

호수의 입이 떡하니 벌어졌다.

"진심이에요, 오빠? 정말? 진짜로?"

눈앞이 캄캄해졌다. 상견례라니, 원의 부모님을 만나 뵙는다는 생각만으로도 온몸이 돌처럼 굳는 듯했다. 그러나 원은 꽤 오래전부터 생각해 온 듯 담담하고 단호했다.

"정말로 양가 부모님을 같이 모시는 것까지는 아니더라도 찾아뵙고 인사드리는 게 도리 아닐까? 이미 사귈 때 스캔들 기사로 알게 해드리는 바람에 불효 많이 했잖아. 진짜든 가짜든 공중파 방송에서 결혼하는 건데, 부모님께 먼저 정식으로 말씀은 드려야지."

원의 논리에는 빈틈이 없었다. 아니, 빈틈없는 걸로도 모자라 존경스럽기까지 했다. 어린 나이에 데뷔하자마자 톱스타 자리에 올랐으니 세상 물정 모르고 오만해질 수도 있었을 것 같은데, 원은 늘

바르고 곧고 깊었다. 고작 한 살 많은데 한참 어른스럽게 느껴질 때도 많았다. 그럴 때 보면 어떤 부모님 밑에서 어떤 교육을 받고 자랐는지 궁금하긴 했다.

그러나, 제아무리 어른스러워도 결정적인 순간에는 철딱서니 없는 원이었다.

"사실 우리 엄마한테 벌써 얘기 다 해놨어. 조만간 막내며느리 데려간다고."

[3월 17일 PM 3:00. 원과 호수, 원 부모님이 하시는 식당]
며칠 후, 호수는 원의 부모님이 하는 식당 앞에 서 있었다.

"으아아……."

평소에는 거의 입지 않는 단아한 원피스 차림에, 며칠을 고심한 끝에 골랐다는 수제 플라워 케이크 상자를 들고 넋이 나가 있는 호수를 보며 원은 연신 피식거렸다. 뭐가 그리 좋은지, 원은 한참 올라가 있는 광대를 내릴 생각도 하지 않고 냉큼 손목을 잡아끌었다.

"엄마, 우리 왔어."

일부러 좀 한가할 시간에 온 건데, 식당 안에는 의외로 손님이 많았다. 한 무리의 단체 손님을 비롯해 두서넛씩 테이블을 차지하고 있던 손님들이 무심코 입구 쪽을 돌아보았다가 웅성거렸다. 원과 호수를 알아본 사람들은 지방의 작은 식당에서 톱스타를 목격했다는 것에, 못 알아본 사람들은 식당집 아들의 상상을 초월하는 외모에 놀라 눈이 휘둥그레졌다.

"왔어?"

수수한 옷차림에 앞치마까지 걸치고 있음에도 서글서글하니 화사한 인상을 가진 원의 엄마가 주방 쪽에서 나왔다. 뒤이어 아버지도 나오셨는데, 이목구비에서 풍기는 느낌이 원과 비슷했다.

"아, 안녕하세요. 주호수입니다. 처음 뵙겠습니다."

"밥이나 한 끼 먹여 보낼까 하고 불렀는데, 오늘따라 손님이 많네. 미안해서 어쩌죠?"

"아닙니다. 불러주셔서 감사합니다. 말씀 편하게 하세요. 아참, 별거 아니지만……."

저답지 않게 긴장해 횡설수설한 호수가 들고 있던 케이크를 내밀었다. 흔쾌히 받아 든 원의 엄마가 미소를 지었다.

"선물도 꼭 저처럼 깜찍한 것을 사 왔네. 이쪽에 앉아서 조금만 기다려요. 손님 좀 빠지면 같이 밥 먹게."

고개를 끄덕인 원이 비교적 사람들의 시선이 덜 닿는 구석진 자리로 이끌었다. 호수는 다소곳하니 무릎을 꿇고 앉았다. 여러모로 색다른 자태에 새삼 또 반한 원이 식당에서 쓸 설탕을 죄다 갖다 부어 놓은 듯한 눈으로 자신을 바라보고 있는 것도 모른 채, 호수는 조심조심 식당 안을 둘러보았다.

그나저나 어머님이 유난히 낯이 익네? 꼭 어디서 뵌 것 같은데. 아버님만큼은 아니지만 오빠랑 닮긴 닮았으니까, 그래서 그런가?

호수가 생각에 잠겨 있을 때, 카운터 쪽에서 손님의 목소리가 들렸다.

"여기 계산이요!"

"네, 잠시만요!"

한창 바쁜 주방 쪽을 보고, 뒤이어 원을 돌아본 호수가 테이블 아래로 원을 푹 걷어찼다.

"뭐해요? 어머니 바쁘시잖아요. 가서 도와요."

"어? 응."

데뷔한 이후 가게 일을 돕기는커녕 집에 내려올 시간조차 거의 없던지라 식당 아들로서의 정체성을 잃었던 원이 정신을 차리고는 냉큼 카운터로 향했다.

"여기 물 좀 주세요!"

"아, 네!"

손님이 이쪽을 보며 부르는 바람에 저도 모르게 대답한 호수가 옆에 있던 냉장고에서 물병을 꺼내 조심스레 가져다드렸다. 그 일을 시작으로 원과 호수는 자연스럽게 일손을 거들기 시작했다. 말리려던 원의 엄마는 이내 마음을 바꾸고 흐뭇하니 지켜보았다.

30분 가량이 지나자 비로소 한가해졌다. 원의 엄마는 조금 전 손님들 상에 올렸던 것보다도 더 윤기 나고 정갈해 보이는 음식들을 하나씩 내오며 앉으라는 손짓을 했다.

"처음 왔는데 대뜸 일부터 시켰으니 미안해서 어째?"

"아, 아니에요. 그냥 조금이라도 도와드리고 싶어서……."

"조금이 아니라 많이 도움이 됐지. 원이보다 낫네. 보기에는 여리여리하니 험한 일 안 해봤을 것 같은데 제법 야무지고."

내내 별말씀 없으시던 아버지의 칭찬에 호수가 몸 둘 바를 몰라하며 뺨을 붉혔다. 원과 호수의 맞은편에 앉은 엄마가 말을 이었다.

"호수가 복이 많구나. 장사하다 보면 그런 사람이 있거든. 손님을 몰고 다니는 사람."

"아하하, 안 그래도 요즘 제 별명이 복부인…… 아니, 아무것도 아니에요."

"맞다. 나도 그거 인터넷에서 봤는데. 복 터진 년, 부러운 년, 그거 말하는 거지?"

설마 알고 계셨을 줄이야. 수저를 놓던 호수가 와장창 젓가락 떨어뜨리며 허둥거렸다. 호수가 민망할세라 떨어진 젓가락을 조용히 주워준 원이 새것을 꺼내다 말고 불쑥 따졌다.

"엄마, 지금 우리 호수한테 욕했어?"

"너는 엄마가 욕쟁이 할머니로 보이냐?"

가차 없이 원을 쥐어박은 엄마가 호수를 돌아보았다.

"욕은 호수가 더 잘하지. 안 그래?"

소곤소곤 말한 엄마는 소녀처럼 웃음을 터뜨렸다. 호수의 머릿속이 소란스러워졌다.

"엄마가 그걸 어떻게 알아?"

"직접 봤으니까 알지."

직접 보셨다고?

소란스럽던 머릿속이 아예 하얘졌다. 변명을 하긴 해야 하는데 너무 사실이라 말문이 막힌 호수가 립싱크하는 가수처럼 입만 벙긋거리는 사이, 원의 엄마가 덧붙였다.

"아참, 오해는 하지 말고. 그 모습이 똑 부러지고 당차 보여서 좋았다는 얘기니까. 제 할 말도 못 하는 사람보단 할 만한 상황이면 욕도 시원시원 잘하는 사람이 훨씬 낫지."

엄마가 욕 잘한다는 칭찬에 이어 싸움도 잘한다는 묘한 칭찬을 쭉 보탰다.

"싸움도 어찌나 잘하는지, 저보다 머리 하나씩은 더 큰 애들이 몰아붙이는데도 눈 하나 깜짝 안 하고 대꾸하더라니까? 까고 있네, 그러면서."

벙긋대던 호수의 입이 아예 멍하니 벌어졌다. 깜박거리던 머릿속에 팟, 하고 불이 켜지며 모든 것이 떠올랐다.

"그 원인가 뭔가 하는 놈이 자기 좋아하면 이래도 된다고 그래요? 그놈이 이거 보면 참 좋아하겠네."

"악! 으아! 그때!"
참한 며느릿감 코스프레고 뭐고, 당황한 호수의 입에서 걸쭉한 비명이 튀어나왔다. '어떻게 이렇게 인연이 닿지?' 하는 생각과 '젠장, 망했구나' 하는 생각이 동시에 떠올랐다.
"그래. 그때 그 동영상 찍은 게 나야. 머리까지 잡힌 거 생각하면 지금도 안쓰럽고 미안해."
"아뇨! 아닙니다! 평생의 은인이세요. 그날 도와주신 것도 그렇고, 그 동영상 때문에 제가 억울한 누명을 벗고……."
울 수도 없고, 웃을 수도 없게 된 호수가 고개를 떨어뜨렸을 때, 상 위에 차려진 음식에서 올라오는 훈김만큼이나 따스한 목소리가 들려왔다.
"우리 원이 때문에 맘고생 많이 했지?"
저도 모르게 '네?' 하며 고개를 든 호수와 엄마의 눈이 딱 마주쳤다. 많은 의미가 담긴 미소와 함께 엄마가 호수의 팔 언저리를 톡톡 토닥였고, 멈칫한 호수는 눈을 깜박거렸다.
웃으시는 모습이 오빠랑 정말 많이 닮았네. 그래서 그런가? 나 괜히…….
어쩐지 뭉클해진 호수의 눈에 핑그르르 눈물이 고였다. 호수가 고개를 푹 숙이자, 원이 냉큼 어깨를 감싸며 또 따졌다.
"엄마, 지금 우리 호수 울렸어?"
"근데 이눔시키가 말끝마다 우리 호수, 우리 호수……!"
아들 둘이 다 커버리니 딸이 부럽던 터라 눈앞의 호수를 뒤늦게 얻은 딸 보는 눈으로 보고 있던 엄마의 눈꼬리가 사납게 올라갔다. 우리 호수 대신 너나 한 번 울어보라는 구박과 함께 엄마의 숟가락이 원의 이마를 딱 때렸고, 뒤이어 아버지에게까지 불똥이 튀었다.

"당신, 이제 알겠죠? 적당히 좀 하라고 한 게 무슨 뜻이었는지! 당신이 그러니까 원이 저게 벌써부터 똑같이 공처가 짓을 하잖아요!"

"보기 좋기만 한데 왜? 그리고 공처가가 아니라 애처가라고 몇 번을 말해? 공처가는 마누라가 무서워서 어쩔 수 없이 잡혀 사는 거고, 애처가는 마누라가 예쁘니까 기분 좋게 잡혀주는 거고. 딱 보니까 원이도 호수가 예뻐서 그러는 거구만."

눈 하나 깜짝하지 않고 중후한 목소리와 차분한 톤으로 선우원스러운 대답을 던지는 아버지를 보며 호수는 멍해졌다.

아……. 얼굴만 아버지 닮은 게 아니었구나…….

"작작 하고 밥이나 먹자. 호수 배고프겠다."

제 여자 챙기는 것도 죄라면 니들은 무기징역. 그런 눈으로 남편과 아들을 한 번씩 흘겨본 엄마가 가히 싫지만은 않은 한숨을 내쉬었다.

"입에 맞을지 모르겠네. 많이 먹어."

"저 정말 많이 먹어도 되죠? 잘 먹겠습니다, 어머니."

한결 편해졌는지 원래의 씩씩함을 되찾은 호수가 아버지에게도 공손히 물컵을 건넸다.

"먼저 드세요, 아버님."

막내딸 같은 예비 며느리의 입에서 흘러나오는 또랑또랑한 호칭에, 아내 말고 다른 여자는 길에 굴러다니는 짱돌 취급하던 원 아버지의 눈빛이 처음으로 흔들렸다. 그러나 그보다 더 흔들린 사람은 따로 있었다.

"호수, 너……."

옆에서 들려오는 낮은 목소리에 호수가 고개를 돌렸다. 마주친 원의 눈빛은 앞에 부모님이 계신 것도 잊은 것처럼 뜨거웠다. 잔뜩 눈치를 줬으나, 찰싹 달라붙은 원의 시선은 좀처럼 떨어질 줄 몰랐다.

나 어떡하지? 네가 우리 부모님한테 어머님, 아버님 하는 거 보고 있으니까 꿈인가 싶어. 귀엽고 뿌듯하고 행복해서 심장 터질 것 같아.

그런 말이 고스란히 담겨 있는 눈으로 호수를 바라보던 원이 진지하게 물었다.

"제 눈에만 예뻐 보이는 거 아니죠? 엄마, 호수 예쁘지?"

"아우, 미쳤어!"

미처 삼킬 틈도 없이 외쳐 버린 호수가 원의 팔뚝까지 찰싸닥 때렸다. 그래놓고는 뒤늦게 새빨개진 얼굴로 연신 고개를 숙였다.

"죄송합니다, 죄송합니다……."

"괜찮아. 호수 네가 안 때리면 내가 때리려고 했다."

부전자전인 아들의 애처가 짓도, 예비 며느리의 과격한 손버릇도 모두 포기한 엄마가 후후 웃었다.

"원이 말대로 예뻐 죽겠으니까 자주 놀러 와라, 호수야. 원이 바쁘면 쟤는 놔두고 너 혼자 와도 돼."

딸처럼 편하게 불러주는 이름이 따뜻하고 정겨웠다. 호수는 식당에 들어오기 전 느꼈던 긴장이 어느새 기분 좋은 두근거림으로 바뀌었음을 느끼며 얼른 대답했다.

"고맙습니다. 자주 놀러 올게요."

"그래. 얼른 먹어. 배고플 텐데."

한입 맛본 순간, 조신하게 먹겠다는 결심 따위는 깡그리 잊어버린 호수가 열심히 밥을 먹기 시작했다. 방금 밥 먹은 사람마저 또 먹고 싶어질 만큼 맛있게 먹는 것을 흐뭇한 눈길로 지켜보던 엄마가 문득 물었다.

"참, 여기 왔으면 호수네 집에도 가서 인사를 드려야지. 원이, 너는 언제 가기로 했어?"

밥을 뜨던 원의 숟가락이 우뚝 멈췄다. 부모님과 호수가 한 가족처럼 자연스레 섞여드는 기쁨을 만끽하느라 잠시 잊고 있었는데, 다음 타자는 자신이었다.

외동딸이 데려온 남자 친구…….

그것도 허락도 받기 전에 전국구로 스캔들 터뜨려서 혼삿길부터 막아놓은…….

상견례 얘기를 먼저 꺼내놓고 정작 자신이 더 막막해 며칠 동안 잠도 제대로 못 자고 있는 원의 눈앞이 다시금 캄캄해졌다. 그런 원의 귀에 호수의 해맑은 대답이 들려왔다.

"내일이요."

[3월 18일 PM 1:00. 원과 호수, 호수의 집 앞]
"으아아……."

바로 하루 뒤, 둘의 입장은 완벽하게 바뀌었다.

작년 자신의 생일날, 부모님 여행 가셔서 집 비었다는 호수의 유혹에 홀딱 넘어가 봤던 낯익은 대문 앞에서 원은 조각상처럼 굳었다. 무대용도 아니고, 협찬 받은 것도 아닌, 신입 사원들이 입을 법한 얌전한 슈트에 무늬 없는 넥타이를 바짝 당겨 매고 있음에도 옷이 선우원발을 받은 덕분에 원의 자태는 오늘도 화보였다. 그래서일까, 미동도 없이 서 있는 것이 얼핏 백화점 남성복 코너 앞에 세워 놓은 입간판 같기도 했다.

부모님께 인사드리러 오랬더니 혼자 레드 카펫을 밟고 왔나. 매일 봐도 가끔 적응 안 되는 만화 같은 외모를 감상하던 호수가 원의 팔을 잡아당겼다.

"들어가요. 다들 기다리시겠네."

낯익은 마당을 지나 낯익은 거실로 들어선 순간, 호수 특유의 체취와 꼭 닮은 집의 냄새와 맛있는 음식 냄새가 뒤섞여 후각을 자극했다. 군침인지 마른침인지 모를 것을 간신히 삼킨 원은 다시금 마음을 다잡았다.

"엄마, 아빠! 우리 왔…… 이게 다 뭐야?"

먹을 사람은 넷뿐인데, 거실 한복판에 놓인 커다란 상 위에는 온갖 음식들이 상다리가 부러지게 차려져 있었다. 큰집, 작은집 다 모이는 명절날보다 더 풍요로운 광경을 보고 호수가 할 말을 잃은 사이, 원은 정중하게 허리를 굽혀 인사했다.

"안녕하세요, 선우원입니다. 처음 뵙겠습니다."

"아이고, 왔어? 처음 오는 길일 텐데, 헤매진 않았고?"

죄송합니다. 처음 온 거 아니에요. 사실 저 이 거실에서 호수랑 뽀뽀도 했어요.

양심에 찔린 원이 어색한 미소를 지었다. 곧이어 들고 있던 커다란 꽃다발을 호수의 엄마에게 공손히 내밀었다.

"뭘 좋아하실지 몰라서 제일 예쁜 걸로 샀습니다. 받으세요."

"대한민국에서 제일 잘생긴 남자한테 꽃도 받아보고, 딸 덕분에 호강하네. 살면서 저거 덕 볼 일은 없겠구나 싶었는데."

"엄마."

호수의 조용한 경고를 쿨하게 무시하고 꽃다발을 품에 안은 엄마가 연신 예쁘다는 말과 함께 고맙다는 인사를 했다. 조금 마음이 놓인 원이 조심스럽게 다른 선물도 내놓았다.

"이건 저희 부모님이 하시는 식당에서 직접 만드신 게장인데요, 호수가 어제 저희 집에서 밥 먹으면서 아버님 좋아하시는 거라고 하더라고요. 그랬더니 꼭 전해 드리라고 따로 싸주셨어요."

"그 와중에 아빠까지 챙겼어? 고마워라. 이렇게 귀한 거를."

반색하는 엄마에 비해 무뚝뚝하니 별 반응이 없는 호수의 아빠를 힐끔 살핀 원이 마지막으로 비장의 무기를 꺼내 들었다.

"그리고 아버님, 이것도 좋아하신다고……."

원의 손에서 최고급 양주가 든 쇼핑백이 스윽 내밀어졌다. 그 금색 찬란한 때깔을 보는 순간, 대한민국에서 제일 잘생기고 인기 많고 돈 잘 버는 놈이라도 어떻게든 꼬투리 하나쯤은 잡을 준비를 하고 있던 아빠의 얼굴이 스르륵 풀어졌다.

"어흠, 뭘 이런 걸 다……."

게장에서 살짝 흔들렸다가 양주로 완벽히 넘어간 아빠의 말투가 몰라보게 부드러워졌다. 그러자 옆에 있던 엄마가 '어젯밤까지만 해도 가짜든 진짜든 하나뿐인 딸내미 시집보낼 생각 하니까 잠도 안 온다던 양반이' 하는 눈으로 흘겨보았다.

곧 모든 예비 사위들을 긴장하게 만드는 질문, 장인어른이 술을 아예 안 드시는 분이 아니라면 누구도 피해 갈 수 없다는 바로 그 질문이 아빠의 입에서 흘러나왔다.

"자네는 술 좀 하나?"

움찔한 호수가 분위기를 살폈다. 호수 아버지가 애주가라는 이야기를 듣자마자 술잔 좀 받을 각오를 하고 있던 원은 얼른 '네' 하고 답했다.

"잘됐구먼. 호수가 요새 바쁘다 보니 같이 마실 사람이 없어서 말이야."

"아빠, 원 오빠 술 마시면 안 돼!"

"왜?"

다급하게 끼어든 호수가 어물거렸다.

그야 저 오빠 술버릇이 장난이 아니니까 그렇죠. 취하면 속에 있는 말 곧이곧대로 다 한다니까요? 음식 입에 맞느냐는 말에 '생각보다 맛이 없네요' 그런다든가, 우리 딸이랑 진도는 어디까지 나갔느냐는 말에 '진즉 끝까지 다 나갔습니다. 제가 우등생에 모범생이라 진도 못 따라잡고 그런 거 없거든요. 틈만 나면 복습하고 가끔 예습도 합니다' 그랬다가는…….

상상만으로도 끔찍했다. 호수는 얼른 둘러댔다.

"연예인이잖아. 대한민국 톱 아이돌. 몸매 관리 몰라?"

"몸매 관리는 무슨. 세상에 어느 사위가 처갓집 와서 몸매 관리한다고 장인이 주는 술을 안 마셔? 안 그래, 사위?"

사위. 그 두 음절에 영혼까지 바칠 준비가 된 원은 냉큼 답했다.

"그럼요. 잘은 못 마시지만 장인어른이 주시면 기꺼이 받겠습니다."

"거 봐. 맘에 쏙 드네. 여보, 잔 좀 가져다줘."

"아이고, 일단 밥부터 좀 먹고요. 그리고 웬만하면 당신이나 먹지 그래요? 내일 스케줄이라도 있으면 어떡하려고."

"저 스케줄 없습니다. 드라마 끝나고 조금 한가해졌거든요."

"맞다, 드라마! 한동안 그거 보는 재미로 살았는데. 드라마에서 보고 이렇게 보니까 완전 다른 사람 같네. 근데 실물도 어쩜 이렇게 잘생겼어?"

"고맙습니다, 장모님."

넙죽넙죽 장인, 장모 잘도 찾는 원을 본 호수의 얼굴에 기가 막힌다는 표정이 떠올랐다. 동시에 묘한 감정이 치밀었다. 내 부모님께 잘하는 모습을 보니 내게 잘해줄 때와는 또 달랐다. 고맙고 뿌듯하고 행복해서 심장 터질 것 같은, 어제 원이 느꼈던 바로 그 기분이었다.

"편하게 앉아, 편하게. 옷도 좀 벗고. 호수, 너는 뭐해? 우리 원이 옷이랑 넥타이 받아서 방에다 잘 걸어놔."

"참나, 우리 원이는 무슨. 엄마 아들이야?"

"사위나 아들이나. 그럼 선우 서방이라고 할까?"

"그냥 우리 원이라고 해, 차라리!"

"오는 길에 부엌에서 갈비찜 내와. 담기만 하면 되니까. 아참, 양주잔도 가져오고."

선우 서방이 뭐야, 선우 서방이. 하여간 앞서 가는 데는 뭐 있다니까. 그리고 남들은 집에 오면 대접받고 쉰다는데, 우리 엄마는 왜 맨날 나만 시키는 거야?

으리으리한 밥상 앞에 앉아보기도 전에 부엌데기 신세가 된 호수가 툴툴거리며 몸을 일으켰다. 눈웃음으로 양해를 구한 원도 뒤따라 일어섰다.

"호수 혼자 하면 힘드니까 저도 같이 도울게요."

조용히 마주 보는 엄마와 아빠 사이에 '우리 딸 고생은 안 시키겠구만' 하는 눈빛이 오갔다. 흐뭇한 눈길을 매달고 다가온 원이 재킷 단추를 풀며 물었다.

"옷은 어디다 벗어두면 돼?"

"저기……."

호수가 앞장서고 원이 뒤를 따랐다. 방으로 들어온 원이 스윽 재킷을 벗자 호수가 반사적으로 손을 내밀어 받았다. 뒤이어 풀어낸 넥타이도 호수의 손 위에 걸쳐졌다. 셔츠 소매를 걷어 올리던 원이 푸스스 웃음을 흘렸다.

"퇴근한 남편 옷 받아주는 아내 같네."

옷걸이에 옷을 걸던 호수가 가늘게 눈을 흘겼다. 일부러 다 닫지 않고 열어둔 방문 쪽을 흘깃 살핀 원이 신속정확하게 입을 맞추고는 속닥거렸다.

"지난번에 왔을 때랑은 확실히 기분이 다른데?"

"그렇게 말하니까 상습적으로 우리 집에 드나든 것 같잖아요."

"상습적이라니. 이제 두 번째 온 건데. 앞으로는 자주 오겠지만."

마음 같아선 더 노닥거리고 싶었지만, 어른들이 이상하게 생각할세라 얼른 방에서 나온 원과 호수는 나란히 부엌으로 향했다. 호수의 엄마는 무심코 일어나려다가 모른 척 다시 눌러앉았다. 지들끼리 알콩달콩 잘 차려오겠지 싶어서였다.

"오빠, 여기다 갈비찜."

호수가 찬장에서 큰 접시를 꺼내 건넸다. 자연스럽게 받아 든 원은 식당집 아들의 본성을 아낌없이 발휘해 보기 좋게 갈비찜을 담았다.

다른 사람이 서 있을 때는 평범한 부엌이었는데, 흰 셔츠 소매를 반쯤 걷고 한 손에 국자를, 다른 손에 접시를 든 원이 서 있자 냉장고 CF에 나올 법한 부엌처럼 보였다. 그야말로 옷이며 머리는 물론이고, 장소까지 선우원발을 받게 만드는 미친 미모였다.

오죽하면 여자들의 화장발, 남자들의 슈트발보다 더 강력한 것이 바로 선우원발이라는 말까지 나올까. 두근두근하면서도 은근히 속이 뒤틀린 호수가 샐쭉 내뱉었다.

"지금 혼자 광고 찍어요?"

"그럼, 같이 찍을까?"

CF속 대사 같은 한마디를 흘린 원이 뒤로 바짝 다가섰다. 흠칫한 호수가 지금 서 있는 곳에서는 보이지 않는 거실 쪽을 힐끔 살피며 빠르게 따졌다.

"뭐, 뭐, 뭐, 뭐하려고요? 떨어져요, 얼른!"

등 뒤로 닿을 듯 말 듯 가슴팍이 스치며 체취가 짙어졌다. 곧이어 손이 올라왔다.

이 오빠가 미쳤나, 여기서 뭘 어쩌려는 거야!

다급히 몸을 틀려 했을 때였다. 원의 손이 무심히 호수를 지나쳐 찬장으로 올라가더니, 호수가 꺼내려던 양주잔을 대신 꺼내 들었다.

"까치발하고 꺼내다 다치기라도 하면 어쩌려고. 앞으로 이런 건 다 나한테 해달라고 해."

훌쩍 멀어진 원의 입가에 '너 방금 무슨 생각했어?' 하는 삐딱한 웃음이 걸렸다. 호수는 그새 두 배는 빨라져 버린 심장 소리를 감추기 위해 허둥지둥 외쳤다.

"됐어요! 거기까지는 충분히 손 닿거든요?"

"닿겠지. 의자 밟으면."

의자 대신 오빠를 밟고 싶다는 눈으로 찌릿 노려본 호수가 총총 부엌 밖으로 나섰다.

"가요, 가! 그나저나, 정말 술 마셔도 괜찮아요?"

"괜찮아. 마셔도 지금은 취하지도 않을 것 같아. 너무 긴장해서."

참, 그렇지. 이 오빠, 긴장 하나도 안 한 것 같으면서 엄청 긴장하는 스타일이었지.

그제야 걱정이 된 호수가 원의 옆모습을 살폈다. 그 모습을 놓치지 않고 엄마가 핀잔했다.

"저 빠순이 같은 게. 원이 얼굴 그만 쳐다봐!"

"딸한테 빠순이가 뭐야! 엄마야말로 왜 원 오빠 편만 드는데!"

"입장 바꿔서 생각해 봐라. 네 얼굴 보고 원이 얼굴 보면 누구 편 들고 싶어지나."

"물론 그렇긴 한데, 다른 사람들이 다 그래도 엄마는 내 편을 들어줘야지!"

자리에 앉은 호수가 불퉁거렸다. 늘 있는 구박인 듯, 엄마는 물론이고, 아빠조차도 그러려니 하는 반응이었다.

"작작 봐, 이것아. 너만 보는 얼굴도 아닌데 닳을라."

"참나……."

"괜찮습니다. 호수가 닳을 정도로 쳐다봐 주면 저는 좋죠."

꼭 저 같은 대답을 한 원이 옆에 앉은 호수를 돌아보며 사람 홀리는 눈웃음을 흘렸다. 엄마의 눈에 곧장 하트가 떠올랐다. 당신도 똑같이 입이 하나인데 왜 저런 말을 못 하느냐는 불똥이 튀지는 않을까 염려한 아빠가 얼른 화제를 돌렸다.

"사위한테 술 한 잔 받아볼까?"

원이 선물한 고급 양주의 뚜껑을 따는 것과 함께 저녁 식사가 시작되었다. 원은 호수가 몸매 관리 운운한 것이 머쓱해질 정도로 맛있게 잘 먹었고, 엄마는 더욱 감동받은 눈을 했다.

"TV 안에서나 밖에서나 어쩜 이리 완벽할까? 여자 친구 하나만 흠이야."

"엄마!"

"참, 말 나온 김에 정식으로 사과부터 해야겠다."

"무슨 사과까지 해!"

파르르 하는 호수를 내버려 둔 엄마가 원의 잔에 술을 따라 주었다. 두 손으로 받은 원도 공손히 엄마의 잔을 채워 드렸다.

"사실은 내가 많이 미워했거든. 우리 호수랑 오해 풀기 전까지만 해도."

'우리 딸 같은 걸 데려가게 해서 미안하다' 같은 사과를 생각했던 호수가 멈칫했다.

"오디션 떨어지고 왔을 때 말이야. 아는지 모르겠지만, 얘가 쓸데없이 독해 가지고 어지간해선 울지를 않아. 그런 애가 엄마 보자마자 짐 가방 내려놓고 주저앉아서 펑펑 우는데……."

'엄만 뭐하러 그런 얘기를……' 하고 끊으려던 순간이었다. 원이 상 밑에서 가만히 손을 쥐었다. 꽉 힘을 주었다 풀어지는 손길에 호수가 말끝을 삼켰다.

"물론 오해였지마는, 그 당시엔 마음이 참 그렇더라고. 부모가 돼 가지고 자식 하고 싶다는 거 제대로 뒷바라지 한 번 못 해줬는데, 그런데도 어린 게 저 혼자 죽어라 해서 거기까지 올라갔는데 그렇게 허무하게 떨어지고 오니까. 남의 집 귀한 아들한테 욕 많이 했지."

충분히 이해한다는 얼굴을 한 원이 고개를 숙였다. 엄마의 시선에 미안함이 더해졌다.

"지난번에 스캔들 때문에 발칵 뒤집어졌을 때도 그랬어. 이건 아닌 것 같으니 만나지 말라는 말도 했고."

호수가 자신의 팬들과 언론에서 어떤 마녀사냥을 당했는지 알기에 그 또한 서운하다 생각지 않은 원이 얼른 답했다.

"아닙니다. 다 제가 죄송하죠. 저 때문에 호수도, 어머님께서도……."

"아냐. 내가 정말 미안해. 이렇게 인연이 될 줄 알았으면 안 그랬을 텐데. 대신 이제부터는 좋은 얘기만 할게. 욕한 것보다 몇 십 배는 더 많이. 그러면 좀 사과가 될까?"

그래서 일부러 더 대놓고 예쁘다 해주신 거였구나.

솔직하고 시원시원하게 미안하다 말씀하시는 모습이, 오래전 자신에게 오해해서 미안하다며 고개를 숙이던 호수와 꼭 닮아 있었다. 원은 어쩐지 찡해지는 맘에 입술 끝을 슬쩍 깨물었다. 그리고 곧 예비 장모님의 마음마저 두근댈 만한 미소를 떠올렸다.

"그런 말씀 마세요. 싫은 놈 다시 예뻐해 주기가 얼마나 힘든 일인데요. 본의는 아니었지만 이래저래 호수 맘고생 많이 시켰는데도 다시 좋게 봐주셔서 정말 고맙습니다."

이런 대답에는 호수마저도 대놓고 반했다는 눈을 할 수밖에 없었다. 푹 빠진 엄마와 호수를 본 아빠가 '어흠' 하고는 끼어들었다.

"좋은 남자 얻으려면 먼저 저부터 좋은 남자 만날 자격이 있는 여자가 돼야 하는 거야. 그런 의미에서 아빠는 우리 딸이 좋은 남자한테 당당히 사랑받고 있다는 게 참 자랑스럽다."

'역시 아빠밖에 없어' 하고 장단을 맞춘 호수가 술을 따라 드리고는 방긋 웃었다. 자랑스럽다고는 하셨지만, 기분도 유난히 좋아 보이셨지만, 그래도 어딘가 서운한 기색을 한 아빠는 연신 잔을 비웠다.

술이 비어갈수록 분위기는 점점 더 화기애애해졌고, 원은 그 분위기 속에 더 이상 잘 어울릴 수 없을 만큼 어우러져 술을 받았다. 마실 일이 거의 없어서 그렇지, 이제 보니 원도 술을 못 마시는 편은 아닌 듯했다.

그러나 몇 시간 후.

"오빠, 그만 마셔요!"

이미 바닥을 보인 지 오래인 양주병 옆에 술병이 더 쌓여가는 것을 보다 못한 호수가 원의 팔을 붙잡았다. 그러나 원은 푸스스 웃으며 손을 내저었다.

"걱정해 주는 거야? 우리 호수, 예쁘다. 근데 나 괜찮아."

이 오빠 안 괜찮구나. 맛이 가다 못해 완전히 상했구나!

촉이 오는 것과 동시에 가슴이 덜컥 내려앉았다. 게다가 불행인지 다행인지, 주량이 센 아빠마저 오늘은 금쪽같은 외동딸을 꼬투리 잡기도 힘든 놈이 채갔다는 충격 때문인지 일찌감치 취하신 상태였다.

"걱정 마, 걱정 마! 너랑 엄마는 그만 들어가서 자. 우리는 더 마실 테니까. 근데 여기 있던 양주 어디 갔어? 우리 사위가 사 온 양주 누가 마셨지?"

"죄송합니다, 아버님. 제가 다 마셨나 봐요. 다음에 또 사 오겠습니다."

"그래, 다음에 또 먹지 뭐. 여보! 전에 담근 복분자주 어디다 놨지?"

"아이고, 이 사람이 진짜! 양주에 맥주에 복분자주까지 먹이면 원이 죽어요!"

결국 보다 못한 엄마가 아예 상을 치우기 시작했다. 호수도 얼른 거들었다. 아쉬움에 입맛을 다시는 아빠를 끌고 들어가던 엄마가 호수를 돌아보며 당부했다.

"술 잔뜩 먹은 애 혼자 숙소 보내지 말고, 그냥 네 방에서 재워. 내일 아침에 국이라도 끓여 먹여서 보내게. 알았지?"

안방 문이 닫히는 소리를 마지막으로 저녁 식사를 빙자한 술판은 비로소 끝이 났다. 한바탕 시끌시끌하던 거실이 조용해진 후, 한숨 돌린 호수는 미안하기도 하고 웃기기도 한 심정으로 원의 옆에 다가 앉았다.

"괜찮아요?"

눈이 마주친 순간, 전혀 취한 것 같지 않던 원의 눈매가 속수무책으로 풀어졌다. 부모님 앞에서는 흐트러짐 하나 없던 몸 역시 풀썩 호수에게로 기울었다.

"으앗, 오빠!"

놀란 호수가 얼떨결에 원을 받아 안았다. 호수의 어깨에 이마를 기댄 원이 아이처럼 팔을 쭉 뻗어 호수의 허리를 안았다. 그리고 그대로 중얼거렸다.

"……어지러워."

"그러게 적당히 마셨어야죠! 우리 아빠 술이 얼마나 센데, 주는 대로 다 받아 마시면……."

"너희 집 좋아."

목덜미에 바짝 대고 웅얼거린 원이 스르륵 아래로 미끄러졌다. 길어도 한참 긴 몸을 몇 번 뒤척여 호수의 다리를 찾아 베고 누운 원이 눈을 감았다.

"집에서 따뜻한 냄새가 나. 너한테 나는 냄새. 그게 되게 좋아. 부모님도 좋아. 너 낳아주셔서 고맙다고 말씀드렸어야 했는데."

술 취한 선우원이 하는 말은, 모두 진심.

"너 만나서 행복해."

원의 입술이 동그랗게 달싹이는 것을 말끄러미 바라보고 있자니 속이 말랑말랑 간지러워졌다. 숨소리는 봄바람 같고, 다 좋다고 말해주는 목소리는 꽃잎 같았다. 날린 꽃잎들이 심장 안에 사붓사붓 쌓이고, 더불어 믿음 역시 한 뼘 더 쌓였다.

이런 사람이라면 정말로 결혼해도 좋겠구나.

호수가 속으로 되뇌었을 때, 원이 천천히 눈을 뜨고는 호수를 올려다보았다. 한참을 조용히 눈을 맞추다가, 언젠가 화보 찍을 때 그랬듯 한 손으로 호수의 목을 그러잡고 제 몸을 살짝 끌어 올렸다. 곧 입술 끝이 부드럽게 닿았다 떨어졌다.

"키스하고 싶은데, 술 많이 마셔서."

"여기 어딘지는 알고 있는 거죠?"

"응. 내 처갓집."

다시 호수의 허벅지를 안고 옆으로 누운 원이 피식거리다가 웃음기가 가득 어린 눈을 꼭 감았다.

길고 가지런한 속눈썹이 미미하게 떨리다가 잠잠해지는 것을, 수려하게 뻗은 코끝과 입술 사이에서 나오는 숨이 점점 느려지는 것을, 호수는 푹 빠져서 바라보았다. 그러다 퍼뜩 정신을 차렸다.

"안 돼, 나 오빠 못 들어요! 얼른 일어나! 들어가서 자요!"

그러거나 말거나, 이미 임무 완수하고, 할 말 다 하고, 뽀뽀까지 한 원은 인사불성이었다. 원의 등짝을 찰싸닥 때리려다 참은 호수의 입에서 이미 몇 십 년 같이 산 듯한 한탄이 튀어나왔다.

"아우, 이놈의 인간! 내가 미쳐!"

"윽, 머리야……."

이불을 둘둘 말고 누워 있던 원은 잠이 깰수록 또렷해지는 두통에 인상을 찡그렸다. 비몽사몽간에도 따뜻하고 정겨운 콩나물국 냄새가 맴도는 것이 느껴졌다. 오늘 숙소 이모 오시는 날이었나 생각하던 원은 뒤늦게 이불을 떨치고 벌떡 일어나 앉았다.

"맞다, 나 어제……!"

말을 마치기도 전에 머리 안에서 딱따구리 백 마리가 쪼고 두드리고 쑤시는 듯한 통증이 몰려왔다. 원이 끙끙대고 있을 때, 방문이 열렸다.

"일어났어요? 속은 좀 괜찮아요?"

어젯밤 이불을 가지고 나와 원의 옆에 깔고, 원을 데굴데굴 굴려 그 위에 올린 다음에 이불째 방으로 질질 끌고 들어가는 신공을 펼친 호수가 한심하지만 걱정된다는 눈으로 원을 바라보며 컵을 내밀었다. 색깔이 노르스름하니 비슷해서 그런가, 어쩐지 양주 냄새가 나는 것 같은 꿀물을 겨우 마신 원이 초조하게 물었다.

"나 어제 무슨 실수했어?"

"우리 아빠한테 형이라고 한 거 기억나요? 우리 엄마한테 첫사랑 닮았다고 한 건?"

"혼날래?"

'아무리 필름이 끊겼어도 그랬을 리가 없잖아' 하고 덧붙인 원이 호수의 한쪽 볼을 붙잡았다. 호수가 '아아' 하는 비명과 함께 사실을 털어놓았다.

"특별히 실수한 거 없었는데. 실수는커녕 완전 잘했어요. 아, 당장 군대 갔다 올 테니까 빨리 저 달라고 찡찡거린 것만 빼고."

"또 혼날래? 저쪽 볼도 내놔."

원이 맞은편 볼까지 마저 붙잡았을 때, 문 사이로 아빠가 불쑥 얼굴을 내밀었다.

"일어났나?"

"아, 아버님!"

호수의 양 볼을 꼬집꼬집하고 있다가 후다닥 놓는 원에게 '너 이놈, 지금 내 집에서 내 딸에게 뭐하는 거냐'는 눈빛을 쏴준 아빠가 한마디 덧붙였다.

"조만간 입대 날짜 잡히면 한잔 더 해야지?"

"예? 아, 예."

얼결에 대답하는 원을 보고 의미심장하게 웃은 아빠가 부엌 쪽으로 사라졌다. 머릿속이 하얘진 원이 호수를 다그쳤다.

"진짜야? 진짜였어? 나 조만간 군대 가야 돼?"

"우리 아빠가 군대도 안 갔다 왔는데 무슨 결혼이냐고 하니까 바로 갔다 온다면서요?"

"갈 거야! 당연히 갈 생각이지만, 몇 년 후에!"

네가 사는 나라니까 지키긴 지켜야겠는데, 너를 두고 어떻게 가느냐는 눈을 한 원이 방문 쪽을 힐끗 살피고는 덥석 호수를 끌어안았다.

"안 되겠다. 나 부탁 있어."

"뭐, 뭐요?"

불길한 예감에 잽싸게 빠져나가려는 호수를 더 단단히 안은 원이 귀에다 대고 속닥거렸다.

"오늘 밤에 사고 치자. 혼인신고하고 아기 낳으면 상근예비역 신청할 수 있어. 일찌감치 아기도 볼 겸 군대도 안 갈 겸……."

"술도 깰 겸 정신도 차릴 겸 뺨이나 한 대 맞읍시다."

진담이 2%쯤 섞인 장난에 정색한 호수가 대뜸 원의 멱살을 붙들었다. 그러자 밤새 입고 잔 탓에 가뜩이나 구깃해진 셔츠에서 단추 하나가 맥없이 떨어져 나가며 앞섶이 슬그머니 벌어졌다. 본의 아니게 부스스한 머리와 풀어진 눈빛, 아슬아슬한 옷차림까지 모든 조건을 다

갖춘 퇴폐 비주얼을 완성한 원이 비스듬히 고개를 기울였다.

"호수야, 네 손에 단추 풀리는 건 좋은데, 지금 여기서는 좀……."

"으으, 진짜!"

정말로, 이건 좀 위험하다 싶을 정도로 농염한 자태에 심장이 발랑발랑해진 호수가 질끈 눈을 감았다 뜨며 손을 치켜들었다. 하도 많이 맞아서 이제는 맴매의 방향과 강도를 예측하는 경지에 이른 원이 가볍게 손목을 낚아챘다. 그러나 숙취로 힘 조절에 실패하는 바람에 뒤로 휘청 넘어지며 원이 호수의 밑에 깔리는 불상사가 벌어지고 말았다.

"아!"

"괜찮아?"

탄탄한 가슴팍에 부딪친 호수가 찡한 코를 한 손으로 부여잡고 몸을 일으켰다. 때마침 문이 벌컥 열리며 엄마의 목소리가 들려왔다.

"밥 먹게 깨워 오랬더니 왜 소식이 없어? 일어났으면 얼른 나와서 아침 먹……."

반쯤 벗은 선우원과 그 위에 걸터앉아 있는 딸내미. 언젠가 화보에서도 본 것 같은 그 광경을 직접 목격한 엄마의 눈매가 가늘어졌다.

"이놈의 지지배가 아주 그냥 원이한테 환장을 했나, 시도 때도 없이 벗겨 먹으려 드네. 쪼그만 게 발라당 까져 가지고. 누가 그런 식으로 깨우래?"

"뭔 소리야! 그런 거 아냐!"

호수가 억울함을 가득 담아 외쳤다. 당황한 원도 냉큼 무릎을 꿇었다. 그러나 엄마는 진실이 무엇인지는 별로 궁금하지 않은 듯했다.

"아유, 이제 나도 늙었나 보다. 눈치가 없었지? 미안해."

"아니라니까!"

"아뇨, 그런 거 아닙니다! 절대요!"

어쩐지 낯 뜨거운 쪽으로 흘러가는 전개에 막막해진 원이 손사래를 쳤다. 그러나 장모님은 쓸데없이 쿨하고 너그러웠다.

"이왕 불이 붙었으면 휴지라도 태워야지. 까짓 거, 국 식은 건 데우면 그만이니까……."

원과 호수가 할 말을 잃은 사이, 엄마는 손수 문까지 닫아 주며 상냥하게 덧붙였다.

"하던 거 마저 해."

[3월 30일 AM 10:00. 원과 호수, 〈우리 결혼할까요〉 첫 녹화]

드디어 〈우리 결혼할까요〉의 첫 녹화가 시작되었다. 첫 촬영 장소는 같은 회사 소속 가수라는 것을 강조하기 위해 봄 엔터테인먼트 연습실로 정해졌다.

"오늘은 두 분이 자연스럽게 같이 있는 모습하고요, 청첩장 돌리는 장면까지 찍을 예정이에요."

대본 없이 최대한 있는 그대로 담아낸다 해도 방송은 방송인 만큼 어느 정도의 설정과 제한은 필수였다. 제작진은 촬영 전 자세한 설명을 덧붙였다.

"조금 있다 청첩장 드릴 건데요, 녹화에 필요한 인원이 있으니까 되도록 저희가 드린 만큼 다 돌려주세요. 실제 가족들은 방송이 어느 정도 진행된 후에 따로 콘셉트를 잡아서 녹화할 수 있게 이번엔 좀 미뤄주시고, 이번에는 실제 결혼식 녹화 때 섭외 가능한 연예인분들 위주로 돌려주시면 돼요."

옷 속에 마이크를 착용하고 녹화 준비를 마친 호수가 슬쩍 물었다.

"근데 신혼집은 어디예요?"

"이따 가보시면 알아요. 사전 인터뷰 때 두 분이 말씀하신 거 최대한 반영해 드렸으니까 마음에 드실 거예요."

의뭉스럽게 웃은 제작진이 마저 당부했다.

"편집은 저희가 알아서 할 테니까, 카메라 없다 생각하시고 자연스럽게 해주세요."

그 말을 마지막으로 모두가 각자 자리에 섰다. 둘은 정말 평소처럼 대화를 나눴고, 조용히 카메라가 돌기 시작했다.

"공연은 잘하고 왔어요? 새벽에 도착해서 숍 들렀다 바로 온 거죠? 피곤하겠다."

"괜찮아. 비행기에서 푹 잤어."

공연 때문에 태국에 다녀온 원이 자그마한 쇼핑백 두 개를 건넸다.

"이게 뭐예요?"

"핸드크림. 코디 누나가 끈적임도 없고 좋다고 해서. 하나는 어머님 것."

"고마워요. 우리 엄마 또 동네방네 자랑하느라 바쁘시겠네. 지금 열어봐도 돼요?"

기분 좋게 상자를 연 호수가 하나를 꺼내 제 손에 발랐다. 향이 마음에 든다며 방긋 웃는 호수를 지켜보던 원이 덩달아 미소를 지었고, 호수는 자연스레 손을 내밀었다.

"오빠도 손 줘 봐요. 발라줄게."

발라준다는 말에 원은 냉큼 손을 건넸다. 키만큼이나 시원스레 큰 원의 손과 작고 하얀 호수의 손이 겹쳐지는 그림은 생각보다 훨씬 더 달콤했고, PD와 VJ는 흡족한 표정을 지었다. 그러나 그 표정은 얼마 못 가 기묘하게 구겨지기 시작했다.

"이제 됐죠?"

"아니. 완벽하게 스며들 때까지 계속 만져줘. 조금의 끈적거림도 남아선 안 돼."

"에이, 지금 끈적거리는 사람이 누군데! 아, 손 좀 그만 놓으라고요!"

"네가 발라준다고 했잖아. 이럴 줄 알았으면 보디로션을 사올걸."

"첫 녹화부터 환장하겠네! 우리 이러다 방송 한 번 못 타보고 잘리는 수가 있어요!"

괜히 발라준다고 했다가 손이 닳아 없어질 뻔한 호수가 원의 팔뚝을 찰싹 때렸다. 상상을 초월하는 끈적거림에 반쯤 넋이 나갔던 PD가 차진 소리에 겨우 정신을 차리고는 손짓을 했다. 스태프가 미리 준비한 빨간 봉투를 원과 호수에게 전달했다.

"깜짝이야. 뭐예요?"

신기하다는 눈으로 〈선우원♡호수〉라고 쓰여 있는 봉투를 받아든 호수가 안에 있는 종이를 끄집어냈다.

"두 분의 결혼을 축하드립니다. 이 청첩장을 결혼식에 초대하고 싶은 사람들에게 함께 전달하세요."

봉투 안에는 원과 호수가 연말 시상식 때 무대에서 키스했던 장면을 메인 이미지로 만든 예쁜 청첩장도 한 묶음 들어 있었다. 사진 아래 결혼식 날짜와 시간이 적혀 있었는데, 그게 곧 다음 녹화 스케줄일 터였다. 이번에는 원이 카드를 읽었다.

"장소는 청첩장을 받은 하객들께만 개별적으로 알려 드리겠습니다. 신랑 신부에게는 비밀입니다? 뭐야. 어디서 결혼하는지도 모르고 결혼해, 우리?"

"설마 드레스 입고 번지점프한다든가 수중 결혼식이라든가 이런 건 아니겠죠?"

"어디서 하든 너하고만 하면 되지. 청첩장이나 돌리자."

'어디서 하든 너하고만 하면 되지' 라는 말은 필히 손발이 오그라들 정도로 분홍분홍한 색깔의 자막에다가 CG로 하트까지 뿌려가면서 넣어야겠다. 그런 눈빛이 제작진들 사이에서 조용히 오갔다. 그러거나 말거나 원과 호수는 자리에서 일어섰다.

"일단은 회사부터 나눠 줄까요? 그러고 나서 지아 언니 레스토랑 가면 될 것 같아요."

"그 다음에 방송국으로 가자. 라디오 때문에 원일이가 거기 있거든."

"그래요. 그럼 저도 거기서 윤찬 오빠 만나서 주면 되겠네요."

"누구?"

내내 부드럽던 원의 눈빛이 순식간에 화르륵 불타올랐다. '또 시작이네' 하는 눈을 한 호수가 대수롭지 않게 답했다.

"오빠 쪽 하객에는 ONE이 있잖아요. 내 쪽에도 잘나가는 연예인 한 명쯤은 있어줘야죠."

"그게 왜 하필이면 윤찬인데?"

"지금 윤찬 오빠 싫다고 한 거예요? 팬덤끼리 전쟁 나는 거 한번 볼래요?"

"혼날래? 누가 윤찬이 싫대? 이왕이면 여자였으면 좋겠다는 거지."

"왜요? 왜 여자가 좋은데요? 여자 연예인 보고 싶어요? 걸그룹 섭외해 올까요? 어떤 걸그룹 좋아하는데? 누구야? 어떤 년이야?"

"미안. 내가 잘못했어."

대놓고 질투하는 남자와 욕으로 입을 막아버리는 여자. 경악한 제작진들이 흥분한 시선을 주고받았다. '이 커플 대박이다, 시청률 올라가는 소리가 벌써부터 들려' 하는 눈빛이었다.

"일단 사장님부터 드리자."

늘 그렇듯 본전도 못 찾고 질투의 불꽃을 슬그머니 꺼뜨린 원은 호수의 어깨에 팔을 감고는 사장실로 향했다.

똑똑, 문을 두드리자 안에서 곧장 대답이 들려왔다. 한창 일에 열 중하느라 들어오라는 말부터 던져 놓은 여 사장이 뒤늦게 고개를 들고는 인상을 구겼다.

"거추장스럽게 뭘 달고 들어오는 거야, 지금?"

말로만 듣던 봄 엔터 사장의 여배우 뺨치는 미모에 한 번, 본인 소속사 연예인들이 출연 중인 프로그램 카메라를 거추장스러운 것 취급하는 거친 태도에 두 번 놀란 제작진이 떡하니 입을 벌렸다. 여 사장은 조금의 표정 변화도 없이 PD를 정면으로 쳐다보며 말했다.

"회사 내부는 사무실하고 복도, 연습실, 녹음실 외부까지만 촬영 및 방송 가능하다고 결재 내린 것 같은데요. 사장실까지 촬영하시 면 곤란합니다."

"죄송합니다. 청첩장 받는 장면만 딱 찍어서 편집하면 안 될까 요?"

저도 모르게 공손해진 PD가 부탁조로 물었다. 단 한 컷이라도 미 모의 여 사장이 등장하는 순간 곧바로 화제가 될 거라는 촉이 왔기 때문이다. 그러나 미녀는 냉혹했다.

"안 받아."

"무슨 스팸 차단하세요? 저희 청첩장이 길에서 나눠 주는 전단지도 아니고, 그렇게까지 단호하게 거절하실 건 또 뭐예요? 카메라 앞이라고 바쁜 척하시지 말고 오세요."

"됐고, 진짜 결혼할 때나 얘기해."

여 사장과 호수의 대화를 지켜보던 PD의 눈에 '이걸 방송으로 내보낼 수만 있다면' 하는 탐욕의 빛이 어렸다. 그러나 여 사장은 협상의 여지조차 주지 않았다.

"사내 촬영하시면서 궁금하신 거나 필요하신 거 있으시면 원이 매니저에게 말씀해 주시면 됩니다. 그럼 편하게 촬영하다 가시고요, 우리 원이랑 호수 잘 부탁드립니다."

"사장님께서 조금만 협조해 주시면……."

"제 출연료가 원이보다 비쌉니다."

"아, 네……."

깨갱한 제작진이 원과 호수의 뒤를 따라 조용히 나갔다. 문이 닫힌 후, 여 사장은 하던 일을 마저 마무리하기 시작했다.

"소송은 그럭저럭 잘 끝났고, 그럼 이제……."

며칠 전, 몇 달을 끌었던 태린의 소송 건이 다행히도 상당히 유리한 쪽으로 결론이 났다. 본인이 선택했다고는 하나 계약서와 폭력으로 묶여 있어 사실상 거절하기 어려운 상황이었고, 스스로 밝히고 뉘우치고 있다는 점에서 정상 참작된 태린은 가벼운 벌금형에 그쳤다. 반면, 강 사장과 BS 미디어 대표는 태린이 말했던 진짜 거물들, 이번 사건에서도 거론조차 되지 않은 그들이 스스로를 감추기 위해 자신들의 죄까지 모두 덮어씌우면서 세기도 어려울 만큼의 죄목을 줄줄이 달고 구속되었다.

벌금이야 내면 그만이지만, 그보다 더 큰 건…….

사실상 예전처럼 공중파에 얼굴을 내미는 건 힘들겠지. 냉정한 판단으로는 그랬다. 하지만 이대로 연예인을 그만두라 하기에는 타고난 외모가, 그리고 가늠해 보기도 전에 묻혀 버린 재능과 열정이 아까웠다. 처음부터 제대로 연습하고 노력할 기회가 주어졌더라면 태린은 스폰서 없이도 충분히 괜찮은 연예인이 되었을 게 확실했다.

"아무리 큰 사건이라도 시간이 지나면 흐려져. 대중들의 기억을 없애 버릴 순 없지만, 무뎌지게 만들 수는 있어. 그러니까 힘들더라도 계속 준비하면서 기다려. 기회가 올 때까지. 혹은 내가 기회를 만들어줄 때까지."

며칠 전, 그렇게 말하는 여 사장에게 태린은 고개를 꾸벅 숙이며 답했었다.

"고맙습니다. 얼마든지 연습할 수 있어요. 예전에 저는 광고며 예능 찍으러 갈 동안 호수는 연습실에서 연습하는 게 정말 부러웠거든요. 단역도 좋고, 피처링 딱 한 소절이라도 좋아요. 뭐든 할 수 있게 될 때까지 연습하겠습니다."

참 정신력이 강한 아이구나. 시간이 지날수록, 제 꿈을 찾아 하고 싶은 일을 할수록 더 예뻐지겠구나. 그러다 언젠가는 오롯이 제 힘으로 얻은 전성기를 한 번은 맞겠구나. 그런 예감에 여 사장은 미소를 지었었다.
"일단 노래보다 연기 레슨을 집중적으로 시키는 걸로 하고, 매니저를 하나 붙여서……"

혼잣말을 중얼거린 여 사장이 자리에서 일어났다. 태린을 맡길 만한 직원이 누가 있을지 궁리하며 서류에 손을 뻗으려던 순간, 갑자기 아찔한 현기증이 일었다.

아, 또 이러네. 왜 이렇게 어지럽지?

요즘 들어 어지럼증을 느끼는 일이 잦아진 여 사장이 미간을 찌푸리며 책꽂이를 짚었다. 다른 때처럼 잠시 기다리면 가라앉을 거라 생각했으나, 온 세상이 거꾸로 뒤집어진 것처럼 울렁거리며 눈앞이 까마득해졌다. 온몸에 힘이 빠지고, 미처 어찌할 틈도 없이 바닥으로 풀썩 내려앉았다.

"사장님, 이거…… 희수야!"

마침 사장실로 들어서던 원준의 놀란 목소리가 희미하게 귓가를 울렸다. 주저앉았다 그대로 쓰러지며 바닥에 부딪친 것 같긴 한데, 온몸이 둥실 떠 있는 듯 감각이 무뎌 아픔도 제대로 느껴지지 않았다.

자기야, 나 왜 이러지?

떠진 건지 감긴 건지도 모르겠는 시야에 정신없이 다가오는 원준의 발과 다리가 얼핏 보였다. 공포감 위로 안도감이 밀려왔다.

자기야, 나 빨리…… 빨리 병원 좀.

입 밖으로 냈다고 생각했으나 실은 전혀 나오지 않은 소리를 마지막으로, 여 사장은 까무룩 정신을 잃었다.

젠장할, 이 냄새…….

세상에서 제일 싫어하는 병원 냄새가 느껴지자마자 신경질적인 욕을 입안에서 굴려 삼킨 여 사장이 천천히 눈을 떴다. 점점 또렷해지는 시야에 새하얀 천장과 형광등, 그리고 대롱대롱 매달린 링거가 보였다. 그것들을 보자 오래전 수술대에 누웠던 때의 기억들이 떠오르며 심장박동이 급속도로 빨라지기 시작했다.

"괜찮아?"

걱정이 뚝뚝 떨어지는 목소리에 여 사장은 고개를 돌렸다. 병원 천장만큼이나 창백하게 질린 원준의 얼굴이 시야를 가득 메웠다. 옆에 있음에 비로소 안심한 여 사장이 일으켜 달라는 손짓을 했으나, 원준은 급히 고개를 저었다.

"안 돼. 누워 있어. 계속 누워 있어. 일어나면 안 돼. 또 쓰러지면 큰일이니까."

"나…… 왜 쓰러진 건데?"

두 손으로 제 손을 꼭 품듯이 쥔 원준을 물끄러미 올려다보며 물었다. 그러나 원준은 쉽게 말을 잇지 못했다. 그 침묵에 가뜩이나 가빴던 여 사장의 심장이 덜컥 내려앉았다.

"암입니다. 갑상선암."

아주 오래전, 의사에게 그 말을 들었던 순간의 아득한 공포가 다시 밀려들었다. 설마 하는 생각이 꾸역꾸역 치밀어 올라 목을 조였다.

제발, 전이, 뭐 그런 건 아니겠지? 아닐 거야. 그럴 리가. 분명 완치라고 했잖아. 목소리를 잃어가면서까지 수술해서 떼어내 버렸다고. 그런데 설마, 설마…….

"희수야, 자기 지금……."

원준이 간신히 입을 떼는 것과 함께 여 사장은 눈을 질끈 감아버렸다. 말하지 말라고 날카롭게 자르려는데, 똑똑 노크 소리와 함께 웬 여자의 목소리가 들려왔다.

"일어나셨어요?"

흠칫 눈을 뜬 여 사장은 병실로 들어오는 나이 지긋한 여자 의사를 보고 눈을 깜박였다. 그녀는 엉거주춤 일어나면서도 여 사장의 손을 놓지 않는 원준을 보며 미소를 지었다.

"남편분 많이 놀라셨죠? 이제 걱정 안 하셔도 됩니다. 다행히 둘 다 아무 이상 없어요."

'둘 다'라는 말에 원준은 곧장 '고맙습니다' 하며 고개를 숙였고, 여 사장은 영문 모르겠다는 눈을 했다. 입가에 묘한 미소를 띤 의사가 말을 이었다.

"산모가 보기보다 나이가 좀 있어서 걱정했는데, 태아가 아주 튼튼하네요. 사실 산모 나이에 자연임신하기가 쉬운 일이 아니거든요. 아기가 복덩이예요."

산모. 태아. 자연임신. 복덩이.

몽롱한 머리를 강하게 후려치는 그 말에, 여 사장의 눈이 튀어나올 듯 커지며 조금씩 입이 벌어졌다. 충격에 한동안 입을 다물지 못하던 그녀가 가까스로 되물었다.

"임…… 임신이요? 제가요?"

꿈이라거나, 머리를 심하게 다친 건 아니겠지?

아까 핏기 하나 없는 얼굴로 여 사장을 업고 응급실로 뛰어 들어왔던 원준이 같은 말을 듣고 똑같은 반응을 보였던 것을 떠올린 의사는 작게 웃었다.

"네. 축하드려요."

각종 검사를 하기 전에 의무적으로 던지는 '임신 가능성 있으세요?'라는 질문에 아무 생각 없이 아니라고 답했던 원준은 설마 하는 마음에 '가능성은 있지만……' 하고 말을 바꿨다. 그리고 혹시나 싶어 살핀 검사에서 나온 것이었다.

여 사장의 뱃속에, 채 1센티미터도 되지 않는 꼬물꼬물한 생명이 자라고 있다는 것이.

"임신인 줄도 모르고 무리하게 일을 하셨으니 당연히 쓰러질 수밖에 없죠. 피검사 결과 보니까 빈혈이 너무 심해요. 이제부터는 절대로 무리하시면 안 됩니다. 초산인데다 노산이라 남들보다 몇 배는 더 조심하셔야 해요."

연신 '네, 네' 하며 의사의 말을 경청하는 원준의 옆모습에 여 사장의 멍한 시선이 닿았다. 모든 것이 비현실적이고 혼란스러운 와중에, 울 것처럼 기뻐하는 원준의 모습만 유난히 또렷하게 와 닿았다.

"30분 정도 더 쉬었다가 진료실로 내려오세요. 초음파로 다시 한 번 확인하시고 아기 심장 소리도 들어볼게요."

들었어? 아기 심장 소리래.

원준이 결국 더 이상 감격을 누르지 못하고 여 사장을 꼭 끌어안았다. 흐뭇하게 웃은 의사가 밖으로 나간 후에도 원준은 한참을 더 안고 있다가 팔을 풀었다.

"고마워요. 나는 정말 고마운데……. 어떻게 말해야 할지 모를 정도로 좋은데, 미안하기도 하고, 그리고……."

무슨 말부터 해야 할지 모르겠다는 얼굴로 원준은 간신히 말을 꺼냈다. 정식으로 식을 올린 것도 아닌데다 커리어도 남다른 여 사장이 임신에 대해 어떤 반응을 보일지 두려웠다. 간혹 결혼 얘기가 나올 때는 그래도 할 생각은 있어 보였으나 아기는 달랐다. 환갑에

애 업고 다닐 일 있느냐, 이 나이쯤 되면 가지려고 용을 써도 갖기 힘들다는데 무슨 애를 기대하느냐며 시큰둥하기만 했다.

그러나 원준의 걱정과는 달리 여 사장의 반응은 지극히 그녀다웠다.

"……띨띨해서 언젠가 대형 사고 한 번 칠 줄 알았다. 피임 하나 제대로 못해?"

여 사장이 만약에 안 낳을 거라고 하면 울며불며 매달릴 작정이었던 원준의 입에서 허탈한 한숨과 안도의 웃음이 동시에 흘러나왔다. 원준의 손을 잡고 천천히 몸을 일으켜 앉은 여 사장은 더 이상 아무 말도 하지 않고 원준의 품에 기댔다. 다시금 안아주는 팔 안에서 여 사장은 천천히 눈을 감았다.

이 나이에 아기를 가지려면 한의원이나 난임 클리닉 등을 전전하며 온갖 노력을 다 해야 가능할 거라고만 여겼다. 그랬기에 얼마 전부터 몸이 무겁고 어지럽고 월경이 늦어져도 과로와 스트레스 때문이라고만 생각했지, 임신은 상상조차 하지 못했었다. 마냥 기뻐할 수만은 없는데, 불안하고 혼란스러운데도 분명 벅찬 무언가가 조금씩 비집고 올라왔다. 제 몸 안에 생명이 자라고 있다니, 경이로운 감격과 두려움이 동시에 치밀었다.

"심장 소리라니……."

저도 모르게 흘려낸 혼잣말이 살짝 떨렸다. 보듬어 안은 원준이 여 사장의 등을 가만가만 쓸어내렸다.

"미안해. 자기 임신한 줄도 모르고 일하게 내버려 뒀어. 이렇게 쓰러질 때까지."

"그건 내가 미련해서 그런 거니까 미안하단 말은 됐어."

심심하면 끼니 거르고 걸핏하면 야근에 매일같이 하이힐을 신고 다닐 정도로 미련했어. 그나마 요즘 술은 안 마신 게 다행이라면 다행인데……. 참, 커피는 괜찮은 건가? 두통약도 먹은 적 있잖아. 그게 언제였지?

모성은 본능이라는 말처럼, 아이의 존재를 깨달은 순간부터 자신도 모르는 사이 엄마의 마음을 갖게 된 여 사장이 걱정에 휩싸였다. 원준이 안고 있던 팔을 조금 풀고 여 사장과 눈을 맞췄다.

"배는 언제부터 나오지? 4개월? 5개월?"

"글쎄."

아직은 어색하기만 한 둘의 시선이 납작한 배에 가 닿았다. 여 사장은 무의식적으로 한 손을 제 배 위에 올렸다. 그 손바닥 아래에서부터 작은 온기가 올라오는 듯한 기분과 함께 표현하기 어려운 벅찬 감정이 온몸을 휘감았다.

"신기하다."

이마를 맞댄 원준이 여 사장의 손 위에 제 손을 겹쳤다. 보일 리도, 느껴질 리도 없음에도 보석처럼 작은 심장을 콩닥콩닥 움직이고 있을 아기가 말을 건네는 것만 같았다.

시큰해지는 눈을 빠르게 깜박이며 한참을 내려다보던 원준이, 이제부터 죽을 때까지 기쁜 마음으로 책임져야 할 두 사람에게 인사를 건넸다.

"고마워, 희수야. 정말…… 선물 같다."

여 사장은 고개를 들었다. 그 한마디에 이제껏 막막하게 어려 있던 안개가 단숨에 걷히는 것만 같았다. 눈이 마주치자 뒤늦게 모든 것이 실감이 나며 비로소 눈가가 뜨끈해졌다.

제 아이의 엄마가 되어서일까? 유난히 더 예뻐 보이는 여 사장의 이마에 조심조심 입을 맞춘 원준이 가만히 속삭였다.

"배 나오기 전에 웨딩드레스 입혀줄게요."

[디팩트] 선우원-호수 손잡고 출산 용품 쇼핑…… 속도위반?

어제 오후, 국민커플이라 불리는 선우원과 호수가 강남의 모 백화점 출산 용품 코너에서 함께 쇼핑하는 모습이 포착돼 화제다.

공개된 사진은 총 네 장으로, 사진 속 두 사람은 다정하게 손을 잡고 아기 용품들을 구경하고 있다. 하늘색 신발과 분홍색 신발 중 어떤 것을 고를지 의논하는 모습과 깜찍한 아기 옷에서 눈을 떼지 못하는 모습 등은 출산을 앞둔 여느 예비부부와 조금도 다르지 않다. 이에 누리꾼들은 둘 사이의 2세가 생긴 것이 아니냐, 최초의 아이돌 부모가 되는 것 아니냐는 등 폭발적인 반응을 보였다.

그러나 이는 호수가 가까운 지인의 임신 소식에 축하 선물을 사기 위해 들렀던 것으로 알려지면서 단순한 해프닝으로 끝났다.

"내 이런 기사 날 줄 알았다. 얼른 선물만 사서 나오자니까 정신 못 차리더니만……."

〈우리 결혼할까요〉 두 번째 촬영을 위해 이동하는 길, 휴대폰을 들여다보던 호수가 쯧쯧 혀를 찼다. 며칠 전 여 사장의 임신 소식을 듣고 함께 선물을 사러 간 날, 원은 아기 용품 코너에 들어서자마자 장난감 가게에 온 아이처럼 눈을 빛내며 황홀해했었다. 원이 하도 이것저것 묻고 탐내는 바람에 선물할 거라고 해도 그다지 믿지 않는 눈길로 호수의 배만 흘끔거리던 백화점 여직원의 표정도 떠올랐다.

"댓글 봐라. 언제는 사귄다고 실망이라더니, 이젠 혼전 임신 안 한다고 실망이란다."

호수의 불평에, 운전석에서 여유롭다 못해 거만하기까지 한 목소리가 들려왔다.

"나 따라 할 생각은 절대 하지 마라. 아무나 하는 거 아니니까."

봄 엔터테인먼트 직원들을 기함하게 만든 속도위반 스캔들의 주인공. 얼핏 보면 평범한데 계속 보다 보면 은근 잘생긴 훈남. 영 가망이 없어 보이는 호수 담당 김 실장으로 시작해 어느덧 톱스타 매니저는 물론이고, 여왕의 남편으로까지 신분 상승한 원준이 실실 웃음을 흘렸다. 요즘은 잘 때도 웃고 있을 것 같은 그를 흘긋 건너다본 호수가 비죽거렸다.

"나더러 피임 똑바로 하라더니, 사장님은 뭔데?"

"안 했겠냐? 그러니까 기적이고, 선물인 거지. 그나저나 숍 근처에 과일 디저트 가게 있지 않았나? 임산부 빈혈에 과일이 좋다던데."

운전하며 연신 창밖을 기웃거리는 원준을 본 호수와 수현이 설레설레 고개를 내저었다. 며칠 휴가를 내고 푹 쉰 여 사장이 트레이드마크였던 하이힐에서 내려와 원준이 선물한 플랫 슈즈를 신고 출근한 것을 봤을 때만큼이나 적응 안 되는 광경이었다. 그러나 적응 안 되는 만큼 마음 따뜻해지는 광경이기도 했다. 덩달아 아직은 이른 부러움도 조금.

"김 실장님 좋으시겠다. 나도 이런 거 사고 싶어. 진짜 귀엽지 않아? 여기 쏙 들어갈 만큼 발이 작다는 거잖아. 실제로 보면 너무 신기하고 예뻐서 만지지도 못할 것 같은데."

보송보송한 분내가 날 것 같은 아기 용품들 사이를 홀린 듯 헤매던 원을 떠올린 호수가 피식 웃었다.

"그냥 하나 사서 갖고 있어야겠다. 근데 무슨 색 사지? 아들이랑 딸 중에 누가 먼저 나올 것 같아? 그냥 둘 다 사버릴까?"

하늘색과 분홍색 신발을 양손에 들고 묻는 원의 눈빛과 마주한 순간, 처음으로 아기 갖고 싶다는 생각을 잠깐, 아주 잠깐 해버렸다. 순수하게 설레 하는 그 얼굴에 덩달아 두근거린 탓이었다. 그 신발을 신을 만큼 작고 작은 아기를 든든한 팔로 안아주는 원을 상상하자마자 두근거림이 더 심해져 원 모르게 가라앉히느라 한참을 고생했던 것도 떠올랐다.

"다 왔다. 카메라 저기 있네."

어느덧 차가 웨딩 숍 앞에 도착했다. 입구에서 대기하고 있던 카메라가 오늘 가상 결혼식을 앞두고 준비하러 온 호수의 살짝 긴장한 표정을 담아냈다. 오늘은 원과 함께 촬영하는 게 아니라 각자 준비하고 식장에서 서로의 모습을 보게 되어 있었다.

"결혼식 장소는 아직 비밀입니다."

궁금했지만 호수는 그저 고개만 끄덕였다. 청첩장을 받은데다 직접 그곳으로 이동해야 하는 원준은 당연히 알고 있을 것임에도 호수는 일부러 캐묻지 않았다. 알고 있으면서 몰랐던 척 놀라는 연기를 할 자신도 없을뿐더러, 기대하는 동안의 설렘을 잃고 싶지 않았다.

준비하는 건 여느 방송 스케줄 때와 다르지 않았으나, 나름 신부 화장이었기에 시간이 좀 더 오래 걸렸다. 어깨 조금 위로 올라오는 길이에 자연스러운 웨이브를 넣은, 요즘 이십대 여자들 사이에서 가장 인기 있는 헤어스타일이라는 '호수 단발'을 그대로 살려 세팅한 머리 위에 머리띠 몇 개를 번갈아 대보던 디자이너가 입을 열었다.

"드레스까지 입어본 다음에 더 잘 어울리는 걸로 결정할까요?"

드레스라는 말에 호수의 뺨이 발갛게 물들었다. 디자이너는 블러셔 안 발라도 될 뻔했다는 농담과 함께 안쪽의 드레스 룸으로 안내했다.

"이 안에 준비해 뒀으니까 들어오세요."

일주일 전 짧은 녹화가 한 번 있었다. 같은 카드가 원과 호수에게 따로 주어졌는데, 안에 적혀 있던 것은 〈결혼 선물로 서로를 위해 옷을 골라주세요〉라는 미션이었다. 둘은 각자가 준비할 웨딩 숍에 미리 들러 슈트와 드레스를 골랐다. 서로 어떤 거 골랐느냐며 집요하게 캐묻다 지쳐 당일에 확인하기로 합의한 상태였기에 궁금증은 극에 달해 있었다.

"원 오빠 어떤 거 골랐어요? 설마하니 목까지 올라오는 긴팔 드레스 고른 거 아니죠?"

그 오빠라면 충분히 그럴 수 있어. 불안함과 걱정으로 흔들리는 동공을 본 디자이너와 웨딩 숍 직원들이 묘한 표정을 지었다. 심상치 않은 분위기에 호수는 모든 걸 포기했다.

그러나 사실 직원들의 표정에 담긴 의미는 호수의 짐작과는 전혀 다른 것이었다.

"무조건 신상으로 보여주세요. 아직 아무도 안 입은 거."

촬영차 숍에 들른 원은 호수를 위한 드레스를 고르라는 말에 대뜸 그런 주문을 했다. 준수한 얼굴과 긴 다리를 비스듬히 꼬고 앉은 자세에서 풍기는 상위 1%의 포스에 직원들은 곧 다가올 봄 웨딩 시즌을 앞두고 미리 만들어둔 신상 드레스 열 벌을 부리나케 대령

했다. 그중 호수에게 가장 어울릴 만한 한 벌을 고른 원은 또 다른 주문을 던졌다.

"이 드레스, 호수 사이즈에 딱 맞게 만들어주세요. 스타일리스트한 테 정확한 사이즈 물어봐 드릴게요."

아예 수선을 해달라는 말에 직원들이 술렁거렸다. 대여용이었기 에 품도, 길이도 각 신부들의 체형에 맞춰 그때그때 가봉해 입는 것 이 보통이었다. 몰라서 그러는 건가 싶어 설명을 덧붙이려던 찰나, 원이 깔끔하게 마무리했다.

"이 드레스 제가 살게요. 호수한테 선물할 거예요."

나중에 방송을 보기 전엔 그 상황을 알 리 없는 호수는 기대보다 걱정이 큰 마음으로 피팅룸에 들어섰다. 그러나 안에 걸려 있던 드 레스를 보는 순간, 그대로 넋을 잃고 말았다.
"어때요? 마음에 드세요?"
대답도 하지 못한 채, 호수는 태어나 이렇게 가까이서 보는 것도 처음인 웨딩드레스를 정신없이 바라보았다. 호수의 걱정과는 달리 우아하게 어깨를 드러낸 디자인에 비즈와 큐빅 장식이 별처럼 촘촘 히 박혀 있는, 그야말로 한 벌의 보석 같은 드레스였다.
"신부님께 가장 잘 어울릴 만한 걸로 신랑님이 직접 고르셨어요. 예쁘죠?"
웃음기 어린 디자이너의 말에 호수는 겨우 고개를 끄덕였다.
"정말, 정말 예뻐요……."

♩ ♫ ♪

그리 넓지 않은 앞마당 한가운데에 흰 천이 놓이고, 양쪽으로 둥근 테이블이 늘어섰다. 신랑과 신부를 위한 자리와 손님들을 위한 자리는 싱그러운 색의 꽃들로 아기자기하니 장식되었고, 나뭇가지들 사이로 얼마 후 해가 지면 낭만적인 빛을 발할 꼬마전구들이 감겼다. 언젠가 원준과 수현과 함께 왔던 그 펜션, 호수가 원했던 그곳이 정말로 오늘의 결혼식장으로 근사하게 변했다.

어떡해. 나 미쳤나 봐. 방송인데 꼭 진짜 결혼하는 것처럼 떨려. 어떡하지?

차마 입 밖에 낼 수 없는 고민을 품고 신부 대기실 안에 앉아 있는 호수의 손이 달달 떨렸다. 이제 남의 일이 아니게 된 원준은 평소였다면 뷔페 메뉴 외엔 관심도 없었을 결혼식의 사소한 것들까지 일일이 구경하느라 바빴고, 수현만 태연했다.

"결혼 축하해, 친구."

"고마워, 친구."

가상이라도 가상의 의미가 아닌 걸 알고 있는 만큼, 수현은 드물게 완벽한 슈트 차림을 하고 나타나 정식으로 축하를 해주었다. 덕분에 수현을 아는 사람은 물론이고, 모르는 사람들까지도 ONE 멤버들과 한데 서 있어도 전혀 꿀리지 않는 저 민폐 하객은 누구냐며 지대한 관심을 보였다.

그 모습을 묵묵히 지켜보던 태원은 조용히 수현을 끌어당겨 신부 대기실로 밀어 넣었다. 말은 호수 혼자 두지 말고 제일 친한 네가 신부 입장할 때까지 옆에 있어주라고 그랬다지만, 단지 그 이유뿐이라고 하기엔 태원답지 않게 표정이며 말투가 뾰족했다.

밖에서 오늘 사회를 맡아주기로 한 원일의 목소리가 들렸다.

"그럼 이제부터 신랑 선우원 군과 신부 주호수 양의 결혼식을 시작하도록 하겠습니다. 신랑, 앞에 서주시고요, 신부는 대기실에서 나와주세요."

"야, 으아! 나 어떡해!"

급기야 육성으로 터진 호수의 비명에 수현은 웃겨 죽겠다는 얼굴로 등을 떠밀었다. 수현이 선물해 준 웨딩 슈즈를 신고 걸음을 뗀 호수는 심호흡을 하고 조심스레 문을 열었다.

바로 앞에, 원이 있었다. 상상했던 것보다 훨씬 더 근사한 모습에 어쩔 틈도 없이 시선을 빼앗긴 호수는, 순간 카메라가 찍고 있다는 것도 잊은 채 원을 바라보았다.

눈부셔.

똑 떨어지는 라인, 지나치게 무겁지 않은 진중함이 원과 꼭 어울렸다. 좋은 소재로 잘 재단된 블랙 슈트는 완벽한 몸매를 만나 세상에 둘도 없는 명품이 되었다. '어차피 옷이 선우원발 받을 건데 화려할 필요 없다', '워낙 몸매가 섹시해서 화려한 슈트 입혀놓으면 너무 야해진다'까지 말했다가 방금 한 말은 편집해 달라고 PD에게 사정사정했던 것을 떠올린 호수는 역시나 현명했던 제 결정에 흐뭇해하며 원을 찬찬히 바라보았다.

그리고 그건, 원도 마찬가지였다.

눈부셔.

반짝이는 드레스가 수수해 보일 정도로, 호수는 눈부시게 예뻤다. 홍조 어린 얼굴로 자신을 올려다보다 수줍게 눈을 내리까는 모습은 카메라가 있건 말건 입 맞추고 싶은 충동이 치밀 정도였다. 가까스로 방송임을 자각하고 마음을 다잡은 원이 천천히 손을 내밀었다.

"예쁘다."

예쁘다는 말보다 더 예쁜 말이 있었으면 좋겠어. 좋다는 말보다 더 좋은 말이 있었으면 좋겠어. 사랑한다는 말보다 더 크고 깊은, 꼭 내 마음 같은 말이 있었으면 좋겠는데 생각이 안 나.

그래서 다시 한 번 예쁘다고만 속삭일 수밖에 없었다. 그 말에 호수의 뺨이 손에 든 줄리엣로즈 부케와 같은 빛으로 물들었다. '사랑의 맹세'라는 꽃말을 가진 그 꽃처럼 사랑스러운 복숭앗빛 뺨을 향해 저도 모르게 몸을 기울일 뻔한 원은 겨우 자세를 가다듬었다.

"식을 시작하기 전에 신랑, 신부의 인터뷰를 먼저 보고 가겠습니다. 이걸 보시면 두 분이 왜 이곳에서 결혼식을 하게 됐는지 바로 아실 수 있을 겁니다."

'뭐지?' 하는 눈길들이 조르르 꽂힌 가운데, 한쪽에 준비된 화면 가득 호수가 떠올랐다. 프로그램 녹화 전, 어떤 결혼식을 하고 싶으냐는 인터뷰에 펜션에서 파티하듯 결혼하고 싶다 답한 화면이었다. 하객들 사이에서 '아아' 하고 수긍하는 소리가 났다.

뒤이어 원의 인터뷰가 이어졌다.

[조용하고 작고 예쁜 펜션을 1박 2일 동안 빌려서요. 친한 사람들만 모아 놓고 여유롭게 결혼하고 싶어요. 살면서 가장 의미 있는 날인데 예식장 매뉴얼 따라가면서 해치우듯이 치르고 싶지는 않거든요. 무엇보다도 제 신부가 저랑 결혼하느라 피곤해하면 참 싫을 것 같아요. 격식보다는 제 신부가 편하고 즐겁고 행복한 게 중요하니까.]

웅성거리던 장내가 쥐 죽은 듯 조용해졌다. 세상에 뭐 저렇게 완벽한 남자가 다 있느냐는 경외의 시선 속에 경악한 호수의 눈길도 섞여 있었다. 미리 짠 것도 아닌데 어쩜 저렇게 저와 똑같은 생각을 하는지, 드러난 어깨에 기분 좋은 소름이 돋았다. 그래서 무슨 결혼식 하고 싶다고 했는지 방송으로 보라고 했구나 생각하자 들어갔던 소름이 다시 올라오려 했다.

"여기서 한 가지 말씀드리자면, 두 분이 사전에 전혀 의논한 바 없이 각자 따로 한 인터뷰라고 합니다. 하여간 남들 닭살 돋게 하는 데는 뭐 있어요."

농담 같은 진담으로 하객들의 호응을 이끌어낸 원일이 '신랑, 신부 입장!'을 외쳤다. 둘은 나란히 손을 잡고 한 걸음, 한 걸음 같은 길을 걸었다.

이건, 진짜야. 우린 이제 진짜 부부가 되는 거야. 법적으로 어떻게 되든, 방송이든 아니든 상관없이, 진심을 가득 담아 약속하는 진짜 결혼.

손을 맞잡은 두 사람이 하객들 앞에 나란히 섰다. 눈을 마주쳤다가 민망한 듯 고개를 돌리고, 그러다 그새를 못 참고 또 눈을 마주치며 웃는 닭살짓을 본 하객들의 얼굴 가득 뭐 저런 것들이 다 있느냐는 기색이 어렸다.

"주례사 대신 신랑, 신부가 함께 혼인 서약서를 낭독하는 시간을 갖도록 하겠습니다."

원일이 투명한 케이스에 담긴 혼인 서약서를 전달했다. 마이크 하나를 가운데 두고 혼인 서약서를 같이 쥔 원과 호수가 함께 입을 열었다.

"저희 두 사람이 부부가 되는 오늘, 참석해 주신 귀빈 여러분 앞에서 다음을 서약합니다."

"수현아, 지금 여기서 내가 울면 좀 이상하겠지?"

애지중지하던 막내 여동생을 시집보내는 것처럼 뭉클하고 찡한데, 본인 역시 결혼을 앞두고 있다 보니 더 복잡한 기분에 휩싸인 원준이 수현의 귀에 대고 속삭였다. 몸을 기울인 수현이 조용히 대꾸했다.

"이상하다 뿐이야? 완전 수상하지. 나도 기분이 좀 그런데, 오해받을까 봐 가만있는 거니까 형도 참아."

"알았어. 너나 나나 참 주책이다."

맨 앞에 앉은 호수의 큰오빠 원준과 작은오빠 수현이 세상에서 제일 든든한 주책을 떨고 있는 사이, 원과 호수는 번갈아 한 줄씩 서약서를 읽어 내려갔다.

"당신이 믿고 기댈 수 있는 든든한 남편이 되겠습니다."

"당신을 믿고 존중하는 사랑스러운 아내가 되겠습니다."

"같은 길을 걷는 동료로서 서로의 꿈과 목표를 응원하겠습니다."

"팬들이 실망하는 일 없도록 자랑스러운 모습만 보이겠습니다."

"죽을 때까지 호수의 광팬임을 자부하며 아무리 예쁜 여자 연예인과 함께 일하게 된다 해도 눈길도 주지 않겠습니다."

"죽을 때까지 선우원의 광팬임을 자부하며 아무리 잘생긴 남자 연예인과 함께 일하게 된다 해도 관심도 갖지 않겠습니다."

원이 쓰자고 했을 게 분명한 약속 위로 하객들의 웃음소리가 깔렸다. 그 뒤로 아직 끝나지 않은 약속이 이어졌다.

"당신의 부모님께 든든한 맏아들이 되겠습니다."

"당신의 부모님께 귀여운 막내딸이 되겠습니다."

마지막 약속은 서로의 눈을 바라보며 함께 맺었다.

"원 없이 사랑하고, 수없이 표현하며, 행복하게 살겠습니다."

꾸벅 숙이는 머리 위로 ONE 멤버들을 비롯한 동료 연예인들이 장난스레 날려준 꽃가루와 하객들의 박수가 쏟아졌다. 곧이어 원일의 선동하에 익숙한 구호가 흘러나왔다.

"키스해! 키스해! 키스해!"

당장 자리만 비워주시면 더한 것도 할 수 있는데. 원이 망설임 없이 호수의 뺨을 두 손으로 감싸고 입술을 겹쳤다. 길고 부드럽게 눌렀다 떨어지는 입맞춤. 예고편으로 딱 1초만 나간대도 엄청난 화제를 불러일으키겠다 싶을 만큼 예쁜 장면이었다.

결혼식은 이걸로 끝. 이제부터 먹고 마시고 노는 축제가 시작될 것임을 알리는 원일의 말에 박수 더하기 환호가 보태졌고, 그 틈을 타 원은 호수의 귀에 대고 속삭였다.

"나랑 결혼해 줘서 고마워."

눈앞의 즐거운 풍경에, 귓가를 간질이는 목소리에 가슴이 부풀었다. 웃음을 감출 수 없을 만큼 행복해서, 수줍은 신부 코스프레 따위는 더 이상 할 수 없게 된 호수가 활짝 웃으며 원을 끌어안았다.

"내가 더 고마워요."

다음 날 아침, 녹화가 마저 이어졌다. 오늘은 신혼집에 입주하는 장면을 찍을 예정이었다.

신혼집은 봄 엔터에서 멀지 않은 곳에 있는 자그마한 단독주택이었는데, 아늑하고 예쁜 곳이었으나 아직 살림살이는 아무것도 없었다. 같이 의논해서 둘만의 공간으로 꾸며 나가는 게 다음 미션이라고 했다.

"호수야, 잠깐만 여기 서 있어."

바리바리 싸 온 짐을 들고 들어가려던 순간, 원이 불쑥 호수를 막았다. 원은 그대로 있으라는 말만 하고는 짐을 일단 안으로 다 들여놓은 후에 손짓했다.

"이제 들어와."

이 오빠, 또 뭐하려고 이래? 설마하니 방에 풍선이랑 장미 꽃잎이랑 하트 모양 촛불 같은 거 있는 건 아니겠지? 개인적으로 그런 거 완전 별론데 카메라 앞이라 티낼 수도 없고…….

짧은 순간 고민에 빠진 호수가 태연한 척 마음을 다잡고 안으로 들어섰다. 그러나 한 걸음도 채 내딛기 전에 그대로 멈춰 섰다.

거실 한쪽 벽면이 온통 사진이었다. 다가가 보니 빽빽하게 채워진 모든 사진 속에 원과 자신이 함께 담겨 있었다. 화보와 공개적인 방송 화면부터 팬들이 깨알같이 찾아낸 것들, 심지어 본인들은 같이 있는 줄도 몰랐던 장면들까지. 인터넷에서 찾을 수 있는 커플 사진은 모두 다 모아놓은 것 같았다.

"이걸 언제 다……. 오빠가 했어요?"

"그럼 나 말고 누가 해?"

그러게요. 오빠 말고 또 누가 이런 일을 할까요.

바쁜 와중에 이곳에 몰래 찾아와 하나하나 붙였을 원의 모습을 상상한 호수가 울컥하는 마음에 입술을 안으로 말아 물었다. 그 표정만으로도 이미 한껏 칭찬받은 듯 기분 좋게 웃은 원이 등 뒤에 감추고 있던 폴라로이드 카메라를 불쑥 꺼내 45도 각도로 올렸다.

"웃어."

"잠깐……!"

웃기는커녕 '깐'에서 눈과 입이 동그래진 채 찍혀 버린 호수의 인

상이 대번 구겨졌다. 그러나 이미 카메라에서는 손바닥만 한 사진이
쏘옥 나와 버린 후였다.

"너, 귀엽게 나왔다."

"이게 뭐가 귀여워요? 하여간 예나 지금이나 같이 찍고 자기만 잘
나오는 데는 뭐 있어."

호수가 툴툴거리거나 말거나, 원은 방금 찍은 사진도 잘 보이는
곳에 붙였다. 그 와중에 한가운데만 큼직하게 비워져 있는 것을 의
아하게 여긴 호수가 물었다.

"근데 왜 여기는 아무것도 안 붙였어요?"

"우리 결혼사진 걸어야지."

호수는 아무 말도 하지 못하고 멍해졌다. 원은 해맑게 눈꼬리를
휘었다.

"물론, 진짜 결혼사진."

이 오빠를, 정말 어떡하면 좋아.

카메라고 뭐고, 감정이 벅차오른 호수가 원의 목을 꼭 껴안고 매
달렸다. 그런 호수를 기꺼이 받아 안은 원 역시 카메라가 안 보이는
사람처럼 호수를 깊이 끌어안았다. 부럽고 민망해진 VJ가 그만 찍
을까 하는 고뇌에 빠진 순간, 원이 권유인지 명령인지 모를 말을 던
졌다.

"촬영하시느라 힘들지 않으세요? 다들 나가서 조금만 쉬다 오셔
도 되는데."

눈치껏 꺼지라는 거나 다름없는 그 말에 펄쩍 뛴 도영과 원준이
PD의 눈치를 살폈다. 다른 연예인이었다면 '톱스타 S군, 녹화 도중
PD 내쫓아' 같은 찌라시가 떠돌아다니고도 남을 말이었으나, 원의
평소 성격을 알고 있는데다 그동안 둘의 애정 행각까지 쭉 지켜본

PD는 더 이상은 못 참겠으니 뽀뽀라도 하게 잠깐 비켜 달라는 의미
라는 걸 충분히 짐작했다. 게다가 시청률을 엄청나게 올려주고 있으
니 어지간한 건 다 너그럽게 이해하고 용서해 줄 생각이었다. 무엇보
다도 원이 나가라면 나갈 수밖에 없는 결정적인 이유도 있었다.

"그러고 보니 밥 먹을 시간이네. 일단 밥부터 먹고 마저 찍을까?"

저것들은 밥 안 먹어도 배부르겠지. 그런 눈으로 원과 호수를 본
PD가 몇 안 되는 제작진들을 이끌고 나가자 매니저와 스태프들도
우르르 따라 나갔다.

둘만 남자마자 포옹은 곧 카메라 앞에서는 절대로 할 수 없는 농
밀한 키스로 바뀌었다.

"사진 붙일 게 아니라 침대부터 들여놨어야 하는 건데."

진담이 분명한 말과 함께 한 번 더 입을 맞춘 원이 호수를 뒤에서
끌어안고 사진이 있는 벽으로 향했다. 그저 같이 있기만 해도 좋은,
하나하나 소중하지 않은 것 없는 기억들을 찬찬히 살피던 호수가 농
담조로 중얼거렸다.

"제작진 너무하네."

"왜?"

"이렇게까지 좋은 집 렌트해 줄 필요는 없는데. 오빠도 너무했어
요. 저 사진들 덕분에 벌써 이 집에 반해 버렸잖아요. 여기다 하나
하나 우리 손으로 꾸미고 촬영 핑계로 살기까지 하면 정말 우리 집
처럼 정들 것 같은데. 촬영 끝나면 서운하고 아쉬워서 어떡하죠?"

"사 줄게. 촬영 끝나고도 계속 여기서 살아."

어깨 너머로 원을 돌아본 호수가 정색을 했다.

"저기요, 그런 뻥은 저처럼 이 집을 사려면 턱도 없는 사람이 쳐
야 웃긴 거거든요? 오빠가 하니까 뻥 같지가 않아서 안 웃겨요."

"누가 뻥이래? 진담이야. 그리고 사실 벌써 샀어."

"근데 이 오빠가 안 웃기다는데도 자꾸…… 잠깐, 진짜예요?"

어설픈 뻥쟁이 취급하려다 머리끝이 쭈뼛해진 호수가 얼른 원의 품에서 빠져나와 마주 섰다. 창으로 가득 들어오는 햇살만큼이나 눈부신 미소를 매단 원이 시원스레 답했다.

"여기 내 집이야. 지금은 제작진한테 빌려줬지만."

잘 버는 줄은 알고 있었지만 그동안 한 번도 쓰는 티를 낸 적 없는 원이었기에 선뜻 믿지 못한 호수가 멍한 눈을 했다. 허리를 숙여 눈높이를 맞춘 원이 이마를 맞댔다.

"작년 초였나? 기회가 돼서 사놨어. 언젠가 숙소 생활 못 하게 될 때 혼자 살아도 되고, 너와 같이 살게 된다면 더 좋겠다는 생각도 몰래 했고."

겨우 깜박이는 호수의 눈동자에 원이 담겼다. 원의 눈동자도 호수로 가득 채워졌다. 서로의 눈에 담긴 눈부처를 응시하며 원이 입을 뗐다.

"매일매일, 하루 종일, 순간순간 다 같이 있고 싶어."

녹을 듯 달콤한 말에 호수가 느리게 눈을 감았다. 눈꺼풀과 속눈썹에 조심조심 닿았다 떨어진 입술에서 허밍 같은 속삭임이 흘러나왔다.

"살자, 나랑."

대답 대신, 호수는 원을 끌어안았다. 기꺼이 받아 안은 원이 완벽한 행복이 있다면 이런 걸까 싶은 표정으로 속삭였다.

"죽을 때까지, 같이."

원 없이 사랑하고 사랑받고 싶은 사람.

수없이 많은 사람들 중 단 하나뿐인 내 사람.

그런 사람을 만났다면 원 없이 사랑하고, 수없이 표현하라.

그렇게 사랑하라.

바로, 이들처럼.

#Hidden Track.
그 봄, 네가 있었다

"쟤야?"

등 뒤에서 익숙한 수군거림이 들렸다. 호수는 모른 척 가방을 고쳐 멨다.

"대박이다. 중학교 때부터 유명했다면서?"

"응. 내 친구가 같은 중학교 나왔는데, 장난 아니었대. 맞다. 너, 쟤 옆에 있는 애랑 같은 반 아냐? 인사라도 한 번 해봐. 돌아서면 얼굴 좀 보게."

"그렇게 많이 친하진 않은데…… 잠깐만."

발걸음 소리가 타닥타닥 가까워졌다. 호수는 뻔한 상황 하나를 예감하고 조용히 한숨을 내쉬었다. 아니나 다를까, 곧 누군가가 어깨를 쳤다.

"호수야, 안녕?"

마지못해 걸음을 멈춘 호수가 몸을 돌렸다. 옆에서 걷던 수현도 덩달아 돌아섰다.

"아침에 마주치는 건 처음인 것 같네? 너 원래 더 일찍 오지 않아?"

"맞아. 오늘 버스를 놓쳐서."

"그래? 늦잠 잤나 봐?"

"나 말고, 얘가."

3월부터 지금까지 나눈 대화를 합친 것보다 더 긴 대화를 나누는 동안, 말을 건 같은 반 아이와 주변 친구들의 시선은 오롯이 옆에 선 수현만을 향해 있었다. 호수는 그저 웃었다.

그래, 명수현 보는 미끼로 쓰이는 게 하루 이틀이냐. 쟤 본다고 내 얼굴 닳는 것도 아닌데, 실컷 보렴.

그때, 다소 지겹다는 표정으로 인사가 끝나기를 기다리던 수현이 한마디 했다.

"네가 밤에 못 자게 했잖아."

무심한 듯 의미심장한 말에 여자애들의 눈이 휘둥그레졌다. 호수가 수현을 홱 째렸다.

"그럼 어떡해? 너 말고는 해줄 사람이 없는데."

"아, 몰라. 너무 오래 한 자세로 있었나? 허리 아파 죽겠어."

"막판에는 네가 더 흥분했잖아. 엄청 좋아해 놓고는."

"웃기시네. 내가 언제? 난 피곤해. 다음엔 너 혼자 해."

"그걸 어떻게 혼자 하냐?"

어젯밤, 며칠 전 친척집에서 고스톱을 배워온 호수가 장래희망을 타짜로 바꿨다며 수현을 닦달했고, 수현은 울며 겨자 먹기로 자정까지 호수와 맞고를 쳐줘야 했다. 시작은 억지였으나 도박이라는 게 원래 그렇듯 끝판에는 수현도 승부욕을 불태웠고, 결국 이겨놓고는 엄청 좋아했다……는 대화였으나, 사정 모르는 이들의 귀에는 요상하게 들릴 수밖에 없었다.

"오늘 밤에 또 하자."

오늘 밤에 맞고 한판 더 치자고 말했어야 했다는 걸 알 리 없는 호수와 수현이 다시 걸음을 옮겼다. 올해 1학년 남자애들 중 가장 잘생겼다는 수현의 얼굴 한 번 보겠다고 호수에게 말을 걸었다가 어마어마한 충격에 휩싸인 여자애들을 흐지부지 뒤로한 채, 둘은 일상적인 대화를 주고받았다.

"혹시 그거 봤어? 대국민 오디션인가 뭔가 한다던데. 상금이 1억 이래."

"나가지 마. 보나마나 빽이나 얼굴로 뽑겠지. 넌 예선 탈락이야."

"죽고 싶냐?"

갈비뼈를 정확히 노리고 날아드는 호수의 팔꿈치를 가방으로 막은 수현이 말을 돌렸다.

"그보다 축제 무대가 먼저 아니야?"

"그거야 뭐, 맨날 부르던 거 부를 건데."

"올해는 무대 못 볼 것 같다. 우리 반 일일카페 한대서 거기 붙어 있어야 돼."

"거기 너! 이리 와!"

반사적으로 고개를 든 호수와 수현은 교문 앞에 선 학생주임의 사랑의 매가 정확히 수현을 가리키고 있는 것을 보고 흠칫했다. 다시 한 번 호통이 날아들었다.

"그래, 너! 넥타이 양아치같이 맨 놈 이리 오라고! 1학년 주제에 벌써부터 빠져 가지고!"

습관적으로 느슨하게 풀고 다니는 넥타이를 교문 들어가기 전에 고쳐 맸어야 하는데, 호수와 얘기하느라 깜박한 거였다. 학생주임의 옆에 줄줄이 엎드려뻗쳐 있는 학생들을 본 수현의 얼굴이 창백해졌다.

호수는 갑자기 모범생 같은 표정을 지으며 고개를 돌렸다.

"미안, 친구야. 아침 자습 늦겠다. 나 먼저 들어간다."

"아, 날씨 좋다."

하늘을 올려다본 태원이 중얼거렸다. 시리도록 새파란 하늘을 배경으로, 연분홍빛 꽃잎들을 거의 다 떨어뜨리고 초록빛이 감돌기 시작한 나뭇가지들이 시원스레 뻗어 있었다.

"벚꽃 다 떨어졌잖아. 좀 일찍 나와 볼걸."

"그래도 이게 어디야. 난 해를 본다는 것 자체만으로 기뻐."

"그건 그래. 근데 학교 끝나고 바로 연습실 가서 새벽에 나오는 게 일상이 돼서 그런가? 햇빛 보니까 막 녹을 것 같아."

"형이 무슨 뱀파이어냐?"

원일과 지완의 대화를 듣고 있던 태원이 푸스스 웃으며 고개를 내렸다. 앞에는 낯선 학교의 교문이 보였다. 입구부터 활기차게 북적이는 것이, 그야말로 축제 분위기였다.

"나 고등학교 축제 구경하는 거 처음이야. 신기하다."

우리나라 최연소 모델, 중3임에도 이미 런웨이 1년 차 모델인 지완이 훤칠한 키와는 다소 어울리지 않는 중딩중딩한 표정으로 주변을 둘러보았다. 원일도 같이 두리번거렸다.

"간만에 연습 빠지고 놀러 나온 건데, 생각보다 볼 게 없네."

"그냥 바람 쐬는 데 의의를 두자. 어차피 저녁 먹기 전에 연습실 들어가야 하니까 멀리 가지도 못해."

"그렇긴 하지. 공학이라 그건 좀 좋네."

셋이 대화를 주고받으며 축제를 구경하는 동안, 수많은 시선이 그들에게 날아들었다. 그도 그럴 것이, 각자 다른 교복을 입고 있는데도 묘하게 한 팀 같고, 덤으로 누구 하나 빠짐없이 잘생긴 것이 어딘가 아이돌 그룹 같은 아우라를 폴폴 풍겼다.

"참, 어제 도영이 형이 하신 말씀 어떻게 생각해? 우리 팀에 한 명이나 두 명 정도 더 넣어서 내년 상반기쯤에 데뷔 생각하신다는 말씀 말이야."

원일의 말에 지완이 '아, 그거' 하며 고개를 끄덕였다. 태원이 대답했다.

"지금으로서는 데뷔하는 게 가장 큰 목표인데, 당연히 좋지. 특히 너는 제일 먼저 연습생으로 들어와서 벌써 3년째잖아."

"물론 데뷔하는 건 좋은데, 누가 더 들어오는 게 싫어. 그냥 이대로 셋이 갔으면 좋겠어."

새침하니 말한 원일이 덧붙였다.

"솔직히 우리가 얼굴이 많이 딸려서 얼굴마담이 필요한 것도 아니고, 노래도 셋 다 할 줄 아는데 보컬이 또 필요한 것도 아니잖아. 만약에 춤 잘 추는 애가 들어온다 해도 이미 우리 셋이 합을 다 맞춰 놨는데 처음부터 다시 연습해야 한다는 것도 싫고. 안 그래?"

"뭐, 사장님 나름대로 생각이 있으시겠지."

태원의 느긋한 대꾸에 원일의 입이 뾰로통하니 튀어나왔다.

"몰라. 난 그냥 별로야. 왠지 짜증 날 것 같아."

단호하게 대꾸해 놓고, 금세 타로카드 점을 봐준다는 허술한 간판에 정신이 팔린 원일이 가보자며 호들갑을 떨었다. 태원은 고개를 저었다.

"둘이 가. 나 그런 거 안 좋아해."

"그냥 재미로 보는 거지 뭐."

"됐어. 이 근처에 있을 테니까 갔다 와."

그다지 믿는 편은 아니었으나, 혹시나 우연이라도 자신이 감추고 싶은 것을 남이 알아낼까 두려워 태원은 점 같은 것은 절대 보지 않았다. 매사에 유한 태원이 이렇게 여지없이 나올 때는 진짜 싫은 거라는 걸 아는 원일은 더 이상 묻지 않고 지완과 함께 사라졌다.

혼자 남은 태원은 느긋하게 걸음을 뗐다. 그냥 앉아 있을 만한 적당한 곳을 찾고 있는데, 저 멀리 커다란 벚꽃나무 밑에 서 있는 누군가가 눈에 띄었다.

나무에 매달아놓은 일일카페라는 간판 아래, 분명 낯이 익은 소년이 '나 이거 하기 싫다'는 일곱 글자를 이마에 써 붙인 듯한 얼굴로 삐딱하게 서 있었다. 테이블 위에는 교사용 커피, 오렌지 주스, 아이스티, 탄산 등등이 적힌 아기자기한 메뉴판이 놓여 있고, 몇몇 여자애들이 바삐 오가며 그에게 연신 말을 거는 중이었다.

"수현아, 이거 좀 따주라."

"수현아, 거기 컵 좀 꺼내줄래?"

"수현아, 저기 테이블에서 주문받아 달래."

여기저기서 재잘대는 바람에 한 것도 없이 지친 수현이 결국 한마디 했다.

"야, 반장. 카운터만 봐달라고 하지 않았어?"

"고작 학교 축제 카페에서 카운터가 어딨고, 서빙이 어디 있냐? 다 같이 하는 거지."

"와, 나 진짜……."

툴툴거리면서도 페트병 뚜껑을 따주고, 컵을 꺼내주고, 종이 한 장짜리 메뉴판을 집어 들고 주문을 받으러 가려던 수현은 문득 걸음을 멈췄다. 눈앞에 난데없는 그림자가 길게 드리워졌기 때문이다.

"어……"

이미 클 만큼 다 큰 키라 어지간해서는 누군가를 올려다볼 일 없던 수현이 무심코 고개를 들었다. 그러자 손가락 하나 정도만큼 높은 곳에 반갑게 웃고 있는 까만 눈이 보였다.

"수현아."

분명히 익숙한 부름이었다. 그런데 묘하게도, 자신의 이름이 처음 듣는 것처럼 낯설게 느껴졌다.

"여기 너희 학교였어?"

그렇게 묻는 이의 머리 위로 가벼운 바람이 불었다. 얼마 남지 않은 벚꽃 잎이 후드득 떨어져 소리 없이 내려앉았다.

"퇴원하고 나서 한 번도 못 봤는데 이렇게 보네. 거의 1년 가까이 되지 않았나?"

"……태원이 형."

작년 이맘때쯤 맹장수술을 하느라 입원한 적이 있었다. 그때 정형외과 병동에 입원해 있던 태원과 휴게실에서 우연히 만나 가까워져 지루한 병원 생활을 제법 즐겁게 버텼던 것이 떠올랐다. 그러나 퇴원하고 나서는 보통 그렇듯 흐지부지 연락이 끊겨 거의 잊고 지냈었다.

한 박자 늦게 미소를 지은 수현이 마주 인사를 건넸다.

"진짜 오랜만이네. 참, 전에 기사는 봤어. 축구 그만뒀다며? 유망주였는데 아깝다고."

"아, 응."

"발목, 제대로 안 나은 거야?"

"아니. 다 나았어. 근데 그만뒀어."

"왜?"

"이제껏 운동시켜 주신 부모님껜 죄송하지만……."

가볍게 뺨을 긁적인 태원이 환히 웃었다.

"진짜로 하고 싶은 게 생겨서. 다른 거 시작했어."

그 웃음을 보는 순간, 수현은 멍해지고 말았다.

운동 그만두고 다른 거 시작했다는 말이 그렇게 충격적인 것도 아닌데, 뭔가가 쿵 하고 내려앉으며 심장박동이 조금씩 빨라지기 시작했다.

처음 맞닥뜨린 소란스런 마음.

마음이, 제멋대로 다른 것을 시작해 버린 순간.

"앞으로는 연락하고 자주 보자."

내밀어진 손을 물끄러미 내려다보다가 수현은 조심스레 그 손을 잡았다.

"……응."

그 순간이 어떤 색으로 기억될지, 그때는 알지 못한 채로.

"형, 태원이 형! 좋은 소식! 타로카드 봐준 사람이 그러는데, 우리 완전 대박날 거래!"

각자 다른 교복을 입은 소년 셋이 소란스레 떠들며 멀어지는 것을 아무 생각 없이 지켜보던 원은 옆 친구의 부름에 고개를 돌렸다.

"원아, 너는 뭐 마실 거냐니까?"

"나? 오렌지 주스."

얼결에 튀어나온 대답을 듣자마자 테이블 옆에 서서 주문을 기다리던 소년이 고개를 까닥하고는 몸을 돌렸다. '키 엄청 크네' 하는 생각을 하고 있는데 친구가 투덜거렸다.

"아나, 여자애들이 이렇게 많은데 하필이면 남자가 주문을 받으러 오냐?"

"여자애들이 아직 원이를 못 봤나 봐. 봤으면 서로 오겠다고 했을 텐데."

"뭔 소리야?"

머쓱하니 웃은 원이 고개를 돌렸다. 어딜 보나 시끌시끌하니 방방 들뜬 분위기가 그리 나쁘지 않았다. 축제니까, 봄이니까, 오늘 하루쯤은 다른 날과 좀 달랐으면 하는 바람이었다.

"저기 앞치마 하고 있는 애 귀엽다. 번호 딸까?"

"더 예쁜 애는 없냐?"

오로지 한 가지 목표만을 가진 친구들이 전의를 불태우는 동안, 날 때부터 상위 1%라 그런 전의는 느낄 일도 없던 원만이 느긋하게 주위를 구경했다. 그런데 그때, 저 멀리 걸어가는 기타가 눈에 띄었다.

잠깐, 기타가 걸어가?

갸웃했던 원이 피식 웃었다.

키가 작은 여자애인 듯, 등에 멘 기타 가방에 뒷모습이 폭 파묻혀 얼핏 기타가 걸어가는 것처럼 보였다. 묘하게 웃기고 귀여워 원은 그 뒷모습을 빠질 듯 바라보았다.

"호수야! 무대 준비하러 가는 거야?"

어떤 여자애의 부름에 총총 잘 걸어가던 기타가 빙글 몸을 돌렸다. 그러자 내내 보이지 않던 앞모습이 비로소 드러났다.

"이따가 꼭 볼게. 노래 잘해!"

"고마워."

오밀조밀 귀엽고 예쁘장한 이목구비를 가진 기타, 아니 기타의 주인을 원은 빤히 바라보았다. 무대니 노래니 하는 말을 주고받는 것을 보니 저 기타를 치며 노래를 부를 모양이었다.

"재미없어. 우리 이것만 마시고 다른 데 가자."

"에이 씨, 저 새끼는 남의 학교 축제 와서 계속 툴툴대고 지랄이야, 왜."

"난 조금 더 있다 가고 싶은데."

내내 말이 없던 원이 불쑥 입을 열자 친구들의 눈이 커졌다. 곧 이 학교에 다니는 친구가 역시 의리 있다며 원의 목을 휘감았고, 캑캑대는 와중에도 원은 간신히 말을 이었다.

"공연, 구경하고 갈래……."

그렇게 그녀의 노래를 처음 들었다.

그리고 주문처럼, 한순간에 홀려 버리고 말았다.

Say you love me. 날 사랑한다고 말해줘.

옆에서 덩달아 쟤 노래 잘한다며 감탄하고 있는 친구에게 넌지시 누구냐고 물어보았으나, 소개 멘트 때 들은 1학년 주호수라는 것 빼고 친구가 더 아는 거라곤 중학교 때부터 노래 잘하기로 유명했다는 것밖에 없었다.

곧 밴드부가 올라와 분위기를 이어받았다. 그러나 반응은 사뭇 달랐다.

"우리 학교지만 밴드부 노래는 진짜 못 들어주겠다. 그만 갈까? 원아, 더 볼래?"

"아, 아니. 가자."

고막에 찰싹 달라붙기라도 한 양 떨어지지 않는 〈Say you love me〉의 여운에 멍해져 있던 원이 퍼뜩 정신을 차렸다. 그 사정을 알리 없는 친구는 원의 어깨를 툭 치며 말했다.

"그래, 그럼 조금만 기다려. 나 교실 가서 가방만 가지고 나올게."

"나도 같이 가자. 화장실 가게."

"원이, 너는?"

"난 됐어. 먼저 교문 앞에 가 있을게."

친구들이 건물 쪽으로 멀어지고, 원은 몸을 돌려 걸음을 뗐다. 북적이는 운동장 한복판을 가로지르면 더 빨리 교문 쪽으로 갈 수 있었으나, 원은 인파를 피하는 쪽을 택했다. 벚나무가 늘어선 운동장 가장자리를 따라 빙 돌아 걷기 시작하자 요란한 밴드부 공연 소리와 주변의 소음이 조금씩 멀어졌다.

그때였다.

무심한 시야 속으로 작은 무언가가 폴짝 뛰어 들어왔다.

아까 한눈에 시선을 사로잡았던, 그리고 목소리로 한 번 더 자신을 사로잡았던 기타 가방의 주인이 눈앞에서 달랑달랑 걸어가고 있었다.

예고 없이 건네진 선물처럼, 기대하지 않은 순간에 내리는 첫눈처럼, 갑작스레 나타난 한 사람.

어쩐지 두근거리기 시작한 심장을 가라앉히려 애쓰며, 원은 주머니에 손을 넣고 그 뒤를 느릿하게 따랐다. 두 걸음 걷는 동안 한 걸음만 떼도 충분히 따라잡을 수 있는 보폭이었다.

풍선처럼 부푼 축제 분위기 때문이었을까?

아니면, 말랑하니 뺨을 스치는 봄바람 때문이었을까?

자꾸 웃음이 났다. 어디가 간지러운 것도 아닌데, 몸에 비해 기타가 좀 크다는 것만 빼면 딱히 웃길 것도 없는데, 그냥 왠지 그랬다. 다른 날과는 다른, 이제껏 보내온 그 어떤 봄날과도 다른 날이었다.

바람이 불고, 아직 남아 있던 벚꽃 잎들이 허공을 핑그르르 돌아 둘 사이로 흩어져 내렸다. 대부분이 땅으로 떨어졌으나 그중 딱 하나가 까만 기타 가방 위에 살포시 내려앉았다.

심장까지 보드랍게 만드는 듯, 옅고 옅은 분홍빛.

손톱보다 작은 하트 모양의 꽃잎이 한 걸음 내디딜 때마다 떨어질 듯 팔랑거렸다. 그 꽃잎을 떼어주고 싶은 충동에, 그 작은 것을 제 손에 쥐고 싶은 욕심에 원은 주머니에 넣고 있던 손을 빼고 걸음을 빨리했다.

"주호수!"

등 뒤에서 누군가의 외침이 들렸다. 기타의 주인이 우뚝 걸음을 멈추더니 빙글 몸을 돌렸다. 두어 걸음 뒤에서 막 손을 뻗으려던 원 도 화들짝 놀라 멈춰 섰다.

돌아선 호수는 원을 힐끗 보고는 이내 시선을 돌렸다. 자신을 따 라왔을 거라고는 상상조차 하지 못하는 표정이었다.

"어디 가? 공연 끝나고 이쪽으로 오라니까. 카페 정리 다 하면 같 이 가!"

"알았어!"

어느 남자애의 부름에 시원스레 답한 호수가 옆을 스쳐 지나갔 다. 팔에 어깨가 닿을 듯 가까이 스쳐 뛰어가는 동안 굳은 듯 서 있 던 원은 뒤늦게 뒤를 돌아보았다.

호수, 주호수.

교복 앞에 붙어 있던 예쁜 이름.

멀어지는 뒷모습을 보며, 원은 조용히 잠겨드는 것만 같은 그 이 름을 몇 번이고 입안에서 굴려보았다.

그리고 나서 오디션 예선장에서 다시 마주쳤을 때는, 이미 벚꽃은 다 사라져 버린 계절이었다. 그럼에도 원은 호수와 자신 사이에 여전히 꽃잎이 휘날리고 있는 것만 같은 착각을 느꼈다. 그러나 그때도 호수는 원이 손을 뻗을 틈도 없이 쪼르르 도망쳐 버렸다.

그때까지만 해도 아직은 작았던 마음으로, 원은 막연히 다짐했다.

다음에 또 보게 된다면 잡아야겠다고. 꼭 잡아서, 네 노래 정말 좋다고 말해줘야겠다고. 그리고 말도 걸고, 이야기도 해보고, 웃는 것도 봐야겠다고.

그 후로 몇 번의 봄이 더 지나야 옆에 설 수 있게 될지 짐작조차 하지 못한 채.

몇 번의 봄이 지난 후에는 그 마음이 평생 볼 수 있는 모든 봄을 함께 보고 싶다는 마음으로까지 커질 거라는 것도 모른 채.

그 봄날은 그렇게, 아스라이 떨어지던 꽃잎을 닮은 기억으로 남았다.

#Outro.
시간이 흘러도

"오빠!"

현관 쪽에서 호수가 부르는 소리가 났다. 식탁 아래 쭈그리고 앉아 있던 원은 숨을 죽였다.

"어디 갔지? 아까 거실에 있었는데. 화장실 갔나? 오빠! 어디 갔어요?"

자박자박, 슬리퍼 소리가 가까워졌다. 키득 웃음을 삼킨 원은 솟아나는 장난기를 주체하지 못하고 더욱 몸을 웅크렸다.

"수정 아빠! 수하 아빠!"

어라. 아빠 소리 나오면 좀 급한 건데.

잠시 고민한 원이 여기 있다고 자수하려던 찰나였다. 음산한 목소리가 한발 앞서 등 뒤를 덥석 붙들었다.

"근데 이 인간이. 부르면 대답을 해야 할 거 아니에요!"

"어우, 깜짝이야!"

놀란 원이 식탁에 머리를 부딪치고 짧은 비명을 질렀다. 호수가 냉큼 타박했다.

"청소 좀 도와 달라 할랬더니 식탁 밑에는 왜 들어가 있어요? 덩치나 작으면 말을 안 해."

"조용히 얘기해, 들켜. 지금 수하랑 숨바꼭질하는 중이야."

'쉿' 하는 시늉을 한 원이 여전히 웅크린 채로 속닥거렸다. 호수의 두 눈 가득 '어이구 우리 큰애기 숨바꼭질하고 있었쪄요' 하는 말이 떠올랐다.

"웬 숨바꼭질? 수하 지금 수정이랑 마당에서 소꿉놀이하고 있던데요."

"뭐야, 숨으라고 해놓고 잊어버렸어?"

입을 내밀고 찡찡거린 원이 쥐나도록 접고 있던 긴 다리를 그제야 쭉 폈다.

"죽어라 벌어 먹였더니 소꿉놀이하느라 아빠를 까먹네. 여보는 나 안 버릴 거지?"

원이 불쑥 손을 내밀어 비좁은 식탁 아래로 호수를 끌어당겼다.

"애들은 애들끼리 놀라고 하고, 우리는 우리끼리 놀자."

"뭐하고 놀게요?"

"엄마아빠 놀이. 19금 버전으로."

내가 애를 셋 키운다. 한탄을 내뱉던 호수의 입술이 웃음기가 잔뜩 묻은 원의 입술 아래 포옥 파묻혔다. 좁고 어두운 식탁 아래서의 장난스런 뽀뽀가 정말로 19금에 근접하려던 찰나, 주방 입구에서 소스라치도록 해맑은 외침이 들려왔다.

"아빠 찾았다! 엄마도 찾았다! 근데 엄마랑 아빠, 거기서 뭐해?"

식탁 앞에 쭈그리고 앉아 말똥말똥 눈을 빛내는 다섯 살 쌍둥이

남매를 본 원과 호수가 빛의 속도로 떨어졌다. 그 와중에 식탁에 부딪힌 호수의 머리를 쓱쓱 쓰다듬어 준 원이 밖으로 나오며 대답했다.

"재밌는 놀이. 근데 수하 땜에 깜짝 놀라서 재미가 없어졌어."

"그랬어? 그러면 수하가 미안해~."

거울을 보는 듯, 저와 꼭 닮은 눈웃음을 머금은 아들의 애교스런 사과에 할 말을 잃은 원이 웃고 말았다.

"미안하면 아빠 다시 재밌게 해줘야지. 이번엔 아빠가 술래 할 테니까 너희가 숨어."

"알았어! 백까지 세고 찾아야 돼!"

신이 난 쌍둥이들이 우와아 외치며 다시 밖으로 뛰어나갔다. '하나, 셋, 다섯' 하며 건성으로 숫자를 세던 원이 웃음을 깨물고는 호수를 끌어안았다.

"아까 하던 놀이 마저 할까?"

눈을 흘기면서도 은근슬쩍 안기는 호수의 입술을 다시금 머금으려 했을 때였다. 밖에서 짜랑짜랑한 외침이 들려왔다.

"원이 오빠아! 빨리 찾아야지!"

"오빠! 아빠! 오빠아!"

"근데 저 꼬맹이들. 아빠보고 원이 오빠라고 부르지 말랬지!"

호수가 버럭 외치자, 마당에서 더 큰 외침이 돌아왔다.

"꺄악, 원이 오빠! 여기 좀 봐주세여!"

"선우수정! 그런 거 따라 하지 말라니까!"

큭큭 웃은 원이 호수의 허리를 감은 채로 아이들이 있는 쪽을 돌아보았다.

"태교를 방송국이랑 콘서트장이랑 연습실에서 했잖아. 맨날 보는 게 공연이고 방송인데 어쩔 수 없지."

"아무리 그래도 그렇죠! 잘 키우고 있는 건가 모르겠네."

포옥, 한숨을 내쉬는 이마에 쪼옥 뽀뽀를 한 원이 다정하게 속삭였다.

"너 닮아서 예쁘게 잘 크고 있어."

"수현이는 언제 온대?"

"한 10분 있으면 도착할 것 같대요."

"엄마, 수현 삼촌 와? 그러면 태원 삼촌도 와? 우와, 신난다!"

유난히 삼촌들을 잘 따르는 수하가 폴짝거리며 거실을 돌았다. 그러나 수정의 관심은 오로지 한 곳뿐이었다.

"이원 오빠는?"

여 사장과 원준 사이에서 태어난 기적이자 선물, 이원은 수정에게도 기적이자 선물이었다. 부모의 장점만 기막히게 가져간 외모 덕에 열한 살임에도 벌써 훈남의 조짐을 풍기는 이원은 봄 엔터 여직원들 사이에서는 이미 '초등학생에게 설레다니'라는 자책감을 느끼게 하는 마성의 초딩으로 유명했다.

"이모랑 삼촌하고 같이 오겠지. 근데 선우수정, 너 제발 오빠한테 좀 적당히……."

"나 옷 갈아입을 거야! 드레스! 공주님 드레스!"

"집에서 무슨 공주님 드레스야? 그 옷도 아까 갈아입은 거잖아. 그냥 아무거나 입지 못해?"

"이원 오빠 오잖아! 드레스 입을 거야아! 머리도 다시 묶어줘!"

또다시 여자들의 전쟁이 발발된 것을 본 원과 수하가 눈빛을 교환하고는 슬그머니 몸을 뺐다. 한창 공주에 빠져 치마 아니면 입지 않는 수정과, 핑크와 레이스 노이로제에 걸린 호수는 옷 입을 때마다 툭탁거리곤 했다. 저거 누구 닮아서 성질이 저 모양인지 모르겠다는 호수의 한탄을 들을 때마다, 원은 옷 입는 취향은 몰라도 성질은 확실히 엄마 닮은 것 같다는 대답을 속으로만 삼켜야 했다.

"아빠, 나 안아줘!"

"그럴까?"

원이 냉큼 수하의 겨드랑이 밑에 손을 넣고 높이 안아 올렸다. 부웅부웅, 몇 번 비행기를 태우며 장난을 치자 수하는 아빠의 든든한 팔을 꼭 붙잡고 까르르 웃음을 터뜨렸다.

"저기 저기! 아빠! 사진 있는 데까지!"

한 팔로 수하를 안은 원이 거실 벽 앞으로 다가갔다. 가운데에 커다란 결혼사진 두 개, 그리고 쌍둥이의 돌잔치 때 찍은 가족사진이 자리하고 있었다. 그 옆에도 온 벽면 가득 크고 작은 사진들이었다.

"근데 아빠, 엄마랑 아빠는 왜 결혼식 사진이 두 개야?"

"결혼을 두 번 했으니까. 처음엔 방송국에서 결혼하는 프로그램 찍으면서 했고, 두 번째는 아빠 군대 갔다 와서 진짜로 하고."

"그랬어? 그러면 세 번째는 언제 해?"

"하하, 세 번째? 글쎄, 언제 할까? 세 번째도 하고 네 번째도 하지 뭐. 아빠는 엄마하고라면 결혼 백 번도 할 수 있어."

그때 초인종 소리가 났다. 뒤이어 쌍둥이를 찾는 목소리가 들렸다.

"수현이 삼촌이다! 태원이 삼촌도 왔다아! 아빠, 나 내려줘!"

매정하게 아빠를 버린 수하가 쪼르르 현관으로 달려갔다. 결국 엄마를 이겨먹고 꽃분홍 원피스를 입은 수정도 얼른 뛰어나왔다. 양손에 뭔가를 잔뜩 들고 들어온 수현이 아이들을 보자마자 짐을 던져놓고 품을 내줬다.

"수정이 앞머리 잘랐네? 수하 볼은 더 빵빵해졌어. 둘 다 귀여워 미치겠다."

안아주고 볼 꼬집고 뽀뽀하고 난리가 난 수현을 내려다보던 태원이 푸스스 웃었다.

"애들이라면 딱 귀찮아할 것처럼 생겨서는. 아무리 봐도 못 믿겠다."

"내가 원래 한번 좋아하면 정신없이 좋아하잖아. 이런 애들을 주호수가 낳았다는 게 더 못 믿을 일이야."

풍선이었으면 팡 터졌겠다 싶을 만큼 수정이를 꽉 안은 수현이 그대로 몸을 일으켰다. 뒤이어 태원이 수하를 한 팔에 안고 안으로 들어왔다.

"왔어? 태린 언니는 잘 지내?"

요즘 태린의 스타일리스트를 맡고 있는 수현이 고개를 끄덕거렸다.

"영화 준비 때문에 못 와서 미안하다고 전해 달래. 공중파 포기하고 영화 단역부터 시작해서 드디어 첫 주연 맡았잖아. 엄청 열심히 준비하더라고."

"유명한 감독님 작품 아니야? 내가 다 떨리네. 너도 많이 바빠지겠다?"

"응. 다음 주부터 본격적으로 촬영 시작이야."

태원도 말을 전했다.

"원일이랑 지완이도 미안하다고, 다음에 스케줄 빌 때 꼭 온다고 전해 달라더라. 쌍둥이들 괴롭힌 지도 오래 됐다면서."

"누구 맘대로 괴롭혀? 바빠서 올 시간이나 되려나 몰라. 둘이 유닛 앨범 대박 터졌으니. 하여간 ONE 덕분에 사장님 돈 많이 버신다니까. 그룹이고 솔로고 유닛이고 뭐만 하면 대박이잖아."

팔짱을 끼고 중얼거리던 호수가 의미심장한 눈으로 태원을 돌아보았다.

"그러고 보니 이쪽도 만만치 않겠는데? 그 노래들, 거의 다 태원 오빠가 만든 거지?"

"덕분에 노후 준비 끝냈다. 어쩔래?"

시크하게 대꾸한 수현이 들고 온 쇼핑백을 내밀었다.

"이거 둥이들 선물. 지난달에 프랑스 여행 갔을 때 샀어."

"힘들게 시간 비워서 간 거였는데 유아복 매장만 몇 군데를 돌았는지……."

은근히 투덜대는 태원의 팔을 툭 친 수현이 얼른 입혀 보라며 성화를 했다. 핑크가 아닌 것에 다소 실망했던 수정도 '이원이가 노란색 좋아하더라'는 한마디에 냉큼 갈아입었다.

"얼마 전에 화보 찍을 때도 느낀 거지만 정말 천사가 따로 없다. 수정이 벌써부터 분위기 장난 아닌 거 봐봐. 수하도 아빠 닮아서 옷태가 다르잖아. 내가 너희 엄마 코디 10년 넘게 한 것보다 지금 너희 옷 입히면서 느끼는 보람이 더 크다. 주호수의 열등한 유전자 따위 섞이지 않아서 정말 다행이…… 악!"

감격 어린 감상평을 늘어놓던 수현의 등짝에 호수의 손이 찰싸닥 날아들었다.

"애들 앞에서 못 하는 소리가 없어!"

"내가 뭘! 역시 우월한 원이 형이라 유전자까지도 우월하다는 말밖에 더 했어?"

"죽고 싶냐?"

"죽고 싶냐는 말은 애들 앞에서 할 소리냐?"

"호수 이모랑 수현 삼촌 또 싸워요? 어휴."

그때, 어린애답지 않게 차분한 목소리가 둘 사이를 갈랐다. 원의 뒤를 따라 들어온 이원이었다.

"엄마, 아빠가 조금 늦으실 것 같다고, 먼저 가 있으라고 하셨어요."

"그래서 혼자 걸어온 거야?"

"5분도 안 되는데요 뭐. 옆집이나 마찬가지죠."

이원을 반긴 호수가 '흐음' 하며 눈을 가늘게 떴다.

"근데 이원이 너는 갈수록 잘생겨진다? 대체 누구 닮은 거지? 분위기는 확실히 사장님인데 이목구비는 영 다르고."

"아빠가 그러시는데 알면 다친대요. 그냥 엄마 닮은 걸로 하자는데요. 여자 얼굴일 때보다 남자 얼굴일 때 더 빛을 보는 이목구비였나 보다, 그러시면서."

"무슨 대답이 그래?"

호수가 갸웃했을 때였다. 다다닷 소리와 함께 뭔가가 휙 나타나더니 이원을 덮쳤다.

"오빠아아아앙!"

"어우, 깜짝이야! 갑자기 안기면 어떡해! 넘어질 뻔했잖아!"

"오빠! 수정이 예쁜 치마 입었어. 예뻐? 예쁘지? 나중에 오빠랑 결혼할 때 입을 거야."

"그런 걸 왜 네 마음대로 정해? 결혼은 너 혼자 하는 게 아니야. 나중에 얘기하자."

시크한 말투마저도 여 사장을 고스란히 빼다 박은 이원이 목을 감은 수정의 팔을 풀어냈다.

"꼬맹이, 이거나 받아. 너 요새 공주에 빠졌다며."

"수정이 선물이야? 오빠아아앙! 고맙습니다. 나도 선물."

환하게 웃은 수정이 다시금 이원을 안고는, 미처 피할 틈도 없이 입술에다 쪽 소리가 나게 뽀뽀를 했다. 당한 이원을 비롯해 모두가 굳었다.

잠시 후, 호수가 소리를 질렀다.

"선우수정, 적당히 하랬지! 쪼그만 게 볼도 아니고 입술에다 뽀뽀를 해!"

"수정아, 아빠가 보고 있는데 벌써부터 다른 남자한테 그러면 아빠는……."

"이 오빠 울 기세네. 그나저나 너 그런 거 어디서 봤어? 엄마가 TV 조금만 보랬지!"

"TV 안 봤어. 아까 아빠랑 엄마랑 식탁 밑에서……."

"그만, 거기까지!"

다급히 말을 끊은 호수가 TV보다 더 유해한 아빠를 휙 흘겨보았다. 그러나 원의 관심은 엉뚱한 곳에 가 있었다.

"수정이는 확실히 내 딸이야. 생각나, 호수야? 예전에 우리 사귄지 얼마 안 됐을 때 네가 우리 숙소 온 적 있었잖아. 그때 나도 너한테 선물 준다고 뽀……."

"그만! 오빠도 거기까지! 지금 그게 중요해요? 하나뿐인 딸이 벌써부터 저렇게 자존심도 없이 들이대는데?"

"내 딸이라 그렇다니까. 좋은 거 못 감추는 것까지 닮을 줄이야."

참 좋은 거 물려줬다는 구박을 던진 호수가 주방으로 들어갔다. 원도 그 뒤를 따랐다.

수정은 하트가 뚝뚝 떨어지는 눈으로 연신 '오빠아'를 불러댔고,

이원은 귀찮아하면서도 일일이 다 답해주며 제법 잘 놀아주었다.

"이원이만 있으면 수정이는 봐줄 필요도 없겠다."

소파에 앉아 있던 수현이 자연스레 몸을 틀어 옆에 앉은 태원의 허벅지를 베고 누웠다. 그러자 수하가 기다렸다는 듯 수현의 위로 올라와 안겼다.

"삼촌, 졸려? 잘 거야? 밤에 뭐했어?"

"어른들한테 밤에 뭐했느냐고 물어보는 거 아냐. 어른들은 밤이 낮보다 더 바쁜 법이란다."

애한테 무슨 소릴 하느냐며 핀잔한 태원이 웃었다. 삼촌들이 웃자 수하도 덩달아 웃었다.

"그랬어? 바빴어? 그래서 졸렸어? 수하가 코 재워줄까요?"

겨우 3분 동생이지만 막내는 막내였다. 아빠를 꼭 닮아 걸핏하면 스르르 처지는 눈매에다 보조개만으로도 간을 녹이는데, 말투마저 애교가 넘치니 안아주지 않을 도리가 없었다. 수하를 덥석 안아, 세운 무릎에 기대 앉히고 놀아주던 수현이 불쑥 외쳤다.

"주호수, 둘도 감질나! 애 좀 더 낳아 봐! 원이 형 돈도 잘 벌잖아."

주방에서 빠끔 얼굴을 내민 호수가 바로 타박했다.

"저게 근데, 애는 낳아 놓으면 그냥 크냐?"

"왜? 어차피 너 둥이들 낳고서는 방송 거의 안 하잖아. 더 키울 수 있을 것 같은데?"

"누가 들으면 집에서 노는 줄 알겠네. 음반 내고 OST 부르고 콘서트하고 겁나 바쁘거든? 원 오빠는 서른 넘으면 꺾어진 아이돌 돼서 집에 있을 줄 알았더니 아직도 잘 나가서 걸핏하면 해외 가고! 며칠씩 촬영 가고!"

"그러지 말고 하나만 더 낳자. 너밖에 낳을 사람 없어. 사장님도 안 되고."

"호수도 안 돼."

슬쩍 나타난 원이 호수의 어깨를 감쌌다.

"입덧하는 거랑 애 낳는 거 보면서 얼마나 미안했는데. 호수 힘든 거 두 번은 못 보겠더라. 아무리 내 애라도 내 여자 힘들게 하는 건 못 봐."

태원과 수현의 인상이 한껏 구겨졌다.

"내 여자 힘들게 하는 건 못 본다니……. 정말 못 봐주겠다."

"내 말이. 10년을 넘게 봐도 적응이 안 돼. 하긴, 그러고 보니까 입덧할 때 원이 형이 호수보다 더 심하게 했었지, 아마?"

때마침 들려오는 초인종 소리에 호수가 얼른 원의 품에서 쏙 빠져 나왔다. 그러나 원은 잽싸게 호수의 어깨에 팔을 얹은 채로 현관까 지 졸졸 뒤를 따랐다. 이원을 따라다니는 수정보다 더하면 더했지, 조금도 부족함 없는 광경이었다.

"원준 오빠 왔어? 사장님, 오셨…… 이게 뭐예요?"

"쌍둥이 선물. 꼬맹이들, 인사 안 해?"

쪼르르 달려 나온 수정과 수하를 내려다본 여 사장이 한 손을 허 리에 올렸다.

"안녕하세요!"

'옳지' 하며 싱긋 웃은 여 사장이 앞장서서 안으로 들어왔다.

"애들 자동차네요? 뭘 이런 걸 사오셨어요. 이원이 쓰던 거 있으 면 물려주시지."

"됐어. 다섯 살쯤 됐으면 차 한 대씩은 끌어 줘야지."

"참 나. 저 활동할 때는 한 달에 한 번씩 고장 나는 똥차 좀 그렇게 바꿔달라고 사정사정해도 안 바꿔주시더니."

"얘들은 예쁘고 잘생겼잖아. 수정이, 수하! 나중에 꿈이 연예인이다, 그렇거든 이모한테 와."

"이모! 내 꿈은 이원 오빠랑 결혼하는 거예요!"

"야!"

수정의 말을 듣자마자 이원과 호수가 동시에 소리를 질렀다. 여사장은 피식 웃었다.

"부모에 이어 자식까지 종신계약? 나쁘지 않네."

저녁식사를 끝내고 설거지까지 마친 후, 원과 호수는 옷을 갈아입고 나왔다. 같은 색의 셔츠에 호수는 산뜻한 반바지를, 원은 깔끔한 슬랙스를 입은 예쁜 커플룩이었다.

"흐음……."

위아래로 쭉 훑어본 수현이 고개를 끄덕였다.

"통과. 얼마든지 사진 찍혀도 되겠어."

"역시 연예인은 연예인이네. 쟤들이 어딜 봐서 삼십대고 애가 둘이야?"

원준의 말에 싫지 않은 듯 헛기침을 한 호수가 오랜만에 청순요정스러운 웃음을 지었다.

"그럼 태원 오빠, 수현아. 우리 둥이들 내일까지 잘 부탁해."

"쌍둥이 하루 이틀 보냐? 걱정 말고 잘 놀다와."

그 사이 수정과 수하를 한 팔에 하나씩 안은 원이 다정히 눈을 맞추며 말했다.

"엄마, 아빠 데이트하고 올 테니까 오늘은 삼촌들이랑 코 자는 거야. 할 수 있겠어?"

"응! 데이트 안녕히 다녀오세요!"

별 투정 없이 손을 흔들어 주는 수정과 수하의 뺨에 뽀뽀를 해준 원과 호수가 인사를 하고는 쏜살같이 빠져나갔다. 누가 봐도 신 난 뒷모습을 보며 픽 웃은 원준이 뒤늦게 갸웃했다.

"근데 내일이 무슨 날이야? 결혼기념일은 봄 아니었던가? 생일도 아니고."

"글쎄. 둘만 아는 의미 있는 날이라던데?"

수현의 말을 듣자마자 여 사장은 입꼬리를 끌어올렸다.

"집에서 자고 내일 나가도 될 걸 굳이 딴 데 가서 잔다는 거 보면 뻔하지. 아마 저 무경험 숙맥들이 처음으로 어른의 세계에 발을 들인……."

"자기야! 애들도 듣고 있으니까 거기까지! 우리도 이만 갈까? 이원 아, 가자."

황급히 여 사장의 말을 막은 원준이 자리에서 일어났다. 그 말이 떨어지기가 무섭게 수정의 입꼬리가 씰룩거렸다.

"오빠, 갈 거야……?"

엄마 닮아 어지간해선 안 울지만 한 번 울었다 하면 정말 달래기 힘든 수정이었기에, 그 자리에 있던 모두의 낯빛이 창백해졌다. 분위기를 살핀 이원이 포옥 한숨을 내쉬었다.

"먼저 가세요. 저 수정이 자면 갈게요."

"그럴래? 삼촌이 데려다 줄게."

수정이 울까 봐 심장이 쪼그라들었던 수현이 냉큼 말을 받았다. 이원은 아이답지 않게 모든 걸 포기한 투로 덧붙였다.

"이 기회에 엄마, 아빠도 데이트 좀 하세요."

"우리가 아들 하나는 잘 키웠어."

이원의 어깨를 토닥 두드린 여 사장이 원준에게 팔짱을 꼈다.

"자기야, 그럼 오랜만에 집 앞 포장마차에서 한잔하고 갈까? 옛날 생각하면서."

"옛날 생각?"

"응. 갑자기 자기가 나한테 사장님, 사장님 하면서 겁도 없이 들이대던 때가 생각나네."

팔짱을 풀어낸 원준이 여 사장의 어깨를 감쌌다. 그러고는 귀에 대고 소곤거렸다.

"그런 거라면 포장마차 말고 사장실로 갈까? 사장님 하면서 들이대 줄게."

여 사장의 눈매가 가늘어졌다. 곧장 자리에서 일어난 그녀가 하나뿐인 아들을 콕 찔렀다.

"김이원, 오늘은 여기서 자고 와."

'어쩐지 그럴 것 같더라' 하는 눈을 한 이원이 엄마에게서 고스란히 물려받은 사업가 기질을 발휘해 손가락 두 개를 조용히 펼쳤다.

"다음 주 용돈 두 배요."

수하가 칭얼거리기 시작하자, 능숙하게 품에 안은 수현이 방으로 들어갔다. 수정도 아까부터 눈을 비비고 있었으나 이원과 더 놀고 싶어 억지로 버티는 중이었다. 보다 못한 이원이 '오빠랑 손 잡고 같이 자자'라는 다소 위험한 말로 수정을 달래 방으로 들어갔다.

은은한 취침등과 자장가 덕분이었을까. 까무룩 잠들었다가 흠칫 눈을 뜬 수현이 물속처럼 조용한 방 안을 둘러보았다. 태원의 낮은 웃음소리가 들려왔다.

"애 보느라 피곤했나 보네. 잘 잤어?"

"아…… 나 언제 잠들었지?"

수하에게 내주었던 팔을 조심스레 뺀 수현이 한 팔을 세우고 머리를 기댔다. 태원과 자신 사이에 나란히 누워 잠든 세 아이들을 내려다보던 수현이 픽 웃었다.

"어쩌다 형하고 나 사이에 애가 셋이나 생겼지?"

"왜, 예쁘잖아. 원이랑 호수 애고 사장님하고 원준 형 애면 우리 애들이나 마찬가지지 뭐."

태원이 자상하게 아이들의 이불을 도닥여 주었다. 수현이 키득 웃었다.

"형이 엄마야?"

"아니, 너."

"그냥 둘 다 아빠 하자."

덩달아 웃은 태원이 아이들 너머로 손을 뻗어 수현의 머리를 가볍게 툭 쓰다듬었다.

"엄마만큼 든든하고 아빠만큼 다정한 삼촌들 하자."

같은 시간, 든든한 엄마와 다정한 아빠는 서울 한복판의 호텔 스위트룸에 있었다.

미리 준비해 온 작은 케이크와 와인을 테이블에 내려놓자마자 호수는 곧장 창 쪽으로 다가가 근사한 야경을 바라보며 감탄했다. 그 뒷모습을 보는 원의 입가에 미소가 번졌다.

"데이트, 맘에 들어?"

"네. 애들이 조금 마음에 걸리지만……. 그래도 오랜만에 둘이 있으니까 좋긴 좋네요. 고마워요."

한참을 내다보다가 돌아선 호수가 침대에 걸터앉은 원을 보며 웃었다.

"매번 챙기긴 하는데, 다들 무슨 기념일이냐고 물어볼 때마다 난 감해요."

스프링파티 콘서트, 첫 다툼, 첫 화해. 처음으로 함께 보낸 밤과 아침까지 또렷이 떠올랐다. 아무 날도 아닌 날을, 너랑 나만 아는 의미가 있는 날로 만드는 건 어떻겠느냐고 속삭이던, 끊임없이 사랑한다 말해주던, 자장가까지 불러주던 그 달콤한 목소리가.

"다들 알 거 다 아는 성인들이니까 적나라하게 얘기하면 되지. 너랑 나랑……."

"악! 하지 마! 나 지금 스물셋 어린 선우원 생각하고 있으니까 서른 넘은 아저씨는 말하지 마요! 환상 깨지 말라고!"

"서른 넘은 아저씨라니, 그런 말을 적나라하게 하라는 게 아니잖아."

찡찡거린 원이 이내 의미심장하게 웃었다.

"뭘 생각한 건데? 하여간 까져가지고. 너랑 나랑 꽃잠 잔 날이라고 하려고 했어."

"꽃잠? 그게 뭔데요?"

"갓 결혼한 신랑 신부가 처음으로 함께하는 잠자리를 우리말로 꽃잠이라고 한대."

호수의 눈에 감탄 어린 빛이 스쳤다. 원이 깊게 눈꼬리를 휘었다.

"꽃잠, 맞잖아. 어차피 식만 늦게 올렸지, 처음부터 내 신부라고 생각하고 있었으니까."

원이 근질거리는 속을 견디지 못하고 호수에게 다가갔다.

"고마워. 나랑 결혼해 주고, 수정이랑 수하 낳아 줘서."

"내가 고마워요. 오빠가 둥이들 아빠라서. 그리고 내 남편이라서."

부드럽게 어깨를 주물러 주는 원의 손 위에 호수가 가볍게 손을 포갰다.

"그나저나 애들 잘 자고 있을까요? 보채서 힘들게 하는 건 아닌지 모르겠네. 아참, 잘 때 수하 턱 밑에 상처 난 데 약 발라 달라고 얘기했어야 했는데. 지금이라도 문자를……."

"그만."

말을 자른 원이 호수를 돌려세워 뺨을 감쌌다. 그러고는 저만 올려다보게 했다.

"집 아니잖아. 이제 나 좀 봐줘. 둥이들은 집에 가서 보면 되잖아."

잔뜩 심통 난 원이 볼을 꾹꾹 눌러대며 찡찡거렸다. 호수의 미간에 힘이 들어갔다.

"누가 오빠 안 본대요? 나는 그냥……."

"나 아빠 안 해. 내일 집에 갈 때까지 아빠 안 할 거야. 그러니까 너도 엄마 하지 마."

"엄마 안 하면요?"

"내 여자 친구만 해. 우리 오늘하고 내일은 연애만 하자."

뺨에서 조금 힘을 푼 원이 그대로 고개를 숙여 입을 맞췄다.

인사처럼, 습관처럼, 매일매일 셀 수 없이 하는 입맞춤이지만 장소가 바뀌니 기분도 달랐다. 평소보다 조금 더 뜨겁고, 끈적한 키스가 끝난 후에 호수가 입을 열었다.

"오빠, 잠깐만 눈 감아 봐요."

"안 감으면 안 돼?"

"쿡 찔러서 억지로 감기기 전에 얼른 감아요."

언젠가 들어본 것 같은 한마디에 원은 순순히 침대에 앉아 눈을 감았다. 곧 옆에서 일어나는 기척이 나더니 멀어졌다. 살짝 실눈을 뜬 원이 장난스레 외쳤다.

"'내가 바로 선물이에요' 이런 거 할 생각은 아니지?"

언제나처럼 핀잔이 날아올 줄 알았는데 아무 대답도 들리지 않았다. 원이 설마 싶어 갸웃했을 때, 조심스레 문이 열리는 소리와 함께 자신 없는 대답이 들려왔다.

"엄밀히 말하면 나라기보다는……."

"그럼 뭔데?"

궁금증이 극에 달한 원이 저도 모르게 눈을 반짝 떴다. 호수가 아직 뜨란 말 안 했다며 급히 외쳤으나, 이미 다 봐버린 후였다.

다시 눈을 감지도 못하고 그대로 굳어버린 원을 본 호수가 눈치를 살피며 미적거렸다.

"이거, 나 고등학교 때 입었던 교복인데요, 얼마 전에 집에 갔다가 찾았는데…… 혹시나 싶어서 입어봤더니 생각보다 잘 맞아서…… 오빠도 신기해할 것 같아서……."

어지간히 쑥스러웠는지, 뺨이 온통 석류빛이었다. 그 빛이 노을처럼 진해지는 것을, 원은 꿈을 꾸듯 바라보았다.

"나 이거 입고 있을 때 처음 봤다면서요. 오디션 때도 그랬고, 교복 입고 뮤직비디오도 찍었었고. 다시 보니 기분 새롭지 않아요?"

원은 대답 대신 손을 뻗었다. 쭈뼛쭈뼛 다가온 호수가 내민 손을 잡았다.

"믿기지가 않는다, 호수야."

잡은 손을 당긴 원이 호수를 제 무릎 위에 앉히고 목덜미에 얼굴을 묻었다.

"열일곱 살 때 교복 입고 내 눈 앞에 나타났던 네가, 지금 이렇게 똑같은 모습으로 내 옆에 있다는 게."

"똑같진 않죠. 서른이 넘었고 애를 둘 낳았는데."

"그건 그래. 생각해 보니 안 똑같네."

"뭐가 어째요?"

제게 기댄 원의 머리카락을 가만히 쓰다듬던 호수가 손에 힘을 주었다. 짓궂게 웃은 원이 허리를 안은 채로 고개를 들어 눈을 맞췄다.

"안 똑같아. 더 예뻐."

스스럼없이 꺼내는 말에, 잠잠해졌던 호수의 뺨이 다시 화끈거렸다. 가슴도 콩닥거렸다. 오래 봤으니 익숙해진 건 사실이지만, 그렇다고 해서 처음보다 덜 설레는 건 아니었다. 나이를 먹어도, 아이가 생겨도 이토록 변함없이 예뻐해 주는 시선을 느낄 때면 설레지 않을 도리가 없었다.

"선물 고마워."

아직 꺼내 보지도 못한 케이크보다 더욱 달고 폭신한 입술이 닿았다 떨어졌다. 꼭 감싸 안은 손에서 전해지는 열기에 저절로 눈이 감겼다.

"예전에 사장님이 하셨던 말씀 생각나네."

"무슨 말이요?"

대답 대신 손과 입술이 몸 위를 자분자분 스쳤다. 그 안에 담긴 야릇한 뉘앙스에 사르륵 몸이 풀어지는 것과 동시에, 낮은 중얼거림이 귀를 찔렀다.

"교복 입고 한 번 할래……?"

원이 빙글 몸을 돌려 안고 있던 호수를 그대로 눕혔다.

미끄러지듯 위로 올라온 원이 잠시 머뭇거리다가 새하얀 교복 블라우스 위에 손을 올렸다. 미성년자는 진즉에 지났고 심지어 아내인 데도 왠지 나쁜 짓을 하는 것 같아 속이 찌르르했다. 괜스레 숨이 더 가빠지는 것 같기도 했다.

이윽고 단추를 반쯤 풀어낸 순간, 원의 손이 멈칫했다. 뒤이어 뜨거운 숨이 비어져 나왔다.

"이거, 교복 입은 학생이 입을 속옷은 아닌 것 같은데."

"선물 받은 거예요. 남편, 아니 남자 친구한테."

얼마 전에 선물했다가 이렇게 야한 걸 무슨 정신으로 샀느냐며 구박받던 그 속옷을 본 원의 눈앞이 새삼 아찔해졌다. 아무리 매달려도 안 입는다고 버티더니만, 오늘을 위해 미뤄둔 모양이었다.

청순한 교복 안에 섹시한 속옷을 감춰 통째로 선물할 생각을 했다는 게 참으로 호수스러웠다. 겉은 청순요정이지만 속은 전혀 그렇지 않은 여자. 알겠다 싶으면 또 다른 모습을 보여주는 바람에 도무지 헤어 나올 수 없게 만드는 여자.

이제 익숙해질 때도 됐는데, 나는 왜 여전히 너만 보면 어쩔 줄 모르겠는 건지.

이제 그만 설레게 해도 되는데, 그만 반하게 해도 되는데, 너는 대체 어디까지 나를…….

"오빠."

밑에서 들려오는 부름에, 반쯤 넋을 잃었던 원이 정신을 차렸다.

"선물, 마음에 안 들어요?"

꽤나 도발적인 눈을 한 아내를 내려다보는 원의 눈동자가, 더 이상 참을 수 없는 열기에 달떠 흐려졌다. 노골적으로 위험한 시선이었다.

그러나, 오늘은 아내의 유혹이 한 수 위였다.

"맘에 들면, 빨리 풀어보고 가져요."

[데스패치] 선우원—호수 부부 놀이공원 데이트 포착 '시선집중'

연예계 대표 선남선녀 부부 선우원과 호수가 놀이공원에서 데이트를 즐기는 모습이 포착돼 화제다.

최근 화보를 통해 빼어난 외모를 공개하면서 '천사 쌍둥이'로 큰 화제를 불러일으킨 수정·수하의 부모이기도 한 두 사람은, 오늘만큼은 단둘이 외출해 여전히 신혼 같은 분위기를 풍겼다. 놀이공원 필수 아이템인 캐릭터 머리띠를 하나씩 나눠 끼고, 아이들 선물로 보이는 풍선과 장난감까지 나란히 들고 놀이기구를 타는 모습은 드라마 속 한 장면처럼 달콤했다는 후문이다.

공개연애 때부터 '원수커플'로 불리며 많은 사람들의 관심과 사랑을 듬뿍 받고 있는 이들은 사람들의 시선에도 개의치 않고 소탈하게 데이트를 즐겼다. 선우원의 대담한 애정표현을 목격한 이들이 SNS에 올린 사진들도 화제가 되고 있다.

— 사진 찍다가 뽀뽀하고, 아이스크림 먹다가 뽀뽀하고, 회전목마 탈 때도 손 꼭 잡고 타다가 뽀뽀하고……. 사귄 지 얼마 안 된 스무 살 커플 같더라고요. 보는 사람들까지 설렐 정도였다니까요.

— 퍼레이드 할 때 바로 옆에 서 있었는데 선우원 씨 보느라 하나도 못 봤어요. 실물이 정말 어마어마하던데요. 호수 씨는 심장 떨려서 그 얼굴을 어떻게 매일 보고 산대요?

— 불꽃놀이 보는 내내 백허그하고 있다가 마지막에 살짝 키스하는 거 봤는데 어찌나 예쁘던지……. 덕분에 연애세포 결혼세포 다 살아난 기분이에요!

♩　♫　♪

"늦어서 미안……."

"쉿."

조심조심 집으로 들어서던 원과 호수는 손가락을 입에 가져다대는 수현을 보고는 냉큼 입을 다물었다. 소파에 기대앉은 수현의 가슴에 수정이 폭 안겨 잠들어 있었다.

"울다가 조금 전에 잠들었어."

"정말? 많이 울었어? 엄마 찾았어?"

"아니. 너는 단 한 번도 안 찾았는데 이원이 갔다고 한 시간을 울었어."

애틋함이 뚝뚝 떨어지는 눈으로 수정을 받아 안고 방으로 들어가려던 호수가 배신감에 멈칫했다. 길게 기지개를 켜고는 목덜미를 가볍게 주무른 수현이 원을 향해 핀잔했다.

"그나저나 형, 형은 뽀뽀하려고 놀이공원 갔어?"

"놀이공원에서 뽀뽀한 거 어떻게 알았어?"

"인터넷 기사며 SNS며 하루 종일 신나게 뜨던데? 어디서 뭐하는지 실시간으로 다 봤다니까."

데이트에 집중하느라 몰랐다며 태연히 답한 원이 배시시 웃었다.

"고마워. 다음에 지아 누나 가게에서 밥 쏠게."

'그래' 하고 웃은 태원이 자리에서 일어났다.

"우리 이만 간다. 얼른 씻고 쉬어."

"응, 고마워. 내일 연습실에서 보자."

태원과 수현을 배웅한 원이 아이들 방으로 들어갔다.

침대에 기대 서서 나란히 잠든 쌍둥이를 가만가만 토닥여주던 호수가 뒤를 돌아보았다. 소리 없이 문을 닫은 원은 곧장 호수의 허리를 안고는 뺨에 입을 맞췄다.

"장난치지 마요, 애들 깨요! 수정이 아직 안 자는 것 같은데."

소리 죽여 구박한 호수가 팔을 풀어내려 하자, 되레 더 힘을 준 원이 같이 속닥거렸다.

"아냐, 코 자고 있어. 우리 애기들 눈 감았네? 아무것도 안 보이겠네?"

"아우, 진짜……."

"조용히 하고 움직이지 마. 애들 깨."

말문도 막히고 입도 막혀 버린 호수의 눈이 커졌다가 가늘어졌다가 이내 스르르 감겼다. 보송보송한 아이 냄새가 가득한 방 안, 말랑말랑한 쪽쪽 소리가 간지럽게 울렸다.

아낌없이 호수를 머금은 원이 한참만에야 입술을 떼고 뒤로 물러나며 속삭였다.

"……오늘 둥이들도 효도하는데 셋째나 만들까?"

"이 오빠가 근데, 언제는 나 힘든 거 못 본다는 둥 그래 놓고."

"장난이야. 셋째는 낳지 말자. 너도 힘들지만 나도 힘들어."

"딸바보 아들바보가 그런 말을 할 줄은 몰랐네요. 왜요? 갓난아기 울면 잠 못 자서? 돈 더 많이 벌어야 해서?"

"아니. 그런 건 괜찮아. 울어도 예쁘고 벌어 먹이는 게 사는 낙이니까. 근데 임신 초기하고 말기하고 산후조리 때 금욕하는 거, 정말 사람이 할 짓이 아니더라. 다신 안 해."

"뭐예요, 그게!"

"쉿. 애들 깨우면 너 혼난다."

호수를 꼼짝 못하게 끌어안은 원이 몸을 돌렸을 때였다. 작게 칭얼대는 소리가 났다.

"우웅……."

"응, 아빠 여기 있어. 수정이 아직 안 잤어?"

뜨끔한 원이 냉큼 침대로 다가갔다. 수정이 눈도 뜨지 않은 채로 뒤척이며 웅얼거렸다.

"……원이 오빠…… 사랑해애……."

"아휴, 정말. 아빠보고 원이 오빠라고 하지 말라는데도……."

조만간 유치원에서 또 전화 오겠다며 호수는 혀를 찼으나, 원의 눈에는 '아빠도 수정이 사랑해' 하는 감격만이 그렁그렁 차올랐다.

그때, 다시 뒤척인 수정이 아까보다 훨씬 또렷한 발음으로 한마디를 흘려냈다.

"이…… 원이 오빠아……."

"뭐야. 원이 오빠가 아니라 이원이 오빠였어?"

그대로 굳어버린 원의 어깨를 호수가 참 딱하다는 눈으로 바라보았다. 자식 키워봤자 소용없다는 한탄이 뒤통수에서 모락모락 피어오르는 듯했다.

"뭘 또 그렇게 진심으로 상처 받고 그래요? 애가 잠꼬대한 거잖아요."

"됐어. 이미 마음 다쳤어."

자는 애에게 들릴 리도 없는 찡찡을 던져놓고, 원은 쌍둥이의 이마를 더없이 소중하게 어루만졌다. 호수가 웃음을 참는 얼굴로 툭 던졌다.

"누구 닮아서 저렇겠어요?"

"그래. 앞으로도 많이 보고 배우라고 하지 뭐."

몸을 숙여 수정과 수하의 뺨에 입을 맞춘 원이 뒤이어 호수의 이마에도 입을 맞췄다.

"원 없이 사랑하는 사람이 있다는 게."

그리고 그대로 팔을 벌려 호수를 가득 안았다.

"수없이 표현할 수 있다는 게."

두 천사의 색색거리는 숨소리 위로, 달콤한 속삭임이 녹아들었다.

"얼마나 행복한 일인지."

〈END〉

글을 쓰기 전, 제 꿈은 노래하는 사람이 되는 것이었습니다. 지금도 죽기 전에 한 번쯤은 무대 위에서 멋지게 노래해 보고 싶다는 꿈을 갖고 있지요. 그 꿈을 글로 이뤄보고자 쓰기 시작한 것이 〈원, 수를 사랑하라〉입니다. ONE과 호수의 광팬이 된 기분으로, TV를 틀면 나올 것처럼 생생하게 노래하고 춤추는 아이들을 그려내는 동안, 마치 제가 무대에 선 양 가슴이 뿌듯해지고 시원해지는 행복한 경험을 했습니다.

가볍게 술술 읽히되, 문득 한 번쯤 다시 생각해 보게 되는 이야기를 하고 싶었습니다. 외모지상주의, 아이돌에 대한 편견, 동성애를 바라보는 시각, 사람과 사람 사이의 관계들, 꿈을 이루기 위해 치열하게 노력하는 과정에서 찾아오는 유혹이나 좌절, 열등감 등등. 그러나 진지한 주제라고 해서 무겁게 전하고 싶지는 않았습니다. 재밌게 유쾌하게 읽으셨기를, 그리고 조금이라도 따뜻한 여운이 남으셨다면 좋겠습니다.

한 가지 더 바랐던 것은, 주인공뿐만 아니라 모두에게 마음이 쓰였으면 좋겠다는 것이었습니다. 각자의 사정에 따라 가장 정이 가는 인물도, 가장 공감 가는 인물도 다 다를 수 있겠지요. 원이와 호수 곁에 좋은 사람들이 너무 많아서, 언젠가 그들의 못다 한 이야기도 그려보고 싶은 마음이 있네요.

첫 종이책이 나오기까지 저를 믿어주고 도와주신 모든 분들께 고맙다는 말씀을 전합니다. 제가 호수만큼이나 복 터진 여자라 좋은 분들을 참 많이 만났습니다. 제 꿈을 이해해 주고 응원해 주는 소중한 가족과 친구들에게도, 부족한 글이 예쁜 책이 되어 세상에 나올 수 있도록 도와주신 출판사 관계자분들께도, 무엇보다도 제 글을 읽어주시는 모든 분들께 고맙고 또 고맙습니다.

〈원, 수를 사랑하라〉가 불후의 명곡까지는 아니더라도 노래방 애창곡 정도는 되는 글이었기를 바라 봅니다. 기분 좋을 때 나도 모르게 흥얼거려지는 노래가 되어도 좋겠네요.

이 책장을 덮고 난 후, 원 없이 사랑하고 수없이 표현하는 순간들이 더욱 많아지셨으면 좋겠습니다.